Knaur

Von Michael Crichton
sind außerdem erschienen:

Andromeda (Band 3258)
Nippon Connection (Band 60223, Band 60673 und Band 60997)
Die Intrige (Band 60288 und Band 62019)
Schwarze Nebel (Band 60289)
Fünf Patienten (Band 60469)
Enthüllung (Band 60380 und Band 62007)
The Lost World – Vergessene Welt (Band 60684)

Über den Autor:

Michael Crichton wurde am 23. Oktober 1942 in Chicago geboren. Er absolvierte das Harvard College und die Harvard Medical School. Neben mehreren Filmen und Sachbüchern haben ihm vor allem seine Romane weltweiten Ruhm eingebracht, darunter *Nippon Connection* und *Enthüllung*, die auch als Filme international Furore machten. *Jurassic Park* wurde von Steven Spielberg in Szene gesetzt und gilt heute als der größte Kinoerfolg aller Zeiten.

Michael Crichton

Der große Eisenbahnraub

Congo

Zwei Romane

Knaur

Vollständige Taschenbuchausgaben Juli 1998
Droemersche Verlagsanstalt Th. Knaur Nachf., München

Umschlaggestaltung: Agentur Zero, München
Druck und Bindung: Elsnerdruck, Berlin
Printed in Germany
ISBN 3-426-71131-1

2 4 5 3 1

Michael Crichton

Der große Eisenbahnraub

Aus dem Amerikanischen
von Hans-Joachim Maass

Für Barbara Rose

Dieser Titel ist auch unter der Bandnummer 60291 erhältlich.
Die amerikanische Originalausgabe erschien unter dem Titel
»The Great Train Robbery« bei Alfred A. Knopf, New York

Satan ist's recht – bin ich nur schlecht,
Er hofft, ich bin – nach seinem Sinn.
Geh' höllenwärts – und leide Schmerz.

Englischer Kindervers, um 1850

»Ich wollte das Geld.«

Edward Pierce, 1857

I.

Vorbereitungen

Mai bis Oktober 1854

1. Kapitel

Das Vorspiel

Vierzig Minuten nach der Abfahrt aus London, bei der Fahrt durch die sanft geschwungenen grünen Felder und Kirschgärten Kents, erreichte der Morgenzug der South Eastern Railway seine Höchstgeschwindigkeit von vierundfünfzig Meilen in der Stunde. Auf der leuchtendblauen Lokomotive war der Lokführer in seiner roten Uniform zu erkennen. Er stand aufrecht im Windzug. Keine Kabine oder Windschutzscheibe bot ihm Schutz. Vor ihm, tief gebückt, schaufelte der Maschinist Kohle in das glühende Innere des Kessels. Hinter der fauchenden Lokomotive und dem Tender folgten drei gelbe Erster-Klasse-Wagen, denen sich sieben grüne Zweiter-Klasse-Wagen anschlossen. Am Ende des Zugs befand sich ein grauer, fensterloser Packwagen.

Während der Zug ratternd der Küste entgegendampfte, öffnete sich plötzlich die Schiebetür des Packwagens und gab den Blick auf einen heftigen Kampf frei, der sich im Wageninnern abspielte. Es war ein Kampf unter höchst ungleichen Voraussetzungen: Ein schmächtiger junger Mann in ärmlicher Kleidung schlug auf einen stämmigen blauuniformierten Wachmann der Bahngesellschaft ein. Obwohl von schwächerer Konstitution, schlug der junge Mann sich wacker und brachte sogar einen oder zwei beachtliche Schläge bei seinem sich duckenden Gegner an. Der Wachmann, der unter den Hieben schon in die Knie gegangen war, machte überraschend einen Satz nach vorn, der den jungen Mann unvorbereitet traf und durch die geöffnete Tür hinausschleuderte, so daß er sich mehrfach wie eine Stoffpuppe überschlug und schließlich am Boden liegenblieb.

Der Wachmann rang keuchend nach Luft und blickte auf die rasch kleiner werdende Gestalt des hinausgestürzten jungen Mannes zurück. Dann schloß er die Schiebetür. Der Zug raste weiter und ließ ein gellendes Pfeifsignal hören. Bald war er hinter einer sanften Biegung verschwunden, und man hörte nur noch das schwache Geräusch der keuchenden Lokomotive und sah nur noch die flüchtigen Schwaden grauen Rauchs, die sich langsam auf den Schienenstrang und den reglosen Körper des jungen Mannes herabsenkten.

Nach ein, zwei Minuten rührte sich der junge Mann. Wie unter großen Schmerzen richtete er sich auf einem Ellbogen auf. Er schien wieder auf die Beine zu kommen. Aber seine Anstrengungen waren fruchtlos. Er brach wieder zusammen und fiel auf die Erde zurück. Ein letztes konvulsivisches Zucken durchfuhr seinen Körper, und er blieb reglos liegen.

Eine halbe Stunde später rollte eine elegante schwarze Kutsche mit karmesinroten Rädern den Feldweg hinunter, der parallel zur Bahnstrecke verlief. Die Kutsche gelangte an einen Hügel, und dort brachte der Kutscher das Pferd zum Stehen. Ein modisch gekleideter Herr entstieg der Kalesche. Er trug einen dunkelgrünen samtenen Gehrock und einen Zylinder aus grauem Seidenfilz. Der Herr erklomm den Hügel, preßte ein Binokular an die Augen und ließ den Blick über den Schienenstrang schweifen. Sogleich hatte er den Körper des ausgestreckt daliegenden jungen Mannes im Blickfeld. Der Herr machte aber keinerlei Anstalten, sich ihm zu nähern oder ihm irgendwie zu

Hilfe zu kommen. Im Gegenteil, er blieb auf dem Hügel stehen, bis er sich vergewissert hatte, daß der junge Bursche tot war. Erst dann wandte er sich ab und bestieg seine Kutsche. Er fuhr in die Richtung, aus der er gekommen war. Nach Norden, nach London.

2. Kapitel

Der Kopf des Unternehmens

Der modisch gekleidete Herr hieß Edward Pierce, und dafür, daß es ihm bestimmt war, so berüchtigt zu werden, daß sogar Königin Victoria den Wunsch äußerte, ihn kennenzulernen – oder, falls sich das verbieten sollte, seiner Hinrichtung beizuwohnen –, war er eine seltsam mysteriöse Gestalt. Was seine äußere Erscheinung betraf, war Pierce ein hochgewachsener, gutaussehender Mann Anfang der Dreißig. Er trug einen roten Vollbart in dem modischen Schnitt, der sich seit kurzem besonders bei Regierungsbeamten großer Beliebtheit erfreute. Seine Sprache, sein Auftreten und seine Kleidung deuteten auf einen Mann von Bildung hin, auf Wohlhabenheit dazu. Er war, wie es später hieß, »sehr charmant und verfügte über gewinnende Manieren«. Er behauptete, Waise einer Landadelsfamilie aus den Midlands zu sein und in Winchester und später auch in Cambridge studiert zu haben. Er war eine in der Gesellschaft Londons bekannte Gestalt und zählte Minister, Parlamentsabgeordnete, Diplomaten, Bankiers und andere Herren von Stand und Einfluß zu seinen Bekannten. Er war Junggeselle, unterhielt jedoch ein Haus in der Curzon Street 19 in einem vornehmen Viertel Londons, verbrachte aber große Teile des Jahres im Ausland. Seine Reisen sollen ihn nicht nur auf den Kontinent, sondern auch nach New York geführt haben.

Zeitgenössische Beobachter nahmen ihm seine aristokratische Herkunft offenkundig ab; in späteren Zeitungsberichten über den großen Eisenbahnraub wurde Pierce oft als »aus der Art geschlagen« bezeichnet. Die Vorstellung, daß ein Mann von hoher Geburt sich einem verbrecherischen Leben zugewandt hatte, war so aufregend und prickelnd, daß niemand sie ernsthaft als unzutreffend zu entlarven wünschte.

Es findet sich jedoch kein zuverlässiger Anhaltspunkt dafür, daß Pierce tatsächlich der Oberschicht entstammte. Über seine Lebensumstände vor 1850 läßt sich so gut wie nichts mit Sicherheit sagen. Heutigen Lesern, denen der Begriff der »eindeutigen Identifizierung« alltäglich und vertraut erscheint, mögen sich darüber wundern, daß man nicht genauer über Pierce' Vergangenheit Bescheid weiß. Doch zu einer Zeit, in der Geburtsurkunden eine Neuerung, die Fotografie eine Kunst, die in den Kinderschuhen steckte, und polizeiliche Fingerabdrücke noch gänzlich unbekannt waren, war es äußerst schwierig, einen Menschen mit einiger Sicherheit zu identifizieren, und Pierce verwandte besondere Sorgfalt darauf, seine Identität zu verschleiern. Selbst seinen Namen wissen wir nicht genau: im Verlauf des Prozesses behaupteten verschiedene Zeugen, ihn als John Simms, Andrew Miller oder als Robert Jeffers gekannt zu haben.

Die Quelle seines offensichtlich üppigen Einkommens lag

ebenfalls im dunkeln. So hieß es, er sei stiller Teilhaber von Jukes, einem höchst erfolgreichen Unternehmen, das Krocket-Ausrüstungen herstellte. Krocket war bei jungen Damen mit sportlichen Neigungen über Nacht zum letzten Schrei geworden. Es lag durchaus nahe, daß ein gewitzter junger Geschäftsmann, der eine bescheidene Erbschaft in einem solchen Unternehmen anlegte, zu ansehnlichem Vermögen kam.
Andere behaupteten, Pierce besitze einige Gasthäuser und nenne überdies ein Droschkenunternehmen sein eigen, das einem besonders düster aussehenden Kutscher namens Barlow unterstehe, einem Mann mit einer weißen Narbe auf der Stirn. Diese Version dürfte schon eher der Wahrheit entsprechen, denn der Besitz von Kneipen und Droschken war ein Gewerbe, in dem Verbindungen zur Unterwelt hilfreich sein konnten.
Natürlich läßt sich nicht ausschließen, daß Pierce wirklich ein Mann von hoher Geburt mit einer artistokratischen Erziehung war. Man darf nicht vergessen, daß Winchester und Cambridge in jenen Tagen eher durch Wollust und Trunkenheit geprägt wurden als durch das Bemühen um ernsthafte und nüchterne Gelehrsamkeit. Der profundeste wissenschaftliche Kopf der viktorianischen Zeit, Charles Darwin, widmete den größten Teil seiner Jugend dem Glücksspiel und den Pferden. Den meisten jungen Männern von Stand lag mehr an akademischem Gehabe als an akademischem Wissen.
Ebenso zutreffend ist, daß in der viktorianischen Zeit mancher gescheiterte Akademiker in der Unterwelt Zuflucht fand. Die meisten verlegten sich auf das Abfassen von Bettel- und Drohbriefen oder von gefälschten Empfehlungsschreiben, doch fälschten sie auch sonst manche

Papiere und Scheine. Mitunter wurden sie auch Trickbetrüger. Meist jedoch waren sie kleinere Gauner, armselige Gestalten, die man eher bedauerte als verdammte.
Edward Pierce dagegen war ein Gauner großen Stils. Woher immer sein Vermögen oder auch er selbst stammte, eines war sicher: er war ein Meister im Öffnen von Geldschränken und hatte bei seinen großen Brüchen im Laufe der Jahre genug Kapital zusammengebracht, um groß angelegte verbrecherische Unternehmungen finanzieren zu können. So wurde er zu dem, was man in diesen Kreisen einen »Kopf« nannte. Und um die Mitte des Jahres 1854 war sein Plan, den größten Coup seines Lebens zu landen, der Plan für den großen Eisenbahnraub, bereits weit gediehen.

3. Kapitel

Der Schlüßler

Robert Agar, ein bekannter »Schlüßler« oder Spezialist für Schlüssel und Geldschränke, sagte vor Gericht aus, er hätte Edward Pierce zwei Jahre aus den Augen verloren gehabt, als er ihm Ende Mai 1854 wieder begegnete. Agar war sechsundzwanzig Jahre alt und erfreute sich guter Gesundheit, wenn man von einem bösen Husten absieht, einem Erbe seiner Kindheit, in der er für einen Zündholzhersteller in der Wharf Road, Bethnal Green, gearbeitet hatte. Die Arbeitsräume des Unternehmens waren schlecht belüftet gewesen. Weiße Phosphordämpfe hatten von morgens bis abends die Luft verpestet. Man wußte zwar, daß Phosphor giftig war, aber es hatte immer genügend Leute gegeben, die begierig jede Arbeit übernahmen, selbst eine Tätigkeit, welche die Lungen zerfraß oder den Kiefer abfaulen ließ – was mitunter nur eine Sache weniger Monate war.

Agar war ein Zündholzstipper gewesen. Er hatte zarte Finger, und so wandte er sich zu gegebener Zeit seinem Handwerk als Schlüßler zu, einem Gewerbe, in dem er sofort erfolgreich war. Er arbeitete sechs Jahre lang als Schlüßler, ohne je gefaßt zu werden.

Agar hatte in der Vergangenheit mit Pierce nie direkt zu tun gehabt, doch war ihm Pierce als Meisterknacker, der vorwiegend auswärts arbeitete – was die langen Zeiten seiner Abwesenheit von London erklärte –, bekannt. Agar war ebenfalls zu Ohren gekommen, daß Pierce das Geld besaß, von Zeit zu Zeit ein größeres Ding zu drehen.

Agar sagte aus, ihre erste Begegnung habe im Gasthaus »Bulle und Bär« an der Peripherie des berüchtigten Verbrecherviertels Seven Dials stattgefunden. Diese wohlbekannte Absteige war, wie ein zeitgenössischer Beobachter schrieb, »ein Treffpunkt weiblicher Wesen aller Art, die sich als Damen herausputzten, wie auch Angehöriger der kriminellen Klasse, wie man sie hier an jeder Straßenecke sah.«

Angesichts des üblen Leumunds, den dieses Lokal genoß, war es nicht verwunderlich, daß sich fast immer ein Konstabler der Metropolitan Police in Zivilkleidung irgendwo in den Räumen des Hauses aufhielt. Herren der Gesellschaft mit einem Hang zum Vulgären waren im »Bulle und Bär« aber keine Seltenheit. Die Unterhaltung der beiden elegant

gekleideten jungen Lebemänner, die an der Theke lehnten und dabei die im Raum anwesenden Frauen musterten, zog also keine besondere Aufmerksamkeit auf sich.
Es sei eine zufällige Begegnung gewesen, sagte Agar aus. Pierce' Auftauchen habe ihn jedoch nicht überrascht. Er, Agar, habe damals, in der Zeit vor dem Treffen, einiges über Pierce gehört und daraus den Eindruck gewonnen, daß Pierce einen größeren Coup vorhabe. Agar erinnerte sich, daß die Unterhaltung ohne Begrüßung und ohne Präliminarien begonnen habe.
Agar sagte: »Wie ich höre, ist Hackensprung-Jack aus London verduftet.«
»Habe ich auch schon gehört«, sagte Pierce. Er schlug mit seinem Stöckchen, das ein silberner Knauf schmückte, auf den Tresen, um den Mann hinter der Theke aufmerksam zu machen. Pierce bestellte zwei Gläser vom besten Whisky des Hauses – für Agar ein Zeichen, daß eine geschäftliche Unterredung bevorstand.
»Mir ist zu Ohren gekommen«, sagte Agar, »daß Jack einen Abstecher in den Süden gemacht hat, um dort die Badegäste ein wenig auszunehmen.« In jenen Tagen verließen die Taschendiebe Londons die Stadt im späten Frühjahr und reisten nach Norden oder nach Süden, um sich in anderen Städten zu betätigen. Das wichtigste Kapital eines Taschendiebs war seine Anonymität. Ein bestimmtes Revier ließ sich nicht allzu lange abgrasen; über kurz oder lang fiel man unweigerlich der Polente, die ihre Runde machte, auf.
»Von seinen Plänen weiß ich nichts«, sagte Pierce.
»Ich habe auch gehört«, fuhr Agar fort, »daß er den Zug genommen hat.«
»Durchaus möglich.«

»Wie ich höre«, sagte Agar und ließ Pierce dabei nicht aus den Augen, »hat er bei dieser Bahnfahrt etwas für einen bestimmten Herrn, der ein Ding vorhat, ausbaldowert.«
»Durchaus möglich«, sagte Pierce wieder.
»Ich habe auch gehört«, sagte Agar mit einem plötzlichen Grinsen, »daß Sie ein Ding vorhaben.«
»Mag sein», sagte Pierce. Er nippte an seinem Whisky und starrte auf sein Glas. »Der Whisky war hier schon mal besser«, sagte er nachdenklich. »Neddy scheint seine Vorräte mit Wasser zu strecken. Übrigens, was für ein Ding soll ich denn vorhaben?«
»Einen Raub«, sagte Agar. »Mit einer fetten Sore, um die Wahrheit zu sagen.«
»Um die Wahrheit zu sagen«, wiederholte Pierce. Die Formulierung schien ihn zu amüsieren. Er wandte sich von der Theke ab und musterte wieder die anwesenden Frauen. Einige erwiderten ermunternd seinen Blick. »Jeder will immer von dem ganz großen Ding gehört haben«, sagte er schließlich.
»Ja, so ist's«, gab Agar zu und seufzte. (Vor Gericht ließ Agar keinen Zweifel darüber, wieviel Schauspielerei bei diesem Tête-à-tête mit im Spiel war. »Also, ich lasse da einen großen Seufzer hören, verstehen Sie, um ihm zu zeigen, daß ich es allmählich leid bin, denn er ist ein ganz Vorsichtiger, dieser Pierce, und ich will endlich zur Sache kommen. Darum dieser große Seufzer.«)
Es folgte ein kurzes Schweigen. Schließlich sagte Agar: »Es sind zwei Jahre her, seit wir uns zuletzt gesehen haben. Wohl viel zu tun gehabt, ja?«
»Ich war auf Reisen«, sagte Pierce.
»Auf dem Kontinent?«
Pierce zuckte mit den Schultern. Er betrachtete das Glas

Whisky in Agars Hand und das halbgeleerte Glas mit Gin und Wasser, das Agar vorher getrunken hatte. »Immer noch 'ne ruhige Hand?«
»Könnte nicht ruhiger sein«, meinte Agar. Zum Beweis streckte er beide Hände mit gespreizten Fingern aus: nicht das geringste Zittern.
»Ich hätte da vielleicht ein oder zwei kleine Sachen für Sie«, sagte Pierce.
»Hackensprung-Jack hat sich nicht in die Karten sehen lassen«, sagte Agar. »Das steht mal fest. Er hat sich zwar aufgeblasen wie 'n Frosch, aber dichtgehalten hat er wie 'ne Auster.«
»Jack liegt auf Eis«, versetzte Pierce kurz.
Das war, wie Agar später erklärte, doppeldeutig. Es habe heißen können, daß Hackensprung-Jack untergetaucht sei. Aber man gebrauchte diese Wendung auch, wenn einer draufgegangen war. Das komme ganz darauf an. Er, Agar, habe nicht weiter nachgebohrt. »Diese ein oder zwei kleinen Sachen, handelt sich's dabei vielleicht um Brüche?«
»Könnte sein.«
»Kitzlige Sachen?«
»Sehr kitzlig«, sagte Pierce.
»Müßte ich drinnen oder draußen arbeiten?«
»Das weiß ich noch nicht. Wenn es soweit ist, werden Sie vielleicht ein oder zwei Schnucken brauchen. Und Sie werden dichthalten müssen. Wenn das erste Ding glattgeht, gibt's noch mehr zu tun.«
Agar trank seinen Whisky aus und wartete. Pierce bestellte ihm noch einen.
»Schlüssel also?« fragte Agar.
»So ist's.«
»Wachs oder Dietrich?«

»Wachs.«
»Auf die Schnelle, oder habe ich Zeit?«
»Auf die Schnelle.«
»Also gut«, sagte Agar. »Ich bin Ihr Mann. Ich mache einen Wachsabdruck schneller, als Sie Ihre Zigarre anzünden können.«
»Weiß ich«, sagte Pierce. Er riß an der Theke ein Zündholz an und hielt es an die Spitze seiner Zigarre. Agar, der selbst nicht rauchte – das Rauchen war eben erst nach achtzig Jahren wieder in Mode gekommen –, erschauerte leicht. Es gab ihm jedesmal einen Stich, wenn er den Phosphor-und-Schwefel-Geruch eines Zündholzes einatmete. Es erinnerte ihn an seine Zeit in der Zündholzfabrik. Er sah zu, wie Pierce an seiner Zigarre zog, bis sie richtig brannte.
»Worum geht's also?«
Pierce sah ihn kalt an. »Das werden Sie noch rechtzeitig erfahren.«
»Sie sind ganz schön zugeknöpft.«
»Deshalb«, sagte Pierce, »habe ich auch noch nie gesessen.«
Verschiedene Zeugen waren anderer Meinung. Sie sagten aus, Pierce habe in Manchester unter dem Namen Arthur Wills dreieinhalb Jahre wegen Einbruchdiebstahls gesessen.
Agar sagte aus, Pierce habe ihm schließlich noch einmal warnend gesagt, er solle ja dichthalten. Dann habe Pierce die Theke verlassen und sei durch den verräucherten, lärmerfüllten Schankraum des »Bulle und Bär« gegangen. Er habe sich kurz zu einer hübschen Frau hinabgebeugt und ihr etwas ins Ohr geflüstert. Die Frau habe gelacht. Er, Agar, habe sich abgewandt. Weitere Erinnerungen an diesen Abend habe er nicht.

4. Kapitel

Ein unwissentlicher Komplice

Mr. Henry Fowler, siebenundvierzig, hatte Edward Pierce in ganz anderer Umgebung kennengelernt. Fowler gab freimütig zu, über die Herkunft und die Lebensumstände Pierce' wenig zu wissen: der Mann habe ihm gesagt, er sei als Waisenjunge aufgewachsen. Pierce sei offensichtlich ein gebildeter Mann. Er sei wohlhabend und führe ein exzellentes Haus, das zudem mit den neuesten und raffiniertesten Errungenschaften ausgestattet sei.

Mr. Fowler erinnerte sich vor allem an einen klug erdachten Ofen, mit dem das Vestibül des Hauses geheizt wurde. Dieser Ofen habe die Form einer Ritterrüstung und funktioniere bewundernswert. Mr. Fowler erinnerte sich auch, einen Feldstecher gesehen zu haben, ein besonders schönes Gerät in einem Etui aus Maroquin. Dieses Fernglas habe ihn so sehr fasziniert, daß er sich auch eines habe kaufen wollen. Zu seinem Erstaunen habe er feststellen müssen, daß so ein Ding 80 Shilling koste! Ein exorbitanter Preis. Kein Zweifel, Pierce sei sehr wohlhabend. Es sei recht amüsant gewesen, gelegentlich mit ihm zu speisen.

Henry Fowler erinnerte sich schließlich auch an eine Episode, die sich Ende Mai 1854 in Pierce' Haus zugetragen hatte. Pierce habe damals ein Abendessen für acht Herren gegeben. Die Konversation habe sich hauptsächlich um den Vorschlag gedreht, in London eine Untergrundbahn zu bauen. Fowler hatte sich dabei gelangweilt und war enttäuscht gewesen, als beim Brandy im Rauchsalon immer noch darüber gesprochen wurde.

Dann wandte sich die Unterhaltung der Cholera zu, die seit kurzem in einigen Teilen Londons epidemisch auftrat. Der Disput über die Vorschläge Mr. Edwin Chadwicks von der Gesundheitsbehörde, der ein neues Abwässersystem sowie eine Reinigung der stark verschmutzten und vergifteten Themse gefordert hatte, langweilte Mr. Fowler noch mehr. Mr. Fowler wußte überdies aus zuverlässiger Quelle, daß der alte Chadwick bald seines Amtes enthoben werden würde, doch hatte man Fowler zu strengstem Stillschweigen verpflichtet. Er trank seinen Kaffee mit einem Gefühl zunehmender Ermüdung und spielte sogar mit dem Gedanken aufzubrechen, als der Gastgeber, Mr. Pierce, sich bei ihm erkundigte, wie es sich mit dem kürzlich unternommenen Versuch, aus einem fahrenden Zug eine Sendung Gold zu rauben, verhalten habe.

Es war nur natürlich, daß Pierce sich mit dieser Frage an Fowler wandte, denn Henry Fowler war der Schwager Sir Edgar Huddlestons von der Huddleston & Bradford-Bank in Westminster. Mr. Fowler war Generaldirektor dieses prosperierenden Unternehmens, das sich seit seiner Gründung im Jahre 1833 auf Devisengeschäfte spezialisiert hatte.

Es war eine Zeit, in der England im Welthandel eine überragende und beherrschende Rolle spielte. In England wurde mehr als die Hälfte des Kohlebedarfs der Welt gefördert. In England wurde mehr Roheisen erzeugt als in der gesamten übrigen Welt. Das Land stellte drei Viertel aller Baumwollstoffe der Welt her. Der Außenhandel Englands wurde auf 700 Millionen Pfund Sterling jährlich geschätzt, zweimal soviel, wie die Hauptkonkurrenten des Landes vorweisen konnten, die Vereinigten Staaten und Deutschland. Das britische Empire war das größte Impe-

rium der Weltgeschichte und dehnte sich noch immer aus, bis es in der Zeit seiner Hochblüte fast ein Viertel der Erdoberfläche und ein Drittel der Weltbevölkerung umfaßte.
So wurde London auch für ausländische Wirtschaftsinteressen zum natürlichen Finanzzentrum. Die Londoner Banken blühten und gediehen. Henry Fowler und seine Bank profitierten ebenfalls von der allgemeinen wirtschaftlichen Entwicklung, und die mit Vorrang betriebenen Transaktionen in fremden Währungen brachten noch zusätzliche Geschäfte. Nachdem England und Frankreich vor zwei Monaten, im März 1854, Rußland den Krieg erklärt hatten, wurde die Firma Huddleston & Bradford beauftragt, die Besoldung der britischen Truppen auf der Krim abzuwikkeln. Es war eine solche Sendung mit Gold für die kämpfende Truppe, auf die vor kurzem ein Anschlag versucht worden war.
»Ein lächerliches Unterfangen«, erklärte Fowler in dem Bewußtsein, hier für die Bank zu sprechen. Die anderen Männer im Raum, die jetzt an ihren Zigarren zogen und Brandy tranken, waren Herren von Namen und Rang, die über weitreichende Verbindungen verfügten. Deshalb fühlte sich Mr. Fowler verpflichtet, jeden Verdacht, die Bank könne nachlässig gehandelt haben, sogleich im Keim zu ersticken. »Ja, in der Tat«, sagte er, »ein lächerliches und amateurhaftes Unterfangen, das auch nicht die geringste Aussicht auf Erfolg hatte.«
»Der Übeltäter ist dabei ums Leben gekommen?« fragte Mr. Pierce, der ihm gegenübersaß und seine Zigarre paffte.
»Gewiß doch«, erwiderte Mr. Fowler. »Der Wachmann hat ihn aus dem fahrenden Zug geworfen. Bei der Geschwin-

digkeit muß der Aufprall ihn sofort getötet haben.« Er fügte hinzu: »Armer Teufel.«
»Hat man ihn identifiziert?«
»Oh, das kann ich mir nicht gut vorstellen«, sagte Mr. Fowler. »Bei einem solchen Abgang dürften seine Gesichtszüge kaum noch erkennbar gewesen sein. Es hieß einmal, sein Name sei Jack Perkins gewesen, aber man weiß nichts Genaues. Die Polizei hat kein großes Interesse an der Sache gezeigt, was ich übrigens nur für klug halte. Das ganze Unternehmen war die reinste Stümperei und hatte nicht die geringste Aussicht auf Erfolg.«
»Man darf wohl annehmen«, sagte Pierce, »daß die Bank alle nur denkbaren Vorsichtsmaßnahmen getroffen hatte.«
»Mein lieber Freund«, entgegnete Fowler, »Sie sagen es! Beträchtliche Vorsichtsmaßnahmen! Ich versichere Ihnen, man transportiert nicht Monat für Monat zwölftausend Pfund in Goldbarren nach Frankreich, ohne die schärfsten Sicherheitsvorkehrungen getroffen zu haben.«
»Der Lump war also hinter dem Sold für die Truppen auf der Krim her?« fragte ein anderer der Herren, Mr. Harrison Bendix. Bendix war als heftiger Gegner des Krim-Kriegs bekannt, und Fowler wollte sich zu so später Stunde nicht noch auf einen politischen Disput einlassen.
»Offensichtlich«, bemerkte er knapp und war erleichtert, als Pierce wieder das Wort ergriff.
»Ich glaube, wir sind alle neugierig, über die Art Ihrer Sicherheitsvorkehrungen Näheres zu erfahren«, sagte er. »Oder müssen Sie das geheimhalten?«
»Durchaus nicht«, erwiderte Fowler, der die Gelegenheit nutzte, um seine goldene Uhr aus der Westentasche zu ziehen und den Deckel aufzuklappen. Es war schon nach elf – Zeit für ihn, sich zurückzuziehen. Nur seine Sorge um

den guten Ruf der Bank hielt ihn davon ab, aufzubrechen. »Die Vorkehrungen gehen übrigens auf meine eigenen Anregungen zurück. Wenn Sie erlauben, fordere ich Sie hiermit auf, mich auf eventuelle schwache Punkte unseres Sicherheitssystems aufmerksam zu machen.« Er blickte in die Runde.

»Jede Sendung Goldbarren wird in den Tresorkellern der Bank transportfertig gemacht. In diese Räumlichkeiten kann – das brauche ich wohl kaum besonders zu betonen – kein Unbefugter eindringen. Die Goldbarren werden in eisenbeschlagene Kisten gelegt, die sodann versiegelt werden. Ein nüchtern denkender Mensch mag der Ansicht sein, dies sei Schutz genug, aber wir gehen natürlich noch viel weiter.« Er machte eine Pause und nippte an seinem Brandy.

»Also weiter. Bewaffnete Wachleute bringen die versiegelten Kisten zum Bahnhof. Der Konvoi wählt jedesmal einen anderen Weg und folgt nie dem gleichen Zeitplan. Er benutzt belebte Straßenzüge, und so gibt es keine Möglichkeit, den Transport auf dem Weg zum Bahnhof zu überfallen. Wir setzen nie weniger als zehn Wachmänner ein, und diese Männer sind ausnahmslos vertrauenswürdige und altgediente Angestellte unserer Firma. Sie sind alle schwer bewaffnet.

Nun denn. Auf dem Bahnhof werden die Kisten in den Packwagen des Zugs nach Folkestone geladen, und in diesem Wagen schließen wir sie in zwei der neuesten Safes von Chubb ein.«

»Ach was, Safes von Chubb?« fragte Pierce und hob eine Augenbraue. Chubb stellte die zuverlässigsten Safes der Welt her. Das Unternehmen genoß seiner vorzüglichen Präzisionsarbeit wegen weltweiten Ruf.

»Diese Safes stammen aber nicht aus der gewöhnlichen Produktion von Chubb«, fuhr Fowler fort. »Es sind Spezialanfertigungen nach den Anweisungen der Bank. Meine Herren, sie bestehen an allen Seiten aus gehärtetem Stahl, einen viertel Zoll stark, und die Türen sind mit Innenscharnieren angebracht, die es nicht zulassen, daß man von außen an ihnen manipuliert. Also allein schon das Gewicht dieser Safes verbietet jeden Gedanken an einen Diebstahl, denn jeder von ihnen wiegt mehr als zweihundertfünfzig Pfund.«

»Höchst eindrucksvoll«, versetzte Pierce.

»In der Tat«, sagte Fowler, »und man könnte guten Gewissens meinen, dies sei ein ausreichender Schutz für die Goldladung. Gleichwohl haben wir uns noch zusätzliche Sicherheitsmaßnahmen ausgedacht. Jeder der Safes ist nicht mit einem, sondern mit zwei Schlössern ausgestattet, für die man zwei verschiedene Schlüssel braucht.«

»Zwei Schlüssel? Raffiniert!«

»Und nicht genug damit!« sagte Fowler. »Jeder der vier Schlüssel – zwei für jeden Safe – wird gesondert aufbewahrt. Zwei befinden sich im Büro der Bahngesellschaft. Der dritte befindet sich in der Obhut des Seniorchefs der Bank, Mr. Trent, den einige von Ihnen vielleicht als höchst vertrauenswürdigen Herrn kennen. Ich muß gestehen, daß ich selbst nicht genau weiß, wo dieser Schlüssel aufbewahrt wird. Vom vierten Schlüssel allerdings weiß ich es, denn ihn hat man mir selbst anvertraut.«

»Wie außerordentlich!« sagte Pierce. »Eine beachtliche Verantwortung für Sie!«

»Ich muß bekennen, daß ich es in dieser Angelegenheit für notwendig gehalten habe, mir etwas Besonderes auszudenken«, gab Fowler zu und verfiel in bedeutungsvolles Schweigen.

Schließlich platzte Mr. Wyndham, bei dem der Alkohol schon seine Wirkung getan hatte, heraus: »Also, verdammt noch einmal, Henry, werden wir nun endlich erfahren, wo du den dämlichen Schlüssel versteckt hältst?«

Mr. Fowler war keineswegs gekränkt, sondern lächelte wohlwollend. Er selbst trank nur mit Maßen und betrachtete die Schwächen derer, die dem Alkohol reichlicher zusprachen, mit bescheidener Selbstzufriedenheit. »Ich trage ihn«, sagte er, »an einer Kette um den Hals.« Er klopfte sich mit der flachen Hand auf die gestärkte Hemdbrust. »Ich habe den Schlüssel immer bei mir, zu jeder Zeit, selbst beim Baden – sogar im Bett. Ich habe ihn immer am Körper.« Er lächelte breit. »Also, meine Herren, wie Sie sehen, dieser rüde Anschlag eines törichten Kindes der gefährlichen Klassen kann der Firma Huddleston & Bradford keinerlei Kopfzerbrechen bereiten. Dieser kleine Schurke hatte nicht mehr Chancen, das Gold zu stehlen, als ich etwa die Chance habe, nun – zum Mond zu fliegen.«

An dieser Stelle erlaubte Mr. Fowler sich ein glucksendes Lachen. Der Gedanke war zu absurd. »Also, meine Herren«, sagte er, »sind Sie in der Lage, bei unseren Vorkehrungen irgendeine schwache Stelle auszumachen?«

»Kein Gedanke«, sagte Mr. Bendix kalt.

Mr. Pierce aber zeigte mehr Wärme. »Ich muß Ihnen gratulieren, Henry«, sagte er. »Dies ist in der Tat die raffinierteste Sicherheitsvorkehrung für den Versand von Wertgegenständen, von der ich je gehört habe.«

»Das ist in etwa auch meine Meinung«, sagte Mr. Fowler.

Kurz darauf brach Mr. Fowler auf. Er erhob sich mit der Bemerkung, wenn er nicht bald bei seiner Frau zu Hause sei, werde sie vermuten, er sei auf Abwege geraten. »Und

ich würde nur ungern für eine Sünde büßen, deren Freuden ich nicht genossen habe.«
Diese Bemerkung rief in der Runde Gelächter hervor. Zum Abschied genau der richtige Ton, sagte sich Mr. Fowler. Männer von Welt wünschen sich ihre Bankiers umsichtig, aber nicht prüde. Es war ein guter Abgang.
»Darf ich Sie hinausbegleiten?« sagte Pierce und erhob sich ebenfalls.

5. Kapitel

Der Dienstraum

Englands Eisenbahnen entwickelten sich mit so phänomenaler Geschwindigkeit, daß die Stadt London davon überwältigt wurde und es nie zum Bau eines Hauptbahnhofs brachte. Statt dessen trieb jede der privaten Eisenbahngesellschaften ihre Gleisstrecken so weit wie möglich ins Londoner Stadtgebiet hinein und errichtete dann einen Kopfbahnhof. Um die Mitte des Jahrhunderts wurde dieses Verfahren immer heftiger angegriffen. Die Vertreibung armer Menschen, deren Behausungen den neuen Bahnlinien weichen mußten, war eines der Argumente. Ein anderes wandte sich dagegen, daß den Reisenden die Unbequemlichkeit zugemutet wurde, mit der Pferdekutsche durch London zu fahren, um auf einem anderen Bahnhof einen Anschlußzug zu erreichen.
1846 schlug Charles Pearson vor, nach seinen Entwürfen

einen gewaltigen Hauptbahnhof bei Ludgate Hill zu errichten. Der Plan wurde jedoch nie verwirklicht. Nach dem Bau verschiedener anderer Bahnhöfe – die jüngsten waren die 1851 fertiggestellten Bahnhöfe Victoria Station und King's Cross – wurden wegen der wütenden Auseinandersetzungen in der Öffentlichkeit weitere Bauvorhaben zurückgestellt.

Die Pläne zum Bau eines Londoner Hauptbahnhofs wurden schließlich ganz aufgegeben. Es wurden weitere, verstreut an der Peripherie der Stadt liegende Einzelbahnhöfe errichtet. Als der letzte, Marylebone Station, 1899 seiner Bestimmung übergeben wurde, besaß London fünfzehn Bahnhöfe, mehr als doppelt soviel wie jede andere Großstadt in Europa. Das verwirrende Durcheinander von Linien und Fahrplänen wurde offensichtlich nur von einem Bürger Londons je gemeistert – von Sherlock Holmes, der sie alle im Kopf hatte.

Der Baustopp um die Mitte des Jahrhunderts brachte einige der neuen Bahnlinien in arge Verlegenheit. Eine davon war die South Eastern Railway, welche die Strecke von London nach der etwa achtzig Meilen entfernten Stadt Folkestone an der Kanalküste betrieb. Die South Eastern erhielt erst 1851 nach dem Umbau des London Bridge-Bahnhofs Zugang zur Stadtmitte Londons.

Am Südufer der Themse, in der Nähe der Brücke, die ihm den Namen gegeben hatte, lag der London Bridge-Bahnhof, der älteste der Stadt. Ursprünglich war er von der London & Greenwich Railway erbaut worden. Er hatte sich nie sonderlicher Beliebtheit erfreut und wurde, was Entwurf und Gestaltung betraf, viel geschmäht, etwa im Vergleich mit den später entstandenen Bahnhöfen Paddington und King's Cross. Als der Bahnhof 1851 jedoch umgebaut wurde, erinnerte die *Illustrated London News* daran, daß die alte Station »wegen der Klarheit, des künstlerischen Charakters und der Echtheit ihrer Fassade ein bemerkenswertes Bauwerk gewesen ist. Wir bedauern daher, daß es einem offenkundig weniger verdienstvollen Bauwerk hat weichen müssen.«

Dieser Sinneswandel der Kritik ist genau von der Art, die Architekten schon immer frustiert und in Zorn gebracht hat. Kein Geringerer als Sir Christopher Wren hatte sich schon zweihundert Jahre zuvor beklagt, daß »die Bürger Londons irgendein Bauwerk, das ihre Augen beleidigt, so lang verabscheuen, bis es abgerissen wird. Wie durch ein Wunder wird dann das neue, das an die Stelle des alten getreten ist, für minderwertiger erklärt als das frühere Bauwerk, das man jetzt in den höchsten Tönen und mit den glühendsten Worten verklärt.«

Es muß allerdings zugestanden werden, daß der neue London Bridge-Bahnhof alles andere als zufriedenstellend geraten war. Die Menschen der viktorianischen Zeit betrachteten die Bahnhöfe als »die Kathedralen unseres Zeitalters«; man erwartete von ihnen eine Synthese der höchsten Grundsätze der Ästhetik und des technischen Fortschritts. Viele Bahnhöfe wurden diesem Anspruch mit ihren hohen, gewölbten und eleganten Glaskuppeln auch durchaus gerecht. Der neue London Bridge-Bahnhof allerdings machte einen in jeder Hinsicht deprimierenden Eindruck. Er war ein L-förmiges, zweistöckiges Bauwerk, das sich als platter Zweckbau präsentierte. Unter einer Arkade zur linken Hand fand sich eine Reihe trostloser Läden. Das Hauptgebäude war – von einer auf dem Dach angebrachten Uhr einmal abgesehen – völlig schmucklos. Am gravierendsten aber war, daß die innere Aufteilung des Gebäu-

des – das Hauptziel der früheren Kritik – trotz des Umbaus völlig unverändert blieb.
In der Zeit des Umbaus hatte die South Eastern Railway sich durch Vertrag die Möglichkeit geschaffen, vom London Bridge-Bahnhof aus die Strecken zur Küste zu bedienen. Dies geschah auf Grund eines Pachtvertrags. Die South Eastern pachtete die Gleisanlagen, die Bahnsteige und den benötigten Büroraum von der London & Greenwich, deren Eigentümer sich nicht geneigt zeigten, der South Eastern mehr Komfort zu gewähren als unbedingt nötig.
Dem Fahrdienstleiter standen – in einem entlegenen Teil des Bahnhofs – vier Räume zur Verfügung, zwei für Angestellte, ein Lagerraum für aufgegebene Wertsachen und ein größerer Dienstraum für ihn selbst. Sämtliche Räume hatten Glasfronten. Diese Räume befanden sich im Obergeschoß des Bahnhofs und waren nur über eine eiserne Treppe zugänglich, die vom Bahnsteig nach oben führte. Jeder, der sich auf der Treppe befand, ob auf dem Wege nach oben oder nach unten, war den Blicken sowohl der Büroangestellten wie der Fahrgäste, der Gepäckträger und der Bahnbeamten unten auf den Bahnsteigen ausgesetzt.
Der Fahrdienstleiter hieß McPherson. Er war ein ältlicher Schotte, der mit einem scharfen Auge darüber wachte, daß seine Leute nicht in den Tag hineinträumten und aus dem Fenster blickten. Im Büro der South Eastern bemerkte also niemand, daß sich Anfang Juli 1854 zwei Reisende auf der Bank eines Bahnsteiges niederließen und dort den ganzen Tag über sitzen blieben. Sie konsultierten häufig ihre Uhren, als ob sie voller Ungeduld auf die Abfahrt ihres Zuges warteten. Es nahm auch niemand von diesen beiden Herren Notiz, als sie in der folgenden Woche wiederkamen

und einen weiteren Tag auf derselben Bank zubrachten. Sie beobachteten alles, was im Bahnhof vorging, während sie auf ihren Zug warteten, und warfen dabei immer wieder einen Blick auf ihre Taschenuhren.
Pierce und Agar hielten in Wahrheit keine Taschenuhren in der Hand, sondern vielmehr Stoppuhren. Pierce besaß einen eleganten Chronographen mit zwei Stoppuhrzifferblättern in einem Gehäuse aus achtzehnkarätigem Gold. Diese Uhr wurde allgemein als Wunderwerk neuzeitlicher Feinmechanik bewundert und vorwiegend zur Verwendung bei Pferderennen und ähnlichen Anlässen verkauft. Pierce verbarg die Uhr aber in der Hand. Sie zog keine neugierigen Blicke auf sich.
Zwei volle Tage lang hatten sie nunmehr die Gewohnheiten der Büroangestellten, die Ablösung der Bahnbeamten, das Kommen und Gehen der Besucher der Fahrdienstleitung und andere für sie wichtige Vorgänge genau beobachtet. Jetzt warf Agar noch einmal einen Blick auf die Eisentreppe und sagte: »Das ist ja glatter Mord! Wir sind hier wie auf dem Tablett. Was gibt's denn da oben zu holen?«
»Zwei Schlüssel.«
»Was für zwei Schlüssel?«
»Zwei Schlüssel, für die ich mich zufällig interessiere«, sagte Pierce.
Agar riskierte einen zweiten Blick auf die Büroräume. Falls die Antwort ihn enttäuscht hatte, ließ er es sich nicht anmerken. »Nun«, sagte er in geschäftsmäßigem Ton, »wenn es zwei Knochen sind, die Sie haben wollen, dann sind sie in dem Lagerraum, würde ich sagen.« Er nickte, weil er nicht wagte, mit dem Finger in die angedeutete Richtung zu zeigen. »Gleich hinter dem Büro der Schreiberlinge. Sehen Sie den Schrank da?«

Pierce nickte. Durch die Glasfront hindurch konnte man das gesamte Büro übersehen. Im Lagerraum hing ein flacher, limonengrüner Schrank an der Wand. Er sah wie ein richtiges Schlüsselschränkchen aus. »Ich sehe ihn.«
»Auf den Schrank wette ich. Jetzt werden Sie sagen, immer langsam, ist ein Schloß dran. Aber das ist kein Problem – ein billiges Ding.«
»Was ist mit der Eingangstür?« sagte Pierce und blickte zur Seite. Nicht nur der Schrank im Büro war abgeschlossen. An der Eingangstür aus Milchglas, auf die mit einer Schablone die Buchstaben SER aufgemalt waren – darunter stand FAHRDIENSTLEITER –, befand sich über dem Türknopf ebenfalls ein großes Messingschloß.
»Reine Angabe«, schnaubte Agar verächtlich. »Das mach ich noch mit 'ner Haarnadel auf, das kitzle ich schon wach – das öffne ich mit 'nem abgebrochenen Fingernagel. Das ist kein Problem. Das Problem sind die Leute, die hier rumlatschen.«
Pierce nickte, sagte aber nichts weiter. Das hier war Agars Sache – er mußte selbst herausfinden, was hier zu tun war.
»Es geht also um zwei Schlüssel, sagen Sie?«
»Ja«, erwiderte Pierce. »Zwei Schlüssel.«
»Zwei Schlüssel, das sind vier Wachsabdrücke. Vier Wachsabdrücke – das dauert fast eine Minute, wenn man es richtig macht. Die Eingangstür und die Schranktür sind da noch nicht mitgerechnet – die kosten auch ihre Zeit.« Agar sah sich um. Er warf einen Blick auf die Menschen, die sich auf dem Bahnsteig drängten, und blickte dann hinauf zu den Beamten in dem Büro. »Wer das am Tag versucht, legt sich selber 'nen Strick um den Hals!« sagte er. »Zu viele Leute in der Nähe.«

»Nachts?«
»Ja, nachts. Wenn das Büro leer ist und die Mäuse tanzen. Ich glaube, nachts ginge es am besten.«
»Nachts dreht die Polente ihre Runden«, erinnerte ihn Pierce. Sie hatten herausgefunden, daß die ganze Nacht hindurch Polizisten in Abständen von vier oder fünf Minuten durch die menschenleere Bahnhofshalle patrouillierten. »Werden Sie genügend Zeit haben?«
Agar runzelte die Stirn und warf einen Blick zum Büro hinauf. »Nein«, sagte er schließlich. »Es sei denn ...«
»Ja?«
»Es sei denn, die Tür ist bereits offen. Dann bin ich im Nu drinnen, mache rotzschnell die Abdrücke und bin glatt in zwei Minuten wieder unten.«
»Das Büro wird aber abgeschlossen sein«, sagte Pierce.
»Ich denke an einen Schlangenjungen«, sagte Agar und wies mit dem Kopf in Richtung des Dienstraums.
Pierce blickte hinauf. Das Büro des Fahrdienstleiters war mit einem breiten Glasfenster versehen. Pierce erkannte Mr. McPherson mit seinen weißen Haaren, der dort in Hemdsärmeln und mit einem grünen Augenschirm stand. Hinter McPherson befand sich ein etwa dreißig Quadratzentimeter großes Belüftungsfenster. »Ich sehe schon«, sagte Pierce. Und dann fügte er hinzu: »Verdammt klein.«
»Ein richtiger Schlangenjunge schafft das«, sagte Agar. Schlangenjungen waren Kinder mit einer ungewöhnlichen Fähigkeit, sich durch winzige Öffnungen hindurchzuzwängen. Gewöhnlich waren es ehemalige Schornsteinfegerlehrlinge. »Wenn er erst einmal im Büro ist, schließt er den Wandschrank auf, schließt dann die Eingangstür zum Büro von innen auf, und schon ist alles bereit. Das macht die

Sache für mich zu einem Klacks, verlassen Sie sich darauf«, sagte er und nickte zufrieden.
»Wenn man einen Schlangenjungen hat.«
»Ja.«
»Es muß schon ein ganz schön ausgekochter kleiner Teufel sein«, sagte Pierce und sah wieder zu dem Fenster hinauf. »Wenn wir diese Festung knacken wollen, muß er der beste sein, der aufzutreiben ist. Wer ist der beste?«
»Der beste?« sagte Agar und sah erstaunt auf. »Der beste ist Sauber-Willy, aber der sitzt.«
»Wo sitzt der denn?«
»In Newgate, und da kommt keiner raus. Er wird seine Tage in der Tretmühle abreißen und ein braver Junge sein und auf seine Entlassung warten, falls die je kommt. Aber ein Ausbruch? Nicht aus Newgate.«
»Vielleicht kann Sauber-Willy einen Weg finden.«
»Niemand kann das«, sagte Agar. »Das haben schon andere vor ihm versucht.«
»Ich schicke ihm einen Kassiber«, sagte Pierce, »und dann wollen wir sehen.«
Agar nickte. »Hoffen kann man ja«, sagte er, »aber mehr nicht.«
Die beiden Männer wandten ihre Aufmerksamkeit wieder den Büroräumen zu. Pierce starrte zu dem Lagerraum hinauf und sah sich den kleinen Wandschrank an.
Jetzt fiel Pierce ein, daß er ihn noch nie offen gesehen hatte. Ihm kam der Gedanke: Was, wenn sich mehrere Schlüssel – vielleicht Dutzende – in diesem Schränkchen befanden? Woher sollte Agar wissen, von welchen Schlüsseln er einen Abdruck machen sollte?
»Da kommt die Polente«, sagte Agar.
Pierce wandte sich um und sah den Konstabler seine Runde

machen. Er drückte auf seinen Chronographen: 7 Minuten und 47 Sekunden seit dem letzten Rundgang. Nachts würde der Beamte wohl in kürzeren Abständen patrouillieren.
»Sehen Sie ein Versteck?« fragte Pierce.
Agar wies mit einem Kopfnicken auf einen Gepäckständer in einer Ecke der Halle, keine zwölf Schritte von der Treppe entfernt.
»Das müßte genügen.«
»Durchaus«, sagte Pierce.
Die beiden Männer blieben bis sieben Uhr abends auf ihrer Bank sitzen. Da verließen die Bahnbeamten das Büro und gingen nach Hause. Um zwanzig nach sieben verließ auch der Fahrdienstleiter seinen Dienstraum und schloß die Außentür hinter sich ab. Agar nahm den Schlüssel aus der Entfernung aufs Korn.
»Was für ein Schlüssel ist es?« fragte Pierce.
»Ein simpler Dietrich tut's auch«, erwiderte Agar.
Die beiden Männer blieben noch eine weitere Stunde sitzen, bis es ihnen nicht mehr geraten erschien, sich noch länger auf dem Bahnsteig aufzuhalten. Der letzte Zug war bereits abgefahren, und sie fielen jetzt zu sehr auf. Sie blieben nur noch lange genug, um den Konstabler von der Nachtschicht zu stoppen, als dieser seine Rundgänge durch den Bahnhof aufnahm. Der Konstabler kam alle fünf Minuten und drei Sekunden am Büro des Fahrdienstleiters vorüber.
Pierce drückte den Knopf seines Chronographen und blickte auf das zweite Zifferblatt. »Fünf drei«, sagte er.
»Kleinigkeit«, sagte Agar.
»Werden Sie es schaffen?«
»Natürlich schaffe ich es«, sagte Agar. »In der Zeit mache

ich spielend einer Frau ein Kind – wie ich schon sagte, eine Kleinigkeit. Fünf drei?«
»Eine Zigarre zünde ich mir aber schneller an«, erinnerte ihn Pierce.
»Ich schaffe es«, sagte Agar fest, »wenn ich einen Schlangenjungen wie Sauber-Willy habe.«
Die beiden Männer verließen den Bahnhof. Als sie in die hereinbrechende Nacht hinaustraten, winkte Pierce seine Kutsche heran. Der Kutscher, der eine Narbe auf der Stirn hatte, gab dem Pferd die Peitsche, und der Wagen kam auf den Eingang des Bahnhofs zugerattert.
»Wann stoßen wir das Ding?« fragte Agar.
Pierce gab ihm ein Goldstück. »Wenn ich Ihnen Bescheid gebe«, sagte er. Er bestieg seine Kutsche und fuhr in die dunkler werdende Nacht.

6. Kapitel

Das Problem

Mitte Juli 1854 wußte Edward Pierce, wo sich drei der vier Schlüssel befanden. Zwei hingen in dem grünen Schränkchen des Fahrdienstleiters der South Eastern Railway. Der dritte hing am Hals von Henry Fowler. Diese drei Schlüssel waren für Pierce kein größeres Problem.
Natürlich mußte der günstigste Augenblick für einen unbeobachteten Einstieg ermittelt werden, damit die Wachsabdrücke gemacht werden konnten. Außerdem mußte ein

fähiger Schlangenjunge gefunden werden, der bei dem Einbruch in das Bahnbüro helfen sollte. Doch dies waren keine unüberwindlichen Hindernisse.
Wirklich schwierig dagegen war die Sache mit dem vierten Schlüssel. Pierce wußte, daß der vierte Schlüssel sich in der Obhut von Mr. Trent, dem Seniorchef der Bank, befand. Er wußte aber nicht, *wo* Mr. Trent ihn aufbewahrte. Und das in Erfahrung zu bringen war keine leichte Aufgabe. Sie sollte Pierce in den nächsten vier Monaten vollauf beschäftigt halten.
Hier sind wohl einige Erklärungen angebracht. 1854 stand Alfred Nobel noch am Anfang seiner Laufbahn. Es sollte noch zehn Jahre dauern, bis er das Dynamit entdeckte. Und Nitroglyzerin-»Gelee« sollte es erst viel später geben. Um die Mitte des 19. Jahrhunderts bot also jeder einigermaßen fachmännisch konstruierte Metallsafe wirksamen Schutz gegen Diebstahl.
Dies war so allgemein bekannt, daß die Hersteller von Geldschränken ihr Hauptaugenmerk darauf richteten, ihre Erzeugnisse feuersicher zu machen. Der Verlust von Geld und Dokumenten durch einen Brand war eine erheblich ernstere und drohendere Gefahr als der Verlust durch Diebstahl. In dieser Zeit wurden zahlreiche Patente auf Verfahren erteilt, die darauf hinzielten, Geldschränke mit Hilfe von Eisenmangan, Schamott, Marmorstaub und Gips feuersicher zu machen.
Wenn ein Dieb vor einem Safe stand, hatte er drei Möglichkeiten. Die erste war, den ganzen Safe zu stehlen, fortzuschaffen und ihn dann irgendwo in aller Ruhe aufzubrechen. Dieses Verfahren verbot sich, wenn der Safe eine bestimmte Größe oder ein bestimmtes Gewicht überschritt. Die Hersteller von Geldschränken verwandten

daher große Sorgfalt darauf, möglichst schwere und schwer zu transportierende Safes zu bauen.
Zweitens konnte ein Dieb einen Spezialbohrer benutzen, der am Schlüsselloch des Safes befestigt wurde und es ermöglichte, ein Loch zu bohren, durch das man den Mechanismus des Schlosses manipulieren und das Schloß öffnen konnte. Dieser Bohrer aber war ein Werkzeug, mit dem nur Spezialisten umgehen konnten. Außerdem machte er Lärm, arbeitete langsam und war nicht immer zuverlässig. Er war nur um teures Geld zu haben und zu unhandlich, um sich ohne weiteres an den »Arbeitsplatz« schaffen zu lassen.
Die dritte Möglichkeit bestand darin, bis zu dem Geldschrank vorzudringen und dann aufzugeben. Auf diese Weise endeten die weitaus meisten Versuche, einen Safe zu knacken. Zwanzig Jahre später waren Geldschränke für Einbrecher nur noch ein lästiges Ärgernis, aber im Moment stellten sie noch ein schier unüberwindliches Hindernis dar.
Kombinationsschlösser waren noch nicht erfunden worden. Alle Schlösser wurden mit Schlüsseln geöffnet, und am einfachsten war es, man brachte einen Schlüssel, den man sich zuvor beschafft hatte, mit, wenn man einen Safe knacken wollte. Dies erklärt, warum die Verbrecher des 19. Jahrhunderts sich so oft und so intensiv mit Schlüsseln befaßten. Die Kriminalliteratur der viktorianischen Zeit, ob offizielle Berichte oder Romane, erweckt oft den Eindruck, als seien Schlüssel hier zur fixen Idee geworden. Der Schlüssel aber war, wie der meisterliche Geldschrankknacker Neddy Sykes es 1848 als Angeklagter vor Gericht ausdrückte, »einfach alles bei einem Bruch: das Problem und seine Lösung«.

Edward Pierce ging bei der Planung des Eisenbahnraubs also mit Recht von der selbstverständlichen Voraussetzung aus, daß er sich zunächst Duplikate der erforderlichen Schlüssel beschaffen müsse. Und dazu mußte er sich Zugang zu den Originalschlüsseln verschaffen. Es gab zwar bereits eine neue Methode, nach der man wächserne »Rohlinge« in ein Safeschloß hineindrücken konnte, aber dieses Verfahren war unzuverlässig. Deshalb ließ man damals Safes oft unbeaufsichtigt und unbewacht.
Das wirkliche Augenmerk eines Verbrechers mußte auf die Schlüssel zum Safe gerichtet sein – wo immer sie sich befinden mochten. Nachschlüssel anzufertigen war kein wirkliches Problem: Wachsabdrücke eines Schlüssels ließen sich in wenigen Augenblicken machen. Und jede Räumlichkeit, in der ein Schlüssel verwahrt wurde, konnte verhältnismäßig leicht aufgebrochen werden.
Genau betrachtet ist ein Schlüssel jedoch ein sehr kleiner Gegenstand, der sich an den unwahrscheinlichsten Stellen verstecken läßt, wenn man ihn nicht gar am Körper trägt. Und ein Zimmer der viktorianischen Zeit bot viele Verstecke, wenn man bedenkt, daß schon ein Papierkorb damals mit Stoff bezogen und mit Fransen und Quasten drapiert war.
Wir vergessen leicht, wie außerordentlich überladen die Zimmer damals waren. Der vorherrschende Geschmack der damaligen Zeit bot zahllose Möglichkeiten, einen Gegenstand zu verstecken. Überdies liebten die Engländer des 19. Jahrhunderts Geheimfächer und verborgene Hohlräume. Um 1850 wurde in einer Anzeige ein Schreibtisch »mit 110 Fächern« angepriesen, »von denen viele höchst kunstvoll vor Entdeckung geschützt sind«. Selbst die reich verzierten Kaminsimse boten Dutzende von Ver-

stecken für einen so kleinen Gegenstand wie einen Schlüssel.

Folglich war um die Mitte der viktorianischen Zeit eine Information über den Aufbewahrungsort eines Schlüssels fast so wertvoll wie ein Nachschlüssel. Ein Dieb, der einen Wachsabdruck brauchte, konnte in ein Haus einbrechen, wenn er wußte, wo der Schlüssel versteckt war, oder wenn er zumindest wußte, in welchem Raum er lag. Wenn er es nicht wußte, war er gezwungen, unbemerkt das ganze Haus zu durchsuchen – ein Haus voller Bewohner und Dienstboten –, und das nur mit Hilfe einer abgeblendeten Laterne, die nur einen schwachen Lichtstrahl warf. Mit anderen Worten, die Schwierigkeiten waren so groß, daß sich der Versuch oft von vornherein gar nicht lohnte. Pierce konzentrierte daher seine Bemühungen darauf, herauszufinden, wo Mr. Edgar Trent, Seniorchef der Firma Huddleston & Bradford, seinen Schlüssel aufbewahrte.

Die erste Frage war, ob Mr. Trent seinen Schlüssel in der Bank verwahrte. Die einfachen Angestellten von Huddleston & Bradford nahmen ihr Essen um ein Uhr mittags in dem der Bank gegenüberliegenden Pub »Pferd und Reiter« ein. In dem kleinen Lokal war es um die Mittagsstunde meist voll und sehr heiß. Pierce machte sich an einen der Buchhalter heran, einen jungen Mann namens Rivers.

Die meisten Angestellten der Bank hüteten sich gewöhnlich vor Zufallsbekanntschaften. Man wußte nie, ob man nicht mit einem Verbrecher sprach, der einen aushorchen wollte. Rivers aber machte sich da keine weiteren Sorgen. Er war fest davon überzeugt, daß die Bank gegen jeden Einbruchsversuch gefeit war. Doch mochte es auch daran liegen, daß er Grund zu haben glaubte, der Bank zu grollen.

Letzteres ist vielleicht verständlich, wenn man die revidierte »Büroordnung für Angestellte« liest, die Mr. Trent zu Beginn des Jahres 1854 hatte aushängen lassen.

1. Gottesfurcht, Sauberkeit und Pünktlichkeit sind die Eckpfeiler des Geschäftslebens.
2. Die Firma hat den Arbeitstag auf die Stunden von 8 Uhr 30 bis 19 Uhr verkürzt.
3. Gemeinsame Gebete werden allmorgendlich im Hauptbüro abgehalten. Die Angestellten haben anwesend zu sein.
4. Würdige und unauffällige Kleidung ist unerläßlich. Es ist den Angestellten untersagt, grelle Farben zu tragen.
5. Zum Wohl der Angestellten hält die Firma einen Ofen bereit. Es wird empfohlen, daß jeder Angehörige in der kalten Jahreszeit pro Tag vier Pfund Kohle mitbringt.
6. Angestellte, die ihren Arbeitsplatz vorübergehend verlassen wollen, benötigen dazu die Erlaubnis von Mr. Roberts. Die natürlichen Bedürfnisse sind gestattet. Die Angestellten werden diesbezüglich auf den Garten hinter dem zweiten Tor verwiesen. Dieses Gelände ist peinlich sauber und in guter Ordnung zu halten.
7. Während der Geschäftsstunden sind private Gespräche nicht erlaubt.
8. Das Verlangen nach Tabak, Wein oder Spirituosen ist eine menschliche Schwäche und als solche den Angestellten untersagt.
9. Die Angestellten sind gehalten, sich selbst mit den nötigen Schreibfedern zu versorgen.
10. Die Geschäftsleitung erwartet zum Ausgleich für diese geradezu utopischen Arbeitsbedingungen eine erheblich gesteigerte Arbeitsleistung.

Ob utopisch oder nicht, die Arbeitsbedingungen bei Huddleston & Bradford hielten den Buchhalter Rivers nicht davon ab, sich sehr offen über Mr. Trent zu äußern. Und das mit erheblich weniger Begeisterung, als man angesichts eines so utopischen Dienstherrn hätte erwarten sollen.

»Ein bißchen pedantisch ist er«, sagte Rivers. »Punkt acht Uhr dreißig klappt er den Deckel seiner Uhr auf und kontrolliert, ob jeder an seinem Platz ist. Entschuldigungen läßt er nicht gelten. Gott sei dem Mann gnädig, dessen Pferdeomnibus sich in der Hauptverkehrszeit verspätet hat.«

»Er verlangt, daß alles wie am Schnürchen läuft, was?«

»Er treibt's auf die Spitze, daß es eine Art hat. Er ist wirklich ein harter Bursche – die Arbeit muß getan werden, und das ist alles, was ihn interessiert. Er kommt allmählich in die Jahre«, sagte Rivers. »Eitel ist er auch noch. Hat sich Koteletten wachsen lassen, die sind länger als Ihre. Soll wohl ein Ausgleich dafür sein, daß ihm oben auf der Platte die Haare ausgehen.«

Damals wurde heftig darüber debattiert, ob ein Herr von Welt sich Koteletten wachsen lassen dürfe oder nicht. Es war eine neue Mode. Über ihre Vorzüge gab es geteilte Meinungen. Ähnlich verhielt es sich mit einer anderen Mode, die kürzlich aufgekommen war: das Rauchen sogenannter Zigaretten. Aber die konservativsten Männer rauchten überhaupt nicht – in der Öffentlichkeit ganz gewiß nicht, aber auch nicht zu Hause. Und die konservativsten Männer waren überdies glattrasiert.

»Er hat sich übrigens so eine Bürste besorgt«, fuhr Rivers fort. »Dr. Scotts elektrische Haarbürste. Kommt direkt aus Paris. Wissen Sie, wie teuer die ist? Kostet zwölf Shilling Sixpence, stellen Sie sich das mal vor.«

Erklärlich, daß Rivers dies kostspielig fand: Die Bank zahlte ihm zwölf Shilling pro Woche.
»Wozu ist sie gut?« wollte Pierce wissen.
»Gegen Kopfschmerzen, Schuppen und Haarausfall«, erwiderte Rivers, »das wird jedenfalls behauptet. Komische kleine Bürste. Er schließt sich regelmäßig einmal die Stunde in seinem Büro ein und bürstet sich damit.« An dieser Stelle lachte Rivers über die Launen seines Dienstherrn.
»Er muß ein großes Büro haben.«
»O ja, groß ist es, komfortabel auch. Er ist ein wichtiger Mann, dieser Mr. Trent.«
»Hält es sicher auch in Ordnung?«
»Und ob. Die Reinmachefrau kommt jeden Abend, wischt Staub, putzt, rückt alles zurecht, und jeden Abend, wenn er das Büro verläßt, sagt Mr. Trent zu der Reinmachefrau: ›Jedes Ding an seinen Platz, dann findet man auch alles.‹ Er geht immer Punkt sieben.«
Den Rest der Unterhaltung vergaß Pierce sofort, denn was nun noch gesprochen wurde, war für ihn nicht von Interesse. Er wußte bereits, was er hatte wissen wollen – Trent bewahrte den Schlüssel nicht in seinem Büro auf. Andernfalls hätte er nie zugelassen, daß es in seiner Abwesenheit geputzt wurde, denn Reinmachefrauen standen in dem Ruf, leicht bestechlich zu sein. Ein gründliches Putzen kam einer gründlichen Durchsuchung oft sehr nahe.
Aber selbst wenn der Schlüssel sich nicht in Trents Büro befand, konnte es trotzdem sein, daß er in der Bank aufbewahrt wurde. Mr. Trent konnte ihn in einem der Kellertresore verschlossen haben. Um sich Klarheit zu verschaffen, hätte Pierce sich an einen anderen Angestellten wenden müssen, aber das wollte er auf alle Fälle vermeiden. Er wählte einen anderen Weg.

7. Kapitel

Der Stutzer

Teddy Burke, vierundzwanzig, arbeitete um zwei Uhr nachmittags auf dem *Strand*. Es war die Stunde, zu der die elegante Welt flanierte. Wie die anderen vornehmen Herren hatte Teddy Burke sich mit Sorgfalt gekleidet. Er trug einen hohen Hut, einen dunklen Gehrock, Röhrenhosen sowie ein dunkles seidenes Halstuch. Diese Ausstattung hatte ihn ein hübsches Sümmchen gekostet, war aber eine notwendige Voraussetzung für sein Gewerbe, denn Teddy Burke war unter den stutzerhaften Ganoven einer der stutzerhaftesten.

In dem Gedränge, in dem Herren und Damen von einem der eleganten Geschäfte dieser Straße zum nächsten schlenderten, um sich die Auslagen anzusehen, würde es niemandem auffallen, daß Teddy Burke nicht allein war. Nicht in dieser Straße, die Disraeli einmal die »erste Straße Europas« genannt hatte. Teddy Burke arbeitete nach seinem bewährten Muster. Er selbst war der eigentliche Taschendieb, der »Stipper«. Ihm zur Seite stand der »Beispringer«, der im Notfall die Aufmerksamkeit auf sich zu lenken hatte. Und vor und hinter ihm gingen zwei weitere Helfer, die sogenannten »Schatten«. Alle vier gutgekleideten Männer bewegten sich unauffällig in der Menge. Hier bot sich dem Auge Zerstreuung genug.

Es war ein strahlender Frühsommertag. Die Luft war lau und duftete nach Pferdemist, obwohl die vielen Straßenkehrer ihn emsig aufkehrten. Es herrschte starker Verkehr: ein Gewimmel von Karren, Blockwagen, bunt beschrifte-

ten ratternden Pferdeomnibussen, zwei- und vierrädrigen Droschken. Von Zeit zu Zeit rollte eine elegante Kalesche mit einem uniformierten Kutscher auf dem Bock und livrierten Dienern auf dem hinteren Trittbrett vorbei. Kinder in zerlumpten Kleidern huschten durch die Menge und schlugen zum Vergnügen der Passanten, die ihnen ein paar Pennies zuwarfen, vor den Pferdehufen Rad.
Diese Vergnügungen ließen Teddy Burke ebenso kalt wie die üppigen Auslagen in den Schaufenstern. Seine Aufmerksamkeit richtete sich auf sein nächstes Opfer, eine elegante Dame in einem dunkelroten, mit schweren Volants besetzten Reifrock. In wenigen Augenblicken, während sie weiterflanierte, würde er sie »stippen«.
Seine Mannschaft hatte sich formiert. Einer seiner Schatten hielt sich drei Schritte vor dem Opfer, ein anderer fünf Schritte dahinter. Falls mit dem Griff etwas schiefging, würden die beiden Schatten eingreifen und für Verwirrung und Aufregung sorgen.
Das Opfer bewegte sich zwar, aber das störte Teddy Burke nicht. Er hatte vor, die Dame im Vorbeigehen auszunehmen, während sie von einem Schaufenster zum nächsten ging. Dies war die schwierigste Art des Taschendiebstahls.
»Los, jetzt«, sagte er. Der Beispringer schob sich neben ihn. Seine Aufgabe war es, die Sore, sobald Teddy sie geschnappt hatte, an sich zu nehmen. Teddy war dann sauber, falls es Geschrei geben und ein Konstabler ihn anhalten würde.
Er und der Beispringer arbeiteten sich so dicht an die Frau heran, daß sie ihr Parfum riechen konnten. Teddy ging zu ihrer Rechten, denn das Kleid einer Frau hatte nur eine Tasche, und die saß rechts.

Teddy hatte sich einen Mantel über den linken Arm gelegt. Ein aufmerksamer Beobachter hätte sich zwar verwundert fragen können, warum ein Herr an einem so warmen Tag einen Mantel bei sich hatte. Aber der Mantel sah neu aus und hätte ohne weiteres soeben in einem der Läden gekauft worden sein können. Wie dem auch sei: Der Mantel verbarg die blitzschnelle Bewegung, mit der Teddys rechter Arm am Körper vorbei zu dem Rock der Frau hinüberglitt. Teddy tastete mit behutsamen Fingern über den Stoff, um herauszufinden, ob sich überhaupt eine Geldbörse in der Tasche befand. Seine Finger spürten etwas. Er holte tief Luft, schickte ein Stoßgebet zum Himmel, daß die Münzen nicht klimperten, und zog der Frau die Geldbörse aus der Tasche.

Sofort entfernte er sich unauffällig von der Frau und legte sich den Mantel über den rechten Arm. Mit der gleichen Bewegung reichte er die Geldbörse dem Beispringer. Der Beispringer setzte sich vorsichtig ab, und auch die Schatten vor und hinter ihm bewegten sich in verschiedene Richtungen davon. Nur Teddy Burke, jetzt »trocken«, flanierte weiter den *Strand* entlang. Er blieb vor einem Schaufenster stehen, in dem aus Frankreich importierte Glas- und Kristall-Dekanter ausgestellt waren.

Ein hochgewachsener Herr mit einem roten Bart bewunderte die Auslagen im Schaufenster. Ohne Teddy Burke anzusehen, sagte er:

»Sauberer Griff.«

Teddy Burke sah ihn blinzelnd an.

Der Mann war zu gut gekleidet, sah zu korrekt aus, um irgendein hergelaufener Polizist in Zivil zu sein. Ein Schnüffler oder Spitzel war er schon gar nicht. Teddy Burke sagte vorsichtig: »Sprechen Sie mit mir, Sir?«

»Ja«, erwiderte der Mann. »Ich sagte, das war ein sehr sauberer Griff. Haben Sie sie mit dem Haken abgebeizt?«
Teddy Burke war tief beleidigt. Der »Haken« war ein Werkzeug aus Draht, dessen sich Taschendiebe minderen Ranges bedienten, um eine Geldbörse zu ziehen, vor allem dann, wenn ihre Finger für diese Arbeit zu zittrig waren.
»Bitte um Vergebung, Sir. Ich weiß nicht, was Sie meinen, Sir.«
»Ich glaube, das wissen Sie sehr gut«, sagte der Mann. »Gehen wir ein Stückchen zusammen?«
Teddy Burke zuckte die Achseln und schloß sich dem Fremden an. Schließlich war er trocken und hatte nichts zu fürchten. »Wunderschöner Tag heute«, sagte er.
Der Fremde gab keine Antwort. Sie gingen einige Minuten schweigend nebeneinander her. »Könnten Sie auch einmal einen solchen Griff tun, ohne abzubeizen?« fragte der Mann nach einer Weile.
»Wie soll ich das verstehen, Sir?«
»Ich meine«, erwiderte der Mann, »können Sie ein Opfer abklopfen und dabei trocken bleiben?«
»Mit Absicht?« Teddy Burke lachte. »Das kommt auch so oft genug vor, ohne daß ich's darauf anlege, das können Sie mir glauben.«
»Wenn Sie mir beweisen, daß Sie auch gut stümpern können, winken Ihnen fünf Pfund.«
Teddy Burkes Augen verengten sich. Es gab genügend Bauernfänger, die oft einen nichtsahnenden Komplicen bei einem ausgeklügelten Manöver in die Falle laufen ließen. Teddy Burke ließ sich von niemandem zum Narren halten.
»Fünf Pfund sind etwas mager.«
»Zehn«, sagte der Mann gelangweilt.
»Ich muß an meine Jungs denken.«

»Nein«, sagte der Mann, »hier geht es nur um Sie, Sie allein.«
»Was soll ich also tun?«
»Sie sollen den Mann anrempeln und ihn nur gerade soviel befummeln, daß er Angst bekommt und sich auf die Taschen klopft.«
»Und Sie wollen, daß ich trocken rauskomme?«
»Trocken wie Staub«, sagte der Mann.
»Und wer soll das Opfer sein?« fragte Teddy Burke.
»Ein Herr namens Trent. Sie sollen ihn wie ein Stümper vor seinem Büro befummeln, einfach ein bißchen anrempeln.«
»Wo ist denn sein Büro?«
»In der Huddleston & Bradford-Bank.«
Teddy Burke pfiff durch die Zähne. »Westminster. Schwierige Gegend. Da läuft 'ne ganze Armee Polente rum.«
»Wieso? Sie werden ja trocken sein. Sie sollen ihn nur ein bißchen erschrecken.«
Teddy Burke begleitete den Herrn noch ein paar Schritte, blickte hierhin und dorthin, schnupperte die Luft und überlegte. »Wann soll's also sein?«
»Morgen früh. Punkt acht.«
»Also gut.«
Der Herr mit dem roten Bart gab ihm eine Fünf-Pfund-Note und erklärte ihm, den Rest werde er nach getaner Arbeit erhalten.
»Worum geht's denn überhaupt?« fragte Teddy Burke.
»Persönliche Angelegenheit«, erwiderte der Fremde und entschwand in der Menge.

8. Kapitel

Das »Heilige Land«

Zwischen 1801 und 1851 dehnte sich das Stadtgebiet Londons auf das Dreifache aus. Mit zweieinhalb Millionen Einwohnern war es nunmehr die weitaus größte Stadt der Welt, und jeder ausländische Besucher zeigte sich über ihre Ausdehnung erstaunt. Nathaniel Hawthorne war sprachlos; Henry James war fasziniert und entsetzt angesichts dieser »erschreckend vielen Menschen«; Dostojewski fand die Stadt »riesig wie einen Ozean ... Sie ist eine biblische Vision, eine Prophetie der Apokalypse, die sich vor unseren Augen erfüllt.«

Dabei wuchs London immer noch weiter. Um die Mitte des 19. Jahrhunderts waren ständig etwa viertausend neue Wohnungen gleichzeitig im Bau. Die Stadt platzte buchstäblich aus allen Nähten. Die heute vertraute Zersiedelung gab es schon damals und wurde als »Flucht in die Vororte« bezeichnet. Randgebiete der Stadt, die zu Beginn des Jahrhunderts noch Dörfer und kleine Marktflecken gewesen waren – Marylebone, Islington, Camden, St. John's Wood und Bethnal Green –, präsentierten sich nun als vollständig bebaute Stadtbezirke. Der seit kurzem zu einigem Wohlstand gelangte Mittelstand floh aus der Innenstadt, um sich in diesen Gebieten anzusiedeln, wo die Luft besser war, der Lärm weniger lästig und das Leben allgemein angenehmer und »ländlicher«.

Einige der älteren Bezirke Londons hatten natürlich ihre durch große Eleganz und Wohlhabenheit geprägte Eigenart bewahrt, aber diese Viertel grenzten oft unmittelbar an die abstoßendsten und erschreckendsten Slums. Das unmittelbare Nebeneinander von großem Reichtum und abgrundtiefem Elend beeindruckte auch ausländische Besucher, dies besonders deshalb, weil diese Elendsviertel Zufluchtsort und Brutstätte der sogenannten »kriminellen Klasse« waren. Es gab Bezirke in London, in denen ein Dieb nach einem Einbruch in ein vornehmes Haus nur die Straße zu überqueren brauchte und in einem unübersehbaren Gewirr enger Gassen und baufälliger Häuser untertauchen konnte. Diese Gegenden waren so vollgestopft mit Menschen und so gefährlich, daß nicht einmal ein bewaffneter Polizist einen Übeltäter bis hierher zu verfolgen wagte.

Wie Elendsviertel entstehen, wurde damals nur von sehr wenigen erkannt; der Begriff »Slum« setzte sich erst um 1890 allgemein durch. Die uns heute vertraute Entwicklung wurde aber bereits vage gesehen: Ein bestimmtes Viertel wurde durch neuerbaute Straßenzüge von der übrigen Stadt abgeschnitten; der Verkehrsstrom wurde an diesem Viertel vorbeigelenkt, Geschäfte schlossen; andernorts unerwünschte Industriebetriebe siedelten sich jetzt hier an, die viel Lärm machten, die Luft verschmutzten und die Attraktivität des Viertels weiter verringerten; am Ende mied jeder dieses Viertel, der die Mittel besaß, woanders zu wohnen; das Viertel verfiel, Häuser und Straßen wurden nicht mehr gepflegt.

Damals wie heute existierten diese Slums zum Teil auch, weil sie für Hauswirte profitabel waren. In einem Haus mit acht Räumen wohnten oft bis zu hundert Logiergäste, von denen jeder einen oder zwei Shilling wöchentlich zu entrichten hatte, um dann in »kunterbunter Promiskuität« zu leben. Bis zu zwanzig Angehörige des gleichen oder verschiedenen Geschlechts schliefen in einem Raum. (Die wohl bizarrsten Logierhäuser der damaligen Zeit waren die im Hafen gelegenen *penny hangs* für Seeleute. Hier konnte ein betrunkener Seemann für einen Penny nächtigen. Die Männer legten die Arme über in Brusthöhe angebrachte Seile und hängten dann dort wie Wäschestücke auf der Leine.)

Während manche der Eigentümer dieser Logierhäuser oder Nachtasyle in dem gleichen Viertel lebten – und statt des Mietzinses oft gestohlenes Gut annahmen –, zogen andere Hauswirte, die als angesehene Bürger galten, es vor, woanders zu wohnen. Sie hielten sich den Elendsvierteln fern und überließen es irgendeinem rauhbeinigen Stellvertreter, die Mieten einzutreiben und die Häuser notdürftig oder nur zum Schein in Ordnung zu halten.

Es gab in jener Zeit verschiedene berüchtigte Elendsviertel, Seven Dials, Rosemary Lane, Jacob's Island oder Ratcliffe Highway; aber keines war bekannter als die sechs Acres im Herzen Londons, wo sich das Elendsviertel St. Giles befand, das sogenannte »Heilige Land«. Dank seiner Nähe zu den Theatern am Leicester Square, zum Dirnenviertel am Haymarket und zu den eleganten Geschäften der Regent Street hatte St. Giles eine strategisch günstige Lage für Kriminelle, die »untertauchen« wollten.

In zeitgenössischen Berichten wird das Heilige Land als »dichte Masse von Häusern« beschrieben, »die so alt sind, daß man den trügerischen Eindruck erhält, sie könnten gar nicht einstürzen. Dazwischen winden und schlängeln sich enge Gassen. Hier kann sich niemand in eigene vier Wände zurückziehen, und wer sich in dieses Viertel hineinwagt, findet die – nur aus Höflichkeit so genannten – Straßen voller Nichtstuer und blickt durch trübe Fensterscheiben in

Räume, die zum Bersten überfüllt sind und in denen man kaum atmen kann.« Es finden sich Hinweise auf »Rinnsteine, in denen eine stinkende Brühe steht«, auf den »unbeschreiblichen Schmutz in dunklen Gängen, auf rußverschmierte Wände, Türen fallen aus ihren Angeln ... und überall wimmelt es von Kindern, die ihre Notdurft verrichten, wo immer es ihnen behagt«.

Eine derart verwahrloste, übelriechende und gefährliche Behausung war gewiß kein Aufenthaltsort für einen vornehmen Herrn, schon gar nicht nach Einbruch der Dunkelheit an einem nebligen Sommerabend. Aber Ende Juli 1854 promenierte ein modisch gekleideter rotbärtiger Herr furchtlos durch die rauchgeschwängerten, überfüllten und engen Gassen. Den Tagedieben und Landstreichern, die ihm mit den Blicken folgten, konnte nicht entgehen, daß sein mit einem Silberknauf versehener Stock auffällig schwer zu sein schien und gut einen Degen verbergen konnte. Eine Ausbuchtung der Hose deutete darauf hin, daß im Gürtel ein »Kracher« steckte. Allein schon die Kühnheit dieses Vordringens ins Heilige Land mochte viele der Wegelagerer einschüchtern, die versucht sein konnten, diesen Mann zu überfallen.

Pierce selbst sagte später einmal: »Es ist das Auftreten, das von diesen Leuten respektiert wird. Jeder Mann, der keine Angst vor ihnen zeigt, versetzt sie selbst in Angst.«

Pierce ging durch die stinkenden Straßen und fragte nach einer bestimmten Frau. Schließlich fand er einen lungernden Trunkenbold, der sie kannte.

»Ist es Maggie, die Sie suchen? Die kleine Maggie?« fragte der Mann. Er lehnte im Nebel an einem gelben Gaslaternenpfahl. Im dichten Schatten konnte man sein Gesicht kaum erkennen.

»Ich suche eine Hure – Sauber-Willys Schatz.«
»Die kenne ich. Sie ist Waschfrau und läßt ab und zu was mitgehen. Ja, das ist sie.« Hier machte der Mann eine bedeutungsvolle Pause und sah Pierce blinzelnd an.
Pierce gab ihm eine Münze. »Wo finde ich sie?«
»Erster Durchgang, erste Tür zur rechten Hand«, sagte der Mann.
Pierce setzte seinen Weg fort.
»Brauchen sich gar nicht die Mühe zu machen«, rief der Mann hinter ihm her. »Willy sitzt im Kittchen, in Newgate sogar, und reißt seine Zeit in der Tretmühle ab.«
Pierce sah sich nicht um. Er ging die Straße hinunter, vorbei an schemenhaften Gestalten im Nebel, hier und da leuchtete etwas im Dunkeln auf – Phosphorflecken am Kleid einer Frau, die in der Zündholzfabrik arbeitete. Hunde bellten. Kinder weinten. Durch den Nebel drangen Geflüster, Stöhnen und Gelächter an Pierce' Ohr. Schließlich gelangte er zu der schäbigen Herberge, an deren Eingang ein Rechteck gelben Lichts ein unbeholfen beschriftetes Schild beleuchtete. Dort stand zu lesen:

ZIMMER FÜR
REISENDE

Pierce warf einen Blick auf das Schild und betrat das Haus. Er bahnte sich den Weg durch ein Gewimmel schmutziger und abgerissener Kinder, die sich auf den Treppen drängten. Einem versetzte er einen Schlag mit der flachen Hand, um ihnen allen zu zeigen, daß er ein Herumfingern an seinen Anzugtaschen nicht dulden würde. Er ging die knarrenden Stufen zum ersten Stock hinauf und fragte nach Maggie. Man sagte ihm, sie sei in der Küche, und so ging er wieder ins Erdgeschoß hinunter.

Die Küche war der Mittelpunkt dieser Art von Herbergen, und um diese Stunde war sie ein warmer und freundlicher Ort, in dem Hitze und starke Gerüche miteinander verschmolzen, während draußen vor den Fenstern grauer und kalter Nebel waberte. Ein halbes Dutzend Männer stand plaudernd und trinkend am Herdfeuer. An einem Seitentisch spielten einige Männer und Frauen Karten, während andere dampfende Suppen in sich hineinlöffelten. In den Ecken türmten sich Musikinstrumente, Krücken von Bettlern, Körbe von Hausierern und Bauchläden von Straßenhändlern. Pierce fand Maggie, ein schmutziges Kind von zwölf Jahren, und zog es beiseite. Er gab dem Mädchen eine Gold-Guinee. Sie biß darauf und bleckte die Zähne zu einem leichten Lächeln.

»Worum geht's denn, Herr?« Sie sah anerkennend auf seine feine Kleidung. Dieser berechnende Blick war nicht mehr der Blick eines zwölfjährigen Kindes. »Ein bißchen Spaß zu zweit?«

Pierce ignorierte den Vorschlag. »Du hast es mit Sauber-Willy?«

Sie zuckte die Achseln. »Das war einmal, Willy sitzt.«

»Newgate?«

»Ja.«

»Besuchst du ihn manchmal?«

»Ja, ab und zu. Ich gehe als seine Schwester hin, verstehen Sie?«

Pierce zeigte auf die Münze, die sie in der Hand hielt. »Du kriegst noch eine davon, wenn du ihm eine Nachricht bringen kannst.«

Einen Augenblick blitzte es in den Augen des Mädchens auf. Dann wurden sie wieder ausdruckslos. »Worum geht's?«

»Sag Willy, er soll bei der nächsten Hinrichtung ausbrechen. Man wird Emma Barnes hängen, die Mörderin. Sie werden sie ganz sicher öffentlich hängen. Sag ihm: Brich bei der Hinrichtung aus.«
Sie lachte. Es war ein seltsames Lachen, harsch und rauh. »Willy sitzt in Newgate«, sagte sie, »und da bricht keiner aus – ob gerade jemand aufgehängt wird oder nicht.«
»Sag ihm, daß *er's* schon schaffen wird«, sagte Pierce. »Sag ihm, er soll zu dem Haus gehen, wo er John Simms kennengelernt hat; dann wird schon alles in Ordnung kommen.«
»Sind Sie John Simms?«
»Ich bin ein Freund«, erwiderte Pierce. »Sag ihm, bei der nächsten Hinrichtung. Entweder er schafft es, oder er ist nicht Sauber-Willy.«
Sie schüttelte den Kopf. »Wie soll er aus Newgate ausbrechen?«
»Sag's ihm nur«, entgegnete Pierce und wandte sich zum Gehen.
An der Küchentür drehte er sich um und sah sie an: ein mageres Kind mit hängenden Schultern, das in einem zerlumpten Kleid steckte. Das Kleid war mit Schmutzflekken übersät, ihr Haar verfilzt und schmutzig.
»Ich werd's ihm sagen«, versetzte sie und ließ das Goldstück im Schuh verschwinden.
Pierce wandte sich ab und verließ das Heilige Land auf dem Weg, auf dem er gekommen war. Er trat aus einer schmalen Gasse auf den Leicester Square und verschwand in der Menge vor dem Mayberry Theatre.

9. Kapitel

Der Tag eines Bankiers

Das ehrbare London schlief friedlich. In der Zeit vor der Erfindung des Verbrennungsmotors lag das Geschäfts- und Bankenviertel im Herzen der Stadt nach Einbruch der Dunkelheit verlassen und still da. Nur die festen Schritte der Konstabler der Metropolitan Police durchbrachen alle zwanzig Minuten das nächtliche Schweigen.

Wenn der Morgen graute, hörte man Hähne krähen und Kühe muhen – ländliche Laute, die nicht recht zu einer so städtischen Umgebung passen wollten. Aber in jenen Tagen gab es in der Innenstadt viel Vieh, und die Viehzucht war in London noch immer ein bedeutender Erwerbszweig und zudem tagsüber eine Hauptursache von Verkehrsstockungen. Es konnte einem besseren Herrn durchaus passieren, daß ein Schäfer mit seiner Herde auf den Straßen der Innenstadt seiner Kutsche den Weg versperrte. London war damals das größte städtische Gemeinwesen der Erde, aber die Grenzen zwischen städtischem und ländlichem Leben waren – wenn man moderne Maßstäbe anlegt – noch fließend.

Aber nur so lange, bis die Turmuhr der Horse Guards sieben schlug und die ersten jener Menschen, die wir heute »Pendler« nennen, ihrer Arbeit zustrebten, allerdings »auf Schusters Rappen», also zu Fuß. Es waren die Heere von Frauen und Mädchen, die bis zur Erschöpfung in den Kleiderfabriken im West End arbeiteten – zwölf Stunden am Tag und für nur ein paar Shillinge in der Woche.

Um acht Uhr wurden die hölzernen Läden der Geschäfte

an den großen Straßen abgenommen; Lehrlinge und Gehilfen dekorierten die Schaufenster für den neuen Tag, stellten zur Schau, was ein zeitgenössischer sarkastischer Beobachter »die unzähligen Albernheiten und den ganzen Krimskrams der jeweils neuesten Mode« nannte.

Zwischen acht und neun Uhr herrschte dichter Verkehr. Auf den Straßen drängten sich die Menschen. Alle Welt war auf den Beinen, Regierungsbeamte, Bankkassierer, Börsenmakler, Zuckerbäcker, Seifensieder. Sie legten den Weg zur Arbeit zu Fuß, in Pferdeomnibussen oder Kutschen zurück – ein ratterndes, lärmendes, drangvoll enges Durcheinander von Fuhrwerken und Kutschern, die fluchend und schimpfend auf ihre Pferde einhieben.

Inmitten dieses geräuschvollen Verkehrs begannen die Straßenkehrer ihre Tagesarbeit. In der stark nach Ammoniak riechenden Luft fegten sie, vorsichtig zwischen Omnibussen, Kutschen und Karren lavierend, die ersten Pferdeäpfel auf. Sie hatten genug zu tun: Henry Mayhew zufolge ließ jedes Londoner Pferd jährlich sechs Tonnen Mist auf die Straßen der Stadt fallen – und es gab mindestens eine Million Pferde in London.

Mitten durch diesen Wirrwarr rollten einige wenige elegante Kutschwagen aus glänzendem, schwarzlackiertem, auf Hochglanz poliertem Holz. Diese sanft gefederten Gefährte mit kunstvoll gearbeiteten Speichenrädern beförderten ihre Insassen, Herren mit Rang und Namen, höchst komfortabel ihren Pflichten entgegen.

Pierce und Agar, die auf dem Dach eines der Huddleston & Bradford-Bank gegenüberliegenden Hauses kauerten, beobachteten, wie eine solche Kutsche sich auf der unter ihnen liegenden Straße dem eindrucksvollen Bankgebäude näherte.

»Da ist er«, sagte Agar.

Pierce nickte. »Nun, bald wissen wir Bescheid.« Er blickte auf seine Uhr. »Acht Uhr neunundzwanzig. Pünktlich wie immer.«

Pierce und Agar hielten sich seit Tagesanbruch auf dem Dach auf. Sie hatten die frühe Ankunft der Schalterbeamten und der Buchhalter beobachtet; sie hatten gesehen, wie der Verkehr auf der Straße und das Gedränge auf den Bürgersteigen mit jeder Minute dichter und eiliger geworden war.

Jetzt rollte die Kutsche vor der Eingangstür der Bank aus, und der Kutscher sprang vom Bock, um den Schlag zu öffnen. Der Seniorchef von Huddleston & Bradford stieg aus. Mr. Edgar Trent ging auf die Sechzig zu. Er hatte einen grauen Bart und trug einen beachtlichen Embonpoint vor sich her. Ob er wirklich kahl wurde oder nicht, konnte Pierce nicht ausmachen, denn Mr. Trents Kopf bedeckte ein Zylinder.

»Ein fetter Kerl, was?« sagte Agar.

»Achtung, jetzt«, sagte Pierce.

In genau dem Augenblick, in dem Mr. Trent auf den Bürgersteig trat, wurde er von einem gutgekleideten jungen Mann grob angerempelt. Dieser murmelte eine kurze Entschuldigung über die Schulter und eilte mit den anderen Passanten weiter. Mr. Trent ignorierte den Zwischenfall. Er ging die wenigen Schritte auf die imposanten Eichentüren der Bank zu.

Dann blieb er plötzlich wie angewurzelt stehen.

»Es hat gewirkt«, sagte Pierce.

Trent blickte hinter dem gutgekleideten jungen Mann her, klopfte im gleichen Augenblick gegen die Seitentasche seiner Jacke und tastete nach einem bestimmten Gegenstand. Was er suchte, war offenbar immer noch an seinem Platz; er ließ die Schultern erleichtert sinken und setzte seinen Weg ins Bankgebäude fort.

Die Kutsche rollte davon; die schweren Türen drüben schlossen sich wieder.

Pierce lächelte breit und wandte sich Agar zu. »Nun«, sagte er, »das wär's.«

»Was?« fragte Agar.

»Was wir wissen wollten.«

»Und was wollten wir denn wissen?« sagte Agar.

»Wir wollten wissen, ob Mr. Trent heute seinen Schlüssel mitgebracht hat«, sagte Pierce langsam, »denn heute ist der Tag ...« Er brach mitten im Satz ab. Er hatte Agar noch nicht in seinen Plan eingeweiht und wollte das auch erst in der allerletzten Minute tun. Ein Mann wie Agar, der zum Trunk neigte, konnte leicht zur Unzeit schwatzen. Was ein Trinker aber nicht wußte, konnte er auch nicht preisgeben.

»Was für ein Tag?« hakte Agar nach.

»Der Tag der Abrechnung«, sagte Pierce.

»Sie sind reichlich zugeknöpft, das muß ich sagen«, bemerkte Agar. Und dann fügte er hinzu: »War das nicht Teddy Burke, der einen Griff versuchte?«

»Wer ist Teddy Burke?« fragte Pierce.

»Ein Taschendieb, der auf dem *Strand* sein Revier hat.«

»Wie sollte ich den kennen«, murmelte Pierce, worauf die beiden Männer das Dach verließen.

»Mein Gott, aus Ihnen kriegt man aber auch gar nichts raus«, sagte Agar. »Das *war* Teddy Burke.«

Pierce lächelte nur.

In den folgenden Wochen erfuhr Pierce eine ganze Menge über Mr. Trent und dessen Tageseinteilung. Mr. Trent war ein recht gestrenger und gottesfürchtiger Mann; er trank mit Maßen, rauchte nicht und spielte auch nie Karten. Er war Vater von fünf Kindern. Seine erste Frau war vor einigen Jahren im Kindbett gestorben. Seine zweite Frau, Emily, war dreißig Jahre jünger als er und eine stadtbekannte Schönheit, dabei aber ebenso fromm und sittsam wie ihr Mann.

Die Trents residierten in der Brook Street 17 in Mayfair. Sie bewohnten dort ein weitläufiges georgianisches Herrenhaus mit dreiundzwanzig Zimmern, die Dienstbotenräume nicht mitgerechnet. Insgesamt standen der Familie zwölf Bedienstete zur Verfügung: ein Kutscher, zwei Diener, ein Gärtner, ein Hauswart, ein Butler, eine Köchin, zwei Küchen- und drei Hausmädchen. Für die drei jüngsten Kinder stand noch eine Gouvernante in den Diensten der Familie.

Die Kinder, der Jüngste vier Jahre alt, die Älteste neunundzwanzig, lebten noch alle im Haus. Der Vierjährige war Schlafwandler und schreckte nachts oft das ganze Haus auf.

Mr. Trent hielt zwei Bulldoggen, die zweimal am Tag, um sieben Uhr morgens und abends Viertel nach acht, von den Küchenmädchen ausgeführt wurden. Die Hunde wurden hinter dem Haus in einem Zwinger nahe beim Lieferanteneingang gehalten.

Auch Mr. Trent folgte einem streng geregelten Tagesablauf. Er stand jeden Morgen um sieben Uhr auf, frühstückte um sieben Uhr dreißig, fuhr um acht Uhr zehn zur Bank, wo er um acht Uhr neunundzwanzig eintraf. Seinen Lunch nahm er Punkt ein Uhr ausnahmslos bei Simpson's ein, wo er eine Stunde blieb. Er verließ die Bank pünktlich um sieben Uhr abends und kam nie später als zwanzig nach sieben nach Hause. Er war zwar Mitglied verschiedener Clubs, die er aber selten besuchte. Mr. Trent und seine Frau gingen im Verlauf einer Woche zweimal aus; im allgemeinen gaben sie einmal die Woche ein Dinner, gelegentlich eine größere Party.

An solchen Abenden wurden ein zusätzliches Hausmädchen und ein weiterer Diener beschäftigt. Diese Leute wurden nur von benachbarten Haushalten ausgeliehen; es handelte sich um sehr zuverlässige Bedienstete, die sich nicht bestechen ließen.

Die Händler und Lieferanten, die sich tagtäglich am Seiteneingang des Hauses einfanden, belieferten alle Haushaltungen der Straße. Sie achteten peinlich darauf, sich nie mit fragwürdigen Existenzen abzugeben. Für einen Obst- oder Gemüsehändler war es gar nicht leicht, sich so eine vornehme Straße zu erobern, und wer es geschafft hatte, plauderte nichts aus.

Von einem Schornsteinfeger namens Marks, der in dieser Gegend arbeitete, wußte man, daß er sofort die Polizei verständigte, wenn sich ein verdächtiges Individuum zeigte, offenbar Informationen einholte und womöglich etwas »ausbaldowerte«. Der Schornsteinfegerlehrling war ein Einfaltspinsel, aus dem sich nichts herausholen ließ.

Der Konstabler, der in der Straße patrouillierte, Lewis, machte alle siebzehn Minuten seine Runde. Um Mitternacht war Schichtwechsel. Der für den Nachtdienst eingeteilte Beamte, Howell, machte alle sechzehn Minuten die Runde. Beide Männer waren höchst zuverlässig, nie krank oder angetrunken und keiner Bestechung zugänglich.

Die Dienerschaft war zufrieden. Kein Bediensteter war in letzter Zeit eingestellt oder entlassen worden. Man behandelte sie alle gut, was sie, besonders Mrs. Trent gegenüber, mit Loyalität vergalten. Der Kutscher war mit der Köchin verheiratet. Einer der Diener schlief mit einem der Hausmädchen. Die beiden anderen Mädchen waren hübsch, und es fehlte ihnen offenkundig nicht an männlichem Schutz: sie hatten unter der Dienerschaft der benachbarten Haushalte Liebhaber gefunden.

Einmal im Jahr, im August, fuhren die Trents an die See. In diesem Jahr allerdings würde diese Reise entfallen, denn die geschäftlichen Verpflichtungen Mr. Trents waren so umfangreich, daß sie seine Anwesenheit in der Stadt während des ganzen Sommers erforderten. Die Familie verbrachte gelegentlich ein Wochenende im Haus der Eltern Mrs. Trents auf dem Land, aber während dieser Ausflüge blieb die Mehrheit der Dienerschaft in der Stadt. Im Stadthaus hielten sich nie weniger als acht Personen auf.

All diese Informationen beschaffte Pierce sich nach und nach und mit größter Vorsicht; oft nahm er dabei Risiken auf sich. Offenbar benutzte er bei seinen Gesprächen mit Bediensteten in Pubs und auf der Straße verschiedene Verkleidungen. Er muß auch in der Nachbarschaft Erkundungsgänge gemacht haben, um die Gewohnheiten der Hausbewohner auszukundschaften, aber das war ein gefährliches Verfahren. Er hätte natürlich einige »Krähen« anheuern können, damit sie die Gegend für ihn auskundschafteten, aber je mehr Leute er einsetzte, um so größer wurde die Gefahr, daß Gerüchte über einen bevorstehenden Einbruch bei den Trents laut wurden. In diesem Fall würden die ohnehin schon beträchtlichen Schwierigkeiten eines nächtlichen Eindringens ins Haus noch größer. Pierce zog es also vor, die meiste Arbeit selbst zu tun; nur Agar half ihm gelegentlich.

Seiner eigenen Aussage zufolge war Pierce Anfang August

noch nicht weiter gekommen als einen Monat vorher. »Der Mann gab für sich kein Geld aus«, sagte Pierce über Trent. »Keine Laster, keine Schwächen, nichts Exzentrisches, und seine Frau hätte einem Handbuch über die pflichtbewußte Führung eines glücklichen Haushalts entsprungen sein können.«

Es hatte also offenkundig keinen Sinn, mit der nur höchst vagen Chance, den versteckten Schlüssel zu finden, in ein Dreiundzwanzig-Zimmer-Herrenhaus einzubrechen. Pierce brauchte unbedingt weitere Informationen, und während seiner fortgesetzten Kundschafterarbeit wurde deutlich, daß er diese Informationen nur von Mr. Trent selbst erhalten konnte. Der Aufbewahrungsort des Schlüssels war nur ihm bekannt.

Pierce war es jedoch nicht gelungen, eine persönliche Bekanntschaft mit Mr. Trent anzuknüpfen. Henry Fowler, mit dem Pierce von Zeit zu Zeit bei einem Herrenabend in der Stadt zusammentraf, war von Pierce zwar auf Trent hin angesprochen worden, aber Fowler hatte gesagt, der Mann sei fromm, rechtschaffen und ein rechter Langweiler; Fowler fügte hinzu, seine Frau sei zwar hübsch, gehe einem aber genauso auf die Nerven. (Als diese Äußerungen beim Prozeß zur Sprache kamen, brachten sie Mr. Fowler in arge Verlegenheit; er sollte später aber in noch größere Verlegenheit geraten.)

So wäre jeder über Pierce' Wunsch, ihn mit diesem uncharmanten Paar bekannt zu machen, erstaunt gewesen. Sich Trent direkt zu nähern, verbot sich ebenfalls, selbst unter dem Vorwand, es gehe um geschäftliche Dinge. Henry Fowler würde mit Recht erwarten, daß Pierce sich in allen geschäftlichen Fragen an ihn hielt. Pierce kannte außer Fowler auch niemanden, der mit Trent Umgang hatte.

Pierce hatte also keinerlei Trümpfe in der Hand, und am 1. August war er so weit, daß er schon ganz verzweifelte Manöver erwog. So wollte er sich etwa vor dem Wohnhaus der Trents oder vor der Bank von einer Kutsche anfahren lassen. Das waren jedoch billige Tricks, die zudem voraussetzten, daß Pierce sich tatsächlich dabei verletzte, wenn sie überhaupt wirken sollten. Über solche Aussichten war er verständlicherweise nicht glücklich und schob die Angelegenheit immer wieder hinaus.
Und da, am Abend des 3. August, wich Mr. Trent plötzlich von seinem gewohnten Tagesablauf ab. Er kehrte zur gewohnten Zeit um zwanzig nach sieben nach Hause zurück, ging aber nicht ins Haus, sondern begab sich sogleich zum Hundezwinger und nahm eine seiner Bulldoggen an eine Koppelleine. Er streichelte das Tier ausgiebig, kletterte mit ihm in die wartende Kutsche und rollte davon. Als Pierce das sah, wußte er, daß der Mann ihm sicher war.

10. Kapitel

Der abgerichtete Hund

Unweit Southwark Mints befand sich der Mietstall von Jeremy Johnson & Son. Das kleinere Unternehmen hielt in drei hölzernen Stallungen etwa zwei Dutzend Pferde bereit. Sättel, Zaumzeug und andere Gerätschaften hingen an den Wänden. Ein zufälliger Besucher wäre vielleicht überrascht gewesen, statt des Wieherns von Pferden das unverkennbare Bellen, Knurren und Jaulen von Hunden zu hören. Häufigere Besucher waren damit jedoch vertraut. In ganz London fand man zahlreiche angesehene Unternehmen dieser Art, die nebenher Kampfhunde abrichteten und verkauften.

Mr. Jeremy Johnson senior führte seinen rotbärtigen Kunden durch die Ställe nach hinten. Mr. Johnson war ein jovialer alter Mann, dem die meisten Zähne fehlten. »Selbst kann ich zwar nicht mehr so zubeißen«, sagte er kichernd, »aber trinken kann ich noch sehr gut, das dürfen Sie mir glauben.« Er gab einem Pferd einen Klaps aufs Hinterteil, damit es ihm Platz machte. »Los, beweg dich«, sagte er und sah dann wieder Pierce an. »Also, womit kann ich Ihnen denn dienen?«

»Nur mit dem besten«, sagte Pierce.

»Das wollen alle Herren«, entgegnete Mr. Johnson mit einem Seufzen. »Alle wollen immer den besten.«

»Ich bin sehr anspruchsvoll.«

»Oh, das ist mir klar«, sagte Johnson. »Das sehe ich. Sie suchen einen jungen, dem Sie den letzten Schliff geben können?«

»Nein«, erwiderte Pierce, »ich suche einen voll abgerichteten Hund.«

»Da werden Sie aber einiges anlegen müssen, wissen Sie.«

»Ich weiß.«

»Sehr teuer, sehr teuer«, murmelte Johnson und ging durch den Stall weiter nach hinten. Er schob eine quietschende Tür auf, und sie traten auf einen kleinen Hof hinter den Stallungen. Hier sah Pierce drei kreisrunde Kampfplätze für Ratten- und Hundekämpfe, die mit Holz verschalt waren. Sie maßen etwa sechs Fuß im Durchmesser. Rings-

herum Hunde in Käfigen. Die Hunde jaulten und kläfften, als sie die Männer sahen.
»Sehr teuer, ein abgerichteter Hund«, sagte Johnson. »Es braucht ein sehr langes Training, bevor man einen guten Kampfhund hat. Ich will Ihnen mal sagen, wie wir das machen. Erst geben wir den Hund zu einem Straßenhändler, der ihn Tag um Tag am Karren mitlaufen läßt. Damit er Ausdauer bekommt, verstehen Sie?«
»Ich verstehe«, sagte Pierce ungeduldig, »aber ich ...«
»Dann«, fuhr Johnson fort, »dann stecken wir ihn zu einem zahnlosen alten Hund in den Käfig – oder auch zu einem jungen ohne Zähne, wie wir es zur Zeit tun müssen. Unseren bisherigen Trainingshund haben wir nämlich vor vierzehn Tagen verloren. Darum benutzen wir jetzt diesen hier« – er deutete auf einen der eingepferchten Hunde. »Wir haben ihm alle Zähne herausgebrochen, damit er diese Aufgabe übernehmen kann. Ein sehr guter Trainingshund, übrigens, er weiß genau, wie er einem Neuling zu schaffen machen kann – sehr lebhaft, dieser Bursche, wirklich.«
Pierce betrachtete den Trainingshund, ein junges und gesundes Tier, das kräftig bellte. All seine Zähne waren herausgebrochen worden, was ihn aber nicht davon abhielt, zu knurren und drohend die Lefzen zurückzuziehen. Der Anblick brachte Pierce zum Lachen.
»Ja, ja, ich weiß, sieht ein bißchen lächerlich aus«, sagte Johnson und ging um den Käfig herum. »Aber hier, bei diesem, sieht es wieder anders aus. Bei dem hier ist es kein Spaß. Das ist garantiert der beste ›Reizhund‹ in ganz London.«
Es war ein Bastard, größer als eine Bulldogge, an bestimmten Stellen waren die Haare wegrasiert. Pierce kannte das

Verfahren: Ein junger Hund wurde zunächst in Sparringkämpfen mit einem alten und zahnlosen Veteranen trainiert. Dann wurde er zusammen mit einem ›Reizhund‹ in die Arena geschickt, einem Tier, das man zu opfern bereit war, das aber doch guten Kampfgeist besaß. Im Verlauf der Sparringkämpfe mit dem Reizhund erwarb der Anfänger dann die Fähigkeiten, die er brauchte, um in einem Kampf auf Leben und Tod zu bestehen. Die übliche Praxis bestand darin, daß man beim ›Reizhund‹ die verletzlicheren Körperteile rasierte und so den Neuling reizte, diese Stellen anzugreifen.

»Dieser Bursche«, sagte Johnson, »dieser Reizer hat bei mehr Champions Spuren hinterlassen, als Sie zählen können. Sie kennen Mr. Benderbys Hund, der vergangenen Monat den Killer von Manchester bezwungen hat? Nun, dieser Reizer hier hat Mr. Benderbys Hund trainiert. Übrigens auch den Hund von Mr. Starrett und – ach, noch ein Dutzend andere, sämtlich erstklassige Kampfhunde. Jetzt kommt also Mr. Starrett persönlich zu mir und will genau diesen Reizer kaufen. Sagt mir, er braucht ihn, um ein paar Dachse aufzustöbern. Wollen Sie wissen, was er mir geboten hat? Fünfzig Pfund bietet er mir. Und wissen Sie, was ich ihm sage? Um keinen Preis der Welt, sage ich, diesen Reizer gebe ich doch nicht für fünfzig Pfund her.«

Johnson schüttelte betrübt den Kopf.

»Als Dachshund würde ich sowieso keinen hergeben«, sagte er, »Dachse sind keine Gegner für einen richtigen Kampfhund. Nein, nein. Ein richtiger Kampfhund ist was für Hunde oder, wenn es denn sein muß, auch für Ratten.« Er sah Pierce von der Seite an. »Sie wollen doch einen Hund für Rattenkämpfe? Wir haben besonders ausgebil-

dete Rattenhunde«, sagte Mr. Johnson. »Eine Spur weniger teuer, wissen Sie. Ich wollt's nur gesagt haben.«
»Ich will Ihren besten abgerichteten Hund.«
»Und Sie sollen ihn haben, mein Wort darauf. Der hier ist's, der ist ein wahrer Teufel, da haben Sie ihn.« Johnson blieb vor dem Käfig stehen. Pierce sah eine Bulldogge, die etwa vierzig Pfund wiegen mochte. Der Hund knurrte, rührte sich aber nicht. »Sehen Sie den? Der hat Selbstbewußtsein, sage ich Ihnen. Hat ein- oder zweimal schon kräftig hingelangt, und gut abgerichtet ist er außerdem. Böse, wie ich nie einen gesehen habe. Manche Hunde haben nun einmal den Instinkt, wissen Sie – man kann ihnen das nicht beibringen. Sie haben einfach den Instinkt, sich ein Maulvoll zu holen, die gehen ran. Das hier ist so einer, der hat den Instinkt.«
»Wieviel?« fragte Pierce.
»Zwanzig Pfund.«
Pierce zögerte.
»Mit der beschlagenen Koppelleine, mit dem Halsband, mit Maulkorb, alles inbegriffen«, fügte Johnson hinzu. »Er wird Ihnen Ehre machen, ich schwör's Ihnen, große Ehre.«
Nach einem gedehnten Schweigen sagte Pierce kühl: »Ich will den *besten* Hund, den Sie haben.« Er zeigte auf den Käfig. »Dieser Hund hat nie gekämpft. Er hat keine Narben. Ich will einen Kampfhund, der sich schon bewährt hat.«
»Gut, Sie sollen ihn haben«, erwiderte Johnson, ohne mit der Wimper zu zucken. Er ging zwei Käfige weiter. »Der hier hat den Killer-Instinkt, hat Blut geleckt, sozusagen. Und schnell? Nun, der hier ist schneller als Ihr Auge, ehrlich, der hier. Hat den Jagdhund vom alten Whitington letzte Woche einen Kopf kürzer gemacht, beim Turnier – vielleicht waren Sie sogar da und haben ihn gesehen?«

Pierce sagte: »Wieviel?«
»Fünfundzwanzig Pfund, alles inbegriffen.«
Pierce starrte das Tier einen Augenblick an und sagte dann: »Ich will den besten Hund, den Sie haben.«
»Genau den haben Sie vor sich, ich schwöre – genau den, den besten von allen.«
Pierce kreuzte die Arme auf der Brust und stampfte ungeduldig mit dem Fuß auf.
»Ich schwöre es, Sir, fünfundzwanzig Pfund. Alles, was sein Herr sich nur erträumen kann. Und in jeder Beziehung große Klasse.«
Pierce starrte ihn nur an.
»Also schön«, sagte Johnson und blickte zur Seite, als hätte Pierce ihn aus der Fassung gebracht. »*Einer* ist da noch, aber der ist eine Sache für sich. Er hat den Killer-Instinkt, ist blutrünstig, schnell wie der Blitz und hart im Nehmen. Hier entlang.«
Er führte Pierce von dem umschlossenen Hof zu einem anderen freien Platz, wo drei Hunde in etwas größeren Zwingern gehalten wurden. Diese Hunde waren schwerer als die anderen. Pierce schätzte ihr Gewicht auf je fünfzig Pfund, vielleicht wogen sie sogar noch mehr. Johnson tippte auf den mittleren Käfig.
»Der hier«, sagte er, »der ist einmal sogar auf mich losgegangen. Hab schon gedacht, ich müßte ihn töten – er ist durch und durch böse – ein Killer.« Johnson krempelte sich den Ärmel auf und entblößte ein paar gezackte weiße Narben. »Das hat der mir angetan«, sagte er, »hat plötzlich durchgedreht. Ich hab ihn aber wieder aufgenommen, ihn gepflegt und ihm eine besondere Ausbildung gegeben, denn er hat den Kampfgeist, verstehen Sie, und der Kampfgeist ist alles.«

»Wieviel?« fragte Pierce.
Johnson betrachtete die Narben auf den Arm. »Den wollte ich eigentlich behalten, um...«
»Wieviel?«
»Kann ich nicht für weniger als fünfzig Pfund hergeben, bitte um Vergebung.«
»Ich gebe Ihnen vierzig.«
»Verkauft«, sagte Johnson schnell. »Sie nehmen ihn gleich mit?«
»Nein«, erwiderte Pierce, »ich werde ihn aber bald holen lassen. Im Augenblick behalten Sie ihn bitte noch hier.«
»Dann werden Sie vielleicht eine Kleinigkeit anzahlen?«
»Gewiß«, sagte Pierce und gab dem Mann zehn Pfund. Dann wies er Johnson an, die Kiefer des Hundes zu öffnen, und warf einen prüfenden Blick auf die Zähne des Tiers. Danach verabschiedete er sich und ging.
»Hol mich der Teufel«, sagte Johnson, nachdem Pierce gegangen war. »Der Mann kauft einen abgerichteten Hund und läßt ihn dann hier. Was sind denn das für Zeiten? Wo soll das noch hinführen?«

11. Kapitel

Die Rattenjagd

Captain Jimmy Shaw, ein ehemaliger Faustkämpfer, betrieb den berühmtesten aller *sporting pubs* – »Die Königskrone« – in einer Nebenstraße der Windmill Street.

Einem Besucher dieses Pubs bot sich am Abend des 10. August 1854 ein höchst seltsames Schauspiel, denn obwohl der Pub eine bemerkenswert niedrige Decke hatte und einen selten schäbigen und billigen Eindruck erweckte, drängten sich hier zahlreiche gutgekleidete Herren Schulter an Schulter mit Hausierern, Schwellenlegern, Straßenhändlern und anderen Angehörigen der niedrigsten Stände. Das schien jedoch niemanden zu stören, denn alle Anwesenden befanden sich in einem Zustand aufgeregter, lärmender Erwartung. Überdies hatte fast jeder Besucher einen Hund bei sich. Man sah Tiere der verschiedensten Rassen: Bulldoggen, Skyeterrier, Bullterrier sowie verschiedene Bastarde. Einige kauerten in den Armen ihrer Besitzer, andere waren an Tischbeinen oder an der Fußstange vor der Theke festgebunden. Sie alle waren Gegenstand hitziger Gespräche und genauer Prüfung: Man hielt sie hoch, um ihr Gewicht zu taxieren, befühlte ihre Läufe, um sich von der Stärke ihres Knochenbaus zu überzeugen, öffnete ihre Kiefer, um das Gebiß zu mustern.
Einem mit der Eigenart des Lokals nicht vertrauten Besucher wäre wohl aufgefallen, daß auch der spärliche Raumschmuck der »Königskrone« das Interesse an Hunden zu erkennen gab. An den Wänden hingen metallbeschlagene Lederhalsbänder. An der Wand hinterm Tresen waren schmutzige Glaskästen mit ausgestopften Hunden angebracht. Neben dem Kamin hingen Stahlstiche von Hunden sowie eine berühmte Zeichnung von Tiny, dem »Wunderhund«, einer weißen Bulldogge, deren legendäre Leistungen jedem der hier Anwesenden geläufig waren.
Jimmy Shaw, eine stämmige Gestalt mit einer gebrochenen Nase, ging im Raum auf und ab und rief mit lauter Stimme: »Bitte um Ihre Bestellungen, meine Herren!« In der

»Königskrone« tranken selbst die feinsten Herren heißen Gin, und niemand schien die schäbige Umgebung zur Kenntnis zu nehmen. Und niemand fand etwas dabei, daß die meisten Hunde an Kopf, Leib und Läufen bereits Narben aufwiesen.
Über der Theke stand auf einem rußgeschwärzten Schild zu lesen:

JEDERMANN HAT SEIN PLÄSIERCHEN
UND RATTEN SIND GANZ BÖSE TIERCHEN

Und wenn jemand noch über den Sinn dieser Worte im unklaren war, so wußte er spätestens um neun Uhr Bescheid, wenn Captain Jimmy Order gab, »über dem Kampfplatz Licht zu machen«. Das war das Signal für sämtliche Anwesenden, ins Obergeschoß aufzubrechen. Jeder Mann trug seinen Hund, und jeder Mann drückte einem Helfer einen Shilling in die Hand, ehe er die Treppe hinaufstieg.
Das Obergeschoß der »Königskrone« war ein großer Raum mit einer ebenso niedrigen Decke wie unten im Parterre. Hier fehlte jegliches Mobilar. Die Arena beherrschte den Raum – ein runder Kampfplatz von sechs Fuß Durchmesser, der von vier Fuß hohen Planken umschlossen war. Der Boden der Arena wurde jeden Abend aufs neue weiß getüncht.
Als die Zuschauer im Obergeschoß ankamen, wurden ihre Hunde mit einemmal lebendig. Sie wurden auf den Armen ihrer Besitzer unruhig, bellten wie wild und zerrten an ihren Leinen. Captain Jimmy sagte mit ernster Stimme: »Meine Herren, Sie sollten Ihre Lieblinge jetzt zum Schweigen bringen. Ich bitte um Ruhe.« Das war leichter gesagt als getan, denn schon wurde der erste Käfig mit Ratten hereingebracht.

Beim Anblick der Ratten kläfften und knurrten die Hunde wie wild. Captain Jimmy hielt den rostigen Drahtkäfig hoch und schwenkte ihn hin und her. In dem Käfig tobten ungefähr fünfzig aufgeregte Ratten. »Wahre Musterexemplare, meine Herren«, verkündete Captain Jimmy. »Alles echte Landkinder, keine einzige aus den Abwässersielen. Wer will es mal versuchen?«
Inzwischen hatten sich etwa fünfzig oder sechzig Menschen in den Raum gezwängt. Viele lehnten auf den Planken. In jeder Hand war Geld zu sehen, und man tätigte lebhafte Geschäfte. Eine Stimme aus dem Hintergrund übertönte den allgemeinen Lärm. »Ich will's mal mit zwanzig versuchen. Zwanzig von Ihren besten für meinen Lover.«
»Wiegt den Lover von Mr. T.«, sagte Jimmy, denn er kannte den Mann, der gesprochen hatte. Die Gehilfen rannten herbei und nahmen einem graubärtigen Mann mit spärlichem Haarwuchs die Bulldogge aus dem Arm. Der Hund wurde gewogen.
»Siebenundzwanzig Pfund!« wurde ausgerufen, worauf der Hund seinem Eigentümer zurückgegeben wurde.
»Das wär's also, die Herren«, sagte Captain Jimmy.
»Mr. T.s Hund bringt siebenundzwanzig Pfund auf die Waage, und er möchte es mit zwanzig Ratten versuchen. Sind vier Minuten recht?«
Mr. T. nickte zustimmend.
»Vier Minuten also, meine Herren. Sie können Wetten abschließen, wie es Ihnen beliebt. Machen Sie bitte Platz für Mr. T.«
Der graubärtige Herr ging zum Rand des Kampfplatzes. Noch immer hielt er seinen Hund in den Armen. Das schwarzweiß gefleckte Tier knurrte die Ratten an. Mr. T.

stachelte seinen Hund an, er gab knurrende und bellende Geräusche von sich. »Her mit ihnen«, rief er.
Der Gehilfe öffnete den Käfig und faßte mit der bloßen Hand hinein, um sich ein paar Ratten zu greifen. Dies war wichtig, denn so wurde bewiesen, daß es sich tatsächlich um Ratten vom Land handelte, die nicht mit irgendwelchen Krankheitserregern infiziert waren. Der Gehilfe suchte »zwanzig der besten« aus und warf sie in die Arena. Die Tiere rannten zunächst an der Außenwand entlang und drängten sich dann in einer Ecke zu einer pelzigen Masse zusammen.
»Sind wir bereit?« rief Captain Jimmy, der mit einer Stoppuhr herumwedelte.
»Bereit«, sagte Mr. T., der seinen Hund immer noch weiter anstachelte.
»Pustet sie an!« ertönten die Rufe der Zuschauer. Verschiedene sonst recht würdige Herren beugten sich vor und pusteten und bliesen die Ratten an, deren Fell sich sträubte. Die Ratten gerieten zunehmend in Erregung.
»Uuunnnnnd ... *los*!« rief Captain Jimmy, und Mr. T. warf seinen Hund in die Arena. Mr. T. duckte sich hinter die Planken, so daß nur noch sein Kopf dahinter hervorragte. Von dort aus feuerte er seinen Hund mit Rufen und Knurrlauten an.
Der Hund machte einen Satz mitten in die Masse grauen Fells hinein, schnappte nach den Ratten, packte einige Tiere im Nacken und zeigte so, daß er ein echter Vollblutkampfhund war. Im Nu hatte er drei oder vier getötet.
Diejenigen Zuschauer, die Wetten placiert hatten, schrien und brüllten nicht weniger als der Hundebesitzer, der die Arena nicht eine Sekunde aus den Augen ließ. »So ist's gut!« rief Mr. T. »Die ist tot, laß sie fallen, jetzt *weiter*!

Grrrrr! Gut, das ist noch eine, jetzt weg damit. *Drauf!* Pack sie! Grrrhm!«
Der Hund erledigte eine nach der anderen. Dann verbiß sich eine Ratte in seine Nase und ließ nicht locker; der Hund konnte sie nicht abschütteln.
»Nicht schütteln! Beißen!« johlte die Menge.
Der Hund wand und schüttelte sich, kam frei und stürzte sich auf die anderen. Jetzt waren sechs Ratten tot. Ihre Körper lagen leblos auf dem blutüberströmten Boden der Arena.
»Noch zwei Minuten«, verkündete Captain Jimmy.
»Los, Lover, guter Lover«, kreischte Mr. T. »Los doch, Junge. Grrrrr! Da hast du wieder eine, loslassen, die nächste. Pack sie, Lover!«
Der Hund raste durch die Arena und verfolgte seine Beute. Die Zuschauer johlten und hämmerten gegen die Holzplanken, um die Tiere in höchster Erregung zu halten. Einmal hatten sich vier Ratten an Lover festgebissen, was ihn aber nicht hinderte, eine fünfte zwischen seinen mächtigen Kiefern zu zermalmen. In all der Erregung bemerkte niemand einen rotbärtigen distinguierten Herrn, der sich durch die Menge schob, bis er neben Mr. T. stand, dessen Aufmerksamkeit noch immer auf den Hund gerichtet war.
»Noch eine Minute!« rief Captain Jimmy. Einige Männer in der Menge stöhnten laut auf. Drei Minuten vorbei und erst zwölf Ratten tot. Wer auf Mr. T.s Liebling gesetzt hatte, würde sein Geld verlieren.
Mr. T. selbst schien die Zeitangabe zu überhören. Er ließ den Hund nicht aus den Augen. Er bellte und jaulte, schüttelte sich wie im Krampf und wand sich wie der Hund, der ihm gehörte. Er schnappte mit den Kiefern und schrie dem Tier Befehle zu, bis er nur noch heiser krächzte.

»Ende!« brüllte Captain Jimmy und wedelte wieder mit der Stoppuhr. Ein Seufzen ging durch die Menge. Lover wurde aus der Arena gezogen; die drei verbleibenden Ratten wurden von den Gehilfen mit geschickten Griffen herausgeholt.
Der Rattenkampf war vorüber; Mr. T. hatte verloren.
»Verdammt guter Kampf«, sagte der Herr mit dem roten Bart tröstend.

Das seltsam paradoxe Verhalten Mr. T.s in der »Königskrone« – ja, allein schon sein Aufenthalt in so dubioser Umgebung – bedarf einiger Erklärung.
Zunächst einmal: Ein Mann, der Seniorchef einer Bank war, dazu ein frommer Christ und eine Stütze der Gesellschaft, hätte nicht im Traum daran gedacht, sich mit Angehörigen der niederen Stände gemein zu machen. Ganz im Gegenteil: Mr. Trent verwandte viel Zeit und Energie darauf, solche Leute auf ihren Platz zu verweisen, und er tat dies in dem sicheren Bewußtsein, daß er damit die soziale Ordnung aufrechterhielt.
In der viktorianischen Gesellschaft gab es jedoch einige Orte, an denen Angehörige der verschiedensten Schichten frei und offen miteinander verkehrten, und hier sind an erster Stelle Sportveranstaltungen zu nennen – der Boxring, der Turf und die Tierhatz. Alle diese Aktivitäten waren entweder verrufen oder rundheraus ungesetzlich, und das vereinte ihre Anhänger, die sich aus allen Gesellschaftsschichten rekrutierten. Dabei lockerten sich die gesellschaftlichen Schranken. Und wenn Mr. Trent es nicht für unpassend hielt, sich in die Gesellschaft von Straßenhändlern und Hausierern zu begeben, so waren diese, sonst in Gegenwart von vornehmen Herren einsilbig und

gehemmt, bei derartigen Anlässen besonders aufgekratzt. Sie lachten und gaben wohl schon einmal einem Mann einen vertraulichen Rippenstoß, dessen Kleidung sie sonst nicht einmal zu berühren gewagt hätten. Ihre gemeinsame Leidenschaft – die Tierhatz – war schon im alten Europa seit dem Mittelalter ein weitverbreiteter und geschätzter Zeitvertreib gewesen. Im viktorianischen England aber starben diese Vergnügungen rasch aus. Sie fielen der Gesetzgebung und dem sich wandelnden Geschmack des Publikums zum Opfer. Das Hetzen von Bullen oder Bären, noch um die Jahrhundertwende ein gewohntes Schauspiel, war jetzt recht selten geworden: Hahnenkämpfe gab es nur noch in ländlichen Gebieten. Im London des Jahres 1854 waren nur noch drei Arten von Tierkämpfen populär, und bei allen spielten Hunde eine Rolle.

Seit den Tagen Elizabeths I. hat fast jeder ausländische Beobachter vermerkt, wie sehr die Engländer an ihren Hunden hängen. Es ist seltsam, daß ausgerechnet das Geschöpf, das den Herzen der Engländer am nächsten war, im Mittelpunkt jener »Sportarten« stand, die sich durch flagranten Sadismus auszeichneten.

Von den drei Hundesportarten galt das Hetzen von Hunden als die vornehmste Form der Tierhatz. Dieser Sport erfreute sich einer so weiten Verbreitung, daß in London die Hundediebe oder »Fellschnapper« ihr gutes Auskommen hatten. Hundekämpfe fanden aber nicht allzuoft statt, denn sie endeten meistens mit dem Tod eines der Kontrahenten, und ein guter Kampfhund war etwas sehr Kostspieliges.

Noch seltener war die Dachshatz, bei der ein Dachs in einer Arena angekettet wurde, auf den man dann ein oder zwei Hunde losließ. Das kräftige Fell und das scharfe

Gebiß eines Dachses machten ein solches Spektakel zu einem besonders spannenden Vergnügen, das sich großer Beliebtheit erfreute. Das seltene Vorkommen von Dachsen setzte dieser Sportart allerdings Grenzen.

Die Rattenhatz war der verbreitetste Hundesport, besonders um die Mitte des 19. Jahrhunderts. Obwohl ungesetzlich, wurde sie jahrzehntelang unter offener Mißachtung der Gesetze abgehalten. In ganz London konnte man Schilder wie etwa diese lesen: »Ratten gesucht« oder »Ratten! Ankauf-Verkauf«. Das Fangen von Ratten hatte sich sogar zu einem besonderen Gewerbe entwickelt, einem Geschäft mit eigenen Usancen. Ratten vom Land standen wegen ihrer Kampfeslust, und weil sie nur selten Träger von Krankheitserregern waren, besonders hoch im Kurs. Die häufigeren Sielratten – an ihrem Geruch leicht zu erkennen – waren eher ängstlich, und überdies konnte der Biß einer solchen Ratte einen wertvollen Kampfhund leicht infizieren. Wenn man sich vor Augen führt, daß der Inhaber eines *sporting pub* mit einer gutbesuchten Rattenarena rund zweitausend Ratten pro Woche kaufte – und für eine gute Ratte vom Land wurde nicht selten ein Shilling gezahlt –, kann es nicht überraschen, daß es viele Leute gab, die sich vom Rattenfang ernährten. Der berühmteste Rattenfänger der Zeit war Veilchenauge-Hanson, der in einem Gefährt herumfuhr, das einem Leichenwagen ähnelte, und sich erbot, die Wohnhäuser vornehmer Familien für eine lächerlich geringe Gebühr von Schädlingen zu befreien, solange er »die Viecher lebend kriegen« konnte.

Es gibt keine einleuchtende Erklärung dafür, warum Engländer aller Schichten damals an Rattenkämpfen keinen Anstoß nahmen. Schriftsteller der Zeit, die sich um das sittliche Wohl ihrer Zeitgenossen Sorgen machten, verdammten und beklagten zwar die Hahnenkämpfe – die aber auch so schon recht selten geworden waren –, verloren aber kein Wort über den »Hundesport«. Es findet sich auch kein Hinweis darauf, daß Herren von Stand wegen ihrer Teilnahme an Rattenkämpfen irgendwelche Gewissensbisse verspürt hätten; diese Herren fühlten sich als Förderer der »Ungezieferbekämpfung« und nichts anderes.

Einer dieser Förderer, Mr. T., zog sich jetzt in die unteren Räume der »Königskrone« zurück, die fast leer waren. Er winkte den Barmann heran und bestellte ein Glas Gin für sich und etwas Pfefferminz für seinen Lover.

Mr. T. war gerade damit beschäftigt, seinem Hund die Schnauze mit Pfefferminz auszuwaschen – um Rachenkrankheiten vorzubeugen –, als der Herr mit dem roten Bart die Treppe herunterkam und fragte: »Darf ich mich auf ein Glas zu Ihnen setzen?«

»Aber gern, bitte«, sagte Mr. T., der mit der Behandlung seines Hundes fortfuhr.

Das Getrampel und Gebrüll im Obergeschoß zeigten den Beginn einer neuen Runde der Schädlingsvernichtung an. Der Fremde mit dem roten Bart mußte die Stimme erheben, um sich verständlich zu machen. »Ich darf wohl davon ausgehen, daß Sie ein Herr mit sportlichen Neigungen sind«, sagte er.

»Und mit Pech geschlagen dazu«, entgegnete Mr.T. in gleicher Lautstärke. Er streichelte seinen Hund. »Lover war heute abend nicht in bester Form. Wenn er in der richtigen Laune ist, reicht kein Hund an ihn heran, aber manchmal fehlt ihm der rechte Antrieb.«

Mr. T. seufzte bedauernd. »Heute war leider so ein Tag.« Er tastete mit der Hand über den Körper des Tieres, um nach tieferen Bißwunden zu suchen, und wischte sich mit einem Taschentuch Blut von den Fingern. »Hat sich aber trotz allem gut geschlagen. Lover wird wieder kämpfen.«

»Das will ich hoffen«, sagte der Mann mit dem roten Bart, »und ich werde auch wieder auf ihn setzen, wenn er kämpft.«

Mr. T. zeigte eine Spur von Anteilnahme. »Haben Sie viel verloren?«

»Eine Bagatelle. Zehn Guineen, nicht der Rede wert.«

Mr. T. war ein konservativer Mann und durchaus vermögend, aber es wäre ihm nie eingefallen, zehn Guineen als Bagatelle abzutun. Er betrachtete seinen Trinkgenossen von neuem und vermerkte den eleganten Schnitt seines Anzugs und die erstklassige weiße Seide seines Halstuches. »Ich freue mich, daß Sie es so leicht nehmen«, sagte er. »Darf ich Sie auf ein Glas einladen, um Sie für Ihren Verlust ein wenig zu entschädigen?«

»Von Verlust kann keine Rede sein«, erwiderte der rotbärtige Herr, »denn ich betrachte es eher als Gewinn, einen Mann kennengelernt zu haben, der einen so guten Hund hat und ihn kämpfen läßt. Ich würde das auch gern tun, wenn ich nicht so oft in Geschäften unterwegs sein müßte.«

»Oh, wirklich?« sagte Mr. T. und gab dem Mann hinter der Theke ein Zeichen, noch eine Runde zu bringen.

»Leider«, sagte der Fremde. »Noch vor ein paar Tagen ist mir ein vorzüglicher Kampfhund angeboten worden, ein exzellentes Tier, fast so etwas wie ein Menschenfresser, ein Hund mit echtem Kampfgeist. Ich konnte die Gelegenheit aber nicht wahrnehmen, denn ich hätte selbst keine Zeit, mich um das Tier zu kümmern.«

»Höchst bedauerlich«, sagte Mr. T. »Wie hoch war der geforderte Preis wohl, wenn ich fragen darf?«

»Fünfzig Guineen.«
»Ein stolzer Preis.«
»Kann man wohl sagen.«
Die Getränke wurden gebracht. »Ich bin selbst auf der Suche nach einem guten Kampfhund«, sagte Mr. T.
»Tatsächlich?«
»Ja«, erwiderte Mr. T. »Ich würde gern einen dritten Hund neben Lover und Shantung in meinen Zwinger aufnehmen. Ich nehme natürlich nicht an...«
Der Herr mit dem roten Bart machte eine diskrete Pause, bevor er antwortete. Die Ausbildung sowie der An- und Verkauf von Kampfhunden waren immerhin durch Gesetz verboten. »Wenn Sie es wünschen«, sagte Pierce schließlich, »kann ich einmal vorfühlen, ob das Tier noch zu haben ist.«
»Wollen Sie das tun? Das wäre zu liebenswürdig von Ihnen.« Mr. T. kam plötzlich ein Gedanke. »An Ihrer Stelle würde ich ihn doch selbst kaufen. Während Sie auf Reisen sind, könnte Ihre Frau die Diener anweisen, wie das Tier zu pflegen ist.«
»Ich fürchte«, erwiderte der Rotbärtige, »ich habe mich in der Vergangenheit zu sehr den Geschäften gewidmet. Und so kommt es, daß ich nie geheiratet habe.« Doch dann fügte er lächelnd hinzu: »Aber natürlich würde ich gern heiraten.«
»Natürlich«, sagte Mr. T. und sah sein Gegenüber prüfend an.

12. Kapitel

Eine junge Dame von Stand

Das viktorianische England war das erste Land, in dem über vieles, was in der Nation vorging, kontinuierlich statistisches Material zusammengetragen wurde. Diese Zahlen waren meist eine Quelle unverhohlenen Stolzes. Um 1840 jedoch begann sich eine Entwicklung abzuzeichnen, die den führenden Köpfen der Zeit Sorgen machte: die Zahl alleinstehender Frauen nahm unverhältnismäßig zu. Um 1851 wurde die Zahl alleinstehender Frauen im heiratsfähigen Alter zuverlässig mit 2765000 angegeben – und sehr viele dieser Frauen stammten aus dem Mittelstand und aus der Oberschicht.

Hier stellte sich ein ernstes Problem von großer Tragweite. Mädchen aus der Unterschicht konnten mancherlei Arbeiten annehmen, etwa als Näherinnen, Blumenmädchen, Landarbeiterinnen, konnten aber auch in manchem anderen gering geachteten Beruf Unterschlupf finden. Diese Frauen waren kein dringendes soziales Problem; sie waren unwissende, schlampige Geschöpfe, denen es an Ausbildung, Erziehung und Weltkenntnis fehlte. A. H. White hat im Ton höchsten Erstaunens über ein Gespräch mit einem jungen Mädchen berichtet, das als Zündholzmacherin arbeitete. »Sie ist noch nie in der Kirche gewesen. Hat noch nie etwas von ›England‹ oder ›London‹ oder ›dem Meer‹ oder von ›Schiffen‹ gehört. Weiß nichts von Gott. Hat keine Ahnung, was ER tut. Weiß nicht, ob es besser ist, ein guter oder ein schlechter Mensch zu sein.«

Angesichts so verblüffender Unwissenheit kann man nur

dankbar sein, daß dieses arme Kind einen Weg gefunden hat, in der damaligen Gesellschaft zu überleben. Die unverheirateten Töchter aus Familien des Mittelstands und der Oberschicht stellten ein völlig anderes Problem dar. Diese jungen Damen waren gebildet, hatten eine gute Erziehung genossen und besaßen einen ausgeprägten Sinn für feine Lebensart. Von Kindesbeinen an hatte man sie auf nichts anderes vorbereitet als darauf, »vollkommene Ehefrauen« zu werden.

Für solche Frauen war es ein Unglück, nicht zu heiraten. Der Zustand der Ehelosigkeit – das Dasein als alte Jungfer – war so etwas wie Verkrüppelung, denn es galt als unumstößliche Wahrheit, daß »die wahre Aufgabe einer Frau darin besteht, Hüterin des Hauses, Kraftquell und guter Geist der Familie zu sein«, und wenn eine Frau nicht in der Lage war, diese Aufgaben zu erfüllen, wurde sie zu einer bemitleidenswerten Außenseiterin, zur komischen Figur.

Das Problem wurde noch durch den Umstand verschärft, daß einer Frau aus guter Familie kaum eine Alternative zum Ehestand blieb. Denn, wie ein zeitgenössischer Beobachter einmal bemerkte, welche Beschäftigung konnte sie sonst finden, »ohne ihre Stellung in der Gesellschaft zu verlieren? Um wirklich Dame zu sein, darf eine Frau nur Dame sein und sonst nichts. Sie darf nicht um Gewinn arbeiten und auch nicht irgendeine Beschäftigung ausüben, die andere gegen Bezahlung für sie ausüben könnten. Andernfalls macht sie der Arbeiterklasse, die von ihrer Hände Arbeit lebt, Rechte streitig …«

Eine unverheiratete Frau aus der Oberschicht konnte nur aus der einzigen Mitgift, die sie ihrer gesellschaftlichen Stellung verdankte, ihrer Erziehung, Nutzen ziehen und Gouvernante werden. Um 1851 wurden aber bereits fünf-

undzwanzigtausend Frauen als Gouvernanten beschäftigt, und für mehr war, um es einmal höflich auszudrücken, kein Bedarf. Die noch verbleibenden Möglichkeiten waren weit weniger reizvoll: Eine Frau konnte allenfalls noch Ladengehilfin werden, Buchhalterin, Telegrafistin, Kinder- oder Krankenschwester. Aber diese Berufe eigneten sich weit mehr für eine ehrgeizige Frau aus der Unterschicht als für eine in guten Verhältnissen lebende Dame von Stand.
Wenn eine junge Frau sich weigerte, eine so erniedrigende Arbeit zu übernehmen, so bedeutete ihre Ehelosigkeit für ihre Familie eine erhebliche finanzielle Bürde. Miss Emily Downing bemerkte einmal, daß »die Töchter von Männern der höheren Berufsstände ... sich selbst zwangsläufig als eine Belastung und als Schmarotzer an den mühsam verdienten Einkünften ihrer Väter empfinden müssen. Sie müssen sich selbst sagen – falls sie sich überhaupt dazu verstehen, darüber nachzudenken –, daß sie Anlaß zu beständiger Sorge sind. Wenn sie nicht heiraten, so ist mit höchster Wahrscheinlichkeit damit zu rechnen, daß sie früher oder später gezwungen sein werden, in den Kampf ums Dasein einzutreten, den sie, unvorbereitet, wie sie sind, nicht bestehen können.«
Mit anderen Worten, der Zwang, eine Ehe einzugehen – eine beliebige Ehe, soweit sie nur irgendwie vertretbar war –, wurde von Vätern wie Töchtern gleichermaßen empfunden. In der viktorianischen Zeit heiratete man meist relativ spät, mit Ende Zwanzig oder Anfang Dreißig, aber Mr. Edgar Trent hatte eine Tochter, Elizabeth, die jetzt bereits neunundzwanzig und »voll heiratsfähig« war – was hieß, daß sie ihre Blüte schon hinter sich hatte. Es konnte der Aufmerksamkeit Mr. Trents unmöglich entgangen sein, daß der Herr mit dem roten Bart vielleicht auf der

Suche nach einer Ehefrau war. Der Herr selbst hatte sich als durchaus heiratswillig bezeichnet, aber zugleich darauf hingewiesen, daß die Anforderungen der Geschäfte ihn bislang davon abgehalten hätten, sich ein häusliches Glück zu schaffen. Es gab also durchaus keinen Grund, anzunehmen, dieser gutgekleidete und offensichtlich wohlhabende junge Mann mit einem Faible für Hundesport könne sich etwa nicht zu Elizabeth hingezogen fühlen. Mit diesen Hintergedanken lud Mr. Trent Mr. Pierce für Sonntag zum Tee ins Haus an der Brook Street ein. Mr. Trent gab vor, über den Ankauf des erwähnten Kampfhundes sprechen zu wollen. Mr. Pierce nahm die Einladung nach leichtem Zögern an.

Elizabeth Trent wurde zu dem Prozeß gegen Pierce nicht als Zeugin geladen. Offenbar wollte man ihre Gefühle nicht verletzen. Zeitungsberichte der damaligen Zeit geben uns aber ein genaues Bild von ihrem Äußeren. Sie war mittelgroß, mit einem etwas dunkleren Teint, als Mode war. Ihre Gesichtszüge waren, wie ein Beobachter schrieb, »zwar ebenmäßig, aber doch nicht so, daß man sie hübsch nennen könnte«. Journalisten neigten damals – wie heute – dazu, die Schönheit einer in einen Skandal verwickelten Frau zu übertreiben. Das Fehlen von Komplimenten über die Erscheinung Miss Trents läßt also wohl den Schluß zu, daß sie einen »unvorteilhaften Anblick« bot.
Sie hatte offensichtlich nur wenige Verehrer, wenn man einmal von den auffällig ehrgeizigen Burschen absieht, die nur zu gern die Tochter eines Bankiers geheiratet hätten. Diese wies sie aber standhaft zurück, was ihr Vater wohl nur mit gemischten Gefühlen billigte. Von Pierce muß sie aber beeindruckt gewesen sein, diesem »schneidigen, un-

erschrockenen, gutaussehenden Mannsbild, das soviel Charme versprühte«.
Aus allen Berichten der damaligen Zeit geht hervor, daß Pierce von der jungen Dame gleichermaßen angetan gewesen war. Die Zeugenaussage eines Dienstboten schildert ihre erste Begegnung. Diese Darstellung liest sich, als stammte sie aus einem Roman der damaligen Zeit.
Mr. Pierce nahm den Tee zusammen mit Mr. und Mrs. Trent, »einer stadtbekannten Schönheit«, auf dem Rasen hinter dem Haus ein. Sie sahen zu, wie Maurer im Hintergrund eine Ruine errichteten, während ein Gärtner in der Nähe malerische Unkräuter anpflanzte. Es waren die letzten Ausläufer der fast hundertjährigen englischen Begeisterung für Ruinen, aber noch immer ließ sich jeder, der es sich leisten konnte, auf seinem Grundstück eine ansehnliche Ruine errichten.
Pierce beobachtete die Arbeiter eine Weile. »Was soll es werden?« wollte er wissen.
»Wir haben gedacht, eine Wassermühle«, sagte Mrs. Trent. »Es wird ein bezaubernder Anblick werden, besonders mit dem rostigen Mühlrad. Finden Sie nicht auch?«
»Dieses rostige Rad kostet uns ein Vermögen«, grollte Mr. Trent.
»Es wird aus schon vorher verrostetem Material hergestellt, was uns eine Menge Zeit und Mühe erspart«, fügte Mrs. Trent hinzu.
»Wir müssen natürlich noch darauf warten, daß das Unkraut um die Ruine herum in die Höhe schießt, ehe das Ganze richtig aussieht.«
In diesem Augenblick schwebte Elizabeth in einem weißen Kleid heran. »Ah, mein Tochterherz«, sagte Mr. Trent und

erhob sich. Mr. Pierce tat es ihm nach. »Darf ich bekannt machen, Mr. Edward Pierce, meine Tochter Elizabeth.«
»Ich muß gestehen, ich wußte gar nicht, daß Sie eine Tochter haben«, sagte Pierce. Er verneigte sich tief, ergriff ihre Hand, machte Anstalten, diese zu küssen, zögerte aber.
Das Erscheinen der jungen Frau schien ihn sehr zu verwirren.
»Miss Trent«, sagte er und gab ihre Hand unbeholfen frei. »Sie sehen micht überrascht!«
»Ich weiß nicht, ob ich das als Kompliment auffassen soll oder nicht«, erwiderte Miss Trent, die sich rasch am Teetisch niederließ und die Hand nach der Teetasse ausstreckte, die ihr sogleich gereicht wurde.
»Durchaus als Kompliment, versichere ich Ihnen«, gab Mr. Pierce zurück, wobei er, wie berichtet wird, tief errötete.
Miss Trent fächelte sich kühle Luft zu. Mr. Trent räusperte sich. Mrs. Trent, die vollkommene Hausfrau, nahm ein Tablett mit Biscuits und sagte: »Möchten Sie nicht eines davon versuchen, Mr. Pierce?«
»Mit Freuden, Madam«, erwiderte Mr. Pierce, und keiner der Anwesenden bezweifelte die Aufrichtigkeit seiner Worte.
»Wir sprachen gerade über Ruinen«, sagte Mr. Trent, vielleicht eine Spur zu laut. »Aber vorher hat Mr. Pierce uns von seinen Reisen ins Ausland erzählt. Er ist übrigens erst vor kurzem aus New York zurückgekehrt.«
Das war ein Stichwort. Seine Tochter nahm es geschickt auf.
»Ach wirklich?« sagte sie und fächelte sich heftiger. »Wie unerhört aufregend.«

»Ich fürchte, Sie stellen es sich aufregender vor, als es in Wahrheit ist«, erwiderte Mr. Pierce. Er wich dem Blick der jungen Dame so auffällig aus, daß jedermann seine scheue Zurückhaltung bemerkte. Sie hatte es ihm offensichtlich angetan. Der letzte Beweis dafür war erbracht, als er sich nunmehr ganz Mrs. Trent zuwandte. »Es ist eine Stadt wie jede andere auf der Welt, um ehrlich zu sein. Sie zeichnet sich vor allem dadurch aus, daß ihr all die Annehmlichkeiten fehlen, die wir Londoner für selbstverständlich halten.«

»Man hat mir gesagt«, fühlte Miss Trent, die den Fächer noch immer in Bewegung hielt, vor, »daß es dort in der Gegend noch Wilde geben soll.«

»Ich wäre entzückt, könnte ich Ihnen mit aufregenden Geschichten über die Indianer dienen«, sagte Mr. Pierce. »Aber ich fürchte, ich habe nichts Aufregendes zu berichten. Die Wildnis Amerikas beginnt erst, nachdem man den Mississippi überquert hat.«

»Haben Sie das getan?« fragte Mrs. Trent.

»Das habe ich«, erwiderte Mr. Pierce. »Es ist ein mächtiger Strom, viele Male breiter als die Themse. Er bezeichnet in Amerika die Grenze zwischen Zivilisation und Wildnis. Allerdings hat man jüngst mit dem Bau einer Eisenbahnlinie quer durch diese riesige ›Kolonie‹ begonnen« – er erlaubte sich diese despektierliche Bezeichnung Amerikas, bei der Mr. Trent lauthals auflachte – »und ich habe das Gefühl, daß mit dem Bau der großen Eisenbahnlinien die Reste unzivilisierter Wildnis verschwinden werden.«

»Wie kurios«, versetzte Miss Trent, der nichts einfallen wollte.

»Was für Geschäfte haben Sie nach New York geführt?« fragte Mr. Trent.

»Wenn ich so kühn sein darf«, fuhr Mr. Pierce fort, die Frage ignorierend, »und wenn es die zarten Ohren der anwesenden Damen nicht beleidigt, möchte ich Ihnen ein Beispiel für die rohe Wildheit nennen, die in amerikanischen Landen noch immer vorherrscht, und Ihnen von der groben Lebensart erzählen, die viele Menschen dort für nicht weiter bemerkenswert halten. Haben Sie von Büffeln gehört?«
»Ich habe über sie gelesen«, sagte Mrs. Trent mit blitzenden Augen. Den Aussagen ihrer Dienstboten zufolge soll sie von Mr. Pierce ebenso hingerissen gewesen sein wie ihre Stieftochter, und ihr Verhalten löste bei der Dienerschaft einen kleinen Skandal aus. Mrs. Trent sagte: »Es sind sehr große Tiere, sie sehen aus wie wilde Kühe und haben ein zottiges Fell.«
»Genauso ist es«, bestätigte Mr. Pierce. »Der westliche Teil Amerikas ist voll von diesen Kreaturen, und viele Menschen leben – wenn man das leben nennen kann – von der Büffeljagd.«
»Sind Sie auch in Kalifornien gewesen, wo es Gold gibt?« fragte Miss Trent unvermittelt.
»Ja«, erwiderte Pierce.
»Laß den Herrn doch zu Ende reden«, sagte Mrs. Trent ein wenig zu scharf.
»Also«, fuhr Pierce fort, »diese Büffeljäger, wie man sie nennt, sind mitunter auf das Fleisch der Tiere aus, das dort als Wildbret gilt, mitunter aber auch auf das Fell, das ebenfalls seinen Wert hat.«
»Aber Stoßzähne haben sie nicht«, sagte Mr. Trent. Er hatte kürzlich im Namen der Bank eine Elefantenjagd finanziert, und in diesem Augenblick war ein gewaltiges Lagerhaus im Hafen bis unter das Dach mit Elfenbein

gefüllt. Es lagerten dort fünftausend Stoßzähne. Mr. Trent hatte sie selbst in Augenschein genommen – ein riesiger Lagerraum voll gebogener Stoßzähne, höchst eindrucksvoll.

»Nein, Stoßzähne haben sie nicht, aber dafür haben die Bullen Hörner.«

»Hörner ... Ah, so, ich verstehe. Aber nicht aus Elfenbein.«

»Nein, nicht aus Elfenbein.«

»Ich verstehe.«

»Bitte, fahren Sie fort«, sagte Mrs. Trent, und ihre Augen blitzten noch immer.

»Nun«, sagte Pierce, »die Männer, die diese Büffel tö ... die sie erlegen, heißen Büffeljäger, und sie gebrauchen dabei Gewehre mit gezogenem Lauf. Gelegentlich stellen sie sich in einer Reihe auf, um gleich eine ganze Herde dieser Tiere über eine Felsklippe in den Abgrund zu treiben. Das ist jedoch die Ausnahme. Zumeist werden Tiere einzeln erlegt. Jedenfalls – und hier muß ich im voraus für die rohen Gebräuche, die ich aus diesem rohen Lande zu berichten habe, um Vergebung bitten –, sobald das Tier sein Leben ausgehaucht hat, werden ihm seine Innereien entnommen.«

»Sehr vernünftig«, versetzte Mr. Trent.

»Durchaus«, sagte Pierce. »Aber jetzt kommt das Absonderliche. Für diese Büffeljäger ist ein Teil der Eingeweide die höchste aller Delikatessen, nämlich der Dünndarm des Tieres.«

»Wie wird er zubereitet?« fragte Miss Trent. »Über einem Feuer geröstet, nehme ich an.«

»Nein, Madam«, sagte Pierce, »denn ich berichte Ihnen von einem Beispiel für abscheuliche Roheit. Diese so hoch

geschätzten Dünndärme, diese angebliche Delikatesse, werden nämlich auf der Stelle, völlig ungekocht, verzehrt.«
»Wollen Sie damit sagen, man ißt sie *roh*?« fragte Mrs. Trent und rümpfte ihre kleine Nase.
»In der Tat, Madam. So wie wir eine rohe Auster verspeisen, verzehren diese Jäger den Dünndarm, und das, während er noch die Körperwärme des soeben getöteten Tieres hat.«
»Grundgütiger Himmel«, sagte Mrs. Trent.
»Damit nicht genug«, fuhr Pierce fort. »Es kommt gelegentlich vor, daß zwei Männer ein und dasselbe Tier erlegt haben. Kaum liegt die Bestie tot auf der Erde, macht sich jeder der beiden über ein Ende des so hochgeschätzten Dünndarms her. Und jeder der beiden Jäger versucht, die Delikatesse schneller hinunterzuschlingen als der andere.«
»Himmel«, sagte Miss Trent, die den Fächer jetzt noch heftiger schwenkte.
»Das ist noch nicht alles«, sagte Pierce. »In ihrer gierigen Hast schlingen die Büffeljäger ihr Teil oft unzerkaut hinunter. Das ist sogar ein bekannter Trick. Der Gegner aber, der diese List durchschaut, zieht oft dem anderen den unverdauten Dünndarm wieder aus dem Mund, etwa so, wie ich eine Schnur durch meine Finger ziehen würde. Und so kann es vorkommen, daß ein Mann verschlingt, was ein anderer bereits gegessen hat, wenn es gestattet ist, so deutlich zu werden.«
»O du meine Güte«, sagte Mrs. Trent, die recht blaß geworden war.
Mr. Trent räusperte sich. »Bemerkenswert.«
»Wie kurios«, sagte Miss Trent tapfer, aber mit bebender Stimme.

»Sie müssen mich bitte entschuldigen«, sagte Mrs. Trent und erhob sich.
»Meine Liebe«, sagte Mr. Trent.
»Madam, ich hoffe, mein Bericht hat Sie nicht zu sehr angegriffen«, sagte Mr. Pierce, der sich gleichfalls erhob.
»Ihre Erzählungen sind wirklich höchst bemerkenswert«, sagte Mrs. Trent und wandte sich zum Gehen.
»Meine Liebe«, wiederholte Mr. Trent und eilte ihr nach.
So kam es, daß Mr. Edward Pierce und Miss Elizabeth Trent für kurze Zeit auf dem Rasen hinter dem Haus alleingelassen wurden. Es wurde beobachtet, daß sie ein paar Worte miteinander wechselten. Der Inhalt ihrer Unterhaltung ist nicht bekannt. Miss Trent bekannte später einer Zofe gegenüber, sie habe Mr. Pierce in seiner »rauhen, aber geraden Art ganz faszinierend« gefunden. Unter der Dienerschaft herrschte Einigkeit darüber, daß die junge Miss Elizabeth jetzt das Wertvollste besaß, was man besitzen konnte: »Aussichten«.

13. Kapitel

Eine Frau am Galgen

Die Hinrichtung der berüchtigten Mörderin Emma Barnes am 28. August 1854 war Stadtgespräch in London. Bereits am Abend vor der Exekution bildeten sich vor den hohen Granitmauern des Gefängnisses von Newgate die ersten Menschenansammlungen. Die Leute wollten hier die

Nacht verbringen, um sich für das Spektakel am folgenden Morgen einen guten Platz zu sichern. Am selben Abend wurde auch der Galgen gebracht und von den Gehilfen des Henkers errichtet. Das Hämmern war bis tief in die Nacht zu hören.

Die Eigentümer der in der Nähe gelegenen Pensionen und Logierhäuser hatten das Glück, ihre Zimmer an jene besseren Damen und Herren vermieten zu können, die sich zu einer »Galgen-Party« zusammenfanden und ein Zimmer mit guter Sicht auf die Hinrichtungsstätte suchten. Mrs. Edna Molloy, eine tugendhafte Witwe, wußte sehr genau, was ihre Räume wert waren, und als ein gewandt auftretender Herr namens Pierce den besten davon zu mieten wünschte, stellte sie eine harte Forderung: 25 Guineen für diese eine Nacht.

Das war eine beachtliche Summe Geldes. Von diesem Betrag konnte Mrs. Molloy ein ganzes Jahr bequem leben. Aber sie ließ sich nicht beirren, denn sie wußte auch, was dieser Betrag für einen Herrn wie Mr. Pierce darstellte – es war der Lohn eines Butlers für sechs Monate oder der Preis eines oder zweier guter Damenkleider. Und Mr. Pierce empfand diesen Preis offenbar als nicht zu hoch. Jedenfalls zählte er ihr den Betrag auf der Stelle in Gold-Guineen hin. Mrs. Molloy wollte es nicht riskieren, ihn zu beleidigen, indem sie in seiner Gegenwart auf die Münzen biß. Sie würde das nachholen, sobald sie allein war. Mit Gold-Guineen konnte man nicht vorsichtig genug sein, und sie war mehr als einmal hereingelegt worden, sogar von feinen Herren.

Zu ihrer großen Erleichterung waren die Münzen echt. So sah sie kaum hin, als Mr. Pierce und seine Gesellschaft später am Tag zu dem gemieteten Raum hinaufgingen. Die

Gesellschaft bestand aus zwei weiteren Männern und zwei Frauen, alle auf das eleganteste gekleidet. Mrs. Molloy konnte aber am Akzent hören, daß die Männer keine Herren und daß die Frauen nicht besser waren, als sie aussahen, trotz der Weidenkörbe und der Weinflaschen, die sie mit sich führten.
Nachdem die Gesellschaft den Raum betreten hatte und die Tür ins Schloß fiel, machte Mrs. Molloy sich nicht die Mühe, am Schlüsselloch zu lauschen. Diese Leute würden ihr keinen Ärger bereiten, da war sie sicher.

Pierce trat ans Fenster und blickte auf die Menschenmenge hinunter, die mit jeder Minute größer wurde. Der Platz war dunkel. Nur die Fackeln am Galgengerüst warfen ein flackerndes Licht. In dem heißen, unheilverkündenden Schein sah Pierce, wie der Querbalken und die Falltür hergerichtet wurden.
»Schafft er nie«, sagte Agar hinter ihm.
Pierce drehte sich um. »Er muß es schaffen, mein Junge.«
»Er ist der beste Schlangenjunge im Gewerbe, der beste, von dem man je gehört hat. Aber da kommt er nie raus«, sagte Agar und zeigte mit dem Daumen auf das Gefängnis.
Jetzt sprach der zweite Mann, Barlow, ein untersetzter Mann mit einem zerfurchten Gesicht, auf dessen Stirn ein Messer eine lange weiße Quernarbe hinterlassen hatte, die er gewöhnlich unter der Krempe seines Hutes verbarg. Barlow war ein bekehrter Taschendieb, der sich auf Straßenraub verlegt hatte. Pierce hatte ihn vor einigen Jahren als Kutscher angeheuert. Alle Straßenräuber waren im Grunde Raufbolde, und einem Einbrecher wie Pierce konnte das nur recht sein. Er brauchte einen Mann, der Schmiere stand und die Kutsche für einen schnellen Rück-

zug bereithielt, und wenn es sein mußte, ließ Barlow sich auch gern auf eine Rauferei ein. Außerdem war er Pierce treu ergeben. Er stand jetzt schon seit fast fünf Jahren in seinen Diensten.

Barlow zog die Stirn in Falten und sagte: »Wenn es überhaupt zu machen ist, wird er's schaffen. Sauber-Willy schafft's, wenn es überhaupt einer schafft.« Er sprach langsam und machte den Eindruck eines Mannes, der seine Gedanken bedächtig formt. Im Handeln allerdings war er schnell. Pierce wußte das.

Pierce betrachtete die Frauen, die Liebchen von Agar und Barlow – und zugleich deren Helferinnen. Pierce kannte ihre Namen nicht und wollte sie auch nicht wissen. Allein schon der Gedanke, daß sie bei dieser Gelegenheit anwesend sein mußten, hatte ihm nicht behagt – in den vergangenen fünf Jahren hatte er Barlows Liebchen nicht einmal zu Gesicht bekommen –, aber er hatte keine Möglichkeit gesehen, dieses Zusammentreffen zu vermeiden. Barlows Liebchen war offenkundig eine Säuferin: ihren nach Gin stinkenden Atem konnte man quer durchs Zimmer riechen. – Agars Liebchen war nicht viel besser, aber immerhin nüchtern.

»Haben Sie die Sachen mitgebracht?« fragte Pierce.

Agars Liebchen öffnete einen Picknickkorb, der einen Schwamm, medizinischen Puder und Bandagen enthielt sowie ein sorgfältig zusammengelegtes Kleid. »Alles, was Sie mir aufgetragen haben, Sir.«

»Das Kleid ist klein?«

»Ja, Sir. Kaum mehr als ein Kinderkleidchen, Sir.«

»Gut«, sagte Pierce und trat wieder ans Fenster, um auf den Platz hinunterzusehen. Dem Galgen und der anwachsenden Menschenmenge schenkte er keinen Blick. Er

starrte nur zu den Mauern des Gefängnisses von Newgate hinüber.
»Hier ist das Abendessen, Sir«, sagte Barlows Liebchen.
Pierce warf einen Blick in ihren Korb: kaltes Geflügel, eingelegte Zwiebeln, Hummerscheren und ein Kistchen mit schwarzen Zigarren.
»Sehr schön, sehr schön«, sagte er.
Agar sagte: »Für wen spielen wir hier eigentlich die Nobelgesellschaft?« Es war eine sarkastische Bemerkung, und Agar sagte später vor Gericht aus, sie habe Pierce anscheinend mißfallen.
Pierce drehte sich um. Sein Gehrock war offen und gab den Blick auf eine Pistole frei, die im Gürtel steckte.
»Wenn einer von euch etwas falsch macht«, sagte er, »hat er einen Kracher unter der Nase und kann sich die Lilien von unten besehen.« Er lächelte dünn. »Es gibt nämlich schlimmere Dinge als Deportation nach Australien.«
»Vergebung, Vergebung«, sagte Agar mit einem Blick auf das Schießeisen. »Vergebung, es sollte nur ein Scherz sein.«
Barlow sagte: »Wozu brauchen wir überhaupt diesen Schlangenjungen?«
Pierce ließ sich nicht ablenken. »Hört genau zu«, sagte er. »Wenn einer von euch was falsch macht, hat er eine Kugel im Bauch, bevor er Amen sagen kann. Und das ist kein Scherz.« Er setzte sich an den Tisch. »So«, sagte er, »und jetzt will ich eine von den Hühnerkeulen. Wir wollen es uns so wohl sein lassen wie möglich, solange wir hier warten müssen.«

Pierce verbrachte einen Teil der Nacht schlafend. Bei Tagesanbruch wurde er durch den Lärm der sich vor dem

Haus drängenden Menschenmenge geweckt. Über fünfzehntausend lärmende, rohe Menschen hatten sich inzwischen dort unten versammelt, und Pierce wußte, daß noch einmal zehn- oder fünfzehntausend hinzukommen würden, Neugierige, die auf dem Weg zur Arbeit noch rasch einen Abstecher zu der Hinrichtung machten. Wenn am Montagmorgen eine Hinrichtung war, gaben sich die Dienstherren der Stadt gar nicht erst den Anschein, als legten sie Wert auf strikte Pünktlichkeit. Man ging wie selbstverständlich davon aus, daß jeder zu spät zur Arbeit erschien, besonders heute, da eine Frau gehängt werden sollte.

Der Galgen war jetzt fertig. Der Strick schwang über der Falltür hin und her. Pierce sah auf seine Taschenuhr: 7 Uhr 45. Gleich war es soweit.

Unten auf dem Platz begann der Mob im Chor zu rufen: »Oh, ihr Leut', hängen soll ich heut'! Oh, ihr Leut', hängen soll ich heut'!« Man hörte lärmendes Gelächter und das Gestampfe von Füßen. An ein, zwei Stellen kam es zu Prügeleien, die sich in dem dichten Gedränge aber nicht recht entfalten konnten.

Sie traten alle ans Fenster, um das Schauspiel zu betrachten.

Agar fragte: »Wann wird er's versuchen?«

»Punkt acht, würde ich meinen.«

»Ich selbst würde es ein bißchen eher versuchen.«

Pierce sagte: »Er wird den Zeitpunkt wählen, der ihm am günstigsten erscheint.«

Langsam verstrichen die Minuten. Niemand im Raum sagte etwas. Schließlich sagte Barlow: »Ich habe Emma Barnes gekannt – hätte nie gedacht, daß sie so enden würde.«

Pierce sagte nichts.
Vom Turm von St. Sepulchre her schlug es acht Uhr, und die Menge johlte vor Erwartung. Eine Gefängnisglocke läutete dünn. Eine Tür in der Gefängnismauer wurde geöffnet, und die Gefangene wurde herausgeführt. Die Hände waren ihr auf dem Rücken gefesselt. Ihr voraus ging ein Geistlicher, der laut aus der Bibel las. Hinter ihr ging in schwarzer Kleidung der Henker der Stadt.
Die Menge sah die Gefangene und brüllte: »Hüte ab!« Alle nahmen ihre Hüte ab, während die Gefangene langsamen Schrittes das Galgengerüst betrat. Dann wurden Rufe laut: »Runter, da vorn! Man sieht ja nichts!« Sie blieben aber weitgehend unbeachtet.
Pierce behielt die zum Tod verurteilte Frau im Auge. Emma Barnes war in den Dreißigern und wirkte noch recht jung. Ihr offenes Kleid ließ die feste Linie ihres Halses erkennen. Ihr Blick war abwesend und starr. Sie schien überhaupt nichts wahrzunehmen. Sie stellte sich an den ihr angewiesenen Platz. Der Scharfrichter wandte sich ihr zu und zupfte an ihrem Kleid herum wie eine Näherin, die an einer Schneiderpuppe herumhantiert. Emma Barnes starrte über die Menge hinweg. Der Strick wurde ihr um den Hals gelegt.
Der Geistliche las mit lauter Stimme, ohne von der Bibel aufzublicken. Der Henker band die Beine der Frau mit einem Lederriemen zusammen. Dazu mußte er unter ihren langen Rock greifen, was die Menge mit anzüglichen Bemerkungen quittierte.
Dann erhob sich der Scharfrichter wieder und zog der Delinquentin eine schwarze Haube über den Kopf. Und schließlich, auf ein Zeichen hin, öffnete sich die Falltür mit einem hölzernen Krachen, das Pierce mit peinvoller Deut-

lichkeit vernahm; der Körper fiel, fing sich und hing im gleichen Augenblick regungslos da.

»Er lernt's allmählich!« sagte Agar. Der Londoner Scharfrichter war für schlampige Hinrichtungen bekannt, bei denen die Verurteilten sich oft minutenlang wanden und krümmten, bis der Tod eintrat. »Aber das wird den Leuten gar nicht gefallen«, fügte Agar hinzu.

Doch die Menge schien zufrieden. Einen Augenblick lang herrschte Totenstille. Dann brach aufgeregter Lärm los. Pierce wußte, daß die meisten Menschen noch auf dem Platz ausharren würden, um noch die ganze nächste Stunde auf den Galgen zu starren – bis man die tote Frau vom Strick abschnitt und in einen Sarg legte.

»Etwas Punsch gefällig?« fragte Agars Hure.

»Nein«, sagte Pierce. Und dann sagte er: »Wo bleibt Willy?«

Sauber-Willy Williams, der berühmteste Schlangenjunge des Jahrhunderts, schickte sich in diesem Augenblick an, aus dem Gefängnis von Newgate auszubrechen. Er war von fast zwergenhaftem Wuchs, und schon als Schornsteinfegerlehrling war er seiner Behendigkeit wegen berühmt gewesen. In späteren Jahren hatten sich die berüchtigtsten Einbrecher seiner Talente bedient. Er erfreute sich eines geradezu legendären Rufes. Es ging das Gerücht, Sauber-Willy könne sogar an einer Glaswand hochklettern. Und kein Mensch hätte es zu bestreiten gewagt.

Die Gefängniswärter von Newgate hatten während der vergangenen langen Monate diesen Gefangenen immer scharf im Auge behalten. Sie kannten seinen Ruf und waren auf alles vorbereitet. Sie wußten aber auch, daß ein Ausbruch aus Newgate einfach unmöglich war. Ein entschlossener und fähiger Mann mochte vielleicht aus Ponsdale entwischen können, wo die Bewachung notorisch lax war, die Mauern weniger hoch und die Wachen dafür bekannt, daß sie eine Schwäche für Goldstücke hatten und schon mal ein Auge zudrückten. Ponsdale, vielleicht auch Highgate oder ein Dutzend anderer Gefängnisse, aber niemals Newgate.

Newgate war das sicherste Gefängnis ganz Englands. Entworfen hatte es George Dance, »einer der akkuratesten Architekten in diesem Zeitalter des guten Geschmacks«. Jedes Detail des Gebäudes war darauf angelegt, den Insassen das Gefühl des Gefangenseins deutlich spürbar zu machen. So hatte man etwa das Mauerwerk der Fensterbögen »mit Bedacht verstärkt, um die schmerzliche Enge dieser Öffnungen zu betonen«. Die Zeitgenossen zollten grausamen Effekten dieser Art Beifall.

Newgate war allerdings nicht allein seiner kunstvollen Architektur wegen berühmt. In den mehr als siebzig Jahren seit der Vollendung des Bauwerks im Jahre 1782 hatte keiner der Insassen ausbrechen können. Das konnte niemanden überraschen: Newgate war auf allen Seiten von fünfzig Fuß hohen Granitmauern umschlossen. Die Steinquader waren so sorgfältig geschnitten und verfugt, daß man es für unmöglich hielt, die Mauern zu erklimmen. Aber selbst für den Fall, daß jemand das Unmögliche zuwege bringen sollte, war es vergeblich: auf den Mauerkronen waren zusätzliche Sicherungen angebracht. Über ihre gesamte Länge verlief eine Eisenstange, um die sich mit rasiermesserscharfen Stacheln besetzte Eisentrommeln drehten. Kein Mensch konnte dieses Hindernis überwinden. Ein Ausbruch aus Newgate war unvorstellbar.

Die Gefängniswärter hatten sich im Laufe der Zeit an die

Anwesenheit des kleinen Willy gewöhnt, doch hatte damit auch ihre Aufmerksamkeit ein wenig nachgelassen. Er war kein schwieriger Gefangener. Er befolgte das Schweigegebot, sprach nie mit einem Mitgefangenen, nahm die vorgeschriebenen Fünfzehn-Minuten-Schichten in der Tretmühle ohne Murren – und ohne daß es je zu einem Zwischenfall kam – hin und arbeitete beim Wergzupfen ohne Unterlaß. Man kann sogar sagen, daß man dem kleinen Mann, der sich so grundlegend gewandelt zu haben schien, fast wider Willen Achtung zollte, denn er brachte den eintönigen Tageslauf mit beinahe fröhlicher Gelassenheit hinter sich. Er war ein fast sicherer Kandidat für eine vorzeitige Entlassung auf Bewährung in ein oder zwei Jahren.

An jenem Montagmorgen jedoch, am 28. August 1854, um acht Uhr, hatte Sauber-Willy Williams sich still und leise in eine Ecke des Gefängnishofes geschlichen, an der zwei Mauern zusammentrafen. Den Rücken in den Mauerwinkel geklemmt, stemmte er sich mit Händen und Füßen wie in einem Felskamin hoch. Er vernahm undeutlich die Rufe der Menge: »Oh, ihr Leut', hängen soll ich heut'!«, als er die Mauerkrone erreichte. Ohne zu zögern krallte er sich an einer der stachelbewehrten Eisentrommeln fest. Seine Handflächen wurden augenblicklich zerschnitten.

Seit seiner Kindheit hatte Sauber-Willy keinerlei Gefühl mehr in seinen mit Schwielen und vernarbten Wunden bedeckten Handflächen. Damals ließ man das Feuer im Kamin gewöhnlich brennen, bis der Schornsteinfeger und der Junge, der ihm half, eintrafen. Wenn der Junge dann in den Rauchfang stieg, um den noch heißen Schornstein zu reinigen, verbrannte er sich gewöhnlich die Hände. Doch das kümmerte kaum jemanden. Und wenn der Junge diese

Arbeit nicht mochte, standen viele andere bereit, um seinen Platz zu übernehmen.
So hatte sich Sauber-Willy jahrelang immer wieder die Hände verbrannt. Und als jetzt das Blut aus seinen zerschnittenen Handflächen schoß, in Strömen an den Unterarmen hinablief und ihm ins Gesicht tropfte, spürte er nichts. Er verschwendete keinen Gedanken daran.
Er bewegte sich langsam an den sich drehenden Trommeln mit den Stacheln entlang, brachte eine ganze Mauer hinter sich, dann die zweite, dann die dritte. Es war erschöpfend, und er verlor dabei jedes Zeitgefühl und hörte auch nichts von dem Lärm der Menge nach der Hinrichtung. So gelangte er nach und nach bis zur Südmauer. Dort hielt er inne und wartete, bis ein patrouillierender Gefängniswärter außer Sichtweite war. Der Mann blickte nicht einmal nach oben, obwohl, wie Willy sich später erinnerte, Blut auf seine Mütze und seine Schultern getropft war.
Nachdem der Gefängniswärter verschwunden war, arbeitete Willy sich mit Händen und Füßen über die rotierenden Stacheln hinweg, die ihm die Brust, die Knie und die Beine aufrissen, so daß sein Blut in Strömen floß. Dann sprang er fünfzehn Fuß tief auf das Dach des dem Gefängnis benachbarten Gebäudes. Seinen Aufprall hörte niemand, denn diese Gegend war jetzt menschenleer. Alles war bei der Hinrichtung.
Von dem Dach sprang Willy auf das nächste und dann auf ein weiteres. Abstände von sechs oder acht Fuß übersprang er ohne jedes Zögern. Ein- oder zweimal hätte er um ein Haar den Halt verloren, als er auf lockere Dachschindeln und Schieferplatten traf, fing sich aber jedesmal wieder. Er hatte nicht umsonst einen großen Teil seines Lebens auf Häuserdächern zugebracht.

Schließlich, knapp eine halbe Stunde nach dem Beginn seiner Flucht, schlüpfte er behend durch ein Giebelfenster an der Rückseite des Molloyschen Hauses, schlich durch den Flur und betrat das Zimmer, das Mr. Pierce sich soviel hatte kosten lassen.

Agar erinnerte sich später, daß Willy »einen entsetzlichen, einen fürchterlichen Anblick« geboten habe, und fügte hinzu: »Er blutete wie ein angestochener Heiliger.« Diese blasphemische Bemerkung wurde jedoch aus dem Gerichtsprotokoll gestrichen.
Pierce sorgte dafür, daß Sauber-Willy, der kaum noch bei Bewußtsein war, rasch behandelt wurde. Salmiakdämpfe aus einem Inhalator von geschliffenem Glas brachten Willy wieder zu sich. Die Frauen rissen ihm die Kleider vom Leib, wobei sie keine falsche Scham an den Tag legten. Sie verrichteten ihre Arbeit umsichtig und schnell. Sie behandelten die zahlreichen Wunden mit blutstillendem Puder und verbanden sie. Agar flößte Sauber-Willy einen Schluck Coca-Wein ein und ließ ihn von dem Krafttrunk der Firma Burroughs & Wellcome, der Fleischextrakt und Eisen enthielt, trinken, damit er wieder zu Kräften kam. Dann zwang man ihn, zwei von Carter's kleinen Nervenpillen zu schlucken, und gab ihm noch etwas Opiumtinktur gegen die Schmerzen. Diese geballte Therapie brachte ihn schließlich ins Leben zurück, worauf die Frauen ihm das Gesicht wuschen, seinen Körper mit Rosenwasser beträufelten und ihn in das bereitliegende Kleid zwängten.
Als er fertig angekleidet war, flößte man ihm noch einen Schluck Bromocoffein zur weiteren Stärkung ein und wies ihn an, sich ohnmächtig zu stellen. Man setzte ihm eine Haube auf und zog ihm Stiefeletten an. Seine blutge-

tränkte Gefängniskleidung stopfte man in den Picknickkorb.

Niemand aus der Menge der mehr als zwanzigtausend Menschen achtete auch nur im geringsten auf die gutgekleideten Herrschaften, die Mrs. Molloys Haus verließen, obwohl eine der Frauen offenbar so mitgenommen war von der Hinrichtung, daß die Männer sie zu der wartenden Kutsche tragen mußten, die dann der frühen Morgensonne entgegenrollte. Eine ohnmächtige Frau war schließlich ein alltäglicher Anblick, nicht zu vergleichen jedenfalls mit dem Anblick einer Frau, die am Ende eines Stricks baumelte – hin und her, hin und her.

14. Kapitel

Der Gipfel der Geschmacklosigkeit

Man schätzt, daß rund sieben Achtel aller Gebäude im viktorianischen London aus der georgianischen Epoche stammen. Der Anblick, den die Stadt bot, war ein Erbe jener früheren Ära. Die Bürger des viktorianischen Zeitalters machten sich erst ab 1880 an die gründliche Erneuerung ihrer Hauptstadt. Man scheute lange die hohen Baukosten. Die alten Gebäude wurden auch dann nicht abgerissen, wenn sie den Anforderungen der neuen Zeit nicht mehr gerecht wurden. Das Zögern entsprang gewiß nicht ästhetischer Rücksichtnahme – die Menschen der viktorianischen Ära verabscheuten alles, was georgianisch war,

diesen Stil, den sogar Ruskin als »Nonplusultra an Häßlichkeit« verdammte.
So kann es kaum überraschen, daß die *Times* in einem Bericht über den Ausbruch eines Häftlings aus Newgate kritisch vermerkte: »Die Vorzüge dieses Gefängnisses sind weit überschätzt worden. Ein Ausbruch aus Newgate ist nicht nur möglich, wie uns jetzt bewiesen worden ist, sondern sogar das reine Kinderspiel, denn der flüchtige Übeltäter ist noch nicht einmal volljährig. Es ist höchste Zeit, daß dieser Gipfel der Geschmacklosigkeit abgerissen wird.«
In dem Artikel stand ferner zu lesen, »die Metropolitan Police hat jetzt Gruppen bewaffneter Beamter in die Elendsviertel der Stadt entsandt, um den Flüchtigen ausfindig zu machen. Seine Festnahme steht, wie uns glaubhaft versichert wird, unmittelbar bevor.«
Diesem Bericht folgten keine weiteren. Das darf nicht verwundern, denn, wie es ein zeitgenössischer Beobachter einmal formulierte: »Ausbrüche aus Gefängnissen sind ebenso zahlreich wie uneheliche Geburten.« Etwas so Alltägliches war wirklich nicht berichtenswert. Zu einer Zeit, in der man die Fenstervorhänge des Londoner Parlamentsgebäudes mit Kalkbrühe tränkte, um die Herren Abgeordneten vor der grassierenden Cholera zu schützen, während sie über den Krim-Krieg debattierten, konnten die Zeitungen sich nicht mit einem kleinen Ganoven aufhalten, dem es gelungen war, sich aus dem Staub zu machen.
Einen Monat später fand man in der Themse die Leiche eines jungen Mannes. Die Polizeibehörden identifizierten den Leichnam als den aus Newgate entsprungenen Häftling. Die Nachricht war dem *Evening Standard* nicht mehr als einen Absatz wert. Die anderen Blätter erwähnten den Vorfall überhaupt nicht.

15. Kapitel

Ein Haus in Mayfair

Nach seinem Ausbruch wurde Sauber-Willy zu Mr. Pierce' Haus in Mayfair gebracht, wo er etliche Wochen in völliger Abgeschiedenheit lebte, bis seine Wunden geheilt waren. Aus Willys späteren Aussagen vor der Polizei erfahren wir zum erstenmal von der rätselhaften Frau, die Pierce' Geliebte war und die Willy als »Miss Miriam« kennengelernt hatte.

Willy wurde in einem Raum des Obergeschosses untergebracht. Den Dienstboten des Hauses wurde gesagt, es handle sich um einen Verwandten Miss Miriams, der in der New Bond Street von einer Kutsche angefahren worden sei. Er wurde von Miss Miriam gepflegt, die von Zeit zu Zeit nach ihm sah. Er rühmte ihr »vornehmes Auftreten«, ihre »gute Figur« und ihre »feine Ausdrucksweise«. Sie habe sich immer gemessenen Schrittes bewegt und nie einen gehetzten oder eiligen Eindruck gemacht. Alle Zeugen, die ihr einmal begegnet waren, äußerten sich in ähnlicher Weise. Sie zeigten sich vor allem von der »ätherischen Erscheinung« der jungen Frau beeindruckt. Ihre Augen seien besonders bezaubernd. Man sprach von ihrer »traumhaften« und »überirdischen Anmut«.

Miss Miriam lebte offenkundig mit Pierce in diesem Haus zusammen, war jedoch tagsüber oft unterwegs. Sauber-Willy wußte nie genau, wo sie sich gerade aufhielt. Da man ihn ohnehin oft mit Opium sedierte, mag dies das »Geisterhafte« erklären, das er ihr zuschrieb.

Willy konnte sich nur an eine Unterhaltung mit ihr erinnern. Er hatte sie einmal gefragt: »Sind Sie sein Vögelchen?« Er meinte, ob sie Pierce' Komplizin bei seinen Einbrüchen sei.

»O nein«, hatte sie lächelnd erwidert. »Ich verstehe nichts von der Musik.«

Daraus hatte er geschlossen, daß sie nicht in Pierce' Pläne eingeweiht war, eine Annahme, die sich später als falsch erwies. In Wirklichkeit spielte sie eine wesentliche Rolle in seinem Plan, und er hatte sie vermutlich als erste eingeweiht. Im Prozeß wurden zahlreiche Spekulationen über Miss Miriam und ihre Herkunft angestellt. Einige Anzeichen lassen den Schluß zu, daß sie Schauspielerin war, was auch ihre Fähigkeit erklären würde, verschiedene Akzente nachzuahmen oder mühelos in verschiedene Rollen zu schlüpfen: die Dame von Stand gelang ihr ebenso gut wie die einfache Frau aus dem Volk. So wird auch ihre Neigung verständlich, Schminke aufzulegen, denn damals wäre es keiner ehrbaren Frau eingefallen, der Natur mit Kosmetika aufzuhelfen. Und schließlich ließ sie offen erkennen, daß sie Pierce' Geliebte war. In jenen Tagen waren die Grenzen zwischen einer Schauspielerin und einer Prostituierten fließend. Schauspieler waren schon von Berufs wegen immer unterwegs. Es lag nahe, daß sie Verbindung zu Verbrecherkreisen hatten oder sogar selbst ein kriminelles Leben führten. Welche Vergangenheit Miss Miriam auch gehabt haben mag, sie mußte schon seit Jahren Pierce' Geliebte gewesen sein.

Pierce selbst hielt sich nur selten im Haus auf und blieb gelegentlich auch über Nacht fort. Sauber-Willy erinnerte sich, ihn ein paarmal am späten Nachmittag gesehen zu haben – in Reitkleidung und nach Pferd riechend, als wäre er gerade von einem Ausritt zurückgekehrt.

»Ich wußte gar nicht, daß Sie ein Pferdefreund sind«, hatte Willy einmal gesagt.
»Bin ich auch nicht«, hatte Pierce knapp erwidert. »Ich hasse die verdammten Biester.«
Nachdem Willys Wunden verheilt waren, hielt Pierce ihn noch im Haus, damit sein »Terrierschnitt« nachwachsen konnte. Ein entsprungener Häftling ließ sich damals am ehesten an seinen kurzgeschorenen Haaren erkennen. Ende September waren Willys Haare zwar schon länger, aber Pierce erlaubte ihm noch immer nicht, aus dem Haus zu gehen. Als Willy nach dem Grund fragte, sagte Pierce: »Wir wollen erst abwarten, bis man dich wieder einfängt.« Diese Äußerung verwirrte Willy zwar sehr, aber er blieb wie befohlen im Haus. Wenige Tage darauf kam Pierce mit einer Zeitung unter dem Arm zu ihm ins Zimmer und sagte ihm, jetzt könne er gehen. Noch am selben Abend begab Willy sich ins »Heilige Land«, wo er sein Liebchen Maggie wiederzufinden hoffte. Er mußte feststellen, daß Maggie sich inzwischen mit einem Straßenräuber liiert hatte, einem grobschlächtigen Burschen, der sich durch »Stockschwingen«, durch Überfälle also, über Wasser hielt. Maggie zeigte Willy die kalte Schulter.
Willy tröstete sich mit einem zwölfjährigen Mädchen namens Louise, das sich vorwiegend vom Wäschestehlen ernährte. Im Prozeß wurde sie den Richtern als Wäschediebin der untersten Kategorie beschrieben. Die höheren Ränge der Zunft suchten vornehmere Stadtviertel heim und stahlen dort die elegante, oft bereits gestärkte und gaufrierte Wäsche von der Leine. Wäschediebe wie Willys neue Geliebte arbeiteten nur dann mit einigem Gewinn, wenn sie das gestohlene Gut an Hehler verkaufen konnten, die es in Trödelläden weiterveräußerten. Nur Kinder und

junge Mädchen ließen sich auf diese wenig einträgliche Form des Wäschediebstahls ein.
Willy lebte von den Einnahmen des Mädchens und wagte sich nie über die Grenzen des Elendsviertels hinaus, in dem er jetzt hauste. Pierce hatte ihn eindringlich gewarnt: Er solle den Mund halten und nie verlauten lassen, daß er ihm bei dem Ausbruch aus Newgate geholfen habe. Sauber-Willy wohnte mit seinem Liebchen zusammen in einer billigen Herberge, in der über hundert Menschen hausten. Das Haus war als Schlupfwinkel kleiner Gauner bekannt. Willy schlief mit seiner Freundin in einem Bett, das er noch mit zwanzig weiteren Personen beiderlei Geschlechts teilen mußte. Louise sagte über diese Zeit: »Er lebte in den Tag hinein, ließ es sich gutgehen und wartete darauf, daß sein Herr und Meister ihn rief.«

16. Kapitel

»Die Meile der Damen«

Von all den eleganten Orten, wo das feine London sich traf, konnte es keiner mit dem schlammigen Reitweg im Hyde Park aufnehmen, der als »Meile der Damen« oder »Rotten Row« bekannt war. Hier konnte man bei gutem Wetter buchstäblich Hunderte von elegant gekleideten Männern und Frauen bewundern, die sich gegen vier Uhr nachmittags im goldenen Schein der Sonne in strahlender Laune zu Pferde dort sehen ließen.

Es war ein munteres Treiben: Reiter und Reiterinnen, dicht an dicht. Hinter den Damen trotteten uniformierte Pagen her, manche wurden auch von ernst dreinblickenden Anstandsdamen zu Pferde oder von berittenen Kavalieren begleitet. Es war ein prächtiges, mondänes Schauspiel, und doch hatte es gleichzeitig etwas leicht Anrüchiges, denn etliche Damen standen in zweifelhaftem Ruf. Wie ein zeitgenössischer Beobachter schrieb: »Es gehört nicht viel Phantasie dazu, den Beruf jener hinreißenden *equestrienne* zu erraten, die mit der Peitsche oder mit einem Winken ein halbes Dutzend Männer zugleich begrüßt und zuweilen die Eintönigkeit des korrekten Reitens durchbricht, indem sie, beide Hände auf dem Rücken, sich anmutig zu einem zu Fuß neben ihr gehenden Bewunderer herabbeugt und seinen Komplimenten lauscht.«

Solche Damen gehörten der höchsten Klasse der Prostituierten an, und ehrbare Damen sahen sich oft in die Lage versetzt, mit diesen raffiniert aufgemachten Demimondänen um die Gunst der Männer konkurrieren zu müssen. Solche Wettbewerbe fanden allerdings nicht nur in dieser Arena statt: Oper und Theater waren dafür gleichermaßen beliebte Schauplätze. Mehr als eine junge Dame wurde plötzlich gewahr, daß die Augen ihres Begleiters nicht das Geschehen auf der Bühne verfolgten, sondern fest auf irgendeine Loge gerichtet waren, aus der eine elegante Frau seine Blicke mit offenem, unverhohlenem Interesse erwiderte.

Die Bürger des viktorianischen Zeitalters taten zwar empört angesichts des Eindringens von Prostituierten in ehrbare Kreise, doch allen Rufen nach Reformen zum Trotz ließen die Damen der Halbwelt sich noch ein halbes Jahrhundert lang fröhlich und unbeschwert dort sehen, wo manche sie lieber nicht gesehen hätten. Die Prostitution der damaligen Zeit wird gern als besonders geschmacklose Manifestation der tiefverwurzelten Heuchelei jener Gesellschaft abgetan. Aber so einfach sind die Dinge nicht. Hier muß die Stellung der Frau im viktorianischen England berücksichtigt werden.

Ganz allgemein wurde damals auf den Unterschied zwischen »männlich« und »weiblich« größter Wert gelegt, und zwar nicht nur in Kleidung, Betragen und Gehabe. Sogar einzelne Möbel oder einzelne Zimmer eines Hauses wurden als »männlich« oder »weiblich« angesehen. So galt etwa das Eßzimmer als maskulin, der Salon als feminin und so weiter. Man war der Ansicht, dafür gebe es biologische Gründe.

»Es ist offenkundig«, schrieb etwa Alexander Walker, »daß der Mann, ausgestattet mit der Kraft seines Verstands, seiner Muskeln und dem Mut, sich seiner Gaben zu bedienen, für die Beschützerrolle qualifiziert ist. Die Frau hingegen, von schwacher Konstitution, schüchtern und mit geringen Geistesgaben versehen, bedarf des Schutzes. Unter solchen Umständen fällt dem Mann natürlicherweise die Führungsrolle zu. Der Frau ist es von der Natur bestimmt, zu dienen und zu gehorchen.«

Mit geringen Abweichungen wurde dieser Glaube immer wieder nachgebetet. Die Frauen könnten nicht logisch denken; sie könnten die Folgen nicht absehen; sie ließen sich allein von ihren Gefühlen leiten, folglich sei es unerläßlich, daß der rational denkende, nüchterne Mann sie mit fester Hand lenke.

Schon bei der Erziehung ließ man sich von dem Glauben an die geistige Unterlegenheit der Frau leiten, und viele Frauen aus guter Familie dürften tatsächlich jene einfältigen, affektierten, hilflosen Dummchen gewesen sein, die die Romane der viktorianischen Zeit bevölkern. Männer konnten nicht erwarten, viel Gemeinsames mit ihren Ehefrauen zu haben. Mandell Creighton schrieb einmal, er finde »Damen im allgemeinen eine höchst unbefriedigende geistige Nahrung; sie scheinen keine bemerkenswerten Gedanken und Ideen zu entwickeln, und obwohl es vorübergehend der Eitelkeit schmeicheln mag, daß man glaubt, ihnen einiges beibringen zu können, so verblaßt dieser Glaube doch nach kurzer Zeit. Von einem bestimmten Lebensalter an, sobald man ein Haus und eine gesicherte Existenz sein eigen nennt, gehört eben auch eine Frau dazu, sozusagen als Bestandteil des Inventars, und man sieht in ihr eine bequeme Einrichtung. Ich bezweifle jedoch sehr, daß je ein Mann von Geist und Verstand seine Gedanken zuerst seiner Frau mitgeteilt hat oder gar erwarten konnte, daß seine Frau diese Gedanken zu würdigen wußte.«

Vieles spricht dafür, daß dieses Arrangement beide Geschlechter zu Tode langweilte. Die Frauen, die sich in ihren großen Häusern voller Dienstboten verloren vorkamen, flüchteten sich in spektakuläre hysterische Neurosen: vorübergehender Verlust des Gehörs, der Sprache und der Sehkraft, Atemnot, Ohnmacht, Appetitlosigkeit, gelegentlich sogar Verlust des Erinnerungsvermögens und zuweilen Krämpfe und Zuckungen. Solche Symptome bekräftigten natürlich nur die allgemeine Auffassung von der Hinfälligkeit und Zerbrechlichkeit der Frau.

Frustrierten Männern stand eine andere Möglichkeit offen: Sie konnten bei Prostituierten Zuflucht suchen, die oft lebhaft, fröhlich und voller Esprit waren, die all das hatten, was bei einer Frau eigentlich unvorstellbar war. Außerdem fanden die Männer die Gesellschaft von Prostituierten angenehm, denn in ihrer Gegenwart konnten sie die steifen Formen des gesellschaftlichen und beruflichen Alltags abstreifen und sich in einer Atmosphäre »gelockerter Ungeniertheit« entspannen. Diese Freiheit von Beschränkungen jeglicher Art war mindestens so wichtig wie das »Ventil« für sexuelle Wünsche. Diese Vorzüge sind es wohl, die der Institution in der damaligen Gesellschaft ein so breites Fundament gaben und es den Prostituierten erlaubten, kühn in die Festungen der Ehrbarkeit einzudringen, etwa in die Arena der Rotten Row.

Von September 1854 an traf Edward Pierce regelmäßig bei Ausritten in der Rotten Row mit Miss Elizabeth Trent zusammen. Die erste Begegnung schien ein Zufall gewesen zu sein, aber die späteren erfolgten auf ein unausgesprochenes Einverständnis hin.

Elizabeth Trents Leben begann um diese nachmittäglichen Begegnungen zu kreisen. Sie verbrachte jeden Morgen damit, sich darauf vorzubereiten, und jeden Abend sprach sie darüber. Ihre Freundinnen beklagten sich, sie habe nur ihren Edward im Kopf. Ihr Vater beklagte sich über ihr unersättliches Verlangen nach neuen Kleidern. »Sie scheint es für eine Notwendigkeit zu halten«, sagte er, »jeden Tag ein neues Kleid zu tragen, und am liebsten sogar zwei.«

Der unattraktiven jungen Frau kam offenbar nie der Gedanke, wie seltsam es war, daß Mr. Pierce unter all den hinreißenden Schönheiten der Rotten Row ausgerechnet sie erwählt hatte. Seine Aufmerksamkeiten nahmen sie völlig gefangen. Im Prozeß äußerte sich Pierce summarisch über diese Unterhaltungen. Sie seien »oberflächlich und trivial« gewesen. Nur von einer berichtete er ausführlicher. Sie hatte irgendwann im Oktober 1854 stattgefunden.

Es war eine Zeit politischer Unruhen und militärischer Skandale. Dem Selbstbewußtsein der Nation war ein schwerer Schlag zugefügt worden. Der Krim-Krieg nahm einen katastrophalen Verlauf. »Anfangs«, so J. B. Priestley, »begrüßte die Oberschicht den Krieg als ein grandioses, überdimensionales Picknick in einer weit entfernten, romantischen Gegend. Man hätte meinen können, das Schwarze Meer sei für den Tourismus entdeckt worden. Wohlhabende Offiziere wie etwa Lord Cardigan entschlossen sich, ihre Yachten mitzunehmen. Die Ehefrauen einiger Kommandeure bestanden darauf, sich der Truppe anzuschließen, und ließen sich von ihren Zofen begleiten. Verschiedene Zivilisten machten ihre Urlaubspläne rückgängig und folgten statt dessen der Armee, um sich den Spaß aus der Nähe anzusehen.«
Der Spaß wurde schnell zum Debakel. Die britischen Truppen waren schlecht ausgebildet, schlecht ausgerüstet und unterstanden einer unfähigen Führung. Lord Raglan, der Oberkommandierende, war bereits fünfundsechzig und »schon sehr alt für sein Alter«. Raglan meinte wohl, er kämpfe noch bei Waterloo. Wenn er vom Feind sprach, sagte er oft »die Franzosen«, obwohl die Franzosen jetzt seine Verbündeten waren. Einmal bezog er sogar, wohl in völliger Verwirrung, einen Beobachtungsposten hinter den feindlichen russischen Linien. Die Atmosphäre des »altersbedingten Chaos« verdichtete sich, und um die Mitte des Sommers schrieben selbst die Ehefrauen verschiedener Offiziere in ihren Briefen nach Hause, daß »die Männer allmählich nicht mehr zu wissen scheinen, was sie hier sollen«.
Im Oktober erreichten die Fehlleistungen der militärischen Führung in dem von Lord Cardigan befohlenen Angriff der

Light Brigade ihren Höhepunkt. Bei diesem heldenhaften Sturmangriff fielen drei Viertel seiner Truppen – sie hatten die erfolgreiche Anstrengung unternommen, die falsche Feindbatterie außer Gefecht zu setzen.

Das Picknick war zweifellos beendet. Fast alle Engländer der Oberschicht machten sich ernste Sorgen. Die Namen Cardigan, Raglan und Lucan waren in aller Munde. An jenem warmen Oktobernachmittag im Hyde Park jedoch brachte Mr. Pierce das Gespräch mit Elizabeth Trent behutsam auf ihren Vater.

»Heute morgen war er fürchterlich nervös«, sagte sie.

»Tatsächlich?« fragte Pierce, der neben ihr her trabte.

»An den Tagen, an denen er eine Goldsendung zur Krim auf den Weg bringen muß, ist er immer sehr nervös. Er ist dann vom Aufstehen an sozusagen ein völlig anderer Mensch, geistesabwesend und tief in Gedanken.«

»Ich bin überzeugt, daß er eine schwere Verantwortung zu tragen hat«, sagte Pierce.

»Sie wird so schwer sein, fürchte ich, daß er sich in übermäßiges Trinken flüchtet«, sagte Elizabeth und lachte kurz auf.

»Ich bitte Sie, Sie übertreiben, Madam.«

»Nun, immerhin benimmt er sich sehr seltsam. Das ist nicht zu übersehen. Wie Sie wissen, ist er entschieden dagegen, daß man vor Einbruch der Dunkelheit Alkohol zu sich nimmt.«

»Ich weiß. Ein sehr vernünftiger Grundsatz, wie ich meine.«

»Wissen Sie«, fuhr Elizabeth Trent fort, »ich habe ihn im Verdacht, daß er gegen seine eigenen Regeln verstößt, denn an den Tagen, an denen eine neue Ladung verschickt werden soll, geht er morgens allein in den Weinkeller.

Keiner der Diener darf ihn begleiten, nicht einmal, um ihm die Laterne zu halten. Er besteht darauf, allein zu gehen. Meine Stiefmutter hat ihm schon oft Vorwürfe gemacht und gesagt, er könne stolpern oder die Kellertreppe herunterfallen. Aber er will nicht auf sie hören. Er verbringt dann einige Zeit im Keller, kommt wieder nach oben und begibt sich dann wie jeden Morgen zur Bank.«

»Ich nehme an«, sagte Pierce, »daß er den Weinkeller nur aus irgendeinem einleuchtenden Grund inspizieren möchte. Das wäre doch logisch?«

»Nein, durchaus nicht«, erwiderte Elizabeth, »denn die Ergänzung und Pflege des Weinkellers vertraut er immer nur meiner Stiefmutter an. Auch das Dekantieren der Weine vor dem Essen und solcherlei Dinge überläßt er ihr.«

»Wenn das so ist, muß ich zugeben, daß sein Verhalten höchst seltsam anmutet. Ich hoffe sehr«, sagte Pierce mit tiefernster Stimme, »daß seine Verantwortung sein Nervensystem nicht einer zu großen Belastung aussetzt.«

»Das hoffe ich auch«, erwiderte Mr. Trents Tochter mit einem Seufzen. »Ist es nicht ein wunderschöner Tag?«

»Wundervoll«, pflichtete Pierce ihr bei. »Unsagbar schön, aber doch nicht schöner als Sie.«

Elizabeth Trent kicherte und erwiderte, was ihm denn einfalle, ihr so offen zu schmeicheln. »Man könnte ja fast meinen, Sie hätten Absichten!« sagte sie lachend.

»Aber, aber!« gab Pierce zurück und legte seine Hand leicht, wenn auch nur kurz, auf die ihre.

»Ich bin so glücklich«, sagte sie.

»Und ich bin es mit Ihnen«, sagte Pierce. Und es war die reine Wahrheit, denn er wußte jetzt, wo er den vierten Schlüssel zu suchen hatte.

II.

Die Schlüssel

November 1854 bis Februar 1855

17. Kapitel

Frisch vom Lande

Mr. Henry Fowler, der zur Lunchzeit in einer dunklen Nische des Schankraums saß, zeigte alle Anzeichen höchster Erregung. Er biß sich auf die Lippen, drehte sein Glas in den Händen und brachte es kaum über sich, seinem Freund Edward Pierce in die Augen zu sehen. »Ich weiß nicht, wie ich anfangen soll«, sagte er. »Ich bin in einer höchst vertrackten Lage.«

»Ich versichere Sie meiner völligen Verschwiegenheit«, sagte Pierce und hob sein Glas.

»Ich danke Ihnen«, sagte Fowler. »Wissen Sie«, begann er, verstummte aber sogleich wieder. »Wissen Sie, es ist –« wieder brach er unvermittelt ab und schüttelte den Kopf. »Es ist eine scheußlich peinliche Angelegenheit.«

»Sprechen Sie ganz offen«, sagte Pierce, »von Mann zu Mann.«

Fowler leerte sein Glas mit einem Zug und setzte es dann mit einer so heftigen Bewegung auf den Tisch, daß es klirrte. »Also gut. Also, um es kurz zu machen, ich habe die Franzosenkrankheit.«

»Ach du liebe Zeit«, sagte Pierce.

»Ich fürchte, ich habe es ein bißchen zu schlimm getrieben«, sagte Fowler bedrückt. »Und jetzt muß ich dafür bezahlen. Es ist alles sehr häßlich und irritabel.« In jenen Tagen hielt man venerische Krankheiten für die Folge sexueller Ausschweifungen. Heilverfahren gab es kaum, und nur die wenigsten Ärzte waren bereit, einen mit einer solchen Krankheit behafteten Patienten zu behandeln. Die meisten Krankenhäuser waren auf die Behandlung der Gonorrhoe und der Syphilis nicht eingerichtet. Ein angesehener Mann, der sich eine dieser Krankheiten zugezogen hatte, wurde leicht zum Opfer einer Erpressung. Das macht Mr. Fowlers Zurückhaltung verständlich.

»Wie kann ich Ihnen helfen?« fragte Pierce, der bereits die Antwort wußte.

»Ich dachte mir – und ich hoffe, ich trete Ihnen nicht zu nahe –, daß Sie als Junggeselle vielleicht wissen ... nun, daß Sie mir vielleicht ein Mädchen vom Lande vermitteln können, das noch Jungfrau ist.«

Pierce hob die Augenbrauen. »Das ist nicht mehr so einfach, wie es einmal war.«

»Ich weiß, ich weiß«, sagte Fowler mit vor Erregung lauter Stimme. Er zwang sich, leiser zu sprechen. »Ich weiß, wie schwierig das ist. Ich habe aber gehofft ...«

Pierce nickte. »Ich kenne da eine Frau in Haymarket«, sagte er, »die gelegentlich noch ganz frische Mädchen hat. Wenn Sie wünschen, kann ich mich diskret erkundigen.«

»Oh, *bitte*«, sagte Mr. Fowler mit bebender Stimme. »Es ist äußerst peinvoll«, fügte er hinzu.

»Ich kann mich gern erkundigen«, sagte Mr. Pierce.

»Ich werde für immer in Ihrer Schuld stehen«, sagte Mr. Fowler. »Es ist äußerst peinvoll.«

»Ich werde mich erkundigen«, sagte Pierce. »Sie können morgen oder übermorgen mit einer Nachricht von mir rechnen. Unterdessen sollten Sie aber nicht den Kopf hängen lassen.«

»Oh, ich danke Ihnen, ich danke Ihnen«, sagte Fowler und bestellte noch etwas zu trinken.

»Es kann freilich einiges kosten«, sagte Pierce.

»Die Kosten scheue ich nicht. Ich schwöre, ich bezahle

jeden Preis!« Dann schien er es sich noch einmal durch den Kopf gehen zu lassen. »Wie hoch wird der Preis Ihrer Meinung nach denn sein?«

»Hundert Guineen, wenn man sicher sein will, ein wirklich frisches Mädchen zu bekommen.«

»Hundert Guineen?« sagte Fowler entsetzt.

»Ja, und das auch nur, wenn ich Glück habe. Die Nachfrage ist sehr groß, müssen Sie wissen.«

»Also schön, sei's drum«, sagte Mr. Fowler und leerte sein zweites Glas. »Wie hoch der Preis auch ist, ich werde ihn zahlen.«

Zwei Tage später erhielt Mr. Fowler mit der kürzlich eingerichteten *Pennypost* in seinem Büro in der Huddleston & Bradford-Bank einen Brief. Die hervorragende Qualität des Schreibpapiers sowie die feine Handschrift der unverkennbar weiblichen Absenderin beruhigten ihn sehr.

11. Nov. 1854

Sir,

Unser gemeinsamer Bekannter, Mr. P., hat mich gebeten, Ihnen Bescheid zu geben, wenn ich von einer jungen Dame mit besonderen Qualitäten höre. Ich freue mich, Ihnen ein sehr hübsches blondes junges Mädchen empfehlen zu können, das erst vor kurzem vom Lande gekommen ist. Ich glaube, sie wird Ihnen sehr zusagen. Wenn es Ihnen konveniert, können Sie sie in vier Tagen gegen acht Uhr abends in der Lichfield Street, Ecke St. Martin's Lane, treffen. Sie wird dort auf Sie warten. Angemessene private Räumlichkeiten stehen ganz in der Nähe zur Verfügung.

Ich verbleibe, Sir, als Ihre ergebene Dienerin

M. B.

South Moulton Street

Der Preis für das Mädchen wurde mit keinem Wort erwähnt, aber das kümmerte Mr. Fowler nicht weiter. Sein Leiden hatte bereits zu schmerzhaften Schwellungen geführt, die ihn so sehr quälten, daß er kaum noch an etwas anderes denken konnte, wenn er an seinem Schreibtisch saß und die Pflichten des Tages hinter sich zu bringen suchte. Er betrachtete das Schreiben aufs neue, und aufs neue beruhigte es ihn, daß der Brief einen so hervorragenden Eindruck machte. Er wirkte zuverlässig, und das war wichtig. Fowler wußte, daß viele »Jungfrauen« alles andere als unberührt waren. Ihr »verwundbarer Zustand« wurde mit Nadel und Faden wiederhergestellt.

Fowler wußte auch, daß der Beischlaf mit einer Jungfrau nicht allgemein als Heilverfahren bei venerischen Krankheiten anerkannt wurde. Viele Männer schworen darauf, andere bestritten die Wirksamkeit. Oft wurde behauptet, wenn die Therapie versage, sei das darauf zurückzuführen, daß das Mädchen eben doch nicht wirklich unberührt gewesen sei.

Mr. Fowler betrachtete das Schreibpapier und die feine Handschrift und fühlte sich in seinen Erwartungen bestärkt. Er brachte sogleich ein paar unverfängliche formulierte Zeichen des Dankes an seinen Freund Pierce zu Papier und ließ ihm das Billett durch einen Boten zustellen.

18. Kapitel

Der Kutschentrick

Am selben Tag, an dem Mr. Fowler sein Dankschreiben an Mr. Pierce aufsetzte, bereitete Mr. Pierce sich darauf vor, in Mr. Trents Haus einzubrechen. An diesem Unternehmen sollten fünf Personen beteiligt sein: Pierce, der durch seine Besuche dort eine gewisse Kenntnis der Räumlichkeiten besaß. Agar, dem die Aufgabe zufiel, von dem Schlüssel einen Wachsabdruck zu machen, Agars Liebchen, die als »Krähe« Schmiere stehen sollte, und Barlow, der als Schatten mit einem Ablenkungsmanöver den Rückzug decken sollte.

Und dann war da noch die mysteriöse Miss Miriam. Sie war bei dem geplanten Eindringen in das Haus der Trents unentbehrlich, denn sie sollte den Kutschentrick ausführen. Dies war eine der gewieftesten Methoden, sich in ein fremdes Haus Einlaß zu verschaffen. Dabei spielten die Trinkgeldgewohnheiten der damaligen Zeit eine Rolle.

Im viktorianischen England waren rund zehn Prozent der Bevölkerung als Dienstboten »in Stellung«, und fast alle bezogen ein kümmerliches Entgelt. Am schlechtesten wurden jene Hausangestellten entlohnt, die auf Grund ihrer Aufgaben mit den Besuchern und Gästen des Hauses in Berührung kamen: ein Butler und ein Bedienter etwa bezogen den überwiegenden Teil ihres Jahreseinkommens aus Trinkgeldern. Daher auch die Abneigung von Bedienten gegen weniger bemittelte Besucher – und daher auch der Kutschentrick.

Am Abend des 12. November 1854 um neun Uhr – es

herrschte tiefe Dunkelheit – hatte Pierce seine Getreuen postiert. Die »Krähe« hielt sich unauffällig auf der dem Trentschen Haus gegenüberliegenden Straßenseite auf. Barlow, der Schatten, hatte sich verstohlen in die Seiteneinfahrt des Grundstücks begeben, die zum Lieferanteneingang und zu den Hundezwingern hinter dem Haus führte. Und Pierce und Agar hatten sich hinter einem Busch direkt neben dem Vordereingang verborgen. Als alle bereit waren, fuhr eine elegante, geschlossene Kutsche vor dem Haus vor, und es läutete.

Der Bediente des Trentschen Hauses hörte das Läuten und öffnete die Tür. Er sah die am Bordstein haltende Kutsche. Würdevoll und in Erwartung eines Trinkgelds schritt er, als niemand der Kutsche entstieg, die Treppenstufen zum Bürgersteig hinunter, um zu sehen, ob er zu Diensten sein konnte.

Im Innern der Kutsche sah er eine schöne, elegante Frau, die ihn fragte, ob dies wohl das Haus von Mr. Robert Jenkins sei. Der Bediente verneinte. Aber Mr. Jenkins sei ihm bekannt, sagte er. Sein Haus befinde sich ganz in der Nähe. Er wies dem Kutscher den Weg.

Unterdessen schlüpften Pierce und Agar durch die offene Tür ins Haus. Sie eilten unverzüglich zur Kellertür. Diese war zwar verschlossen, aber Agar machte sich sofort mit einem Dietrich ans Werk und hatte die Tür im Nu geöffnet. Als der Bediente von der Dame in der Kutsche seinen obligaten Shilling in Empfang nahm, befanden sich die beiden Männer bereits hinter der Tür zum Keller. Der Bediente warf die Münze in die Luft, fing sie auf, ging ins Haus zurück und verschloß die Vordertür. Ihm war nicht einen Augenblick der Gedanke gekommen, überlistet worden zu sein. Das war der sogenannte Kutschentrick.

Im Schein einer Blendlaterne sah Pierce auf seine Uhr. Es war neun Uhr vier. Sie hatten also rund eine Stunde Zeit, den Schlüssel zu suchen. Barlow würde erst um zehn mit seinem Teil des Unternehmens beginnen, der ihnen den Rückzug decken sollte.
Pierce und Agar stiegen vorsichtig die knarrenden Stufen der Kellertreppe hinab. Sie sahen die mit Weinflaschen gefüllten Regale hinter einer verschlossenen Eisengittertür. Die Schlösser dieser Tür bereiteten Agar keine Schwierigkeiten. Um neun Uhr elf öffneten sie die Gittertür und betraten den eigentlichen Weinkeller. Sie begannen sofort mit der Suche nach dem Schlüssel.
Bei dieser Suche wäre es sinnlos gewesen, auf eine plötzliche Eingebung zu hoffen. Hier versprach nur ein langsames, gründliches Vorgehen Erfolg. Pierce konnte, was das Versteck betraf, nur von einer halbwegs sicheren Voraussetzung ausgehen: Da Mr. Trents Frau normalerweise diejenige war, die den Keller betreute, und da Mr. Trent gewiß nicht riskieren wollte, daß sie den Schlüssel zufällig entdeckte, hatte er den Schlüssel vermutlich an einer höheren Stelle versteckt. Die Männer tasteten zunächst die oberen Bretter der Regale ab. Dort hatte sich viel Staub angesammelt. Bald war die Luft im Keller von Staub erfüllt.
Agar mit seinen angegriffenen Lungen hatte Mühe, ein Husten zu unterdrücken. Sein ersticktes Grunzen war ein paarmal laut genug, Pierce zusammenfahren zu lassen, aber oben im Haus der Trents hörte es niemand.
Inzwischen war es bereits neun Uhr dreißig. Die Zeit wurde jetzt knapp, sagte sich Pierce. Er suchte verzweifelt und wurde ungeduldig. Er machte Agar, der den Lichtkegel der heiß gewordenen Laterne dirigierte, flüsternd Vorwürfe.

Zehn weitere Minuten vergingen. Pierce geriet ins Schwitzen. Und dann, völlig unerwartet, berührten seine Finger auf einer Querlatte ganz oben im Regal einen kalten Gegenstand, der mit einem metallischen Klirren zu Boden fiel. Sie tasteten einige Augenblicke aufgeregt auf dem Fußboden des Kellers herum, und dann hatten sie den Schlüssel. Es war neun Uhr fünfundvierzig.
Pierce hielt den Schlüssel in den Lichtkegel der Laterne. Agar stöhnte in der Dunkelheit auf.
»Was ist denn?« flüsterte Pierce.
»Das ist er nicht.«
»Was wollen Sie damit sagen?«
»Das ist nicht der verdammte Schlüssel, den wir suchen.«
Pierce drehte den Schlüssel in der Hand. »Sind Sie sicher?« flüsterte er. Aber er hatte es kaum gefragt, da wußte er schon, daß Agar recht hatte. Es war ein alter, verstaubter Schlüssel, und die Kerben am Bart waren mit klebrigem Schmutz verschmiert.
»Den hat seit zehn Jahren kein Mensch mehr angerührt«, sagte Agar.
Pierce fluchte und setzte seine Suche fort, während Agar die Laterne hielt. Agar betrachtete den Schlüssel mit kritischen Augen.
»Verdammt, aber mit diesem Schlüssel stimmt was nicht«, flüsterte er. »So ein Ding hab ich noch nie gesehen. So klein und fein, wie der ist, könnte es der Geheimschlüssel einer Dame sein, wenn Sie mich fragen ...«
»Mund halten«, zischte Pierce.
Agar verstummte. Pierce suchte weiter. Er fühlte, wie sein Herz pochte. Er sah nicht auf die Uhr, wollte nicht wissen, wie spät es war. Dann berührten seine Finger wieder kaltes Metall. Er hielt den Gegenstand im Licht.

Es war ein blanker Schlüssel.
»Der ist für einen Safe«, sagte Agar, als er ihn sah.
»Richtig«, sagte Pierce seufzend. Er nahm die Laterne und hielt sie für Agar. Agar fischte zwei Wachsplättchen aus den Taschen. Er hielt sie einen Moment in der Hand, um sie anzuwärmen, und dann preßte er den Schlüssel hinein, erst die eine Seite, dann die andere.
»Wie spät?« flüsterte er.
»Neun Uhr einundfünfzig«, erwiderte Pierce.
»Ich mache noch einen«, sagte Agar und wiederholte die Prozedur mit zwei frischen Wachsplättchen. Wer Erfahrung im Herstellen von Nachschlüsseln hatte, machte immer zwei Abdrücke, da man nie wissen konnte, ob nicht ein Plättchen zerbrach. Nachdem Agar mit seiner Arbeit fertig war, legte Pierce den Schlüssel an sein Versteck zurück.
»Neun Uhr siebenundfünfzig.«
»Verdammt, jetzt wird's Zeit.«
Sie verließen den Weinkeller, schlossen die Gittertür hinter sich ab und gingen auf Zehenspitzen die Treppe hinauf. An der Kellertür blieben sie stehen und warteten.

Barlow, der sich draußen am Haus in der Nähe der Dienstbotenzimmer verborgen hielt, sah auf seine Taschenuhr. Es war genau zehn Uhr. Er zögerte einen Augenblick. Einerseits bedeutete jede Minute, die seine Komplizen länger in Mr. Trents Haus zubrachten, Gefahr. Andererseits war es nicht auszuschließen, daß sie, obwohl die Zeit abgelaufen war, mit ihrer Arbeit noch nicht fertig waren. Barlow wollte nicht hinterher als derjenige dastehen, der das Ganze verdorben hatte. Er wollte nicht, daß sie mit zornigen Gesichtern über ihn herfielen.

Aber zehn Uhr war zehn Uhr, und so bewegte er sich mit einem Beutel in der Hand behutsam auf die Hundezwinger zu. Dort befanden sich drei Hunde, unter ihnen der Kampfhund, den Mr. Pierce kürzlich Mr. Trent geschenkt hatte. Barlow beugte sich über das Gitter und schüttelte vier quiekende Ratten aus dem Beutel. Die Hunde fingen sogleich an zu bellen und zu jaulen. Sie machten einen entsetzlichen Lärm.
Barlow sah, wie in den Räumen der Dienerschaft ein Licht nach dem anderen angezündet wurde, und zog sich auf leisen Sohlen in die Dunkelheit zurück.

Pierce und Agar, die den Lärm hörten, öffneten die Kellertür, traten in die Eingangshalle und schlossen die Tür zum Keller wieder. An der Rückseite des Hauses waren eilige Schritte zu hören. Pierce und Agar öffneten die Schlösser und Riegel der Vordertür, schlüpften ins Freie und verschwanden in der Nacht.
Sie hinterließen keine Spuren. Das einzige Zeichen ihres Besuchs war die unverschlossene Vordertür des Hauses. Sie wußten, daß der Bediente, der als erster aufstand, am nächsten Morgen die Eingangstür unverschlossen finden würde. Der Bediente würde sich aber an den Zwischenfall mit der Kutsche am Abend zuvor erinnern und annehmen, er habe vergessen, die Tür abzuschließen. Insgeheim würde er vielleicht ein wenig beunruhigt sein, aber im weiteren Verlauf des Tages würde sich herausstellen, daß im Haus nichts fehlte, und so würde er den Vorfall wieder vergessen.
Jedenfalls wurde der Polizei nie ein Einbruch bei den Trents gemeldet. Das rätselhafte Verhalten der Hunde wurde durch die vier tot im Zwinger liegenden Ratten

hinlänglich erklärt. Es wurde zwar ein wenig darüber diskutiert, wie es den Ratten gelungen sein mochte, in den Zwinger zu gelangen, aber es gab viel zu tun im Haus der Trents, und für überflüssige Spekulationen über Trivialitäten hatte niemand Zeit.
So kam es, daß Edward Pierce sich am 13. November 1854 bei Tagesanbruch im Besitz des ersten der vier Schlüssel befand, die er benötigte. Er machte sich sogleich mit aller Energie daran, den zweiten Schlüssel zu erlangen.

19. Kapitel

Das Rendezvous

Mr. Henry Fowler traute seinen Augen nicht. In dem schwachen Lichtschein der Gaslaterne stand ein zierliches Geschöpf, wunderbar jung und mit rosigen Wangen. Wenn sie wohl auch (nach den damaligen Begriffen) nicht mehr minderjährig war, so konnte sie doch kaum älter als zwölf sein. Ihre zarte Erscheinung und ihre schüchterne Haltung sprachen für ihren unerweckten Zustand.
Er sprach sie an. Sie erwiderte seinen Gruß zögernd und mit sanfter Stimme, schlug die Augen nieder und führte ihn zu einem nicht weit entfernten Bordell. Mr. Fowler beäugte das Etablissement mit einiger Verzagtheit. Es wirkte nicht sonderlich einladend. Folglich war er angenehm überrascht, als auf das leise Klopfen des Kindes hin eine über die Maßen schöne Frau, die von dem Kind »Miss

Miriam« genannt wurde, die Tür öffnete. Fowler trat ein, und in der Halle sah er, daß dieses Haus nicht eines jener vulgären Etablissements war, in denen man die Betten für 5 Shilling pro Stunde vermietete und in denen der Eigentümer mit einem Stock gegen die Tür schlug, wenn die Zeit abgelaufen war. Ganz im Gegenteil, hier zeugte die gesamte Einrichtung von Geschmack und Qualität: üppiger Samt, schwere Vorhänge und feine Perserteppiche bestimmten das Bild. Außerordentlich würdevoll erbat Miss Miriam 105 Pfund. Ihre Manieren zeugten so unmißverständlich von guter Herkunft, daß Fowler ohne weiteres den geforderten Preis bezahlte. Dann begab er sich mit dem kleinen Mädchen, das Sarah hieß, sogleich nach oben. Sarah erklärte, sie sei vor kurzem aus Derbyshire nach London gekommen und ihre Eltern seien tot. Ein älterer Bruder kämpfe auf der Krim, und ein jüngerer sei im Armenhaus. Sie sprach fast fröhlich von diesen Dingen. Fowler glaubte, daß sie damit ihre Aufregung zu verbergen suchte. Zweifellos hatte sie Angst vor ihrem ersten Erlebnis, und er nahm sich vor, recht sanft mit ihr zu sein.
Der Raum, den sie betraten, war ebenso superb eingerichtet wie der Empfangsraum im Parterre. Rote Farbtöne herrschten vor, die Möbel wirkten elegant, und in der Luft lag ein Hauch von Jasmin. Fowler sah sich kurz um. Man konnte ja nicht vorsichtig genug sein. Dann verriegelte er die Tür und wandte sich dem Mädchen zu.
»So, da wären wir«, sagte er.
»Sir?«
»Nun denn …« sagte er. »Wollen wir, hm, ich meine …«
»Aber ja, natürlich, Sir«, sagte sie, und damit begann das einfache Kind, ihn zu entkleiden. Es war für ihn eine außerordentliche Erfahrung, hier mitten in diesem elegan-

ten, ja nahezu *décadent* wirkenden Raum zu stehen und vor sich ein kleines Kind zu sehen, das ihm kaum über die Hüfte reichte und sich mit den kleinen Fingern an seinen Knöpfen zu schaffen machte, um ihn auszuziehen. Es war so überwältigend, daß er es mit sich geschehen ließ. Bald stand er nackt da, während sie noch ihre Kleidung anhatte.
»Was ist das?« fragte sie und berührte einen Schlüssel, den er an einer silbernen Kette um den Hals trug.
»Ach, das ... äh, nur ein Schlüssel«, erwiderte er.
»Am besten nehmen Sie ihn ab«, sagte sie. »Er könnte dabei stören.«
Er nahm ihn ab. Sie drehte die Gasflamme herunter und entkleidete sich. Die nächsten ein, zwei Stunden waren für Henry Fowler ein magisches Erlebnis, eine so unerhörte, so überwältigende Erfahrung, daß er sein schmerzhaftes Leiden völlig vergaß. Er nahm auch ganz gewiß nicht wahr, daß eine vorsichtige Hand hinter dem schweren Samtvorhang hervorlangte und den Schlüssel, der auf seinen Kleidern lag, an sich nahm. Und ebensowenig bemerkte er, daß der Schlüssel kurze Zeit später wieder zurückgelegt wurde.
»Oh, Sir«, entfuhr es ihr im entscheidenden Augenblick mit einem spitzen kleinen Schrei. »Oh, *Sir*!«
Einen kurzen Moment lang war Henry Fowler von mehr Leben und Erregung erfüllt als je zuvor in seinen 47 Jahren.

20. Kapitel

Die Kröte vor der Tür

Die Leichtigkeit, mit der Pierce und seine Komplizen die beiden ersten Schlüssel an sich gebracht hatten, erfüllte sie mit einem Gefühl der Zuversicht, das sich jedoch bald als trügerisch erweisen sollte. Fast unmittelbar nachdem sie Mr. Fowlers Schlüssel an sich gebracht hatten, tauchten völlig unerwartete Schwierigkeiten auf. Die South Eastern Railway verstärkte ihre Sicherheitsvorkehrungen im London Bridge-Bahnhof.

Die Bande beauftragte Miss Miriam, die Bahnhofsbüros zu beobachten. Ende Dezember brachte sie schlechte Nachrichten. Bei einem Treffen in Pierce' Haus, bei dem auch Agar anwesend war, berichtete sie, die Eisenbahngesellschaft habe einen Wachmann eingestellt, der die Räume bei Nacht bewache.

Da sie geplant hatten, bei Nacht einzudringen, war das in der Tat eine böse Neuigkeit. Agar zufolge soll Pierce seine Enttäuschung jedoch rasch überwunden haben.

»Wie sieht sein Dienstplan aus?« fragte Pierce.

»Er kommt jeden Abend bei Büroschluß, pünktlich um sieben«, erklärte Miss Miriam.

»Und was für ein Bursche ist er?«

»Ein waschechter Polizist«, erwiderte sie. »Etwa vierzig, würde ich sagen. Unauffällige Kleidung, fett. Ich schätze allerdings, daß er im Dienst nicht schläft, und trinken tut er auch nicht.«

»Bewaffnet?«

»Ja«, sagte sie und nickte.

»Und wo sitzt er?« wollte Agar wissen.
»Direkt an der Tür. Er sitzt da oben auf der obersten Treppenstufe vor der Tür und bewegt sich nicht vom Fleck. Neben sich hat er eine kleine Papiertüte. Ich glaube, darin ist sein Abendbrot.« Miss Miriam war sich dessen aber nicht sicher. Sie wagte es nicht, sich gar zu lange im Bahnhofsgebäude aufzuhalten, da sie keinen Verdacht erregen wollte.
»Teufel auch«, sagte Agar voller Abscheu. »Sitzt direkt bei der Tür? Dann ist der Laden dicht.«
»Ich möchte bloß wissen, warum sie einen Nachtwächter eingestellt haben«, sagte Pierce.
Vielleicht haben sie gemerkt, daß wir geschnüffelt haben«, sagte Agar, denn sie hatten das Büro mit Unterbrechungen über Monate hinweg beobachtet, und das war möglicherweise irgend jemandem aufgefallen.
Pierce seufzte.
»Jetzt ist es aus«, sagte Agar.
»Es gibt immer einen Weg«, sagte Pierce.
»Die Festung ist nicht zu knacken«, sagte Agar.
»O doch«, sagte Pierce. »Es ist nur ein bißchen schwieriger geworden. Das ist alles.«
»Und wie wollen Sie es anstellen, wenn ich fragen darf?« sagte Agar.
»In der Mittagszeit«, erwiderte Pierce.
»Am hellichten Tag?« fragte Agar entgeistert.
»Warum nicht?«
Am folgenden Tag beobachteten Pierce und Agar die Bahnbüros in den Mittagsstunden. Um ein Uhr war der London Bridge-Bahnhof voller Reisender, die kamen und gingen. Gepäckträger schleppten die Koffer von eleganten Reisenden, die zu ihren Erster-Klasse-Wagen gingen. Flie-

gende Händler boten Erfrischungen feil. In der Halle gingen drei oder vier Polizisten auf und ab und hielten nach Taschendieben Ausschau, denn diese verlegten neuerdings ihre Tätigkeit immer mehr auf die Bahnhöfe der Stadt. Die »Stipper« erleichterten ihre Opfer meist in dem Augenblick, in dem sie den Zug bestiegen. Daß sie bestohlen worden waren, merkten sie erst, wenn der Zug längst London verlassen hatte.

Taschendiebe und Bahnhöfe – das gehörte für die Menschen der damaligen Zeit zusammen. Und als William Frith 1862 eines der berühmtesten Gemälde der Zeit malte, »Der Bahnhof«, stellte er zwei Detektive, die gerade einen Dieb geschnappt hatten, in den Mittelpunkt der Komposition.

Auch jetzt patrouillierten einige Konstabler der Metropolitan Police im London Bridge-Bahnhof. Die Eisenbahngesellschaften setzten überdies noch eigene Wachen ein.

»Es wimmelt hier ja geradezu von Uniformierten«, sagte Agar ärgerlich, als er über die Bahnsteige hinblickte.

»Das soll uns nicht stören«, sagte Pierce. Er beobachtete das Büro der South Eastern.

Um ein Uhr verließen die Angestellten das Büro und kamen plaudernd die Eisentreppe herunter. Der Fahrdienstleiter, ein ernster Mann mit langen Koteletten, blieb im Büro. Um zwei Uhr kehrten die Angestellten zurück, und die Büroarbeit wurde wiederaufgenommen.

Am folgenden Tag ging der Fahrdienstleiter zum Lunch, aber dafür blieben zwei Angestellte im Büro.

Am dritten Tag kannten Pierce und Agar das Schema: Um ein Uhr gingen ein oder mehrere Männer zu einem einstündigen Lunch, aber das Büro war nie ganz unbesetzt. Die Schlußfolgerung war eindeutig.

»Am Tage geht es nicht«, sagte Agar.

»Vielleicht an einem Sonntag«, sagte Pierce nachdenklich. Wie heute hatten schon damals die britischen Eisenbahner etwas gegen die Weiterführung des Bahnbetriebs an Sonn- und Feiertagen. Es galt allgemein als unnötig, ja als ungehörig, an Sonntagen Geschäfte zu machen, und besonders die Eisenbahngesellschaften hatten seit jeher eine seltsame Neigung zu moralischem Verhalten an den Tag gelegt. So war etwa das Rauchen in Eisenbahnwagen auch dann noch verboten, als diese Gewohnheit sich allgemein durchgesetzt hatte. Ein Herr, der sich auf einer Bahnfahrt die Wohltat einer guten Zigarre gestatten wollte, mußte zuvor dem Schaffner ein Trinkgeld geben – und auch das war verboten. Dieser Zustand hielt trotz heftigen Drucks der öffentlichen Meinung bis 1868 an, als das Parlament endlich ein Gesetz verabschiedete, mit dem den Bahngesellschaften auferlegt wurde, den Reisenden das Rauchen zu gestatten.

Ähnlich widersetzten sich die Bahngesellschaften beharrlich der Aufrechterhaltung des vollen Bahnbetriebs an Sonntagen, obwohl jedermann einsah, daß selbst die gottesfürchtigsten Menschen gelegentlich ja auch sonntags verreisen mußten. Trotz zunehmender Beliebtheit der Wochenendausflüge setzte die South Eastern Railway im Jahre 1854 an Sonntagen nur vier Züge ein, und die andere Linie, die den London Bridge-Bahnhof benutzte, die London & Greenwich Railway, ließ nur sechs Züge verkehren, nicht halb so viele, wie sie an normalen Werktagen fahren ließ.

Als Pierce und Agar sich am folgenden Sonntag überzeugen wollten, was im Bahnhof vorging, mußten sie entdekken, daß vor dem Büro des Fahrdienstleiters nun sogar ein

Doppelposten Wache hielt. Ein Wachmann stand in der Nähe der Tür, der andere hatte sich am Fuß der Treppe postiert.

»Warum?« fragte Pierce, als er die Wachmänner sah. »Warum, um Himmels willen, *warum*?«

Später, beim Prozeß, wurde bekannt, daß die South Eastern im Herbst 1854 den Eigentümer gewechselt hatte. Der neue Besitzer des Unternehmens, Mr. Willard Perkins, war ein Mann mit philanthropischen Neigungen, dessen Fürsorge für die niederen Stände so weit ging, daß er eine neue Geschäftspolitik einführte und in allen Positionen mehr Leute beschäftigte als bisher, »um all jenen eine ehrliche Arbeit zu geben, die sonst in Gesetzlosigkeit und leichtfertiger Promiskuität versinken könnten«. Das zusätzliche Personal wurde nur aus diesem einen Grund eingestellt. Die Direktion der Bahnlinie dachte nicht im Traum an einen Einbruch oder Raub. Als die Eisenbahngesellschaft dann später tatsächlich Opfer eines Raubüberfalls wurde, war Mr. Perkins sehr schockiert.

Es darf allerdings nicht unerwähnt bleiben, daß die South Eastern Railway um diese Zeit neue, in die Stadtmitte Londons führende Trassen bauen wollte, was den Abbruch vieler Häuser und die Umsiedlung ihrer Bewohner notwendig gemacht hätte. Und in einer solchen Situation waren Mr. Perkins' philanthropische Bemühungen der Eisenbahngesellschaft sehr nützlich.

»Sonntags ist also auch nichts zu machen«, sagte Agar, als er die beiden Wachbeamten sah. »Weihnachten vielleicht?«

Pierce schüttelte den Kopf. Die Sicherheitsvorkehrungen würden am Weihnachtstag vielleicht etwas laxer gehandhabt werden, aber darauf durften sie sich nicht verlassen.

»Wir müssen eine Zeit wählen, in der alles routinemäßig abläuft«, sagte er.
»Tagsüber können wir hier nichts ausrichten.«
»Ich weiß«, sagte Pierce. »Aber wir wissen noch nicht, wie es nachts hier aussieht. Wir sind noch nie die ganze Nacht über hiergeblieben.« Nachts war der Bahnhof menschenleer. Stadtstreicher und Tippelbrüder wurden von den Polizisten, die ihre Runden machten, ohne Federlesens auf die Straße befördert.
»Ein ›Vögelchen‹ würden sie wegfangen«, sagte Agar.
»Ich habe an einen Baldower gedacht, der sich versteckt«, entgegnete Pierce. Ein Mann, der sich irgendwo verborgen hielt, konnte die ganze Nacht über auf dem Bahnhof bleiben.
»Sauber-Willy?«
»Nein«, erwiderte Pierce. »Sauber-Willy ist ein Schwätzer und ein Dummkopf. Der hat keinen Funken Verstand im Leib. So einen Trottel können wir dabei nicht gebrauchen.«
»Sie haben recht, er ist ein Einfaltspinsel«, sagte Agar. Sauber-Willy, der zur Zeit des Prozesses bereits das Zeitliche gesegnet hatte, wurde von verschiedenen Zeugen als »geistig minderbegabt« bezeichnet. Pierce selbst sagte aus: »Wir hatten das Gefühl, daß er für diese Aufgabe nicht geeignet war. Hätte man ihn gefaßt, dann hätte er, ohne daß es ihm überhaupt bewußt geworden wäre, unsere Pläne verraten.«
»Und wen nehmen wir statt dessen?« fragte Agar, der seine Blicke durch die Bahnhofsallee schweifen ließ.
»Ich habe an einen Pennbruder gedacht«, erwiderte Pierce.
»Einen Pennbruder?« Agar war überrascht.

»Ja«, erwiderte Pierce. »Ich glaube, ein Pennbruder wäre genau richtig. Kennen Sie zufällig einen, der in Frage käme?«

»Ich werde schon einen auftreiben. Aber wo soll er sich denn verstecken?«

»Wir stecken ihn in eine Kiste«, sagte Pierce.

Kurz darauf ließ Pierce eine große Kiste nach seinen Angaben anfertigen und in sein Haus bringen. Agar machte einen, wie er selbst meinte, »sehr zuverlässigen Penner« ausfindig, und der Transport der Kiste zum Bahnhof wurde in die Wege geleitet.

Der Pennbruder, ein Mann namens Henson, wurde nie gefunden; aber die Polizei bemühte sich auch nicht sehr, ihn aufzuspüren. Er war bei dem Unternehmen nur eine unbedeutende Schachfigur. Randfiguren wie er waren es nicht wert, daß man sich groß mit ihnen befaßte.

Um die Mitte des 19. Jahrhunderts wuchs die Bevölkerung Londons pro Jahrzehnt um 20 Prozent. Mehr als tausend Menschen kamen Tag für Tag hinzu, und trotz umfangreicher Bauprogramme und überfüllter Slums hatte ein beachtlicher Teil der Bevölkerung kein Dach über dem Kopf. Solche Leute verbrachten ihre Nächte im Freien, wo immer die Polizei mit ihren verhaßten Handlaternen sie in Ruhe ließ. Bevorzugte Schlafplätze waren die sogenannten »Brückenhotels«, vor allem Eisenbahnunterführungen. Aber es gab noch zahlreiche andere Schlupfwinkel: baufällige Häuser, Hauseingänge, Heizungskeller, Remisen, leere Markthallen, Hecken, Schuppen und Außenklosetts – alles was Schutz vor den Unbilden des Wetters versprach. Damals gab es selbst in eleganten Häusern keine sanitären Einrichtungen. Arme wie Reiche benutzten Außenklosetts, die ebenso wie die öffentlichen Bedürfnisanstalten,

die damals aufkamen, bei Pennbrüdern beliebte Nachtquartiere waren.
Die Pennbrüder waren oft Trunkenbolde, und der Rausch half ihnen sicherlich, den Gestank und die Unbequemlichkeit ihrer Unterkünfte leichter zu ertragen.
Pierce hatte an einen Pennbruder gedacht, da diese Leute es gewohnt waren, viele Stunden lang auf engstem Raum zuzubringen. Henson soll denn auch erklärt haben, als man ihn in die Kiste sperrte: »So bequem habe ich lange nicht mehr gelegen.«
Die Holzkiste wurde im London Bridge-Bahnhof an einer günstigen Stelle abgestellt. Durch die Ritzen konnte Henson den Nachtwächter beobachten. Nach der ersten Nacht wurde die Kiste abgeholt. Sie erhielt einen anderen Farbanstrich und wurde dann wieder zum Bahnhof gebracht. So verfuhr man drei Nächte hintereinander. Dann berichtete Henson, was er herausgefunden hatte. Es klang wenig ermutigend.
»Der Bursche ist zuverlässig«, erklärte er Pierce. »Zuverlässig wie diese Uhr.« Er hielt die Stoppuhr hoch, die Pierce ihm mitgegeben hatte. »Er kommt Schlag sieben mit seiner kleinen Papiertüte, in der er sein Abendbrot mitbringt. Und dann sitzt er auf den Stufen, ist immer hellwach, schnarcht nie einen weg und grüßt jedesmal den Polypen, wenn der auf seinem Rundgang vorbeikommt.«
»Wie sieht's mit den Runden aus?«
»Der erste Polyp arbeitet bis Mitternacht. Er schafft alle elf Minuten einen Rundgang durch den Bahnhof. Manchmal dauert's zwölf, ganz selten auch dreizehn Minuten, aber im allgemeinen sind es elf. Der zweite Mann arbeitet von Mitternacht bis Tagesanbruch. Der hat Hummeln im Hintern. Er hält sich an keine feste Zeit, sondern geht mal

hierhin, mal dorthin, taucht überall auf wie ein Springteufel und behält alles genau im Auge. Außerdem hat er zwei Kracher am Gürtel.«

»Und was ist mit dem Burschen an der Bürotür?« fragte Pierce.

»Zuverlässig, wie ich schon sagte, verdammt zuverlässig. Kommt um sieben, schwatzt ein bißchen mit dem ersten Polypen – der zweite ist allerdings Luft für ihn, den mustert er bloß kalt, wirklich. Aber den ersten, den mag er anscheinend. Ab und zu redet er mit ihm, aber immer nur im Vorbeigehen und bloß ein paar Worte – der Polyp bleibt nie dabei stehen.«

»Verläßt diese Kröte denn nie ihren Platz?« wollte Pierce wissen.

»Nein«, erwiderte Henson. »Sitzt einfach nur da, und dann hört er die Glocken von St. Falsworth die volle Stunde schlagen, und jedesmal, wenn sie läuten, hebt er den Kopf und lauscht. Und dann um elf macht er seine Tüte auf und haut sich den Bauch voll – immer wenn's elf schlägt. Dann ißt er so zehn, fünfzehn Minuten und trinkt eine Flasche Bier dazu, und dann kommt der Polyp wieder vorbei. Danach macht der Kerl sich's bequem, lehnt sich an den Türpfosten und wartet, bis der Polyp das nächste Mal vorbeikommt. Dann ist es halb zwölf oder so. Und dann geht der Polyp wieder weiter, und der Nachtwächter geht zur Toilette.«

»Dann geht er also doch mal von der Tür weg«, sagte Pierce.

»Aber nur zum Pissen.«

»Und wie lange bleibt er weg?«

»Hab mir schon gedacht, daß Sie's genau wissen wollen. Darum hab ich die Zeit genommen«, sagte Henson. »Am ersten Abend hat er vierundsechzig Sekunden gebraucht, am zweiten achtundsechzig und am dritten wieder vierundsechzig. Immer zur gleichen Zeit, etwa um halb zwölf. Wenn der Polyp auf seiner letzten Runde vorbeikommt, ist er wieder auf seinem Posten, Viertel vor zwölf, und dann kommt der zweite Polyp zum Dienst.«

»Und so hat er's jeden Abend gemacht?«

»Jeden Abend. Das Bier, verstehen Sie? Wenn einer Bier trinkt, kriegt er 'nen mächtigen Drang.«

»Das stimmt«, sagte Pierce. »Bier hat diese Wirkung. Weiter. Verläßt er seinen Posten noch zu irgendeiner anderen Zeit?«

»Bestimmt nicht.«

»Und Sie sind nie eingeschlafen?«

»Was? Wo ich den ganzen Tag hier in dem schönen Bett schlafen kann, da fragen Sie mich noch, ob ich die Nacht versäusele?«

»Sie müssen mir die Wahrheit sagen!« ermahnte ihn Pierce, aber ohne großen Nachdruck.

(Agar sagte später aus: »Pierce stellt ihm die Fragen, verstehen Sie, legt aber nicht zuviel rein in die Fragen, dilldaft ein bißchen, spielt den einfachen Greifenberger, verstehen Sie, zeigt kein Interesse, macht nichts weiter aus der Sache, und er tut das, weil er nicht will, daß der Penner verluachert, daß wir 'ne zierliche Massematte vorhaben. Wenn der Penner gespannt hätte, was anlag, hätte er lampen können, und dann wären wir seinetwegen in Schwierigkeiten gekommen. Er konnte uns den ›Verdeckten‹ melden, hätte 'ne Menge Blech dafür kriegen können, aber zum Glück hat der gar nicht das Köpfchen dazu, denn wäre er sonst so ein Zitronenschleifer, he?«

Diese Aussage versetzte das Gericht in helle Aufregung. Als Seine Lordschaft eine Erklärung dieses Kauderwelschs verlangte, sagte Agar mit dem Ausdruck größter Überraschung, er habe sich doch so deutlich ausgedrückt, wie er nur könne. Agar mußte etliche Minuten befragt werden, bis klar wurde, was er gemeint hatte: Pierce hatte also Henson gegenüber den kleinen Taschendieb oder Gelegenheitseinbrecher gespielt, um den Penner zu täuschen. Er sollte nicht erraten, daß der Plan zu einem großen Ding dahintersteckte. Agar hatte auch noch gesagt, Henson hätte eigentlich darauf kommen müssen und sie der Polizei melden können, aber dazu fehle es ihm an Verstand. Dies war nicht die einzige Gelegenheit, bei der unverständliche Gaunersprache den Fortgang des Verfahrens aufhielt.)

»Ich schwöre, Mr. Pierce«, sagte Henson. »Ich schwöre, ich habe nicht eine Sekunde geschlafen.«

»Und der Nachtwächter hat seinen Platz nur einmal an jedem Abend verlassen?«

»Jawohl, und immer zur gleichen Zeit. Man hätte diese Zwiebel« – er hielt die Uhr hoch – »nach ihm stellen können, ehrlich.«

Pierce dankte Henson, zahlte ihm eine halbe Krone für seine Bemühungen, ließ sich von Henson noch eine weitere halbe Krone abbetteln und schickte den Mann dann weg. Als die Tür sich hinter Henson schloß, sagte Pierce zu Barlow, er solle hinterhergehen und dem Burschen »ein bißchen angst machen«. Barlow nickte und verließ das Haus durch einen anderen Ausgang.

Als Pierce zu Agar zurückkehrte, fragte er: »Also? Ist es zu schaffen?«

»Vierundsechzig Sekunden«, sagte Agar nachdenklich. »Das ist nicht gerade ein Kinderspiel.«

»Das habe ich auch nie behauptet«, sagte Pierce. »Sie erzählen mir aber dauernd, daß Sie der beste Vakeuer im ganzen Land sind, und hier ist ein würdiger Prüfstein für Ihre Talente. Schaffen Sie's, oder schaffen Sie's nicht?«

»Vielleicht«, sagte Agar. »Ich muß erst mal ein bißchen üben. Und ich muß mir das Ganze noch mal aus der Nähe ansehen. Können wir einen kleinen Besuch dort machen?«

»Gern«, sagte Pierce.

21. Kapitel

Ein dreister Überfall

»In den letzten Wochen«, schrieb die *Illustrated London News* am 21. Dezember 1854, »hat die Zahl dreister und brutaler Straßenüberfälle einen besorgniserregenden Umfang angenommen, insbesondere in den Abendstunden. Es hat den Anschein, als sei Mr. Wilsons Vertrauen in die Gasbeleuchtung als Abschreckungsmittel gegen Gewaltverbrechen nicht gerechtfertigt, denn die Schurken werden immer frecher. Sie lauern der nichtsahnenden Bevölkerung mit größter Unverfrorenheit auf. Erst gestern wurde der Konstabler Peter Farrell in eine enge Gasse gelockt, wo eine Bande von Schlägern über ihn herfiel, die ihn verprügelte und ihm alles abnahm, was er bei sich hatte, sogar seine Uniform. Es ist auch erst vierzehn Tage her, daß der Abgeordnete Mr. Parkington auf einem offenen, hell erleuchteten Platz einem gemeinen Überfall zum

Opfer gefallen ist. Er befand sich auf dem Wege vom Unterhaus zu seinem Club. Diesem epidemischen Auftreten von Gewaltverbrechen muß von den Behörden endlich mehr Beachtung geschenkt werden.«
Der Artikel beschäftigte sich sodann mit dem Konstabler, dem es »den Umständen entsprechend« gehe. Er habe ausgesagt, er sei von einer gutgekleideten Dame gerufen worden, die eine Auseinandersetzung mit dem Fahrer ihrer Droschke gehabt habe, »einen üblen Halsabschneider mit einer weißen Narbe auf der Stirn«. Als er, Farrell, eingegriffen habe, sei der Kutscher über ihn hergefallen und habe ihn unter lauten Flüchen und Verwünschungen mit einem Totschläger zusammengeprügelt. Als er wieder zu sich gekommen sei, habe er feststellen müssen, daß man ihn sogar seiner Uniform beraubt hatte.
Im Jahre 1854 machten sich viele der in den Städten wohnenden Engländer Sorgen über die zunehmende Straßenkriminalität. Die periodisch auftretenden »Epidemien« an Gewaltakten auf den Straßen kulminierten schließlich, in den Jahren 1862 und 1863, in einer regelrechten Panik der Fußgänger, die sich abends und nachts kaum mehr auf die Straßen wagten, und in der Verabschiedung des »Garrotting Act« durch das Parlament. Dieses Gesetz sah ungewöhnlich harte Strafen für Gesetzesbrecher vor, so zum Beispiel das Auspeitschen »auf Raten« – damit der Häftling sich etwas erholen konnte, bis die Prügelstrafe fortgesetzt wurde – und den Tod durch Erhängen. Im Jahre 1863 wurden in England denn auch mehr Menschen durch den Strang hingerichtet als in irgendeinem Jahr seit 1838.
Brutale Straßenkriminalität war die unterste Stufe krimineller Tätigkeit überhaupt. Straßenräuber und Wegelagerer wurden von anderen Verbrechern oft verabscheut,

denn diese schreckten meist vor Gewaltanwendung zurück. Die übliche Methode des Straßenraubs bestand darin, sich ein vorzugsweise betrunkenes Opfer zu suchen, das man durch einen Komplicen, besser noch eine Komplicin, in eine dunkle Ecke locken ließ, wo man dann mit einem Knüppel auf das Opfer einschlug, es ausraubte und schließlich in der Gosse liegen ließ. Wahrlich keine elegante Art, sich seinen Lebensunterhalt zu verdienen.

Die finsteren Details solcher Überfälle waren das tägliche Brot damaliger Reporter. Offensichtlich hat niemand angesichts der seltsamen Umstände des Überfalls auf Konstabler Farrell gestutzt, obwohl das Verbrechen bei näherem Hinsehen keinen rechten Sinn ergab. Damals – wie auch heute noch – versuchte jeder Verbrecher, einen Zusammenstoß mit der Polizei möglichst zu vermeiden. Wer einem »Greifer« zu nahe trat, riskierte es, überall in der Stadt gejagt zu werden. Die Razzien hörten nicht auf, bis der Übeltäter gefaßt war. In solchen Fällen ließ die Polizei nicht mit sich spaßen.

Es gab auch keinen einleuchtenden Grund, einen Polizeibeamten zu überfallen. Er war eher als irgendein harmloser Passant in der Lage, sich zu verteidigen, und hatte meist nur wenig Geld bei sich, manchmal gar keins.

Und was für einen Sinn sollte es haben, einem Polizeibeamten seine Uniform zu rauben? Es war zwar nichts Ungewöhnliches, daß Leute ihrer Kleidung beraubt wurden, doch meist taten das alte Frauen, die Kinder in eine dunkle Gasse lockten und ihnen alles auszogen, um die Kleidung an einen Trödler zu verkaufen. Die Uniform eines Polizisten aber ließ sich unmöglich an einen Trödler verkaufen, zumal die Trödlerläden ständig überwacht wurden. Eine Polizeiuniform war wohl das einzige Kleidungsstück über-

haupt, das in ganz London nicht den geringsten Wiederverkaufswert besaß.
Der Überfall auf den Konstabler Farrell mußte danach absolut sinnlos erscheinen, und man mußte sich wundern, daß sich niemand fragte, wieso es überhaupt dazu gekommen war.

22. Kapitel

Ein Auftrag für einen Pferdedieb

Irgendwann Ende Dezember 1854 begegnete Pierce im Gasthaus »Schwert und Krone«, das sich in der Nähe der Regent Street befand, einem Mann namens Andrew Taggert. Taggert ging zu dieser Zeit auf die Sechzig zu und war in der Nachbarschaft wohlbekannt. Er hatte eine lange, abwechslungsreiche Laufbahn hinter sich, die es verdient, hier kurz geschildert zu werden. Er ist nämlich einer der wenigen Teilnehmer am großen Eisenbahnraub, deren Vergangenheit bekannt ist.
Taggert wurde um 1790 in der Nähe von Liverpool geboren und kam kurz vor der Jahrhundertwende mit seiner unverheirateten Mutter, einer Prostituierten, nach London. Im Alter von zehn Jahren betätigte er sich im »Auferstehungsgewerbe«, mit anderen Worten als Leichenräuber. Die Leichenräuber gruben frisch beerdigte Leichen aus und verkauften sie an die Anatomie der Universitäten. Taggert hatte sich schon früh den Ruf erworben, besonders waghal-

sig zu sein. Es heißt, er habe einst einen Peger am hellichten Tag quer durch London gefahren. Der Leichnam habe wie ein Fahrgast aufgerichtet auf Taggerts Karren gesessen.

Das Anatomie-Gesetz von 1838 setzte dem Leichenhandel ein Ende, und Andrew Taggert wurde »Verteiler«, mit anderen Worten, er brachte gefälschtes Geld unter die Leute. Eine der Methoden ging so vor sich: Der Verteiler legte einem Ladeninhaber beim Kauf irgendeines Gegenstandes eine echte Münze hin und kramte dann mit der Bemerkung »Vielleicht habe ich es doch passend« in seiner Geldbörse. Darauf nahm er die echte Geldmünze wieder an sich. Schließlich sagte er: »Tut mir leid, hab's doch nicht klein«, und bezahlte nun mit einer falschen Münze. Doch dieser langweiligen Kleinarbeit wurde Taggert bald überdrüssig. Er verlegte sich auf Trickbetrügereien und galt um 1845 als Meister dieses Fachs. Er muß sehr erfolgreich gearbeitet haben, jedenfalls bezog er in Camden Town eine respektable Wohnung. (Hier hatte auch Charles Dickens fünfzehn Jahre zuvor gelebt, als sein Vater im Gefängnis saß.) Taggert nahm sich auch eine Frau, eine gewisse Mary Maxwell, eine Witwe. Es ist eine jener Ironien des Schicksals, daß sich der Meister der Trickbetrüger damit selbst austrickste: Mary Maxwell war eine Falschmünzerin, die sich auf kleine Silbermünzen verlegt hatte. Sie hatte schon einige Gefängnisstrafen verbüßt und kannte sich daher im Gesetz aus. Ihr neuer Ehemann wußte da offensichtlich nicht so gut Bescheid, und sie hatte ihn nicht ohne Hintergedanken geheiratet.

Die gesetzliche Stellung der Frau war schon damals Gegenstand eifriger Reformbestrebungen. Die Frauen besaßen aber noch nicht das Stimmrecht, durften kein Eigentum verwalten und keine letztwilligen Verfügungen treffen. Das Eigentum einer Frau, die von ihrem Mann getrennt lebte, war dem Gesetz zufolge noch immer das Eigentum ihres Ehemannes. Obwohl das Gesetz die Frauen als nahezu unzurechnungsfähige Wesen behandelte und die Männer in fast allen Lebenslagen zu bevorzugen schien, gab es doch ein paar Besonderheiten, von deren Spitzfindigkeit sich Taggert sehr bald überzeugen durfte.

Im Jahre 1847 machte die Polizei bei Mary Taggert eine Razzia und erwischte sie auf frischer Tat. Sie war gerade dabei, Sixpenny-Stücke herzustellen. Sie nahm den Besuch der Polizei mit Gleichmut hin, verkündete freundlich, sie sei verheiratet, und erklärte den Polizeibeamten, wo sie ihren Ehemann finden könnten.

Das Gesetz machte damals den Ehemann für jedes strafbare Verhalten seiner Frau verantwortlich. Man ging davon aus, daß eine Ehefrau, die eine Straftat beging, dazu von ihrem Mann angestiftet worden war. Die Ehefrau sei – so meinte man – immer nur ein Werkzeug ihres Mannes, vielleicht sogar gegen ihren eigenen Willen.

Im Juli 1847 wurde Andrew Taggert verhaftet. Er wurde wegen Falschmünzerei zu acht Jahren Zuchthaus verurteilt, die er im Gefängnis von Bridewell verbüßen sollte. Mary Taggert wurde entlassen, ohne daß man ihr auch nur eine Verwarnung erteilt hätte. Als über ihren Mann das Urteil gesprochen wurde, soll sie im Gerichtssaal ein »lärmendes und krakeelendes Verhalten« an den Tag gelegt haben.

Taggert saß drei Jahre ab. Dann wurde er auf Bewährung entlassen. Nach seiner Entlassung hieß es, er habe keinen Dampf mehr in den Knochen – die nicht ungewöhnliche Folge eines Gefängnisaufenthalts. Jedenfalls hatte Taggert nun nicht mehr den Mumm und das Selbstvertrauen, um sich weiterhin als Trickbetrüger zu betätigen. Er wurde Pferdedieb. Um 1854 war er in den Lokalen, die von den Freunden des Turfs frequentiert wurden, eine vertraute Erscheinung. Bei dem großen Rennskandal im Jahre 1853 – es hieß, ein vier Jahre altes Pferd sei beim Derby als Dreijähriger an den Start gegangen – soll er seine Hand im Spiel gehabt haben. Natürlich wußte niemand etwas Genaueres, aber von Taggert als einem bekannten Pferdedieb wurde einfach angenommen, er habe bei dem Diebstahl des berühmtesten Rennpferds der letzten Jahre – Silver Whistle, eines Dreijährigen aus Derbyshire – mehr als nur eine Hand im Spiel gehabt.

Pierce traf ihn im »Schwert und Krone« und eröffnete das Gespräch mit einem höchst absonderlichen Antrag. Taggert goß seinen Gin in sich hinein und fragte: »Einen *was* soll ich schnappen?«

»Einen Leoparden«, erwiderte Pierce.

»Und wo soll ein Christenmensch wie ich einen Leoparden hernehmen?«

»Ich habe keine Ahnung«, sagte Pierce.

»Wo um alles in der Welt«, sagte Taggert, »soll ich denn einen Leoparden finden? Höchstens in einem dieser Bestiarien – die haben alle möglichen Viecher.«

»So ist es«, sagte Pierce ruhig.

»Muß er getauft sein?«

Das war ein besonders schwieriges Problem. Taggert war ein hervorragender »Täufer«, also ein Mann, der verhindern konnte, daß gestohlenes Gut als solches erkannt wurde. Das Aussehen eines Pferdes etwa konnte er so geschickt verändern, daß selbst der Eigentümer sein Pferd nicht wiedererkannt hätte. Das »Taufen« eines

Leoparden würde sich allerdings etwas schwieriger gestalten.
»Nein«, erwiderte Pierce. »Ich nehme ihn, wie er ist.«
»Wofür brauchen Sie ihn denn?«
Pierce bedachte Taggert mit einem strengen Blick und antwortete nicht.
»Man wird ja wohl noch fragen dürfen«, sagte Taggert. »Schließlich kommt es nicht alle Tage vor, daß man einen Leoparden difteln soll, und deshalb frage ich auch nur – war keine böse Absicht dabei.«
»Es soll ein Geschenk sein«, sagte Pierce. »Ein Geschenk für eine Dame.«
»Ah, eine Dame.«
»Auf dem Kontinent.«
»Ah, auf dem Kontinent.«
»In Paris.«
»Ah, verstehe.«
Taggert musterte Pierce von oben bis unten. Pierce war elegant gekleidet. »Sie könnten doch einfach einen kaufen«, sagte Taggert. »Würde Sie nicht mehr kosten, als wenn Sie ihn von mir kriegen.«
»Ich habe Ihnen einen geschäftlichen Vorschlag gemacht.«
»Das haben Sie in der Tat, handfest genug ist er ja, aber Sie haben noch kein Wort darüber gesagt, was für mich dabei rausspringt. Sie haben nur erwähnt, daß ich einen Leoparden difteln soll.«
»Ich werde Ihnen zwanzig Guineen zahlen.«
»Oh, Sie werden mir vierzig zahlen, und dann können Sie sich noch glücklich schätzen.«
»Ich gebe Ihnen fünfundzwanzig, und dann werden Sie sich glücklich schätzen«, entgegnete Pierce.

Taggert machte ein unglückliches Gesicht. Er drehte sein Glas in den Händen. »Also gut«, sagte er. »Wann soll's sein?«
»Darüber machen Sie sich mal noch keine Gedanken«, sagte Pierce. »Finden Sie erst einmal das Tier und überlegen Sie, wie Sie vorgehen wollen, und dann werden Sie noch rechtzeitig von mir hören.« Damit ließ er eine Gold-Guinee auf den Tresen fallen.
Taggert schnappte sie, biß darauf, nickte und legte die Hand an die Mütze. »Wünsche Ihnen einen guten Tag, Sir«, sagte er.
»Guten Tag«, sagte Pierce.

23. Kapitel

Eine komische Oper

Ein Stadtbewohner des 20. Jahrhunderts, der zufällig Zeuge eines Verbrechens wird, zeigt entweder Furcht oder Gleichgültigkeit. Eine solche Haltung hätte einen Bürger des viktorianischen Zeitalters in Erstaunen versetzt. Damals schrie jeder, der beraubt oder überfallen wurde, sofort laut um Hilfe, die er von seinen gesetzestreuen Mitbürgern, die sich in der Nähe befanden, sowohl erwartete wie auch erhielt. Wer irgend konnte, beteiligte sich mit Feuereifer an dem Versuch, einen flüchtigen Übeltäter zu ergreifen. Selbst hochgestellte Damen nahmen gelegentlich mit Begeisterung an einer solchen Hatz teil.

Für die Bereitwilligkeit, bei einem solchen Abenteuer mitzumachen, gab es mehrere Gründe. Erstens gab es seit verhältnismäßig kurzer Zeit eine organisierte Polizei. Die Metropolitan Police in London, die beste Polizei Englands, bestand erst seit 25 Jahren, und die Menschen hatten sich noch nicht an den Gedanken gewöhnt, daß »ein Verbrechen etwas sei, worum die Polizei sich zu kümmern habe«. Zweitens: Feuerwaffen waren selten – sie sind es noch heute in England –, und es war höchst unwahrscheinlich, daß ein Passant, der hinter einem Täter herjagte, von einer Kugel zu Boden gestreckt wurde. Und schließlich waren die meisten Gesetzesbrecher Kinder, oft sogar kleine Kinder, und die Erwachsenen zögerten keinen Augenblick, sich an ihre Fersen zu heften.

Jeder Dieb war darauf bedacht, seinem Gewerbe möglichst unauffällig nachzugehen, denn sobald sein Tun Aufsehen erregte, lief er Gefahr, gefaßt zu werden. Aus diesem Grund arbeiteten Diebe oft in Banden, von denen einige Mitglieder sich als »Windmacher« betätigten, um die Aufmerksamkeit Außenstehender abzulenken. Manchmal inszenierten Verbrecher auch eigens einen Tumult, um von ihrem ungesetzlichen Tun abzulenken. Ein solches Manöver nannte man »komische Oper«.

Eine gute »komische Oper« erforderte sorgfältige Planung und einen genau festgelegten zeitlichen Ablauf. Am Morgen des 9. Januar 1855 sah Pierce sich in der gewölbeähnlichen Halle des London Bridge-Bahnhofs um. Alle Mitspieler befanden sich an ihren Plätzen.

Pierce selbst wollte die schwierigste Rolle übernehmen. Er spielte den »Sänger«. Sein Text lautete: »Haltet den Dieb!« Er trug ebenso wie Miss Miriam neben ihm Reisekleidung. Miss Miriam war die »Diva«.

Einige Schritte entfernt stand der »Schurke«, ein neun Jahre alter Junge in abgerissener Kleidung, der in dieser Menge von Erster-Klasse-Reisenden reichlich deplaziert wirkte. Pierce hatte den Jungen höchstpersönlich unter zwölf Kindern im Heiligen Land ausgewählt. Seine Schnelligkeit und nichts weiter war das Kriterium für seine Wahl gewesen.

Noch weiter entfernt stand der »Polizist«, Barlow. Er trug die Uniform eines Konstablers und hatte sich den Helm tief in die Stirn gedrückt, um seine weiße Narbe zu verbergen. Das Libretto sah vor, daß Barlow den Jungen entwischen ließ.

Schließlich, nicht weit vom Büro der Bahngesellschaft entfernt, stand der wichtigste Mann des Unternehmens. Agar, der sich als feiner Herr herausgeputzt hatte.

Als der Elf-Uhr-Zug der London & Greenwich abfahrbereit war, kratzte sich Pierce mit der linken Hand den Nacken. Sofort kam der Junge angelaufen. Er rempelte Miss Miriam an und machte sich rechts an ihrem purpurfarbenem Samtkleid zu schaffen. Miss Miriam schrie auf: »John, man hat mich beraubt!«

Pierce erhob die Stimme: »Haltet den Dieb!« rief er und rannte hinter dem flüchtenden Jungen her. »Haltet den Dieb!«

Die aufgeschreckten Reisenden in der Nähe des Paars versuchten, den Jungen festzuhalten, aber dieser war flink und gewandt, riß sich immer wieder los und rannte auf den Bahnsteig am Ende der Halle zu.

Dort trat Barlow in seiner Polizeiuniform drohend vor. Agar – als Herr mit Bürgersinn – beteiligte sich ebenfalls an der Verfolgung. Der Junge sah sich in der Falle. Seine einzige Rettung lag in dem verzweifelten Versuch, über die

Treppe zum Büro der Bahngesellschaft zu entkommen. Der Junge lief mit äußerster Schnelligkeit hinauf. Barlow, Agar und Pierce blieben ihm dicht auf den Fersen.
Man hatte dem Jungen genaue Instruktionen gegeben: Er sollte die Treppe hinaufrennen, ins Büro hineinlaufen, an dem Tisch der Angestellten vorbei bis zu einem hohen Fenster, das auf das Bahnhofsdach hinausging. Dort sollte er mit der Hand die Scheibe einschlagen, als unternähme er einen letzten verzweifelten Versuch zu entkommen. Dann sollte Barlow ihn festnehmen. Der Junge hatte aber vor der Festnahme durch Barlow noch erbitterten Widerstand zu leisten. Das Anlegen der Handschellen durch Barlow war für den Jungen das Signal, daß seine Rolle beendet war.
Der Junge polterte durch die Tür ins Büro der South Eastern Railway. Die Angestellten fuhren erschreckt zusammen. Unmittelbar darauf stürzte Pierce herein. »Haltet ihn, er ist ein Dieb!« rief Pierce und rannte hinter dem Jungen her, wobei er einen der Angestellten zu Fall brachte. Der Junge lief auf das Fenster zu. Jetzt kam Barlow, der Polizeibeamte, hereingeeilt.
»Ich nehme diese Sache in die Hand«, sagte er in barschem Befehlston, bewegte sich aber so ungeschickt, daß er einen Schreibtisch umstieß. Papiere flatterten zu Boden.
»Fangt ihn! Fangt ihn!« rief Agar, der als letzter hereingestürmt kam.
Jetzt stand der Junge bereits auf einem Schreibtisch und reckte sich nach einem schmalen, hohen Fenster. Er schlug mit seiner kleinen Faust die Scheibe ein und verletzte sich dabei. Der Fahrdienstleister sagte unentwegt: »Ach du liebe Güte! Ach du liebe Güte!«
»Ich vertrete das Gesetz, machen Sie Platz!« rief Barlow.

»Haltet ihn!« schrie Pierce, der seiner Stimme einen hysterischen Unterton verlieh. »Haltet ihn fest, er verschwindet durchs Fenster!«

Glasscherben klirrten, und Barlow und der Junge wälzten sich kämpfend auf dem Fußboden. Das Gerangel dauerte länger, als man den Gegebenheiten zufolge hätte erwarten können. Die Angestellten und der Fahrdienstleiter sahen in bestürzter Verwirrung zu.

Niemand bemerkte, daß Agar dem Schauplatz den Rücken gekehrt hatte und sich an der Eingangstür des Büros zu schaffen machte. Er probierte verschiedene seiner an einem Ring befestigten Dietriche aus, bis er denjenigen gefunden hatte, der zum Schloß paßte. Es fiel auch niemandem auf, als Agar sich nun dem kleinen Wandschränkchen zuwandte und blitzschnell einen Dietrich nach dem anderen ausprobierte, bis er den passenden gefunden hatte.

Drei oder vier Minuten waren vergangen, als der junge Dieb, der sich immer wieder den Griffen des Konstablers entwand, von Pierce endlich mit fester Hand gepackt wurde. Der Konstabler gab dem kleinen Übeltäter eine kräftige Ohrfeige, worauf der Junge die gestohlene Geldbörse herausgab. Der Konstabler legte ihm Handschellen an und führte ihn ab. Pierce klopfte sich mit der Hand den Staub vom Anzug und sah sich in dem verwüsteten Büro um. Er drückte dem Fahrdienstleiter und den Angestellten sein Bedauern aus.

Der andere Herr, der sich ebenfalls an der Verfolgungsjagd beteiligt hatte, sprach ihn an: »Ich fürchte, Sir, Sie haben Ihren Zug versäumt.«

»Mein Gott, das habe ich!« erwiderte Pierce. »Dieser verdammte kleine Schlingel.«

Damit verabschiedeten sich die beiden Herren. Der eine dankte dem andern für seine tatkräftige Hilfe beim Einfangen des Diebes. Der andere sagte, daß sei nicht der Rede wert. Das Aufräumen des Durcheinanders überließen sie den Angestellten der Bahngesellschaft.
Es war, so dachte Pierce später amüsiert, eine vortrefflich inszenierte »komische Oper« gewesen.

24. Kapitel

Eine Frage von Sekunden

Als Sauber-Willy am späten Nachmittag des 9. Januar 1855 Pierce' Haus betrat, sah er sich im Wohnzimmer mit einem seltsamen Schauspiel konfrontiert.
Pierce, der eine Hausjacke aus rotem Samt trug, saß bequem in einem Lehnsessel und rauchte gemütlich eine Zigarre. In der Hand hielt er eine Stoppuhr.
Agar bot einen grellen Gegensatz zu diesem Bild des Friedens. Er stand in Hemdsärmeln mitten im Zimmer, sozusagen auf dem Sprung. Er behielt Pierce im Auge und keuchte leicht.
»Sind Sie bereit?« fragte Pierce.
Agar nickte.
»Los!« sagte Pierce und drückte auf den Knopf der Uhr.
Zu Sauber-Willys Verblüffung rannte Agar jetzt quer durch den Raum zum Kamin, wo er auf der Stelle trat und leise flüsternd die Lippen bewegte: »... sieben ... acht ... neun ...«

»Das wär's!« sagte Pierce. »Die Tür!«

»Die Tür!« wiederholte Agar und öffnete pantomimisch eine unsichtbare Tür. Dann trat er drei Schritte nach rechts und langte mit der Hand in Schulterhöhe nach irgendeinem Punkt in der Luft.

»Wandschrank«, sagte Pierce.

»Wandschrank ...«

Jetzt fischte Agar zwei Wachsplättchen aus der Tasche und tat so, als machte er einen Abdruck. »Zeit?« fragte er.

»Einunddreißig«, sagte Pierce.

Agar tat so, als machte er einen zweiten Wachsabdruck mit einem frischen Satz von Wachsplättchen. Dabei zählte er weiter: »Dreiunddreißig, vierunddreißig, fünfunddreißig ...«

Dann langte Agar wieder mit beiden Händen in die Luft, als ob er irgend etwas abschlösse.

»Wandschrank abgeschlossen!« sagte er und ging die Schritte zurück. »Tür!«

»Vierundfünfzig«, sagte Pierce.

»Treppe!« sagte Agar und trat wiederum auf der Stelle. Dann machte er einige gewaltige Sätze und blieb neben Pierces Sessel stehen. »Geschafft!« rief er aus.

Pierce sah auf seine Uhr und schüttelte den Kopf. »Neunundsechzig.« Er paffte an seiner Zigarre.

»Und wenn schon«, sagte Agar verletzt. »Immer noch besser als beim letztenmal. Wie war die Zeit?«

»Beim letztenmal haben Sie's in dreiundsiebzig Sekunden geschafft.«

»Na bitte, ist doch schon besser ...«

»... aber nicht gut genug. Vielleicht sollten Sie den Wandschrank geöffnet lassen. Hängen Sie auch die Schlüssel nicht wieder hin. Das kann Willy erledigen.«

»Was kann ich erledigen?« fragte Willy.
»Den Wandschrank öffnen und schließen«, erwiderte Pierce.
Agar ging auf seine Startposition zurück.
»Fertig?« frage Pierce.
»Fertig«, sagte Agar.
Die seltsame Scharade wurde wiederholt. Agar rannte quer durch den Raum, trat auf der Stelle, gab vor, eine Tür zu öffnen, tat drei Schritte, schloß eine Tür, trat auf der Stelle und rannte dann wieder quer durchs Zimmer.
»Zeit?«
Pierce lächelte. »Dreiundsechzig«, sagte er.
Agar grinste breit und schnappte nach Luft.
»Noch einmal«, sagte Pierce. »Um ganz sicher zu gehen.«

Später am Nachmittag wurde Sauber-Willy eingeweiht.
»Heute abend ist es soweit«, sagte Pierce. »Wenn es dunkel ist, gehen Sie zur London Bridge und von dort zum Bahnhof. Sie müssen dort aufs Dach. Ist das ein Problem für Sie?«
Sauber-Willy schüttelte den Kopf. »Und was dann?«
»Wenn Sie auf dem Dach sind, werden Sie eine zerbrochene Fensterscheibe sehen. Es ist ein Fenster vom Büro des Fahrdienstleiters der SER, ein kleines Fenster, kaum einen Quadratfuß groß. Dort steigen Sie ein.«
»Und was dann?«
»Dann werden Sie einen grüngestrichenen Wandschrank erblicken.« Pierce betrachtete den kleinen Mann. »Sie werden sich auf einen Stuhl stellen müssen. Aber seien Sie sehr leise. Vor dem Büro sitzt nämlich ein Nachtwächter auf der Treppe.«
Sauber-Willy zog die Stirn kraus.

»Öffnen Sie den Wandschrank«, fuhr Pierce fort. »Und zwar mit dem Schlüssel da.« Er deutete mit einem Kopfnikken auf Agar, der Willy den besten Drehrum aushändigte. »Schließen Sie den Wandschrank auf und warten Sie.«

»Worauf?«

»Um halb elf etwa wird es unten in der Halle etwas Lärm geben. Ein Betrunkener wird hereinkommen und den Nachtwächter in ein Schwätzchen verwickeln.«

»Und dann?«

»Dann schließen Sie die Eingangstür zum Büro auf, und zwar mit dem Schlüssel dort.« Agar händigte Sauber-Willy den zweiten Dietrich aus. »Und dann warten Sie wieder.«

»Auf was?«

»Um halb zwölf ungefähr wird der Nachtwächter zur Toilette gehen. Dann wird Agar die Eisentreppe heraufkommen und durch die Tür eintreten, die Sie vorher aufgeschlossen haben, und seine Wachsabdrücke machen. Dann geht Agar wieder, und Sie schließen die Eingangstür sofort wieder ab. Um diese Zeit etwa wird der Nachtwächter zurück sein. Sie schließen den Wandschrank ab, stellen den Stuhl wieder an seinen Platz und verlassen das Büro stikum durchs Fenster.«

»Ist das alles?« frage Sauber-Willy nachdenklich.

»Das ist alles, was Sie zu tun haben.«

»Und dafür haben Sie mich aus Newgate rausgeholt?« fragte Sauber-Willy. »Das ist doch keine große Sache, sich in einem leeren Büro ein bißchen umzusehen.«

»Es ist zwar ein leeres Büro, aber es sitzt ein Nachtwächter vor der Tür, und in der Stille hört man jedes Geräusch. Sie müssen die ganze Zeit sehr, sehr leise sein.«

Sauber-Willy grinste. »Mit den Schlüsseln, von denen Sie da Wachsabdrücke machen, haben Sie 'ne größere Sache vor, 'ne dicke Massematte, was?«

»Kümmern Sie sich um Ihre eigene Aufgabe«, sagte Pierce, »und sonst nichts.«

»Kleinigkeit!« sagte Sauber-Willy.

»Und halten Sie die beiden Dinger da griffbereit«, sagte Agar und deutete auf die Dietriche. »Wenn ich reinkomme, müssen die Tür und der Schrank offen sein, sonst können wir uns gute Nacht sagen – dann werden wir nämlich geschnappt.«

»Habe keine Lust, geschnappt zu werden«, sagte Sauber-Willy.

»Dann halten Sie die Augen offen, und seien Sie auf der Hut.«

Sauber-Willy nickte. »Und was gibt's zum Abendessen?« fragte er.

25. Kapitel

Einbruch mit Gesang

Am Abend des 9. Januar legte sich schwerer rußiger Nebel auf die Stadt. Es war eine richtige Londoner »Waschküche«. Sauber-Willy, der die Tooley Street hinunterging und die Fassade des London Bridge-Bahnhofs aus den Augenwinkeln musterte, war sich nicht sicher, ob er sich über den Nebel freuen sollte. Hier auf der Straße würde ihn jetzt zwar kein Mensch sehen, aber dafür war der Nebel so dicht, daß er nicht einmal das Obergeschoß des Bahnhofsgebäudes erkennen konnte. Sauber-Willy machte sich Sor-

gen, ob er auf Anhieb den richtigen Aufstieg finden würde. Womöglich mußte er auf halbem Weg entdecken, daß er nicht weiterkam.
Sauber-Willy wußte andererseits eine ganze Menge über die Konstruktion von Häusern, und nachdem er eine Stunde lang um den Bahnhof herumgeschlichen war, wußte er, wo er die Wand anzugehen hatte. Vom abgestellten Karren eines Gepäckträgers aus konnte er zu einem Abflußrohr hinüberspringen, hochklettern und dann den Sims der Fenster im Obergeschoß erreichen. Ein Mauervorsprung lief um das gesamte Obergeschoß herum. Er bewegte sich darauf seitwärts weiter, bis er einen Mauerwinkel erreichte. Dort kletterte er mit dem Rücken zur Mauer weiter hoch – wie bei seinem Ausbruch aus Newgate.
Punkt acht Uhr stand er auf dem breiten Dach des Bahnhofsgebäudes. Der größte Teil des Bahnhofs war mit Schiefer gedeckt; nur über den Gleisen bestand das Dach aus Glas, aber Sauber-Willy hütete sich, das Glasdach zu betreten. Er wog zwar nur 68 Pfund, wäre aber trotzdem sofort durch das Glasdach durchgebrochen.
Er tastete sich im Nebel behutsam vorwärts, bis er hinter einem Mauervorsprung das Fenster mit der zerbrochenen Scheibe fand, von dem Pierce gesprochen hatte. Er sah hinein. Es war der Dienstraum des Fahrdienstleiters.
Er griff durch das gezackte Loch im Fensterglas, öffnete den Riegel und schob vorsichtig das Fenster hoch. Es war ein rechteckiges Fenster von vielleicht neun mal sechzehn Zoll. Sauber-Willy schlängelte sich mühelos hindurch, trat auf eine Schreibtischplatte und hielt inne.
Man hatte ihm nicht gesagt, daß die Seitenwände des Büros zur Bahnhofshalle hin aus Glas waren.

Durch die Scheiben konnte er auf die verlassenen Gleise und Bahnsteige hinuntersehen. Er sah auch den Nachtwächter, der in der Nähe der Tür auf einer Treppenstufe saß. Neben ihm lag eine Papiertüte.

Sauber-Willy stieg vorsichtig vom Schreibtisch hinunter. Er trat auf eine Glasscherbe und erstarrte. Falls der Nachtwächter das Geräusch gehört hatte, ließ er es sich nicht anmerken. Nach einem Augenblick durchquerte Willy das Büro, nahm einen Stuhl und stellte ihn vor den Wandschrank. Er stieg hinauf, zog den einen Dietrich, den Agar ihm gegeben hatte, aus der Tasche und öffnete das Schrankschloß. Dann setzte er sich hin und wartete. Aus der Ferne hörte er es von einem Kirchturm neun Uhr schlagen.

Agar, der sich in einem dunklen Winkel der Bahnhofshalle verborgen hielt, hörte das Schlagen der Kirchturmuhr auch. Er seufzte. Noch zweieinhalb Stunden, und dabei hockte er jetzt schon zwei Stunden zusammengekauert in dieser Ecke. Er wußte, wie steif seine Beine sein würden, und dachte besorgt an seinen Spurt zur Treppe.

Von seinem Versteck aus hatte er gesehen, wie Sauber-Willy in den Dienstraum einstieg. Und er hatte Willy auch gesehen, als er auf dem Stuhl stand und sich an dem Schloß des Wandschranks zu schaffen machte. Dann war Willy verschwunden.

Agar seufzte wieder. Er fragte sich zum tausendstenmal, was Pierce mit diesen Schlüsseln eigentlich vorhatte. Es mußte sich um ein verdammt großes Ding handeln, wenn er so viel dafür in Szene setzte. Vor ein paar Jahren hatte Agar bei einem Einbruch in ein Lagerhaus in Brighton mitgemacht. Neun Schlüssel waren für den Einstieg notwendig gewesen: einer für ein Außentor, zwei für ein Innentor, drei für die Haupttür, zwei für eine Bürotür und einer für einen Lagerraum. Sie hatten damals 10 000 Pfund in Noten der Bank von England erbeutet, und der Kopf der Bande hatte mit der Planung und Vorbereitung des Unternehmens vier Monate zugebracht.

Und Pierce, ausgekocht wie kaum je ein Schränker, verbrachte jetzt schon acht Monate damit, vier Schlüssel an sich zu bringen. Das Unternehmen hatte ihn bestimmt schon ein hübsches Sümmchen gekostet, und das bedeutete, daß die Beute den Einsatz lohnen mußte.

Aber was war die Beute? Warum das Ganze? Diese Fragen beschäftigten Agar mehr als der Ablauf seines Vierundsechzig-Sekunden-Wettlaufs mit der Zeit. Er war Berufsverbrecher, er hatte einen kühlen Kopf, er hatte sich gut vorbereitet und war voller Zuversicht. Sein Herz schlug nicht schneller, als er zu dem Nachtwächter hinübersah. Der Polyp machte gerade wieder eine seiner Runden.

Der Polizist sagte zu dem Nachtwächter: »Wissen Sie, daß Hampton wieder in den Ring steigt?«

»Nein«, sagte der Nachtwächter. »Gegen wen?«

»Gegen Edgar Moxley.«

»Und wo soll der Kampf stattfinden?«

»In Leicester, wie ich höre«, erwiderte der Polizist.

»Und auf wen haben Sie gesetzt?«

»Auf Bill Hampton, natürlich.«

»Der ist gut«, sagte der Nachtwächter. »Harter Bursche, dieser Bill.«

»Und ob«, erwiderte der Polizist. »Ich hab 'ne halbe Krone auf ihn gesetzt – da muß er schon verdammt hart sein!« Und damit ging er weiter.

Agar zog im Dunkeln verächtlich die Mundwinkel herun-

ter. Er hatte beim letzten Boxkampf zwischen dem »Teufel aus Lancaster«, John Boynton, und dem Schlappschwanz Kid Ballew 10 Pfund gewettet. Diese Wette hatte Agar wohlgetan: zwei zu eins war die Quote gewesen. Da hatte er einmal hingelangt!
Er spannte die Muskeln seiner verkrampften Beine an, um den Blutkreislauf anzuregen, und lockerte sie dann wieder. Er hatte noch eine lange Wartezeit vor sich. Er dachte an seine Dille. Immer wenn er bei der Arbeit war, dachte er an die Beff seiner Dille. Das war nur natürlich – wenn ein Mann unter Druck stand, wurde er geil. Doch dann kehrten seine Gedanken zu Pierce zurück und zu der Frage, die ihm jetzt schon fast ein Jahr lang im Kopf herumging: Hinter *was* waren sie eigentlich her?

Der betrunkene Ire mit dem roten Bart und dem Schlapphut torkelte durch die menschenleere Bahnhofshalle und sang *Molly Malone*. Sein schlurfender, plattfüßiger Gang verriet den echten Säufer, und als er weiterging, grölte er so selig vor sich hin, daß er den Nachtwächter auf der Treppe offenbar nicht bemerkte.
Das tat er aber durchaus, und er beäugte mißtrauisch die Papiertüte des Nachtwächters, ehe er sich umständlich und schwankend verbeugte.
»Einen wunderschönen guten Abend, Sir«, sagte der betrunkene Ire.
»'n Abend«, sagte der Wachmann.
»Was, wenn ich fragen darf«, sagte der Betrunkene und richtete sich auf, »treiben Sie da oben eigentlich?«
»Ich bewache diese Räume hier«, sagte der Nachtwächter.
Der Betrunkene rülpste. »Das kann jeder sagen, guter Mann. So hat sich schon mancher Gauner rausgeredet!«

»Na, also hören Sie mal!«
»Ich glaube«, sagte der Betrunkene und fuchtelte mit dem Zeigefinger in der Luft herum, »ich glaube, Sir, wir holen lieber mal die Polizei, dann wird sich ja herausstellen, was mit Ihnen los ist.«
»Jetzt hören Sie mal zu ...« sagte der Nachtwächter.
»*Sie* hören jetzt mal zu, und zwar genau, wenn ich bitten darf«, sagte der Betrunkene und begann plötzlich zu brüllen: »Polizei, *Po-li-zei*!«
»Jetzt reicht's aber«, sagte der Wachmann und kam die Treppe herunter. »Reißen Sie sich zusammen, Sie besoffenes Schwein.«
»Besoffenes Schwein?« sagte der Betrunkene, hob die Augenbrauen und drohte mit der Faust. »Ich bin ein Dubliner, Sir.«
»Das sieht man!« schnauzte der Wachmann.
In diesem Augenblick kam – auf das Gebrüll des Betrunkenen hin – der Konstabler um die Ecke gelaufen. »Ah, ein Verbrecher, Konstabler«, sagte der Betrunkene. »Verhaften Sie den Lumpen da«, sagte er rülpsend und zeigte auf den Nachtwächter, der jetzt am Fuß der Treppe stand. »Der hat hier was vor!« Wieder rülpste er.
Der Konstabler und der Wachmann tauschten Blicke aus und grinsten.
»Sie finden das wohl noch komisch, Sir?« sagte der Betrunkene zu dem Polizisten. »Ich kann daran nichts Komisches finden. Der Lump da hat was vor.«
»Kommen Sie mal mit«, sagte der Konstabler. »Oder ich sperre Sie wegen Erregung öffentlichen Ärgernisses ein.«
»Ärgernis?« sagte der Betrunkene und riß sich vom Arm des Konstablers los. »Sie und dieser Lump da stecken wohl unter einer Decke, Sir?«

»Das reicht jetzt«, sagte der Konstabler. »Kommen Sie mal schön mit.«
Der Betrunkene ließ sich von dem Polizisten fortzerren. Man hörte auch, wie er den Konstabler fragte: »Sie haben nicht zufällig ein kleines Schlückchen Gin bei sich, was?«
»Diese Iren!« sagte der Wachmann seufzend und ging kopfschüttelnd wieder die Eisentreppe hinauf, um sein Abendbrot zu verzehren. In der Ferne schlug die Turmuhr elf.

Agar hatte alles mitangesehen und sich über den Auftritt von Pierce amüsiert, fragte sich nun aber besorgt, ob Sauber-Willy währenddessen auch wirklich die Eingangstür zum Büro geöffnet hatte. Bald würde er es wissen: In einer halben Stunde würde er loslaufen, als ginge es um sein Leben.
Er sah auf die Uhr, sah zu der Bürotür hinauf und wartete.
Was Pierce betraf, so war der schwierigste Teil seiner Darbietung das Finale auf der Tooley Street, wohin der Konstabler ihm mit festem Griff geführt hatte. Er mußte versuchen, so schnell wie möglich von dem Polizisten loszukommen.
Als sie in die neblige Nachtluft hinaustraten, atmete Pierce tief durch. »Ah«, sagte der, »was für ein wunderschöner Abend, frisch und belebend.«
Der Polizist sah sich in dem trüben Nebel um. »Für meinen Geschmack ein bißchen kühl«, sagte er.
»So, mein lieber Freund«, sagte Pierce und zog seine Kleidung zurecht. Dann richtete er sich betont straff auf, als hätte die Nachtluft ihn plötzlich ernüchtert. »Ich bin Ihnen dankbar für Ihr Eingreifen in dieser Sache. Ich kann Ihnen versichern, daß ich jetzt gut allein weitergehen kann.«

»Sie werden nicht wieder randalieren?«
»Mein Herr«, sagte Pierce und richtete sich zu voller Größe auf, »wofür halten Sie mich?«
Der Polizist blickte zum Bahnhof hinüber. Es war seine Pflicht, seine Rundgänge fortzusetzen. Ein herumirrender Betrunkener, der sich in der Halle hatte sehen lassen, ging ihn nichts mehr an, sobald er ihn aus dem Bahnhof hinausgeschafft hatte. London war schließlich voll von Betrunkenen, besonders von betrunkenen Iren, die sich gern reden hörten.
»Dann passen Sie nur schön auf sich auf!« sagte der Konstabler und ließ ihn ziehen.
»Einen schönen guten Abend noch, Sir«, sagte Pierce mit einer Verbeugung. Dann ging er leicht schwankend durch den Nebel davon. Nach einer Weile stimmte er wieder *Molly Malone* an. Er ging nur bis zum Ende der Tooley Street. Dort, im Nebel kaum zu erkennen, hielt eine Kutsche. Pierce sah zu dem Kutscher hinauf.
»Na, wie ist es gegangen?« fragte Barlow.
»Tadellos!« sagte Pierce. »Willy hat zwei oder drei Minuten Zeit gehabt. Das müßte gereicht haben.«
»Willy ist nicht sehr helle.«
»Er hatte doch nichts weiter zu tun, als zwei Schlösser zu öffnen«, sagte Pierce. »Dazu wird sein Verstand schon gereicht haben.« Er warf einen Blick auf seine Uhr. »Nun, wir werden's ja früh genug wissen.«
Damit entschwand er wieder im Nebel und ging zum Bahnhof zurück …

Um elf Uhr dreißig hatte Pierce sich so postiert, daß er die Eisentreppe zum Büro und den Nachtwächter ständig im Auge behalten konnte. Der Polizist drehte seine Runden und winkte dem Wachmann zu, der zurückwinkte. Der Polizist ging weiter, der Nachtwächter gähnte, stand auf und streckte sich.

Pierce hielt den Atem an und legte sanft den Finger auf den Knopf seiner Stoppuhr.

Der Nachtwächter kam die Treppe herunter, gähnte wieder und machte sich schlurfend auf den Weg zur Toilette. Nach ein paar Schritten bog er um eine Ecke und war nicht mehr zu sehen.

Pierce drückte auf den Knopf und zählte leise »Eins ... zwei ... drei ...«

Er sah Agar auftauchen, der mit voller Kraft lief, barfuß, um kein Geräusch zu machen, und dann die Treppe mit wenigen Sätzen nahm.

»Vier ... fünf ... sechs ...«

Agar erreichte die Tür, drehte den Türknopf. Die Tür ging auf, und Agar war im Büro. Die Tür wurde wieder geschlossen.

»Sieben ... acht ... neun ...«

»Zehn«, sagte Agar keuchend und sah sich im Büro um. Sauber-Willy, der sich im Schatten einer Zimmerecke verborgen hielt, zählte grinsend mit lauter Stimme an Agars Stelle weiter.

»Elf ... zwölf ... dreizehn ...«

Agar ging zu dem bereits geöffneten Wandschrank hinüber. Er zog das erste Wachsplättchen aus seiner Tasche und blickte dann auf die Schlüssel im Schrank.

»Verdammt!« flüsterte er.

»Vierzehn ... fünfzehn ... sechzehn ...«

In dem Schrank hingen Dutzende von Schlüsseln. Schlüssel aller Art, große und kleine, manche mit Anhängern, andere ohne. Agar stöhnte. Der kalte Schweiß brach ihm aus.

»Verdammt!«
»Siebzehn ... achtzehn ... neunzehn ...«
Er konnte den Zeitplan nicht einhalten, und er wußte es. Verzweifelt starrte er auf die Schlüssel. Er konnte nicht von allen Abdrücke machen. Welche waren die richtigen?
»Zwanzig ... einundzwanzig ... zweiundzwanzig ...«
Sauber-Willys Zählerei machte ihn ganz wild. Am liebsten hätte er den Bastard erwürgt. Er starrte in das Schränkchen. Er rief sich das Aussehen der beiden anderen Schlüssel ins Gedächtnis. Vielleicht sahen die beiden, die er hier suchte, ähnlich aus. Er ging nahe an den Schrank heran, kniff die Augen zusammen und blinzelte hinein. Es fiel nur spärliches Licht von außen ins Büro.
»Dreiundzwanzig ... vierundzwanzig ... fünfundzwanzig ...«
»Hat alles keinen Sinn«, flüsterte er vor sich hin. Und dann fiel ihm etwas Seltsames auf. An jedem Haken hing nur ein Schlüssel. Aber da war ein Haken, an dem hingen zwei. Rasch nahm er sie herunter. Sie sahen aus wie die beiden, die er schon einmal in der Hand gehabt hatte.
»Sechsundzwanzig ... siebenundzwanzig ... achtundzwanzig ...«
Er legte das erste Wachsplättchen in die flache Hand und preßte eine Seite des ersten Schlüssels hinein, hielt ihn fest und holte ihn dann mit dem Fingernagel wieder heraus. Der Nagel seines kleinen Fingers war sehr lang, ein Kennzeichen aller Schränker der damaligen Zeit.
»Neunundzwanzig ... dreißig ... einunddreißig ...«
Agar nahm das zweite Plättchen, drehte den Schlüssel um und preßte ihn wieder ins Wachs, um einen Abdruck von der anderen Seite zu erhalten. Er preßte den Schlüssel fest hinein und hob ihn dann vorsichtig wieder heraus.

»Zweiunddreißig ... dreiunddreißig ... vierunddreißig ...«
Jetzt zeigte sich, daß Agar ein Professioneller war. Die Zeit rannte ihm davon – schon jetzt war er fünf Sekunden im Verzug, wenn nicht mehr –, aber er wußte, daß er die Schlüssel auf keinen Fall durcheinanderbringen durfte. Einem Schränker unterlief es durchaus einmal, daß er von einem bestimmten Schlüssel zweimal von derselben Seite einen Abdruck nahm. Unter Zeitdruck und bei zwei Schlüsseln war die Gefahr noch größer. Rasch, aber mit sicherer Hand hängte Agar den ersten Schlüssel wieder an den Haken.
»Fünfunddreißig ... sechsunddreißig ... siebenunddreißig ...« sagte Sauber-Willy und sah durch die Glaswand in die Bahnhofshalle hinunter. In weniger als dreißig Sekunden würde dort unten der Nachtwächter wieder auftauchen.
»Achtunddreißig ... neununddreißig ... vierzig ...«
Schnell preßte Agar den zweiten Schlüssel ins dritte Wachsplättchen. Er hielt ihn nur einen winzigen Augenblick dort, dann zog er ihn heraus. Der Schlüssel hatte einen hübschen Abdruck hinterlassen.
»Einundvierzig ... zweiundvierzig ... dreiundvierzig ...«
Agar steckte das Plättchen in die Tasche und zog das vierte heraus. Er preßte die andere Seite des Schlüssels in das weiche Wachs.
»Vierundvierzig ... fünfundvierzig ... sechsundvierzig ... siebenundvierzig ...«
Plötzlich, als Agar dabei war, den Schlüssel aus dem Wachs herauszulösen, brach das Plättchen entzwei.
»Verdammt!«
»Achtundvierzig ... neunundvierzig ... fünfzig ...«
Agar fischte in seiner Hosentasche nach einem neuen

Wachsplättchen. Feine Schweißperlen traten ihm auf die Stirn.

»Einundfünfzig ... zweiundfünfzig ... dreiundfünfzig ...«

Er zog ein frisches Plättchen aus der Tasche und machte einen neuen Abdruck von der zweiten Seite.

»Vierundfünfzig ... fünfundfünfzig ...«

Er löste den Schlüssel heraus, hängte ihn an den Haken und rannte zur Tür. Den letzten Abdruck hielt er noch in der Hand. Er verließ das Büro, ohne Willy noch einen Blick zu gönnen.

»Sechsundfünfzig«, sagte Willy und eilte zur Tür, um sie abzuschließen.

Pierce sah, daß Agar volle fünf Sekunden später aus dem Büro herauskam, als geplant. Sein Gesicht war rot vor Anstrengung.

»Siebenundfünfzig ... achtundfünfzig ...«

Agar sprang die Treppe hinunter, immer drei Stufen auf einmal. »Neunundfünfzig ... sechzig ... einundsechzig ...«

Agar spurtete mit mächtigen Sätzen zu seinem Versteck.

»Zweiundsechzig ... dreiundsechzig ...«

Agar war in Sicherheit.

Der Nachtwächter kam gähnend um die Ecke. Er nestelte noch an seinen Hosenknöpfen herum und ging auf die Treppe zu.

»Vierundsechzig«, flüsterte Pierce und drückte auf die Stoppuhr.

Der Wachmann nahm wieder seinen Posten auf der Treppe ein. Einen Augenblick darauf fing er an, leise vor sich hin zu summen, und es dauerte einige Zeit, bis Pierce aufging, welches Lied er summte: *Molly Malone*.

26. Kapitel

Im Casino de Venise

»Niedrige Habsucht und ehrliches Gewinnstreben liegen oft dicht beieinander«, schrieb Reverend Noel Blackwell warnend in seiner 1853 veröffentlichten Abhandlung *Über den sittlichen Fortschritt der Menschheit.* Niemandem war die Wahrheit dieser Worte geläufiger als Pierce, der seine nächste Verabredung im Casino de Venise in der Windmill Street hatte. Dies war ein großer, stets gutbesuchter Tanzsaal, den Myriaden von Gaslampen in helles Licht tauchten. Junge Männer wirbelten fröhliche junge Mädchen in farbenfrohen Kleidern herum. In der Tat, das Lokal machte einen eleganten und prächtigen Eindruck und schien seinen üblen Ruf, ein Treffpunkt von Dirnen und ihrer Klientel zu sein, nicht zu verdienen.

Pierce ging schnurstracks zur Theke, wo ein stämmiger Mann in einer blauen Eisenbahneruniform über ein Glas gebeugt saß. Der Mann fühlte sich in dieser Umgebung sichtlich unwohl. »Sind Sie schon einmal hier gewesen?« fragte Pierce.

Der Mann drehte sich um. »Sind Sie Mr. Simms?«

»So ist es.«

Der stämmige Mann ließ seinen Blick durch den Saal schweifen, betrachtete die Frauen, den Glanz, die hellen Lampen. »Nein«, erwiderte er, »hier war ich noch nie.«

»Ganz schön lebhaft, was?«

Der Mann zuckte die Achseln. »Kann mir so was nicht leisten«, sagte er schließlich und wandte sich wieder seinem Glas zu.

»Ja, ein bißchen teuer«, sagte Pierce.
Der Mann hob sein Glas. »Ja, das kann man wohl sagen. Zwei Shilling für einen Gin!«
»Ich bestelle Ihnen noch einen«, sagte Pierce und gab dem Mann hinter der Theke mit seiner grau behandschuhten Hand ein Zeichen. »Wo wohnen Sie, Mr. Burgess?«
»Ich habe ein Zimmer in der Moresby Road«, erwiderte der grobschlächtige Mann.
»Da haben Sie nicht die beste Luft, dort!«
Burgess zog die Schultern hoch. »Nicht zu ändern.«
»Sind Sie verheiratet?«
»Ja.«
Der Mann hinter der Theke kam, und Pierce bestellte zwei Glas Gin. »Was hat Ihre Frau für Arbeit?«
»Sie näht.« Burgess zeigte einen Anflug von Ungeduld. »Aber worum geht es denn eigentlich?«
»Ich möchte mich nur ein bißchen mit Ihnen unterhalten«, sagte Pierce, »um herauszufinden, ob Sie mehr Geld verdienen möchten als bisher.«
»Nur ein Dummkopf würde da nein sagen«, sagte Burgess kurz.
»Sie arbeiten bei der Bahn?« fragte Pierce.
Burgess, der noch ungeduldiger wurde, nickte und tippte auf die silbernen Buchstaben SER an seinem Kragen: die Initialen der South Eastern Railway.
Pierce stellte diese Fragen keineswegs, um Informationen zu erhalten; er wußte bereits eine ganze Menge über Richard Burgess, einen Wachmann der SER, der die Züge der Bahngesellschaft begleitete. Er wußte, wo Burgess wohnte, er wußte, welcher Arbeit seine Frau nachging, er wußte, daß die beiden zwei Kinder im Alter von zwei und vier Jahren hatten, und es war ihm auch bekannt, daß das

vierjährige Kind kränkelte und daß ab und zu ein Arzt kommen mußte, was Burgess und seine Frau sich eigentlich nicht leisten konnten. Pierce wußte, daß ihr Zimmer in der Moresby Road eine schmutzige Kammer war, in der der Putz von den Wänden bröckelte und in die statt frischer Luft die schwefelhaltigen Dämpfe eines nahe gelegenen Gaswerks hineinwehten.

Pierce wußte auch, daß Burgess der am schlechtesten bezahlten Kategorie von Bahnangestellten angehörte. Ein Lokführer wurde mit 35 Shilling pro Woche entlohnt, ein Zugführer erhielt 25, ein Schaffner 20 oder 21, aber ein Wachmann erhielt nur 15 Shilling in der Woche und durfte sich glücklich schätzen, wenn es nicht noch weniger war. Burgess' Frau verdiente 10 Shilling pro Woche. Das bedeutete also, daß die Familie von insgesamt rund 65 Pfund im Jahr leben mußte. Allerdings mußte Burgess unter anderem sogar seine Uniform selbst bezahlen, so daß er in Wirklichkeit kaum mehr als 55 Pfund im Jahr zur Verfügung hatte, um sich und seine Familie durchzubringen.

Damals lebten viele Menschen von einem ähnlich niedrigen Lohn, aber die meisten hatten noch irgendwelche Nebeneinkünfte: Zusätzliche Arbeit, Trinkgelder oder ein Kind in der Fabrik waren die üblichen Nebenerwerbsquellen. Burgess mußte ohne solche Einnahmen auskommen. Kein Wunder, daß er sich in einem Lokal, wo man 2 Shilling für ein Glas Gin verlangte, nicht wohl fühlte.

»Was wollen Sie also?« fragte Burgess und starrte in sein Glas.

»Ich frage mich, ob Sie gute Augen haben.«

»Gute Augen?«

»Ja.«

»Meine Augen sind nicht schlecht.«

»Ich frage mich«, sagte Pierce, »was man tun könnte, damit sie etwas weniger gut sehen.«
Burgess seufzte und schwieg. Dann sagte er mit müder Stimme: »Ich habe schon mal in Newgate gesessen. Vor ein paar Jahren. Ich habe keine Lust, die Tretmühle wiederzusehen.«
»Absolut verständlich«, sagte Pierce. »Und ich habe keine Lust, daß jemand meine Pläne durchkreuzt. Da haben wir also beide unsere Ängste.«
Burgess stürzte einen Gin hinunter. »Und wenn ich ein Auge zukneife ...?«
»Zweihundert Pfund«, erwiderte Pierce.
Burgess verschluckte sich und hustete los. Er schlug sich mit seiner riesigen Faust auf die Brust. »Zweihundert Pfund!« wiederholte er.
»Ganz richtig«, sagte Pierce. »Hier sind erst mal zehn.«
Er zog seine Brieftasche hervor, entnahm ihr zwei Fünf-Pfund-Noten und hielt dabei die Brieftasche so, daß Burgess nicht entgehen konnte, wie prall sie gefüllt war. Pierce legte das Geld auf die Theke.
»Schöner Anblick. Fast so schön wie 'ne scharfe Mesuse«, sagte Burgess, rührte das Geld aber nicht an. »Worum geht's?«
»Das lassen Sie nur meine Sorge sein.«
»Ich muß doch immerhin wissen, *was* ich nicht sehen soll.«
»Na, jedenfalls werden Sie die Tretmühle nicht wiedersehen, das verspreche ich Ihnen.«
Burgess blieb halsstarrig. »Sie müssen schon deutlicher werden!«
Pierce seufzte. Er griff nach dem Geld. »Tut mir leid«, sagte er, »ich fürchte, ich muß mein Glück woanders versuchen.«

Burgess packte seine Hand. »Nicht so hastig«, sagte er.
»Ich frage ja nur.«
»Ich kann es Ihnen nicht sagen.«
»Sie glauben, ich würde bei den Greifern singen?«
»So etwas«, sagte Pierce, »soll schon vorgekommen sein.«
»Aber nicht bei mir.«
Pierce zuckte die Achseln.
Einen Augenblick herrschte Schweigen. Aber schließlich streckte Burgess die andere Hand aus und nahm die beiden Fünf-Pfund-Noten an sich. »Also, sagen Sie schon, was ich tun soll.«
»Sehr einfach«, sagte Pierce. »Ein Mann wird Sie fragen, ob Ihre Frau Ihnen die Uniformen näht. Und dann sehen Sie ... einfach weg.«
»Das ist alles?«
»Das ist alles.«
»Für zweihundert Pfund?«
»Für zweihundert Pfund.«
Burgess zog die Stirn kraus und fing dann an zu lachen.
»Was gibt's da zu lachen?« fragte Pierce.
»Das schaffen Sie nie«, sagte Burgess. »Das ist nicht zu machen, was Sie da vorhaben. Diese Safes sind nicht zu knacken, ob ich hingucke oder nicht. Vor ein paar Monaten hat sich da so ein junger Bursche in den Packwagen reingeschlichen und wollte an die Safes ran. Nur zu, habe ich zu ihm gesagt, und er hat 'ne halbe Stunde daran rumgemurkst. Dann habe ich ihn aus dem fahrenden Zug rausgeschmissen. Der ist ganz schön auf seine Rübe gefallen.«
»Das kann man wohl sagen«, sagte Pierce. »Ich habe es selbst gesehen.«
Burgess verschlug es das Lachen.

Pierce nahm zwei Gold-Guineen aus der Tasche und legte sie auf die Theke. »Da drüben in der Ecke sitzt ein hübsches rotes Kätzchen. Ich glaube, die wartet schon auf Sie«, sagte er, drehte sich um und ging hinaus.

27. Kapitel

Ein »Aalhäuter« wundert sich

Nationalökonomen beobachteten um 1850, daß zunehmend mehr Menschen sich vom »Handel« ernährten, der Versorgung des aufblühenden Mittelstands mit Waren und Dienstleistungen. England war damals die reichste Nation der Erde, die reichste, die die Welt je gekannt hatte. Die steigende Nachfrage nach Verbrauchsgütern aller Art hatte eine Spezialisierung zur Folge. So gab es im viktorianischen England die ersten Möbeltischler, die sich ausschließlich auf die Fertigung von Einzelstücken spezialisierten, und die ersten Möbelgeschäfte, die nur bestimmte Einrichtungsgegenstände verkauften.
Aber auch in der Unterwelt spezialisierte man sich. Das zeigte sich an der Figur des sogenannten »Aalhäuters«. Ein Aalhäuter war in den meisten Fällen ein ehemaliger Metallarbeiter, der entweder auf die schiefe Bahn geraten oder zu alt geworden war, um das scharfe Arbeitstempo in der Fabrik durchzuhalten. Wie dem auch sei, ein Aalhäuter war jemand, der sich darauf spezialisiert hatte, »Metallgegenstände« für die Verbrecherwelt herzustellen.

Meist waren das Totschläger, die sogenannten Aalhäute. Die ersten Totschläger waren mit Sand gefüllte wurstförmige Leinenbeutel, die Ganoven, Straßenräuber und Diebe im Ärmel versteckt hielten, bis die Zeit gekommen war, sie einem Opfer über den Schädel zu ziehen. Später wurden die Beutel mit Bleischrot gefüllt.
Ein Aalhäuter stellte aber noch andere Artikel des kriminellen Bedarfs her. Ein »Neddy« war eine Art Keule, mitunter eine simple Eisenstange, manchmal auch eine Eisenstange, die sich an einem Ende zu einer Kugel verdickte. Der »Sack« war eine Eisenkugel von rund zwei Pfund Gewicht in einem festen Strumpf. Ein »Ziemer« war eine Art Peitsche mit einer Eisenkugel am Ende der Schnur: Der Angreifer schlug dem Opfer damit wiederholt von vorn ins Gesicht. Nach einigen wenigen Schlägen mit diesen Waffen wehrte sich das Opfer nicht mehr und konnte in Ruhe ausgeraubt werden.
Mit der zunehmenden Verbreitung von Feuerwaffen verlegten sich die Aalhäuter auch auf die Herstellung von Kugeln. Einige wenige geschickte Angehörige der Branche widmeten sich außerdem noch der Anfertigung von Nachschlüsseln oder Drehrums, aber diese Arbeit stellte hohe Anforderungen. Die meisten Lieferanten begnügten sich mit einfacherer Arbeit.
Anfang Januar 1855 erhielt ein Aalhäuter in Manchester, ein gewisser Harkins, Besuch von einem rotbärtigen Herrn, der eine bestimmte Menge Bleikugeln zu kaufen wünschte.
»Kein Problem«, sagte Harkins. »Ich stelle jede Art Bleischrot her. Wieviel wünschen Sie denn?«
»Fünftausend«, sagte der Herr.
»Bitte um Vergebung?«

»Ich sagte, ich brauche fünftausend Bleikugeln.«
Harkins blinzelte. »Fünftausend – das ist keine Kleinigkeit. Warten Sie mal, das sind ... hm, sechs Kugeln pro Unze. Das wären also ...« Er starrte zur Decke und nagte an der Unterlippe. »Und sechzehn ... also, das macht ... Gott schütze mich, das sind insgesamt ja mehr als fünfzig Pfund Schrot.«
»Ich nehme es an«, sagte der Herr mit dem roten Bart.
»Sie wollen fünfzig Pfund Bleikugeln?«
»Fünftausend Stück, ja.«
»Nun, fünfzig Pfund Blei, das wird aber einige Zeit erfordern, und das Gießen, also, das geht auch nicht im Handumdrehen. Es wird ein Weilchen dauern. Fünftausend Bleikugeln, also wirklich, so schnell geht das nicht.«
»Ich brauche sie in einem Monat«, sagte der Besucher.
»In einem Monat ... in einem Monat ... Lassen Sie mich mal sehen ... Gießen, hundert pro Arbeitsgang ... Ja, doch, das ginge ...« Harkins nickte. »Also gut, Sie können Ihre fünftausend in einem Monat haben. Holen Sie sie selbst ab?«
»Ich komme selbst vorbei«, sagte der Kunde und beugte sich dann wie ein Verschwörer vor. »Sie sind für Schottland bestimmt, verstehen Sie?«
»Schottland?«
»Ja, für Schottland.«
»Ah, so ist das, ich verstehe, natürlich«, sagte Harkins, dem deutlich anzusehen war, daß er kein Wort glaubte.
Der Herr mit dem roten Bart leistete eine Anzahlung und verabschiedete sich. Er ließ den Aalhäuter in einem Zustand tiefer Verblüffung zurück. Harkins wäre noch verblüffter gewesen, hätte er gewußt, daß sein Kunde noch vier andere Lieferanten aufgesucht hatte, nämlich in New-

castle, Birmingham, Liverpool und London, und bei jedem von ihnen eine Bestellung über die gleiche Menge aufgegeben hatte. Er hatte also insgesamt zweihundertfünfzig Pfund Bleikugeln geordert. Was konnte jemand mit dieser Menge anfangen?

28. Kapitel

Der letzte Schliff

Um die Mitte des 19. Jahrhunderts erschienen in London sechs Morgenzeitungen, drei Abendzeitungen und zwanzig bedeutende Wochenblätter. Die Presse war jetzt so mächtig geworden, daß sie die öffentliche Meinung entscheidend zu beeinflussen begann und auch den Gang politischer Ereignisse. Welche überraschenden Auswirkungen dieser Einfluß haben konnte, wurde im Janaur 1855 schlagartig deutlich.

Der erste Kriegsberichterstatter der Geschichte, William Howard Russell, befand sich mit den Truppen der Krim-Expedition in Rußland. Seine Berichte an die *Times* hatten in der Heimat Stürme der Entrüstung ausgelöst. Der katastrophale Sturmangriff der Light Brigade, der Totenritt von Balaklawa, der verheerende russische Winter, in dem die britischen Truppen, da es ihnen an Nahrungsmitteln wie an Medikamenten fehlte, hohe Verluste hinnehmen mußten – über all das wurde einer von wachsendem Zorn erfüllten Öffentlichkeit durch die Presse berichtet.

Im Januar jedoch wurde der Oberkommandierende der britischen Truppen, Lord Raglan, schwer krank, und Lord Cardigan – »hochmütig, reich, selbstsüchtig und dumm«, der Mann, der seine Light Brigade wagemutig in die Katastrophe geführt hatte, um dann auf seine Yacht zurückzukehren, Champagner zu trinken und sich auszuschlafen –, dieser Lord Cardigan also war jetzt nach England zurückgekehrt. Die gesamte Presse feierte ihn als großen Helden. Das war eine Rolle, die er nur allzugern spielte. In der Uniform, die er bei Balaklawa getragen hatte, wurde er in jeder Stadt von Menschenmassen umschwärmt. Seinem Pferd wurden die Schweifhaare einzeln ausgezupft. Londoner Textilhändler kopierten die Wolljacke, die er auf der Krim getragen hatte – den sogenannten »Cardigan« – und setzten mehrere tausend Stück ab.

Der Mann, der von seinen Soldaten als »der gefährliche Esel« bezeichnet wurde, reiste durchs Land, um voller Stolz Reden zu halten und zu erzählen, wie er den Angriff geführt hatte. Im Laufe der Zeit wurde er bei seinen Reden immer häufiger von seiner eigenen Begeisterung überwältigt, so daß er Erholungspausen einlegen mußte. Die Presse hörte nie auf, sein Loblied zu singen. Spätere Historiker haben ihn kräftig gebeutelt, aber damals war von einer Kritik nicht einmal in Ansätzen etwas zu spüren.

Wenn aber schon die Presse sich als launenhaft erwies, so war der Geschmack der Massen es noch mehr. Trotz all der alarmierenden Meldungen aus Rußland zeigten sich die Londoner am meisten von den im Januar veröffentlichten Berichten über einen menschenfressenden Leoparden fasziniert, der die Provinz Naini Tal im Norden Indiens in der Nähe der burmesischen Grenze in Schrecken hielt. »Der Menschenfresser von Panar« hatte angeblich über vierhundert Eingeborene getötet. Die Berichte darüber zeichneten sich durch beachtlichen, ja gespenstischen Detailreichtum aus. So schrieb etwa ein Korrespondent: »Die bösartige Bestie von Panar tötet aus Blutdurst und nicht aus Hunger. Sie frißt kaum etwas von den Leichnamen ihrer Opfer. Allerdings hat sie vor zwei Wochen den Oberkörper eines Kleinkinds verschlungen, das sie zuvor aus seiner Wiege raubte. Tatsächlich sind meist Kinder unter zehn Jahren dieser Bestie zum Opfer gefallen, Kinder, die das Unglück hatten, sich nach Einbruch der Dunkelheit allzuweit von der Mitte ihres Dorfes zu entfernen. Erwachsene Opfer werden meist schwer verstümmelt und sterben später an ihren eiternden Wunden. Mr. Redby, ein Großwildjäger aus der Gegend, sagt, diese Infektionen würden durch die verwesenden Fleischreste zwischen den Krallen der Bestie verursacht. Der Killer von Panar ist ein außergewöhnlich starkes Tier. Einmal wurde beobachtet, wie die Bestie mit einer erwachsenen Frau im Maul das Weite suchte. Das Opfer soll sich heftig gewehrt und herzzerreißend geschrien haben.«

Diese und ähnliche Geschichten wurden zu Themen entzückter Tischgespräche, vor allem bei Leuten mit einem Hang zu pikanter Konversation. Die Frauen erröteten, kicherten und exaltierten sich, während die Männer – vor allem solche, die der East India Company in Asien gedient hatten – kenntnisreich über die Gewohnheiten einer solchen Bestie und ihren Charakter sprachen. Eine der East India Company gehörende interessante Nachbildung eines Tigers, der gerade einen Engländer verspeist, wurde von faszinierten Besuchern umlagert. (Man kann das Stück noch heute im Victoria and Albert Museum bewundern.)

Als am 17. Februar 1855 ein ausgewachsener Leopard in einem Käfig am London Bridge-Bahnhof ankam, erregte er verständlicherweise beträchtliches Aufsehen – weit mehr Aufsehen als die kurz zuvor angelieferten eisenbeschlagenen Kisten mit Gold, die von bewaffneten Wachen in den Packwagen der South Eastern Railway geladen wurden.
Hier konnte man eine fauchende und knurrende Bestie in voller Lebensgröße sehen, die brüllend die Eisenstangen ihres Käfigs attackierte, während sie in den Packwagen des Zuges London-Folkestone verladen wurde. Der Wärter des Tiers begleitete den Transport, einmal, um auf das Wohl des Leoparden zu achten, zum andern, um den Wachmann der Bahn zu beschützen, falls sich etwas Unvorhergesehenes ereignen sollte.
Vor Abfahrt des Zuges erklärte der Wärter der Menge neugieriger Zuschauer und Kinder, die Bestie fresse rohes Fleisch, es sei ein vierjähriges Weibchen und für den Kontinent bestimmt, als Geschenk für eine Dame von hoher Geburt.
Kurz nach acht dampfte der Zug aus dem Bahnhof. Der Wachmann im Packwagen schloß die Schiebetür. Während der Leopard im Käfig ruhelos auf und ab tapste, herrschte zunächst kurzes Schweigen. Von Zeit zu Zeit ließ das Tier ein Knurren hören. Schließlich fragte der Wachmann: »Womit füttern Sie ihn?«
Der Tierpfleger wandte sich dem Wachmann zu. »Näht Ihre Frau Ihnen die Uniformen?« fragte er.
Burgess lachte. »Sie sind das also?«
Der Wärter gab keine Antwort. Statt dessen öffnete er einen kleinen, ledernen Ranzen und nahm einen Topf mit Schmierfett, einige Schlüssel und eine Kollektion Feilen verschiedener Art und Größe heraus.

Er ging sofort zu den beiden Chubb-Safes, fettete die vier Schlösser ein und begann, die Schlüssel auszuprobieren. Burgess sah diesem Vorgang mit nur mäßigem Interesse zu: er wußte, daß Rohkopien von Schlüsseln, Kopien, die nach Wachsabdrücken hergestellt worden waren, einen sauber gearbeiteten Safe ohne vorheriges Feilen und Probieren nicht zu öffnen vermochten. Andererseits war Burgess auch beeindruckt: er hätte nie gedacht, daß das Unternehmen so einfallsreich und unverfroren durchgeführt werden würde.

»Wo haben Sie die Wachsabdrücke gemacht?« fragte er.

»Hier und da«, erwiderte Agar, der sich beim Probieren und Feilen nicht stören ließ.

»Sie bewahren diese Schlüssel doch getrennt auf.«

»Ach, wirklich«, sagte Agar.

»Wie sind Sie an die Schlüssel gekommen?«

»Das geht Sie nichts an«, sagte Agar.

Burgess sah ihm eine Weile zu und betrachtete dann den Leoparden. »Was wiegt er?«

»Fragen Sie ihn doch mal«, gab Agar gereizt zurück.

»Wollen Sie sich das Gold denn heute schnappen?« fragte Burgess, als es Agar gelungen war, eine der Safetüren zu öffnen. Einen Augenblick lang starrte Agar die Kassetten im Innern des Safes an.

»Ich fragte, wollen Sie das Gold heute mitnehmen?«

Agar schloß die Safetür. »Nein«, sagte er. »Und jetzt halten Sie die Klappe.«

Burgess verstummte.

In der folgenden Stunde, während der Morgenzug von London auf Folkestone zudampfte, bearbeitete Agar seine Schlüssel weiter. Schließlich hatte er beide Safetüren geöffnet und wieder geschlossen. Nach getaner Arbeit wischte er das Fett von den Schlössern, die er dann mit Alkohol reinigte und säuberlich abtrocknete. Schließlich nahm er seine vier Schlüssel, steckte sie behutsam in die Tasche und setzte sich hin, um die Ankunft des Zuges im Bahnhof von Folkestone abzuwarten.

Pierce erwartete ihn am Bahnhof und half beim Ausladen des Leoparden.

»Wie ist es gegangen?« fragte er.

»Die Schlüssel haben den letzten Schliff«, erwiderte Agar und grinste. »Es ist das Gold, nicht wahr? Das Gold für die Krim, wie?«

»Ja«, sagte Pierce.

»Wann?«

»Nächsten Monat«, erwiderte Pierce.

Der Leopard fauchte.

III.

Verzögerungen und Schwierigkeiten

März bis Mai 1855

29. Kapitel

Kleinere Rückschläge

Pierce und seine Komplicen hatten es ursprünglich auf das nächste Krim-Gold abgesehen. Der Plan war äußerst einfach. Pierce und Agar sollten in London den Zug besteigen, nachdem jeder von ihnen verschiedene schwere Ledertaschen im Packwagen aufgegeben hatte. In den Taschen würden sich die Leinenbeutel mit dem Bleischrot befinden.

Agar sollte wieder im Packwagen mitfahren. Er sollte, während Burgess wegsah, die Safes öffnen, das Gold herausholen und statt dessen die Bleikugeln hineinlegen. Die Ledertaschen mit Gold sollten an einem vorher festgelegten Punkt der Strecke aus dem fahrenden Zug geworfen und von Barlow in Empfang genommen werden. Barlow sollte dann nach Folkestone weiterfahren, um dort Pierce und Agar zu treffen.

Unterdessen würden die – noch immer überzeugend schweren – Safes mit dem vermeintlichen Gold auf den Dampfer nach Ostende verladen werden. Stunden später würden die französischen Behörden dort dann den Diebstahl entdekken. Bis dahin waren die Kisten auf dem Transport aber bereits durch so viele Hände gegangen, daß kaum ein besonderer Anlaß bestand, ausgerechnet Burgess zu verdächtigen; überdies hatten sich die Beziehungen Englands zu Frankreich infolge des Krim-Kriegs sehr abgekühlt; man konnte davon ausgehen, daß die Franzosen die Engländer des Diebstahls verdächtigen würden und umgekehrt. Pierce konnte darauf rechnen, daß es erhebliche Verwirrungen gab, was die Arbeit der Polizei nicht gerade erleichterte.

Der Plan erschien absolut narrensicher, und er sollte beim nächsten Geldtransport, der für den 14. März 1855 vorgesehen war, ausgeführt werden.

Am 2. März starb überraschend Zar Nikolaus I. von Rußland, »dieser Teufel in Menschengestalt«. Die Nachricht von seinem Tod rief in Wirtschafts- und Finanzkreisen erhebliche Verwirrung hervor. Die Nachricht wurde mehrere Tage lang angezweifelt, und als Nikolaus' Tod schließlich bestätigt wurde, reagierten die Aktienbörsen von Paris und London mit kräftigen Kurssteigerungen. Infolge der allgemeinen Ungewißheit aber wurde der Goldtransport auf den 27. März verschoben. Zu diesem Zeitpunkt aber lag Agar, der nach dem 14. März in eine Art Depression verfallen war, schwerkrank darnieder. Der Zustand seiner Lungen hatte sich verschlimmert, und so verstrich diese Gelegenheit, sich des Goldes zu bemächtigen.

Die Firma Huddleston & Bradford brachte jeden Monat einen Goldtransport auf den Weg; jetzt standen nur noch 11 000 englische gegenüber 78 000 französischen Soldaten auf der Krim. Der größte Teil des Goldes wurde jetzt direkt von Paris ausgezahlt, was Pierce und seine Komplicen zwang, sich bis April zu gedulden.

Der nächste Transport wurde für den 19. April festgesetzt. Pierce erhielt seine Informationen über den Zeitpunkt der Transporte von einem jungen Ding namens Susan Lang, einer Favoritin von Henry Fowler. Mr. Fowler versuchte dem schlichten Kind mit Anekdoten zu imponieren, die seine Bedeutung in der Welt des Handels herausstreichen sollten. Das arme Mädchen – das kaum ein Wort von dem verstanden haben dürfte, was er erzählte – schien begeistert an seinen Lippen zu hängen und endlos zuhören zu können.

Susan Lang war keineswegs so dumm, wie er glaubte, aber irgendwie muß sie doch etwas durcheinandergebracht haben: Das Gold wurde bereits am 18. April verschickt, und als Pierce und Agar sich zeitig am Morgen des 19. April beim London Bridge-Bahnhof einfanden, um den Zug zu besteigen, klärte Burgess sie über ihren Irrtum auf. Um sich nichts anmerken zu lassen, machten Pierce und Agar die Bahnfahrt mit, aber Agar sagte später vor Gericht aus, Pierce sei auf dieser Reise »von recht finsterer Laune« gewesen.

Der nächste Transport sollte am 22. Mai abgehen. Um weiteren Pannen vorzubeugen, riskierte Pierce es, einen direkten Kontakt zwischen Agar und Burgess herzustellen. Burgess konnte Agar jederzeit über einen Mittelsmann erreichen, den Inhaber eines Wettbüros namens Billy Banks; und Burgess hatte Anweisung, sich sofort mit Banks in Verbindung zu setzen, falls sich an den Transportgepflogenheiten irgend etwas ändere. Agar hatte Order, jeden Tag bei Banks nachzufragen.

Am 10. Mai kehrte Agar mit einer geradezu gespenstischen Nachricht zu Pierce zurück – die beiden Safes seien aus dem Packwagen der South Eastern Railway entfernt und der Herstellerfirma, Chubb, »zum Überholen« zugestellt worden.

»Zum Überholen?« fragte Pierce. »Was soll das heißen, ›zum Überholen‹?«

Agar zuckte die Achseln. »So wurde es mir gesagt.«

»Das sind die besten Safes der Welt«, sagte Pierce. »Die brauchen doch nicht überholt zu werden.« Er runzelte die Stirn. »Was stimmt denn nicht mit den Dingern?«

Agar zog die Schultern hoch.
»Sie haben die Schlösser verkratzt, Sie Dummkopf«, sagte Pierce. »Ich schwöre Ihnen, wenn jemand Ihre Kratzer gekneistet hat, dann ...«
»Ich hab die Dinger vorher hübsch eingefettet«, sagte Agar. »Ich weiß doch, daß sie routinemäßig nach Kratzern suchen. Nein, nein, die hatten nicht die winzigste Schramme.«
Agars ruhige Haltung überzeugte Pierce, daß der Mann die Wahrheit sagte. Er seufzte. »Warum bloß?«
»Keine Ahnung«, sagte Agar. »Kennen Sie einen Mann, der sich bei Chubb ein bißchen umsehen könnte?«
»Nein«, erwiderte Pierce. »Und ich möchte auch gar nicht erst versuchen, einen dazu zu überreden. Bei Chubb lassen sie sich nicht übertölpeln.« Das Unternehmen des Safeherstellers suchte seine Mitarbeiter mit ungewöhnlicher Sorgfalt aus. Nur nach gründlichen Nachforschungen wurde jemand eingestellt und nur mit Widerstreben jemand entlassen, und sämtliche Angestellten wurden immer wieder ermahnt, sich davor zu hüten, sich von Unterweltsgestalten bestechen zu lassen.
»Ein kleiner Trick vielleicht?« schlug Agar vor.
Pierce schüttelte den Kopf. »Ich denke nicht daran«, sagte er.
»Die sind einfach zu vorsichtig; ich würde es nie schaffen, aus denen was rauszukriegen ...«
Er starrte nachdenklich ins Leere.
»Was ist?« fragte Agar.
»Also, wenn ich so darüber nachdenke«, sagte Pierce »würden sie eine Dame nicht so leicht verdächtigen.«

30. Kapitel

Ein Besuch bei Mr. Chubb

Die Firma Chubb war für ihre Safes so berühmt wie später Rolls-Royce für den Automobilbau und Otis für Aufzüge. Der Chef dieser ehrwürdigen Firma, Mr. Laurence Chubb jr., konnte oder wollte sich später nicht daran erinnern, im Mai 1855 von einer hübschen jungen Dame besucht worden zu sein. Auf einen Angestellten der Firma aber hatte die Schönheit der Dame einen so unauslöslichen Eindruck gemacht, daß er sie genau beschreiben konnte.

Sie kam in einer eleganten Kutsche an, mit livrierten Dienern hinten auf dem Trittbrett, und betrat selbstbewußt und ohne männliche Begleitung die Firmenräume. Sie war mit äußerster Sorgfalt und Eleganz gekleidet und sprach in befehlsgewohntem Ton; sie verlangte, Mr. Chubb zu sprechen, und zwar sofort.

Als Mr. Chubb wenige Augenblicke später erschien, erklärte die Dame, ihr Name sei Lady Charlotte Simms; sie und ihr kränkelnder Mann besäßen ein Landgut in den Midlands, und einige Diebstähle in der Nachbarschaft hätten sie davon überzeugt, daß sie dringend einen Safe brauchten.

»Dann gibt es auf Gottes weiter Welt keine Firma, die Ihnen besser dienen könnte als wir«, sagte Mr. Chubb.

»Das hat man mir schon gesagt«, sagte Lady Charlotte in einem Ton, als wäre sie keineswegs restlos davon überzeugt.

»Madam, wir stellen die besten Safes der Welt her, in allen Größen und für jeden Zweck, und sie übertreffen selbst die besten deutschen Safes aus Hamburg.«

»Ich verstehe.«
»Womit kann ich Ihnen dienen, Madam? Haben Sie eine bestimmte Vorstellung?«
Hier schien Lady Charlotte trotz ihres gebieterischen Auftretens unsicher zu werden. »Ach, wissen Sie, ich suche einen, wie soll ich sagen, irgendwie großen Safe«, sagte sie mit einer vagen Handbewegung.
»Madam«, sagte Mr. Chubb streng, »wir stellen einwandige und doppelwandige Safes her; Stahlsafes und Eisensafes; Safes mit Schlössern und Safes mit Drehriegeln; tragbare Safes und für den Einbau bestimmte; Safes mit einem Fassungsvermögen von sechs Kubikzoll und Safes mit einem Fassungsvermögen von zwölf Kubikellen; Safes mit einem Schloß, Safes mit zwei Schlössern – ja, wir bauen auch drei Schlösser ein, wenn ein Kunde es verlangt.«
Diese Aufzählung schien Lady Charlotte noch mehr aus dem Gleichgewicht zu bringen. Sie machte einen beinahe hilflosen Eindruck – durchaus das normale Verhalten einer Frau, die mit technischen Angelegenheiten konfrontiert wird. »Nun«, sagte sie, »ich, ach, ich weiß nicht so recht ...«
»Madam, wenn Sie vielleicht unseren Katalog ansehen möchten? Er ist illustriert und gibt genaue Auskunft über unsere verschiedenen Modelle.«
»Das wäre mir lieb.«
»Hier entlang, bitte.« Mr. Chubb führte sie in sein Büro und bat sie, an seinem Schreibtisch Platz zu nehmen. Er zog den Katalog aus einer Schublade und schlug die erste Seite auf. Die Dame sah kaum hin.
»Die sehen aber ziemlich klein aus.«
»Dies sind nur Abbildungen, Madam. Wie Sie hier sehen können, finden sich neben den Bildern die Angaben über die richtigen Maße. Hier, zum Beispiel ...«

»Mr. Chubb«, fiel sie ihm in ernstem Ton ins Wort, »ich muß Sie bitten, mir zu helfen. Die Sache ist die, daß mein Mann kürzlich erkrankt ist; sonst hätte er mir diesen Weg nicht zugemutet. Um die Wahrheit zu sagen, verstehe ich nichts von diesen Dingen. Ich hätte auch meinen Bruder bitten können, mir in dieser Angelegenheit zur Seite zu stehen, aber auch er ist verhindert. Er befindet sich in diesem Augenblick auf einer Geschäftsreise im Ausland. Ich komme mir ziemlich hilflos vor, und mit Bildern kann ich gar nichts anfangen. Könnten Sie mir nicht einige Ihrer Safes zeigen?«

»Madam, ich bitte um Vergebung«, sagte Mr. Chubb und eilte um den Schreibtisch herum, um ihr beim Aufstehen behilflich zu sein. »Aber selbstverständlich, natürlich. Einen Ausstellungsraum haben wir aus naheliegenden Gründen nicht, aber wenn Sie mir in die Werkräume folgen wollen – und ich bitte schon jetzt herzlich um Entschuldigung, falls Staub, Lärm und das Durcheinander Ihnen zu schaffen machen sollten –, kann ich Ihnen die verschiedenen Safes vorführen, die wir herstellen.«

Er führte Lady Charlotte nach hinten in den großen Werkraum, der an das Büro angrenzte. Hier waren ein Dutzend Männer mit Hämmern, Schweißen und Löten beschäftigt. Der Lärm war so groß, daß Mr. Chubb fast schreien mußte, um sich Lady Charlotte verständlich zu machen, und die arme Lady zuckte bei jedem neuen Hammerschlag zusammen.

»Nun, diese Ausführung hier«, sagte er, »hat ein Fassungsvermögen von einem Kubikfuß; der Safe besteht aus doppelwandigem, sechzehn Zoll starkem gehärtetem Stahl und hat eine Isolierschicht aus getrocknetem Ziegelstaub aus Cornwall. Es ist ein exzellenter mittelgroßer Safe, für viele Zwecke geeignet.«

»Er ist zu klein.«
»Sehr wohl, Madam, zu klein.« Er ging an einer Reihe von Safes entlang. »Hier sehen Sie unsere neueste Kreation. Es ist ein einwandiger aus achtzölligem Stahl mit Innenscharnieren und einem Fassungsvermögen von ...« Er wandte sich an einen Arbeiter: »Wie groß ist das Fassungsvermögen?«
»Der hier? Der hat zweieinhalb«, erwiderte der Arbeiter.
»Zweieinhalb Kubikfuß«, sagte Mr. Chubb.
»Immer noch zu klein.«
»Sehr wohl, Madam. Wenn Sie mir bitte folgen wollen«, und damit führte er sie noch weiter nach hinten. Lady Charlotte ließ in einer Wolke aus Ziegelstaub ein zartes Hüsteln hören.
»Dieses Modell hier ...« begann Mr. Chubb.
»Dort«, sagte Lady Charlotte und zeigte auf die andere Seite des Raums. »Das ist die Größe, die wir brauchen.«
»Sie meinen die beiden Safes dort drüben?«
»Ja, die.«
Sie durchquerten den Raum. »Diese Safes«, sagte Mr. Chubb, »sind die schönsten Beispiele für das, was wir zu leisten vermögen. Sie gehören der Huddleston & Bradford-Bank und werden zum Transport des für die Krim bestimmten Goldes verwandt. Wie Sie verstehen werden, ist Sicherheit da das oberste Gebot. Diese Modelle werden jedoch im allgemeinen an Unternehmen und Behörden verkauft und nicht an Privatpersonen. Ich habe natürlich angenommen ...«
»Das ist genau der Safe, den ich brauche«, sagte sie und nahm dann beide mißtrauisch in Augenschein. »Sie scheinen mir aber nicht mehr ganz neu zu sein.«
»O nein, Madam, sie sind fast zwei Jahre im Gebrauch.«

Das schien Lady Charlotte sehr zu beunruhigen. »Zwei Jahre. Warum sind sie dann hier? Haben sie irgendeinen Defekt?«

»Nein, nein, durchaus nicht. Ein Safe von Chubb hat keinen Defekt. Sie sind uns nur geschickt worden, damit wir die Sockelbolzen erneuern. Zwei haben sich leicht verschoben. Wissen Sie, die Safes werden mit der Eisenbahn transportiert, und das Rütteln und Stoßen wirkt auf die Bolzen ein, mit denen sie auf dem Boden des Packwagens verankert sind.« Er zuckte die Achseln. »Aber das braucht Sie nicht zu beunruhigen. Die Safes selbst sind völlig in Ordnung, wir ändern nichts an ihnen. Wir ersetzen nur die Sockelbolzen.«

»Wie ich sehe, haben diese zwei doppelte Schlösser.«

»Ja, Madam, die Bank hat ausdrücklich den Einbau von Doppelschlössern verlangt. Ich glaube, ich erwähnte schon, daß wir auch drei Schlösser einbauen, wenn ein Kunde dies wünscht.«

Lady Charlotte besah sich die Schlösser aus der Nähe. »Drei scheint mir übertrieben. Es muß ja schrecklich langweilig sein, drei Schlüssel umzudrehen, nur um einen Safe zu öffnen. Die Schlösser sind einbruchsicher?«

»Oh, voll und ganz. So sicher sogar, daß in den letzten zwei Jahren kein Verbrecher auch nur den Versuch gemacht hat, diese Schlösser aufzubrechen. Es wäre ohnehin ein hoffnungsloses Unterfangen. Diese Safes bestehen aus doppelwandigem, gehärtetem Stahl, acht Zoll stark. Die bricht kein Mensch auf.«

Lady Charlotte blickte einen Moment nachdenklich auf die Safes und nickte schließlich. »Sehr schön«, sagte sie. »Ich nehme also einen wie die da. Bitte lassen Sie ihn gleich in meine Kutsche laden.«

»Verzeihung, Madam?«
»Ich sagte, ich nehme also einen Safe wie die da. Das ist genau das, was ich brauche.«
»Madam«, sagte Mr. Chubb geduldig, »wir bauen diese Safes nur auf Bestellung.«
»Sie meinen, Sie haben keinen zu verkaufen?«
»Keinen, der schon fertig wäre, nein, Madam, bedaure aufrichtig. Jeder Safe wird gesondert nach den Spezifikationen des Kunden hergestellt.«
Lady Charlotte schien recht irritiert zu sein. »Nun, kann ich denn morgen früh einen haben?«
Mr. Chubb schluckte. »Morgen früh – nun, also, Madam, an sich brauchen wir sechs Wochen, um einen solchen Safe zu bauen. Aber gelegentlich haben wir es wohl auch schon in vier Wochen geschafft.«
»Vier Wochen? Sie meinen einen *Monat*?«
»Ja, Madam.«
»Ich will aber *heute* einen Safe kaufen.«
»Ja, Madam, ich habe Sie durchaus verstanden. Wie ich aber schon zu erklären versuchte, muß jeder Safe gesondert angefertigt werden, und die kürzeste Zeit ...«
»Mr. Chubb, Sie halten mich vermutlich für eine vollendete Närrin. Aber Sie irren sich, darf ich Ihnen versichern. Ich bin hierhergekommen, einen Safe zu kaufen, und jetzt muß ich entdecken, daß Sie keinen zu verkaufen haben ...«
»Madam, bitte ...«
»... sondern mir erst in einem Monat einen liefern können. In einem Monat sind aber sämtliche Briganten unserer Gegend mit ihrer Beute schon längst über alle Berge, und dann wird Ihr Safe weder für mich noch für meinen Mann von irgendwelchem Interesse sein. Ich werde mich woanders umsehen müssen. Ich wünsche Ihnen einen guten Tag. Sir,

und vielen Dank, daß Sie mir Ihre Zeit geopfert haben.« Damit verließ Lady Charlotte erhobenen Hauptes die Geschäftsräume der Firma Chubb. Und Mr. Laurence Chubb jr. murmelte leise: »Frauen.«

Auf diese Weise erfuhren Pierce und Agar, daß die Überholung der Safes die Schlösser nicht betraf. Das war das einzige, was sie interessierte, und so trafen sie nun in aller Ruhe ihre letzten Vorbereitungen für den Raub, den sie am 22. Mai 1855 auszuführen gedachten.

31. Kapitel

Sauber-Willy braucht Geld

Eine Woche später wurden ihre Pläne aber wiederum empfindlich gestört. Am 17. Mai 1855 wurde Pierce ein Brief zugestellt. In anmutiger und kultivierter Handschrift stand hier zu lesen:

Sehr geehrter Herr,
ich wäre Ihnen sehr verbunden, wenn Sie es einrichten könnten, heute nachmittag um vier Uhr zu einem Gespräch über einige Angelegenheiten von beiderseitigem Interesse zum Palace, Sydenham, zu kommen.
Mit vorzüglicher Hochachtung
verbleibe ich
William Williams, Esq.

Pierce betrachtete konsterniert den Brief. Er zeigte ihn Agar; aber Agar konnte nicht lesen, Pierce las ihm den Brief vor. Agar starrte auf die Handschrift.

»Dafür hat Sauber-Willy sich einen Fehmer genommen«, sagte er.

»Offensichtlich«, sagte Pierce. »Aber warum?«

»Vielleicht möchte er noch etwas Geld herauskitzeln.«

»Wenn's nur das wäre, wäre ich froh«, sagte Pierce.

»Werden Sie hingehen?«

»Auf jeden Fall. Wollen Sie für mich baldowern?«

Agar nickte. »Wollen Sie, daß Barlow mitgeht? Ein guter Knüppel kann einem viel Ärger ersparen.«

»Nein«, sagte Pierce. »Das würde sie erst recht auf unsere Fährte hetzen.«

»Also schön«, sagte Agar. »Nur baldowern. Wird im Palace gar nicht leicht sein.«

»Und Willy weiß das bestimmt auch«, versetzte Pierce düster.

Hier scheint ein Wort über den Kristallpalast angebracht, jenes magische Bauwerk, das später als Symbol der viktorianischen Ära angesehen wurde. Dieser gewaltige gläserne Bau mit drei Stockwerken auf einer Grundfläche von neunzehn Acres wurde 1851 im Hyde Park errichtet, um die Große Weltausstellung aufzunehmen. Die Besucher waren beeindruckt, und selbst auf Bildern macht der Crystal Palace auch heute noch auf den modernen Betrachter einen überwältigenden Eindruck. Das Glitzern von mehr als einer Million Quadratfuß Glas in der Nachmittagssonne muß für jeden ein Erlebnis gewesen sein. Es überrascht nicht, daß der Palast schon bald zum Sinnbild der zukunftsorientierten, technologischen Ästhetik der neuen viktorianischen Industriegesellschaft wurde.

Dieser fabelhafte Bau verdankte seine Entstehung jedoch einem Zufall. Mit der Ausarbeitung der Pläne für die Weltausstellung wurde 1850 begonnen. Prinz Albert nahm sich der Vorbereitungen persönlich an. Schon bald kam es zu Kontroversen über die geplante Ausstellungshalle sowie über deren Standort.

Das Bauwerk mußte aus naheliegenden Gründen groß sein. Aber was für ein Bau sollte es werden, und wohin damit? Für einen 1850 ausgeschriebenen Wettbewerb wurden mehr als zweihundert Entwürfe eingereicht, von denen aber keiner einen ersten Preis erhielt. Daraufhin fertigte das Ausstellungskomitee einen eigenen Entwurf an; geplant war eine scheußliche Monstrosität aus Ziegelsteinen; das Bauwerk sollte viermal so lang werden wie die Westminster Abbey und von einer Kugel gekrönt sein, die größer werden sollte als die des Petersdoms. Als Standort wurde der Hyde Park bestimmt.

Die Öffentlichkeit widersetzte sich diesen Plänen. Das Abholzen von Parkbäumen, die Nachteile für die Reiter im Hyde Park, die Zerstörung einer Parklandschaft und so weiter schreckten die Bürger Londons. Das Parlament zögerte, den Hyde Park als Bauplatz freizugeben.

Unterdessen hatte das Ausstellungskomitee ausgerechnet, daß seine Pläne neunzehn Millionen Klinkersteine erforderten. Im Sommer 1850 stellte sich heraus, daß die Zeit nicht mehr ausreichen würde, diese Ziegelsteine herzustellen und die Große Halle noch rechtzeitig zur Eröffnung zu vollenden. Es verbreitete sich sogar das Gerücht, die Ausstellung müsse abgesagt oder zumindest verschoben werden.

Bei dieser Lage der Dinge meldete sich der Gärtner des Herzogs von Devonshire, Joseph Paxton, mit der Idee, als

Ausstellungsgebäude ein großes Gewächshaus zu errichten. Sein erster Entwurf, den er dem Komitee auf einem Blatt Löschpapier skizzierte, wurde wegen seiner verschiedenen Vorzüge schließlich angenommen.

Erstens würden die Bäume des Hyde Parks verschont bleiben; zweitens ließ sich das wichtigste Baumaterial, Glas, in kurzer Zeit herstellen; und drittens konnte man die Halle nach der Ausstellung auseinandernehmen und an anderer Stelle wieder aufbauen. Das Komitee gab einem Bauunternehmer den Zuschlag, der den riesigen Bau für 798 000 Pfund errichten wollte. Nach nur sieben Monaten Bauzeit war die Halle fertig und wurde bald weltweit gerühmt.

So kam es zur Rettung der Ehre einer Nation und eines Empire durch einen Gärtner; und so kam es, daß ein Gärtner schließlich in den Ritterstand erhoben wurde.

Der Kristallpalast stellte seine Erbauer nur vor ein unvorhergesehenes Problem. Der Bau beherbergte Bäume, und die Bäume beherbergten Spatzen, und Spatzen sind schließlich nicht stubenrein. Das war wirklich ein ernstes Problem, denn man konnte bei all dem Glas ja nicht auf die Spatzen schießen, und sie weigerten sich, in die aufgestellten Vogelfallen zu gehen. Schließlich wurde sogar die Königin um Rat gefragt, und sie sagte: »Holen Sie den Herzog von Wellington.« Der Herzog wurde ins Bild gesetzt. »Versuchen Sie es doch mal mit Sperbern, Madam«, schlug er vor und trug wieder einmal den Sieg davon.

In der weiträumigen Halle wurden ständige Ausstellungen abgehalten; die eindrucksvollsten Ausstellungsstücke waren originalgetreue Nachbildungen der riesigen Standbilder Ramses' II. bei Abu Simbel. Pierce würdigte diese

Attraktionen aber keines Blickes und schenkte auch dem Seerosenteich und den anderen Gewässern keine Beachtung.

Eine Blaskapelle spielte gerade auf. Pierce sah Sauber-Willy in einer der Sitzreihen zur Linken. Er sah auch Agar, der sich als Armeeoffizier im Ruhestand kostümiert hatte und in einer Ecke vor sich hin zu schnarchen schien. Die Kapelle spielte ziemlich laut. Pierce glitt auf den Sitz neben Willy.

»Was ist los?« fragte Pierce mit leiser Stimme. Er betrachtete die Kapelle und dachte beiläufig, wie abscheulich diese Musik doch sei.

»Ich brauch 'ne kleine Aufbesserung«, sagte Willy.

»Sie sind bezahlt worden.«

»Ich brauch aber mehr«, sagte Willy.

Pierce warf ihm einen Blick zu. Willy schwitzte und war offensichtlich nervös, sah sich aber nicht aufgeregt um, wie nervöse Menschen das normalerweise tun.

»Wollen Sie mich reinlegen, Willy?«

»Nein.«

»Hat man Sie umgedreht, Willy?«

»Nein, ich schwöre, nein.«

»Willy«, sagte Pierce, »wenn Sie mich verpfiffen haben, können Sie sich die Lilien von unten besehen.«

»Ich schwöre«, sagte Willy. »Ich bin koscher – brauch nur ein oder zwei Scheine, und damit hat es sich.«

In einem Anfall patriotischen Mitgefühls für die Verbündeten Englands intonierte die Kapelle jetzt die *Marseillaise*. Ein paar Zuhörer besaßen die Taktlosigkeit, die französische Nationalhymne auszubuhen.

Pierce sagte: »Sie schwitzen, Willy.«

»Bitte, Sir, ein Scheinchen oder zwei, und dann ist die Sache für immer erledigt.«

Pierce langte in seine Brieftasche und zog zwei Fünf-Pfund-Noten heraus. »Versuchen Sie nicht, mich reinzulegen«, sagte er, »sonst würde ich tun, was getan werden muß.«
»Vielen Dank, Sir, ich danke Ihnen«, sagte Willy und steckte das Geld schnell ein. »Vielen Dank, Sir.«
Pierce ging. Als er den Palast verließ und in den Park hinaustrat, wandte er sich mit raschen Schritten der Harleigh Road zu. Dort hielt er kurz inne, um seinen Zylinder zurechtzurücken. Barlow, dessen Kutsche am Ende der Straße hielt, hatte das vereinbarte Signal gesehen.
Dann schlenderte Pierce die Harleigh Road hinunter, allem Anschein nach sehr gelassen, wie ein Herr, der etwas Luft schnappen möchte. Seine Gedanken, welcher Art auch immer, wurden durch das Jaulen einer Zugpfeife und das Fauchen einer in der Nähe vorüberfahrenden Lokomotive unterbrochen. Pierce blickte über die Bäume und Hausdächer hinweg und sah schwarzen Rauch zum Himmel aufsteigen. Unwillkürlich blickte er auf die Uhr: Es war der Nachmittagszug der South Eastern Railway auf dem Rückweg von Folkestone, der auf den London Bridge-Bahnhof zudampfte.

32. Kapitel

Eine unerwartete Begegnung

Mr. Pierce winkte am Ende der Harleigh Road in der Nähe der St. Martin's Church eine Droschke heran und fuhr in die Regent Street. Dort stieg er aus.

Er schlenderte die Regent Street entlang. Er blickte nicht ein einziges Mal über seine Schulter zurück, blieb aber oft stehen, um sich die Schaufenster anzusehen und das, was sich in ihnen spiegelte.

Was er sah, gefiel ihm überhaupt nicht, aber das, was dann geschah, traf in völlig unvorbereitet. Eine wohlbekannte Stimme rief: »Edward, mein lieber Edward!«

Pierce stöhnte innerlich auf und drehte sich um. Vor ihm stand Elizabeth Trent. Sie machte einen Einkaufsbummel. Ein livrierter Botenjunge begleitete sie und trug hübsch eingewickelte Pakete. Elizabeth Trent errötete tief. »Ich ... ich muß schon sagen, wirklich, das ist eine riesengroße Überraschung.«

»Ich freue mich unendlich, Sie wiederzusehen«, sagte Pierce. Er verneigte sich und küßte ihr die Hand.

»Ich ... ja, ich ...« Sie entzog ihm die Hand, rieb sie an der anderen. »Edward«, sagte sie und holte tief Luft. »Edward, ich habe so gar nichts mehr von Ihnen gehört.«

»Ich muß sehr um Entschuldigung bitten«, sagte Pierce aalglatt. »Ich mußte sehr plötzlich in einer geschäftlichen Angelegenheit verreisen, ins Ausland, und ich fürchtete fast, daß mein Brief aus Paris nicht genügt hat, Ihre verletzten Gefühle zu besänftigen.«

»Paris?« sagte sie und hob die Augenbrauen.

»Ja. Haben Sie meinen Brief aus Paris denn nicht erhalten?«
»Nun, nein.«
»Verdammt!« sagte Pierce und entschuldigte sich sogleich für den Ausdruck. »Typisch für die Franzosen«, sagte er; »sie sind absolut unfähig. Wenn ich das nur geahnt hätte, aber ich bin gar nicht auf den Gedanken gekommen ... Und als Sie mir dann keine Antwort nach Paris schickten, nahm ich an, Sie seien mir böse ...«
»Ich? Böse? Edward, ich versichere Ihnen«, begann sie und brach ab. »Aber wann sind Sie denn zurückgekehrt?«
»Vor drei Tagen erst«, erwiderte Pierce.
»Wie seltsam«, sagte Elizabeth Trent und sah ihn mit einem unweiblichen schlauen Blick an, »vor vierzehn Tagen war Mr. Fowler zum Dinner bei uns und sagte, er habe Sie vor kurzem gesehen.«
»Ich möchte einem Geschäftspartner Ihres Herrn Vaters nicht widersprechen, aber Henry hat die bedauerliche Angewohnheit, alle Daten durcheinanderzubringen. Ich habe ihn seit fast drei Monaten nicht mehr zu Gesicht bekommen.« Rasch fügte Pierce hinzu: »Und wie geht es Ihrem Vater?«
»Meinem Vater? Oh, dem geht's gut, danke.« Sie blickte plötzlich gekränkt und verwirrt drein. »Edward, ich muß ... Mein Vater hat sich, um die Wahrheit zu sagen, wenig schmeichelhaft über Ihren Charakter geäußert.«
»Ach wirklich?«
»Ja. Er hat Sie einen Schuft genannt.« Sie seufzte. »Und Schlimmeres.«
»Das verstehe ich angesichts der leidigen Umstände durchaus, aber ...«
»Aber jetzt«, sagte Elizabeth Trent mit plötzlicher Ent-

schlossenheit, »wo Sie wieder in England sind, sehen wir uns bestimmt wieder öfter bei uns zu Hause.«

Jetzt war es an Pierce, vernichtet auszusehen. »Meine liebe Elizabeth«, stammelte er. »Ich weiß nicht, wie ich es Ihnen sagen soll ...« Damit brach er ab und schüttelte den Kopf. Seine Augen schienen sich mit Tränen zu füllen. »Als ich in Paris nichts von Ihnen hörte, mußte ich natürlich davon ausgehen, daß Sie nichts mehr von mir wissen wollten, und ... Nun, die Zeit verging ...« Er schien sich einen Ruck zu geben. »Ich bedauere sehr, Ihnen sagen zu müssen, daß ich versprochen bin.«

Elizabeth Trent starrte ihn mit offenem Mund an.

»Ja«, sagte Pierce. »Es ist wahr. Ich habe mein Wort gegeben.«

»Aber wem denn?«

»Einer französischen Dame.«

»Einer *französischen* Dame?«

»Ja, es ist die Wahrheit, die reine Wahrheit. Ich war verzweifelt und unglücklich, müssen Sie wissen.«

»Ich weiß schon, Sir«, fauchte sie, machte auf dem Absatz kehrt und entschwand.

Pierce blieb auf dem Bürgersteig stehen und gab sich Mühe, so geknickt wie möglich auszusehen, bis sie in ihre Kutsche gestiegen und davongerollt war. Dann schlenderte er weiter die Regent Street hinauf.

Einem Beobachter der Szene wäre aufgefallen, daß in Pierce' Haltung nichts mehr auf Zerknirschung hindeutete, als er das Ende der Regent Street erreichte. Er nahm eine Droschke zur Windmill Street, wo er ein als Dirnenquartier bekanntes Etablissement betrat, das allerdings in dem Ruf stand, zu den besseren Häusern dieser Art zu gehören.

In der mit Samt üppig dekorierten Eingangshalle empfing

ihn Miss Miriam mit den Worten: »Er ist oben. Dritte Tür rechts.«
Pierce ging hinauf und betrat ein Zimmer, in dem er Agar vorfand, der in einem Sessel lümmelte und Pfefferminz kaute. »Recht spät«, sagte Agar. »Ärger gehabt?«
»Ich habe eine Bekannte getroffen.«
Agar nickte.
»Was haben Sie gesehen?« fragte Pierce.
»Ich habe zwei gekneißt«, sagte Agar. »Beide sind Ihnen hübsch auf den Fersen geblieben. Einer war ein verkleideter Greifer, der andere hatte sich als Stutzer aufgetakelt. Sind Ihnen die ganze Harleigh Road gefolgt und haben auch 'ne Droschke genommen wie Sie.«
Pierce nickte. »Die beiden habe ich in der Regent Street gesehen.«
»Lungern jetzt bestimmt unten rum«, sagte Agar. »Wie geht's Willy?«
»Willy scheint die Fronten gewechselt zu haben«, sagte Pierce.
»Hat bestimmt geredet.«
Pierce zuckte die Achseln.
»Und was soll jetzt mit Willy geschehen?«
»Er kriegt das, was jeder, der lampt, verdient.«
»Umpusten«, sagte Agar.
»Ich weiß nicht«, sagte Pierce, »aber jedenfalls wird er keine Gelegenheit mehr haben, zu schwatzen.«
»Und was ist mit den Greifern?«
»Im Augenblick nichts«, erwiderte Pierce. »Ich muß ein bißchen nachdenken.« Damit lehnte er sich zurück, steckte sich eine Zigarre an und paffte schweigend vor sich hin.
Es waren nur noch fünf Tage bis zu dem geplanten Raub, und die Polizei war hinter ihm her. Falls Willy gesungen

hatte, dann wußte die Polizei jetzt, daß Pierce' Bande in den London Bridge-Bahnhof eingebrochen war.
»Ich muß mir was Neues ausdenken«, sagte er und starrte an die Decke. »Wir müssen der Polente einen Knochen hinwerfen, damit sie was zu beißen hat.« Er sah dem aufsteigenden Zigarrenrauch nach und runzelte die Stirn.

33. Kapitel

Scotland Yard kriegt Wind von der Sache

Alle Institutionen einer Gesellschaft stehen miteinander in Wechselbeziehungen, selbst dann, wenn sie einander völlig entgegengesetzte Ziele zu verfolgen scheinen. Gladstone notierte einmal: »Dieses von Zufällen bestimmte, verwirrende Leben bringt es mit sich, daß Personen, Organisationen, ja sogar Staaten einander bekämpfen und verdammen, die durch enge Bande, von denen sie nichts ahnen, miteinander verknüpft sind.«
Das vielleicht berühmteste Beispiel für diese These – und die Zeitgenossen waren sich dessen wohl bewußt – war die bittere Rivalität zwischen Temperenzgesellschaften und den Pubs. Beider Bestrebungen liefen schließlich auf das gleiche hinaus, und beide Institutionen bedienten sich schließlich der Lockmittel des Rivalen: Die Pubs legten sich Orgeln zu, in ihnen wurde gesungen, sie hielten alkoholfreie Getränke feil, während auf den Temperenzlertref-

fen Unterhaltungskünstler auftraten und eine neue, bis dahin ungewohnte Freizügigkeit um sich griff. Als die Temperenzler dann sogar Pubs aufzukaufen begannen, um sie »trockenzulegen«, war die Verwischung der Grenzen zwischen diesen beiden verfeindeten Kräften ganz augenfällig.

Die Zeitgenossen beobachteten aber auch eine weitere Rivalität, die aus einer neuen gesellschaftlichen Einrichtung entstand – aus der organisierten Polizei. Fast von Anfang an begann diese neue soziale Kraft mit ihrem geschworenen Feind, der Verbrecherklasse, Beziehungen anzuknüpfen. Über diese Beziehungen wurde im 19. Jahrhundert ausgiebig debattiert; selbst heute ist das Thema noch nicht ausdiskutiert. Die Ähnlichkeit der von Polizei wie Verbrecherwelt angewandten Methoden sowie die Tatsache, daß viele Polizeibeamte ehemalige Kriminelle waren – und umgekehrt –, konnten der Aufmerksamkeit kluger Köpfe nicht entgehen. Sir James Wheatstone notierte scharfsinnig, es gebe bei einer Institution, die dem Gesetz zum Sieg verhelfen solle, ein logisches Problem, »denn wenn es der Polizei tatsächlich gelingen sollte, die Kriminalität zu eliminieren, wird sie damit zugleich sich selbst eliminieren, denn in diesem Augenblick ist sie überflüssig geworden. Und keine organisierte Macht wird sich freiwillig selbst eliminieren.«

Die von Sir Robert Peel 1829 in London gegründete Metropolitan Police hatte ihr Hauptquartier in einem unter dem Namen Scotland Yard bekannten Viertel. Scotland Yard war ursprünglich ein rein geographischer Begriff gewesen, ein Teil von Whitehall, in dem zahlreiche Regierungsgebäude lagen. Diese Gebäude schlossen auch den Amtssitz des Generalbauinspektors der Krone ein. Hier residierten die berühmten Baumeister Inigo Jones und später Sir Christopher Wren. John Milton lebte zu der Zeit, in der er für Oliver Cromwell arbeitete, von 1649 bis 1651, ebenfalls in Scotland Yard, und dieser Umstand mag dazu geführt haben, daß die Polizisten in London zweihundert Jahre später auch als »Miltonians« bezeichnet wurden.

Als Sir Robert Peel den Sitz der neugegründeten Metropolitan Police nach Whitehall verlegte, lautete die konkrete Anschrift Whitehall Place 4. Die dortige Polizeiwache war aber auch durch einen Eingang vom eigentlichen Scotland Yard aus zu erreichen. Die Presse nannte die Polizei immer »Scotland Yard« bis dieser Begriff sich allmählich einbürgerte und schließlich zu einem Synonym für die Polizei überhaupt wurde.

In den frühen Jahren wuchs Scotland Yard sehr rasch; 1829 gab es insgesamt 1000 Polizeibeamte, ein Jahrzehnt später waren es bereits 3350, und 1850 waren es mehr als 6000. Bis 1870 stieg die Zahl auf 10000 an. Scotland Yard hatte ungeheure Aufgaben zu bewältigen: In einem Gebiet von annähernd siebenhundert Quadratmeilen mit mehr als zweieinhalb Millionen Bewohnern sollten Verbrechen aller Art bekämpft werden.

Scotland Yard äußerte sich von Anfang an sehr zurückhaltend und verschlossen darüber, wie es seiner Aufgabe nachging; in offiziellen Verlautbarungen war immer nur von irgendeinem glücklichen Zufall die Rede – einem anonymen Informanten, einer eifersüchtigen Geliebten, einer zufälligen Festnahme. Diese Politik wurde so konsequent betrieben, daß es der Öffentlichkeit schwerfiel, ihr Glauben zu schenken. In Wahrheit aber bediente sich Scotland Yard einer Heerschar von Informanten und Beamten in Zivil. Diese Agenten wurden zum Gegenstand

einer hitzigen Auseinandersetzung. Die Gründe dafür sind uns heute vertraut: Man befürchtete in der Öffentlichkeit, ein Agent der Polizei könne leicht ein Verbrechen provozieren und dann die Teilnehmer auf der Stelle verhaften. Die Tätigkeit sogenannter *agents provocateurs* war ein heißes politisches Thema jener Tage, und Scotland Yard hatte alle Mühe, sich von Anschuldigungen freizuhalten.
Im Jahre 1855 wurde Scotland Yard von Richard Mayne geleitet, einem »vernünftigen Juristen«, der an dem gestiegenen Ansehen der Metropolitan Police einen nicht unerheblichen Anteil hatte. Ihm direkt unterstellt war Mr. Edward Harranby, und diesem oblag es, die delikate Zusammenarbeit mit Informanten und Spitzeln zu überwachen. Mr. Harranby hielt keine festen Dienstzeiten ein; Kontakten mit der Presse ging er aus dem Weg. In seinem Büro gaben sich die seltsamsten Figuren die Türklinke in die Hand, oft noch nachts.
Am späten Nachmittag des 17. Mai hatte Harranby eine Unterredung mit seinem Gehilfen, Mr. Jonathan Sharp. In seinen 1879 veröffentlichten Lebenserinnerungen, *Ein Leben für die Polizei*, hat er diese Unterredung rekonstruiert. Sie wird hier mit einigen Vorbehalten wiedergegeben, denn in diesem Band versucht Harranby nämlich auch zu erklären, warum es ihm nicht gelungen sei, Pierce' Pläne rechtzeitig zu vereiteln.

Sharp sagte zu Harranby: »Dieser Schlangenjunge hat geplaudert, und daraufhin haben wir unseren Mann ein bißchen unter die Lupe genommen.«
»Was für ein Bursche ist es?« fragte Harranby.
»Äußerlich ein Herr. Vermutlich ist er aber ein Schränker oder Taschendieb von der besseren Sorte. Sauber-Willy

sagt, er komme aus Manchester, lebe aber hier in London. Habe ein schönes Haus.«
»Weiß Sauber-Willy, wo?«
»Er sagt, er sei einmal dagewesen, kann sich aber nicht an die genaue Lage erinnern. Irgendwo in Mayfair.«
»Wir können in Mayfair nicht von Tür zu Tür gehen und anklopfen«, sagte Harranby. »Können wir seinem Erinnerungsvermögen vielleicht ein bißchen auf die Sprünge helfen?«
Sharp seufzte. »Möglich.«
»Bringen Sie ihn herein. Ich werde mich mit ihm unterhalten. Wissen wir, was die Burschen vorhaben?«
Sharp schüttelte den Kopf. »Willy sagt, er hat keine Ahnung. Er will wohl noch ein paar Karten im Ärmel behalten. Hat Angst, sie könnten ihm was antun. Er sagt, dieser Bursche plant einen Raub.«
Harranby wurde gereizt. »Damit kann ich wenig anfangen. Was genau hat der Mann vor? Das ist die Frage, und sie verlangt nach einer befriedigenden Antwort. Wer ist dem Herrn jetzt auf den Fersen?«
»Cramer und Benton, Sir.«
»Gute Leute. Sie sollen ihn nicht aus den Augen lassen. So, und jetzt her mit dem kleinen Willy, und zwar schnell.«
»Ich werde es selbst veranlassen, Sir«, sagte der Gehilfe.

Harranby schrieb später in seinen Memoiren: »Im Leben eines jeden an verantwortlicher Stelle tätigen Mannes gibt es Augenblicke, in denen die für den deduktiven Prozeß notwendigen Elemente zum Greifen nah scheinen, sich dann aber doch dem gedanklichen Zugriff entziehen. Dies sind die Augenblicke der tiefsten Frustration, und das gilt auch für den Eisenbahnraub von 1855.«

34. Kapitel

Sauber-Willy tritt ab

Sauber-Willy stand im »Hundszahn« an der Theke und trank. Er war sehr nervös. Er verließ das Lokal gegen sechs und begab sich ohne Umwege zum Heiligen Land. Er schlängelte sich durch die nach des Tages Arbeit heimwärts strebende Menge und verschwand dann in einer Nebengasse; er übersprang einen Zaun, schlüpfte durch ein Kellerfenster in ein Haus, lief durch den Keller, kroch durch einen engen Gang in ein angrenzendes Gebäude, ging die Treppe hinauf, trat auf eine Gasse hinaus, ging einen halben Häuserblock weiter und verschwand in einem anderen Haus, einer übelriechenden Absteige.

Hier ging er die Treppe ins Obergeschoß hinauf, kletterte aufs Dach, sprang auf ein angrenzendes Dach, hangelte sich am Abflußrohr bis zum zweiten Stock einer Herberge hoch, schlüpfte durch ein Fenster und ging dann die Treppen bis zum Keller hinunter.

Von dort kroch er durch einen Tunnel, der ihn auf die andere Seite der Straße brachte. Er öffnete eine Luke und stand wieder im Freien, auf einem engen Hinterhof mit ehemaligen Stallungen. Durch einen Seiteneingang betrat er das »Goldene Schwert«, das er nach vorsichtigen Blikken in alle Richtungen durch den Vordereingang verließ.

Er ging bis zum Ende der Straße und betrat dann den Eingang zu einer anderen Herberge. Sofort wußte er, daß hier etwas nicht stimmte; sonst war das Treppenhaus voll lärmender und tobender Kinder, aber jetzt war alles menschenleer und still. Er hielt in der Tür inne und wollte sich

gerade umdrehen und fliehen, als ein Strick durch die Luft schwirrte und ihm um den Hals fiel. Ein heftiger Ruck, und er fühlte sich in eine dunkle Ecke gezerrt.
Sauber-Willy sah Barlow, sah die weiße Narbe auf der Stirn, während dieser die Schlinge zuzog. Willy hustete, keuchte und kämpfte, um freizukommen, aber Barlow war so bärenstark, daß er den kleinen Schlangenjungen mühelos in die Luft hob. Willy strampelte verzweifelt und zerrte mit den Händen am Strick.
Dieser Kampf währte fast eine Minute. Dann war Sauber-Willy blau im Gesicht, die Zunge hing ihm grau aus dem Mund, und die Augen quollen ihm aus dem Kopf. Er sackte in sich zusammen.
Barlow ließ ihn zu Boden gleiten, löste den Strick von Willys Hals, zog ihm die beiden Fünf-Pfund-Noten aus der Tasche und trat geräuschlos auf die Straße. Sauber-Willys Leichnam lag in einer Ecke. Viele Minuten vergingen, bis das erste der Kinder sich hervorwagte und sich vorsichtig der Leiche näherte. Dann waren auch die anderen Kinder da. Sie stahlen dem toten Willy die Schuhe und alles, was er am Leib hatte, und stoben dann in alle Richtungen auseinander.

35. Kapitel

Die »Schleppe« wird gelegt

In einem Zimmer im zweiten Stock des Dirnenquartiers saß Pierce mit Agar zusammen. Pierce drückte seine Zigarre aus und richtete sich im Sessel auf. »Wir haben großes Glück«, sagte er.

»Glück? Glück, daß uns die Greifer fünf Tage vor dem Fischzug auf den Fersen sind?«

»Ja, wir haben Glück«, sagte Pierce. »Was ist, wenn Willy gesungen hat? Er wird ihnen gesagt haben, daß wir in den London Bridge-Bahnhof eingestiegen sind.«

»Ich glaube kaum, daß er ihnen so viel verraten hat. Er wird nur Andeutungen gemacht haben, um noch mehr für sich herauszuholen.« Es war üblich, daß Informanten der Polizei ihre Informationen schrittweise preisgaben, um für jeden Hinweis neu zu kassieren.

»Schon möglich«, sagte Pierce, »aber wir müssen einkalkulieren, daß er's getan hat. Nun, genau darin liegt unser Glück.«

»Und wieso, wenn ich fragen darf?«

»Weil London Bridge der einzige Bahnhof in London ist, der von zwei Bahngesellschaften benutzt wird. Von der South Eastern und der London & Greenwich.«

»Ja, das stimmt«, sagte Agar mit einem verständnislosen Blick.

»Wir müssen sie auf eine falsche Fährte lenken«, sagte Pierce.

»Sie wollen die Greifer verladen?«

»Wir müssen ihnen etwas zuspielen, das sie beschäftigt

hält«, sagte Pierce. »In fünf Tagen wollen wir im Zug Muri machen, und ich möchte nicht, daß die Herren uns dabei zusehen.«
»Wohin wollen Sie sie denn verladen?«
»Ich habe an Greenwich gedacht«, sagte Pierce. »Es wäre hübsch, sie in Greenwich zu wissen.«
»Dann brauchen Sie also einen, der ihnen den Knochen hinwirft.«
»Ja«, sagte Pierce.
Agar überlegte einen Augenblick. »Ich kenne da eine Dille, Lucinda, in Seven Dials. Man sagt, sie kennt ein paar Verdeckte. Treibt's immer mit ihnen, wenn sie sie geschnappt haben. Was oft vorkommt, da sie's gerne mit ihr treiben.«
»Nein«, sagte Pierce. »Einer Frau würden sie nicht glauben; sie würden den Braten riechen.«
»Nun, da wäre noch Black Dick, der Pferdefreund. Kennen Sie ihn? Ein Jude. Man sieht ihn abends gelegentlich in der ›Königskrone‹.«
»Ich kenne ihn.« Pierce nickte. »Black Dick ist ein Säufer, mag seinen Gin zu gern. Ich brauche einen guten Mann, einen, der zur Familie gehört.«
»Einen von der Familie? Dann ist Asthma-Bill der Richtige für Sie.«
»Asthma-Bill? Der alte Ire?«
Agar nickte. »Ja, er ist ein alter Kunde. Hat in Newgate gesessen, aber nicht die ganze Zeit abgerissen.«
»Oh, tatsächlich?« Pierce horchte plötzlich auf. Eine vorzeitige Entlassung bedeutete oft, daß der Häftling sich mit der Polizei arrangiert und eingewilligt hatte, Spitzeldienste zu leisten. »Ist er sehr früh entlassen worden?«

»Kann man wohl sagen«, erwiderte Agar. »Hat seine Lizenz auch reichlich schnell gekriegt. Sehr merkwürdig, denn er ist schließlich ein Ire.« Pfandleiher erhielten ihre Lizenz von der Polizei, die Iren gegenüber die gleichen Vorurteile hatte wie die meisten Engländer.
»So, ist also Pfandleiher geworden?« fragte Pierce.
»Ja«, erwiderte Agar. »Er soll aber gelegentlich auch mit Krachern handeln. Und singen soll er auch.«
Pierce dachte gehörig darüber nach und nickte schließlich.
»Wo ist Bill jetzt?«
»Er hat seinen Laden in Battersea, im Ridgeby Way.«
»Ich gehe gleich zu ihm«, sagte Pierce und stand auf. »Will lieber gleich die Schleppe auslegen.«
»Machen Sie es ihnen nur nicht zu leicht«, warnte Agar.
Pierce lächelte. »Sie werden sich mächtig anstrengen müssen.« Er ging zur Tür.
»Moment noch«, sagte Agar, dem plötzlich ein Gedanke gekommen war. »Mir fällt da etwas ein: Was für ein Ding kann man denn um Himmels willen ausgerechnet in Greenwich drehen?«
»Das«, erwiderte Pierce, »ist genau die Frage, mit der die Greifer sich beschäftigen sollen.«
»Aber *gibt* es dort was zu holen?«
»Natürlich.«
»Was Lohnendes?«
»Natürlich.«
»Aber was denn bloß?«
Pierce schüttelte den Kopf. Er grinste über Agars verblüfften Gesichtsausdruck und verließ das Zimmer.
Als Pierce auf die Straße trat, war schon die Dämmerung angebrochen. Er sah die beiden Polizisten sofort, die sich an verschiedenen Ecken postiert hatten. Pierce tat, als sähe

er sich nervös um, und ging dann zum Ende des Häuserblocks, wo er eine Droschke anhielt.
Er fuhr einige Häuserblocks weiter und sprang dann an einer belebten Stelle der Regent Street hinaus, überquerte die Straße, nahm eine andere Droschke und fuhr zurück in die Richtung, aus der er gekommen war. Im Ernstfall hätte Pierce ein so fadenscheiniges Manöver gar nicht erst versucht. Es war ein alter Trick, der nur selten funktionierte, und als er einen Blick durch das kleine Rückfenster der Droschke warf, sah er, daß er seine Verfolger nicht abgeschüttelt hatte.
Er ließ sich zum »Wappen« fahren, einem berüchtigten Pub. Er betrat das Lokal, verließ es durch einen von der Straße aus einsehbaren Seiteneingang und ging zur New Oxford Street hinüber, wo er sich wieder eine Droschke nahm. Inzwischen hatte er einen der Verfolger verloren, aber der zweite blieb ihm auf den Fersen. Jetzt ließ Pierce sich ohne weitere Umwege über die Themse nach Battersea fahren, direkt zu Asthma-Bill.
Aus heutiger Sicht wollen die respektable und elegante Erscheinung eines Edward Pierce und eine schäbige Pfandleihe in Battersea nicht so recht zusammen passen. Damals dachte man anders, denn ein Pfandleiher diente nicht allein den niedrigen Ständen. Wem immer er zu Diensten war: Er operierte als Bank für Unvorhergesehenes und arbeitete schneller und billiger als die herkömmlichen Kreditinstitute. Es kam vor, daß jemand sich einen teuren Gegenstand kaufte, einen Pelz etwa, und ihn dann für eine Woche versetzte, um die Miete zu bezahlen; dann löste er ihn wenige Tage später ein, um ihn am Sonntag tragen zu können. Am Montag wurde er dann wieder für einen geringeren Betrag verpfändet und so weiter.

Diese Institution diente also einem guten Zweck, und um die Jahrhundertwende verdoppelte sich die Zahl der Leihhäuser innerhalb weniger Jahre. Angehörige des Mittelstands wurden weniger durch die günstigen Bedingungen für die Darlehen als durch ihre Anonymität angezogen. So mancher respektable Haushalt wollte es nicht bekannt werden lassen, daß ein Teil des Tafelsilbers vorübergehend in Bargeld umgemünzt worden war. Man darf nicht vergessen, daß damals viele Menschen finanzielle Prosperität und vernünftiges Haushalten mit moralischem Verhalten gleichsetzten. Und daher galt es als anrüchig, ein Darlehen aufzunehmen. Die Leihhäuser selbst waren keineswegs jene zwielichtigen Einrichtungen, für die man sie hielt. Verbrecher, die gestohlenes Gut loswerden wollten, wandten sich vornehmlich an Hehler, die nicht von der Polizei lizenziert waren und bei denen man eine ständige Überwachung nicht befürchten mußte. Pierce trat folglich mit völligem Gleichmut durch die Tür unter den drei Kugeln.

Asthma-Bill, ein rotgesichtiger Ire, der ständig kurz vor einem Schlaganfall zu stehen schien, saß in einer hinteren Ecke des Raums. Er sprang schnell auf, als er an Pierce' Kleidung und Auftreten erkannte, daß er es mit einem Herrn zu tun hatte.

»'n Abend, Sir«, sagte Bill.

»Guten Abend«, sagte Pierce.

»Womit kann ich Ihnen dienen, Sir?«

Pierce sah sich im Laden um. »Sind wir allein?«

»Das sind wir, so wahr ich Bill heiße, Sir.« Asthma-Bill hatte plötzlich einen wachsamen Ausdruck in den Augen.

»Ich wünsche einen bestimmten Kauf zu tätigen«, sagte Pierce. Er bediente sich des breiten Akzents der Liverpooler Hafengegend.

»Einen bestimmten Kauf ...«

»Einige Dinge, die Sie vielleicht vorrätig haben«, sagte Pierce.

»Sie sehen mein Geschäft, Sir«, sagte Asthma-Bill mit einer ausholenden Geste. »Sie haben alles vor sich.«

»Das ist alles?«

»Ja, Sir, alles, was Sie hier sehen können.«

Pierce zuckte die Achseln. »Ich muß eine falsche Auskunft erhalten haben. Guten Abend.« Damit ging er zur Tür. Er hatte sie fast erreicht, als Asthma-Bill hustete. »Was hat man Ihnen denn gesagt, Sir?«

Pierce drehte sich um. »Ich brauche bestimmte seltene Gegenstände.«

»Seltene Gegenstände«, wiederholte Asthma-Bill. »Was denn für seltene Gegenstände, Sir?«

»Gegenstände aus Metall«, sagte Pierce und sah dem Pfandleiher voll in die Augen. Pierce fand dieses Drumherumreden abscheulich, aber es war notwendig, um Bill von der Aufrichtigkeit seiner Absichten zu überzeugen.

»Metall, sagen Sie?«

Pierce machte eine wegwerfende Handbewegung. »Ich brauche etwas zu meinem Schutz, wissen Sie.«

»Schutz?«

»Ich habe Wertsachen, Besitz, kostbare Gegenstände ... Und darum muß ich mich schützen. Verstehen Sie, was ich sagen will?«

»Durchaus, durchaus«, sagte Bill. »Es ist möglich, daß ich habe, was Sie suchen.«

»Wissen Sie«, sagte Pierce, der sich noch einmal nach allen Seiten umsah, wie um sich zu überzeugen, daß er tatsächlich mit dem Pfandleiher allein war, »wissen Sie, ich brauche fünf.«

»*Fünf Kracher?*« Asthma-Bill riß erstaunt die Augen auf.

Jetzt, wo sein Geheimnis gelüftet war, wurde Pierce anscheinend sehr nervös. »Richtig«, sagte er und sah bald hierhin, bald dorthin, »ich brauche fünf.«

»Fünf? Das sind eine ganze Menge«, sagte Bill und runzelte die Stirn.

Pierce bewegte sich rasch zur Tür. »Also schön, wenn Sie keine da haben ...«

»Warten Sie, nicht so eilig«, sagte Bill. »Ich sage ja nicht, daß ich das nicht kann. Habe nie gesagt, ich kann das nicht. Habe nur gesagt, fünf sind eine ganze Menge, und das sind sie doch auch, oder?«

»Man hat mir gesagt, Sie hätten sie vorrätig«, sagte Pierce und wirkte noch immer sehr nervös.

»Möglich.«

»Also gut, dann möchte ich sie jetzt gleich kaufen.«

Asthma-Bill seufzte. »Sie sind nicht hier, Sir – Sie können mir das glauben –, denn wer wird schon fünf Kracher in einem Leihhaus aufbewahren, Sir. Also wirklich.«

»Wie schnell können Sie sie beschaffen?«

Je aufgeregter Pierce sich gebärdete, desto ruhiger wurde Asthma-Bill. Pierce konnte beinahe sehen, wie es hinter seiner Stirn arbeitete, wie er darüber nachdachte, was es mit den fünf Pistolen wohl auf sich haben mochte. Da plante einer einen ganz großen Coup, daran bestand kein Zweifel. Wenn er, Bill, die Details herausbekam, würde er als Spitzel etwas Kleingeld herauskitzeln können.

»Einige Tage werde ich schon brauchen, Sir, und das ist die reine Wahrheit«, sagte Bill.

»Jetzt gleich kann ich sie nicht haben?«

»Nein, Sir. Sie müssen mir schon etwas Zeit lassen, aber dann beschaffe ich sie Ihnen, mein Wort darauf.«

»Wieviel Zeit brauchen Sie?«
Es folgte ein langes Schweigen. Bill murmelte vor sich hin und zählte sogar die Tage an den Fingern ab. »Zwei Wochen, würde ich sagen. Zur Sicherheit.«
»Zwei Wochen!«
»Also gut, acht Tage.«
»Unmöglich«, sagte Pierce mehr zu sich selbst. »In acht Tagen muß ich in Greenw ...« Er biß sich auf die Lippen. »Nein«, sagte er. »Acht Tage sind zuviel.«
»Sieben?« fragte Bill.
»Sieben«, wiederholte Pierce und starrte an die Decke. »Sieben, sieben ... Sieben Tage ... Sieben Tage, das ist Donnerstag nächste Woche?«
»Ja, Sir.«
»Um welche Zeit am nächsten Donnerstag?«
»Kommt es denn auf die Stunde an?« fragte Bill so beiläufig, daß man die Absicht dahinter merkte.
Pierce starrte ihn nur an.
»Will Sie nicht aushorchen, Sir«, sagte Bill rasch.
»Dann tun Sie's auch nicht. Also wann am Donnerstag?«
»Zwölf Uhr mittags.«
Pierce schüttelte den Kopf. »Wir werden uns nie einig. Es ist unmöglich, und ich ...«
»Langsam, Sir, langsam. Zu welcher Zeit am Donnerstag müssen Sie sie denn spätestens haben?«
»Nicht später als zehn Uhr vormittags.«
Asthma-Bill überlegte. »Um zehn Uhr hier?«
»Ja.«
»Und auf keinen Fall später?«
»Nicht eine Minute später.«
»Kommen Sie selbst vorbei, um sie abzuholen?«
Pierce sah ihn wiederum streng an. »Das sollte Sie

nicht kümmern. Können Sie die Dinger liefern oder nicht?«
»Ich kann«, erwiderte Bill. »So schnell geht es nicht ohne einen kleinen Aufpreis.«
»Das spielt keine Rolle«, sagte Pierce und händigte ihm zehn Gold-Guineen aus. »Nehmen Sie das als Anzahlung.«
Asthma-Bill betrachtete die Münzen und wog sie in der Hand. »Das dürfte etwa die Hälfte sein.«
»Einverstanden.«
»Und der Rest wird in gleicher Weise beglichen?«
»In Gold, ja.«
Bill nickte. »Brauchen Sie auch Munition?«
»Was für Dinger sind es denn?«
»Webley, Kaliber .48, Randzünder, mit Holster, möchte ich annehmen.«
»Dann brauche ich auch Kugeln.«
»Macht noch drei Guineen für Munition«, sagte Asthma-Bill sanft.
»Einverstanden«, sagte Pierce. Er ging zur Tür, hielt inne. »Da ist noch etwas«, sagte er. »Sollten die Kracher nicht da sein, wenn ich am Donnerstag komme, haben Sie nichts zu lachen.«
»Sie können sich auf mich verlassen, Sir.«
»Sonst haben Sie auch nichts zu lachen«, sagte Pierce und ging.
Es war noch nicht ganz dunkel. Gaslaternen warfen ein spärliches Licht. Pierce sah den lauernden Greifer nicht, wußte aber, daß er sich irgendwo in der Dunkelheit verbarg. Pierce nahm eine Droschke und fuhr zum Leicester Square, wo sich die Menschen vor den Theatern drängten. Er betrat eine Eingangshalle, stellte sich an, erstand eine Karte für *Die Irrtümer einer Nacht* von Oliver Goldsmith

und mischte sich unter die Menschen im Foyer. Eine Stunde später war er zu Hause, nachdem er dreimal die Droschke gewechselt und viermal in Pubs gegangen war, um diese gleich wieder zu verlassen. Er war davon überzeugt, seinen Verfolger abgeschüttelt zu haben.

36. Kapitel

Scotland Yard und die Gesetze der Logik

Der Morgen des 18. Mai war ungewöhnlich warm und sonnig, aber das freundliche Wetter konnte Mr. Harranby nicht aufheitern. Die Dinge standen schlecht. Auf die Nachricht von Sauber-Willys Tod in einer Absteige in Seven Dials hin hatte Harranby sich seinem Gehilfen, Mr. Sharp, gegenüber zu einigen groben Worten hinreißen lassen. Als er dann auch noch erfuhr, daß seine Männer den Herrn, den sie beschatten sollten, im Gedränge eines Theaterfoyers aus den Augen verloren hatten – einen Mann, den sie nur als Mr. Simms kannten und von dem sie nichts weiter wußten, als daß er ein Haus in Mayfair besaß –, hatte er einen Wutanfall bekommen und sich lautstark über die Unfähigkeit von Untergebenen, Mr. Sharp eingeschlossen, beklagt.
Inzwischen hatte Mr. Harranby aber seine Beherrschung wiedergewonnen. Der einzige Mensch, von dem Scotland Yard nun noch über diesen Mr. Simms etwas erfahren

konnte, saß schweißgebadet und mit apoplektisch gerötetem Gesicht vor ihm und rang die Hände.
»Hören Sie, Bill«, sagte Harranby und sah Asthma-Bill streng an, »dies ist eine sehr ernste Angelegenheit.«
»Ich weiß, Sir, wirklich, ich weiß«, sagte Bill.
»Fünf Kracher, das sagt mir, daß da irgendwas im Busch ist, und ich habe die Absicht herauszufinden, was.«
»Der hat die Zähne aber kaum auseinandergekriegt, kann ich Ihnen sagen.«
»Das kann ich mir denken«, sagte Harranby. Er angelte eine Gold-Guinee aus der Tasche und ließ sie auf die Schreibtischplatte fallen. »Versuchen Sie sich zu erinnern«, sagte er.
»Es war schon ziemlich spät am Tage, Sir, bei allem Respekt, und ich fühlte mich nicht ganz wohl«, sagte Bill, der das Goldstück auffällig anstarrte.
Harranby hatte nicht die Absicht, dem Burschen noch eines zu geben. »Die Tretmühle hat nach meinen Erfahrungen schon so manches Gedächtnis aufgefrischt«, sagte er.
»Aber ich habe doch gar nichts getan«, protestierte Bill. »Ich bin ehrlich wie 'n neugeborenes Kind, Sir. Ich verheimliche Ihnen nichts. Sie haben wirklich keinen Grund, mich einzulochen.«
»Dann strengen Sie mal ein bißchen Ihr Köpfchen an«, sagte Harranby, »und zwar schnell, wenn ich bitten darf.«
Bill knetete die Hände auf den Knien. »Also, er kommt so um sechs Uhr abends in den Laden. Fein angezogen, gute Manieren, spricht aber wie 'n Docker aus Liverpool. Und goscht auch Zinken dazwischen.«
Harranby warf Sharp, der in einer Ecke saß, einen um Hilfe heischenden Blick zu. Gelegentlich brauchte selbst Harranby einen Dolmetscher.

»Er spricht auch Gaunersprache«, erläuterte Sharp.
»Ja, ja, so war's«, beteuerte Bill mit einem Kopfnicken. »Der gehört zur Familie, das ist sicher. Will mich dazu bringen, fünf Kracher zu besorgen, und ich sage, fünf, das ist 'ne ganze Menge, und er sagt, er braucht sie gestern, und nervös ist er auch und hat's eilig und legt gleich 'ne Menge Zaster auf den Tisch.«
»Und was haben Sie ihm gesagt?« fragte Harranby, ohne Bill aus den Augen zu lassen. Einem gewieften Spitzel vom Schlage Asthma-Bills war durchaus zuzutrauen, daß er eine Seite gegen die andere ausspielte, und außerdem log Bill wie gedruckt.
»Also, ich sage ihm, fünf sind ganz schön viel, aber ich würd's schon schaffen, wenn er mir etwas Zeit läßt. Und da fragt er, wie lange ich brauche, und ich sage, zwei Wochen. Da wird er schon 'n bißchen manierlicher und sagt, er braucht die Dinger früher. Ich sage, acht Tage. Er sagt, acht Tage sind zuviel, und dann rutscht ihm raus, daß er in acht Tagen nach Greenwich muß, und da wird er plötzlich stumm wie 'n Fisch.«
»Greenwich«, sagte Harranby und runzelte die Stirn.
»Ja, Sir, Greenwich. Es rutschte ihm so raus, aber dann beißt er sich auf die Zunge und sagt, acht Tage sind zuviel. Ich sage also, wie schnell denn? Und er sagt, sieben Tage. Ich sag also, na schön, in sieben Tagen kann ich's liefern. Und er sagt, zu welcher Zeit? Ich sage, zwölf Uhr mittags. Und er sagt, das ist zu spät. Er sagt, auf keinen Fall später als zehn Uhr.«
»Sieben Tage«, sagte Harranby, »das heißt also, nächsten Freitag?«
»Nein, Sir. Nächsten Donnerstag. Sieben Tage, von gestern an gerechnet.«

»Weiter.«
»Ich dilldalfe erst ’n bißchen und sage dann, schön, er kann die Dinger am Donnerstag um zehn haben. Und er sagt, na gut, einverstanden, aber er ist kein Dade, dieser Bursche, und er sagt, er verpaßt mir ’ne Gemore, wenn ich nicht betuach bin.«
Harranby sah wieder fragend zu Sharp hin. Sharp sagte: »Er meint, der Mann ist kein Dummkopf und hat gesagt, wenn die Waffen nicht rechtzeitig da seien, könne Bill sich auf was gefaßt machen.«
»Und was haben Sie gesagt, Bill?« stieß Harranby nach.
»Ich sage, ich kann’s schaffen und verspreche es ihm. Und da legt er mir zehn Goldene hin, und ich sehe gleich, die sind koscher, und dann geht er und sagt, nächsten Donnerstag kommt er wieder.«
»Das ist alles«, erwiderte Bill.
Es folgte ein langes Schweigen. Schließlich sagte Harranby: »Und was schließen Sie aus all dem, Bill?«
»Der hat ein großes Ding vor, da können Sie Gift drauf nehmen. Das ist kein Chammer, dieser Herr, der ist ausgekocht, der versteht sein Handwerk.«
Harranby zupfte sich am Ohrläppchen, eine nervöse Angewohnheit. »Was ist denn schon Großes in Greenwich zu holen?«
»Ich will verdammt sein, wenn ich das weiß«, sagte Asthma-Bill.
»Haben Sie irgendwas läuten hören?« fragte Harranby.
»Ich halte die Lauscher am Boden, Sir, aber von einem Ding in Greenwich habe ich nicht gehört, ich schwöre.«
Harranby machte eine Pause. »Sie können sich noch eine Guinee verdienen, wenn Sie es sagen können.«
Ein Ausdruck tiefer Verzweiflung huschte über Asthma-

Bills Gesicht. »Ich wünschte, ich könnte Ihnen helfen, Sir, aber ich habe wirklich nichts gehört. Es stimmt, Sir, so wahr mir Gott helfe, Sir.«

»Ich will's Ihnen glauben«, sagte Harranby. Er wartete noch einen Augenblick und ließ den Pfandleiher dann gehen. Asthma-Bill schnappte sich die Guinee und ging. Als Harranby mit Sharp allein war, fragte er wieder: »Was ist denn bloß in Greenwich zu holen?«

»Ich will verdammt sein, wenn ich das weiß«, erwiderte Sharp.

»Wollen Sie sich etwa auch eine Gold-Guinee verdienen?«

Sharp sagte nichts. Harranbys Anfälle schlechter Laune waren nichts Neues für ihn. Man mußte sich damit abfinden. Sharp saß in der Ecke und beobachtete, wie sein Vorgesetzter sich eine Zigarette anzündete und nachdenklich daran zog. Zigaretten waren in Sharps Augen törichte kleine Dinger, an denen nichts dran war. Ein Londoner Händler hatte sie vor einem Jahr eingeführt. Sie wurden vor allem von Soldaten verlangt, die von der Krim zurückkehrten. Sharp selbst rauchte gute Zigarren.

»Also gut«, sagte Harranby. »Fangen wir ganz von vorn an. Wir wissen, daß dieser Simms seit Monaten an irgendeiner Sache dran ist, und wir können davon ausgehen, daß er nicht auf den Kopf gefallen ist.«

Sharp nickte.

»Gestern wurde Sauber-Willy umgebracht. Heißt das etwa, daß die Burschen wissen, daß wir ihnen auf der Spur sind?«

»Vielleicht.«

»Vielleicht, vielleicht«, sagte Harranby gereizt. »Vielleicht ist nicht genug. Wir müssen *sicher* sein, und Sicherheit können wir uns nur mit den Grundsätzen der deduktiven Logik verschaffen. Für blindes Drauflosraten ist in unse-

rem Denken kein Platz. Halten wir uns an die harten Tatsachen und folgen wir ihnen, wohin sie uns auch führen mögen. Also schön, was wissen wir sonst noch?«
Das war eine rhetorische Frage, und Sharp sagte nichts.
»Wir wissen«, sagte Harranby, »daß dieser Simms nach monatelanger Vorbereitung urplötzlich dringend fünf Kracher braucht. Und das in letzter Minute. Er hat monatelang Zeit gehabt, sie sich eine nach der andern unauffällig zu beschaffen, aber nein, er verschiebt diesen Kauf auf den letzten Augenblick. Warum?«
»Sie meinen, er will uns verladen?«
»Wir müssen den Gedanken ins Auge fassen, so unangenehm das auch ist«, sagte Harranby. »Ist es eigentlich bekannt, daß Bill ein Spitzel ist?«
»Vielleicht.«
»Zum Teufel, Sie mit ihrem ewigen ›Vielleicht‹. Weiß man's, oder weiß man's nicht?«
»Der eine oder andere wird's vermuten.«
»Aha!« sagte Harranby. »Und trotzdem sucht sich unser schlauer Mr. Simms ausgerechnet diesen Mann aus, um sich fünf Kracher zu besorgen. Ich sage Ihnen, das riecht nach Verlade.« Er starrte mißgelaunt auf die Glut seiner Zigarette. »Dieser Mr. Simms führt uns an der Nase herum, aber wir müssen ihm auf diesem Weg ja nicht folgen.«
»Ich bin sicher, Sie haben recht«, sagte Sharp, der hoffte, die Laune seines Chefs würde sich bessern.
»Selbstverständlich habe ich recht!« sagte Harranby. »Die wollen uns in den Wald schicken.«
Eine lange Pause. Harranby trommelte mit den Fingern auf die Tischplatte. »Irgend etwas schmeckt mir hier nicht recht. Wir wollen zu schlau sein. Wir schätzen diesen

Simms zu hoch ein. Wir müssen erst mal davon ausgehen, daß er in Greenwich tatsächlich etwas vorhat. Aber was in drei Teufels Namen kann er denn bloß in Greenwich wollen?«

Sharp schüttelte den Kopf. Greenwich war eine Hafenstadt, aber sie war nicht so rasch gewachsen wie die größeren Seehäfen Englands. Sie war hauptsächlich wegen der Sternwarte der Marineakademie bekannt, die für die Seeschiffahrt die »Greenwicher mittlere Zeit« festsetzte.

Harranby zog ein paar Schubladen seines Schreibtischs auf und fing an zu wühlen. »Wo ist das verdammte Ding?«

»Was denn, Sir?«

»Der Fahrplan, der Fahrplan«, sagte Harranby. »Ah, da haben wir ihn schon.« Er zog ein schmales bedrucktes Faltblatt heraus. »London & Greenwich Railway ... Donnerstag ... Ah. Donnerstag verläßt ein Zug den London Bridge-Bahnhof um elf Uhr fünfzehn. Nun, was folgt daraus?«

Sharps Augen leuchteten plötzlich auf. »Unser Mann will seine Pistolen bis um zehn, damit er noch Zeit hat, zum Bahnhof zu kommen und den Zug zu erreichen.«

»Genau«, sagte Harranby. »Nach allen Gesetzen der Logik fährt er also tatsächlich am Donnerstag nach Greenwich. Und wir wissen auch, daß es später für ihn keinen Zweck mehr hat.«

Sharp sagte: »Was ist mit den Pistolen? Will fünf auf einmal kaufen!«

»Passen Sie mal auf«, sagte Harranby, der allmählich warm wurde, »wie Sie sehen, können wir durch logische Schlußfolgerungen herausfinden, daß er wirklich die Waffen braucht. Und daß er den Kauf auf die letzte Minute verschoben hat – was bei oberflächlicher Betrachtung höchst verdächtig ist –, muß irgendeinen logischen Grund haben. Es lassen sich mehrere solche Gründe denken. Es ist denkbar, daß seine anderen Pläne zur Beschaffung der Pistolen durchkreuzt worden sind. Oder vielleicht hält er den Ankauf von Waffen für so gefährlich – was ja unstreitig der Fall ist, zumal ja jeder weiß, daß wir für Hinweise auf illegale Waffenkäufe gut zahlen –, daß er ihn deshalb bis zum letzten Augenblick aufschiebt. Es mag noch andere Gründe geben, von denen wir nichts ahnen. Der genaue Grund ist auch nicht so wichtig. Wichtig ist nur, daß er diese Waffen für irgendein Verbrechen in Greenwich braucht.«

»Bravo!« Sharp heuchelte Begeisterung.

Harranby warf ihm einen unfreundlichen Blick zu. »Seien Sie kein Dummkopf«, sagte er. »Die Hauptfrage ist immer noch ungeklärt. *Was gibt's in Greenwich denn bloß zu stehlen?*"

Sharp schwieg. Er starrte auf seine Schuhspitzen und hörte, wie Harranby ein Zündholz anstrich, um sich eine neue Zigarette anzustecken.

»Noch ist nichts verloren«, sagte Harranby. »Die Grundsätze deduktiver Logik können uns noch immer weiterhelfen. So wird das Verbrechen zum Beispiel mit hoher Wahrscheinlichkeit ein Raub sein. Wenn es schon seit Monaten geplant ist, müssen die Verbrecher von festen Gegebenheiten ausgehen, die sich Monate im voraus absehen lassen. Da ist nichts improvisiert, da ist alles geplant.«

Sharp starrte noch immer auf seine Schuhspitzen.

»Nein, nein«, fuhr Harranby fort. »Hier ist nichts dem Zufall überlassen. Wir können weiter folgern, daß diese langwierige Planungsarbeit auf eine Beute von beträchtlicher Größenordnung abzielt. Wir haben es mit einem schweren Verbrechen zu tun, bei dem viel auf dem Spiel steht. Ferner wissen wir, daß unser Freund etwas mit dem Meer oder einem Hafen zu tun hat. Folglich können wir unsere Anstrengungen auf die Frage beschränken, was es in Greenwich gibt, was unseren ...«

Sharp hüstelte.

Harranby sah ihn mißbilligend an. »Haben Sie etwas zu sagen?«

»Ich habe nur gedacht, Sir«, sagte Sharp, »daß, wenn es tatsächlich Greenwich ist, das Verbrechen nicht in unsere Zuständigkeit fällt. Vielleicht sollten wir der Polizei in Greenwich telegrafieren und sie warnen.«

»Vielleicht, vielleicht. Wann werden Sie endlich lernen, ohne dieses Wort auszukommen? Wenn wir ein Kabel nach Greenwich schicken, muß etwas drinstehen. Und was sollen wir denen sagen? He? Was sollen wir ihnen mitteilen mit unserem Kabel?«

»Ich habe nur gedacht ...«

»Grundgütiger Himmel«, sagte Harranby und stand hinter seinem Schreibtisch auf. »Natürlich! Das Kabel!«

»Das Kabel?«

»Ja, natürlich, das Kabel. Das Kabel befindet sich in Greenwich, jetzt, in diesem Augenblick.«

»Meinen Sie etwa das transatlantische Kabel?« fragte Sharp.

»Genau das«, erwiderte Harranby und rieb sich die Hände. »Oh, es paßt perfekt! Perfekt!«

Sharp konnte sich noch immer keinen Vers darauf machen. Er wußte natürlich, daß das für den Atlantik vorgesehene Telegrafenkabel in Greenwich hergestellt wurde. Seit über einem Jahr wurde an dem Projekt gearbeitet, das eine der größten Herausforderungen an die Technik der damaligen

Zeit darstellte. Im Ärmelkanal befanden sich bereits unterseeische Kabel, die England mit dem Kontinent verbanden. Sie waren aber nichts im Vergleich zu den 2500 Meilen Kabeln, die hergestellt wurden, um England mit New York zu verbinden.

»Aber welchen Sinn sollte es haben«, sagte Sharp, »ein Kabel zu stehlen?«

»Ach, doch nicht das *Kabel*«, fiel Harranby ihm ins Wort. »Die *Lohngelder* der Firma, natürlich! Wie heißt sie? Glass, Elliot & Company oder so ähnlich. Bei einem so enormen Projekt müssen auch enorme Lohngelder gezahlt werden. Und genau darauf hat unser Mann es abgesehen. Und wenn er unbedingt am Donnerstag fahren will, dann, weil er am Freitag dort sein will ...«

»Zahltag!« rief Sharp.

»Haargenau«, sagte Harranby. »Es ist vollkommen logisch. Sie sehen, logische Deduktion führt immer zu einer sicheren Schlußfolgerung.«

»Meinen Glückwunsch«, sagte Sharp vorsichtig.

»Nicht der Rede wert«, sagte Harranby. Er war noch immer sehr aufgeregt und klatschte in die Hände. »Oh, das ist aber ein Draufgänger, unser Freund Simms! Die Lohngelder der Kabelfirma zu stehlen – welch ein kühnes Verbrechen! Und wir werden ihn auf frischer Tat ertappen. Folgen Sie mir, Sharp. Wir müssen nach Greenwich reisen und uns an Ort und Stelle mit den Tatsachen vertraut machen.«

37. Kapitel

Weitere Glückwünsche

»Und dann?« sagte Pierce.

Miriam zog die Schultern hoch. »Sie sind in den Zug gestiegen.«

»Wie viele denn?«

»Vier insgesamt.«

»Und sie haben den Zug nach Greenwich genommen?«

Miriam nickte. »In großer Eile. Ihr Anführer war ein vierschrötiger Mann mit einem Backenbart. Sein Helfer war glattrasiert. Und dann waren noch zwei Blaue dabei.«

Pierce lächelte. »Harranby«, sagte er. »Er muß sehr stolz auf sich sein. Er ist ja so klug.« Er wandte sich an Agar. »Und bei Ihnen?«

»Fettaugen-Lewis, der kleine Gauner, fragt im ›Wappen‹ immer nach einem Bruch in Greenwich. Er sagt, er möchte mitmachen.«

»Es ist also schon rum?« fragte Pierce.

Agar nickte.

»Lassen Sie's nicht kalt werden«, sagte Pierce.

»Und was soll ich sagen, wer mitmacht?«

»Na, Hackensprung-Jack, zum Beispiel.«

»Und was, wenn die Greifer ihn finden?«

»Das möchte ich stark bezweifeln«, sagte Pierce. »Jack ist untergetaucht, nicht wahr?«

»Ich habe so etwas läuten hören.«

»Dann werde ich seinen Namen nennen.«

»Geben Sie Fettaugen-Lewis kräftig Futter«, sage Pierce. »Er muß glauben, er hat sonstwas in der Hand.«

Agar grinste. »Ich werde ihn schon gehörig einseifen, das verspreche ich Ihnen.«
Agar verließ das Haus, und Pierce blieb mit Miriam allein.
»Herzlichen Glückwunsch«, sagte sie und sah ihn lächelnd an. »Jetzt kann nichts mehr schiefgehen.«
Pierce lehnte sich in seinem Sessel zurück. »Irgend etwas kann immer schiefgehen«, sagte er, lächelte aber dabei.
»Innerhalb von vier Tagen?« fragte sie.
»Sogar innerhalb einer Stunde.«
Erstaunlich prophetische Worte, wie Pierce später bei seiner Aussage vor Gericht zugab.
Noch ungeheure Schwierigkeiten sollten vor ihnen auftauchen, und zwar von einer Seite, von der sie sie nicht erwarteten.

38. Kapitel

Die Kiste Madeira

Henry Mayhew, der große Kritiker, Reformator und Chronist der viktorianischen Gesellschaft, hat einmal einen Katalog der verschiedenen Verbrechertypen in England zusammengestellt. Der Katalog umfaßt fünf Hauptkategorien, zwanzig Unterabteilungen und über einhundert verschiedene Eintragungen. Der heutige Leser stellt verblüfft fest, daß jeder Hinweis auf »Verbrecher im weißen Kragen« fehlt.

Natürlich gab es auch damals schon diesen Tätertyp. Einige flagrante Beispiele von Unterschlagung, Urkundenfälschung, Buchführungsschwindel, Manipulationen mit Wertpapieren und ähnlichen Delikten sind uns aus der Zeit um die Mitte des 19. Jahrhunderts bekannt geworden. 1850 etwa wurde ein Versicherungsangestellter namens Walter Watts gefaßt, nachdem er mehr als 70000 Pfund Sterling unterschlagen hatte. Aber es gab noch schwerwiegendere Verbrechen: Leopold Redpath, ein Angestellter der Great Northern Railway Company, brachte durch Urkundenfälschungen 150000 Pfund an sich, und Beaumont Smith setzte gefälschte Schatzanweisungen im Wert von 350000 Pfund ab; um nur zwei Beispiele anzuführen.
Damals wie heute ging es bei Wirtschaftsverbrechen um die größten Beträge. Die Gefahr, gefaßt zu werden, war vergleichsweise gering, und wenn ein Teilnehmer überhaupt erwischt wurde, kam er mit einer vergleichsweise milden Strafe davon. Henry Mayhews Katalog ignoriert diesen Tätertyp jedoch vollständig. Denn Mayhew war sich mit der Mehrheit seiner Zeitgenossen darüber einig, daß Kriminalität ein Produkt der »gefährlichen Bevölkerungsschichten« sei und kriminelles Verhalten im allgemeinen der Armut, der Ungerechtigkeit, der Unterdrückung und dem Mangel an Erziehung entspringe. Man hätte meinen können, es sei nur eine Frage der Definition: jemand, der nicht der kriminellen Klasse entstammte, konnte auch keine Verbrechen verüben. Angehörige der besseren Stände »verstießen nur gegen das Gesetz«. Zu dieser spezifisch viktorianischen Einstellung gegenüber Verbrechen, die von Angehörigen der besseren Stände begangen wurden, haben verschiedene klassenbedingte Faktoren beigetragen.

Erstens: In der noch neuen kapitalistischen Gesellschaft, in der Tausende neuer Unternehmen aus dem Boden schossen, waren die Grundsätze ehrlicher Buchführung noch nicht fest verwurzelt. Die Methoden der Buchführung waren damals sogar noch variabler als heute. Damals konnte jemand durchaus den Unterschied zwischen betrügerischen Machenschaften und »gewieftem Geschäftsgebaren« verwischen und sich dennoch eines einigermaßen reinen Gewissen erfreuen.
Zweitens: Der heutige Wachhund in allen kapitalistischen Ländern des Westens, die Regierung, war damals nicht im entferntesten so wachsam wie heute. Private Einkommen unter 150 Pfund im Jahr wurden überhaupt nicht besteuert, und die überwiegende Mehrheit aller Bürger hatte ein Einkommen, das unterhalb dieser Grenze lag. Wer überhaupt besteuert wurde, kam – an heutigen Maßstäben gemessen – glimpflich davon. Obwohl die Bürger schon damals über die Kosten von Regierung und Verwaltung klagten, sah sich doch niemand veranlaßt, verzweifelte Verrenkungen anzustellen, wie manche es heute tun, um möglichst wenig Steuern zu zahlen. (1870 machten die Steuern in England neun Prozent des Bruttosozialprodukts aus; 1961 war die Steuerlastquote auf 38 Prozent gestiegen.)
Überdies akzeptierten die Menschen der viktorianischen Ära, welcher Gesellschaftsschicht sie auch angehörten, im Umgang mit ihren Mitmenschen eine Gefühllosigkeit und Roheit, die uns heute empörend und unverständlich erscheinen. Um nur ein Beispiel anzuführen: Als Sir John Hall, der Generalarzt der auf der Krim kämpfenden Truppen, beschloß, sich der unbequemen Florence Nightingale zu entledigen, wählte er die Methode des Aushungerns und

ordnete an, ihr die Verpflegung zu streichen. Solche hinterhältigen Maßnahmen wurden als alltäglich hingenommen. Miss Nightingale, »der Engel der Schlachtfelder«, hatte schon damit gerechnet und sich mit eigenen Lebensmittelvorräten eingedeckt. Selbst ein Lytton Strachey, keineswegs verdächtig, seine Zeitgenossen zu hätscheln, tat diese unglaubliche Gemeinheit als »Trick« ab.

Wenn dies nur ein Trick gewesen sein soll, wird mühelos verständlich, warum Angehörige des Mittelstands viele Manifestationen gesetzwidrigen Verhaltens nur zögernd mit dem Etikett »Verbrechen« versahen. Und je höher ein einzelner auf der Stufenleiter der Gesellschaft stand, um so größer wurde die Zurückhaltung.

Ein Fall, der dies verdeutlicht, betrifft Sir John Alderston und seine Kiste Madeira.

Captain John Alderston wurde nach der Schlacht von Waterloo, im Jahre 1815, in den Adelsstand erhoben und zählte in den folgenden Jahren zu den besonders wohlhabenden Bürgern Londons. Er war schon bei der Gründung der South Eastern Railway einer der Mitgesellschafter. Daneben hielt er erhebliche Anteile an Kohlengruben in Newcastle. Den überlieferten Berichten zufolge war er ein wohlbeleibter, bärbeißiger Mann, der sein Leben lang ein militärisches Gehabe zur Schau trug und knappe Befehle herauszubellen pflegte, eine Angewohnheit, die mit den Jahren bei zunehmender Leibesfülle immer lächerlicher gewirkt haben dürfte.

Alderstons einziges Laster, das ebenfalls aus seiner Militärzeit stammte, war seine Leidenschaft fürs Kartenspiel. Besonders exzentrisch war dabei, daß er sich standhaft weigerte, um Geld zu spielen. Er zog den Einsatz persönlicher Wertgegenstände vor. Auf diese Weise konnte er offenbar das Kartenspiel als standesgemäßen Zeitvertreib betrachten, statt als Laster. Die Geschichte seiner Kiste Madeira, die bei dem großen Eisenbahnraub von 1855 eine so entscheidende Rolle spielt, kam erst im Jahre 1914 ans Licht, rund vierzig Jahre nach Alderstons Ableben. Seine Familie hatte nämlich eine autorisierte Biographie in Auftrag gegeben. Geschrieben hatte sie ein Autor namens William Shawn. Die entscheidende Passage lautet wie folgt:

»Sir John besaß zu allen Zeiten ein hochentwickeltes Gewissen, das ihm nur einmal persönliche Pein bereitete. Ein Familienmitglied erinnert sich, daß er eines Abends tief betrübt vom Kartenspiel nach Hause gekommen sei. Nach der Ursache für seine Niedergeschlagenheit befragt, gab er zur Antwort: ›Ich kann es nicht über mich bringen.‹ Auf weiteres Befragen kam heraus, daß Sir John mit einigen Geschäftspartnern Karten gespielt hatte, mit Männern, die ebenfalls an der Eisenbahngesellschaft beteiligt waren. Im Verlauf des Spiels hatte Sir John eine Kiste Madeira verloren, einen zwölfjährigen Wein, von dem er sich nur höchst ungern trennte. Er hatte aber versprochen, ihn dem Gewinner mit dem Zug nach Folkestone zuzustellen, einem Mann, der in jener Stadt an der Küste wohnte und dort die Geschäfte der Gesellschaft leitete, an der Endstation der Linie also.

Sir John war drei Tage lang höchst erregt und nicht zu beruhigen. Er verdammte den Herrn, der gewonnen hatte, und verdächtigte ihn offen, beim Kartenspiel gemogelt zu haben. Mit jedem neuen Tag äußerte Sir John sich überzeugter, der Mann habe betrogen, obwohl sich für diese Vermutung nicht der leistete Anhaltspunkt fand.

Schließlich wies Sir John seinen Kammerdiener an, die Kiste Wein zum Zuge zu bringen. Das Kolli wurde nach umständlichem Hin und Her und nach Ausfüllen verschiedener Formulare verladen. Der Wein war gegen Verlust oder Beschädigung während der Fahrt versichert.
Bei der Ankunft des Zuges in Folkestone fand man die Kiste leer. Man ging davon aus, die kostbaren Weine seien geraubt worden, was unter den Angestellten der Eisenbahngesellschaft erhebliche Unruhe auslöste. Der Wachmann des Packwagens wurde entlassen, und man änderte auch die Prozedur beim Beladen und Entladen der Packwagen. Sir John beglich seine Wettschuld mit der Versicherungssumme.
Viele Jahre später bekannte er seiner Familie, er habe eine leere Kiste zum Zug bringen lassen, weil er es nicht habe über sich bringen können, sich von seinem kostbaren Madeira zu trennen. Doch hätten ihn schwere Schuldgefühle gequält, besonders wegen des entlassenen Wachmanns, dem er von da an über viele Jahre hin anonym eine Rente gezahlt habe. Die gezahlte Summe überstieg am Ende bei weitem den Wert des Weines.
Dem um den Madeira Betrogenen gegenüber plagten Sir John jedoch bis zuletzt keinerlei Gewissensbisse. Im Gegenteil, noch in den letzten Tagen seines irdischen Daseins soll er im Fieberwahn oft gesagt haben: ›Dieser elende Banks ist kein Ehrenmann, und ich will verdammt sein, wenn er meinen Madeira kriegt, hört ihr?‹
Mr. Banks war damals bereits seit einigen Jahren tot. Viele von Sir Johns engsten Geschäftsfreunden sollen ihn im Verdacht gehabt haben, bei dem mysteriösen Verschwinden des Weins eine Hand im Spiel gehabt zu haben, aber niemand wagte es, ihn offen zu beschuldigen. Statt dessen

traf die Bahngesellschaft neue Sicherheitsvorkehrungen (zum Teil auf Betreiben der Versicherungsgesellschaft). Und als wenig später auf der gleichen Strecke eine Ladung Gold aus einem fahrenden Zug geraubt wurde, geriet die Geschichte mit Sir Johns Kiste Wein bald in Vergessenheit. Nur er selbst wurde bis an seinen Tod von Gewissensbissen geplagt. Er war eben ein Mann von Charakter.«

39. Kapitel

Schwierigkeiten in letzter Minute

Am Abend des 21. Mai, nur wenige Stunden vor dem Raub, dinierte Pierce mit seiner Geliebten, Miriam, in seinem Haus in Mayfair.
Kurz vor neun Uhr dreißig an jenem Abend wurde ihr Mahl durch die plötzliche Ankunft Agars gestört, der sehr sorgenvoll aussah. Er kam ins Eßzimmer gestürmt, ohne sich für sein plötzliches Eindringen zu entschuldigen.
»Was gibt es?« fragte Pierce mit ruhiger Stimme.
»Burgess«, sagte Agar atemlos. »Burgess – er ist unten.«
Pierce runzelte die Stirn. »Sie haben ihn *hierher* gebracht?«
»Es ging nicht anders«, erwiderte Agar. »Warten Sie nur, bis Sie ihn selbst gehört haben.«
Pierce erhob sich und ging nach unten, in den Rauchsalon. Dort stand Burgess und drehte seine blaue Uniformmütze in den Händen. Er war offensichtlich genauso nervös wie Agar.

»Was gibt's?« fragte Pierce.

»Es ist die Bahn«, sagte Burgess. »Sie haben alles geändert, und das gerade heute – alles geändert.«

»Was haben sie geändert?« wollte Pierce wissen.

Die Worte sprudelten aus Burgess heraus: »Ich hab's erst heute morgen gemerkt, wissen Sie, komme wie immer Punkt sieben zum Dienst, und da sehe ich, wie da einer in meinem Packwagen herumhämmert. Und da ist auch ein Schlosser, und ein paar Herren stehen dabei und passen auf. Schließlich habe ich herausgefunden, daß sie alles mögliche geändert haben, und das ausgerechnet heute! Alles haben sie geändert. Ich meine, wie das mit dem Packwagen immer war, das haben sie alles geändert, und ich hab nichts davon gewußt ...«

»Was genau haben sie denn geändert?« fragte Pierce.

Burgess holte Luft. »Alles«, sagte er. »Wie wir's sonst immer gemacht haben – alles haben sie plötzlich geändert.«

Pierce zog ungeduldig die Stirn in Falten. »Sagen Sie mir, was sich geändert hat«, sagte er.

Burgess quetschte seine Mütze in den Händen, bis die Knöchel weiß wurden. »Erstens haben sie einen neuen Wachmann eingestellt. Er hat heute angefangen. Ein junger Kerl.«

»Und der fährt mit Ihnen, im Packwagen?«

»Nein, Sir«, sagte Burgess. »Der arbeitet nur auf dem Bahnhof, auf dem Bahnsteig. Und da bleibt er auch.«

Pierce warf Agar einen Blick zu. Es spielte keine Rolle, wenn auf dem Bahnsteig noch ein paar Männer mehr rumstanden. Und wenn es ein Dutzend gewesen wären, Pierce kümmerte das nicht.

»Und? Was ändert das?«

»Nun, da ist die neue Vorschrift, verstehen Sie?«

»Welche neue Vorschrift?«
»Im Gepäckwagen darf außer mir kein Mensch mehr mitfahren«, sagte Burgess. »Nur ich als Wachmann. Das ist die neue Vorschrift. Und der Neue soll darauf aufpassen, daß sie eingehalten wird.«
»Verstehe«, sagte Pierce. Das war in der Tat eine Änderung.
»Das ist noch nicht alles«, sagte Agar finster.
»Tatsächlich?«
Burgess nickte. »Sie haben an der Schiebetür außen ein Schloß angebracht. Außen, verstehen Sie? Jetzt schließen sie auf dem London Bridge-Bahnhof ab und machen erst in Folkestone wieder auf.«
»*Verdammt*«, sagte Pierce. Er begann im Zimmer auf und ab zu gehen. »Und was ist mit den anderen Bahnhöfen? Der Zug hält doch noch in Redhill und in ...«
»Sie haben die Vorschriften geändert«, sagte Burgess. »Der Packwagen wird erst in Folkstone wieder aufgemacht.«
Pierce ging weiter ruhelos auf und ab. »Warum haben sie die Vorschriften geändert?«
»Es ist wegen des Schnellzugs am Nachmittag«, erklärte Burgess. »Es fahren zwei Schnellzüge, einer morgens und einer am Nachmittag. Der Nachmittagszug scheint letzte Woche beraubt worden zu sein. Irgendwie soll einem feinen Herrn eine wertvolle Sendung gestohlen worden sein – 'ne Kiste mit kostbarem altem Wein, habe ich läuten hören. Jedenfalls stellt er jetzt irgendwie Forderungen an die Gesellschaft. Der andere Wachmann ist rausgeworfen worden, und es hat schrecklich Krach gegeben. Der Fahrdienstleiter hat mich heute morgen persönlich vorgenommen und mich furchtbar runtergeputzt. Er hat mir alles

mögliche angedroht, wenn ich nicht aufpasse und so. Der wurde beinahe handgreiflich, wirklich. Und dieser Neue auf dem Bahnsteig ist ein Neffe vom Fahrdienstleiter. Und der schließt auch den Packwagen im London Bridge-Bahnhof ab, kurz bevor der Zug abfährt.«

»Wein?« sagte Pierce. »Himmel, 'ne Kiste Wein! Können wir Agar in einer Kiste in den Packwagen schmuggeln?«

Burgess schüttelte den Kopf. »Nicht, wenn es so weitergeht wie heute. Heute hat dieser Neffe – McPherson heißt er, ist wie alle Schotten übereifrig und will seine Stelle nicht gleich verlieren –, also heute hat dieser McPherson jede Kiste und jedes Paket, das groß genug war, daß sich einer drin verstecken kann, aufmachen lassen. Hat mächtigen Wirbel gemacht, kann ich Ihnen sagen. Der ist ganz schön pedantisch. Neue Besen kehren gut, wissen Sie.«

»Da haben wir wohl keine Chance, daß der mal wegguckt und Agar reinwitschen kann?«

»Weggucken? Der guckt nie weg! Der sucht alles ab wie 'ne ausgehungerte Ratte. Und wenn alles verladen ist, klettert er rein, stochert in jeder Ecke rum, ob sich auch ja niemand versteckt hat. Dann klettert er wieder raus und schließt ab.«

Pierce zog seine Uhr aus der Westentasche. Es war jetzt zehn Uhr abends. Bis zur Abfahrt des Zuges nach Folkestone am nächsten Morgen blieben ihnen noch zehn Stunden. Auch wenn Pierce ein Dutzend Einfälle gehabt hätte, wie man Agar an dem wachsamen Schotten vorbeischmuggeln konnte, so wußte er doch, daß es keinen Trick gab, den man so schnell in Szene setzen konnte.

Agar sah ihn trübsinnig an. Er mußte das gleiche gedacht haben. »Sollen wir die Sache um einen Monat verschieben?« fragte er.

»Nein«, sagte Pierce. Sofort wandte er sich dem nächsten Problem zu. »Was ist mit dem Schloß, das sie an der Schiebetür angebracht haben? Kann man es irgendwie von innen öffnen?«
Burgess schüttelte den Kopf. »Es ist ein Vorhängeschloß – wird außen an einem Riegel angebracht.«
Pierce wanderte noch immer auf und ab. »Könnte man es denn an einem der Bahnhöfe öffnen – in Redhill etwa – und dann an einem der nächsten wieder schließen, vielleicht in Tonbridge?«
»Wäre riskant«, sagte Burgess. »Ist ein schweres Schloß, groß wie Ihre Faust. Es könnte auffallen.«
Pierce setzte sein ruheloses Umhergehen fort. Lange Zeit waren seine Schritte auf dem Teppich und das Ticken der Uhr auf dem Kaminsims die einzigen Geräusche im Raum. Agar und Burgess beobachteten ihn. Schließlich sagte Pierce: »Wie wird der Packwagen denn belüftet, wenn die Schiebetür abgeschlossen ist?«
Burgess sagte mit einem leicht verwirrten Gesichtsausdruck: »Oh, Luft gibt's genug. Dieser Packwagen ist ziemlich grob zusammengezimmert, und wenn der Zug schnell fährt, pfeift der Wind durch alle Ritzen und Spalten, pfeift so, daß einem die Ohren weh tun.«
»Ich meine etwas anderes«, sagte Pierce. »Gibt es irgendeine Vorrichtung, mit der der Wagen belüftet wird?«
»An sich hat so 'n Wagen seine Lüftungsklappen im Dach ...«
»Wie sehen die aus?« fragte Pierce.
»Na, wie Lüftungsklappen. Aber bei meinem Wagen haben sie keine Scharniere. Ich hab mir schon oft gewünscht, es wären richtige, ich meine solche mit Scharnieren und allem Drum und Dran, vor allem dann, wenn's

regnet – wenn's regnet, steht bei mir das blanke Wasser im Wagen, ich kann Ihnen sagen ...«

»Ich möchte genauer wissen, wie sie aussehen«, unterbrach ihn Pierce. »Schnell, die Zeit ist knapp.«

»Na, an sich wie 'ne Luftklappe, die man mit einer Stange von innen auf und zu machen kann. An sich hat jeder Waggon zwei davon, so daß man die eine in Fahrtrichtung und die andere gegen die Fahrtrichtung öffnen kann. Bei manchen Wagen sind die Klappen aber auch so angebracht, daß sie beide nur in die eine Richtung zu öffnen sind, aber das macht immer Ärger beim Rangieren, denn da müssen sie die Wagen dann immer so anhängen, daß die Klappen nach hinten geöffnet sind, und ...«

»Und der Packwagen hat zwei Lüftungsklappen?«

»Ja, genau«, sagte Burgess, »nur daß es eben keine richtigen sind, weil man sie nicht zumachen kann, eben weil sie keine Scharniere haben. Und wenn's regnet, werde ich immer klatschnaß ...«

»Geht es durch die Klappen direkt ins Wageninnere?«

»Ja«, sagte Burgess. »Aber die sind nicht breiter als 'ne Hand. Wenn Sie also glauben ...«

»Tu ich gar nicht«, unterbrach ihn Pierce. »Also, Sie sagen, an Ihrem Wagen sind zwei solche Klappen angebracht. Wo genau?«

»Auf dem Dach, wie ich schon sagte, in der Mitte, und ...«

»Wo im Verhältnis zur Wagenlänge?« fragte Pierce. Sein ständiges Umhergehen und sein gereiztes Verhalten brachten den aufgeregten Burgess, der durchaus helfen wollte, vollkommen durcheinander.

»Wo ... im Verhältnis ...« stammelte er.

Agar sagte: »Ich weiß nicht, was Sie gerade denken, aber mein Knie tut mir weh – hier, mein linkes Knie –, und das ist immer ein schlechtes Zeichen. Ich kann nur sagen, lassen wir die ganze Sache sausen, das erspart uns den ganzen Ärger.«

»Halten Sie den Mund«, sagte Pierce plötzlich aufbrausend. Agar wich unwillkürlich einen Schritt zurück. Pierce wandte sich Burgess zu: »Ich frage Sie noch einmal«, sagte er. »Wenn Sie neben dem Wagen stehen und ihn von der Seite her ansehen, sieht er aus wie eine Art Kasten, ein großer Kasten. Und oben auf diesem Kasten befinden sich die Klappen. Nun, wo befinden sie sich?«

»Da, wo sie eigentlich nicht sein sollten, so wahr mir Gott helfe«, sagte Burgess. »Eigentlich gehören sie an die Wagenenden, eine an jedes Ende, damit die Luft von einem Ende des Wagens zum andern durchziehen kann. So muß es sein, wenn's richtig gemacht ist ...«

»Und wo sitzen die Klappen auf Ihrem Packwagen?« fragte Pierce, der wieder auf die Uhr blickte. »Mich interessiert nur der Packwagen.«

»Das ist es ja gerade«, sagte Burgess. »Sie sitzen fast in der Wagenmitte, nicht mehr als drei Schritt voneinander entfernt. Und Scharniere haben sie auch nicht. Und wenn's dann regnet, plätschert das Wasser einfach runter, zur Wagenmitte, und dann gibt's da 'ne riesige Pfütze, genau in der Mitte ...«

»Sie sagen, die Klappen sind drei Schritt auseinander?«

»Drei oder vier, weiß nicht genau«, sagte Burgess. »Hab nie genau nachgemessen, hat mich nicht interessiert. Aber eines ist sicher, ich hasse die verdammten Dinger, und das ist ...«

»Schon gut«, sagte Pierce. »Sie haben mir erzählt, was ich wissen wollte.«

»Da bin ich froh«, sagte Burgess verwirrt und erleichtert.

»Ich schwöre, kein Mann kommt da durch, nicht mal 'n Kind, das geht nicht, und wenn die mich erst mal eingeschlossen haben …«
Pierce schnitt ihm mit einer Handbewegung das Wort ab und wandte sich Agar zu. »Dieses Vorhängeschloß draußen – wäre es schwer, das aufzumachen?«
»Ich hab's noch nicht gesehen«, erwiderte Agar. »Aber ein Vorhängeschloß kann nicht so schwierig sein. Die sind zwar sehr stabil, haben aber 'n großes Loch für 'n Schlüssel. Bei dieser Größe. Bei manchen kann man sogar den kleinen Finger als Dietrich benutzen und sie im Nu aufkitzeln.«
»Ich auch?« fragte Pierce.
Agar starrte ihn an. »Schon möglich, schwer ist es nicht, nur – bei Ihnen wird's vielleicht 'ne Minute oder zwei dauern.« Er machte ein besorgtes Gesicht. »Aber Sie haben doch gehört, was er gesagt hat. Sie wollen das Ding doch nicht beim Halten in den Bahnhöfen aufbrechen, das können Sie doch nicht wagen, also warum …«
Pierce wandte sich wieder an Burgess. »Wie viele Zweiter-Klasse-Wagen hat der Morgenzug?«
»Ich weiß nicht genau. Sechs, oft aber auch weniger. Wenn's aufs Wochenende zugeht, eher sieben. Manchmal, so um die Mitte der Woche, setzen sie fünf ein, aber in letzter Zeit sind es sechs. Und in der Ersten Klasse …«
»Die Erste Klasse interessiert mich nicht«, sagte Pierce.
Burgess verstummte. Er war hoffnungslos durcheinander.
Pierce sah Agar an. Agar hatte begriffen. Er schüttelte den Kopf. »Heilige Mutter Gottes«, sagte Agar. »Sie haben den Verstand verloren, Sie sind ja völlig meschugge, so wahr ich hier stehe. Was glauben Sie eigentlich, wer Sie

sind? Mr. Coolidge persönlich?« Coolidge war ein bekannter Bergsteiger.
»Ich weiß, wer ich bin«, entgegnete Pierce knapp. Er wandte sich wieder Burgess zu, dessen Verwirrung sich während der letzten Minuten immer mehr gesteigert hatte und der jetzt fast erstarrt dasaß. Sein Gesicht war bleich und ausdruckslos.
»Heißen Sie denn Coolidge?« fragte Burgess. »Sie sagten doch Simms ...«
»Ich heiße Simms«, sagte Pierce. »Unser Freund macht nur einen kleinen Scherz. Gehen Sie jetzt nach Hause und schlafen Sie, und morgen früh stehen Sie wie gewöhnlich auf und gehen zum Dienst. Machen Sie weiter wie immer, ganz gleich, was geschieht. Machen Sie sich über nichts Gedanken.«
Burgess warf erst Agar und dann Pierce einen Blick zu. »Sie wollen also morgen ...«
»Ja«, erwiderte Pierce. »Und jetzt gehen Sie nach Hause und schlafen sich aus.«

Als die beiden Männer allein waren, brach es aus Agar hervor: »Der Teufel soll mich holen, wenn ich hier mit Ihnen mitten in der Nacht noch länger leeres Stroh dresche. Das ist doch kein Kinderspiel, was wir da morgen vorhaben. Sehen Sie das denn nicht ein?« Agar hob die Hände. »Schluß damit, sage ich. Ich sage, lieber nächsten Monat.«
Pierce blieb einen Augenblick stumm. »Ich habe ein Jahr gewartet«, sagte er schließlich. »Und morgen werden wir es machen.«
»Sie jabbern doch nur«, sagte Agar. »Das ist doch alles Heckmeck.«

»Es ist zu schaffen«, beharrte Pierce.
»Zu schaffen?« rief Agar wütend. »*Wie* denn zu schaffen? Hören Sie, ich weiß, Sie sind 'ne Mords-Morsch, aber ich bin auch kein Schneck. Sie können mich nicht für dumm verkaufen. Die Sache steht unter einem schlechten Stern. Es ist wirklich verdammt traurig, daß dieser Wein gediftelt worden ist, aber so ist es nun mal, und wir können es nicht ändern.« Agars Gesicht war rot angelaufen. Er war völlig außer sich und fuchtelte mit den Armen in der Luft herum. Pierce dagegen blieb beinahe unnatürlich ruhig. Seine Augen ruhten fest auf Agar. »Es gibt einen Weg«, sagte Pierce.
»Gott sei mein Zeuge: Wie denn?« sagte Agar. Er folgte Pierce mit den Augen, als dieser zu einem Büfett ging und zwei Gläser mit Brandy füllte. »Von dem Zeug können Sie gar nicht so viel in mich reingießen, daß mir dadurch der Blick getrübt wird«, sagte er. »Jetzt hören Sie mir mal zu.«
Agar hob eine Hand und zählte die Punkte an den Fingern ab, die er zu monieren hatte. »Ich soll im Packwagen mitfahren, sagen Sie. Ich komme aber nicht rein – da steht so ein wilder Schotte an der Schiebetür und paßt auf wie ein Luchs. Das haben Sie selbst gehört. Aber schön, ich will fair sein: Ich traue Ihnen zu, daß Sie mich reinschmuggeln. Weiter.«
Agar tippte den zweiten Finger an. »So, jetzt bin ich also im Packwagen. Der Schotte schließt von außen ab. Ich habe keine Möglichkeit, an das Schloß heranzukommen. Also selbst wenn ich die Geldschränke ausräume, kann ich nicht die Tür öffnen und die Sore rauswerfen. Ich bin sozusagen hinter Schloß und Riegel, und das bis Folkestone.«

»Wenn ich Ihnen nicht öffne«, sagte Pierce und gab Agar ein Glas Brandy.
Agar leerte das Glas mit einem Zug. »Ja, verstehe, und ich weiß auch schon, wie Sie das machen. Sie steigen aufs Dach eines der Wagen und trippeln leichtfüßig über die anderen Wagen rüber, lassen sich wie ein zweiter Mr. Coolidge an der Seite des Packwagens runter und öffnen das Schloß und die Schiebetür. Bevor Sie das schaffen, komme ich in den Himmel und lerne den lieben Gott persönlich kennen, ich schwör's Ihnen.«
Pierce sagte: »Ich kenne Mr. Coolidge.«
Agar kniff die Augen zusammen: »Allen Ernstes?«
»Ich habe ihn letztes Jahr auf dem Kontinent kennengelernt. Ich bin mit ihm in der Schweiz gewesen und habe ein paar Bergtouren mit ihm gemacht. Wir haben zusammen drei Gipfel bestiegen, und was er weiß, weiß ich jetzt auch.«
Agar war sprachlos. Er starrte ungläubig Pierce an. Das Bergsteigen war eine erst drei oder vier Jahre alte Sportart, doch wurde viel darüber geredet und geschrieben. Die erfolgreichsten seiner britischen Anhänger, wie etwa Coolidge, waren rasch berühmt geworden.
»Allen Ernstes?« fragte Agar noch einmal.
»Ich habe die Seile und die Ausrüstung oben in der Kammer«, sagte Pierce. »Es stimmt.«
»Ich brauche noch einen Brandy«, sagte Agar und hielt Pierce sein leeres Glas hin. Pierce schenkte sofort nach, und Agar goß den Inhalt sofort herunter.
»Also schön«, sagte er. »Gehen wir also davon aus, daß Sie *tatsächlich* das Schloß aufkriegen können, während Sie an einem Seil baumeln, daß Sie *tatsächlich* die Schiebetür aufkriegen und dann wieder abschließen können, ohne daß

jemand es merkt. Aber wie soll ich denn bloß an dem Schotten mit den Luchsaugen vorbeikommen? Das müssen Sie mir erst mal erklären.«

»Es gibt einen Weg«, sagte Pierce. »Er ist für Sie nicht sehr angenehm, aber es ist ein Weg.«

Agar schien nicht überzeugt. »Sagen wir mal, Sie stecken mich in irgendeine Kiste. Er läßt sie bestimmt öffnen, um nachzusehen, und da liege ich dann. Und was dann?«

»Ich möchte ja gerade, daß er die Kiste öffnet und Sie sieht«, sagte Pierce.

»Wie, Sie *möchten* das?«

»So ist es, und es wird alles hübsch glatt verlaufen, wenn Sie ein bißchen duften.«

»Duften?«

»Ja, nach einem toten Hund oder einer toten Katze«, sagte Pierce. »Das Biest muß freilich schon ein paar Tage tot sein. Glauben Sie, Sie schaffen das?«

Agar sagte: »Gott helfe mir, ich weiß nicht, worauf Sie hinauswollen. Darauf muß ich erst mal noch einen trinken.« Er hielt Pierce sein Glas hin.

»Sie haben schon genug«, sagte Pierce. »Sie haben noch einiges zu tun. Gehen Sie nach Hause und holen Sie Ihren besten Anzug, wirklich den besten, den Sie haben, und kommen Sie dann wieder her, aber schnell.«

Agar seufzte.

»Gehen Sie schon«, sagte Pierce. »Und vertrauen Sie mir.«

Nachdem Agar gegangen war, ließ Pierce seinen Kutscher Barlow holen.

»Haben Sie irgendein Seil im Haus?« fragte Pierce.

»Ein Seil, Sir? Meinen Sie ein Hanfseil?«

»Genau das. Haben wir eines im Haus?«

»Nein, Sir. Würde Ihnen auch ein langer Lederriemen genügen?«

»Nein«, erwiderte Pierce. Er überlegte einen Augenblick. »Spannen Sie das Pferd vor den offenen Wagen und halten Sie sich bereit. Es gibt Arbeit. Wir müssen heute nacht ein paar Dinge besorgen.«

Barlow nickte und ging. Pierce kehrte ins Eßzimmer zurück, wo Miriam noch geduldig saß und ruhig wartete.

»Gibt es Ärger?« fragte sie.

»Nichts, was sich nicht noch zurechtrücken ließe«, erwiderte Pierce. »Hast du ein schwarzes Kleid? Ich denke an ein sehr einfaches Kleid, wie auch ein Dienstmädchen es tragen könnte.«

»Ich glaube schon, ja.«

»Gut«, sagte er. »Leg es heraus, du wirst es morgen früh tragen.«

»Wozu denn bloß?«

Pierce lächelte. »Um einem Toten deine Ehrfurcht zu bezeigen«, sagte er.

40. Kapitel

Falscher Alarm

Am Morgen des 22. Mai, als der schottische Wachmann McPherson auf dem Bahnsteig des London Bridge-Bahnhofs seinen Dienst antrat, bot sich ihm ein höchst unerwarteter Anblick. Neben dem Packwagen des Zuges nach

Folkestone stand eine Frau in Schwarz – dem Aussehen nach ein Dienstmädchen, aber durchaus hübsch. Das arme Kind weinte bitterlich.

Der Anlaß ihrer Trauer war unschwer zu erkennen, denn neben dem Mädchen, auf einem offenen Karren, stand ein einfacher Holzsarg. Es war ein schlichter, schmuckloser Sarg mit mehreren Luftlöchern in den Seitenwänden. Auf dem Sargdeckel war so etwas wie ein Miniaturglockentürmchen angebracht, in dem eine kleine Glocke hing. An dem Klöppel der kleinen Glocke war eine Schnur befestigt, die durch ein Loch in das Innere des Sarges führte.

Obwohl unerwartet, war dieser Anblick für McPherson jedoch keineswegs überraschend – so ausgestattete Särge waren in jenen Tagen keine Seltenheit. Als McPherson sich dem Sarg näherte, verwunderte es ihn auch nicht, daß aus den Luftlöchern der Geruch eines verwesenden Leichnams drang, was darauf schließen ließ, daß der Tote schon einige Zeit im Sarg lag. Und auch das war nur zu verständlich.

Im 19. Jahrhundert schreckte in England wie in den Vereinigten Staaten viele Menschen die Vorstellung, sie könnten lebendig begraben werden. Diese bizarre Idee hat in der Literatur der Zeit, zum Beispiel bei Edgar Allan Poe, ihre Spuren hinterlassen. Die Furcht, lebendig begraben zu werden, wurde von Angehörigen aller Klassen und Stände geteilt. Es handelte sich dabei jedoch nicht nur um eine neurotische Zwangsvorstellung. Im Gegenteil, genügend Anhaltspunkte deuteten darauf hin, daß es tatsächlich geschehen konnte, daß Menschen lebendig begraben wurden. Es war durchaus richtig, anzunehmen, daß nur glückliche Umstände ein so gespenstisches Geschehen zu vereiteln vermochten. 1853 ereignete sich ein Fall in Wales, der breite Publizität fand. Es ging dabei um einen ertrunkenen zehnjährigen Knaben: »Als der Sarg schon in dem offenen Grab lag und die Erde in die Grube geschaufelt wurde, war plötzlich ein entsetzliches Geräusch zu hören. Der Knabe trat und schlug offenkundig gegen die Wände des Sarges. Die Totengräber unterbrachen ihre Arbeit und ließen den Sarg öffnen, worauf der Knabe herausgekrochen kam und nach seinen Eltern rief. Doch eben diesen Knaben hatte man vor vielen Stunden für tot erklärt. Der Arzt hatte gesagt, die Atmung sei zum Stillstand gekommen und auch der Puls sei nicht mehr spürbar. Die Haut des Junges sei kalt und grau gewesen. Als die Mutter ihren Sohn aus dem Grab steigen sah, fiel sie in Ohnmacht und kam erst nach längerer Zeit wieder zu sich.«

In den meisten Fällen dieser Art ging es um Opfer, die entweder scheinbar ertrunken oder durch einen elektrischen Schlag getötet worden waren, doch gab es auch andere Vorkommnisse, die dazu führen konnten, daß jemand in einen »todesähnlichen oder leblosen Zustand« verfiel.

Tatsächlich bestand keineswegs Einigkeit darüber, wann ein Mensch nun wirklich tot sei – wie auch hundert Jahre später nicht, als die neuen Methoden der Organverpflanzung neue ethische Fragen aufwarfen, mit denen die Ärzte sich auseinanderzusetzen haben. In diesem Zusammenhang sollte man sich auch vergegenwärtigen, daß Ärzte erst 1950 entdeckten, daß der Herzstillstand nicht endgültig sein muß. Und um 1850 hatte man allen Grund, die Verläßlichkeit der Anzeichen für den Eintritt des Todes zu bezweifeln.

Die Zeitgenossen begegneten dieser Ungewißheit auf zweierlei Art. Die erste bestand darin, daß sie die Bestattung mehrere Tage oder gar eine ganze Woche hinausschoben –

und auf den eindeutigen olfaktorischen Beweis für das endgültige Hinscheiden des geliebten Menschen aus dieser Welt warteten. Diese Neigung, eine Bestattung hinauszuschieben, nahm mitunter extreme Formen an. Als der Herzog von Wellington 1852 starb, wurde lange darüber debattiert, in welcher Form das Staatsbegräbnis vor sich gehen sollte. Der »Eiserne Herzog« hatte also zu warten, bis man sich geeinigt hatte, und wurde tatsächlich erst nach über zwei Monaten zu Grabe getragen.

Die zweite Methode war technischer Natur: Man entwikkelte eine Reihe ausgeklügelter Warn- und Signalanlagen, die es einem Scheintoten erlaubten, seine Auferstehung zu neuem Leben zu verkünden. Wohlhabende Personen etwa ließen ein eisernes Rohr an dem Sarg anbringen, und irgendein altgedienter Hausangestellter wurde damit beauftragt, auf dem Friedhof Tag und Nacht an dem aus der Erde ragenden Rohr Wache zu halten, und das oft über einen Monat lang. Es hätte ja sein können, daß der Begrabene plötzlich aufwachte und um Hilfe rief. Personen, die über der Erde, in Familiengrüften etwa, beigesetzt wurden, legte man in patentierte Särge mit Sprungdeckeln. An Armen und Beinen des Toten befestigte man ein Gewirr von Drähten, die bewirken sollten, daß die kleinste Bewegung des Körpers sofort den Sargdeckel hochschnellen ließ. Dieser Methode gaben viele Menschen vor jeder anderen den Vorzug, denn man glaubte, ein Scheintoter kehre aus einem leblosen Zustand entweder stumm oder aber partiell gelähmt ins Leben zurück.

Daß die Deckel solcher Patentsärge zuweilen Monate oder gar Jahre später plötzlich aufsprangen (ohne Zweifel infolge einer Erschütterung von außen oder eines Nachlassens des Federmechanismus), erhöhte noch die allgemeine

Ungewißheit darüber, wie lange der Scheintod eines Menschen währen konnte.
Die meisten Vorrichtungen dieser Art waren sehr kostspielig und standen nur wohlhabenden Menschen zu Gebote. Die ärmeren entwickelten die einfachere Technik, ihren Verwandten irgendein Gerät mit ins Grab zu geben – ein Brecheisen oder eine Schaufel –, damit der Tote in dem wenig wahrscheinlichen Fall seiner Auferstehung sich selbst aus seiner mißlichen Lage befreien konnte.
Der Markt für ein preiswertes Alarmsystem war also vorhanden. 1852 beantragte und erhielt George Bateson ein Patent für das »Batesonsche Wiedererweckungsgerät«, das in der Werbung als »ein höchst wirtschaftlicher, sinnreicher und verläßlicher Mechanismus, jeder anderen Methode überlegen«, gepriesen wurde. »Es gibt jedem Menschen, der einen schmerzlichen Verlust erlitten hat, den Seelenfrieden wieder. Aus den besten Materialien hergestellt.« Darunter die zusätzliche Bemerkung: »Ein vielfach erprobtes Gerät, das sich im Inland wie im Ausland bewährt hat.« »Batesons Glocke«, wie das Gerät bald allgemein genannt wurde, war nichts weiter als eine einfache Eisenglocke, die in einem Gehäuse auf dem Sargdeckel, über dem Kopf des Verblichenen, angebracht und durch eine Schnur mit der Hand des Toten verbunden wurde, »so daß schon das leiseste Zittern sofort das Läuten auslöst«. Batesons Glokken erfreuten sich großer Beliebtheit, und ein beachtlicher Prozentsatz aller Särge wurde damit ausgestattet. Damals starben allein in London dreitausend Menschen am Tag, und Batesons Geschäft blühte. Er selbst war bald ein reicher Mann, dem auch Ehrungen nicht versagt blieben: 1859 verlieh Königin Victoria ihm in Anerkennung für seine Verdienste den Order of the British Empire.

Übrigens noch etwas Kurioses: Bateson selbst lebte in entsetzlicher Angst davor, lebendig begraben zu werden, und trieb seine Leute an, zunehmend kompliziertere Alarmanlagen zu entwickeln, die nach seinem Tode an seinem Sarg angebracht werden sollten. Um 1867 trieben ihn seine Wahnvorstellungen in den Irrsinn. Er schrieb ein neues Testament, in dem seine Familie verpflichtet wurde, ihn nach seinem Tode einäschern zu lassen. Da er jedoch offenkundig befürchtete, daß man seine Anweisungen nicht befolgen würde, übergoß er sich im Frühjahr 1868 in seiner Fabrik mit Leinöl, setzte sich selbst in Brand und machte seinem Leben so durch eigene Hand ein Ende.

Am Morgen des 22. Mai hatte McPherson Wichtigeres zu bedenken als das weinende Dienstmädchen und den Sarg mit der Glocke, denn er wußte, daß die Goldladung von Huddleston & Bradford jeden Augenblick eintreffen mußte.

Durch die geöffnete Schiebetür des Packwagens sah er den Wachmann des Zuges. McPherson winkte ihm zu. Burgess erwiderte seinen Gruß verlegen und eher reserviert. McPherson wußte, daß sein Onkel, der Fahrdienstleiter, Burgess tags zuvor die Leviten gelesen hatte. Burgess hatte offensichtlich Angst, seinen Posten zu verlieren, zumal der andere Wachmann bereits entlassen worden war. McPherson nahm an, daß Burgess deshalb so verlegen wirkte.

Vielleicht war aber auch die schluchzende Frau die Ursache. Es wäre nicht das erste Mal, daß ein stämmiger Mann durch weibliche Tränen aus der Fassung gebracht wurde. McPherson ging zu dem jungen Mädchen und bot ihr sein Taschentuch an.

»Beruhigen Sie sich doch, Miss«, sagte er. »Bitte, nehmen ...« Irgend etwas roch hier. Er schnupperte. Tatsächlich drang ein starker, übler Geruch aus den Luftlöchern des Sarges. Der Gestank hinderte ihn aber nicht daran, zu bemerken, wie hübsch das Mädchen auch in ihrem Kummer noch war. »Bitte, nehmen Sie ...« sagte er wieder.

»Oh, Sir«, sagte das Mädchen, nahm das Taschentuch und schluchzte hinein. »Oh, bitte, können Sie mir helfen? Der Mann ist so ein herzloser Kerl!«

»Welcher Mann?« fragte McPherson empört.

»Oh, Sir, der Wachmann da drinnen. Er will nicht zulassen, daß der Sarg meines teuren Bruders in den Packwagen gestellt wird. Er sagt, ich muß noch auf einen anderen Wachmann warten. Ach, ich bin ja so unglücklich«, fügte sie hinzu und schluchzte wieder.

»Was, dieser hartherzige Schurke läßt nicht zu, daß Ihr Bruder in den Packwagen gebracht wird?«

Schluchzend und schniefend sagte das Mädchen irgend etwas von Vorschriften.

»Vorschriften?« sagte er. »Zum Teufel mit allen Vorschriften, sage ich.« Und er blickte wohlgefällig auf ihren auf und ab wogenden Busen und ihre hübsche, schmale Taille.

»Bitte, Sir, er will nicht mit sich reden lassen wegen dieses anderen Wachmanns ...«

»Miss«, sagte er, »ich bin der andere Wachmann. Sie haben ihn vor sich, und ich werde dafür sorgen, daß Ihr Bruder jetzt unverzüglich in den Packwagen geladen wird.«

»Oh, Sir, ich bin Ihnen ja so dankbar«, sagte sie und brachte trotz der Tränen ein Lächeln zustande.

McPherson war überwältigt. Er war ein junger Mann, es war Frühling, das Mädchen war hübsch, und er wollte sich ihr gern gefällig erweisen. Er empfand tiefes Mitleid und so etwas wie Zärtlichkeit für sie, und seine Gefühle drohten ihn zu überwältigen.

»Warten Sie nur«, versprach er und wandte sich Burgess zu, um ihn für sein herzloses, übereifriges Festhalten an den Vorschriften zu tadeln. Aber bevor er ihm noch seine Meinung sagen konnte, erblickte er den ersten der grauuniformierten, bewaffneten Wachmänner von Huddleston & Bradford, die jetzt die Kisten mit den Goldbarren brachten.
Das Verladen wurde mit großer Präzision durchgeführt. Zunächst kamen zwei Wachmänner auf dem Bahnsteig heran, stiegen in den Packwagen und durchsuchten schnell das Innere. Dann kamen acht weitere Männer, die sich um zwei flache, offene Karren formiert hatten, die von je einer Gruppe grunzender und schwitzender Träger geschoben wurden – und auf jedem Karren türmten sich die versiegelten Goldkisten.
Vom Packwagen wurde eine Rampe herabgelassen. Die Träger schoben mit vereinten Kräften erst den einen, dann den anderen beladenen Karren in den Packwagen zu den wartenden Safes hinauf.
Danach erschien ein Vertreter der Bank, ein elegant gekleideter Herr von gebieterischem Auftreten. Er hielt zwei Schlüssel in der Hand. Und gleich darauf kam der Onkel McPhersons, der Fahrdienstleiter, mit einem zweiten Paar Schlüssel an. McPhersons Onkel und der Vertreter der Bank steckten die Schlüssel in die Schlösser und öffneten die Safes.
Die Kisten mit den Barren wurden in die Safes geschoben, worauf deren Türen mit einem dumpfen, metallischen Ton zugeschlagen wurden. Dann wurden die Safes wieder zugeschlossen.
Der Vertreter der Bank nahm seine Schlüssel und ging. McPhersons Onkel steckte seine Schlüssel in die Tasche und trat auf seinen Neffen zu.

»Paß heute nur gut auf«, sagte er. »Mach alles auf, das groß genug ist, daß sich jemand drin verstecken könnte. Und keine Ausnahmen!« Er schnupperte. »Was stinkt denn hier so entsetzlich?«
Der Neffe nickte über die Schulter zu dem Mädchen und dem Sarg hin. Es war ein bejammernswerter Anblick, aber das Stirnrunzeln des Onkels verriet keine Spur von Mitgefühl. »Geht mit dem Morgenzug ab, was?«
»Ja, Onkel.«
»Dann sieh zu, daß du ihn aufmachst«, sagte der Fahrdienstleiter und wandte sich zum Gehen.
»Aber Onkel ...« begann McPherson, der schon meinte, er würde die frisch gewonnene Zuneigung des Mädchens verlieren, wenn er auf einer solchen Roheit bestand.
Der Fahrdienstleiter blieb stehen. »Hast du nicht den Schneid dazu? Mein Gott, du bist vielleicht zimperlich.« Er blickte prüfend in das verzweifelte Gesicht des jungen Mannes und deutete dessen Unbehagen falsch. »Na schön, ich bin dem Tod nahe genug, mir macht das nichts aus. Ich werde das selbst erledigen.« Damit ging der Fahrdienstleiter zu dem weinenden Mädchen hinüber. McPherson trottete zögernd hinterher.
In genau diesem Augenblick ertönte ein schauriger Laut: das Läuten von Mr. Batesons patentierter Glocke.

Später, vor Gericht, erläuterte Pierce seine diesem Plan zugrunde liegenden Überlegungen. »Jeder Wachmann lauert gespannt auf das Eintreten bestimmter Ereignisse, die er jeden Augenblick erwartet und für die er sich bereithält. Ich wußte, daß der Wachmann der Bahn den Verdacht hatte, jemand könne einen Mann in den Packwagen schmuggeln. Nun, ein aufmerksamer Wachmann weiß zwar, daß sich in einem Sarg leicht jemand verstekken läßt, doch er wird nicht damit rechnen, daß es geschieht, da der Trick zu simpel ist. Er wäre zu naheliegend.

Er wird sich daher gleichwohl fragen, ob der Leichnam wirklich echt ist, und wenn es ein pflichtbewußter Wachmann ist, wird er den Sarg öffnen lassen und einige Augenblicke damit verbringen, sich davon zu überzeugen, daß es sich tatsächlich um eine Leiche handelt. Er wird vielleicht nach dem Puls tasten oder sich vergewissern, daß die Haut kalt ist, unter Umständen sogar mit einer Nadel in den Körper stechen. Eine solche Untersuchung würde niemand unentdeckt überstehen.

Aber wie völlig anders verhält es sich, wenn jeder glaubt, der Mensch in dem Sarg sei nicht tot, sondern lebe noch und sei fälschlicherweise in den Sarg gebettet worden. Jetzt kehren sich alle Gefühle um. Das Mißtrauen ist verschwunden, und jeder hofft, der Mensch sei noch am Leben. Der Sarg wird nicht mit getragenem Ernst und voller Ehrfurcht geöffnet, sondern man stürzt hinzu, um ihn in aller Eile aufzubrechen, und die Angehörigen beteiligen sich bereitwillig an dieser Prozedur – ein sicherer Beweis dafür, daß es nichts zu verbergen gibt.

Und wenn dann der Deckel geöffnet wird und die verwesenden Überreste ans Licht kommen, wie völlig anders ist da die Reaktion der Anwesenden. Ihre verzweifelten Hoffnungen sind mit einem Schlage zunichte; die grausame und schaurige Wahrheit enthüllt sich schon beim ersten Hinsehen und macht keine langwierige Untersuchung erforderlich. Die Angehörigen sind bitter enttäuscht und werden von wildem Schmerz ergriffen. Schnell wird der Deckel wieder geschlossen – und das alles nur infolge der umgekehrten Erwartungen. So ist nun einmal die menschliche Natur.«

Beim Läuten der Glocke, die nur einmal kurz anschlug, ließ das schluchzende Mädchen einen Aufschrei hören. Der Fahrdienstleiter und sein Neffe liefen rasch auf den Sarg zu.
Das Mädchen stürzte sich hysterisch auf den Sarg und versuchte vergeblich, ihn mit bloßen Händen zu öffnen. »Oh, mein lieber Bruder ... Oh, Richard, lieber Richard ... O mein Gott, er lebt ...« Ihre Finger, die an dem Deckel kratzten, versetzten den Sarg so in Bewegung, daß die Glocke jetzt unentwegt läutete.
Der Fahrdienstleiter und sein Neffe ließen sich von der erregten Besorgtheit des Mädchens anstecken, gingen aber mit mehr Verstand vor. Der Deckel war mit einer Reihe von Schnappriegeln verschlossen, die sie jetzt nacheinander öffneten. In der Hitze des Gefechts muß es beiden Männern entgangen sein, daß dieser Sarg mit dreimal soviel Schnappriegeln versehen war wie jeder andere. Das Öffnen des Sarges zog sich auch deswegen in die Länge, weil das arme Mädchen in verständlicher Pein die Bemühungen der beiden Männer störte.
Die beiden Männer arbeiteten in fieberhafter Eile. Unterdessen rief das Mädchen ständig: »O Richard ... Mein Gott! Bitte, machen Sie schnell! Er lebt ... lieber Gott, er lebt! Gott sei gelobt!« Die Glocke läutete und läutete.
Eine beachtliche Menschenmenge hatte sich bereits angesammelt. Die Schaulustigen standen wenige Schritte entfernt auf dem Bahnsteig und betrachteten das bizarre Schauspiel.

»Oh, beeilen Sie sich, sonst ist es zu spät«, rief das Mädchen. Und die Männer arbeiteten wie wild an den Riegeln. Als sie nur noch die beiden letzten Riegeln vor sich hatten, hörte der Fahrdienstleiter das Mädchen rufen: »Oh, ich hab's doch gewußt, daß es nicht die Cholera ist! Dieser Quacksalber, so etwas zu behaupten! Oh, ich hab's doch gewußt ...«

Die Hand auf dem Riegel erstarrte. »Cholera?« fragte der Fahrdienstleiter.

»Beeilen Sie sich doch!« rief das Mädchen. »Ich warte schon fünf Tage auf das Läuten der Glocke ...«

»Sagten Sie Cholera?« fragte der Fahrdienstleiter noch einmal. »Fünf Tage?«

Aber der Neffe, der nicht aufgehört hatte, die Riegel zu bearbeiten, riß jetzt den Sargdeckel weit auf.

»Gott sei gedankt!« rief das Mädchen und wollte sich auf die im Sarg liegende Gestalt werfen, wie um den Bruder zu umarmen. Sie erstarrte aber mitten in dieser Bewegung, was nur zu verständlich war. Dem geöffneten Sarg entquoll eine fast greifbare Dunstwolke, ein unglaublich widerwärtiger, übler Gestank, und die Ursache dieses Geruchs war klar: Der Körper des Toten, der da in seinem besten Sonntagsstaat, die Hände auf der Brust gefaltet, im Sarg lag, war bereits eindeutig in Verwesung übergegangen. Gesicht und Hände waren fleckig und gedunsen und hatten eine abstoßende graugrüne Farbe angenommen. Die Lippen waren schwarz, ebenso die teilweise hervortretende Zunge. Der Fahrdienstleiter und sein Neffe betrachteten das grausige Bild, als das Mädchen mit einem letzten herzzerreißenden Schrei in Ohnmacht fiel. Der Neffe sprang sofort hinzu, um sie aufzufangen, und der Fahrdienstleiter machte sich mit nicht geringerem Eifer daran, den Deckel zuzuwerfen und die Riegel noch schneller zu schließen, als er sie geöffnet hatte. Die Menge der Schaulustigen löste sich ebenso geschwind auf, nachdem sie gehört hatte, daß der Mann an der Cholera gestorben war. In Blitzesschnelle war der Bahnsteig so gut wie leergefegt.

Das Mädchen erholte sich bald von seiner Ohnmacht, verharrte aber in einem Zustand tiefer Trauer und Niedergeschlagenheit. Immer wieder fragte sie: »Wie ist das nur möglich? Ich habe doch die Glocke gehört. Haben Sie sie nicht auch gehört? Ich habe sie wirklich gehört. Sie nicht auch? Er hat doch die Glocke geläutet.«

McPherson tat sein Bestes, um sie zu trösten. Er sagte ihr, irgendein leichtes Beben des Erdbodens oder ein plötzlicher Windstoß hätte wahrscheinlich die Glocke zum Läuten gebracht.

Der Fahrdienstleiter, der seinen Neffen mit dem armen Kind beschäftigt sah, übernahm es selbst, das Verladen des Frachtguts in den Packwagen des Zuges nach Folkestone zu überwachen. Er tat dies mit so viel Sorgfalt, wie er nach diesem schrecklichen Erlebnis noch aufbrachte. Zwei vornehm gekleidete Damen mit riesigen Koffern erschienen, und trotz ihrer hochmütigen Proteste bestand er darauf, daß beide Gepäckstücke geöffnet wurden, damit er sie inspizieren könne. Danach ereignete sich nur noch ein weiterer Zwischenfall, als nämlich ein wohlbeleibter Herr einen Papagei – jedenfalls war es ein großer, vielfarbiger Vogel – zum Packwagen brachte und verlangte, daß sein Diener bei dem Vogel bleiben und für sein Wohlergehen sorgen solle. Der Fahrdienstleiter verweigerte die Erlaubnis und wies auf die neuen Vorschriften hin. Daraufhin wurde der Herr zunächst ausfallend und erklärte dann in freundlicherem Ton, er werde sich auch gern »erkenntlich zeigen«. Der Fahrdienstleiter aber, der die ihm angebotenen 10 Shilling mit mehr Interesse betrachtete, als er sich selbst einzugestehen wagte, war sich ohnedies bewußt, daß Burgess ihn beobachtete – ausgerechnet der Wachmann, den er tags zuvor abgekanzelt hatte. Er lehnte ab, und der wohlbeleibte Herr stapfte, Verwünschungen murmelnd, davon.

All diese Zwischenfälle waren nicht geeignet, die Laune des Fahrdienstleiters zu verbessern, und als der übelriechende Sarg endlich im Packwagen verstaut war, machte er sich ein Vergnügen daraus, Burgess in sehr besorgtem Ton zu empfehlen, er solle sich nur vorsehen, denn sein Mitreisender sei an der Cholera gestorben.

Burgess reagierte nicht darauf. Er blickte verlegen und verstört vor sich hin. Unzufrieden bellte der Fahrdienstleiter seinem Neffen zu, er solle sich gefälligst beeilen und den Packwagen abschließen. Dann kehrte er in sein Büro zurück.

Später mußte der Fahrdienstleiter eingestehen, er könne sich nicht erinnern, an jenem Tag auf dem Bahnsteig einen Herrn mit rotem Bart gesehen zu haben.

41. Kapitel

Letzte Ungelegenheiten

Pierce hatte sich aber tatsächlich in der Menge befunden, welche die schreckliche Episode mit dem geöffneten Sarg mitangesehen hatte.
Pierce sah, daß die Dinge so verliefen, wie er es beabsichtigt hatte, und daß Agar in seiner scheußlichen Aufmachung keinen Verdacht erregt hatte.
Nachdem die Menge sich zerstreut hatte, ging Pierce mit Barlow an seiner Seite zum Packwagen. Barlow schob auf einem Handkarren einige merkwürdige Gepäckstücke vor sich her, und Pierce mußte einige unruhige Augenblicke überstehen, als er sah, daß der Fahrdienstleiter das Beladen des Packwagens persönlich überwachte. Pierces Verhalten war nämlich entschieden merkwürdig und hätte jedem, der genauer hinsah, auffallen müssen.
Seinem Äußeren nach mußte er ein wohlhabender Mann sein. Sein Gepäck war aber recht ungewöhnlich: fünf völlig gleiche lederne Packtaschen. Diese Taschen entsprachen nun durchaus nicht dem Geschmack eines Herrn mit Sinn für Qualität. Das Leder war grob, und die Nähte waren es ebenfalls. Kurz gesagt, es waren derbe, häßliche Taschen. Groß waren sie allerdings auch nicht, und Pierce hätte sie ohne weiteres im Gepäcknetz über dem Sitz in seinem Abteil verstauen können, statt sie zum Packwagen zu bringen. Gepäck aufzugeben empfand man allgemein als recht lästig. Man verlor nur Zeit – bei der Abfahrt wie bei der Ankunft.
Schließlich hätte auch auffallen können, daß Pierce' Diener

die Taschen einzeln in den Packwagen hob. Obwohl der Diener ein stämmiger Mann war, dem man seine Körperkraft ansah, ächzte er doch sichtbar unter der Last der Taschen.

Mit anderen Worten, einem aufmerksamen Beobachter hätte es seltsam erscheinen müssen, daß ein Herr von Stand mit fünf kleinen, häßlichen, ungewöhnlich schweren und völlig gleich aussehenden Ledertaschen reiste. Während die Taschen nacheinander verladen wurden, beobachtete Pierce das Gesicht des Fahrdienstleiters. Der ein wenig blaß aussehende Mann würdigte die Taschen jedoch keines Blicks und schien erst dann aus seiner Geistesabwesenheit aufzuwachen, als ein anderer Herr mit einem Papagei auftauchte und es zu einer unerfreulichen Auseinandersetzung kam.

Pierce wandte sich ab, stieg aber nicht in den Zug. Statt dessen blieb er in der Nähe stehen, augenscheinlich interessiert, ob die Frau, die zuvor ohnmächtig geworden war, sich wohl wieder erholte. In Wahrheit aber lauerte er nur auf eine Gelegenheit, das Vorhängeschloß näher zu betrachten, das er sich bald würde vornehmen müssen. Als der Fahrdienstleiter davonging, schwankte die junge Frau auf eines der Abteile zu. Pierce holte sie ein.

»Fühlen Sie sich wieder wohl, Miss?« fragte er.

»Es geht mir besser, danke«, erwiderte sie.

Sie mischten sich unter die Reisenden vor den Waggons. Pierce sagte: »Darf ich Sie einladen, mir in meinem Abteil Gesellschaft zu leisten?«

»Sie sind zu freundlich«, sagte das Mädchen mit einem leichten Kopfnicken.

»Schaff ihn mir vom Hals«, flüsterte Pierce ihr zu. »Egal wie, aber ich muß ihn loswerden.«

Miriam machte nur einen Augenblick ein verständnisloses Gesicht, dann ließ sich eine kräftige Stimme dröhnend vernehmen: »Edward! Edward, mein Lieber!« Ein Mann drängte sich durch die Menge zu ihnen.

Pierce grüßte mit einer Handbewegung, um seine Freude zu zeigen. »Henry«, rief er aus. »Henry Fowler, das nenne ich eine Überraschung.«

Fowler trat zu ihnen und gab Pierce die Hand. »Fabelhaft, Sie hier zu treffen«, sagte er. »Fahren Sie auch mit diesem Zug? Ja? Nun, ich auch. Wollen wir nicht ... ah ...« Seine Stimme verlor sich, als er das Mädchen an Pierce' Seite bemerkte. Er ließ einiges Unbehagen erkennen, denn nach seinen Begriffen stimmte hier nichts mehr. Da stand Pierce, elegant gekleidet und gepflegt wie immer, mit einem Mädchen, das zwar durchaus ansehnlich war, dessen Kleidung und Gehabe aber die gewöhnliche Herkunft verrieten.

Pierce war Junggeselle und Lebemann, und Henry Fowler traute ihm zu, daß er in aller Öffentlichkeit mit einer Geliebten an die See reiste, aber eine solche wäre mit Sicherheit vornehm gekleidet gewesen und nicht bescheiden wie diese Frauensperson. War sie ein Dienstmädchen aus Pierce' Haus? Aber dann hätte er sich mit ihr nicht so in aller Öffentlichkeit auf einem Bahnhof gezeigt, es sei denn, es gab dafür einen plausiblen Grund, den Fowler jedoch nicht erraten konnte.

Dann stellte er außerdem noch fest, daß das Mädchen geweint hatte. Ihre Augen waren rot gerändert, und auf ihren Wangen konnte man die Spuren der Tränen sehen. Es war also alles höchst verblüffend und ungewöhnlich, und ...

Pierce befreite Fowler aus seiner Verlegenheit. »Bitte verzeihen Sie«, sagte er zu dem Mädchen. »Ich sollte Sie vorstellen, aber ich kenne Ihren Namen nicht. Dies ist Mr. Henry Fowler.«

Das Mädchen schenkte ihm ein geziertes Lächeln und sagte: »Ich bin Brigid Lawson. Guten Tag, Sir.«

Fowler grüßte mit einem unbestimmt höflichen Kopfnikken, während er sich den Kopf zerbrach, welche Haltung diesem Wesen gegenüber nun korrekt sei: Einerseits war sie offensichtlich ein dienstbarer Geist (und daher nicht seinesgleichen), andererseits aber auch eine Frau in Trauer (und hatte daher Anspruch darauf, daß er sich ihr gegenüber wie ein Kavalier benahm). Aber schon schaffte Pierce völlige Klarheit.

»Miss Lawson hatte soeben ein sehr aufwühlendes Erlebnis«, sagte Pierce. »Sie reist mit diesem Zug, um ihren verstorbenen Bruder zu begleiten, dessen Sarg im Packwagen steht. Vorhin hat aber das Glöckchen geläutet, und es bestand die Hoffnung, ihr Bruder könne noch am Leben sein, und der Sarg wurde geöffnet ...«

»Verstehe, verstehe«, sagte Fowler, »sehr traurig ...«

»... aber es war falscher Alarm«, setzte Pierce hinzu.

»Und damit doppelt schmerzlich, wie ich annehme«, sagte Fowler.

»Ich habe mich erboten, ihr unterwegs Gesellschaft zu leisten«, sagte Pierce.

»Das würde ich in der Tat auch tun«, sagte Fowler, »wenn ich an Ihrer Stelle wäre. Übrigens ...« Er zögerte. »Würden Sie mich für sehr aufdringlich halten, wenn ich mich Ihnen anschlösse?«

Pierce zögerte einen Augenblick. »Nicht im geringsten«, sagte er unbefangen. »Das heißt, es sei denn, Miss Lawson ...«

»Sie sind wirklich zu nett, alle beide«, sagte das Mädchen mit einem tapferen, aber dankbaren Lächeln.

»Also abgemacht«, sagte Fowler, der ebenfalls lächelte. Pierce bemerkte, daß er das Mädchen interessiert musterte. »Aber wollen wir nicht in mein Abteil gehen – es ist nur ein kleines Stück weiter vorn.« Er deutete auf einen Erster-Klasse-Wagen.

Pierce hatte natürlich die Absicht, im letzten Abteil des hintersten Erster-Klasse-Wagens zu sitzen. Von dort aus würde er den kürzesten Weg zum Gepäckwagen am Ende des Zuges haben. Immerhin mußte er über die Wagendächer dorthin gelangen.

»Ach, wissen Sie«, sagte Pierce, »ich habe selbst ein Abteil, dort hinten.« Er zeigte auf den hinteren Teil des Zuges. »Mein Gepäck ist schon dort, und den Träger habe ich schon bezahlt und fortgeschickt ...«

»Mein lieber Edward«, sagte Fowler. »Warum um alles in der Welt sitzen Sie denn so weit hinten? Die besseren Abteile sind doch weiter vorn, wo die Fahrtgeräusche nicht so stören. Kommen Sie mit mir, Sie sind vorn sicher komfortabler untergebracht, und da es Miss Lawson nicht gutzugehen scheint ...« Er zuckte die Achseln, als wäre die Schlußfolgerung selbstverständlich.

»Nichts wäre mir lieber«, sagte Pierce. »Aber ich muß gestehen, daß ich mein Abteil auf Anraten meines Arztes gewählt habe. Ich habe mich nämlich auf früheren Bahnreisen immer sehr unwohl gefühlt. Mein Arzt hat dieses Unwohlsein auf Vibrationen zurückgeführt, die von der Lokomotive ausgehen, und mir dringend geraten, mich so weit wie möglich von der Lokomotive entfernt aufzuhalten.« Pierce lachte kurz auf. »Er hat sogar gesagt, ich solle Zweiter Klasse reisen. Aber das bringe ich nicht über mich!«

»Kein Wunder«, sagte Fowler. »Es gibt Grenzen für eine gesunde Lebensweise, aber von einem Arzt kann man natürlich nicht erwarten, daß er das weiß. Mein eigener Arzt hat mir sogar einmal geraten, ich solle keinen Wein mehr trinken – können Sie sich diese Unverfrorenheit vorstellen? Also schön, dann fahren wir eben in Ihrem Abteil.«

Pierce sagte: »Vielleicht ist Miss Lawson wie Sie der Meinung, daß ein Abteil weiter vorn angenehmer wäre?«

Bevor das Mädchen etwas sagen konnte, versetzte Fowler: »Was? Und sie Ihnen einfach wegzunehmen, so daß Sie mutterseelenallein dasitzen? Kommt nicht in Frage. Kommen Sie, kommen Sie, der Zug fährt gleich ab. Wo ist Ihr Abteil?«

Sie gingen am Zug entlang zu Pierce' Abteil. Fowler war bester Laune und schwatzte unaufhörlich über Ärzte und ihre Schwächen. Sie stiegen in Pierce' Abteil ein und schlossen die Tür. Pierce warf einen Blick auf die Uhr. Es war sechs Minuten vor acht. Der Zug fuhr zwar nicht immer genau nach Fahrplan ab, aber selbst dann wurde die Zeit knapp genug.

Er mußte Fowler loswerden. Pierce konnte nicht das Abteil verlassen und aufs Dach steigen, wenn ein Fremder sich im Abteil befand, zumal wenn es ein Mann von der Bank war. Andererseits aber mußte Pierce Fowler auf eine Art loswerden, die keinen Verdacht erregte. Irgendwann nach dem Raub würde Mr. Fowler sein Gedächtnis befragen – und wahrscheinlich auch von der Polizei gehört werden –, um sich auch an die kleinste Besonderheit dieses Tages zu erinnern, die einen Hinweis auf die Täter liefern könnte.

Mr. Fowler redete immer noch, konzentrierte seine Bemühungen nun aber auf das Mädchen, das ihm verzückt und verzaubert zuzuhören schien. »Das nenne ich wirklich außergewöhnliches Glück, daß mir Edward ausgerechnet heute über den Weg läuft. Reisen Sie oft auf dieser Strecke, Edward? Ich selbst fahre hier nur einmal im Monat. Und Sie, Miss Lawson?«

»Ich bin auch schon mit der Eisenbahn gefahren«, sagte das Mädchen, »aber Erster Klasse noch nie. Diesmal hat meine Herrschaft mir ein Billett für die Erste Klasse gekauft. Sie meinte ... Sie wissen ja ...«

»Verstehe, verstehe durchaus«, sagte Fowler munter und ein bißchen forsch. »Man muß seinen Mitmenschen in Zeiten seelischer Belastung helfen, wo man kann. Ich muß zugeben, daß heute morgen auch auf mir etwas lastet. Edward weiß sicher schon, was ich meine, denn er hat den Grund meiner Reise sicher schon erraten. Nicht wahr, Edward?«

Pierce hatte nicht zugehört. Er starrte aus dem Fenster und überlegte fieberhaft, wie er Fowler in den wenigen verbleibenden Minuten loswerden sollte. Er sah zu Fowler hinüber. »Glauben Sie, Ihr Gepäck ist gut aufgehoben?« fragte er.

»Mein Gepäck? Sie meinen, in meinem Abteil? Ich habe gar kein Gepäck, Edward. Nicht einmal eine Tasche mit Akten. Ich werde nur zwei Stunden in Folkestone bleiben, und das reicht kaum für ein anständiges Essen oder ein paar Erfrischungen oder für eine gute Zigarre, bevor ich wieder im Zug sitze und zurückfahre.«

Zigarre, dachte Pierce. Ah, natürlich. Er griff in seine Jackentasche, zog eine lange Zigarre heraus und zündete sie sich an.

»Nun zu Ihnen, mein gutes Kind«, sagte Fowler. »Unser Freund Edward hat natürlich schon eine Vermutung, was den Zweck meiner Reise betrifft, aber ich nehme an, daß Sie noch im dunkeln tappen.«

Das Mädchen starrte Mr. Fowler mit leicht geöffnetem Mund an.

»In Wirklichkeit ist das hier kein gewöhnlicher Zug, und ich bin auch kein gewöhnlicher Passagier. Nein, ich bin nämlich Direktor der Huddleston & Bradford-Bank in Westminster, und heute, in diesem Zug – keine zweihundert Schritt von hier entfernt –, reist eine Goldsendung meiner Bank mit, die für unsere tapferen Soldaten auf der Krim bestimmt ist. Stellen Sie sich vor, Gold im Wert von über 12 000 Pfund, mein liebes Kind.«

»Du meine Güte!« rief das Mädchen. »Und Sie sind für all das verantwortlich?«

»Das bin ich in der Tat«, sagte Henry Fowler mit selbstzufriedener Miene. Er hatte das einfache Mädchen mit seinen Worten offensichtlich tief beeindruckt, und jetzt saß sie da und betrachtete ihn voller Bewunderung. Wer weiß, wer weiß? Seinen Freund Pierce schien sie jedenfalls völlig vergessen zu haben.

Nur so lange, bis Pierce' Zigarrenrauch in grauen Wolken durchs Abteil waberte. Jetzt fing das Mädchen an, verstohlen, aber doch absichtsvoll zu hüsteln. Das mochte sie ihrer Herrin abgeguckt haben. Pierce, der zum Fenster hinausstarrte, schien es nicht zu bemerken.

Das Mädchen hustete wieder, diesmal etwas kräftiger. Als Pierce noch immer keine Notiz davon nahm, ergriff Fowler die Initiative. »Geht es Ihnen nicht gut?« fragte er.

»Mir ging's schon wieder gut. Aber ich bin noch so schwach ...« Sie wies mit einer Handbewegung auf die Rauchschwaden.

»Edward«, sagte Fowler. »Ich glaube, Edward, Ihr Tabak setzt Miss Lawson ziemlich zu.«

Pierce sah in an und sagte: »Wie bitte?«

»Ich sagte, würde es Ihnen etwas ausmachen ...« begann Fowler.

Das Mädchen beugte sich vor und sagte: »Oh, Verzeihung, mir ist plötzlich so übel!« und griff tastend nach der Tür, als wollte sie sie öffnen.

»Da haben Sie es!« sagte Fowler zu Pierce. Er öffnete die Tür und half dem Mädchen, das sich auf seinen Arm stützte, hinaus an die frische Luft.

»Entschuldigung«, sagte Pierce. »Ich hatte gar nicht daran gedacht ... Hätte ich doch nur ...«

»Sie hätten ja auch fragen können, bevor Sie Ihr Teufelsding da in Brand setzten«, sagte Fowler. Das Mädchen, offenkundig weich in den Knien, lehnte sich an ihn, so daß ihr zarter Busen seine Brust berührte.

»Ich muß wirklich um Entschuldigung bitten«, sagte Pierce und machte Anstalten, ebenfalls das Abteil zu verlassen, um sich des Mädchens anzunehmen.

Das war das letzte, was Fowler wünschte. »Sie sollten ohnehin nicht rauchen, wenn Ihr Arzt Ihnen gesagt hat, daß Bahnfahrten Ihrer Gesundheit abträglich sind«, schnappte er. »Kommen Sie, meine Liebe«, sagte er zu dem Mädchen, »mein Abteil ist nur ein kurzes Stück weiter vorn, und dort können wir unsere Unterhaltung fortsetzen, ohne schädlichen Dämpfen ausgesetzt zu sein.« Das Mädchen ging bereitwillig mit ihm.

»Tut mir schrecklich leid«, wiederholte Pierce, aber keiner von den beiden sah sich um.

Einen Augenblick später ertönte der Pfiff, und die Lokomotive fuhr fauchend an. Pierce trat zurück in sein Abteil, schloß die Tür und sah die Halle des London Bridge-Bahnhofs an seinem Fenster vorüberziehen. Der Morgenzug nach Folkestone nahm Fahrt auf.

IV.

Der große Eisenbahnraub

Mai 1855

42. Kapitel

Ein Toter steht auf

Burgess, der jetzt in dem fensterlosen Packwagen eingeschlossen war, kannte die Strecke so genau, daß er an den Fahrgeräuschen merkte, wo sich der Zug jeweils befand. Zuerst hörte er das sanfte Klack-Klack der Räder auf den sauber verlegten Gleisen im Vorfeld des Bahnhofs, später dann die hohler und voller tönenden Geräusche, als der Zug über mehrere Meilen hinweg auf Überführungen Bermondsey durchquerte, und noch später den allmählichen Übergang zu einem matteren Klang und einem rauheren Lauf der Wagen, was bedeutete, daß der Zug London verlassen hatte.

Burgess hatte nicht die leiseste Vorstellung von Pierce' Plan und war erstaunt, als plötzlich die Glocke auf dem Sarg zu läuten begann. Er führte dies auf das Vibrieren und Schwanken des Zuges zurück. Doch wenige Augenblicke später vernahm er ein Pochen und dann eine unterdrückte Stimme. Da er die Worte nicht verstehen konnte, trat er verwundert näher an den Sarg heran.

»Aufmachen, verdammt noch mal«, sagte die Stimme.

»Sind Sie denn am Leben?« fragte Burgess im Tonfall höchsten Erstaunens.

»Ich bin's, Agar, Sie gottverdammter Holzkopf«, ertönte es aus dem Sarg.

Eilig machte Burgess sich daran, die Schnappriegel des Sargdeckels zu lösen. Gleich darauf kroch Agar – mit einer scheußlichen grünen Paste eingeschmiert, grauenhaft riechend, aber im übrigen völlig normal agierend – aus dem

Sarg und sagte: »Ich muß mich beeilen. Geben Sie mir die Taschen da.« Er zeigte auf die fünf Ledertaschen, die nebeneinander in der einen Ecke des Packwagens lagen. Burgess beeilte sich, der Aufforderung nachzukommen.
»Aber der Wagen ist doch abgeschlossen«, sagte er. »Wie wollen Sie ihn denn öffnen?«
»Unser Freund«, erwiderte Agar, »ist Bergsteiger.«
Agar öffnete die Safes und nahm die erste der Kisten heraus, brach das Siegel auf und holte die matt schimmernden Goldbarren hervor – jeder war mit einer Krone und den Initialen »H & B« gestempelt. Er ersetzte sie durch kleine Beutel mit Bleikugeln, die er den Ledertaschen entnahm.
Burgess sah schweigend zu. Der Zug ratterte nach Süden, am Kristallpalast vorbei, auf Croyden und Redhill zu. Von dort würde es in östlicher Richtung nach Folkestone weitergehen.
»Bergsteiger?« fragte Burgess schließlich.
»Ja«, erwiderte Agar. »Er kommt über die Wagendächer herüber und schließt von außen auf.«
»Wann?« frage Burgess und machte ein besorgtes Gesicht.
»Hinter Redhill. Bevor wir Ashford erreichen, ist er wieder in seinem Abteil. Dort ist nur flaches Land. Kaum anzunehmen, daß ihn da jemand sieht.« Agar blickte nicht von seiner Arbeit auf.
»Zwischen Redhill und Ashford? Aber das ist doch der Abschnitt, wo der Zug am schnellsten fährt!«
»Schon möglich«, sagte Agar.
»Wissen Sie was?« sagte Burgess. »Ihr Freund ist verrückt!«

43. Kapitel

Der Mut des Ahnungslosen

In einem bestimmten Augenblick des Prozesses gegen Pierce konnte der Ankläger seine Bewunderung für den Angeklagten nicht verhehlen. »Dann trifft es also nicht zu«, sagte der Ankläger, »daß Sie über bergsteigerische Erfahrungen verfügten?«

»Nein«, sagte Pierce. »Ich habe das nur so gesagt, um Agar in Sicherheit zu wiegen.«

»Sie sind auch nicht Mr. Coolidge begegnet, und Sie haben auch keine Bücher über diese Sportart gelesen, und Sie haben auch nicht die speziellen Ausrüstungsgegenstände und Hilfsmittel besessen, die für die Tätigkeit des Bergsteigens unerläßlich sind?«

»Nein«, erwiderte Pierce.

»Verfügen Sie denn über Erfahrungen auf athletischem oder sportlichem Gebiet, die Sie von Ihrer Fähigkeit überzeugten, Ihren Plan zu verwirklichen?«

»Über nichts dergleichen«, erwiderte Pierce.

»Also gut«, sagte der Ankläger. »Dann muß ich Ihnen die folgende Frage stellen, wenn auch nur aus gewöhnlicher menschlicher Neugier: Was auf Erden, Sir, hat Sie zu der Annahme gebracht, Sie könnten ohne vorhergehende Übung, ohne entsprechendes Wissen, ohne Ausrüstung und ohne die erforderliche körperliche Geschicklichkeit – also, was auf Erden hat Sie glauben lassen, ein derart gefährliches und, wie ich hinzufügen möchte, nahezu selbstmörderisches Unterfangen wie das Herumklettern auf einem schnell dahinfahrenden Eisenbahnzug könne

Ihnen gelingen? Woher haben Sie nur den Mut zu diesem kühnen Vorgehen genommen?«

Aus Zeitungsberichten der damaligen Zeit geht hervor, daß Pierce an dieser Stelle lächelte: »Ich glaubte, daß es nicht gefährlich sein würde«, erwiderte er, »obwohl es den Anschein hatte. Ich hatte nämlich in der Presse schon verschiedentlich über das Phänomen der Sogwirkung gelesen, und ebenso hatte ich auch darüber gelesen, wie Ingenieure dieses Phänomen erklären, nämlich so, daß der Sog durch sich rasch bewegende Luft verursacht wird. Die grundlegenden Untersuchungen hat der verstorbene Italiener Baroni durchgeführt. Ich konnte also sicher sein, daß diese Kräfte meinen Körper auf der Oberfläche des Wagendachs festhalten würden, und ging davon aus, daß mein Vorhaben absolut ungefährlich sei.«

An dieser Stelle bat der Ankläger um nähere Erläuterungen. Pierce entsprach dieser Bitte, brachte aber die Tatsachen durcheinander. Der zusammenfassende Bericht über diesen Teil des Prozesses, der kurz darauf in der *Times* erschien, entstellte die wissenschaftlichen Fakten noch mehr. Man ging jedenfalls allgemein davon aus, daß Pierce – der von der Presse jetzt schon fast als Meisterverbrecher hingestellt wurde – über bestimmte wissenschaftliche Erkenntnisse verfüge, die ihm bei seiner Tat zugute gekommen seien.

In Wirklichkeit aber unternahm Pierce, der sich auf seine Belesenheit nicht wenig einbildete, seine Gratwanderung auf den Waggons mit einem Gefühl der Zuversicht, das jeder Grundlage entbehrte. Die Sache verhielt sich so:

Um 1848, als die Eisenbahnen Geschwindigkeiten von fünfzig oder gar siebzig Meilen in der Stunde erreichten, beobachtete man ein seltsames, unerklärliches Phänomen.

Immer wenn ein schnell fahrender Zug an einem in einem Bahnhof haltenden Zug vorbeifuhr, neigten sich beide Züge zueinander. In manchen Fällen legten sich die Waggons so heftig zur Seite, daß die Reisenden erschraken. Gelegentlich kam es sogar zu kleinen Beschädigungen einzelner Waggons.

Eisenbahningenieure gaben nach ausgiebigem Fachsimpeln offen zu, daß auch sie vor einem Rätsel standen. Niemand hatte auch nur die leiseste Ahnung, wie dieses Phänomen zu erklären und wie es zu verhindern sei. Man muß sich vergegenwärtigen, daß die Eisenbahn damals das schnellste Fortbewegungsmittel in der Geschichte der Menschheit war. Man glaubte, daß so schnelle Fahrzeuge noch unbekannten physikalischen Gesetzen gehorchten. Bei den Eisenbahningenieuren herrschte die gleiche Verwirrung wie ein Jahrhundert später bei den Luftfahrtingenieuren, die sich erstmals mit der »Pufferwirkung« konfrontiert sahen, die eintritt, wenn ein Flugzeug sich der Schallgeschwindigkeit nähert. Man wußte keine rechte Erklärung für diesen Effekt, und die Mittel und Wege zu seiner Überwindung konnten zunächst nur erahnt werden.

Um 1851 jedoch hatten die meisten Bahningenieure richtig erkannt, daß das »Schwanken« der Waggons durch das sogenannte »Bernouillische Gesetz« zu erklären war. Der Schweizer Physiker Daniel Bernouilli hatte entdeckt, daß der Druck innerhalb eines sich bewegenden Luftstroms geringer ist als der Druck der ihn umgebenden Luft.

Das bedeutete, daß zwei fahrende Züge, die dicht aneinander vorbeifuhren, im Augenblick der Begegnung durch das zwischen ihnen entstehende Teilvakuum sich gegenseitig »ansaugten«. Die Lösung des Problems war einfach und wurde beim Bau späterer Bahnstrecken berücksichtigt: die parallellaufenden Gleise wurden einfach in größerem Abstand voneinander verlegt, und damit verschwand dieses Phänomen.

Heute erklärt das Bernouillische Gesetz zum Beispiel, warum ein Ball eine Kurve beschreibt, warum ein Segelboot in den Wind segeln kann und warum die Tragflächen einem Flugzeug Auftrieb verleihen. Damals wie heute wurden diese Phänomene von den meisten Menschen aber nicht als Auswirkungen physikalischer Gesetze verstanden. Die meisten Menschen des Jet-Zeitalters wären vermutlich verblüfft, wenn man ihnen sagte, daß ein Jet fliegt, weil er durch ein Teilvakuum an der Oberfläche der Tragflächen buchstäblich nach oben gesaugt wird. Die Triebwerke haben nur die Aufgabe, die Maschine so zu beschleunigen, daß sich ein Luftstrom bilden kann, der dieses notwendige Vakuum erzeugt.

Ein Physiker würde aber selbst diese Erklärung als nicht korrekte Vereinfachung verwerfen und sagen, daß in Wirklichkeit alles noch sehr viel komplizierter sei, als der Laie es sich ohnehin schon vorstelle.

So ist es ohne weiteres verständlich, daß auch Pierce nicht begriff, worum es ging, und falsche Schlußfolgerungen zog. Er war offensichtlich der Meinung, der einen Eisenbahnwaggon umgebende Luftstrom, wie er von »Baroni« beschrieben worden sei, werde ihn an das Wagendach »saugen«, so daß er sich gefahrlos von einem Waggon zum anderen bewegen könne.

Die Wahrheit ist aber, daß das Bernouillische Gesetz keineswegs in der von ihm vermuteten Weise wirkte. Pierce setzte sich bei seinem Unternehmen einem mit fünfzig Meilen pro Stunde daherrasenden Luftstrom aus, der ihn jeden Moment vom Wagendach herunterfegen konnte. Und was er sich vorgenommen hatte, war einfach absurd. Pierce hatte aber auch sonst falsche Vorstellungen von der Gefahr, der er sich aussetzte. So wußte er wie seine Zeitgenossen sehr wenig darüber, was passieren würde, wenn man bei den neuen hohen Reisegeschwindigkeiten von einem Fahrzeug geschleudert wurde.

Pierce hatte Hackensprung-Jack zwar nach dem Sturz aus dem Zug tot am Boden liegen sehen, dies aber nicht als unvermeidliche Folge physikalischer Gesetze betrachtet. Damals ahnte man nur vage, daß ein Sturz aus einem fahrenden Zug gefährlich sein könne. Fuhr ein Zug sehr schnell, so meinte man, daß dies die Gefahr nur etwas erhöhe. Die Gefährlichkeit sah man eher in der Art des Sturzes: Wer Glück habe, so dachte man, könne mit ein paar Kratzern davonkommen, wer Pech habe, könne sich bei unglücklichem Aufprall das Genick brechen. Ein Sturz aus einem fahrenden Zug wurde also ähnlich betrachtet wie ein Sturz von einem Pferd: Einige Stürze waren eben schlimmer als andere, und damit hatte es sich.

So war es in der Frühzeit der Eisenbahnen bei waghalsigen jungen Leuten ein beliebter »Sport« gewesen, von Waggons herabzuspringen; es war der gleiche Typ junger Männer, die in späteren Jahren an öffentlichen Gebäuden herumkletterten oder an anderen verrückten Eskapaden teilnahmen. Besonders Studenten hatten eine Vorliebe für Vergnügungen dieser Art.

Das »Wagenspringen« bestand darin, daß man von einem fahrenden Eisenbahnwaggon absprang. Obwohl die Regierung dieses Treiben verurteilte und die Bahngesellschaften es rundheraus untersagten, erfreute sich dieser Sport von 1830 bis 1835 vorübergehend großer Beliebtheit. Die mei-

sten jungen Leute, die sich an solchen Späßen beteiligten, kamen mit ein paar Schrammen oder mit einem Knochenbruch davon. Die Modetorheit büßte allmählich an Beliebtheit ein, aber die Erinnerung daran hielt den Glauben aufrecht, daß ein Sturz aus einem fahrenden Zug nicht unbedingt tödlich sein müsse.
In den dreißiger Jahren des 19. Jahrhunderts erreichten die meisten Züge eine Durchschnittsgeschwindigkeit von 25 Meilen pro Stunde. Um 1850 aber, als die Reisegeschwindigkeit der Züge sich verdoppelt hatte, sahen die Folgen eines Sturzes erheblich anders aus. Wie die Aussage von Pierce jedoch bezeugt, war diese Erkenntnis noch nicht Allgemeingut geworden.
Der Ankläger fragte: »Haben Sie gegen einen möglichen Sturz irgendwelche Vorsichtsmaßnahmen ergriffen?«
»Das habe ich in der Tat«, erwiderte Pierce, »und sie waren sehr lästig. Unter meiner normalen Oberbekleidung habe ich zwei Garnituren dicke Baumwollunterwäsche getragen, wodurch mir unerträglich heiß wurde. Ich habe diese Vorkehrungen jedoch für nötig gehalten.«
Edward Pierce, der also völlig unvorbereitet war und von den Wirkungen der in Betracht kommenden physikalischen Gesetze ein völlig falsches Bild hatte, schlang sich eine Seilrolle um die Schulter, öffnete die Abteiltür und kletterte hinauf auf das Dach des dahinrasenden Eisenbahnwagens. Sein einziger wirklicher Schutz – und die Ursache für seine Kühnheit – lag in der völligen Verkennung der Gefahr, in die er sich begab.

Der Wind traf ihn wie ein mächtiger Fausthieb, jaulte in seinen Ohren, stach ihm in die Augen, blies ihm in den Mund und riß an seinen Wangen; seine Haut brannte. Er

hatte seinen langen Mantel nicht ausgezogen, und dieses Kleidungsstück umflatterte ihn jetzt und peitschte seine Beine, »so heftig, daß es schmerzte«.
Ein paar Augenblicke verlor er durch die unerwartete Wucht des ihn umtosenden Windes jede Orientierung; tiefgeduckt klammerte er sich an das hölzerne Wagendach und wartete, bis er die Fassung wiedergewonnen hatte. Er entdeckte, daß er kaum nach vorn sehen konnte, weil ihm die Rußpartikel aus dem Schlot der Lokomotive in die Augen flogen. Bald waren seine Hände, sein Gesicht und seine Kleidung mit einer feinen schwarzen Rußschicht bedeckt. Unter ihm schaukelte und schwankte der Waggon höchst beunruhigend und unberechenbar.
In diesen ersten Augenblicken hätte er sein Vorhaben um ein Haar aufgegeben, aber nachdem er den ersten Schock überwunden hatte, beschloß er, seinen Plan doch durchzuführen. Auf Händen und Knien kriechend bewegte er sich rückwärts auf das Ende des Wagens zu und hielt vor dem Zwischenraum zum nächsten Waggon inne. Unter ihm quietschte die Kupplung. Der Abstand betrug etwa fünf Fuß. Es vergingen einige Sekunden, bis er den Mut fand, zum nächsten Wagen hinüberzuspringen, aber der Sprung glückte.
Von dort kroch er mühsam über den zweiten Waggon hinweg. Sein Mantel schlug ihm von hinten um die Ohren, so daß er kaum noch etwas sehen konnte. Er kämpfte, um sich von dem Kleidungsstück zu befreien, und nach einigen Augenblicken konnte er den Mantel abschütteln. Er sah ihn durch die Luft segeln, herumwirbeln und schließlich neben dem Gleisbett auf die Erde fallen. Der Mantel hatte wie ein durch die Luft sausender Mensch ausgesehen. Pierce wurde nachdenklich, er

wußte nun, was ihn erwartete, wenn er auch nur den kleinsten Fehler machte.
Ohne den Mantel kam er auf den Dächern der Zweiter-Klasse-Wagen rascher voran. Er sprang mit wachsender Zuversicht von einem zum andern und erreichte schließlich – er konnte nicht abschätzen, wie lange er für den Weg brauchte – den Packwagen. Ihm kam es wie eine Ewigkeit vor, aber später rechnete er aus, daß nicht mehr als fünf oder zehn Minuten vergangen sein konnten.
Als er sich auf dem Packwagen befand, hielt er sich an der Öffnung einer Lüftungsklappe fest und entrollte sein Hanfseil. Ein Ende ließ er durch die Öffnung ins Wageninnere gleiten, und nach einem Augenblick spürte er an einem Ruck, daß Agar es dort unten aufgenommen hatte.
Pierce drehte sich um und kroch auf die zweite Klappe zu. Dort wartete er, flach hingekauert, um sich vor dem gnadenlosen Wind zu schützen, bis eine schaurig grüne Hand – Agars Hand – durch die Öffnung langte und das Ende des Seils herausreichte. Pierce nahm es, worauf Agars Hand verschwand.
Das Seil war jetzt gesichert. Pierce knotete die Enden an seinem Gürtel fest, und am Seil hängend ließ er sich vorsichtig an der Seite des Packwagens herunter, bis er sich auf gleicher Höhe mit dem Vorhängeschloß befand.
So hing er mehrere Minuten in der Luft und versuchte, das Vorhängeschloß zu öffnen. Er hatte einen Ring mit Nachschlüsseln bei sich und probierte einen nach dem andern aus, wobei er, wie er später mit feiner Untertreibung aussagte, »so behutsam vorging, wie die Umstände es erlaubten«. Er versuchte es mit mehr als einem Dutzend Schlüsseln und war nahe daran zu verzweifeln, als plötzlich der schrille Laut der Lokomotivpfeife ertönte.

Pierce blickte nach vorn und sah den Cuckseys-Tunnel: Sekunden später wurde er von der Dunkelheit verschluckt und hörte nur noch das Fauchen der Lokomotive und das Rattern der Räder. Der Tunnel war eine halbe Meile lang. Als der Zug endlich wieder ins Sonnenlicht hinausfuhr, setzte Pierce seine Arbeit fort und stellte erleichtert fest, daß einer der Schlüssel fast augenblicklich das Schloß öffnete.

Das Schloß abzunehmen, den Querriegel zurückzuschieben war für Pierce jetzt ein leichtes. Dann bearbeitete er die Schiebetür so lange mit den Füßen, bis Burgess sie öffnete. Der Morgenzug fuhr jetzt durch das verschlafene Städtchen Godstone, aber niemand bemerkte den an einem Seil hängenden Mann, der gerade in das Innere des Packwagens schlüpfte und dort im Zustand völliger Erschöpfung zusammenbrach.

44. Kapitel

Kleidersorgen

Agar sagte vor Gericht aus, weder er noch Burgess hätten Pierce im ersten Augenblick erkannt, als dieser sich in den Gepäckwagen schwang: »Ich gucke ihn mir an, und glauben Sie mir, ich halt ihn zuerst für so einen verdammten Inder oder Nigger, so schwarz ist er, und seine Kledasche ist völlig zerfetzt, als käme er von 'ner Keilerei. Sein Ponim sieht aus wie 'n Flickenteppich, und da denke ich, denk ich mir doch, da hat der Schränker sich 'nen neuen Gannew zugelegt, um die Sache zu machen. Und dann seh ich, er ist es tatsächlich selbst.«

Die drei Männer müssen in der Tat ein makabres Bild geboten haben: Burgess, der Wachmann, sauber und ordentlich in seiner blauen Eisenbahneruniform; Agar, fein herausgeputzt in seinem besten Anzug, Gesicht und Hände leichengrün angemalt; und dann Pierce, auf Händen und Knien daliegend, keuchend, mit zerfetzter Kleidung und von Kopf bis Fuß kohlschwarz.

Sie erholten sich aber schnell und arbeiteten konzentriert und zielbewußt. Agar hatte den Austausch vorgenommen; die Safes waren wieder verschlossen und bargen jetzt ihren neuen Schatz, Bleischrot; die fünf ledernen Taschen standen säuberlich aufgereiht an der Schiebetür, jede mit Goldbarren gefüllt.

Pierce stand auf und zog seine Uhr aus der Weste, ein seltsam sauberes goldenes Ding, das gegen die rußgeschwärzte Uhrkette abstach. Er ließ den Deckel aufklappen: Es war acht Uhr siebenunddreißig.

»Fünf Minuten«, sagte er.

Agar nickte. In fünf Minuten würden sie auf dem einsamsten Abschnitt der Strecke dahinfahren. Pierce hatte Barlow angewiesen, dort zu warten und die Ledertaschen zu bergen. Pierce setzte sich hin und starrte durch die offene Schiebetür auf die vorübersausende Landschaft.

»Geht's Ihnen besser?« fragte Agar.

»Danke, mir geht's gut«, sagte Pierce. »Aber ich freue mich nicht gerade auf den Rückweg.«

»Kann ich verstehen. Die Sache hat Sie ganz schön mitgenommen«, sagte Agar. »Sie sind vielleicht 'n Anblick, also wirklich! Wollen Sie sich umziehen, wenn Sie wieder im Abteil sind?«

Pierce, der noch immer schwer atmete, begriff nicht sogleich. »Umziehen?«
»Na klar, Ihre Kledasche.« Agar grinste. »Wenn Sie in Folkestone in diesem Aufzug aussteigen, können Sie Eintrittsgeld verlangen.«
Pierce betrachtete die grünen, sanft geschwungenen Hügel am Horizont, und er lauschte dem Rattern der Räder. Seine Kleidung war wirklich ein Problem, an das er nie gedacht und für das er darum auch keine Vorsorge getroffen hatte. Aber Agar hatte recht: Er konnte in Folkestone unmöglich wie ein zerlumpter Schornsteinfeger aus dem Zug aussteigen, zumal mit Sicherheit Fowler nach ihm Ausschau halten würde, um sich zu verabschieden. »Ich habe nichts zum Wechseln«, sagte er leise.
»Was?« fragte Agar, denn der Wind pfiff laut durch die offene Schiebetür.
»Ich habe keine Sachen zum Umziehen mitgebracht«, sagte Pierce. »Ich hatte nicht damit gerechnet ...« Er verstummte und zog die Stirn in Falten. »Ich habe keine anderen Sachen mit.«
Agar lachte aus vollem Hals. »Na, dann können Sie ja die Vogelscheuche spielen, so wie Sie mich den Peger haben spielen lassen.« Agar klatschte sich auf die Knie. »Ha, ha! Das nenne ich ausgleichende Gerechtigkeit!«
»Das ist gar nicht zum Lachen!« fauchte Pierce. »Ich habe Bekannte im Zug, die mich nachher mit Sicherheit sehen und sich wundern werden.«
Agars Heiterkeit war im Nu dahin. Er kratzte sich mit seiner grünen Hand den Kopf. »Und diesen Bekannten würde es natürlich auffallen, wenn Sie nicht am Bahnhof wären, oder?«
Pierce nickte.

»Da sitzen Sie aber ganz schön in der Tinte!« sagte Agar. Er sah sich im Packwagen um. Sein Blick fiel auf die Koffer und Gepäckstücke. »Geben Sie mir mal den Ring mit dem Drehrums, dann mach ich ein paar Koffer auf, und dann werden wir schon was Passendes für Sie finden.«

Er streckte die Hand aus, um den Ring mit den Nachschlüsseln entgegenzunehmen, aber Pierce blickte auf die Uhr. Es waren noch zwei Minuten bis zu der verabredeten Abwurfstelle. Dreizehn Minuten danach würde der Zug in Ashford halten, und bis dahin mußte Pierce den Packwagen verlassen haben und wieder in seinem Abteil sitzen.

»Dafür bleibt keine Zeit«, sagte er.

»Das ist doch die einzige Chance ...« begann Agar, verstummte aber, denn Pierce musterte ihn nachdenklich von oben bis unten. »Nein«, protestierte Agar, »nein, verdammt noch mal!«

»Wir haben ungefähr die gleiche Größe«, sagte Pierce. »Los, machen Sie schon.«

Er wandte sich ab, während Agar sich unter halblauten Flüchen auszog. Pierce betrachtete die Landschaft. Sie waren jetzt kurz vor der vereinbarten Stelle: Er bückte sich und stellte die Taschen an den Rand der Schiebetür.

Jetzt sah er einen Baum am Bahndamm, eines der Erkennungszeichen, die er sich eingeprägt hatte. Gleich danach würde die kleine Mauer aus Feldsteinen kommen ... Da war sie schon ... und dann der rostige alte Karren. Er sah ihn.

Einen Augenblick später erblickte er eine Hügelkuppe und Barlow, der neben seiner Kutsche stand.

»Jetzt!« sagte er und schleuderte grunzend eine Tasche nach der anderen aus dem fahrenden Zug. Er sah, wie sie nacheinander auf die Erde polterten. Er sah auch, wie

Barlow den Hügel hinunterlief, um sie zu bergen. Dann fuhr der Zug in eine Kurve.

Pierce blickte zu Agar zurück, der jetzt in Unterwäsche dastand und ihm seinen Sonntagsstaat hinhielt. »Hier! Und glotzen Sie nicht so.«

Pierce nahm die Kleider, rollte sie so fest zusammen wie nur eben möglich, verschnürte das Bündel mit Agars Gürtel und schwang sich ohne ein weiteres Wort durch die offene Schiebetür in den Fahrtwind hinaus. Burgess schloß die Schiebetür, und wenige Augenblicke später hörten er und Agar, wie der Riegel vorgeschoben und das Vorhängeschloß eingehängt wurde. Sie hörten, wie Pierce sich an der Seitenwand des Packwagens zum Dach hinaufhangelte. Und dann sahen sie, wie das eben noch von Luftklappe zu Luftklappe straff gespannte Seil schlaff wurde. Gleich darauf wurde das Seil herausgezogen. Einen Moment lang hörten sie noch Pierces Schritte auf dem Dach und dann nichts mehr.

»Teufel, mir ist kalt«, sagte Agar. »Am besten sperren Sie mich gleich wieder ein.« Und damit kroch er zurück in seinen Sarg.

Pierce war noch nicht weit gekommen, als ihm aufging, daß sein Plan einen weiteren Fehler enthielt: Er war davon ausgegangen, daß er für den Rückweg genau die gleiche Zeit benötigen würde wie für den Hinweg. Jetzt sah er, daß er sich geirrt hatte.

Der Rückweg gegen den heulenden Fahrtwind dauerte sehr viel länger. Überdies behinderte ihn das Bündel mit Agars Kleidern, das er sich gegen die Brust preßte. Er hatte deshalb nur eine Hand frei, mit der er sich beim Vorwärtskriechen an dem Wagendach anklammern konnte. Es ging verzweifelt langsam voran. Nach ein paar Minuten ging ihm auf, daß er seinen Zeitplan erheblich überschreiten würde. Wenn der Zug im Bahnhof von Ashford einlief, würde er noch immer auf einem der Wagendächer sein: Man würde ihn sehen, und damit war alles verloren.

Einen Augenblick schäumte Pierce in ohnmächtiger Wut auf. Daß ausgerechnet dieser letzte Teil seines Plans einen Fehler enthielt, der nicht wieder gutzumachen war! Die Tatsache, daß er ganz allein schuld daran war, erbitterte ihn noch mehr. Er krallte sich an dem schwankenden Wagendach fest und fluchte in den Wind.

Er wußte natürlich, was er zu tun hatte. Aber er wagte nicht, daran zu denken. Er setzte den Rückweg verbissen fort, so gut er vermochte. Er war gerade auf dem vierten der sieben Zweiter-Klasse-Wagen, als er merkte, wie der Zug seine Fahrt verlangsamte. Schrill ertönte die Pfeife der Lokomotive.

Pierce sah mit zusammengekniffenen Augen nach vorn und erblickte in der Ferne den Bahnhof von Ashford, ein winziges rotes Rechteck mit einem grauen Dach. Einzelheiten konnte er nicht erkennen. Er wußte aber, daß der Zug gleich so nahe am Bahnhof sein würde, daß die Reisenden auf dem Bahnsteig ihn auf dem Wagendach entdecken mußten. Es schoß ihm durch den Kopf, was sie bei seinem Anblick wohl denken würden, aber dann stand er auf und rannte los, lief weiter, sprang von einem Wagen zum nächsten, ohne zu zögern, obwohl der Rauch der Lokomotive ihn halb blind machte.

Irgendwie schaffte er es, unversehrt zu seinem Erste-Klasse-Wagen zurückzukehren. Er schwang sich hinunter, öffnete die Tür und glitt in sein Abteil. Dort zog er sofort

die Vorhänge zu. Der Zug rollte jetzt nur noch sehr langsam dahin, und als Pierce sich auf seinen Sitz fallen ließ, hörte er das Kreischen der Bremsen und den Ruf des Schaffners: »Ashford … Ashford … Ashford …«
Pierce seufzte.
Sie hatten es geschafft.

45. Kapitel

Endstation

Siebenundzwanzig Minuten später lief der Zug in Folkestone ein, der Endstation der South Eastern Railway. Alle Reisenden stiegen aus. So auch Pierce. Er habe, so sagte er später, »weit besser ausgesehen, als ich es bei meinem Leichtsinn verdient hatte, aber mein Schneider wäre nicht mit mir zufrieden gewesen«.
Obwohl er sich in aller Eile mit Taschentuch und Speichel Gesicht und Hände zu reinigen versucht hatte, war es ihm doch nicht gelungen, die Rußschicht ganz zu entfernen. Aber da er keinen Spiegel bei sich hatte, konnte er über sein Aussehen nur Vermutungen anstellen – seine Hände zumindest waren noch ziemlich grau. Außerdem hatte er den Verdacht, daß sein rotblondes Haar jetzt weit dunkler war als sonst, und er war dankbar dafür, daß sein Zylinder seinen Haarschopf weitgehend bedecken würde.
Von dem Zylinder abgesehen paßte ihm alles, was er trug, nicht recht. Pierce hatte das äußerst unangenehme

Gefühl aufzufallen, obwohl er ja in einer Zeit lebte, in der die meisten Menschen schlecht sitzende Kleidung trugen. Die Hose war, wie er fand, fast zwei Zoll zu kurz, und der Schnitt des recht eleganten Jacketts war von jener auffälligen Art, daß es wirklichen Herren neureich erscheinen mußte. Außerdem roch er peinlich nach toter Katze.

So trat Pierce einigermaßen unsicher auf den überfüllten Bahnsteig von Folkestone. Er fürchtete, daß so mancher sich über seine Aufmachung mokieren würde. Es gab viele Männer, die sich vornehme Kleidung aus zweiter Hand besorgten und meinten, damit Herren geworden zu sein. Pierce wußte allerdings nur zu gut, daß Henry Fowler mit seinem feinen Gespür für soziale Unterschiede sofort bemerken würde, daß mit Pierces Erscheinung etwas nicht stimmte. Fowler würde sich fragen, woran es lag. Und er würde bald dahinterkommen, daß Pierce sich während der Fahrt umgezogen hatte, und dann würde er sich nach dem Grund dafür fragen.

Pierce blieb nur eine Hoffnung: Es mußte ihm gelingen, sich Fowler vom Leib zu halten. Pierce hatte vor, sich mit einem Winken aus der Ferne zu verabschieden und eine Miene aufzusetzen, der man entnehmen mußte, daß er in Eile war und daß dringende Geschäfte es ihm nicht erlaubten, sich in aller Form zu verabschieden. Fowler würde dafür Verständnis haben. Pierce hoffte auch, daß seine Kleidung aus der Ferne und im Gedränge Fowler nicht so auffallen würde.

Der Zufall wollte jedoch, daß Fowler sich an ihn herandrängte, bevor Pierce ihn noch entdeckt hatte. Fowler hatte das Mädchen in Schwarz neben sich und machte kein sehr glückliches Gesicht.

»Hören Sie mal, Edward«, begann Fowler lebhaft, »ich wäre Ihnen ewig dankbar, wenn Sie ...« Er verstummte mit offenem Mund.

Ach du lieber Gott, dachte Pierce, jetzt ist es aus.

»Edward«, sagte Fowler und starrte seinen Freund bestürzt an.

Pierces Gehirn arbeitete fieberhaft. Er suchte nach Antworten auf die Fragen, die jetzt unvermeidlich kommen würden. Ihm brach der Schweiß aus.

»Edward, mein Lieber, Sie sehen *erschreckend* aus!«

»Ich weiß«, begann Pierce. »Wissen Sie ...«

»Sie sehen todkrank aus! Wirklich, Sie sind leichenblaß. Als Sie mir erzählten, das Eisenbahnfahren bekomme Ihnen nicht, ahnte ich natürlich nicht, daß Sie *so* ... Was machen wir bloß mit Ihnen?«

»Ach, es geht schon wieder«, sagte Pierce und seufzte. »Ich glaube, wenn ich erst einmal gegessen habe, werde ich mich besser fühlen.«

»Ja, natürlich, Sie müssen sofort etwas essen, und ein kräftiger Schluck Brandy wird Ihnen nicht schaden! Das bringt den Kreislauf wieder in Schwung. Ich würde mich Ihnen ja gern anschließen, aber – ah, ich sehe gerade, das Gold wird schon ausgeladen. Ich muß mich leider darum kümmern. Darf ich mich entschuldigen? Geht es Ihnen auch wirklich besser?«

»Ich weiß Ihre Fürsorge zu schätzen«, begann Pierce, »und ...«

»Vielleicht kann ich ihm ja helfen«, fiel das Mädchen ein.

»Oh, natürlich, kapitale Idee«, sagte Fowler. »Fabelhaft. Wirklich fabelhaft. Sie ist reizend, Edward, und ich überlasse sie jetzt Ihnen.« Bei dieser letzten Bemerkung warf Fowler ihm einen schiefen Blick zu. Dann eilte er davon,

um am Packwagen nach dem Rechten zu sehen. Er drehte sich noch einmal um und rief: »Nicht vergessen! Ein Brandy ist jetzt genau das Richtige!«
Pierce ließ einen gewaltigen Seufzer hören und wandte sich dem Mädchen zu. »Wie ist es nur möglich, daß ihm meine Kleider nicht aufgefallen sind?«
»Du solltest dich mal sehen«, sagte sie. »Du siehst erschreckend aus.« Sie musterte seine Kleidung. »Wie ich sehe, trägst du Agars Anzug.«
»Meiner ist bei der Klettertour draufgegangen.«
»Dann hat es also geklappt?«
Pierce grinste nur.

Pierce verließ den Bahnhof kurz vor zwölf Uhr mittags. Miriam, alias Brigid Lawson, blieb zurück, um dafür zu sorgen, daß der Sarg ihres Bruders in eine Kutsche geladen wurde. Zur Verwunderung der Träger lehnte sie es ab, eine der vor dem Bahnhof wartenden Droschken zu nehmen. Sie sagte, sie habe schon im voraus eine bestimmte Kutsche bestellt.
Die Kutsche kam erst kurz nach ein Uhr vorgefahren. Der Kutscher, ein häßlicher Bulle von Mann mit einer weißen Narbe auf der Stirn, half beim Aufladen und gab dann den Pferden die Peitsche. Niemand bemerkte, daß die Kutsche am Ende der Straße kurz anhielt, um noch einen Fahrgast aufzunehmen, einen aschfahlen Herrn in schlecht sitzenden Kleidern. Dann ratterte die Kutsche davon und war bald außer Sichtweite.

Um zwölf Uhr mittags waren die Kisten von Huddleston & Bradford unter Begleitung bewaffneter Wachen vom Bahnhof Folkestone zum Kanaldampfer gebracht worden, der nach vierstündiger Fahrt anlegte. Der Zeitverschiebung wegen war es bereits 17 Uhr, als die Zollbeamten die Einfuhrpapiere abzeichneten und die Kisten übernahmen. Anschließend wurden sie unter Begleitung bewaffneter Wachen zum Bahnhof gebracht. Von dort sollten Sie am nächsten Morgen mit dem Zug nach Paris abgehen.

Am Morgen des 23. Mai kamen einige Herren der Pariser Bank Louis Bonnard et Fils nach Ostende, um die Kisten zu öffnen und den Inhalt zu kontrollieren, bevor sie in den Neun-Uhr-Zug nach Paris verladen werden sollten.

So kam es, daß am 23. Mai um 8 Uhr 15 entdeckt wurde, daß die Kisten zwar eine große Menge Bleikugeln, eingenäht in Leinensäcke, enthielten, aber kein Stäubchen Gold.

Diese verblüffende Entdeckung wurde sofort telegrafisch nach London übermittelt. Die Nachricht traf kurz nach zehn in Westminster im Kontor der Huddleston & Bradford-Bank ein. Die Meldung rief tiefe Bestürzung hervor und erschütterte das Bankhaus in einem Maße, wie es das in seiner kurzen, aber ehrbaren Geschichte noch nicht erlebt hatte. Noch Monate später hatte die Erregung sich nicht gelegt.

46. Kapitel

Kurzer Bericht über die Ermittlungen

Zunächst wollte man bei Huddleston & Bradford überhaupt nicht daran glauben, daß irgend etwas nicht in Ordnung sein könne. Das Kabel der Franzosen war in englischer Sprache abgefaßt und lautete: GOLD MISSED NOW WHERE IS. Unterzeichnet war es mit VERNIER, OSTENDE.

Angesichts dieser unklaren Botschaft verkündete Sir Huddleston, bei den französischen Zollbehörden müsse es zu irgendeiner albernen Verzögerung gekommen sein. Er sagte, die ganze Geschichte werde sich noch vor dem Nachmittagstee aufgeklärt haben. Mr. Bradford, der noch nie den leisesten Versuch gemacht hatte, seinen intensiven und lebenslangen Abscheu vor allem, was französisch war, zu verhehlen, vermutete, die schmierigen Franzmänner hätten die Goldsendung fehlgeleitet und versuchten jetzt, die Folgen ihrer Fahrlässigkeit den Engländern in die Schuhe zu schieben. Mr. Henry Fowler, der die Goldsendung nach Folkestone begleitet und dafür gesorgt hatte, daß die Barren sicher an Bord des Kanaldampfers gebracht wurden, bemerkte, daß der Name »Vernier«, mit dem das Kabel unterzeichnet war, unbekannt sei. Er vermute, irgend jemand habe sich einen dummen Scherz erlaubt. Immerhin hatten sich die Beziehungen zwischen den Engländern und ihren französischen Verbündeten in der letzten Zeit erheblich abgekühlt.

Kabel, in denen Aufklärung erbeten und später energisch gefordert wurde, gingen in beiden Richtungen über den Kanal. Gegen Mittag hatte es den Anschein, als sei der

Dampfer von Dover nach Ostende gesunken und mit ihm das Gold. Am frühen Nachmittag jedoch stellte sich heraus, daß die Überfahrt ohne Zwischenfälle verlaufen war. Aber sonst herrschte völlige Unklarheit.
Die Pariser Bank, die französischen Eisenbahnen, die britische Reederei, die South Eastern Railway und die Huddleston & Bradford-Bank jagten jetzt Kabel an alle beteiligten Parteien los. Bald wußte niemand mehr ein noch aus. Im weiteren Verlauf des Tages wurde der Tonfall der Kabel immer bissiger und ihr Inhalt immer grotesker. Die Auseinandersetzung erreichte einen vorläufigen Höhepunkt, als der Niederlassungsleiter der South Eastern Railway in Folkestone dem ebenfalls in Folkestone residierenden Leiter der Britannic Steam Packet Company telegrafierte: QUI EST M. VERNIER? Darauf schoß der Mann der Schiffahrtsgesellschaft zurück: IHRE LÄCHERLICHEN UNTERSTELLUNGEN WERDEN NICHT OHNE FOLGEN BLEIBEN.
Zur Teezeit häuften sich in London die Telegramme und Kabel auf den Schreibtischen der führenden Männer von Huddleston & Bradford. Botenjungen wurden zu den Privatwohnungen der Herren geschickt, um deren Ehefrauen davon in Kenntnis zu setzen, daß die Ehemänner infolge dringender Geschäfte nicht zum Dinner kommen würden. Die frühere Atmosphäre unerschütterlicher Ruhe und die Verachtung für französische Unfähigkeit schwanden jetzt dahin und wichen dem zunehmenden Verdacht, es könne mit dem Gold tatsächlich etwas passiert sein. Es wurde auch immer deutlicher, daß die Franzosen sich genauso große Sorgen machten wie die Engländer. Monsieur Bonnard höchstpersönlich hatte den Nachmittagszug nach Ostende genommen, um sich an Ort und Stelle einen Überblick über die Lage zu verschaffen. Wenn Monsieur Bon-

nard sich zu einem solchen Schritt entschloß, dann war das zumindest überaus ungewöhnlich.

Abends um sieben, als sich die meisten Angestellten der Londoner Bank auf den Heimweg machten, war die Stimmung der leitenden Herren eindeutig pessimistisch. Sir William Huddleston zeigte sich gereizt. Mr. Bradfords Atem roch nach Gin. Mr. Fowler war bleich wie ein Gespenst. Und Mr. Trents Hände zitterten. Etwa um sieben Uhr schlug die Stimmung um. Die am Vortag von den französischen Zollbeamten abgezeichneten Papiere trafen ein, und daraus ging hervor, daß am 22. Mai um fünf Uhr nachmittags ein bevollmächtigter Vertreter von Bonnard et Fils, ein gewisser Raymond Vernier, die Übernahme von neunzehn versiegelten Kisten der Firma Huddleston & Bradford durch Unterschrift bestätigt hatte. Der Deklaration zufolge enthielten die Kisten zwölftausend Pfund Sterling in Goldbarren.

»Das ist ihr Todesurteil!« rief Sir William und schwenkte das Papier in der Luft. »Sollte es zu irgendwelchen Unregelmäßigkeiten gekommen sein, dann allein auf französischer Seite.« Dies war allerdings eine etwas überspitzte Darstellung der rechtlichen Situation, wie er selbst wußte. Kurz darauf erhielt Sir William ein langes Kabel aus Ostende:

IHRE SENDUNG ENTHALTEND NEUNZEHN (19) VERSIEGELTE KISTEN GESTERN 22 MAI 17.00 UHR AN BORD SCHIFF ARLINGTON IN OSTENDE EINGETROFFEN BESAGTE SENDUNG VON UNSEREM VERTRETER OHNE OEFFNUNG DER SIEGEL DIE UNVERSEHRT SCHIENEN UEBERNOMMEN SENDUNG NACHT 22 MAI UNSERER GEWOHNHEIT GEMAESS IN SICHEREM SAFE IN OSTENDE VERWAHRT KEIN ANZEICHEN FUER VERSUCHTES AUFBRECHEN

DES SAFES WACHMANN CHARAKTER VERLAESSLICH MORGEN 23 MAI UNSER VERTRETER SIEGEL GEOEFFNET ENTDECKEND IHRE SENDUNG ENTHALTEND BLEIKUGELN FUER SCHUSSWAFFEN ABER KEIN GOLD VORLAEUFIGE UNTERSUCHUNG BETREFFEND HERKUNFT BLEIKUGELN WEISEN AUF HERSTELLUNG IN ENGLAND HIN NEUERLICHE UEBERPRUEFUNG DER AUFGEBROCHENEN VERSIEGELUNG DEUTET AUF VORHERGEHENDES OEFFNEN HIN UND AUF NEUERLICHES VERSIEGELN FACHMAENNISCHER ART KEINEN VERDACHT ERREGEND BEI GEWOEHNLICHER INSPEKTION SOFORTIGE BENACHRICHTIGUNG DER POLIZEIBEHOERDEN UND REGIERUNG IN PARIS ERINNERN DARAN ALLES BRITISCHEN URSPRUNGS BRITISCHE EISENBAHNEN BRITISCHES DAMPFSCHIFF DURCHGEHENDE BEWACHUNG DURCH BRITISCHE STAATSBUERGER BITTE DRINGEND BRITISCHE BEHOERDEN ZU BENACHRICHTIGEN ERWARTE IHRE AUFKLAERUNG DIESES WAHRHAFT RAETSELHAFTEN VORFALLS
LOUIS BONNARD, PRAESIDENT
BONNARD ET FILS, PARIS
AUFGABEORT: OSTENDE

Sir William soll auf dieses Kabel mit »einem derben Kraftausdruck« reagiert haben, der »eine Folge der Anspannung und der vorgerückten Stunde« war. Er soll sich ausgiebig über das französische Volk, die französische Kultur und die hygienischen Gewohnheiten der Franzosen ausgelassen haben. Und Mr. Bradford äußerte sich noch giftiger über französische Perversitäten. Mr. Fowler war offenbar betrunken, und Mr. Trent litt unter Atembeklemmungen. Es war schon zehn Uhr abends, als die Herren sich endlich so weit beruhigt hatten, daß Sir William zu Mr. Bradford sagen konnte: »Ich werde den Minister benachrichtigen. Benachrichtigen Sie inzwischen bitte Scotland Yard.«

Die Ereignisse der folgenden Tage verliefen, wie es in einem solchen Fall zu erwarten war. Die Engländer verdächtigten die Franzosen, und die Franzosen verdächtigten die Engländer. Jeder verdächtigte die Verantwortlichen der britischen Eisenbahngesellschaft, die wiederum die Verantwortlichen der britischen Schiffahrtsgesellschaft verdächtigten, die ihrerseits den französischen Zoll verdächtigten.

Britische Polizisten in Frankreich und französische Polizisten in England arbeiteten zusammen mit Privatdetektiven, die von den beteiligten Banken, der Bahnlinie und der Schiffahrtsgesellschaft beauftragt worden waren. Jeder setzte eine Belohnung für Hinweise aus, die zur Ergreifung der Täter führen könnten, worauf Informanten und Zuträger auf beiden Seiten des Kanals rasch mit einer verwirrenden Fülle von Hinweisen und Gerüchten reagierten.

Die verschiedensten Theorien über das Abhandenkommen der Goldsendung wurden aufgestellt, angefangen von der simplen Vermutung, ein paar französische oder englische Banditen hätten da einen Zufallstreffer gemacht, bis hin zu der gewagten Spekulation, höchste französische oder englische Regierungsbeamte hätten ein ausgeklügeltes Komplott ersonnen, um sich mit einem machiavellistischen Schachzug sowohl die eigenen Taschen zu füllen wie auch die Beziehungen zu den militärischen Verbündeten zu trüben. Sogar Lord Cardigan, der große Kriegsheld, äußerte die Vermutung, »es müsse sich um eine kluge Verbindung von Habgier und Politik handeln«.

Am weitesten jedoch war zu beiden Seiten des Kanals die Theorie verbreitet, daß die Tat das Werk von Männern sein müsse, die auf irgendeine Weise mit dem Transport zu tun gehabt hatten. Die meisten Verbrechen erklärten sich auf ähnliche Weise. Und in diesem Fall lag die Vermutung besonders nahe, daß Eingeweihte mit Zugang zu allen nötigen Informationen zusammengearbeitet und sich gegenseitig geholfen hatten. Die Schwierigkeit und die unbemerkte Durchführung der Tat ließen kaum einen anderen Schluß zu. Folglich wurde daraufhin jeder, der in irgendeiner Form mit dem Transport des Krim-Goldes zu tun gehabt hatte, einer peinlich genauen Überprüfung unterzogen und von den Behörden verhört. Der Eifer der Polizei, sich Informationen zu beschaffen, führte zu den unwahrscheinlichsten Maßnahmen: So wurde etwa der zehnjährige Enkel des Hafenmeisters von Folkestone tagelang von einem Polizisten in Zivil beschattet – und das aus Gründen, an die sich später niemand so recht erinnern konnte. Vorkommnisse dieser Art erhöhten nur die allgemeine Verwirrung. Die endlosen Verhöre immer neuer Personen zogen sich über Monate hin, und jede neue Spur und jeder neue Hinweis wurde von einer faszinierten, auf Sensationen begierigen Presse aufgegriffen.

Bis zum 17. Juni, also fast einen Monat nach dem Raub, machte die Fahndung keinerlei Fortschritte. An diesem Tag aber wurden die in Ostende, auf dem britischen Dampfer und die bei der South Eastern Railway verwendeten Safes auf Drängen der französischen Behörden an ihre jeweiligen Hersteller in Paris, Hamburg und London zur Inspektion geschickt. Die Schlösser sollten ausgebaut und untersucht werden. Bei Chubb stellte man fest, daß das Innere der Schlösser verdächtige Kratzer aufwies und Spuren von Eisenfeilspänen und Reste von Schmierfett und Wachs enthielt. An den anderen Safes hatte sich allem Anschein nach niemand zu schaffen gemacht.

Mit dieser Entdeckung rückte der Wachmann Burgess

wieder in den Mittelpunkt des Interesses. Man hatte ihn schon vorher verhört, aber wieder entlassen. Am 19. Juni ließ Scotland Yard einen Haftbefehl gegen ihn ausstellen, aber am gleichen Tag noch verschwand der Mann mit seiner Frau und seinen zwei Kindern, ohne eine Spur zu hinterlassen. In den folgenden Wochen wurde vergeblich nach ihm gefandet.

Da erinnerte man sich, daß bei der South Eastern Railway nur eine Woche vor dem Diebstahl der Goldbarren schon einmal etwas aus dem Packwagen gestohlen worden war. Der naheliegende Schluß, daß die Eisenbahngesellschaften ihre Aufsichtspflicht nur höchst nachlässig erfüllten, nährte in der Öffentlichkeit den Verdacht, daß der Raub des Goldes auf der Strecke London–Folkestone erfolgt sein mußte. Und als die von der South Eastern Railway beauftragten Detektive angebliche Beweise dafür vorlegten, daß der Raub von französischen Verbrechern ausgeführt worden war – eine Beschuldigung, die sich bald als haltlos herausstellte –, erhärtete sich dieser Verdacht zur Gewißheit. Von da an war in der Presse nur noch vom »großen Eisenbahnraub« die Rede.

Im Verlauf der Monate Juli und August 1855 blieb der große Eisenbahnraub in den Schlagzeilen und ständiges Tagesgespräch. Obwohl niemand sich so recht vorstellen konnte, wie das Verbrechen ausgeführt worden war, glaubte man doch bald allgemein, daß nur Engländer eine so schwierige und kühne Tat vollbracht haben konnten. Die vorher verdächtigten Franzosen wurden jetzt als zu beschränkt und hasenherzig hingestellt, ein solches Wagestück zu planen oder gar in die Tat umzusetzen.

Als die Polizeibehörden in New York Ende August bekanntgaben, sie hätten die Räuber gefaßt, und es seien

Amerikaner, reagierte die englische Presse mit fast unverhohlener Entrüstung und ärgerlichem Unglauben. Und tatsächlich stellte sich einige Wochen später heraus, daß die New Yorker Polizei sich geirrt hatte. Ihre Räuber hatten nie einen Fuß auf britischen Boden gesetzt, sondern waren vielmehr, wie ein Korrespondent es ausdrückte, »von jener sonderbaren Geistesverfassung, die einen Menschen dazu bringen kann, sich eines vielbeachteten Ereignisses zu bemächtigen, auch wenn es sich um ein übles Verbrechen handelt, um die Aufmerksamkeit der breiten Öffentlichkeit auf sich zu ziehen und so ihr krankhaftes Verlangen, im Rampenlicht zu stehen, jedenfalls für einen Augenblick zu befriedigen.«

Die englischen Tageszeitungen veröffentlichten jede kleinste Neuigkeit, jedes Gerücht und jede Theorie über den Raub, und bisweilen wurden andere Geschichten und Berichte so hingebogen, daß man sie mit dem Raub in Verbindung bringen konnte. Um ein Beispiel zu nennen: Als Königin Victoria im August zu einem Staatsbesuch nach Paris reiste, stellte die Presse Vermutungen darüber an, ob und inwieweit der Raub und seine Begleitumstände sich möglicherweise auf ihren Empfang in der französischen Kapitale auswirkten. (Überhaupt nicht, wie sich zeigte.)

Es ließ sich indes nicht länger verheimlichen, daß in den Sommermonaten keine neuen Erkenntnisse gewonnen worden waren. Folglich erlahmte nach und nach das Interesse der Öffentlichkeit. Vier Monate lang hatte der große Eisenbahnraub die Phantasie der Menschen beschäftigt. Im Verlauf dieser Zeit hatte sich ein beachtlicher Stimmungswandel vollzogen: die ursprüngliche Feindseligkeit gegenüber den Franzosen, von denen man angenommen hatte,

sie hätten das Gold irgendwie mit leichter Hand und heimtückisch gestohlen, war nach und nach dem Verdacht gewichen, führende Gestalten der englischen Finanz- und Industriewelt, die man bestenfalls grober Unfähigkeit und schlimmstenfalls als die wirklichen Täter bezichtigen konnte, hätten das Gold an sich gebracht. Und schließlich hatte sich so etwas wie Bewunderung für den Einfallsreichtum und den Wagemut jener englischen Spitzbuben herauskristallisiert, die diesen tollen Streich geplant und ausgeführt haben mußten – auf welche Weise auch immer.
Da es aber keine neuen Sensationen zu vermelden gab, wurde die Öffentlichkeit allmählich ungeduldig. Man hatte eine muntere Orgie franzosenfeindlicher Gefühle ausgekostet, hatte die Übeltäter verdammt und bewundert, hatte sich über die Schwächen von Bank- und Eisenbahndirektoren, von Diplomaten und Polizisten lustig gemacht. Nun aber verlangte das Publikum dringend danach, daß sein Glaube an die Zuverlässigkeit von Banken, Eisenbahnen, Regierung und Polizei wiederhergestellt wurde. Kurz gesagt, man wollte, daß die Täter nun endlich hinter Schloß und Riegel kamen – und zwar schnell.
Die Schuldigen wurden aber nicht gefaßt. Von offizieller Seite wurde gelegentlich, wenn auch mit geringerer Überzeugungskraft behauptet, es gebe »neue Anhaltspunkte«. Ende September wurde von anonymer Seite behauptet, Mr. Harranby von Scotland Yard habe von dem bevorstehenden Verbrechen gewußt, es aber nicht verhindern können. Mr. Harranby dementierte diese Gerüchte mit aller Entschiedenheit. Dennoch wurden Rufe laut, er solle seinen Abschied nehmen. Die Huddleston & Bradford-Bank, die sich in den Sommermonaten eines leichten Geschäftsaufschwungs hatte erfreuen können, mußte jetzt einen

leichten Rückgang hinnehmen. Die Zeitungen mußten feststellen, daß Schlagzeilen über den Raub sich nicht mehr auf den Verkauf auswirkten.
Im Oktober 1855 interessierte sich in England kein Mensch mehr für den großen Eisenbahnraub. Der Kreis hatte sich geschlossen: Aus dem Ereignis, das die Menschen so lange fasziniert hatte, war ein nebulöser, lästiger Zwischenfall geworden, den fast jeder möglichst rasch vergessen wollte.

V.

Verhaftung und Prozeß

November 1856 bis August 1857

47. Kapitel

Feuerwerk und seine Folgen

Der 5. November, der Tag der Pulververschwörung oder Guy-Fawkes-Tag, war in England schon seit 1605 ein nationaler Feiertag. Die anläßlich dieses Tages abgehaltenen Feiern aber, so hieß es 1856 in *News*, »dienen, wie sich in den letzten Jahren gezeigt hat, nicht mehr allein der Wohltätigkeit, sondern ebenso dem Vergnügen. Hier ist von einem löblichen Beispiel zu berichten. Am Mittwoch abend hat auf dem Gelände des Waisenhauses der Seemannschaft in der Bow Road ein großes Feuerwerk stattgefunden, dessen Reinerlös dem Fonds dieser Einrichtung zugeflossen ist. Illuminiert wurde das Gelände etwa so, wie in Vauxhall üblich, und es spielte ein Orchester. Auf dem hinteren Teil des Grundstücks hatte man einen Galgen errichtet, an dem eine Strohpuppe, die den Papst darstellte, aufgehängt war. Eine Reihe von Teerfässern umgab diese Nachbildung. Sie wurden zu gegebener Zeit angezündet und ergaben ein hell loderndes Feuer. Zahlreiche Menschen waren zusammengeströmt, um dem Schauspiel beizuwohnen, und der Erlös dieses Tages muß dem Fonds dieser wohltätigen Einrichtung neue Mittel in erfreulicher Höhe gebracht haben.«

Wo Zerstreuung geboten wurde und viele Menschen zusammenströmten, kamen natürlich auch Taschendiebe, Beutelschneider und Dirnen auf ihre Kosten, und die Polizei hatte an jenem Abend auf dem Gelände des Waisenhauses alle Hände voll zu tun. Im Verlauf des Abends wurden von der Metropolitan Police nicht weniger als dreizehn »Herumtreiber, Landstreicher und Diebe« festgenommen, darunter eine junge Frau, die man beschuldigte, einen angetrunkenen Herrn bestohlen zu haben. Die junge Frau wurde von einem gewissen Konstabler Johnson festgenommen. Der Vorfall war typisch.

Konstabler Johnson, ein Mann von dreiundzwanzig, patrouillierte gerade auf dem Gelände des Waisenhauses, als er in dem grellen Lichtschein der am Himmel explodierenden Feuerwerkskörper eine Frau entdeckte, die sich über einen reglos am Boden liegenden Mann beugte. Da Johnson befürchtete, dem Mann könne unwohl geworden sein, eilte er zu Hilfe, doch als er näher kam, ergriff die Frauensperson die Flucht. Konstabler Johnson machte sich sofort an die Verfolgung und konnte sie schon nach wenigen Schritten festnehmen. Sie war über ihren Rocksaum gestolpert und hingefallen.

Als er sie näher betrachtete, stellte er fest, daß es sich »um eine Weibsperson von lüsternem Aussehen und sittenlosem Gebaren« handelte. Sie hatte mit hoher Wahrscheinlichkeit den Betrunkenen bestohlen, gehörte also zur untersten Schicht von Verbrechern überhaupt: zu den Fledderern. Konstabler Johnson verhaftete sie auf der Stelle.

Die dreiste Person stemmte die Hände in die Hüften und starrte ihn herausfordernd an. »Ich habe keine Sore bei mir«, erklärte sie, und diese Worte müssen Konstabler Johnson sehr nachdenklich gemacht haben. Er sah sich einem ernsten Dilemma gegenüber.

Zu Zeiten der Königin Victoria gehörte es sich für einen Mann, daß er Frauen, und zwar auch solche, die zur »niedrigsten Sorte« gehörten, äußerst behutsam behandelte und auf die Zartheit der weiblichen Natur Rücksicht nahm. Die weibliche Natur, so hieß es in einem Polizeihandbuch jener Zeit, »mit ihrem heiligen Quell der Gefühle, ihrem erhabenen Reichtum an Mütterlichkeit, ihrer feinen Empfindsamkeit und großen Zerbrechlichkeit, also mit all jenen Eigenschaften, die das *wahre Wesen des Weiblichen* ausmachen, hat ihre Wurzeln in den biologischen und physiologischen Prinzipien, die die Unterschiede zwischen männlichem und weiblichem Geschlecht bestimmen. Es darf also nie vergessen werden, daß dieses *wahre Wesen des Weiblichen jeder* Angehörigen dieses Geschlechts zu eigen ist und von jedem Polizisten respektiert werden muß, selbst dann, wenn die äußere Erscheinung bestimmter gemeiner Frauenspersonen auf das Fehlen besagter weiblicher Eigenschaften schließen läßt.«

Solche Vorschriften brachten nun allerdings einen Polizisten in die allergrößte Verlegenheit, wenn es sich um den Umgang mit weiblichen Verbrechern handelte. Kriminelle machten sich dies oft zunutze und setzten einen weiblichen Komplicen ein, gerade weil die Polizei weibliche Delinquenten nur mit größtem Zögern in Haft nahm.

Konstabler Johnson war sich all dessen vollauf bewußt, als er sich am Abend des 5. November der verflixten Frauensperson gegenübersah. Die Frau machte geltend, kein Diebesgut bei sich zu haben. Falls dies den Tatsachen entsprach, würde sie nie verurteilt werden, auch wenn er aussagte, daß er sie beim Fleddern auf frischer Tat ertappt hatte. Falls das Mädchen nicht gerade eine Taschenuhr oder einen anderen, unzweifelhaft einem Herrn gestohlenen Gegenstand bei sich hatte, würde sie ungeschoren davonkommen.

Er konnte auch keine Leibesvisitation vornehmen. Allein schon der Gedanke, daß er den Körper dieser Frau berührte, war unvorstellbar. Ihm blieb nur eine Möglichkeit, nämlich sie zur Wache zu bringen, wo man eine Aufseherin holen lassen konnte, die sie durchsuchte. Aber es war schon spät, man würde die Aufseherin aus dem Bett holen müssen, und die Polizeiwache war ein ganzes Stück Wegs entfernt. Auf dem Weg durch die dunklen Straßen wäre es für die kleine Dirne ein leichtes, sich verräterischer Gegenstände, die sie eventuell bei sich hatte, zu entledigen.

Konstabler Johnson hatte aber noch mehr zu bedenken: Falls er die Frau mit zur Wache nahm und sich dann herausstellte, daß die Person tatsächlich kein Diebesgut bei sich hatte, würde er als der Dumme dastehen und sich obendrein noch eine scharfe Rüge von seinem Vorgesetzten einhandeln. Das wußte auch die Person, die da in unverschämter, herausfordernder Haltung vor ihm stand.

Insgesamt also war es eine Situation, die es Konstabler Johnson geraten erscheinen ließ, kein Risiko einzugehen und die Person mit einer Verwarnung fortzuschicken. Doch man hatte ihm vor kurzem vorgehalten, die Zahl der durch ihn erfolgten Festnahmen lasse zu wünschen übrig, und man hatte ihn ermahnt, sich bei der Verfolgung von Missetätern etwas mehr anzustrengen. Außerdem hatte man ihn deutlich fühlen lassen, daß sein Posten sonst auf dem Spiel stand.

Während am Himmel das grelle Licht explodierender Feuerwerkskörper aufblitzte, entschloß sich Konstabler Johnson, die Frauensperson zu deren großer Verblüffung und trotz eigenen Widerstrebens zur Wache mitzunehmen.

Dalby, der wachhabende Sergeant, war schlechter Laune, weil er am Abend dieses Feiertags Dienst tun mußte. Er hätte lieber an den Festlichkeiten teilgenommen, die an diesem Tag überall stattfanden.

Er starrte erst Johnson an und dann die Frau an der Seite des Konstablers. Sie gab ihren Namen mit Alice Nelson an und sagte, sie sei »achtzehn oder so«. Dalby seufzte und rieb sich den Schlaf aus den Augen, bevor er sich daranmachte, das Formular auszufüllen. Er schickte Johnson, die Aufseherin holen. Dem Mädchen befahl er, sich in einer Ecke hinzusetzen. Die Wache war leer und still. Nur gelegentlich war aus der Ferne das Pfeifen und Krachen von Feuerwerkskörpern zu hören.

Dalby hatte eine kleine Taschenflasche bei sich. Zu später Stunde genehmigte er sich gern einmal einen Schluck oder zwei, wenn niemand zusah. Aber jetzt saß dieses freche kleine Weibsstück da und hielt ihn davon ab. Er blickte finster drein. Er war verärgert. Wenn er es sich nicht erlauben konnte, ein Schnäpschen zu nehmen, hatte er immer ganz besonderen Appetit darauf.

Nach einiger Zeit machte die Schlampe den Mund auf. »Wenn Sie glauben, ich habe Sore unterm Rock, dann gucken Sie doch selbst nach, und zwar gleich«, sagte sie in laszivem Ton. Die Aufforderung war unmißverständlich, und um sie noch deutlicher zu machen, fing sie an, sich durch den Rock wollüstig die Oberschenkel zu kratzen.

»Sie finden bestimmt, was Sie suchen«, sagte sie.

Dalby seufzte.

Das Mädchen fuhr fort, sich zu kratzen. »Ich weiß, wie ich Ihnen ’ne Freude machen kann«, fügte sie hinzu. »Sie können sich drauf verlassen, Gott ist mein Zeuge.«

»Ja, und dann hängst du mir zur Belohnung noch was an«, sagte Dalby. »Deine Sorte kenne ich, Schätzchen.«

»Das ist doch wohl die Höhe«, protestierte das Mädchen und wurde plötzlich wütend. »Sie haben kein Recht, so mit mir zu reden. Ich bin gesund, und ich bin’s immer gewesen.«

»Ja, ja, ja«, versetzte Dalby müde und dachte wieder an seine Flasche. »So ist es immer, ihr habt nie etwas. Ich weiß.«
Die kleine Schlampe verstummte. Sie hörte auf, sich die Schenkel zu kratzen und saß jetzt aufrecht und gesittet auf ihrem Stuhl. »Machen wir doch 'n kleines Geschäft miteinander«, sagte sie, »und Sie werden's nicht bereuen.«
»Kindchen, da ist nichts zu machen«, entgegnete Dalby, der kaum zuhörte. Für ihn waren solche Vorschläge alltäglich. Er bekam sie auf der Wache jeden Abend zu hören. Irgendein kleines Weibsstück wurde am Arm eines Polizisten hereingezerrt und beteuerte lauthals seine Unschuld. Dann kamen die üblichen Avancen, und wenn das nicht nützte, war bald von Bestechung die Rede.
Es war immer das gleiche.
»Lassen Sie mich laufen«, sagte das Mädchen, »dann kriegen Sie 'ne Gold-Guinee.«
Dalby seufzte und schüttelte den Kopf. Wenn dieses Geschöpf eine Gold-Guinee besaß, war allein das schon ein Beweis dafür, daß sie gefleddert hatte.
»Also gut«, sagte das Mädchen. »Ich gebe Ihnen zehn.«
Ihre Stimme hatte jetzt einen ängstlichen Unterton.
»Zehn Guineen?« fragte Dalby. Das war immerhin etwas Neues. Zehn Guineen hatte ihm noch nie jemand angeboten. Das muß Falschgeld sein, dachte er.
»Ich verspreche Ihnen zehn, wirklich.«
Dalby zögerte. Er hielt sich selbst für einen Mann mit Grundsätzen, und er war ein altgedienter Hüter des Gesetzes. Er verdiente nur 15 Shilling in der Woche, und darauf mußte er manchmal noch warten. Zehn Guineen, das war viel Geld. Er verfiel in Nachdenken.
»Also schön«, sagte das Mädchen, das sein Zögern falsch deutete. »Von mir aus hundert! Hundert Gold-Guineen!«

Dalby lachte. Der Bann war gebrochen, und seine Tagträumerei war jäh beendet. Diese Person fing in ihrer Angst wohl an zu spinnen! Einhundert Guineen! Absurd.
»Sie glauben mir nicht?«
»Halt den Mund«, sagte er. Seine Gedanken wandten sich wieder seiner Taschenflasche zu.
Das kleine Luder biß sich auf die Lippe, runzelte die Stirn und schwieg. Schließlich sagte sie: »Ich könnte Ihnen allerhand erzählen.«
Dalby starrte an die Decke. Es war alles so trostlos und vorhersehbar. Wenn es mit der Bestechung nicht klappte, kam unweigerlich das Anerbieten, irgend jemanden zu verpfeifen. Es war immer wieder das gleiche. Aus purer Langeweile eher als Neugier fragte er: »Na, was gibt's denn zu erzählen?«
»Ich weiß was über 'ne große Massematte. Ehrlich.«
»Was kann das schon groß sein!«
»Ich weiß, wer den Eisenbahnraub gedreht hat.«
»Gott«, sagte Dalby, »bist du aber eine kluge kleine Kröte. Weißt du, das ist nämlich genau das, was wir alle wissen wollen – und wir kriegen es auch zu hören, von jedem gottverdammten Schneck, von jedem Leidengänger und jedem Schauten, der uns über den Weg läuft. Jeder miese kleine Gannew behauptet, die Geschichte zu kennen. Ich habe das schon hundertmal gehört, und zwar mit genau den Ohren, die du hier siehst.« Er schenkte ihr ein dünnes Lächeln.
Dalby empfand so etwas wie Mitleid mit dem Mädchen. Ein hoffnungsloser Fall, dachte er. Ein Mädchen, das Betrunkene fledderte, war schon ziemlich heruntergekommen. Und die bot einem hundert Guineen an! Und über den Eisenbahnraub hatte ihm schon lange keiner mehr etwas Neues erzählen können. Das war ein alter Hut, niemand interessierte sich mehr dafür. Inzwischen gab es

schon ein halbes Dutzend neuer Verbrechen, über die er gern Näheres gehört hätte.
»Es ist wirklich kein fauler Zauber«, sagte das Mädchen. »Ich kenne den Schränker, der das Ding gedreht hat, und ich kann Ihnen auch sagen, wo Sie ihn finden.«
»Ja, ja, ja«, sagte Dalby.
»Ich schwöre«, protestierte das Mädchen. Sie wirkte jetzt noch verzweifelter als zuvor. »Ich *schwöre.*«
»Na, und wer ist es denn?«
»Das sage ich nicht.«
»Verstehe«, sagte Dalby. »Aber du könntest ihn natürlich für uns finden, wenn wir dich nur freiließen, damit du ihn für uns aufstöberst – so ist es doch, was?« Er sah das Mädchen kopfschüttelnd an. Diese Typen wunderten sich immer, wenn ein Polizist ihre Lügengeschichten zu Ende erzählte. Warum hielten sie die Männer der Polizei immer für Dummköpfe und Narren?
Aber diesmal war es an Dalby, sich zu wundern, denn das Mädchen sagte mit ruhiger Stimme: »Nein.«
»Nein?« fragte Dalby.
»Nein«, erwiderte das Mädchen. »Ich weiß genau, wo er zu finden ist.«
»Aber du mußt uns zu ihm führen, was?« fragte Dalby.
»Nein«, erwiderte das Mädchen.
»Nein?« Dalby zögerte. »Also, wo können wir ihn finden?«
»In Newgate«, sagte das Mädchen.
Es vergingen einige Sekunden, bis Dalby der Sinn der Worte aufging. »Im Gefängnis von Newgate?« fragte er.
Das Mädchen nickte.
»Und wie heißt er?«
Das Mädchen grinste.
Kurz darauf schickte Dalby einen Boten nach Scotland

Yard, der sofort das Büro von Mr. Harranby unterrichten sollte, denn hier war eine Geschichte, die so seltsam klang, daß sie wirklich ein Körnchen Wahrheit enthalten konnte.

Bei Morgengrauen sah die Polizei mehr oder weniger klar. Das Mädchen, Alice Nelson, war die Geliebte eines gewissen Robert Agar, der kürzlich wegen des Verdachts verhaftet worden war, Fünf-Pfund-Noten gefälscht zu haben. Agar hatte seine Unschuld beteuert. Er saß jetzt in Newgate und wartete auf die Gerichtsverhandlung.
Das Mädchen, das nicht mehr von Agars Einkommen leben konnte, hatte sich daraufhin aufs Stehlen und Fleddern verlegt, um sich über Wasser zu halten, und war jetzt auf frischer Tat ertappt worden. Einem späteren Polizeibericht zufolge zeigte sie »eine unüberwindliche Abneigung gegen das Eingesperrtsein«, was wohl heißen sollte, sie leide an Klaustrophobie. Jedenfalls hatte sie ihren Liebhaber verpfiffen und alles erzählt, was sie wußte. Das war zwar wenig genug, veranlaßte Mr. Harranby aber immerhin, sich Agar vorführen zu lassen.

48. Kapitel

Einladung zur Känguruhjagd

»Wer ein Polizeiverhör erfolgreich führen will«, schrieb Edward Harranby in seinen Memoiren, »muß wissen, wie ein verschlagenes Verbrecherhirn arbeitet.« Harranby besaß dieses Wissen, mußte jedoch zugeben, daß der Mann, der jetzt trocken hustend vor ihm saß, ein besonders schwieriger Fall war. Sie verhörten ihn nun schon zwei Stunden lang, aber Agar hielt an seiner Geschichte fest. Bei Verhören liebte Mr. Harranby es, dem Gespräch gelegentlich eine unerwartete Wendung zu geben, damit der Delinquent sich nie sicher fühlte. Aber Agar schien mit dieser Methode vertraut.

»Mr. Agar«, sagte Harranby. »Wer ist John Simms?«

»Nie von ihm gehört.«

»Wer ist Edward Pierce?«

»Nie von ihm gehört. Das habe ich ihnen doch schon gesagt.« Er hustete in ein Taschentuch, das Sharp, Harranbys Gehilfe, ihm gegeben hatte.

»Ist dieser Pierce nicht ein berühmter Einbrecher?«

»Woher soll ich das wissen?«

»Woher sollen Sie das wissen ...« Harranby seufzte. Er war überzeugt, daß Agar log. Alles deutete darauf hin, seine Haltung, sein flackernder Blick, die niedergeschlagenen Augen, seine Handbewegungen. »Also schön, Mr. Agar. Seit wann fälschen Sie Geld?«

»Ich habe kein Geld gefälscht«, sagte Agar. »Ich schwöre, ich war's nicht. Bin nur in diesen Pub gegangen, um mir einen zu genehmigen. Das ist alles. Ich schwöre.«

»Sie sind unschuldig?«

»Ja, das bin ich.«

Harranby machte eine Pause. »Sie lügen«, sagte er.

»Es ist die Wahrheit, so wahr mir Gott helfe.«

»Wir werden Sie für viele Jahre hinter Gitter bringen. Da dürfen Sie sich nicht täuschen!«

»Gegen mich liegt nichts vor«, sagte Agar aufgeregt.

»Lügen Sie nicht. Sie sind ein Fälscher, soviel steht fest.«

»Ich schwöre«, sagte Agar. »Ich hab keine Scheine gemacht. Das hätte doch keinen Sinn, wo ich ...« Er verstummte plötzlich.
Ein kurzes Schweigen. Man hörte nur das Ticken der Wanduhr. Harranby hatte diese Uhr nur wegen ihres lauten und beharrlichen Tickens gekauft: es sollte die Häftlinge beim Verhör irritieren.
»Warum hätte das keinen Sinn?« fragte er leise.
»Weil ich ein ehrlicher Mensch bin, darum«, erwiderte Agar und starrte auf den Fußboden.
»Und welcher ehrlichen Arbeit gehen Sie nach?«
»Gelegenheitsarbeit. Mal hier, mal da.«
Das war zwar keine genaue Auskunft, aber möglicherweise auch keine Ausrede. In London gab es damals rund eine halbe Million ungelernter Arbeiter, die Gelegenheitsarbeiten übernahmen, wo diese sich gerade boten.
»Wo haben Sie gearbeitet?«
»Ja, warten Sie mal ...« sagte Agar und kniff die Augen zusammen. »Einen Tag habe ich im Gaswerk von Millbank gearbeitet. Hab Kohle geschaufelt. Zwei Tage in Chenworth, Ziegelsteine geschleppt. Und vor einer Woche habe ich ein paar Stunden für Mr. Barnham gearbeitet und seinen Keller aufgeräumt. Ich nehme, was ich kriegen kann, verstehen Sie?«
»Ihre Dienstherren werden sich an Sie erinnern?«
Agar lächelte. »Möglich.«
Hier befand Harranby sich wieder in einer Sackgasse. Wer Gelegenheitsarbeiter beschäftigte, erinnerte sich nur selten daran, wer für sie gearbeitet hatte und wann. Wie dem auch sei, viel war da für ihn nicht zu holen.
Harranby ertappte sich dabei, daß er die Hände des Mannes anstarrte. Agar hatte die Hände im Schoß gefaltet. Da

bemerkte Harranby, daß der Nagel des einen kleinen Fingers ziemlich lang war.
Ein langer Fingernagel konnte alles mögliche bedeuten. Seeleute ließen einen Nagel lang wachsen, damit er ihnen Glück brachte, besonders die Griechen unter ihnen. Aber auch Leute, die in einem Kontor arbeiteten, ließen sich manchmal den Nagel des kleinen Fingers lang wachsen, um damit Siegel abzulösen. Aber bei Agar …
»Wie lange arbeiten Sie denn schon als Schränker?« fragte Harranby.
»Bitte?« erwiderte Agar mit einem Ausdruck bemühter Unschuld. »Schränker?«
»Stellen Sie sich nicht dumm«, sagte Harranby. »Sie wissen, was das ist.«
»Ich habe mal in 'ner Tischlerei gearbeitet. Oben im Norden, ein Jahr lang, das stimmt.«
Harranby ließ sich nicht ablenken. »Haben Sie die Schlüssel für die Safes gemacht?«
»Schlüssel? Was für Schlüssel?«
Harranby seufzte. »Als Schauspieler haben Sie keine Zukunft, Agar.«
»Ich verstehe nicht, was Sie meinen, Sir«, sagte Agar. »Von was für Schlüsseln reden Sie?«
»Von den Schlüsseln, die beim Eisenbahnraub benutzt worden sind.«
Hier lachte Agar laut auf. »Sie sind vielleicht gut«, sagte er. Sie glauben, ich würde heute Geld fälschen, wenn ich bei der Sache mitgemacht hätte? Glauben Sie das wirklich? Das ist ja verrückt!«
Harranbys Gesicht blieb ausdruckslos, aber er wußte, daß Agar recht hatte. Ein Mann, der am Raub von 12000 Pfund beteiligt gewesen war, würde sich ein Jahr

später nicht mit dem Herstellen von Fünf-Pfund-Noten abgeben.

»Es hat keinen Sinn, daß Sie uns was vormachen«, sagte Harranby. »Wir wissen, daß Simms Sie im Stich gelassen hat. Ihm ist es egal, was mit Ihnen passiert – warum schützen Sie ihn?«

»Nie von ihm gehört«, sagte Agar.

»Führen Sie uns zu ihm, und wir werden uns erkenntlich zeigen.«

»Nie von ihm gehört«, wiederholte Agar. »Wollen Sie das nicht endlich begreifen?«

Harranby machte eine Pause und starrte Agar an. Der Mann war, von seinen Hustenanfällen abgesehen, völlig ruhig. Harranby warf Sharp, der in einer Ecke saß, einen Blick zu. Es war an der Zeit, die Methode zu wechseln.

Harranby nahm ein Blatt Papier vom Schreibtisch und setzte sich die Brille auf. »Also gut, wie Sie wollen, Mr. Agar«, sagte er. »Dies ist ein Auszug aus dem Strafregister. Sieht gar nicht gut aus, fürchte ich.«

»Strafregister?« Jetzt war Agar wirklich verblüfft. »Ich habe keins.«

»Und ob Sie eines haben«, sagte Harranby und ließ den Finger über den Text gleiten. »Robert Agar … hmmm sechsundzwanzig Jahre alt … hmm … geboren in Bethnal Green … hmm … Ja, hier haben wir's schon. 1849, sechs Monate in Bridewell wegen Landstreicherei …«

»Das ist *nicht wahr*!« explodierte Agar.

»… und 1852 ein Jahr acht Monate in Coldbath wegen Raubüberfalls …«

»Das stimmt nicht, ich schwöre, es ist nicht wahr!«

Harranby musterte den Häftling über den Rand seiner Brille hinweg. »Es steht alles hier in Ihrer Akte, Mr. Agar.

Ich denke, der Richter wird sich sehr dafür interessieren. Was wird er wohl bekommen? Was meinen Sie, Mr. Sharp?«
»Vierzehn Jahre Verbannung, mindestens«, sagte Sharp nachdenklich.
»Hm. Ja. Vierzehn Jahre Australien – das würde ich auch sagen.«
»Australien«, sagte Agar mit leiser Stimme.
»Nun, würde ich doch denken«, sagte Harranby ruhig. »Verbannung ist die übliche Strafe in solchen Fällen.«
Agar schwieg.
Harranby wußte, daß die »Verbannung« in der Öffentlichkeit allgemein als gefürchtete Strafe galt, während die Verbrecher selbst der Deportation nach Australien mit Gleichmut entgegensahen oder sich gar darauf freuten. Viele Kriminelle meinten, Australien sei ein angenehmes Land, und die Aussicht, »die Känguruhs zu jagen«, erschien vielen verlockender als eine lange Haft in einem englischen Gefängnis.
Die Stadt Sydney in New South Wales war zu jener Zeit eine aufblühende, hübsche Hafenstadt mit dreißigtausend Einwohnern. Sydney war überdies ein Ort, »in dem die Vergangenheit eines Menschen nichts zählt, und ein gutes Gedächtnis sowie neugierige Fragen gehören zu den Dingen, die dort nicht sehr geschätzt werden …« In Australien mochte es auch Brutalitäten geben – so machten sich die Schlachter dort ein Vergnügen, das Geflügel bei lebendigem Leib zu rupfen –, aber andererseits war es unzweifelhaft auch ein angenehmes Land. In Sydney gab es bereits Gasbeleuchtung in den Straßen, man sah dort vornehme Wohnhäuser und Frauen mit kostbarem Schmuck. Kurz, die Stadt konnte sich sehen lassen. Ein Mann wie Agar

brauchte eine Verbannung dorthin also nicht unbedingt als Unglück zu betrachten.
Wider Erwarten reagierte er jedoch äußerst erregt. Offensichtlich wollte er England nicht verlassen. Als Harranby dies sah, faßte er wieder Mut. Er erhob sich.
»Das wäre alles für heute«, sagte er. »Sollten Sie in ein paar Tagen das Gefühl haben, Sie hätten mir etwas mitzuteilen, brauchen Sie nur den Wärtern in Newgate Bescheid zu sagen.«
Agar wurde aus dem Zimmer geführt. Harranby setzte sich wieder an seinen Schreibtisch. Sharp trat zu ihm.
»Was haben Sie denn da vorhin vorgelesen?« fragte er.
Harranby nahm den Bogen vom Schreibtisch. »Ein Rundschreiben von der Gebäudeverwaltung«, sagte er, »in dem mitgeteilt wird, daß Kutschen nicht mehr auf dem Innenhof abgestellt werden dürfen.«

Drei Tage später sagte Agar zu den Wärtern in Newgate, er wünsche, Mr. Harranby erneut vorgeführt zu werden. Am 13. November erzählte Agar Harranby alles, was er über den Raub wußte. Dafür wurde ihm zugesagt, er dürfe auf milde Bestrafung hoffen. Unter Umständen werde sogar eine der beteiligten Institutionen – die Bank, die Eisenbahngesellschaft oder gar die Regierung selbst – ihm einen Teil der ausgesetzten Belohnungen zuerkennen.
Agar wußte nicht, wo das Geld versteckt war. Er sagte, Pierce habe ihm monatliche Zuwendungen in Banknoten zukommen lassen. Pierce und seine Komplicen hatten sich nämlich vor der Tat darauf geeinigt, die Beute erst zwei Jahre nach dem Raub, also im Mai des folgenden Jahres, 1857, zu teilen.
Agar wußte dafür aber, wo Pierce' Haus lag. Am Abend

des 13. November umstellten Männer von Scotland Yard das Haus des Edward Pierce alias John Simms und betraten es mit gezogenen Pistolen. Der Hausherr war jedoch nicht anwesend. Die verängstigten Dienstboten erklärten, er habe die Stadt verlassen, um sich am folgenden Tag in Manchester einen Faustkampf anzusehen.

49. Kapitel

Zwei Freunde des Boxsports

Strenggenommen waren Faustkämpfe während des 19. Jahrhunderts in England verboten. Trotzdem fanden sie statt und zogen immer wieder riesige Zuschauermengen an. Die Notwendigkeit, den Behörden ein Schnippchen zu schlagen, führte dazu, daß oft ein großer Kampf in letzter Minute von einer Stadt in die andere Stadt verlegt werden mußte. Aber viele der zahllosen Anhänger dieses Sports scheuten sich nicht, notfalls auch quer durchs Land zu reisen, um einen Kampf zu sehen.

Der für den 19. November angesetzte Kampf zwischen Schmetter-Tim Revels, dem »Boxenden Quäker«, und seinem Herausforderer Neddy Singleton hatte ursprünglich in Liverpool stattfinden sollen, wurde dann aber in eine kleine Stadt namens Eagle Welles und schließlich nach Barrington außerhalb von Manchester verlegt. Über zwanzigtausend Freunde des Boxsports besuchten den Kampf. Sie wurden enttäuscht.

Damals gab es für das Preisboxen Regeln, die so anders waren als die heutigen Regeln, daß ein Zuschauer unserer Tage eine solche Veranstaltung kaum als Boxkampf ansehen würde. Man boxte mit bloßen Fäusten, schlug aber nicht zu fest zu, damit man sich die eigenen Hände und Handgelenke nicht verletzte. Ein Boxer, dem das widerfuhr, hatte den Kampf so gut wie verloren. Die einzelnen Runden waren verschieden lang, und auch die Gesamtdauer eines Kampfes war vorher nicht festgelegt. Ein Match ging oft über fünfzig oder achtzig Runden und dauerte so mitunter fast einen ganzen Tag. Ziel des Kampfes war für beide Kämpfer, den Gegner mit einer langen Reihe von Haken und Schwingern zu zermürben. Einen Knockout strebte niemand an. Im Gegenteil, ein richtiger Faustkämpfer trachtete danach, seinen Gegner langsam in die Knie zu zwingen.

Neddy Singleton wurde von der ersten Runde an von Schmetter-Tim hoffnungslos deklassiert. Neddy bediente sich schon von Anfang an des Tricks, bei jedem Treffer, den er einstecken mußte, in die Knie zu gehen, damit er verschnaufen konnte. Die Zuschauer zischten und buhten über diese unfaire List, die aber durch nichts verhindert werden konnte, zumal der Ringrichter – dem es oblag, einen Niedergeschlagenen bis zehn auszuzählen – so provozierend langsam zählte, daß jeder sehen konnte, daß die Hintermänner Neddys ihn mit einem saftigen Handgeld bestochen hatten. Doch wurde die Entrüstung der Fans dadurch gemildert, daß solche Tricks das blutige Schauspiel in die Länge zogen.

Die Herren von Scotland Yard hatten einige Mühe, unter den Tausenden von Zuschauern, unter denen es immer auch rohe und brutale Burschen gab, unauffällig vorzugehen. Agar, dem ein Pistolenlauf ins Kreuz gedrückt wurde, zeigte aus einiger Entfernung auf Pierce und den Wachmann Burgess, und gleich darauf wurden die beiden festgenommen. Man drückte ihnen einen Kracher in die Seite und forderte sie auf, unauffällig mitzukommen, wenn sie nicht ein Stück Blei zwischen die Rippen kriegen wollten. Pierce begrüßte Agar liebenswürdig. »Sie haben uns verpfiffen, nicht wahr?« fragte er lächelnd.

Agar konnte ihm nicht in die Augen sehen.

»Macht nichts«, sagte Pierce. »Ich habe auch für diesen Fall vorgesorgt.«

»Mir blieb nichts anderes übrig«, stieß Agar hervor.

»Auf Ihren Anteil werden Sie nun verzichten müssen«, sagte Pierce mit ruhiger Stimme.

Pierce wurde zu Mr. Harranby von Scotland Yard gebracht, der ihn am Rande der Zuschauermenge erwartete.

»Sind Sie Edward Pierce alias John Simms?«

»Der bin ich«, erwiderte der Mann.

»Sie sind vorläufig festgenommen. Sie werden beschuldigt, einen Raub begangen zu haben«, sagte Mr. Harranby.

Pierce erwiderte: »Sie werden mich nicht lange halten können.«

»Das denke ich aber doch, Sir«, sagte Mr. Harranby.

Am Abend des 19. November befanden sich Pierce und Burgess ebenso wie Agar im Gefängnis von Newgate. Harranby informierte in aller Stille einige hohe Regierungsbeamte über seinen Erfolg, aber der Presse wurde nichts mitgeteilt, denn Harranby wollte noch die als Miriam bekannte Frau sowie den Kutscher Barlow fassen, die sich beide noch auf freiem Fuß befanden. Außerdem wollte er das Gold finden.

50. Kapitel

Ein leeres Grab

Am 22. November verhörte Mr. Harranby Pierce zum erstenmal. Im Tagebuch seines Gehilfen, Jonathan Sharp, heißt es: »H. kam frühzeitig ins Büro, aufs sorgfältigste gekleidet und sehr gut aussehend. Trank eine Tasse Kaffee statt wie sonst Tee. Bemerkungen, wie Pierce am besten beizukommen sei, usf. usf. Sagte, er habe den Verdacht, daß ohne Zermürbungstaktik aus Pierce nichts herauszuholen sei.«

Das erste Gespräch war auch tatsächlich sehr rasch beendet. Um neun Uhr morgens wurde Pierce ins Büro geführt und gebeten, Platz zu nehmen. Er saß auf einem Stuhl mitten im Zimmer. Harranby schoß von seinem Platz hinter dem Schreibtisch mit gewohnter Schroffheit die erste Frage ab.

»Kennen Sie einen gewissen Barlow?«

»Ja«, sagte Pierce.

»Wo befindet er sich jetzt?«

»Ich weiß nicht.«

»Wo ist die Frau, die Miriam heißt?«

»Ich weiß nicht.«

»Wo«, fragte Mr. Harranby, »ist das Gold?«

»Ich weiß nicht.«

»Sie scheinen eine ganze Menge nicht zu wissen.«

»Stimmt«, sagte Pierce.

Harranby musterte ihn einen Augenblick. Ein kurzes Schweigen. »Vielleicht«, sagte Harranby, »wird ein kleiner Aufenthalt im ›Steel‹ Ihr Gedächtnis auffrischen.«

»Das bezweifle ich«, sagte Pierce, der keinerlei Besorgtheit zeigte. Kurz darauf wurde er aus dem Raum geführt.
Als er mit Sharp allein war, sagte Harranby: »Ich werde ihn kleinkriegen, verlassen Sie sich darauf.« An demselben Tag noch gab Harranby Anweisung, Pierce von Newgate ins Zuchthaus von Coldbath Fields zu überführen, das auch als »die Bastille« bekannt war. »The Steel« war normalerweise nicht für Untersuchungshäftlinge gedacht. Die Polizei bediente sich aber gern des Zuchthauses, wenn aus irgendeinem Häftling noch vor der Verhandlung etwas »herausgepreßt« werden sollte.
»The Steel« war das gefürchtetste aller englischen Gefängnisse. Henry Mayhew hat es nach einem Besuch im Jahre 1853 beschrieben. Unter den Besonderheiten dieser Anstalt hat Mayhew an erster Stelle natürlich die Tretmühle genannt, enge Verschläge in einer Reihe, »die an die Abteile in einem öffentlichen Pissoir erinnern«. Hier mußten die Häftlinge jeweils fünfzehn Minuten lang ausharren und ein Rad mit vierundzwanzig Stufen nach unten treten. Ein Wärter hat die Vorzüge der Tretmühle wie folgt erklärt: »Wie Sie sehen, finden die Männer nie einen festen Stand, da die Stufen immer unter ihnen wegsinken, und *das* macht die Sache sehr anstrengend. Außerdem sind die Verschläge klein und eng. Die Luft wird schnell sehr heiß, so daß die Leute am Ende der Viertelstunde oft kaum noch atmen können.«
Noch unangenehmer war der »Kugel-Drill« – eine Übung, die so anstrengend war, daß Männer über fünfundvierzig im allgemeinen davon freigestellt wurden. Dabei mußten die Gefangenen einen Kreis mit drei Schritten Abstand von Mann zu Mann bilden. Auf ein bestimmtes Kommando hin hob jeder eine auf der Erde liegende Kanonenkugel von

vierundzwanzig Pfund Gewicht auf, schleppte sie zum Platz seines Nachbarn, ließ sie fallen und kehrte zu seiner Ausgangsposition zurück, wo eine neue Kugel auf ihn wartete. Diese »Übung« dauerte meist jeweils eine volle Stunde.

Am gefürchtetsten war aber »die Kurbel«, eine mit Sand gefüllte schwere Trommel, die mit einer Handkurbel gedreht werden mußte. An dieses Gerät stellte man Häftlinge, die man besonders bestrafen wollte.

Ein einziger Tag in Coldbath Fields war so zermürbend, daß eine kurze Haftzeit schon genügen könnte, einen Mann zu zerbrechen. So mancher hatte nach sechs Monaten »keinen Mumm mehr in den Knochen«, sein Körper war geschwächt, er war mit den Nerven am Ende, und seine Willenskraft war gebrochen – er war kaum noch fähig, irgendwelche neuen Verbrechen zu begehen.

Da Pierce Untersuchungshäftling war, konnte man ihn nicht ohne weiteres den Torturen der Tretmühle, des Kugel-Drills oder der Kurbel unterwerfen. Aber auch für ihn galten die Vorschriften und Regeln des Zuchthauses, und brach er zum Beispiel das Sprechverbot, konnte er durchaus zur »Kurbel« verurteilt werden. Man kann also vermuten, daß die Wachen ihn oft beschuldigten, gesprochen zu haben, und daß er entsprechende Strafen erhielt, weil man ihn »weich machen« wollte.

Am 19. Dezember, nach vier Wochen im »Steel«, wurde Pierce wieder zu Harranby ins Büro gebracht. Harranby hatte vorher zu Sharp gesagt: »Heute werden wir das eine oder andere erfahren.« Aber diese zweite Vernehmung dauerte nicht länger als die erste.

»Wo ist dieser Barlow?«

»Ich weiß nicht.«

»Wo ist diese Miriam?«

»Ich weiß nicht.«
»Wo ist das Gold?«
»Ich weiß nicht.«
Mr. Harranby lief dunkelrot an, und die Adern traten ihm auf der Stirn hervor. Bebend vor Zorn entließ er Pierce. Als Pierce abgeführt wurde, wünschte er Mr. Harranby mit ruhiger Stimme ein frohes Weihnachtsfest.
»Die Unverschämtheit dieses Mannes«, schrieb Harranby später, »überstieg jede Vorstellungskraft.«
Mr. Harranby sah sich in dieser Zeit von mehreren Seiten stark unter Druck gesetzt. Die Huddleston & Bradford-Bank wollte ihr Gold wiederhaben und erreichte sogar, daß der Premierminister, Lord Palmerston, höchstpersönlich eingriff und sich bei Mr. Harranby nach dem Stand der Dinge erkundigte. Seine Anfrage brachte Harranby in eine peinliche Lage, denn er mußte gestehen, Pierce nach Coldbath Fields verlegt zu haben, und das zeigte, daß er, Harranby, sich nicht korrekt verhalten hatte.
Palmerston äußerte die Ansicht, daß dieses Vorgehen doch wohl »ein bißchen eigenmächtig und nicht ganz *comme il faut* sei, aber Harranby tröstete sich mit dem Gedanken, daß ein Premier, der sich den Backenbart färbte, mit solchen Äußerungen besser etwas vorsichtig sein sollte.
Pierce blieb in Coldbath, bis man ihn am 6. Februar 1857 wieder zu Harranby brachte.
»Wo ist dieser Barlow?«
»Ich weiß nicht.«
»Wo ist diese Miriam?«
»Ich weiß nicht.«
»Wo ist das Gold?«
»In einem Grab in St. John's Wood«, sagte Pierce.
Harranby richtete sich auf. »Was haben Sie da gesagt?«

»Es liegt in einer Gruft«, sagte Pierce gleichmütig, »auf der der Name John Simms steht, und zwar auf dem Friedhof Martin Lane, St. John's Wood.«
Harranby trommelte mit den Fingern auf den Schreibtisch.
»Warum haben Sie das nicht schon früher gesagt?«
»Weil ich nicht wollte«, erwiderte Pierce.
Harranby ließ Pierce wieder nach Coldbath Fields bringen.

Am 7. Februar hatte man die Gruft gefunden und die notwendigen Genehmigungen zu ihrer Öffnung eingeholt. Um zwölf Uhr mittags an diesem Tag öffnete Mr. Harranby in Begleitung von Mr. Henry Fowler das Gewölbe. Die Gruft enthielt keinen Sarg – und von Gold war auch nichts zu sehen. Bei einer genauen Untersuchung der Tür der Gruft stellte man fest, daß das Schloß vor kurzem mit Gewalt geöffnet worden war.
Mr. Fowler zeigte sich äußerst aufgebracht über diese Entdeckung, und Mr. Harranby war zutiefst bestürzt. Am 8. Februar, am folgenden Tag also, wurde Pierce wieder zu Harranby ins Büro gebracht und mit der Nachricht konfrontiert.
»Nun«, sagte Pierce, »die Schufte müssen mich beraubt haben.«
Er blieb jedoch ganz ruhig; es schien ihm nicht viel auszumachen. Harranby sprach ihn darauf an.
»Barlow«, sagte Pierce. »Ich habe schon immer gewußt, daß man ihm nicht trauen kann.«
»Sie glauben also, daß Barlow das Gold an sich genommen hat?«
»Wer denn sonst?«
Ein kurzes Schweigen trat ein. Harranby lauschte dem Ticken der Uhr. Diesmal irritierte es ihn mehr als seinen

Gefangenen. Der Mann schien bemerkenswert gelassen zu sein.
»Macht es Ihnen denn nichts aus«, fragte Harranby, daß Ihre Komplicen Sie so reingelegt haben?«
»Ich habe eben Pech gehabt«, sagte Pierce mit ruhiger Stimme. »Und Sie auch«, setzte er mit feinem Lächeln hinzu.

»Aus seinem beherrschten Benehmen und seinem höflichen Auftreten«, schrieb Harranby, »glaubte ich schließen zu können, daß er sich irgendwie eine neue Geschichte ausgedacht hatte, um uns von der Fährte abzubringen. Bei meinen weiteren Versuchen aber, der Wahrheit auf die Spur zu kommen, wurde ich empfindlich gestört, denn am 1. Mai 1857 erfuhr ein Reporter der *Times* von Pierce' Festnahme, und von da an konnten wir ihn nicht mehr so ungestört in Gewahrsam halten wie zuvor.«
Mr. Sharp zufolge nahm sein Chef den Bericht der *Times* über Pierce' Festnahme »mit hitzigen Verwünschungen und heftigen Zornausbrüchen auf«. Harranby verlangte zu wissen, woher die Zeitung von der Geschichte erfahren habe. Die *Times* weigerte sich, ihre Quelle preiszugeben. Ein Wärter in Coldbath, von dem man vermutete, er sei derjenige, der geschwatzt habe, wurde sofort entlassen, aber der wahre Sachverhalt wurde nie aufgeklärt. Es wurde sogar gemunkelt, der Hinweis sei aus dem Büro des Premierministers gekommen.
Der Beginn des Prozesses gegen Burgess, Agar und Pierce wurde daraufhin auf den 12. Juli 1857 festgesetzt.

51. Kapitel

England hat andere Sorgen

Der Prozeß gegen die drei Eisenbahnräuber rief in der Öffentlichkeit das gleiche fieberhafte Interesse hervor wie einst das Verbrechen selbst. Die Vertreter der Anklage, die sich wohl bewußt waren, daß dieses Ereignis im Mittelpunkt des öffentlichen Interesses stand, gaben sich alle Mühe, das prozessuale Vorgehen so dramatisch wie möglich zu gestalten. Burgess, die unbedeutendste Figur im Spiel, wurde als erster auf die Anklagebank in Old Bailey geführt. Die Tatsache, daß dieser Mann nur Einzelheiten der gesamten Geschichte kannte, machte der Öffentlichkeit nur den Mund wässerig, mehr zu erfahren.

Als nächster wurde Agar vorgeführt und vernommen. Er konnte mit weiteren Informationen aufwarten. Aber auch Agar war nun einmal nicht die Hauptperson, und seine Aussage steigerte noch die Spannung auf das Erscheinen des Mannes, den die Presse als »Meisterverbrecher« und als »die brillante, böse treibende Kraft hinter der Tat« bezeichnete.

Pierce war noch immer in Coldbath Fields eingekerkert, und bisher hatte ihn weder die Öffentlichkeit noch die Presse zu Gesicht bekommen. So konnten übereifrige Reporter unwidersprochen die wildesten und phantasievollsten Berichte über das Aussehen dieses Mannes, seine Manieren und seinen Lebensstil zusammenbrauen. Vieles, was in den ersten beiden Juliwochen des Jahres 1857 über ihn geschrieben wurde, war offenkundig unwahr: daß Pierce mit drei Geliebten unter einem Dach gewohnt habe und ein »menschlicher Dynamo« sei; daß er der Kopf hinter dem großen Scheckschwindel von 1852 sei; daß er der illegitime Sohn Napoleons I. sei; daß er Kokain und Opium nehme; daß er früher mit einer deutschen Gräfin verheiratet gewesen sei, die er 1848 in Hamburg ermordet habe. Es gibt keinen Anhaltspunkt dafür, daß auch nur eine dieser Geschichten den Tatsachen entspricht. Doch brachte die Presse auf diese Weise die Anteilnahme der Öffentlichkeit zum Sieden.

Selbst Königin Victoria war gegen die Faszination »dieses *äußerst kühnen* und *heimtückischen* Schurken, den Wir *gern* aus nächster Nähe sehen würden«, nicht gefeit. Sie gab außerdem dem Wunsch Ausdruck, seiner Hinrichtung beizuwohnen. Offenkundig war ihr entgangen, daß auf schweren Diebstahl 1857 in England nicht mehr die Todesstrafe stand.

Vor den Mauern von Coldbath Fields hatten sich seit Wochen immer wieder riesige Menschenmengen versammelt, nur auf die unwahrscheinliche Chance hin, einen Blick auf den Meisterdieb zu erhaschen. In Pierce' Haus in Mayfair wurde dreimal von gierigen Andenkenjägern eingebrochen. Eine »Dame der Gesellschaft«, über die keine näheren Angaben gemacht wurden, überraschte man dabei, wie sie das Haus mit einem Herrentaschentuch verließ. Sie soll nicht die geringste Verlegenheit gezeigt, sondern nur gesagt haben, sie habe sich ein Andenken an den Mann holen wollen.

Die *Times* klagte, diese Faszination für einen Verbrecher sei »unziemlich, ja geradezu dekadent«. Das Blatt schreckte nicht einmal vor der Behauptung zurück, das Verhalten der Öffentlichkeit spiegele »irgendeinen fatalen Makel im britischen Nationalcharakter« wider.

Doch ein geschichtliches Ereignis bewirkte, daß die Öffentlichkeit, als Pierce am 29. Juli zum erstenmal vor seinen Richtern stand, seinem Auftritt kaum noch Aufmerksamkeit schenkte. England sah sich herausgefordert: in Indien war ein blutiger Aufstand ausgebrochen.

Das wachsende britische Weltreich hatte in den vergangenen Jahrzehnten zwei größere Rückschläge hinnehmen müssen. Den ersten in Kabul, Afghanistan, wo 1842 16500 britische Soldaten, Frauen und Kinder innerhalb von sechs Tagen umgekommen waren. Der zweite war der inzwischen beendete Krim-Krieg, der Forderungen nach einer Armeereform hatte laut werden lassen. Das Unbehagen über die Streitkräfte war inzwischen so stark geworden, daß selbst Lord Cardigan, der einstige Nationalheld, in Mißkredit geraten war: Er wurde beschuldigt (zu Unrecht), beim Angriff der Light Brigade nicht zugegen gewesen zu sein. Seine Eheschließung mit der skandalumwitterten Kunstreiterin Adeline Horsey de Horsey hatte seinem Ruf noch weiter Abbruch getan.

Und jetzt wurde dem englischen Selbstbewußtsein und der englischen Weltherrschaft durch den Aufruhr in Indien ein weiterer schwerer Schlag versetzt. Daß die Engländer sich über Indien keine großen Sorgen machten, geht daraus hervor, daß sie dort nur 34000 europäische Soldaten unterhielten, die eine Viertelmillion eingeborener Soldaten befehligten, Sepoys genannt, die ihren englischen Vorgesetzten gegenüber keine übermäßige Loyalität an den Tag legten.

Seit den vierziger Jahren des 19. Jahrhunderts war England in Indien zunehmend willkürlich und anmaßend aufgetreten. Die neue evangelische Inbrunst der Rechtgläubigkeit in der Heimat hatte dazu geführt, daß auch in Übersee die religiösen Reformen rücksichtslos betrieben wurden; das Unwesen der Thugs sowie die freiwilligen Witwenverbrennungen gehörten der Vergangenheit an. Den Indern gefiel es durchaus nicht, mitanzusehen, daß die Fremden ihre althergebrachten religiösen Gebräuche veränderten.

Als die Engländer 1857 das neue Enfield-Gewehr einführten, kamen die Patronen für dieses Gewehr kräftig eingefettet aus der Fabrik. Die Soldaten mußten die Patronen aufbeißen, um das Pulver freizubekommen. Unter den Sepoy-Regimentern kam das Gerücht auf, das Schmierfett stamme von Schweinen und Kühen, und diese Patronen seien folglich ein Trick der Engländer, um die Sepoys zu verunreinigen und sie dazu zu bringen, ihre Kastenregeln zu verletzen.

Die englischen Behörden reagierten schnell.

Noch im Januar 1857 wurde angeordnet, daß in der Fabrik eingeschmierte Patronen nur noch an europäische Soldaten auszugeben seien; den Sepoys wurde gestattet, ihre Patronen selbst mit Pflanzenfett einzuschmieren. Diese vernünftige Anordnung kam jedoch zu spät, als daß sie die Entrüstung noch hätte dämpfen können. Im März wurden bei vereinzelten Zwischenfällen die ersten englischen Offiziere von Sepoys erschossen. Und im Mai brach ein allgemeiner Aufstand aus.

Die berühmteste Episode des indischen Aufstands ereignete sich in Cawnpore, einer Stadt mit 150 000 Einwohnern am Ufer des Ganges. Aus heutiger Sicht ist die Belagerung Cawnpores ein schlagender Beweis für all das, was am viktorianischen England nobel und töricht war. Eintausend britische Staatsbürger, darunter dreihundert Frauen und Kinder, sahen sich achtzehn Tage lang unter Feuer genommen. Die Lebensbedingungen in der belagerten Stadt

»sprachen allem ‚Hohn, was bislang als menschenwürdig und anständig gegolten hatte, und schockierten vor allem das Schamgefühl der ... weiblichen Natur«. In den ersten Tagen der Belagerung jedoch nahm das Leben noch einen verblüffend gewohnten Verlauf. Die Soldaten tranken Champagner und aßen Hering aus Dosen. Neben den Kanonen spielten Kinder. Es wurden Babies geboren, und es fand sogar eine Hochzeit statt, ungeachtet des Gewehr- und Artilleriefeuers bei Tag und bei Nacht.

Später wurden die Lebensmittel rationiert, so daß jeder der Eingeschlossenen nur noch eine Mahlzeit pro Tag erhielt. Bald mußten die Belagerten dazu übergehen, Pferdefleisch zu essen, »obwohl einige der Damen es nicht über sich bringen konnten, diese ungewohnte Nahrung zu sich zu nehmen«. Die Frauen gaben selbst ihre Unterwäsche zur Herstellung von Ladepfropfen her. »Die edlen Frauen von Cawnpore opferten die vielleicht geschätztesten Teile ihres weiblichen Putzes, um die Gefechtsbereitschaft zu gewährleisten ...«

Die Lage wurde immer verzweifelter. Es gab kein Wasser mehr, nur noch aus einer Quelle, die sich außerhalb der Befestigungsanlagen befand. Soldaten, die aus dieser Quelle Wasser zu holen versuchten, wurden dabei niedergeschossen. Die Tagestemperaturen erreichten rund 65 Grad Celsius. Etliche Männer wurden durch einen Sonnenstich dahingerafft. Eine ausgetrocknete Quelle innerhalb des umzäunten Truppenlagers wurde als Grabstätte benutzt.

Am 12. Juni fing eines der beiden Gebäude Feuer und brannte bis auf die Grundmauern nieder. Sämtliche Medikamente wurden vernichtet. Die Engländer hielten jedoch noch immer aus und schlugen jeden Angriff zurück.

Am 25. Juni boten die Sepoys einen Waffenstillstand an und sagten den Engländern freies Geleit bis Allahabad zu, einer hundert Meilen stromabwärts gelegenen Stadt.
Die Überlebenden sollten sich per Schiff dorthin durchschlagen. Die Engländer nahmen an.
Die Evakuierung begann im Morgengrauen des 27. Juni. Man schiffte sich auf vierzig Flußbooten ein. Die schwer bewaffneten Sepoys behielten die Engländer ständig im Auge. Kaum war der letzte Engländer an Bord, sprangen die eingeborenen Flußschiffer ins Wasser, und die Sepoys eröffneten das Feuer auf die noch am Ufer liegenden Boote. Kurz darauf standen die meisten Boote in Flammen; der Fluß war förmlich übersät mit Leichen und Ertrinkenden. Berittene Inder galoppierten durch das seichte Wasser am Ufer und mähten die Überlebenden mit Säbelhieben nieder. Alle Männer wurden getötet.
Die überlebenden Frauen und Kinder wurden in ein Lehmhaus am Ufer gebracht und dort einige Tage lang in brütender Hitze gefangengehalten. Dann, am 15. Juli, stürmten die Inder, einige von ihnen Schlachter von Beruf, das Gebäude mit gezogenen Säbeln und Messern und machten jedes lebende Wesen nieder. Die entleibten Körper, darunter einige, »die noch nicht völlig entseelt waren«, wurden in einen nahe gelegenen Brunnen geworfen. Sie sollen ihn schließlich bis an den Rand gefüllt haben.

Die Engländer in der Heimat, die ihrem »tatkräftigen Christentum« Ausdruck verliehen, schworen lautstark blutige Rache. Selbst die *Times* ließ sich von der Wut des Augenblicks mitreißen und verlangte, »jeder Baum, jede Astgabel dieses Orts soll seine Bürde in Gestalt des Kadavers eines Aufständischen tragen«. Lord Palmerston verkündete, die indischen Rebellen hätten »wie Dämonen aus den Tiefen der Hölle« gewütet.

In einem solchen Augenblick war das Auftreten eines Verbrechers vor den Schranken von Old Bailey nur noch von zweitrangiger Bedeutung, zumal das fragliche Verbrechen schon zwei Jahre zurücklag. Auf den Innenseiten der Tageszeitungen erschienen jedoch einige Berichte, und sie sind vor allem deshalb fesselnd, weil sie einiges über den Charakter von Edward Pierce aussagen.

Am 29. Juli trat er zum erstenmal vor die Schranken des Gerichts: »gutaussehend, charmant, gefaßt, elegant und verschlagen«. Er sprach in einem gleichmäßigen, sehr ruhigen Ton, aber seine kühlen Aussagen riefen Empörung hervor. So nannte er etwa Mr. Fowler »einen syphilitischen Narren« und Mr. Trent »einen ältlichen Schwachkopf«. Diese Bemerkungen veranlaßten den Ankläger, Pierce nach seiner Meinung über Mr. Harranby zu befragen, über den Mann also, der ihn gefaßt hatte. »Ein aufgeblasener Dandy mit dem Gehirn eines Schuljungen«, bemerkte Pierce, was bei den Richtern ein entsetztes Keuchen auslöste, denn Mr. Harranby saß auf der Galerie, um dem Prozeß als Zuschauer beizuwohnen. Es wurde beobachtet, daß Mr. Harranby bei dieser Bemerkung blaurot anlief und so aussah, als erläge er jeden Augenblick einem Schlaganfall.

Noch verblüffender als Pierce' Worte aber war sein Auftreten, denn er »hielt sich sehr gut, trug eine stolze Haltung zur Schau und gab durch nichts zu erkennen, daß er zerknirscht war oder seine Untaten irgendwie bereute«. Ganz im Gegenteil, als er nach und nach die einzelnen Schritte seines Plans rekapitulierte, schien er so etwas wie Stolz auf seine Klugheit zu demonstrieren.

»Wir haben den Eindruck gewonnen«, schrieb der *Evening Standard*, »daß er sich noch nachträglich in einer Weise für seine Taten begeistert, die uns völlig unverständlich ist.«
Diese Begeisterung, dieses Vergnügen erstreckte sich auch auf die detaillierte Darlegung der Schwächen einzelner Zeugen, die selbst nur höchst widerwillig und zögernd aussagten. Mr. Trent etwa zeigte sich höchst nervös, zerfahren und verlegen (»und das mit gutem Grund«, wie ein aufgebrachter Zuschauer bemerkte) über das, was er zu berichten hatte, während Mr. Fowler seine Erlebnisse mit so leiser Stimme zu Gehör brachte, daß der Ankläger ihn wiederholt auffordern mußte, lauter zu sprechen.
Manches, was Pierce aussagte, versetzte den Anwesenden einen Schock. So zum Beispiel der folgende Wortwechsel, zu dem es am dritten Tag seines Auftretens vor Gericht kam:
»Mr. Pierce, kennen Sie den Kutscher Barlow?«
»Ich kenne ihn.«
»Können Sie uns mitteilen, wo er sich gegenwärtig aufhält?«
»Das kann ich nicht.«
»Können Sie uns sagen, wann Sie ihn zuletzt gesehen haben?«
»Ja, das kann ich.«
»Dann seien Sie so gut und sagen Sie es uns.«
»Ich habe ihn zuletzt vor sechs Tagen gesehen, als er mich in Coldbath Fields besucht hat.«
(An dieser Stelle wurde im Gerichtssaal aufgeregtes Stimmengewirr laut. Der Vorsitzende schlug mit dem Hammer auf den Richtertisch, um die Ordnung wiederherzustellen.)
»Mr. Pierce, warum haben Sie uns diese Information nicht schon früher zuteil werden lassen?«
»Man hat mich nicht danach gefragt.«

»Was war der Gegenstand Ihrer Unterhaltung mit diesem Barlow?«

»Wir haben über meine Flucht gesprochen.«

»Dem darf ich also entnehmen, daß Sie mit Hilfe dieses Mannes auszubrechen gedenken?«

»Eigentlich sollte das eine Überraschung werden«, antwortete Pierce ruhig.

Das Gericht zeigte sich zutiefst konsterniert, und die Zeitungen berichteten in heller Empörung von dieser Äußerung: »Dieser Mann ist ein durch und durch verdorbener, skrupelloser und gottloser Feind des Menschengeschlechts«, schrieb der *Evening Standard*. Es wurden Stimmen laut, man möge Pierce zu einer möglichst schweren Strafe verurteilen.

Pierce behielt sein ruhiges Auftreten aber unbeirrt bei. Er fuhr fort, das Gericht durch kühl vorgebrachte Unverschämtheiten in Atem zu halten. Am 1. August zum Beispiel bemerkte er ganz nebenbei über Mr. Henry Fowler: »Er ist ein genauso großer Dummkopf wie Mr. Brudenell.«

Der Ankläger wollte dem Angeklagten diese Bemerkung nicht ohne weiteres durchgehen lassen. »Sie meinen Lord Cardigan?« fragte er.

»Ich meine Mr. James Brudenell.«

»Das ist aber doch Lord Cardigan, nicht wahr?«

»Sie mögen ihn nennen, wie es Ihnen beliebt, aber für mich ist er nichts weiter als Mr. Brudenell.«

»Sie beleidigen einen Peer und den Generalinspekteur der Kavallerie.«

»Einen Narren«, versetzte Pierce mit seiner gewohnten Ruhe, »kann man nicht beleidigen.«

»Sir, Sie sind des gemeinsten Verbrechens angeklagt. Darf ich Sie daran erinnern?«

»Ich habe niemanden getötet«, entgegnete Pierce, »aber wenn durch *meine* unglaubliche Dummheit fünfhundert Engländer zu Tode gekommen wären, sollte man mich sofort aufknüpfen.«
Dieser Wortwechsel fand sich nur in einigen Blättern an versteckter Stelle. Die Zeitungsherren fürchteten, Lord Cardigan könne sie wegen Verleumdung verklagen. Im übrigen aber hatte Pierce mit seiner Aussage an den Grundfesten einer Gesellschaftsstruktur gerüttelt, die, wie man sehr wohl wußte, bereits von verschiedenen Seiten angegriffen wurde. Kurzum, der »Meisterverbrecher« verlor immer mehr an Anziehungskraft.
Überdies konnte es der Prozeß gegen Pierce nicht mit den Berichten über wild mit den Augen rollende »Nigger« aufnehmen – so nannte man die aufständischen Inder –, die einen Raum voller Frauen und Kinder stürmten, die Frauen vergewaltigten und töteten, die schreienden Kinder massakrierten und »sich einem haarsträubenden Schauspiel hingaben, das in seinem blutrünstigen und heidnischen Atavismus jeder Beschreibung spottet.«

52. Kapitel

Das Ende

Pierce sagte am 2. August zum letztenmal aus. An diesem Tag entschloß sich der Ankläger, in seiner Vernehmung einen bisher unberücksichtigten Aspekt zur Sprache zu bringen. Er war sich dabei bewußt, daß die Öffentlichkeit sich auf das bisherige kühle Auftreten und das augenscheinliche Fehlen jeglichen Schuldbewußtseins beim Angeklagten keinen Vers machen konnte.

»Mr. Pierce«, sagte der Ankläger und richtete sich dabei zu seiner vollen Größe auf, »Mr. Pierce, ich frage Sie direkt: Haben Sie niemals, zu keinem Zeitpunkt, das Gefühl gehabt, Sie hätten etwas Ungehöriges getan, sich gesetzwidrig verhalten, einen Fehltritt begangen oder moralisch versagt? Haben Sie bei der Ausführung der Ihnen zur Last gelegten Taten nicht einmal das Gefühl gehabt, Unrecht zu tun?«

»Ich verstehe Ihre Frage nicht«, sagte Pierce.

Der Ankläger soll bei dieser Antwort leise gelacht haben.

»Ja, mir ist schon klar, daß Sie nichts derlei empfunden haben. Sie sind eine lebendige Antwort auf meine Frage, wie Sie da vor mir stehen.«

An dieser Stelle räusperte sich der Vorsitzende und hielt vom Richtertisch herab folgende Ansprache:

»Sir«, sagte der Vorsitzende des Gerichtshofs, »es ist eine unumstrittene Wahrheit der Jurisprudenz, daß Gesetze von Menschen geschaffen worden sind und daß zivilisierte Menschen, einer Tradition von mehr als zwei Jahrtausend folgend, übereingekommen sind, diese Gesetze um des Gemeinwohls der Gesellschaft willen zu beachten. Denn nur durch die Hoheit des Gesetzes erhebt sich jede Zivilisation über das verachtungswürdige Elend der Barbarei. Das wissen wir aus allen uns überlieferten Zeugnissen der Geschichte der Menschheit, und diese Erkenntnis geben wir auch an all unsere Mitbürger weiter, damit sie bei der künftigen Fortentwicklung der Menschheit nicht verlorengeht.

Jetzt geht es um die Frage Ihres Motivs, Sir, und ich frage Sie mit allem Ernst: Warum haben Sie dieses heimtückische und verabscheuungswürdige Verbrechen ersonnen, geplant und ausgeführt?«
Pierce zuckte die Achseln. »Ich wollte das Gold«, sagte er.

Im Anschluß an seine Aussage wurde Pierce gefesselt und von zwei bewaffneten Wärtern aus dem Gerichtssaal geführt. An der Tür kam Pierce an Mr. Harranby vorüber.
»Alles Gute!« sagte Mr. Harranby.
»Leben Sie wohl«, entgegnete Pierce.
Pierce wurde durch einen Hinterausgang aus dem Gerichtsgebäude geführt. Auf dem Hof wartete der Polizeiwagen, der ihn nach Coldbath Fields bringen sollte. Auf den Treppenstufen von Old Bailey hatte sich eine ansehnliche Menschenmenge eingefunden. Gerichtsdiener und Wärter drängten die Schaulustigen zurück, die Pierce hochleben ließen und ihm Glück wünschten. Eine lüsterne alte Hure, welche die Absperrung durchbrach, brachte das Kunststück fertig, den Häftling voll auf den Mund zu küssen, wenn auch nur für einen Moment, bis es den Polizeibeamten gelang, sie abzudrängen.
Man nimmt an, daß es sich bei dieser Hure um die Schauspielerin Miss Miriam gehandelt hat, die Pierce bei diesem Kuß den Schlüssel zu seinen Handschellen übergab, aber das ist nicht mit letzter Sicherheit erwiesen. Sicher ist nur, daß die zwei mit Knüppeln bewußtlos geschlagenen Wärter, die man später in der Nähe der Bow Street im Rinnstein liegend fand, die Einzelheiten der Flucht des Edward Pierce nicht exakt zu rekonstruieren vermochten. Ihnen war nur eines in Erinnerung geblieben – das Aussehen eines mit Pferd und Wagen wartenden Kutschers. Der

Mann sei, wie die Wärter übereinstimmend bezeugten, ein grobschlächtiger Bursche mit einer häßlichen weißen Narbe auf der Stirn gewesen.
Der Polizeiwagen wurde später auf einem Acker in Hampstead aufgefunden. Weder Pierce noch der Kutscher wurden je gefaßt. Die Zeitungsberichte über die gelungene Flucht von Pierce sind sehr vage, aber alle erwähnen, daß die zuständigen Stellen mit Auskünften äußerst zurückhaltend gewesen seien.
Im September eroberten die Briten Cawnpore zurück. Sie machten keine Gefangenen, sondern verbrannten, erhängten und massakrierten ihre Opfer. Als die Engländer das blutgetränkte Gebäude entdeckten, in dem die britischen Frauen und Kinder abgeschlachtet worden waren, zwangen sie die Eingeborenen, den Fußboden abzulecken, bevor sie sie aufhängten. Sie stürmten weiter durch ganz Indien, marschierten bis zu sechzig Meilen am Tag – diese Strafexpedition ist in der Geschichte als »Teufelssturm« überliefert –, verbrannten ganze Dörfer, ermordeten jeden Inder, der ihnen über den Weg lief, banden Aufständische vor die Mündungen ihrer Kanonenrohre und ließen sie zerfetzen. Der indische Aufstand war noch vor Jahresende niedergeworfen.
Im August 1857 machte Burgess, der Wachmann der South Eastern Railway, vor Gericht geltend, eine schwere Erkrankung seines Sohnes, die seine moralische Widerstandskraft geschwächt habe, sei dafür verantwortlich, daß er sich mit den Verbrechern eingelassen habe. Burgess wurde zu nur zwei Jahren Freiheitsstrafe verurteilt und in das Gefängnis von Marshalsea überführt, wo er im darauffolgenden Winter an Cholera starb.
Robert Agar wurde wegen seiner Mittäterschaft am großen

Eisenbahnraub nach Australien deportiert. Agar starb 1902 als wohlhabender Bürger der Stadt Sydney in New South Wales. Sein Enkel Henry L. Agar bekleidete von 1938 bis 1941 das Amt des Oberbürgermeisters von Sydney.

Mr. Harrandy starb 1879 beim Auspeitschen eines Pferdes, das auskeilte und ihm den Schädel zerschmetterte. Sein Gehilfe Sharp wurde später Chef von Scotland Yard und starb 1919 als Urgroßvater. Er soll gesagt haben, er sei stolz darauf, daß keiner seiner Nachkommen Polizist geworden sei.

Mr. Trent starb 1857 an einem Brustleiden. Im darauffolgenden Jahr, 1858, ehelichte seine Tochter Elizabeth Sir Percival Harlow, dem sie vier Kinder gebar. Mr. Trents Ehefrau führte sich nach dem Ableben ihres Gatten skandalös auf. Sie starb 1884 an einer Lungenentzündung, nachdem sie nach eigener Aussage »mehr Liebhaber gehabt hatte als Sarah Bernhardt«.

Mr. Henry Fowler starb 1858, »Todesursache unbekannt«.

Die South Eastern Railway, des unzureichenden London Bridge-Bahnhofs überdrüssig, ließ zwei neue Bahnhöfe errichten: 1862 den berühmt gewordenen Kuppelbau von Cannon Street und bald darauf den Bahnhof Blackfriars.

Von Pierce, Barlow und der rätselhaften Miss Miriam hörte man nie wieder Genaues. 1862 wurde berichtet, sie lebten in Paris. 1868 hieß es, sie lebten »in besten Verhältnissen« in New York. Keiner der Berichte wurde bestätigt.

Das beim großen Eisenbahnraub erbeutete Gold wurde nie gefunden.

Michael Crichton

Congo

Aus dem Amerikanischen
von Karl A. Klewer

Für Bob Gottlieb

Einzelband »Congo«

Dieser Titel ist auch unter der Bandnummer 60290 erhältlich.
Die amerikanische Originalausgabe erschien unter dem Titel »Congo« bei Alfred A. Knopf, New York

Dieser Titel erschien erstmals 1981 im Rowohlt Verlag.
Im Knaur Taschenbuch Verlag erschien der Titel bereits 1994 unter dem Titel »Expedition Kongo«

Inhalt

»Je mehr Erfahrung und Einsicht in die
Natur des Menschen ich gewinne,
desto mehr gelange ich zu der Überzeugung,
daß der Mensch zum größeren Teile
tierhaft ist.«

Henry Morton Stanley, 1887

»Der große Gorillamann erweckte meine
Aufmerksamkeit … Er wirkte würdig,
voll verhaltener Kraft und schien seiner
majestätischen Erscheinung völlig
bewußt zu sein. Ich empfand den Wunsch,
mit ihm zu kommunizieren … Nie zuvor
hatte ich bei der Begegnung mit einem
Tier dieses Bedürfnis gehabt. Während wir
einander so über das Tal hinweg
beobachteten, fragte ich mich, ob er wohl
die Verwandtschaft, die uns verband,
erkannte.«

George B. Schaller, 1964

Vorbemerkung

Nur unsere Vorurteile und die Verzerrung durch die Mercator-Projektion hindern uns daran, die ungeheure Größe des afrikanischen Kontinents zu erkennen. Mit seinen rund dreißig Millionen Quadratkilometern ist Afrika beinahe ebensogroß wie Europa und Nordamerika zusammen. Und es ist annähernd zweimal so groß wie Südamerika. So wie wir seine Ausmaße unterschätzen, verkennen wir auch die Natur des »dunklen« Erdteils: Er besteht größtenteils aus heißen Wüstenstrichen und offenen Grassteppen. Tatsächlich trägt Afrika die Bezeichnung »dunkler Erdteil« nur aus einem einzigen Grund: Sie ist eine Anspielung auf die äquatorialen Regenwälder in seiner Mitte. Sie bilden das Einzugsgebiet des wasserreichen Kongo und nehmen etwa ein Zehntel der Fläche des afrikanischen Kontinents ein – knapp vier Millionen Quadratkilometer schweigenden, feuchten, dunklen Waldes, ein einziger gleichförmiger Gürtel, sechzehnmal so groß wie die Bundesrepublik Deutschland. Dieser Urwald existiert seit über sechzig Millionen Jahren in unveränderter Gestalt, war nie ernsthaft bedroht.

Noch heute leben nur rund eine halbe Million Menschen im Kongo-Becken, meist dicht beieinander in Dörfern, die an den Ufern der trägen, den Dschungel durchziehenden, schlammigen Flüsse liegen. Die große Weite des Waldes bleibt unangetastet, und bis auf den heutigen Tag sind Gebiete von Tausenden von Quadratkilometern noch gänzlich unerforscht.

Das gilt vor allem für den nordöstlichen Bereich des Kongo-Beckens, am Rande des zentralafrikanischen Grabens, wo der Regenwald bis an die Virunga-Vulkane heranreicht. Da es dort weder Handelswege noch interessante Güter gab, gelangten die Weißen erst vor weniger als hundert Jahren in jene Gegend.

Das Wettrennen um die »wichtigste Entdeckung der achtziger Jahre« fand 1979 im Kongo statt und erstreckte sich über sechs

Wochen. Dieses Buch schildert die dreizehn Tage der letzten amerikanischen Expedition in den Kongo, im Juni 1979, gut hundert Jahre nach seiner ersten Erforschung durch Henry Morton Stanley in den Jahren 1874 bis 1877. Wer die beiden Expeditionen vergleicht, erkennt, in welchem Maße sich im dazwischenliegenden Jahrhundert die Erforschung Afrikas geändert – oder auch nicht geändert – hat.

Stanley – wir kennen ihn als den Korrespondenten des *New York Herald*, der 1871 den verschollenen Livingstone fand. Seine eigentliche Bedeutung jedoch liegt in späteren Unternehmungen. Moorehead nennt ihn »eine neue Spielart des Menschen in Afrika ... Forscher und Geschäftsmann in einem ... Stanley ging nicht nach Afrika, um die Afrikaner zu bekehren oder um ein Imperium zu errichten, und ihn trieb auch nicht das Interesse an Dingen wie Anthropologie, Botanik oder Geologie. Er war schlicht gesagt darauf aus, sich einen Namen zu machen.«

Als Stanley 1874 erneut nach Sansibar aufbrach, wurde er wiederum von Zeitungen großzügig finanziell unterstützt. Neunhundertneunundneunzig Tage später tauchte er am Atlantik wieder aus dem Dschungel auf, nach unglaublichen Entbehrungen und dem Verlust von mehr als zwei Dritteln seiner ursprünglichen Begleiter. Und nun hatten er und die ihn finanzierenden Zeitungen eine der großen Geschichten des Jahrhunderts zu berichten: Stanley war dem gesamten Lauf des Kongo gefolgt.

Zwei Jahre darauf allerdings kehrte er unter gänzlich anderen Umständen nach Afrika zurück. Er reiste unter einem angenommenen Namen, lenkte neugierige Verfolger mit Hilfe von Scheinexkursionen von seiner Fährte ab, und die wenigen, die überhaupt wußten, daß er sich in Afrika aufhielt, konnten nur vermuten, daß er einen »ganz großen geschäftlichen Coup« im Sinne hatte.

Tatsächlich war sein Geldgeber König Leopold II. von Belgien, der für sich *persönlich* einen großen Teil Afrikas erwerben wollte. »Es geht nicht um Kolonien für Belgien«, schrieb er an Stanley, »sondern um die Schaffung eines neuen Staates, so groß wie nur eben möglich ... Der König als Privatperson möchte Besitz in

Afrika erwerben. Das Land Belgien will keine Kolonie und auch keine überseeischen Besitzungen. Daher muß Mr. Stanley Grund und Boden erwerben oder sich übertragen lassen ...«

Dieser unglaubliche Plan wurde tatsächlich ausgeführt. Ein Amerikaner sagte 1885, König Leopold gehöre der Kongo, »so wie Rockefeller die Standard Oil gehört«. Ein zutreffender Vergleich in mehrfacher Hinsicht: Die Erforschung Afrikas war inzwischen von Geschäftsinteressen beherrscht.

So ist es bis heute geblieben. Stanley hätte die Expedition gutgeheißen, die die Amerikaner 1979 in Heimlichkeit und Hast und mit dem Ziel, sie möglichst bald zu beenden, durchführten. Doch der Unterschied hätte Stanley erstaunt. Als er 1875 in das Gebiet der Virunga-Vulkane kam, hatte er für den Weg dorthin nahezu ein ganzes Jahr gebraucht – die Amerikaner gelangten in kaum mehr als einer Woche dorthin.

Und sicher hätte sich Stanley, der mit einer kleinen Armee von vierhundert Leuten reiste, über eine Expedition gewundert, die nur zwölf Köpfe umfaßte – darunter ein Menschenaffe. Die Gebiete, durch die die Amerikaner ein Jahrhundert nach Stanley zogen, waren unabhängige Staaten; der Kongo hieß inzwischen Zaïre – der Fluß wie auch das Land. 1979 war mit dem Wort »Kongo« in Wirklichkeit nur noch das Einzugsgebiet des Flusses Zaïre gemeint, auch wenn es von den Geologen aus alter Gewohnheit und wegen seines romantischen Beiklangs weiterbenutzt wurde.

Trotz dieser Unterschiede hatten beide Expeditionen bemerkenswert ähnliche Ergebnisse. Wie einst Stanley verloren auch die Amerikaner zwei Drittel ihrer Expeditionsteilnehmer und kehrten ebenso verzweifelt aus dem Dschungel zurück wie Stanleys Leute ein Jahrhundert vor ihnen. Und wie Stanley berichteten auch sie Unglaubliches von Kannibalen und Pygmäen, von untergegangenen Kulturen im Dschungel und sagenhaften verlorenen Schätzen.

Ich danke R. B. Travis von den Earth Resources Technology Services in Houston, Texas, für die Erlaubnis, auf Videobändern

festgehaltene Berichte auszuwerten, und Dr. Karen Ross, ebenfalls von der ERTS, für darüber hinausgehendes Informationsmaterial über die Expedition, ferner Dr. Peter Elliot vom Zoologischen Institut der University of California in Berkeley und der Projektgruppe »Amy«, einschließlich Amy selbst, sowie Dr. William Wens von der Firma Kasai Mining & Manufacturing, Zaîre, Dr. Smith Jefferson vom Institut für medizinische Pathologie der Universität Nairobi in Kenia und schließlich Captain Charles Munro aus Tanger, Marokko.
Außerdem bin ich Mark Warwick, Nairobi, für sein Interesse an dem Projekt zu Dank verpflichtet, sowie Alan Binks, Nairobi, für seine Bereitschaft, mich in die Provinz Virunga, Zaîre zu bringen, und Joyce Small für ihre Hilfe beim Vorbereiten meiner oft kurzfristig geplanten Reisen in abgelegene Teile der Welt. Ganz besonders danke ich schließlich meiner Assistentin Judith Lovejoy, ohne deren unermüdliche Mitarbeit unter extrem schwierigen Bedingungen ich dieses Buch nicht hätte schreiben und fertigstellen können.

Michael Crichton

Prolog

Die Knochenstätte

Der Morgen dämmerte über dem Regenwald am Kongo.

Die bleiche Sonne vertrieb die Morgenkühle und den beklemmenden feuchten Dunst. Ihr fahles Licht beleuchtete eine gigantische, stille Welt. Baumriesen mit Stämmen von zwölf Metern Durchmesser erhoben sich sechzig Meter hoch und breiteten dort ihr dichtes, den Himmel verdeckendes, ständig tropfendes Laubdach aus. Vorhänge aus grauem Moos, Schlingpflanzen und Lianen hingen in dichtem Gewirr von den Bäumen herab, aus deren Stämmen schmarotzende Orchideen sprossen. Vom Boden ragten, schimmernd vor Nässe, fast mannshohe Riesenfarne empor und hielten den Bodennebel fest. Hier und da schimmerte ein Farbfleck: die roten Blüten der giftigen Aphelandra und die blauen der Dicindraranke, die sich ausschließlich am frühen Morgen öffneten. Doch der Haupteindruck war der einer riesigen, allzu großen graugrünen Welt – dem Menschen fremd und unwirtlich.

Jan Krüger legte sein Gewehr beiseite und streckte die steifen Glieder. Am Äquator kam die Morgendämmerung rasch, bald war es ganz hell, obwohl der Dunst noch nicht vollständig verschwunden war. Er ließ den Blick über das Expeditionslager schweifen, das er bewacht hatte: acht leuchtende orangerote Nylonzelte, ein blaues Zelt, in dem die Mahlzeiten eingenommen wurden, eine Plane, die über die Kisten mit Ausrüstung und Material gezogen und festgezurrt war, in dem vergeblichen Bemühen, sie trocken zu halten. Er sah den anderen Wächter, Misulu, auf einem Felsblock sitzen, von wo er schläfrig herüberwinkte. Gleich neben ihm befand sich die Sendeanlage: eine silbern glänzende Parabolantenne, der schwarze Kasten des Sendeverstärkers und die sich zur tragbaren Videokamera auf ihrem Stativ schlängelnden Koaxialkabel. Mit dieser Ausrüstung gaben die Amerikaner täglich über Satellit Berichte an ihre Einsatzzentrale in Houston durch.

Krüger war der *Bwana Mukubwa*, der dafür bezahlt wurde, daß er die Expedition in den Kongo führte. Er hatte das schon öfter getan: Erdölsuchtrupps, Vermessungstrupps, Gruppen, die nach lohnenden Nutzholzvorkommen suchten, und geologische Unternehmungen wie diese hier. Wer immer solche Trupps losschickte, brauchte jemanden, der die in dem Gebiet üblichen Gebräuche und die dort gesprochenen Dialekte so gut kannte, daß er mit den Trägern umgehen und das Unternehmen organisieren konnte. Krüger war für diese Aufgabe der richtige Mann: Er sprach neben den Bantusprachen Swahili und Kikuyu noch etwas Bagindi. Außerdem war er schon viele Male im Kongo gewesen, wenn auch noch nie im Virunga-Gebiet.

Krüger konnte sich nicht vorstellen, was amerikanische Geologen ausgerechnet im Virunga-Gebiet, in der nordöstlichen Region des Regenwaldes, wollten. Zaîre ist das an Mineralvorkommen reichste Land in Schwarzafrika – der weltgrößte Produzent von Kobalt und Industriediamanten und der siebtgrößte Lieferant von Kupfer. Außerdem gibt es dort größere Vorkommen an Gold, Zinn, Zink, Wolfram und Uran. Aber die meisten Minerale wurden in den Provinzen Shaba und Kasai gefunden, nicht im Virunga-Gebiet.

Krüger dachte jedoch nicht im Traum daran, die Amerikaner zu fragen, was sie im Virunga-Gebiet suchten. Und im übrigen fand er es bald genug selbst heraus. Als die Expedition erst einmal den Kivusee hinter sich gelassen hatte und in den Regenwald eingedrungen war, begannen die Geologen die Betten von Bächen und Flüssen zu durchforschen. Diese Suche nach Ablagerungen im Flußsand konnte nichts anderes bedeuten, als daß sie es auf Gold oder Diamanten abgesehen hatten. Wie sich herausstellte, waren es Diamanten.

Allerdings ging es ihnen nicht um irgendwelche Diamanten. Die Geologen waren auf der Suche nach Diamanten, die sie selbst Typ IIb-Diamanten nannten. Jedes gefundene Exemplar wurde sogleich auf seine elektrischen Eigenschaften untersucht. Was dabei besprochen wurde, verstand Krüger nicht – es ging um dielektrische Lücken, Gitterionen und spezifischen Widerstand. Doch konnte er den Worten der Geologen immerhin entnehmen, daß die elektrischen Eigenschaften entscheidend waren. Ganz bestimmt waren die gefundenen Stücke als Schmucksteine wertlos. Krüger hatte sich einige angesehen und mit einem Blick erkannt, daß sie alle von Einschlüssen strotzten.

Zehn Tage lang hatte die Expedition Ablagerungen in den Flußbetten untersucht. Man ging dabei üblicherweise so vor, daß man sich, sobald man in Flußbetten Gold oder Diamanten fand, stromaufwärts in Richtung auf die vermutliche Ursprungsstelle der Mineralien hin bewegte. Die Expedition hatte sich über die westlichen Hänge der Virunga-Vulkane hochgearbeitet. Alles ging seinen Gang, bis sich eines Tages gegen Mittag die Träger rundheraus weigerten weiterzugehen.

Sie erklärten, dieser Teil des Virunga-Gebiets heiße *Kanyamagufa*, und das bedeute »Knochenstätte«. Und sie behaupteten, hier würden jedem, der töricht genug sei weiterzugehen, die Knochen gebrochen, vor allem die Schädelknochen. Sie legten immer wieder ihre Finger auf die Jochbeine und wiederholten, man werde ihnen den Schädel zerquetschen.

Es waren Arawani aus der Provinzhauptstadt Kisangani, und sie sprachen Bantu. Wie die meisten eingeborenen Stadtbewohner hatten sie allerlei abergläubische Vorstellungen von dem Dschungel am Kongo.

Krüger rief den Anführer der Trägergruppe zu sich. »Was für Stämme leben hier?« erkundigte er sich und wies auf den vor ihnen liegenden Dschungel.

»Keine Stämme«, sagte der Anführer.

»Gar keine? Nicht einmal Bambuti?« fragte Krüger und spielte damit auf die am nächsten von hier lebenden Pygmäen an.

»Hierauf kommt niemand«, sagte der Anführer. »Das hier ist *Kanyamagufa*«.

»Wer zerschmettert denn dann die Schädel?«

»*Dawa*«, sagte der Anführer geheimnisvoll, was in der Bantusprache soviel wie magische Kräfte bedeutet. »Hier ist starkes *Dawa*. Menschen bleiben fern.«

Krüger seufzte. Wie viele andere Weiße hatte er es gründlich satt, von *Dawa* zu hören. Überall war *Dawa*, in Pflanzen, Felsen, Gewittern und Feinden aller Art. Doch der Glaube an *Dawa* herrschte in vielen Teilen Afrikas und ganz besonders im Kongo. Krüger war genötigt gewesen, den Rest des Tages mit mühevollen Verhandlungen zu vergeuden. Schließlich verdoppelte er den Lohn der Träger und versprach ihnen Feuerwaffen, sobald sie nach Kisangani zurückgekehrt seien. Daraufhin erklärten sie sich bereit weiterzugehen. Krüger hielt den Zwischenfall für einen ärgerlichen Trick der Eingeborenen. Man mußte immer damit rechnen, daß Träger unter Berufung auf irgendeinen Aberglauben eine Erhöhung ihrer Löhne verlangten, wenn eine Expedition erst einmal so weit vorgedrungen war, daß ihr Fortgang von ihnen abhing. Er hatte das einkalkuliert, und nachdem er ihre Forderungen erfüllt hatte, dachte er nicht weiter über den Zwischenfall nach.

Auch als sie verschiedentlich auf größere Mengen über den Boden verstreuter Knochenstücke stießen – was die Träger mit Furcht und Schrecken erfüllte –, machte sich Krüger keine Sorgen. Bei näherer Untersuchung zeigte sich, daß es sich nicht um menschliche Knochen, sondern um die kleineren, zierlicheren der baumbewohnenden Stummelaffen handelte, wunderschöner, langhaariger schwarzweißer Geschöpfe. Es waren tatsächlich sehr viele Knochen, und Krüger konnte sich nicht denken, warum sie alle zerschmettert waren, aber er war schon lange in Afrika und hatte viel Unerklärliches gesehen.

Nicht einmal die von Pflanzen überwucherten Steine, die darauf hindeuteten, daß hier einst eine Stadt gestanden hatte, beeindruckten ihn sonderlich. Auch unerforschte Ruinenfelder hatte Krüger schon vorher gesehen. So gab es in Simbabwe, in Broken Hill und in Maniliwi Überreste von Städten und Tempeln, die noch kein Wissenschaftler des 20. Jahrhunderts gesehen und untersucht hatte.

In der ersten Nacht ließ er das Lager in der Nähe der Ruinen aufschlagen.
Die Träger, von panischer Furcht ergriffen, sagten immer wieder, daß die bösen Kräfte sie in der Nacht heimsuchen würden. Ihre Furcht übertrug sich auf die amerikanischen Geologen. Um sie zu beruhigen, hatte Krüger für die Nacht zwei Wachen ausgestellt, sich selbst und den zuverlässigsten der Träger, Misulu. Zwar erschien ihm all das absolut überflüssig, aber er fand es höflich und vernünftig.
Und wie er erwartet hatte, war die Nacht ruhig und ohne Zwischenfälle verlaufen. Gegen Mitternacht hatte sich im Gebüsch irgend etwas geregt, und aus ein paar leisen, zischelnden Keuchlauten hatte er auf einen Leoparden getippt – Großkatzen haben oft Schwierigkeiten mit der Atmung, vor allem im Dschungel. Sonst war alles ruhig geblieben, und jetzt war die Morgendämmerung da: die Nacht war vorüber.
Ein leises Piepsen lenkte seine Aufmerksamkeit auf sich. Auch Misulu hörte es und sah fragend zu Krüger hinüber. Am Sendegerät blinkte ein rotes Licht. Krüger stand auf und ging quer über den Lagerplatz zu dem Gerät hin. Er wußte, wie man es bediente, die Amerikaner hatten darauf bestanden, daß er es »für den Notfall« lernte. Er beugte sich über den schwarzen Kasten des Sendeverstärkers mit seinen rechteckigen grünen Leuchtdioden.
Er drückte einige Knöpfe, und auf dem Schirm erschienen die Buchstaben TX HX. Das bedeutete eine Mitteilung aus Houston. Er gab den Antwort-Code ein, und auf der Scheibe erschien das Wort CAMLOK. Damit forderte Houston eine Übertragung per Videokamera an. Er sah zu der Kamera auf ihrem Stativ hinüber und bemerkte, daß das rote Licht auf dem Gehäuse immer noch blinkte. Er drückte den Knopf für die Trägerfrequenz, und auf dem Schirm erschien das Wort SATLOK, das hieß, daß eine Satellitenübertragung aufgeschaltet wurde. Jetzt würde eine Pause von sechs Minuten eintreten. So lange dauerte es, bis das vom Satelliten abgestrahlte Signal eingefangen werden konnte.

Es war das beste, wenn er jetzt den leitenden Geologen, Driscoll, weckte. Driscoll würde die wenigen Minuten brauchen, die vergingen, bis die Mitteilung durchkam. Krüger fand es belustigend, daß die Amerikaner jedesmal ein frisches Hemd anzogen und sich kämmten, bevor sie vor die Kamera traten – genau wie Reporter im Fernsehen, dachte er.
Über ihren Köpfen schrien und kreischten die Stummelaffen in den raschelnden Ästen der Bäume. Krüger warf einen Blick nach oben. Was sie wohl aufgestört hatte? Andererseits waren frühmorgendliche Kämpfe zwischen Stummelaffen nichts Besonderes.
Etwas prallte ihm leicht gegen die Brust. Zuerst hielt er es für ein Insekt, aber als er auf sein Khakihemd blickte, sah er einen roten Fleck und ein Stück Fruchtfleisch, das am Hemd hinabglitt. Die verdammten Affen werfen mit Beeren, dachte er und bückte sich, um es aufzuheben. Und da merkte er, daß es etwas ganz anderes war. Er hielt ein zerquetschtes, glitschiges Menschenauge zwischen den Fingern, rosaweiß, mit einem Stück weißem Sehnerv daran.
Er brachte sein Gewehr in Anschlag und sah zu Misulu hinüber. Misulu saß nicht mehr auf seinem Felsen.
Krüger durchquerte das Lager. Die Stummelaffen über ihm schwiegen jetzt. Er hörte das schmatzende Geräusch seiner Stiefel im Schlamm, als er an den Zelten mit den schlafenden Männern vorbeiging. Dann hörte er wieder das Keuchen – ein seltsames, leises Geräusch, das durch wirbelnden Morgendunst drang. Hatte er sich geirrt, war es wirklich ein Leopard?
Dann sah er Misulu. Er lag auf dem Rücken in einer Blutlache. Sein Schädel war von den Seiten her zusammengedrückt, die Jochbeine zerschmettert, so daß das Gesicht schmal und in die Länge gezogen schien. Der Mund stand offen, als gähnte er, und das ihm verbliebene Auge trat weit aus dem Kopf hervor. Das andere Auge war offenbar durch Druck herausgeschleudert worden.
Als Krüger sich vorbeugte, um die Leiche näher zu untersuchen, fühlte er sein Herz klopfen. Was konnte eine solche Verletzung

verursacht haben? Dann hörte er wieder das leise Keuchen, und diesmal war er ganz sicher: das war kein Leopard. Dann begannen die Stummelaffen wieder zu kreischen, und Krüger sprang auf die Füße und schrie laut auf.

1. Tag
Houston
13. Juni 1979

1. ERTS Houston

Gut fünfzehntausend Kilometer entfernt saß Karen Ross in Houston in dem kalten, fensterlosen Datenzentrum der Earth Resources Technology Services (ERTS) Inc. über ein Datensichtgerät gebeugt. Eine Tasse Kaffee neben sich, wertete sie die letzten Bilder aus, die der Satellit Landsat aus Afrika übermittelt hatte. Karen Ross war für das Kongo-Projekt der ERTS zuständig, und während sie für die Satellitenbilder künstliche Kontrastfarben, blau, rot und grün, einstellte, sah sie ungeduldig auf ihre Uhr. Sie wartete auf die nächste Übertragung der Arbeitsgruppe aus Afrika.

Es war jetzt 22 Uhr 15 Houston-Zeit, doch gab es in dem Raum keinen Hinweis auf Ort oder Zeit. Ob Tag oder Nacht, die Datenzentrale der ERTS blieb unverändert. Im Licht zahlreicher speziell abgestimmter Kalon-Leuchtstoffröhren arbeiteten Programmierer in Pullovern an langen Reihen leise klickender Computer-Datenplätze und lieferten so den Forschertrupps auf der ganzen Welt, die die ERTS von diesem Raum aus überwachte, Echtzeiteingaben. Diese gewisse Zeitlosigkeit war notwendig für die Computer; sie brauchten eine gleichbleibende Temperatur von sechzehn Grad Celsius, abgeschirmte elektrische Leitungen und eine spezielle farbkorrigierte Beleuchtung, die die Schaltungen nicht beeinträchtigte. In dieser für Maschinen geschaffenen Umgebung waren die Bedürfnisse der Menschen zweitrangig.

Doch es gab noch einen weiteren Grund für die Auslegung dieser Anlage. Es wurde gewünscht, daß die Programmierer in Houston sich mit den Forschergruppen draußen identifizierten und soweit wie möglich nach deren Zeitplänen lebten. Die Eingabe von Baseball-Spielen und anderen lokalen Ereignissen wurde nicht gern gesehen. Keine Uhr zeigte Houston-Zeit, wohl aber gaben acht große Digitaluhren an der gegenüberliegenden Wand die Ortszeit für die verschiedenen Forschergruppen an.
Die Uhr, unter der EXPEDITION KONGO stand, zeigte 06.15, als aus dem Deckenlautsprecher die Mitteilung kam: »Dr. Ross, Video-Eingang im Steuerraum.«
Sie gab die digitalen Codes ein, die das Kennwort blockierten, und verließ die Konsole. Jeder Datenplatz in der ERTS hatte eine Kennwortsteuerung, das Ganze funktionierte wie ein Zahlenschloß. Diese Steuerung war Teil eines ausgeklügelten Systems, das ein Anzapfen ihrer ungeheuren Datenfülle von außen verhindern sollte. Die ERTS handelte mit Informationen, und wie R. B. Travis, ihr Leiter, gern sagte, war Stehlen die einfachste Art, an Informationen heranzukommen.
Karen Ross ging mit langen Schritten durch den Raum. Sie war knapp einsachtzig groß, eine hübsche, wenn auch etwas unelegante junge Frau. Mit ihren vierundzwanzig Jahren war sie jünger als die meisten hier beschäftigten Programmierer, aber trotz ihrer Jugend von einer Selbstsicherheit, die die meisten Menschen verblüffte – und wohl auch ein wenig beunruhigte. Karen Ross war ein wahres mathematisches Wunderkind.
Schon mit zwei Jahren hatte sie, wenn sie mit ihrer Mutter einkaufen ging, im Kopf ausgerechnet, ob es günstiger sei, eine Viertel-Kilo-Packung zu neunzehn Cent oder eine Achthundert-Gramm-Packung zu neunundfünfzig Cent zu kaufen. Als Dreijährige verblüffte sie ihren Vater mit der Bemerkung, daß im Unterschied zu anderen Ziffern die Null an unterschiedlicher Stelle Unterschiedliches bedeutet. Mit acht beherrschte sie bereits Algebra und Geometrie, mit zehn hatte sie sich im Selbststudium zur Infinitesimalrechnung Zugang verschafft, und mit dreizehn Jahren nahm sie ihr Studium am berühmten Massachusetts Insti-

tute of Technology (MIT) auf. Hier machte sie eine Reihe brillanter Entdeckungen auf dem Gebiet der abstrakten Mathematik, deren Höhepunkt ihre Abhandlung ›*Topologische Voraussagen im Raum n-ter Ordnung*‹ war. Ihre darin entwickelten Vorstellungen waren nützlich für Entscheidungs-Matrizen, Analysen kritischer Wege sowie für kartographische Darstellungen in mehreren Dimensionen. Mit diesen Interessen hatte sie die Aufmerksamkeit der ERTS auf sich gezogen – und war die jüngste Leiterin für die Überwachung von Projekten geworden.

Sie war nicht bei allen beliebt. Die Jahre, die sie abgekapselt und immer die jüngste im Hause gewesen war, hatten sie zurückhaltend und distanziert gemacht. Einer ihrer Mitarbeiter nannte sie »eine Spur zu kühl und logisch«. Ihre Haltung hatte ihr in Anspielung auf das Ross-Shelf-Eis in der Ostantarktis den Spitznamen »Ross-Gletscher« eingetragen.

Und noch immer stand ihre Jugend ihr im Wege – zumindest hatte Travis ihr Alter als Begründung angeführt, als er ihr den Wunsch, die Expedition in den Kongo zu leiten, abschlug, obwohl sie alle Datengrundlagen dafür erarbeitet hatte, so daß ihr diese Aufgabe eigentlich zustand. »Es tut mir leid«, hatte Travis gesagt, »aber dieser Auftrag ist zu wichtig, ich kann Ihnen die Sache einfach nicht übertragen.« Sie hatte nachgehakt und an ihre Erfolge erinnert, als sie im Jahr zuvor Gruppen nach Bahang und Sambia geleitet hatte. Schließlich hatte er gesagt: »Sehen Sie mal, Karen, das Gelände ist über fünfzehntausend Kilometer entfernt von hier, und es ist ein sehr schwieriges Terrain. Wir brauchen da draußen jemanden, der mehr kann als an der Konsole jonglieren.«

Die Unterstellung, sie könne sonst nichts, verärgerte sie. Man war also der Ansicht, ihre Fähigkeiten beschränkten sich darauf, mit Computern und den übrigen Spielzeugen von Travis zu spielen! Sie wollte sich in einer schwierigen Situation bewähren, und sie war entschlossen, Travis dazu zu bringen, daß er sie beim nächsten Mal berücksichtigte.

Karen Ross drückte den Aufzugknopf für den dritten Stock, der mit »Zugang nur für Befugte« gekennzeichnet war. Während sie wartete, fing sie den neidischen Blick eines der Programmierer auf. In der Hierarchie der ERTS wurde der Status nicht an Gehalt, Titel, Größe des Arbeitsraums oder einem der anderen Statussymbole gemessen, sondern ausschließlich daran, zu welcher Stufe von Informationen jemand Zugang hatte. Karen Ross war eine der acht Personen innerhalb des Unternehmens, die jederzeit Zugang zum dritten Stock hatten.

Sie betrat den Aufzug und sah kurz ins Kontrollobjektiv über der Tür. In der ERTS verkehrten Aufzüge nur jeweils zwischen zwei Stockwerken, und alle waren mit Überwachungskameras ausgerüstet. Das war eine der hier verwendeten Möglichkeiten, die Bewegungen der Angestellten zu verfolgen, solange sie sich im Gebäude aufhielten. Um sich den Stimmerkennungsgeräten gegenüber auszuweisen, sagte sie: »Karen Ross«. Dann drehte sie sich zur optischen Kontrolle einmal um die eigene Achse. Ein leises elektronisches Piepsen ertönte, und die Aufzugtür gab den Weg zum dritten Stock frei.

Sie betrat einen kleinen quadratischen Raum mit einer Videokamera an der Decke und stand jetzt vor der nicht gekennzeichneten Außentür des Steuerraums. Noch einmal sagte sie ihren Namen und führte zugleich ihre Lochkarte in den Schlitz ein. Dabei ließ sie die Finger auf der Metallkante der elektrisch abgetasteten Karte liegen, damit der Computer das galvanische Hauptpotential kontrollieren konnte. Diese Verfeinerung war drei Monate zuvor eingeführt worden, nachdem Travis von Experimenten des Heeres erfahren hatte, bei denen man durch chirurgisch vorgenommene Veränderungen der Stimmbänder die Stimmcharakteristik so genau hatte anpassen können, daß Stimmerkennungs-Systeme sich damit täuschen ließen. Nach einer Programmpause surrte die Tür und öffnete sich. Karen Ross ging hindurch.

Im Schein der roten Nachtbeleuchtung wirkte das Steuerzentrum wie ein weicher, warmer Uterus. Dieser Eindruck wurde durch die beklemmende Enge des Raums, der mit elektronischen Anlagen vollgestopft war, noch verstärkt. Vom Boden bis zur Decke flimmerten und leuchteten Dutzende von Kontrollbildschirmen und Leuchtdioden, und in dieser Umgebung sprachen die Techniker, während sie Skalenwerte einstellten und Stellknöpfe drehten, nur mit Flüsterstimme. Der Steuerraum war das elektronische Nervenzentrum der ERTS: Alle Nachrichten von Forschertrupps auf der ganzen Welt liefen hier ein, alles wurde hier aufgezeichnet, nicht nur eingehende Daten, sondern auch die aus dem Raum abgehenden Antworten, so daß die Unterhaltung, die in der Nacht vom 12. auf den 13. Juni 1979 geführt wurde, Wort für Wort rekonstruiert werden konnte.

Einer der Techniker sagte zu Karen: »Gleich haben wir die Impulsübertrager mit drauf. Tasse Kaffee?«

»Nein«, sagte Karen Ross.

»Sie wären wohl lieber da draußen, stimmt's?«

»Das steht mir eigentlich zu«, sagte sie. Sie sah auf die Bildschirme, die verwirrende Fülle sich drehender und sich verändernder Umrisse, während die Techniker sich an die Routineaufgabe machten, die vom Satelliten auf der Erdumlaufbahn abgestrahlten Signale elfhundert Kilometer über ihren Köpfen einzufangen.

»Signalschlüssel.«

»Signalschlüssel. Kennwort abfragen.«

»Kennwort abgefragt.«

»Träger fixieren.«

»Träger ist fixiert. Es kann losgehen.«

Sie achtete kaum auf den vertrauten Ablauf. Sie sah, wie auf den Bildschirmen atmosphärische Störungen sichtbar wurden.

»Haben wir angefangen oder die da draußen?« erkundigte sie sich.

»Wir«, sagte ein Techniker. »Auf unserem Merkzettel stand, wir sollten uns bei Sonnenaufgang Ortszeit mit ihnen in Verbindung setzen. Als nichts kam, haben wir angefragt.«

»Merkwürdig, daß sie sich nicht gemeldet haben«, sagte Ross. »Stimmt etwas nicht?«

»Ich glaube nicht. Sie haben unseren Auslöseimpuls innerhalb von fünfzehn Sekunden aufgenommen und fixiert, genau nach Vorschrift. Aha, es geht los.«

Um 6 Uhr 22 Kongo-Zeit kam die Übertragung zustande: Man sah graue Störlinien über die Bildschirme laufen, dann wurde das Bild scharf. Sie sahen einen Teil des Lagers im Kongo, offensichtlich von einer Stativkamera aus. Sie erkannten zwei Zelte, ein niedergebranntes Feuer und Fetzen des Morgendunstes. Kein Mensch war zu sehen, nichts bewegte sich.
Einer der Techniker lachte. »Wir haben sie im Schlaf überrascht. Wahrscheinlich müßten Sie mal dazwischenfahren.« Ross war dafür bekannt, daß sie streng auf die Einhaltung der Vorschriften achtete.
»Arretieren Sie die Fernsteuerung«, sagte sie.
Der Techniker drückte auf den entsprechenden Steuerknopf. Jetzt folgte die Kamera, die fünfzehntausend Kilometer von ihnen entfernt stand, den Anweisungen aus Houston.
»Rundumschwenk Totale«, sagte sie.
Der Techniker an der Konsole betätigte einen Führungshebel. Sie sahen, wie das Bild nach links wanderte, und nahmen weitere Teile des Lagers wahr. Es war zerstört: zerfetzte Zelte lagen am Boden, die Abdeckplane über den Vorratskisten war zur Seite gerissen, Teile der Ausrüstung lagen im Schlamm verstreut. Ein Zelt stand in Flammen, dunkle Rauchwolken stiegen von ihm auf. In der Nähe sahen sie mehrere Leichen.
»Gott im Himmel«, sagte ein Techniker.
»Schwenk zurück«, sagte Ross. »Nahaufnahme mit Auflösung sechs-sechs.«
Auf den Bildschirmen sah man, wie die Kamera über das Lager zurückschwenkte. Sie sahen den Dschungel, aber immer noch nichts, was auf die Anwesenheit lebender Wesen schließen ließ.
»Abwärtsschwenk, zurück in die Totale.«
Man sah auf dem Bildschirm, wie die Kamera nach unten schwenkte, sie erkannten die silbern glänzende Parabolantenne und den schwarzen Kasten des Sendeempfängers.
In seiner Nähe war noch ein Mensch zu sehen, einer der Geologen. Er lag auf dem Rücken.
»Herrgott, das ist Roger ...«

»Gummilinse und in Position arretieren«, sagte Karen Ross. Auf dem Tonband klingt ihre Stimme kühl, fast unbeteiligt.
Die Kamera fuhr auf das Gesicht zu. Ihren Augen bot sich ein schreckliches Bild: der Kopf war zerschmettert, Blut troff aus Nase und Augenhöhlen, der Mund stand weit offen.
»Wie ist das passiert?«
In diesem Augenblick fiel ein Schatten über das Gesicht des Toten. Karen Ross beugte sich ruckartig vor, ergriff den Steuerhebel und stellte das Varioobjektiv neu ein. Der Bildwinkel vergrößerte sich rasch; sie konnten jetzt die Umrisse des Schattens erkennen. Es war ein Mann. Und er bewegte sich.
»Da ist jemand! Er lebt noch!«
»Er humpelt. Sieht aus, als ob er verwundet wäre.«
Karen Ross sah angestrengt auf den Schatten. Ihr kam das nicht vor wie ein humpelnder Mann; irgend etwas stimmte da nicht, sie wußte nur nicht genau, was es war ...
»Er kommt genau auf die Linse zu«, sagte sie. Es war mehr, als man erhoffen konnte. »Was für atmosphärische Tonstörungen sind das?«
Sie hörten ein seltsames Geräusch, es klang wie ein zischelndes Seufzen oder Keuchen.
»Das ist keine atmosphärische Tonstörung, das gehört zu den Geräuschen, die wir hier herüberbekommen.«
»Lösen Sie es auf«, sagte Ross. Die Techniker drückten auf verschiedene Knöpfe, änderten die Tonfrequenzen, aber das Geräusch blieb seltsam und unscharf. Dann bewegte sich der Schatten, und der Mann trat genau vor die Linse.
»Diopter«, sagte Karen Ross. Aber es war bereits zu spät. Das Gesicht war schon nicht mehr zu sehen, war zu dicht vor der Linse, als daß man es ohne Diopter hätte scharf einstellen können. Man sah eine verschwommene, dunkle Gestalt, sonst nichts. Bevor sie die Visiereinrichtung zuschalten konnten, war das Wesen fort.
»Ob das ein Eingeborener war?«
»Dieses Gebiet des Kongo ist unbewohnt«, antwortete Karen Ross.

»*Irgend etwas* muß aber da wohnen.«
»Rundumschwenk«, sagte Karen Ross. »Sehen Sie zu, ob Sie ihn wieder auf den Bildschirm bekommen können.«
Die Kamera schwenkte weiter. Karen Ross stellte sich vor, wie sie da im Dschungel auf ihrem Stativ stand, mit surrendem Motor, während der Objektivhalter sich langsam drehte. Dann kippte das Bild plötzlich seitwärts weg.
»Er hat sie umgeworfen.«
»Verdammt!«
Aus dem Fernsehbild wurden bunt durcheinanderlaufende gestörte Linien. Es war sehr schwer, irgend etwas zu erkennen.
»Auflösen! Auflösen!«
Noch einmal sahen sie flüchtig ein großes Gesicht und eine dunkle Hand, die auf die Parabolantenne niederfuhr. Das Bild aus dem Kongo schnurrte zu einem Punkt zusammen und war verschwunden.

2. Störfelder

Im Juni 1979 waren für die Earth Resources Technology Services Expertenteams unterwegs, die in Bolivien Uranvorkommen erforschten, in Pakistan Kupfervorkommen, Möglichkeiten landwirtschaftlicher Nutzung in Kaschmir, die Wanderung von Gletschern auf Island, die Nutzholzvorräte in Malaysia und Vorkommen bestimmter Diamanten im Kongo. Dergleichen war für die ERTS nichts Ungewöhnliches – im allgemeinen waren jeweils sechs bis acht Gruppen gleichzeitig unterwegs.
Da die Experten oft in gefährlichen oder politisch instabilen Gegenden der Erde arbeiteten, wurde bei der ERTS mit besonderer Sorgfalt auf die ersten Anzeichen von »Stördaten« geachtet. (In der Terminologie der Fernerkundung wird das charakteristische Auftreten eines Gegenstands oder einer geologischen Formation auf einer Fotografie oder einem Videobild als »Kenndatum« bezeichnet.) Die Stördaten – auch als Störfelder bekannt –

waren meist politischer Art. 1977 hatte die ERTS während einer örtlich begrenzten kommunistischen Erhebung ein Team auf dem Luftweg aus Borneo herausgeholt, und 1978 war ein ähnliches Unternehmen wegen eines Militärputsches in Nigeria erforderlich gewesen. Gelegentlich kam es zu geologischen Störungen – so hatte man 1976 nach dem großen Erdbeben ein Team aus Guatemala abziehen müssen.

Nach Meinung von R. B. Travis, den man in den späten Abendstunden des 13. Juni 1979 aus dem Bett geholt hatte, zeigten die Videobänder aus dem Kongo »die bisher schlimmste Störung«, doch blieb die Ursache geheimnisvoll. Man wußte lediglich, daß das Lager binnen sechs Minuten zerstört worden war – so lange dauerte es von der Signalauslösung aus Houston bis zum Empfang der Satellitenübertragung im Kongo. Diese Schnelligkeit war beängstigend, und so wollte Travis von seinen Mitarbeitern als erstes wissen, »was zum Teufel da draußen vorgefallen ist«.

Travis, ein gedrungener Mann von achtundvierzig Jahren, war mit Krisen durchaus vertraut.

Er war von Haus aus Ingenieur, hatte für die RCA und später für Rockwell Satelliten gebaut, war dann Mitte Dreißig auf die Unternehmensleitungsebene umgestiegen und das geworden, was Raumfahrtingenieure als »Regenmacher« bezeichnen. Unternehmen, die Satelliten herstellen, gaben eineinhalb bis zwei volle Jahre im voraus eine Trägerrakete in Auftrag, die den Satelliten auf die Umlaufbahn bringen sollte, und hofften dann, daß der Satellit mit seiner halben Million Einzelteile zum vorgesehenen Zeitpunkt fertig wurde. Andernfalls gab es nur noch die Möglichkeit, um schlechtes Wetter zu beten, weil dann der Start verschoben werden mußte – also einen Regenzauber zu veranstalten.

Travis hatte sich seinen Humor bewahrt, obwohl er ein ganzes Jahrzehnt lang Probleme auf höchster technischer Ebene gelöst hatte. Seine Arbeitshaltung ging aus einem großen, an der Wand hinter seinem Schreibtisch befestigten Schild hervor, auf dem es hieß: »EGGIS.« Was bedeutete: »Etwas geht garantiert immer schief.«

Aber in der Nacht vom 13. auf den 14. Juni versagte sein Humor. Seine ganze Expedition war verloren, alle ERTS-Experten tot – acht seiner besten Leute – und mit ihnen alle Träger. *Acht Leute!* Das war die schlimmste Katastrophe in der Geschichte der ERTS, schlimmer noch als 1978 in Nigeria. Travis fühlte sich erschöpft und innerlich ausgelaugt, wenn er nur an all die Telefongespräche dachte, die er jetzt führen mußte. Dabei meinte er nicht seine eigenen Anrufe, sondern die, die er entgegennehmen mußte. Ob der und der rechtzeitig zur Schulabschlußfeier seiner Tochter oder zum Sportfest seines Sohnes zurück sein werde? All diese Anrufe würde man an Travis weiterleiten, und er würde die erwartungsvollen Stimmen hören, die hoffnungsvollen Fragen, denen er seine eigenen wohlüberlegten, ziselierten Antworten entgegensetzen mußte ... Daß er nicht ganz sicher sei, selbstverständlich sehe er die Schwierigkeiten, er werde sein Bestes tun, natürlich, ganz klar ... Die Aussicht darauf machte ihm im voraus zu schaffen.
Er würde niemandem sagen können, was vorgefallen war, mindestens zwei Wochen, möglicherweise einen ganzen Monat lang nicht. Dann aber würde er selbst anrufen, Hausbesuche machen und an den Gedenkgottesdiensten teilnehmen müssen. Da wo sonst der Sarg stand, würde eine deutlich sichtbare Lücke klaffen, er würde die unvermeidlichen Fragen der Angehörigen und Verwandten unbeantwortet lassen müssen. Sie würden in seinem Gesicht nach dem kleinsten verräterischen Anzeichen suchen, das leiseste Zögern ausdeuten.
Was könnte er ihnen schon sagen?
Sein einziger Trost war, daß er ihnen in einigen Wochen möglicherweise mehr berichten konnte. Eines war sicher: Wenn er die schrecklichen Anrufe heute nacht noch tätigen müßte, könnte er den Angehörigen überhaupt nichts sagen, denn niemand bei der ERTS hatte eine Vorstellung davon, was vorgefallen war, und das steigerte noch Travis' Gefühl der Erschöpfung. Außerdem mußte man sich noch um Einzelheiten kümmern: Morris, der Sachbearbeiter des Unternehmens für Versicherungsfragen, kam herein und wollte wissen.: »Was soll mit den Risiko-Lebensversicherun-

gen geschehen?« Die ERTS schloß für jedes Mitglied ihrer Expeditionen Risiko-Lebensversicherungen ab, auch für die eingeborenen Träger. Für die afrikanischen Träger lautete die Versicherung auf jeweils 15000 US-Dollar – ein auf den ersten Blick lächerlich geringer Betrag – andererseits galt es zu bedenken, daß das jährliche Pro-Kopf-Einkommen in Afrika bei durchschnittlich 180 US-Dollar lag. Travis hatte stets den Standpunkt vertreten, auch das Risiko der eingeborenen Expeditionsteilnehmer müsse angemessen gedeckt werden, auch um den Preis, daß Familien, die ihren Ernährer verloren, ein – nach ihren Vorstellungen – kleines Vermögen erhielten, daß die ERTS ein kleines Vermögen an Versicherungsprämien dafür aufbrachte.

»Erst einmal nichts«, sagte Travis.

»Wissen Sie, was uns die Policen *pro* Tag kosten?«

»Wir machen erst einmal nichts«, sagte Travis.

»Und wie lange?«

»Dreißig Tage«, sagte Travis.

»*Noch* dreißig Tage?«

»Ja.«

»Aber sie sind doch mit Sicherheit alle tot.« Morris konnte Geldverschwendung nicht ruhig mitansehen. Es tat ihm in seiner Buchhalterseele weh.

»Schon recht«, sagte Travis. »Sie lassen wohl am besten den Angehörigen der Träger einen kleinen Betrag zukommen, damit sie den Mund halten.«

»Großer Gott, und wieviel?«

»Jeweils fünfhundert Dollar.«

»Und wie verbuchen wir das?«

»Gerichts- und Anwaltskosten«, sagte Travis. »Verstecken Sie es unter im Ausland angefallene Gerichts- und Anwaltskosten.«

»Und die Angehörigen der Amerkaner, die wir verloren haben?«

»Die haben alle Kreditkarten und können ihre Konten überziehen«, sagte Travis. »Machen Sie sich um die keine Sorgen.«

Roberts, der für die Öffentlichkeitsarbeit zuständig war, kam in das Büro von Travis. »Lassen wir die Katze aus dem Sack?«

»Nein«, sagte Travis. »Keinen Ton.«

»Wie lange?«
»Dreißig Tage.«
»Verdammt! In der Zeit haben das doch Ihre eigenen Mitarbeiter ausgeplaudert«, sagte Roberts. »Das gebe ich Ihnen schriftlich.«
»Dann dementieren Sie«, sagte Travis. »Ich brauche noch dreißig Tage, um den Kontrakt durchzuziehen.«
»Wissen wir, was da draußen passiert ist?«
»Nein«, sagte Travis. »Aber wir werden es erfahren.«
»Wie?«
»Von den Bändern.«
»Die sind ein einziges Durcheinander.«
»Noch«, sagte Travis. Dann rief er die Konsolenspezialisten herein. Travis war schon längst zu dem Ergebnis gekommen, daß die ERTS, auch wenn ihr politische Berater auf der ganzen Welt zur Verfügung standen, die meisten Informationen wahrscheinlich im eigenen Haus bekommen konnte. »Alles, was wir von der Kongo-Expedition wissen«, sagte er, »ist auf dem letzten Videoband registriert. Ich will eine Ton- und Bildaufbereitung auf sieben Frequenzen haben. Fangen Sie sofort an. Das Band ist alles, was wir haben.«
Die Spezialisten machten sich an die Arbeit.

3. Aufbereitung

Das Verfahren, nach dem sie arbeiteten, hieß bei der ERTS »Datenaufbereitung« oder bisweilen auch »Datenbergung«. Der letzte Begriff ließ an Tiefsee-Bergungsaktionen denken und war auf merkwürdige Weise zutreffend.
Für eine Aufbereitung oder Bergung von Daten mußte aus den Tiefen umfangreicher elektronisch gespeicherter Angaben ein zusammenhängender Sinn an die Oberfläche gezogen werden. Und wie die Bergung eines Schiffes war das ein langwieriger Vorgang, der größtes Feingefühl erforderte: eine falsche Bewegung konnte den unwiederbringlichen Verlust dessen bedeuten,

was man ans Tageslicht zu fördern trachtete. Die ERTS hatte ganze Bergungsmannschaften, die sich auf die Kunst der Datenaufbereitung verstanden. Eine von ihnen machte sich unverzüglich an die Aufbereitung der Tondaten, eine andere an die der Bilddaten.

Karen Ross war bereits auf eigene Faust mit einer Bildaufbereitung beschäftigt. Sie arbeitete nach hochkomplizierten und nur bei der ERTS praktisch anwendbaren Verfahren.

Die Earth Resources Technology war ein vergleichsweise junges Unternehmen. Ihre Gründung im Jahre 1975 war eine Reaktion auf das explosionsartige Anwachsen von Informationen über die Erde und ihre Schätze. Der Umfang des von der Gesellschaft bearbeiteten Materials war schwindelerregend: allein Landsat hatte schon über fünfhunderttausend Bilder geliefert, und stündlich kamen sechzehn weitere hinzu – vierundzwanzig Stunden am Tag. Zählte man die herkömmliche Luftfotografie und die Luftfotogrammetrie, Infrarotaufnahmen und Aufnahmen mit Schrägsichtradar mit künstlicher Verschlußöffnung hinzu, belief sich der Gesamtbestand des der ERTS zugänglichen Materials auf über zwei Millionen Bilder, die sich pro Stunde um jeweils dreißig vermehrten. All diese Angaben mußten katalogisiert, gespeichert und für den sofortigen Zugriff aufbereitet werden. Die ERTS war wie eine riesige Bibliothek, die täglich siebenhundert neue Bücher erwarb. So überraschte es nicht, daß die »Bibliothekare« fieberhaft rund um die Uhr arbeiteten.

Besuchern der ERTS schien nie recht klar zu sein, daß man noch vor zehn Jahren eine solche Datensammlung auch mit Computer-Unterstützung unmöglich hätte bewältigen und verwalten können. Ebensowenig verstanden sie, um welche Art von Informationen es sich handelte – die meisten nahmen an, die Bilder auf den Bildschirmen seien Fotografien – und eben das waren sie nicht.

Die Fotografie beruht auf einem chemischen Verfahren aus dem 19. Jahrhundert zur Aufzeichnung von Informationen mit Hilfe lichtempfindlicher Silbersalze. Bei der ERTS benutzte man ein elektronisches Verfahren des 20. Jahrhunderts – analog den chemisch hergestellten Fotografien, aber gänzlich anders. Statt

Kameras verwendete man bei der ERTS Mehrfachspektrum-Abtastgeräte und statt Filmmaterial computerverträgliche Bänder. In Wirklichkeit also gab es dort keine »Bilder«, wie man sie sich von altväterlichen fotografischen Techniken her vorstellt. Die ERTS kaufte »Daten-Abtastungen«, die sie bei Bedarf in »Daten-Darstellungen« umwandelte.

Da die Bilder der ERTS nichts anderes als auf Magnetband gespeicherte elektronische Signale waren, ließen sie sich auf vielerlei Weise elektronisch manipulieren. Die ERTS verfügte über achthundertsiebenunddreißig Computerprogramme zur Veränderung von Bildern: man konnte sie verstärken, unerwünschte Bestandteile eliminieren oder Einzelheiten deutlicher hervortreten lassen. Karen Ross bearbeitete das Kongo-Band mit vierzehn Programmen – vor allem den vor atmosphärischen Bildstörungen kaum erkennbaren Abschnitt, auf dem die Hand und das Gesicht zu sehen waren, kurz vor der Zerstörung der Antenne.

Zuerst führte sie den »Waschzyklus« durch, der die atmosphärischen Bildstörungen beseitigte. Sie stellte fest, daß die Störungslinien in bestimmten Stellungen der Abtastvorrichtung auftraten und daß man ihnen einen spezifischen Graukeilwert zuordnen konnte. Sie beauftragte den Computer, diese Linien zu beseitigen.

Anschließend wies das Bild Lücken an den Stellen auf, an denen die Störungen herausgenommen worden waren. Also gab sie dem Computer den Auftrag, »die Lücken zu füllen«, das heißt entsprechend der jeweiligen Umgebung der Lücken zu »interpolieren«. Bei diesem Verfahren erriet der Computer auf logischer Grundlage das Fehlende.

Nun waren zwar keine atmosphärischen Bildstörungen mehr zu sehen, aber das Bild war verschwommen und unscharf. Also steigerte sie die Schärfe durch ein Spreizen der Grauwerte. Aber sie erhielt auch eine ihr nicht erklärliche Phasenverzerrung, die sie beseitigen mußte; dadurch wurden zuvor unterdrückte Zacken sichtbar, zu deren Unterdrückung sie drei weitere Programme durchlaufen lassen mußte ...

Mit solchen technischen Einzelheiten war sie eine gute Stunde lang beschäftigt, bis plötzlich ein klares, sauberes Bild zum Vorschein kam. Sie hielt den Atem an, als sie es sah – ein finsteres Gesicht mit schweren Brauen, aufmerksamen Augen, einer platten Nase und vorspringenden Lippen.
Aus den flimmernden Zeilen des Videobildes stierte ihr das Gesicht eines Gorillamanns entgegen.

Travis kam kopfschüttelnd von der anderen Seite des Zimmers auf sie zu. »Wir sind mit der Tonaufbereitung des zischelnden Geräuschs fertig. Der Computer bestätigt, daß es sich um menschliches Atmen handelt, mit mindestens vier getrennten Quellen. Aber es ist seltsam, denn der Analyse zufolge handelt es sich um ein Geräusch, das beim Einatmen entsteht, nicht beim Ausatmen, wie das bei Menschen an sich üblich ist.«
»Der Computer irrt«, sagte Ross. »Es ist kein menschlicher Atem.« Sie wies auf den Bildschirm und den Gorillakopf.
Travis zeigte sich nicht überrascht: »Das ist getürkt«, sagte er.
»Das ist es nicht.«
»Sie haben die Lücken auffüllen lassen und dabei einen Türken bekommen. Wahrscheinlich haben die Jungs in der Mittagspause wieder mit den Programmen herumgespielt.« Er meinte die jungen Programmierer, die sich gern einen Spaß daraus machten, Programme so zu ändern, daß sich raffinierte Abwandlungen von Kugelspielen ergaben. Diese Spiele gelangten manchmal auch in andere Programme.
Karen Ross selbst hatte sich gelegentlich darüber beklagt. »Das Bild hier ist echt«, erklärte sie und deutete auf den Schirm.
»Hören Sie zu«, sagte Travis, »letzte Woche hat Harry bei einem Bild aus dem Karakorum die Lücken aufgefüllt. Herausgekommen ist ein Mondlandespiel – man landet gleich neben der MacDonald-Imbißbude: ungeheuer witzig.« Er wandte sich zum Gehen. »Kommen Sie lieber zu den anderen in mein Büro. Wir berechnen, wieviel Vorlauf wir brauchen, um wieder an den Ball zu kommen.«
»Das nächste Team führe ich.«

Travis schüttelte den Kopf. »Kommt gar nicht in Frage.«
»Und das hier?« wollte sie wissen. Sie zeigte auf den Bildschirm.
»Das Bild kaufe ich Ihnen nicht ab«, sagte Travis. »Gorillas machen so etwas nicht. Nein, das muß ein Türke sein.« Er sah auf seine Uhr. »Im Augenblick ist meine einzige Überlegung, wie schnell wir wieder ein Team in den Kongo schicken können.«

4. Die neue Expedition

Travis hatte im Grunde seines Herzens nie daran gezweifelt, daß es weitergehen würde. Von dem Augenblick an, als er die Videobänder aus dem Kongo sah, lautete die Frage nur noch, wie es am besten weiterging. Er holte alle Abteilungsleiter zusammen: Finanzen, diplomatische Beziehungen, Fernüberwachung, Geologie, Logistik, Rechtsberatung. Alle gähnten und rieben sich die Augen. Travis eröffnete die Zusammenkunft mit den Worten: »Ich will, daß wir in sechsundneunzig Stunden wieder im Kongo sind.«
Dann lehnte er sich in seinen Sessel zurück und ließ sich auseinandersetzen, warum das nicht möglich sei. Gründe gab es mehr als genug.
»Wir können die Luftfrachteinheiten frühestens in hundertsechzig Stunden zusammenstellen«, sagte Cameron, der Mann für Logistik.
»Und wenn wir das Himalaya-Team verschieben und dessen Ausrüstung nehmen?« fragte Travis.
»Das ist eine Hochgebirgsexpedition!«
»Man kann die wenigen abweichenden Ausrüstungsteile in neun Stunden auswechseln«, sagte Travis.
»Aber wir haben nichts, um sie rauszufliegen«, sagte Levis, der Transportfachmann.
»Die Korean Airlines haben im Moment noch einen Fracht-Jumbo in San Francisco, der zur Verfügung stünde. Sie haben mir gesagt, er kann in neun Stunden hier sein.«

»Sie haben eine Maschine da einfach so rumstehen?«
»Ich nehme an«, sagte Travis, »daß ein anderer Kunde im letzten Augenblick seine Charter storniert hat.«
Irwin, der Mann für Finanzen, stöhnte: »Und was soll das alles kosten?«
»Wir bekommen unmöglich rechtzeitig die nötigen Visa für Zaïre«, sagte Martin, der für diplomatische Beziehungen zuständige Mann. »Außerdem ist es sehr fraglich, ob die Botschaft Zaïres in Washington uns Visa erteilen würde. Wie Sie wissen, wurden uns die ersten Kongo-Visa auf Grund der Mutungsrechte erteilt, die uns die Regierung des Landes Zaïre gewährt hat – und die sind keineswegs exklusiv. Sie haben nicht nur uns reingelassen, sondern auch die Japaner, die Deutschen und die Holländer mit ihrem Abbaukonsortium. Wenn man in Zaïre argwöhnt, daß unsere Expedition Schwierigkeiten hat, wird man uns kurzerhand ausschalten – dann können die Euro-Japaner ihr Glück probieren. Zur Stunde drücken sich dreißig Angehörige der japanischen Handelsmission in Kinshasa herum und werfen mit Yen nur so um sich.«
»Ich glaube, das stimmt«, sagte Travis. »*Falls* bekannt würde, daß unsere Expedition Schwierigkeiten hat.«
»Das wissen die doch, sobald wir Visa beantragen.«
»Dann beantragen wir eben keine. Alle Welt weiß«, sagte Travis, »daß wir noch eine Expedition im Virunga-Gebiet haben. Wenn wir schnell genug eine zweite kleine Gruppe hinbringen, merkt niemand, daß es nicht dieselben Leute sind.«
»Und was ist mit den auf die Person ausgestellten Visa zur Grenzüberquerung, den Ausrüstungsverzeichnissen ...«
»Lauter Kleinkram«, sagte Travis. »Dafür gibt's Schnaps.« Zur Bestechung wurden vielfach alkoholische Getränke verwandt. In vielen Teilen der Welt zogen Expeditionstrupps mit Kisten voll Whisky und mit den Dauerfavoriten – Transistorradios und Sofortbild-Kameras – durch die Gegend.
»Kleinkram? Und wie wollen Sie über die Grenze kommen?«
»Dafür brauchen wir einen guten Mann. Wie wär's mit Munro?«

»Munro? Das kann gefährlich werden. Die Regierung von Zaïre haßt Munro.«

»Er kennt eine Menge Tricks, und er kennt die Gegend.«

Martin, der für diplomatische Beziehungen zuständig war, räusperte sich und sagte: »Ich glaube, ich sollte bei dieser Besprechung besser nicht anwesend sein. Ich habe den Einruck, Sie machen hier den Vorschlag, daß wir ein Team unter der Führung eines ehemaligen Kongo-Söldners illegal in das Gebiet eines souveränen Staates eindringen lassen ...«

»Aber nein, ganz und gar nicht«, sagte Travis. »Ich sehe mich genötigt, eine Hilfsexpedition zur Unterstützung meiner bereits dort befindlichen Leute auszusenden. So etwas ist an der Tagesordnung. Ich habe keinen Grund zu der Annahme, daß irgend jemand Schwierigkeiten hat. Es handelt sich einfach um einen der üblichen Hilfstrupps, nur bleibt leider nicht genug Zeit, die offiziellen Wege zu beschreiten. Möglicherweise weiß ich nicht, was ich tue, und stelle den falschen Mann ein, aber das ist doch kein Verbrechen.«

Um 23 Uhr 45 in der Nacht vom 13. zum 14. Juni waren die wichtigsten Schritte für die nächste ERTS-Expedition festgelegt und vom Computer bestätigt. Eine vollbeladene 747 konnte Houston am folgenden Tag, dem 14. Juni, um 20 Uhr verlassen; die Maschine konnte am 15. Juni in Afrika sein und dort Munro oder »jemanden seines Kalibers» aufnehmen, und das volle Team konnte am 17. Juni an Ort und Stelle im Kongo sein.

In sechsundneunzig Stunden.

Aus dem Datenzentrum konnte Karen Ross durch die gläsernen Trennwände in Travis' Büro sehen und den Verlauf der Besprechung verfolgen. Mit der ihr eigenen logischen Denkweise kam sie zu dem Ergebnis, daß Travis überstürzt gehandelt, das heißt aus einer unzureichenden Datenmenge falsche Schlüsse gezogen und zu früh »alles klar« gesagt hatte. Karen Ross war der Meinung, es sei erst dann sinnvoll, wieder in den Kongo zu gehen, wenn man wußte, was dort eigentlich vorgefallen war. Sie blieb an ihrer Konsole und prüfte das von ihr »geborgene« Bild.

Sie glaubte an seine Echtheit und Richtigkeit – wie aber konnte sie Travis davon überzeugen?
In der übertechnisierten Datenverarbeitungswelt der ERTS bestand immer Gefahr, daß gewonnene Informationen anfingen »abzudriften« – daß die Bilder sich von der Wirklichkeit ablösten, wie ein Schiff sich aus seiner Vertäuung lösen kann. Das passierte besonders oft dann, wenn die Daten mehreren Bearbeitungsverfahren unterworfen wurden, wenn man also zum Beispiel die 10^6 Pixels oder Bildelemente in einem vom Computer erzeugten Hyperraum herumwirbelte.
Daher entwickelte die ERTS andere Möglichkeiten, um die Richtigkeit von Bildern zu überprüfen, die sie aus dem Computer erhielt. Karen Ross kontrollierte das Gorilla-Bild mit Hilfe zweier solcher Prüfprogramme. Das erste arbeitete mit der »Voraussage des folgenden Bildes«.
Man kann Videobänder wie einen Kinofilm behandeln – eine Aufeinanderfolge von Standbildern. Sie führte dem Computer nacheinander mehrere solcher »Standbilder« vor und forderte ihn dann auf, das nächste Bild vorauszusagen. Das vorausgesagte Bild wurde dann mit dem tatsächlich folgenden verglichen.
Sie führte diesen Schritt achtmal hintereinander durch, und das Ergebnis war jedesmal stichhaltig. Falls bei der Datenverarbeitung ein Fehler gemacht worden war, handelte es sich zumindest um einen konsequent durchgehaltenen Fehler.
Von diesem Erfolg ermutigt, machte sie als nächstes eine »schnelle 3-D-Probe«. Dabei wurde das zweidimensionale Videobild so behandelt, als habe es gewisse auf Grauwertmustern beruhende dreidimensionale Eigenschaften. Im wesentlichen entschied der Computer dabei, ob der Schatten, den eine Nase oder ein Gebirgsmassiv warf, bedeutete, daß diese Nase oder das Gebirgsmassiv über die umgebende Fläche hinausragte. Unter dieser Voraussetzung konnten aufeinanderfolgende Bilder geprüft werden. An Hand der Bewegungen des Gorillas wies der Computer nach, daß das zweidimensional aufgezeichnete Bild in der Tat dreidimensional und zusammenhängend war.

Damit war die Echtheit des Bildes über jeden Zweifel hinaus bewiesen.
Sie ging zu Travis.

»Schön, gehen wir davon aus, ich akzeptiere dieses Bild«, sagte Travis mit gerunzelter Stirn. »Dann sehe ich immer noch nicht ein, warum Sie die nächste Expedition leiten sollten.«
Karen Ross fragte: »Was haben denn die anderen rausgekriegt?«
»Die anderen?« fragte Travis mit Unschuldsmiene.
»Sie haben das Band doch noch einer anderen Aufbereitungsgruppe gegeben, um mein Ergebnis zu überprüfen«, sagte Karen Ross.
Travis sah auf seine Uhr. »Bis jetzt noch nichts.« Und fügte hinzu: »Wir wissen, daß Sie mit Datenmaterial schnell sind.«
Karen Ross lächelte. »Deshalb brauchen Sie mich auch als Expeditionsleiterin«, sagte sie. »Ich kenne das Datenmaterial, weil ich es hergestellt habe. Und wenn Sie sofort einen neuen Trupp losschicken wollen, bevor das Rätsel um den Gorilla gelöst ist, kann Ihre einzige Hoffnung nur darin liegen, daß der Teamleiter schnell an Ort und Stelle etwas mit den Daten anfangen kann. Diesmal *brauchen* Sie da draußen einen Konsolenartisten. Sonst endet die nächste Expedition wie die vorige. Denn Sie wissen doch immer noch nicht, was da eigentlich passiert ist.«
Travis saß an seinem Schreibtisch und sah sie lange an. Sie deutete sein Zögern als Zeichen dafür, daß sein Widerstand nachließ.
»Außerdem möchte ich mich draußen vergewissern«, sagte Karen Ross.
»Bei einem Außenstehenden?«
»Ja. Bei einem Experten unter unseren freien Mitarbeitern.«
»Das ist riskant«, sagte Trafis. »Ich ziehe zu diesem Zeitpunkt ungern Außenstehende in die Sache hinein. Sie wissen, daß das Konsortium uns auf den Fersen ist. Rechnen Sie sich mal aus, wie hoch die Wahrscheinlichkeit steigt, daß etwas durchsikkert.«
»Es ist aber wichtig«, erklärte Karen Ross beharrlich.

Travis seufzte. »Schön, wenn Sie meinen, daß es wichtig ist.« Er seufzte wieder. »Nur, sehen Sie zu, daß wir uns keine Verspätung einhandeln.«
Karen Ross packte bereits ihre Unterlagen zusammen.

Als Travis wieder allein war, runzelte er die Stirn und dachte noch einmal über seine Entscheidung nach. Selbst wenn es gelang, die nächste Kongo-Expedition im Ruckzuckverfahren binnen vierzehn Tagen abzuschließen, würden die festen Kosten immer noch mehr als dreihunderttausend Dollar betragen. Der Aufsichtsrat würde zetern: Wie konnte man ein unerprobtes Kind von vierundzwanzig Jahren, eine *Frau*, mit einer solchen Verantwortung in den Busch schicken? Noch dazu bei einem so wichtigen Projekt, bei dem so ungeheuer viel auf dem Spiel stand, und bei dem sie zeitlich bereits in Verzug waren und längst den Kostenrahmen überschritten hatten. Und Karen Ross, die so kühl und unnahbar war, würde sich wahrscheinlich als schlechte Expeditionsleiterin erweisen und die anderen Teilnehmer vor den Kopf stoßen.
Andererseits, dachte Travis, sprach auch einiges für den Ross-Gletscher. Aus seinen Regenmacherzeiten hatte er die Manager-Philosophie mitgebracht, daß man ein Projekt am besten dem anvertraute, dem ein Erfolg am meisten nützen oder dem ein Fehlschlag am meisten schaden würde.
Er wandte sich seiner Konsole zu, die neben seinem Schreibtisch stand. »Travis«, sagte er, und der Bildschirm leuchtete auf.
»Psychographische Unterlagen«, sagte er.
Auf dem Bildschirm erschien eine Liste von Abrufpositionen.
»Ross, Karen«, sagte Travis.
Auf dem Bildschirm flackerte KURZE DENKPAUSE. Das war die übliche Angabe in solchen Fällen. Sie bedeutete, daß Daten herausgezogen wurden. Er wartete.
Dann wurde das zusammengefaßte Psychogramm auf dem Bildschirm ausgegeben. Alle bei der ERTS Beschäftigten wurden drei Tage lang gründlichen psychologischen Tests unterzogen, bei denen es nicht nur um Fähigkeiten und Kenntnisse, sondern auch

um mögliche Tendenzen ging. Er war sicher, daß die Einstufung von Karen Ross den Aufsichtsrat beruhigen würde.

HOCHINTELLIGENT / LOGISCHES DENKVERMOEGEN / FLEXIBEL / FINDIG / SPEZIELLE BEGABUNG FUER UMGANG MIT DATEN / DENKPROZESS RASCH WECHSELNDEN ECHTZEITSITUATIONEN ANGEPASST / GROSSE ANTRIEBSSTAERKE BEI BEKANNTEN VORGEGEBENEN ZIELEN / GEISTIG HOCH UND DAUERHAFT BELASTBAR /

Das sah aus wie die Beschreibung des idealen Leiters der nächsten Kongo-Expedition. Er ließ den Blick weiter über den Bildschirm laufen, um die einschränkenden Angaben zu lesen. Sie waren weniger beruhigend.

JUGENDLICH-RUECKSICHTSLOS / SCHWACH ENTWICKELTE FAEHIGKEIT ZU MENSCHLICHEN BEZIEHUNGEN / DOMINIEREND / INTELLEKTUELLE ARROGANZ / MANGELNDES FINGERSPITZENGEFUEHL / SUCHT ERFOLG UM JEDEN PREIS /

Und dann folgte die abschließende »Umkipp«-Analyse. Die Vorstellung, daß jeder vorherrschende Charakterzug unter extremen Bedingungen plötzlich in sein Gegenteil umschlagen konnte, war bei den Testverfahren der ERTS entwickelt worden. So konnten väterliche Männer und mütterliche Frauen »umkippen« und zu infantilen Quenglern werden, und wer zur Hysterie neigte, konnte unter solchen Bedingungen eiskalt werden. Logisch denkende Menschen wurden plötzlich impulsiv.

UMKIPP-MUSTER: DIE VORHERRSCHENDE {MOEGLICHERWEISE UNERWUENSCHTE} OBJEKTIVITAET KANN VERLORENGEHEN, WENN DAS ANGESTREBTE ZIEL IN SICHT KOMMT / DAS ERFOLGSSTREBEN KANN ZU GEFAEHRLICH IMPULSIVEN REAKTIONEN FUEHREN / DIESE RICHTEN SICH VOR ALLEM GEGEN

VATERFIGUREN / DAHER IST ANGEFRAGTE PERSON BEI ZIELORIENTIERTEN VERFAHREN IN DEN ENDPHASEN ZU UEBERWACHEN /

Travis sah auf den Bildschirm und kam zu dem Ergebnis, daß eine solche Situation bei der nächsten Kongo-Expedition höchst unwahrscheinlich war. Er schaltete den Computer ab.

Karen Ross war nahezu berauscht von ihrer neuen Aufgabe. Kurz vor Mitternacht ließ sie sich die Liste der freien Mitarbeiter auf ihren Datenplatz geben. Die ERTS arbeitete mit den verschiedensten Tierexperten zusammen, die sie mit Geldern aus einer gemeinnützigen Stiftung, dem Earth Resources Wildlife Fund, förderte. Die Liste war nach Fachgebieten geordnet. Unter »Primaten« waren vierzehn Adressen aufgeführt, einige in Borneo, Malaysia, und Afrika, andere in den Vereinigten Staaten. Unter den letzteren beschäfigte sich nur einer mit Gorilla-Forschung, ein Primatologe namens Dr. Peter Elliot an der University of California in Berkeley.

Den Bildschirmangaben zufolge war Elliot neunundzwanzig Jahre alt, unverheiratet und Privatdozent am Zoologischen Institut. Sein Hauptforschungsgebiet war offensichtlich »Kommunikation von Primaten (Gorilla)«. Die von der ERTS gewährten Beiträge wurden für ein »Projekt Amy« verwendet.

Sie sah auf die Uhr. Es war gerade Mitternacht in Houston, in Kalifornien demnach zehn Uhr abends. Sie wählte Elliots Privatnummer.

»Hallo«, meldete sich eine zurückhaltende männliche Stimme.

»Spreche ich mit Dr. Peter Elliot?«

»Ja …« Es klang so, als zögerte der Mann, als sei er auf der Hut. »Sind Sie von der Presse oder vom Fernsehen?«

»Nein«, sagte sie. »Hier spricht Dr. Karen Ross in Houston. Ich habe mit dem Earth Resources Wildlife Fund zu tun, der Ihre Forschung unterstützt.«

»Oh, ja …« Immer noch der vorsichtige Klang in der Stimme. »Sie sind wirklich nicht Reporterin? Ich sage Ihnen der Ordnung halber, daß ich dieses Gespräch als eventuelles Beweisstück mitschneide.«

Karen Ross zögerte. Das hatte ihr gerade noch gefehlt – ein Wissenschaftler, der sich verfolgt fühlte und wichtige Entwicklungen bei der ERTS aufzeichnete. Sie schwieg.

»Sind Sie Amerikanerin?« fragte er.

»Selbstverständlich.«

Karen Ross sah angestrengt auf die Computer-Bildschirme, auf denen jetzt die Angabe erschien: STIMME ERKANNT: ELLIOT, PETER, 29 JAHRE.

»Sagen Sie, weshalb Sie anrufen«, sagte Elliot.

»Nun, wir stehen im Begriff, eine Expedition in das Virunga-Gebiet im Kongo zu schicken, und ...«

»Tatsächlich? Wann denn?« Plötzlich klang die Stimme begeistert, jungenhaft.

»In zwei Tagen, und ...«

»Ich möchte mitkommen«, sagte Elliot.

Karen Ross war so überrascht, daß sie kaum wußte, was sie sagen sollte. »Ja, Dr. Elliot, deswegen rufe ich Sie eigentlich nicht an ...«

»Ich wollte sowieso dorthin«, sagte Elliot. »Mit Amy.«

»Wer ist Amy?«

»Ein Gorilla«, sagte Peter Elliot.

2. Tag
San Francisco
14. Juni 1979

1. Projekt Amy

Es wäre ungerecht zu sagen, wie einige Primatenforscher es später taten, Peter Elliot habe im Juni 1979 »aus der Stadt verschwinden« müssen. Seine Beweggründe und die Planung, die seiner Entscheidung, in den Kongo zu gehen, zugrunde lag, sind bekannt und nachweisbar. Dr. Elliot und die Projektgruppe Amy hatten mindestens zwei Tage vor Karen Ross' Anruf eine Reise nach Afrika beschlossen.

Aber angegriffen wurde Peter Elliot: von Außenstehenden, der Presse, Kollegen, die dasselbe Forschungsgebiet bearbeiteten, und sogar von Angehörigen seines Instituts in Berkeley. Es ging so weit, daß man Elliot schließlich als »Naziverbrecher« anprangerte, der sich mit der »Folterung stummer (sic) Kreaturen« beschäftigte. Es ist keine Übertreibung zu sagen, daß er zu Beginn des Jahres 1979 um seine wissenschaftliche Existenz kämpfte.

Dabei hatte seine Forschungsarbeit ruhig und beinahe zufällig begonnen. Als dreiundzwanzigjähriger Doktorand hatte Peter Elliot im Institut für Anthropologie in Berkeley erstmals von einem einjährigen Gorilla gelesen, der an Amöbenruhr litt und den man zur Behandlung vom Zoo der Stadt Minneapolis zum veterinärmedizinischen Institut nach San Francisco geflogen hatte. Das war 1973, in den erregenden ersten Jahren der Sprachuntersuchung an Primaten.

Die Vorstellung, man könne Primaten eine Sprache beibringen, war alt. Bereits 1661 hatte Samuel Pepys in London einen Schimpansen gesehen und in seinem Tagebuch vermerkt: »Er war in so vielen Dingen wie ein Mensch, und ich glaube, daß er bereits gut Englisch versteht. Ich meine auch, man könnte ihn lehren, sich mittels der Sprache oder mit Zeichen zu verständigen.« Ein anderer Schriftsteller des 17. Jahrhunderts ging noch weiter: »Menschenaffen und Paviane«, sagte er, »können zwar sprechen, tun das aber nicht, weil sie fürchten, man ließe sie dann Arbeiten verrichten.«

Doch schlugen in den folgenden drei Jahrhunderten offenbar alle Versuche fehl, Menschenaffen eine Sprache zu lehren. Ihren Höhepunkt fanden sie in der ehrgeizigen Bemühung eines Ehepaares aus Florida, Keith und Kathy Hayes, die zu Beginn der fünfziger Jahre unseres Jahrhunderts ein Schimpansenweibchen namens Vicki sechs Jahre lang aufzogen, als sei es ein Kind. In dieser Zeit lernte Vicki vier Wörter: »Mama«, »Papa«, »Cup« (Tasse) und »up« (hinauf, auf). Die Aussprache allerdings war mühselig, und sie machte nur schleppende Fortschritte. Ihre Schwierigkeiten schienen die sich unter Wissenschaftlern zunehmende Überzeugung zu stützen, der zufolge der Mensch als einziges Tier eine Sprache zu lernen verstand. Kennzeichnend dafür war die Aussage von George Gaylord Simpson: »Sprache ist der auffälligste Wesenszug der Menschen: alle normalen Menschen können sprechen, kein anderes lebendes Wesen vermag das.«

Das schien so selbstverständlich, daß in den darauffolgenden fünfzehn Jahren niemand den Versuch unternahm, einem Menschenaffen das Sprechen beizubringen. Dann sahen sich im Jahre 1966 Beatrice und Allen Gardner aus Reno, Nevada, Filme an, die zeigten, wie Vicki sprach. Sie hatten den Eindruck, daß Vicki weniger Schwierigkeiten mit dem Erlernen der Sprache als vielmehr mit dem Sprechen hatte. Es fiel ihnen auf, wie schwerfällig – im Gegensatz zu den geschmeidigen ausdrucksstarken Handbewegungen des Affen – seine Lippenbewegungen waren. Die naheliegende Schlußfolgerung lautete: Man muß es mit einer Zeichensprache versuchen.

Im Juni des Jahres 1966 begannen die Gardners damit, ein junges Schimpansenweibchen namens Washoe im Gebrauch der für Taubstumme entwickelten amerikanischen Zeichensprache Ameslan zu unterrichten. Washoe machte rasche Fortschritte und verfügte bereits 1971 über einen Sprachschatz von einhundertsechzig Zeichen, die sie in der Unterhaltung einsetzte. Sie kombinierte auch selbst neue Wörter für Dinge, die sie nie zuvor gesehen hatte: beispielsweise machte sie, als sie zum erstenmal einen Schwan sah, das Zeichen für »Wasservogel«.
Die Arbeit der Gardners war umstritten: es zeigte sich, daß viele Wissenschaftler von der Unfähigkeit der Affen, eine Sprache zu lernen, fest überzeugt waren. So sagte ein Forscher: »Wenn man daran denkt, wie viele berühmte Leute wie viele gelehrte Abhandlungen darüber verfaßt haben, daß nur der Mensch über Sprache verfügt – wie schrecklich!«
Auf Grund von Washoes Fertigkeiten machte man sich an zahlreiche weitere Sprach-Lern-Experimente. Einem Schimpansenweibchen namens Lucy wurde beigebracht, über einen Computer mit der Außenwelt zu kommunizieren, ein weiteres, Sarah, lernte, Kunststoffmarken auf einer Tafel sinnvoll anzuordnen. Auch mit anderen Affenarten wurde experimentiert. So nahm man 1971 den Unterricht mit Alfred, einem Orang-Utan, auf, 1972 mit Koko, einem Flachland-Gorilla, und schließlich begann 1973 Peter Elliot mit Amy, einem Berggorilla-Weibchen, zu arbeiten.
Bei seinem ersten Besuch im Krankenhaus fand er ein jämmerliches kleines Geschöpf vor, das unter dem Einfluß starker Beruhigungsmittel stand und an seinen dürren schwarzen Armen und Beinen mit Gurten festgebunden war. Er streichelte den Kopf der Äffin und sagte freundlich: »Hallo, Amy, ich bin Peter.«
Amy biß ihn prompt in die Hand, so daß sie blutete.
Aus diesen wenig verheißungsvollen Anfängen entwickelte sich ein einzigartig erfolgreiches Forschungsprogramm. 1973 war die Grund-Unterrichtsmethode, das »Nachbilden«, weithin bekannt. Dem Tier wurde ein Gegenstand gezeigt, und zugleich bildete der Forscher mit der Hand des Tieres das richtige Zeichen, bis eine feste Gedankenverbindung bestand. Anschließende Über-

prüfungen ergaben, daß das Tier die Bedeutung des Zeichens verstand.
Zwar gab es grundsätzliche Übereinstimmung über das Verfahren selbst, doch wetteiferten die Wissenschaftler bei seiner Anwendung, so zum Beispiel, was die Geschwindigkeit des Zeichenerwerbs oder den Erwerb von »Vokabular« anging. Man bedenke, daß beim Menschen der Wortschatz als eine der besten Möglichkeiten gilt, die Intelligenz einzuschätzen. Die Geschwindigkeit des Zeichenerwerbs konnte als Maßstab für die Fähigkeiten des Wissenschaftlers oder für die des Tieres dienen.
Inzwischen erkannte man allgemein an, daß Affen individuell unterschiedliche Persönlichkeiten hatten. Ein Wissenschaftler drückte das so aus: »Die Erforschung von Orang-Utans ist möglicherweise das einzige Gebiet, auf dem die Lernenden und nicht die Lehrenden Gegenstand des akademischen Klatsches sind.« In der Welt der Primatenforschung, die zunehmend von Wettstreit und Eifersüchteleien beherrscht wurde, hieß es bald, Lucy sei Alkoholikerin, Koko eine verzogene Göre, Lana habe sich durch ihre Berühmtheit den Kopf verdrehen lassen (»sie arbeitet nur noch, wenn ein Interviewer in der Nähe ist«), und Nim sei von geradezu gespenstischer Dummheit.
Es mag auf den ersten Blick seltsam erscheinen, daß auch Peter Elliot angegriffen wurde. Der gutaussehende und eher zurückhaltende Mann, Sohn eines Bibliothekars im Marin Country, war in den Jahren, in denen er mit Amy arbeitete, allen Streitigkeiten aus dem Weg gegangen. Seine Veröffentlichungen waren bescheiden und gemäßigt, seine Fortschritte mit Amy gründlich belegt; er hatte kein Interesse an Publicity und gehörte auch nicht zu den Forschern, die ihre Affen in die Talkshow mitnahmen.
Doch verbarg sich hinter Elliots zaghaftem Auftreten nicht nur eine wache Intelligenz, sondern auch brennender Ehrgeiz. Er mied Auseinandersetzungen lediglich, weil er keine Zeit dafür hatte – er arbeitete seit Jahren auch nachts und an den Wochenenden und nahm seine Mitarbeiter und auch Amy erbarmungslos heran. Er verstand etwas von der geschäftlichen Seite der Wissenschaft und bekam allerlei Zuwendungen. Auf Kongressen, bei

denen es um Verhaltensforschung ging, wo andere in Bluejeans und karierten Jacken erschienen, trat Elliot stets in einem makellosen Anzug mit Weste auf. Er wollte an der Spitze der Primatenforschung stehen, und Amy sollte an der Spitze der Affen stehen. Elliot war so geschickt im Beschaffen von finanziellen Mitteln, daß die Projektgruppe Amy 1975 acht Mitarbeiter (darunter ein Kinderpsychologe und ein Computer-Programmierer) umfaßte und über einen Jahresetat von hundertsechzigtausend Dollar verfügte. Später sagte ein ständiger Mitarbeiter des Bergren-Instituts, Elliot sei »eine gute Investition« gewesen, und das habe seinen Reiz ausgemacht. »Beispielsweise haben wir bei dem Projekt Amy fünfzig Prozent mehr Computerzeit für unser Geld bekommen, weil Elliot sich mit seinem parallel arbeitenden Datenplatz nachts und an Wochenenden in das Netz einschaltete, wenn die Computerzeit billiger ist. So war die Kosten-Nutzen-Relation bei ihm sehr günstig. Und er war ein besessener Forscher. Offenbar war ihm im Leben nichts wichtig außer seiner Arbeit mit Amy. Das machte ihn zwar zu einem langweiligen Gesellschafter, aber von unserem Standpunkt aus betrachtet war Geld, das wir in ihn investierten, gut angelegt. Es läßt sich schwer sagen, ob jemand wirklich brillant ist; eher läßt sich erkennen, ob einer eine starke Antriebskraft hat, und das ist auf die Dauer möglicherweise wichtiger. Wir erwarteten große Dinge von Elliot.«

Peter Elliots Schwierigkeiten begannen am 2. Februar 1979. Amy lebte in einem Wohnwagen auf dem Universitätsgelände in Berkeley; die Nächte verbrachte sie dort allein, und gewöhnlich begrüßte sie am folgenden Morgen ihre Betreuer überschwenglich. Doch an diesem Vormittag war sie mürrisch – was gar nicht zu ihr paßte. Sie reagierte gereizt und hatte einen verschleierten Blick. Sie verhielt sich, als hätte man ihr Unrecht getan.

Elliot war der Ansicht, irgend etwas müsse sie während der Nacht aus dem Gleichgewicht gebracht haben. Als man sie fragte, machte sie immer wieder Zeichen, die »Schlaf-Kasten« bedeuteten, eine neue Wortverbindung, die ihm nichts sagte. An sich war das nicht ungewöhnlich – Amy erfand ständig neue Wortverbin-

dungen, die oft schwer zu verstehen waren. Noch wenige Tage zuvor hatte sie alle damit verblüfft, daß sie von »Krokodil-Milch« gesprochen hatte. Schließlich kamen sie dahinter, daß Amys Milch sauer geworden war, und da ihr Krokodile, die sie allerdings nur aus Bilderbüchern kannte, widerwärtig waren, bezeichnete sie nun offenbar saure Milch als »Krokodil-Milch«.
Jetzt sprach sie von »Schlaf-Kasten«. Zuerst nahm man an, sie meine damit ihr ausgepolstertes Schlafnest. Doch zeigte sich, daß sie das Wort »Kasten« in dem ihr vertrauten Sinne gebrauchte, nämlich für Fernsehgerät.
Alles in ihrem Wohnwagen, auch der Fernseher, wurde vierundzwanzig Stunden am Tag über Computer gesteuert. Man prüfte, ob das Gerät womöglich über Nacht eingeschaltet gewesen war und ihren Schlaf gestört hatte. Da Amy gern fernsah, war es durchaus denkbar, daß sie es fertiggebracht hatte, es selbst einzuschalten. Doch als sie darangingen, das Fernsehgerät im Wohnwagen näher zu untersuchen, bedachte Amy sie mit einem verächtlichen Blick. Offenkundig meinte sie etwas anderes.
Schließlich kam man zu dem Ergebnis, sie meine »Schlaf-Film« oder »Schlaf-Bilder«. Als man sie befragte, machte sie Zeichen, aus denen hervorging, daß es sich um »schlechte Bilder« und »alte Bilder« handelte, bei denen »Amy weinen« mußte.
Sie träumte also.
Die Tatsache, daß Amy der erste Primat war, von dessen Träumen man erfuhr, rief unter Elliots Mitarbeitern ungeheure Erregung hervor, die allerdings nur von kurzer Dauer war. Obwohl Amy in den darauffolgenden Nächten wieder träumte, weigerte sie sich, von ihren Träumen zu berichten. Sie schien sogar den Forschern Vorwürfe zu machen wegen dieses neuen und verwirrenden Eindringens in ihr Seelenleben. Schlimmer war, daß ihr Verhalten im Wachzustand sich auf alarmierende Art verschlechterte.
Die Quote ihres Spracherwerbs sank von 2,7 auf 0,8 Wörter pro Woche, die Anzahl ihrer spontanen Wortbildungen von 1,9 auf 0,3. Ihre aufgezeichnete Aufmerksamkeitsdauer ging auf die Hälfte zurück, Stimmungsumschwünge nahmen zu, unmotiviertes

und unberechenbares Verhalten wurde zur Regel. Täglich hatte sie Wutanfälle und schlechte Laune. Amy war zu jener Zeit ein Meter siebenunddreißig groß, wog neunundfünfzig Kilogramm und war ungeheuer kräftig. Elliots Mitarbeiter fragten sich, ob sie notfalls in der Lage sein würden, Amy zu bändigen.

Ihre Weigerung, über ihre Träume zu sprechen, ärgerte die Mitglieder der Gruppe. Sie probierten auf verschiedene Art, an Amy heranzukommen: sie zeigten ihr Bilder aus Büchern und Zeitschriften, sie ließen die an der Decke angebrachten Video-Überwachungsgeräte Tag und Nacht laufen, für den Fall, daß sie während ihres Alleinseins etwas Wichtiges bezeichnete, denn Amy sprach wie Kleinkinder »oft mit sich selbst«, und sie versuchten es schließlich mit einer ganzen Batterie neurologischer Testverfahren, einschließlich eines Elektroenzephalogramms.

Ganz zum Schluß verfielen sie auf Fingerfarben.

Damit hatten sie sofort Erfolg. Amy war begeistert davon, und nachdem sie Cayenne-Pfeffer mit den Farbpigmenten vermischt hatten, hörte sie auch auf, sich die Finger abzulecken. Sie malte sehr schnell und immer wieder, und sie schien sich etwas zu beruhigen und sich langsam wieder zu fangen.

David Bergman, der Kinderpsychologe, notierte: »Amy malt eine Vielzahl augenscheinlich zusammengehöriger Bildsymbole: liegende Mondsicheln oder Halbkreise, denen stets eine Fläche mit grünen Streifen zugeordnet ist. Sie erklärt, daß diese ›Wald‹ bedeuten, und die Halbkreise nennt sie ›schlechte Häuser‹ oder ›alte Häuser‹. Außerdem malt sie oft schwarze Kreise, die sie als ›Löcher‹ bezeichnet.«

Bergman warnte vor dem naheliegenden Schluß, sie male alte Gebäude im Dschungel. »Wenn ich sehe, wie sie unaufhörlich ein Bild nach dem anderen malt, bin ich davon überzeugt, daß es sich dabei um eine ganz persönliche Obsession handelt. Amy fühlt sich von ihr bedrückt und versucht sie loszuwerden, indem sie sie auf das Papier ›bannt‹.«

Tatsächlich blieb es den Mitarbeitern der Projektgruppe rätselhaft, welcher Art diese Bildwelt war. Bis Ende 1979 war man zu dem Ergebnis gekommen, daß es die vier folgenden, hier nach ihrer Bedrohlichkeit aufgeführten Erklärungen gab:

1. *Die Träume stellen einen Versuch zur Bewältigung von Alltagserlebnissen dar.* Das ist die übliche Erklärung für Träume (bei Menschen), doch wurde bezweifelt, daß sie auf Amy anwendbar war.

2. *Die Träume sind eine vorübergehende Erscheinung der Pubertät.* Mit sieben Jahren war Amy in einem Alter, in dem Gorillas pubertieren, und sie hatte auch schon seit nahezu einem Jahr viele dafür typische Verhaltensweisen gezeigt. Dazu gehörten Wutanfälle und Schmollphasen, viel Getue um ihr Aussehen und ein neues Interesse am anderen Geschlecht.

3. *Die Träume sind ein artspezifisches Phänomen.* Es war möglich, daß alle Gorillas aufwühlende Träume hatten und daß in der Wildnis das Gruppenverhalten die daraus resultierenden psychischen Belastungen in gewisser Weise regulierte. Allerdings gab es keinerlei Belege dafür, obwohl wildlebende Gorillas bereits seit zwanzig Jahren untersucht worden waren.

4. *Die Träume sind das erste Anzeichen beginnenden Schwachsinns.* Diese Möglichkeit wurde am meisten gefürchtet. Wer einen Menschenaffen mit Aussicht auf Erfolg ausbilden wollte, mußte sehr früh damit beginnen. Erst im Laufe der Jahre ließ sich feststellen, ob das Tier klug oder dumm, widerborstig oder umgänglich, gesund oder kränklich war. Die Gesundheit der Tiere war eine Quelle ständiger Besorgnis. Viele Forschungsprogramme brachen nach Jahren der Mühe und hoher Kosten zusammen, weil die Affen an physischen oder seelischen Krankheiten starben. Timothy, ein Schimpanse, dessen Verhalten in Atlanta erforscht wurde, entwickelte 1976 eine Psychose und beging Selbstmord durch Koprophagie: er erstickte an seinem eigenen Kot. Maurice, ein Orang-Utan in Chicago, wurde neurotisch und entwickelte Phobien, so daß die Arbeit mit ihm 1977 abgebrochen werden mußte. Ihre Intelligenz, um derentwillen die Affen so lohnende Forschungsobjekte waren, machte sie zugleich so anfällig und unzuverlässig wie Menschen.

Aber die Projektgruppe Amy sah sich außerstande, in dieser

Frage weiterzukommen. Im Mai 1979 entschloß man sich zu einem, wie sich zeigen sollte, folgenschweren Schritt: man beschloß, Amys Bilder zu veröffentlichen und schickte sie an eine Zeitschrift für Verhaltensforschung, das *Journal of Behavioral Sciences*.

2. Durchbruch

Der Aufsatz *»Traumverhalten eines Berggorillas«* wurde nie gedruckt. Er wurde wie üblich an drei Wissenschaftler geschickt, die als Herausgeber der Zeitschrift fungierten. Sie sollten die Arbeit begutachten. Aber auf nach wie vor ungeklärte Weise fiel ein Exemplar in die Hände der Vereinigung zum Schutz der Primaten, einer Gruppe, die sich 1975 in New York gebildet hatte, um »die unbegründete und ungesetzliche Ausbeutung intelligenter Primaten durch unnötige Laborforschung«* zu verhindern.

Am 3. Juni demonstrierten Mitglieder der Vereinigung vor dem Gebäude des Zoologischen Instituts in Berkeley und forderten die »Freilassung« Amys. Die meisten Demonstranten waren Frauen, darunter viele mit ihren kleinen Kindern. Die Regionalnachrichten des Fernsehens zeigten Videobänder, auf denen ein achtjähriger Junge ein Transparent mit Amys Bild hochhielt und immer wieder rief: »Befreit Amy! Befreit Amy!«

Es erwies sich als taktischer Fehler, daß die Projektgruppe beschloß, den Protest zu ignorieren, und lediglich eine kurze Presseerklärung abgab, in der es hieß, die Vereinigung sei »falsch informiert«. Diese Erklärung ging mit dem Briefkopf der Pressestelle von Berkeley an die Öffentlichkeit.

* Der folgende Bericht über Elliots Leidensweg stützt sich weitgehend auf: »Infringement of Academic Freedom by Press Innuendo and Hearsay: The Experience of Dr. Peter Elliot.« In: *Journal of Academic Law and Psychiatry,* 52, N[0] 12 (1979), pp. 19–38.

Am 5. Juni veröffentlichte die Vereinigung zum Schutz der Primaten Stellungnahmen anderer Forscher zu Elliots Arbeit. Viele dementierten später diese Stellungnahmen oder behaupteten, man habe sie falsch zitiert. So hieß es zum Beispiel, Dr. Wayne Turman von der University of Oklahoma in Norman habe Elliots Arbeit als »wunderlich und unethisch« bezeichnet.
Dr. Felicity Hammond vom Yerkes-Primatenforschungszentrum in Atlanta sagte: »Weder Elliot noch seine Arbeit sind erstklassig.« Und Dr. Richard Aronson von der University of Chicago bezeichnete Elliots Forschungsarbeit als »ihrem Wesen nach eindeutig faschistisch«.
Keiner dieser Wissenschaftler hatte, bevor er sich zum Thema äußerte, Elliots Aufsatz gelesen. Der Schaden, den diese Äußerungen, insbesondere die von Aronson, verursachten, war nicht abzuschätzen. Am 8. Juni sprach Eleanor Vries, die Sprecherin der Vereinigung, von der »kriminellen Forschungsarbeit Dr. Elliots und seiner Nazi-Mitarbeiter«. Sie behauptete, Elliots Versuche hätten Amy Alpträume verursacht, sie werde gefoltert, mit Drogen und mit Elektroschocks behandelt.
Ziemlich spät, am 10. Juni, formulierte die Projektgruppe Amy eine längere Presseerklärung, in der sie ihre Position erläuterte und auf den noch unveröffentlichten Aufsatz verwies. Doch ausgerechnet zu diesem Zeitpunkt war die Pressestelle der Universität »überlastet« und konnte die Erklärung nicht gleich herausgeben.
Am 11. Juni berief die Fakultät eine Sitzung zu einem Gespräch über »Fragen ethischen Verhaltens« innerhalb der Universität ein. Eleanor Vries verkündete, die Vereinigung zum Schutz der Primaten habe den Staranwalt Melvin Belli aus San Francisco damit beauftragt, »Amy aus der Knechtschaft zu befreien«. Dieser Anwalt war unter anderem dadurch bekannt geworden, daß er die Witwen abgestürzter deutscher Starfighter-Piloten bei ihrer Klage gegen den Bund unterstützt hatte. Eine Stellungnahme zu »Amys Knechtschaft« war in Bellis Büro nicht zu erhalten.
Am gleichen Tag gelang der Projektgruppe Amy ein unerwarteter Durchbruch, was das Verständnis von Amys Träumen betraf.

Trotz aller Publizität und Aufregung hatte die Gruppe ihre tägliche Arbeit mit Amy fortgesetzt. Amys anhaltender Kummer und ihre Temperamentsausbrüche erinnerten die Betreuer ständig daran, daß das eigentliche Problem noch immer nicht gelöst war, und so suchten sie weiter beharrlich nach Hinweisen. Der Durchbruch allerdings ergab sich beinahe zufällig.

Sarah Johnson, eine wissenschaftliche Hilfskraft, überprüfte prähistorische archäologische Stätten im Kongo für den – unwahrscheinlichen – Fall, daß Amy in ihrer frühen Kindheit, bevor sie in den Zoo von Minneapolis gebracht worden war, eine solche Stätte gesehen haben könnte (»alte Gebäude im Dschungel«). Sie ermittelte, daß die Region bis vor hundert Jahren nicht von westlichen Forschern erkundet worden war, daß in jüngerer Zeit Stammesfehden und ein Bürgerkrieg eine wissenschaftliche Erforschung des Gebiets verhindert hatten und daß schließlich die feuchte Dschungelumgebung der Erhaltung von Zeugnissen menschlicher Kultur abträglich war.

Das bedeutete nichts anderes, als daß man bemerkenswert wenig über die Vorgeschichte des Kongo wußte – und Sarah Johnson konnte ihre Arbeit binnen weniger Stunden abschließen. Aber sie zögerte, den Auftrag so schnell als erledigt zu betrachten, und suchte weiter, sah sich andere Bücher in der anthropologischen Abteilung der Bibliothek an – Ethnographien, geschichtliche Darstellungen, frühe Berichte. Die frühesten Reisenden ins Innere des Kongo waren arabische Sklavenhändler und portugiesische Kaufleute gewesen, und einige hatten Berichte über ihre Reisen geschrieben. Da Sarah Johnson weder Arabisch noch Portugiesisch lesen konnte, betrachtete sie lediglich die Abbildungen.

Dann sah sie ein Bild, bei dessen Anblick ihr »ein Schauder über den Rücken fuhr«, wie sie erklärte.

Es handelte sich um einen portugiesischen Stich ursprünglich aus dem Jahre 1642, den man in einem 1842 veröffentlichten Buch reproduziert hatte. Die Druckfarbe auf dem zerfaserten, brüchigen Papier war verblaßt, doch ließ sich deutlich eine von Riesenfarnen und Schlingpflanzen überwucherte Ruinenstadt im

Dschungel erkennen. An den Türen und Fenstern fanden sich halbkreisförmige Bogen, genau wie Amy sie gemalt hatte.

Später sagte Elliot: »Es war eine Gelegenheit, wie sie sich einem Forscher nur einmal im Leben bietet - wenn er Glück hat. Natürlich wußten wir nichts über das Bild. Die Unterschrift war kursiv gedruckt und enthielt ein Wort, das wie ›Zinj‹ aussah, sowie die Jahreszahl 1642. Wir ließen sofort Übersetzer kommen, die Altarabisch und das Portugiesisch des 17. Jahrhunderts beherrschten. Aber darum ging es eigentlich gar nicht. Es ging darum, daß wir eine Gelegenheit hatten, eine wichtige theoretische Frage zu überprüfen, denn Amys Bilder schienen ein klares Beispiel für ein artspezifisches genetisches Gedächtnis zu liefern.«
Den Begriff des genetischen Gedächtnisses hatte erstmals Marais im Jahre 1911 eingeführt, und seitdem war er immer wieder heftig diskutiert worden. In ihrer einfachsten Form besagte die Theorie, der Mechanismus genetischer Vererbung, der für die Weitergabe aller körperlichen Merkmale verantwortlich war, sei nicht auf diese allein beschränkt. So sei auch das Verhalten niederer Tiere ganz eindeutig genetisch determiniert, denn sie würden mit einem komplexen Verhaltensmuster geboren, das sie nicht zu erlernen brauchten. Allerdings sei das Verhalten höherer Tiefe flexibler und damit abhängiger vom Lernen und vom Gedächtnis. Die Frage war nun, ob bei höheren Tieren, insbesondere beim Menschenaffen und beim Menschen, ein Teil des psychischen Verhaltens von Geburt an durch ihre Gene vorbestimmt war.
Jetzt, so meinte Elliot, hatten sie mit Amy einen Beweis für ein solches Gedächtnis. Sie war im Alter von lediglich sieben Monaten aus Afrika fortgebracht worden, und wenn sie diese Ruinenstadt nicht in ihrer Kindheit gesehen hatte, belegten ihre Träume ein artspezifisches genetisches Gedächtnis, das man durch eine Reise nach Afrika verifizieren konnte. Am Abend des 11. Juni waren die Mitglieder der Projektgruppe sich einig. Falls sich die Reise organisieren und finanzieren ließ, würden sie Amy nach Afrika bringen.

Am 12. Juni warteten sie darauf, daß die Übersetzer ihre Arbeit am Quellenmaterial beendeten. Die geprüften Übersetzungen sollten innerhalb von zwei Tagen vorliegen.
Allerdings würde eine Reise nach Afrika für Amy und zwei Mitglieder der Gruppe mindestens dreißigtausend Dollar kosten – ein erheblicher Teil des gesamten Jahresetats, ganz abgesehen davon, daß für den Transport eines Gorillas um den halben Erdball eine verwirrende Vielzahl von Verwaltungs- und Zollvorschriften zu beachten war.
Sie brauchten die Hilfe von Experten. Aber an wen sollten sie sich wenden? Und dann, am 13. Juni, rief eine der Einrichtungen an, von denen ihr Projekt finanziert wurde, der Earth Resources Wildlife Fund in Houston, und eine gewisse Karen Ross erklärte, sie breche in zwei Tagen mit einer Expedition in den Kongo auf. Zwar zeigte sie keinerlei Interesse daran, Peter Elliot oder Amy mitzunehmen, doch vermittelte sie ihm – zumindest über das Telefon – das Gefühl einer beruhigenden Vertrautheit mit der praktischen Planung und der Führung von Expeditionen in abgelegene Gegenden der Erde.
Als sie Dr. Elliot fragte, ob sie ihn in San Francisco treffen könne, erwiderte er, es werde ihm ein Vergnügen sein, er stehe ihr jederzeit zur Verfügung.

3. Juristische Probleme

Peter Elliot blieb der 14. Juni des Jahres 1979 als ein Tag plötzlicher Wendungen im Gedächtnis. Es begann um acht Uhr morgens in der Anwaltssozietät Sutherland, Morton & O'Connell in San Francisco, wo er sich wegen der angedrohten Klage seitens der Vereinigung zum Schutz der Primaten auf Entzug des Sorgerechts über Amy eingefunden hatte – eine Angelegenheit, die nun um so wichtiger wurde, als er vorhatte, Amy mit außer Landes zu nehmen.
Er traf mit John Morton in der holzgetäfelten Bibliothek der Kanzlei zusammen, von der aus man auf die Grant Street blickte.

Morton machte sich Notizen in einem gelben Heft mit perforierten Blättern. »Ich glaube nicht, daß Ihre Lage besonders problematisch ist«, meinte der Anwalt, »aber ich sollte ein paar Einzelheiten wissen. Amy ist also ein Gorilla?«
»Ja, ein Berggorilla-Weibchen.«
»Wie alt?«
»Sieben.«
»Also noch ein Kind?«
Elliot erklärte ihm, daß Gorillas zwischen dem sechsten und dem achten Lebensjahr zur Geschlechtsreife gelangten, so daß Amy in der Spätpubertät und einem sechzehnjährigen Mädchen vergleichbar war.
Morton machte sich wieder Notizen. »Wir könnten also sagen, daß sie noch minderjährig ist?«
»Ist das in unserem Interesse?«
»Ich glaube schon.«
»Ja, sie ist noch minderjährig«, sagte Elliot.
»Woher kommt sie? Ich meine ursprünglich.«
»Eine Touristin namens Swenson fand sie in Bagimindi, einem Dorf in Afrika. Amys Mutter war von hungrigen Eingeborenen getötet worden. Mrs. Swenson kaufte Amy, die noch ein ganz junges Tier war.«
»Sie ist also nicht in Gefangenschaft geboren worden«, sagte Morton und blickte von seinen Notizen auf.
»Nein. Mrs. Swenson nahm sie mit in die Vereinigten Staaten und schenkte sie dem Zoo von Minneapolis.«
»Sie verzichtete also auf ihre Ansprüche an Amy?«
»Das vermute ich«, sagte Elliot. »Wir haben versucht, mit ihr Verbindung aufzunehmen, um Einzelheiten über Amys früheres Leben zu erfahren, aber sie ist zur Zeit nicht erreichbar. Anscheinend reist sie viel – gegenwärtig ist sie in Borneo. Auf jeden Fall habe ich damals, als Amy nach San Francisco geschickt wurde, den Zoo von Minneapolis angerufen, um zu fragen, ob ich sie für Studienzwecke behalten könne. Der Zoo stimmte dem zu und überließ sie mir für drei Jahre.«
»Haben Sie etwas dafür bezahlen müssen?«

»Nein.«
»Gibt es einen schriftlichen Vertrag darüber?«
»Nein, ich habe einfach den Zoodirektor angerufen.«
Morton nickte. »Mündlich getroffene Vereinbarung...« sagte er und schrieb wieder. »Und nach Ablauf der drei Jahre?«
»Das war im Frühjahr 1976. Ich bat den Zoo um eine Verlängerung um sechs Jahre, die mir auch gewährt wurde.«
»Wieder mündlich?«
»Ja, am Telefon.«
»Gibt es keine Korrespondenz?«
»Nein. Sie schienen bei meinem Anruf nicht besonders interessiert. Um die Wahrheit zu sagen, ich glaube, sie hatten Amy schon ganz vergessen. Der Zoo hat im übrigen vier Gorillas.«
Morton runzelte die Brauen. »Ist ein Gorilla nicht ein ziemlich teures Tier? Ich meine, wenn man sich einen als Hausgenossen oder für einen Zirkus kaufen möchte?«
»Gorillas gehören zu den von der Ausrottung bedrohten Arten. Man kann sie nicht als Haustiere kaufen. Wenn das ginge, wären sie natürlich ziemlich teuer.«
»Wie teuer?«
»Nun, es gibt keinen festgelegten Marktwert, aber so um zwanzig- oder dreißigtausend Dollar.«
»Und in all diesen Jahren haben Sie Amy eine Sprache beigebracht?«
»Ja«, sagte Peter Elliot. »Ameslan, die Zeichensprache, mit der sich hier in Amerika die Taubstummen verständigen. Sie beherrscht gegenwärtig sechshundertzwanzig Wörter.«
»Ist das viel?«
»Mehr als jeder bekannte Primat.«
Morton nickte und machte sich wieder Notizen. »Und Sie arbeiten täglich mit ihr an Ihrem Forschungsprojekt?«
»Ja.«
»Gut«, sagte Morton. »Das war bisher bei allen Fällen von Sorgerecht für Tiere sehr wichtig.«
Seit über hundert Jahren gab es in den westlichen Ländern organisierte Bewegungen zur Abschaffung von Tierversuchen.

An ihrer Spitze standen die Gegner der Vivisektion und die Tierschutzvereine. Ursprünglich hatten sich diese Organisationen aus tierliebenden Fanatikern zusammengesetzt, die jede Art von Tierversuchen unterbinden wollten.
Im Laufe der Jahre hatten die Naturwissenschaftler eine den Gerichten annehmbar erscheinende Standardrechtfertigung entwickelt. Als Ziel ihrer Experimente gaben die Forscher verbesserte Bedingungen für das gesundheitliche und allgemeine Wohlergehen der Menschen an, das über dem Wohlergehen der Tiere rangierte. Im übrigen wiesen sie darauf hin, daß niemand je gegen den Gebrauch von Tieren als Last- und Arbeitstiere protestiert habe – ein mühsames und schweres Los, das den Tieren seit Jahrtausenden beschieden war. Die Nutzung von Tieren für wissenschaftliche Experimente sei lediglich eine konsequente Weiterentwicklung der Idee, daß Tiere die Diener menschlicher Unternehmungen seien.
Außerdem waren Tiere unwissend. Sie waren sich ihrer selbst nicht bewußt und wußten nichts von ihrer Existenz in der Natur. Das bedeutete, um es mit den Worten des Philosophen George H. Mead zu sagen, daß »Tiere keine Rechte haben. Es steht uns frei, ihrem Leben ein Ende zu setzen. In einem solchen Fall geschieht kein Unrecht. Das Tier büßt dabei nichts ein ...«
Viele Menschen zeigten sich von diesen Anschauungen beunruhigt, doch bei dem Versuch, Richtlinien zu erarbeiten, stieß man rasch auf Schwierigkeiten. Am eindeutigsten war das der Fall, wenn es um die Sinneswahrnehmungen von Tieren ging, die sich weiter unten auf der stammesgeschichtlichen Leiter befanden. Nur wenige Forscher arbeiteten mit Katzen, Hunden und anderen Säugern, ohne sie zu anästhesieren. Wie aber war es mit Ringelwürmern, Krebsen, Igeln und Tintenfischen? Machte sich nicht, wer diese Tiere überging, einer Art »Gattungsdiskriminierung« schuldig? Wenn aber diese Tiere es wert waren, daß man über sie nachdachte, mußte es dann nicht auch verboten sein, lebende Hummer in einen Topf mit siedendem Wasser zu werfen?
Auch die Tierschutzvereinigungen trugen dazu bei, daß über die Frage, was »Tierquälerei« bedeutete, Unklarheit herrschte. In

einigen Ländern kämpften sie sogar gegen die Ausrottung der Ratten. Und 1968 wurde ein seltsamer Fall aus Australien berichtet. Man hatte in Westaustralien eine neue Arzneimittelfabrik errichtet, in der alle Dragees auf ein Förderband kamen. Eine Arbeitskraft mußte das Band beobachten und Knöpfe drücken, um die Dragees nach Farbe und Größe in verschiedene Behälter zu sortieren. Ein Forscher der Skinner-Schule wies darauf hin, daß es einfach sei, Tauben so abzurichten, daß sie die Dragees beobachteten und mit dem Schnabel farbig gekennzeichnete Knöpfe betätigten, um so das Sortieren zu besorgen. Die Unternehmensleitung stimmte skeptisch einem Test zu. Es zeigte sich, daß die Tauben die Arbeit tatsächlich zuverlässig verrichteten. Und so wurden sie an dem Förderband eingesetzt. Bald darauf schaltete sich der australische Tierschutzbund ein und erwirkte eine einstweilige Verfügung mit der Begründung, es handle sich um Tierquälerei. Die Aufgabe wurde wieder einer menschlichen Arbeitskraft übertragen, für die sie offenbar keine Quälerei bedeutete. Angesichts solcher Widersprüche zögerten die Gerichte, etwas gegen Tierexperimente zu unternehmen. Praktisch konnten die Forscher tun, was sie für richtig hielten. Die Tierversuche erreichten ein ungeheures Ausmaß. In den siebziger Jahren unseres Jahrhunderts wurden allein in den Vereinigten Staaten jährlich vierundsechzig Millionen Tiere für Forschungsvorhaben getötet.
Aber die Einstellung der Menschen hatte sich im Laufe der Zeit gewandelt. Sprachlernprojekte mit Delphinen und Menschenaffen zeigten eindeutig, daß diese Tiere nicht nur intelligent, sondern sich auch ihrer Existenz bewußt waren; sie erkannten sich zum Beispiel im Spiegel und auf Fotografien wieder. 1974 gründeten die Naturwissenschaftler selbst die Internationale Liga zum Schutz von Primaten. Sie sollte Forschungsvorhaben überwachen, bei denen mit Meerkatzenartigen und Menschenaffen experimentiert wurde. Im März des Jahres 1978 verbot die Regierung Indiens den Export von Rhesusaffen an Forschungsstätten auf der ganzen Welt, und bei einigen Prozessen kamen die Gerichte zu dem Ergebnis, daß in bestimmten Fällen Tiere durchaus Rechte haben konnten.

Die frühere Anschauung war eine Entsprechung zur Sklaverei: Das Tier war das Eigentum seines Besitzers, der mit ihm tun konnte, was er wollte. Jetzt wurde die Frage des Besitzes zweitrangig. Im Februar 1977 gab es einen Prozeß um einen Delphin namens Mary, den ein in einer Forschungseinrichtung beschäftigter Techniker ins offene Meer hatte schwimmen lassen. Die University of Hawaii verklagte ihn wegen Verlustes eines für die Forschung wertvollen Tiers. Zweimal kam das Geschworenengericht zu keiner Entscheidung – das Verfahren wurde eingestellt. Im November 1978 ging es in einem Prozeß um den Schimpansen Arthur, der die Zeichensprache fließend beherrschte. Seine Besitzerin, die Johns Hopkins University, beschloß, ihn zu verkaufen und das Programm einzustellen. Sein Ausbilder, William Levine, ging vor Gericht und erhielt das Sorgerecht mit der Begründung zugesprochen, daß man Arthur, da er jetzt sprachfähig sei, nicht länger als Schimpansen ansehen dürfe.

»Einer der entscheidenden Punkte«, sagte Morton, »war dabei, daß Arthur andere Schimpansen, mit denen man ihn in Berührung brachte, als ›schwarze Dinger‹ bezeichnete. Als man ihn bei zwei Versuchen aufforderte, Fotografien von Menschen und von Schimpansen zu sortieren, löste er die Aufgabe richtig – mit einer Ausnahme: beide Male legte er sein eigenes Bild auf den Stapel der Menschenfotos. Offensichtlich betrachtete er sich selbst nicht als Schimpansen, und das Gericht entschied, daß er bei seinem Ausbilder bleiben solle, da eine Trennung zu schweren psychischen Schädigungen Arthurs führen könne.“

»Das heißt, es ist klar, daß Amy mir gehört?« wollte Elliot wissen.

»Wenn Sie die Bedingungen erfüllen, ja. Sie sagen, daß Sie täglich mit dem Tier zusammenkommen?«

»Ja.«

»Und Sie sind für Amys körperliches und psychisches Wohlergehen wichtig?«

»Amy weint, wenn ich fortgehe«, sagte Elliot.

»Holen Sie ihre Erlaubnis ein, wenn Sie Experimente mit ihr machen?«

»Jedesmal.« Elliot lächelte. Offensichtlich hatte Morton keine Vorstellung vom täglichen Zusammenleben mit Amy. Es war äußerst wichtig, ihre Erlaubnis für alles einzuholen, was geschehen sollte, sogar für eine Ausfahrt mit dem Wagen. Sie hatte eine ausgeprägte Persönlichkeit und konnte dickköpfig und eigensinnig sein.
»Haben Sie Unterlagen über ihre Zustimmung?«
»Ja, Videobänder.«
»Versteht sie, was für Experimente Sie ihr vorschlagen?«
Er zuckte mit den Schultern. »Sie sagt ja.«
»Arbeiten Sie mit Belohnung und Strafe?«
»Das ist das bei Wissenschaftlern, die tierisches Verhalten erforschen, übliche Verfahren. Es heißt ›Apprentissage‹.«
Morton runzelte die Brauen. »Und wie sehen die Strafen aus?«
»Wenn sie böse ist, muß sie sich mit dem Gesicht zur Wand in die Ecke stellen oder ich schicke sie früh schlafen, ohne daß sie ihre Erdnußbutter und ihre Götterspeise bekommt.«
»Und wie ist es mit Folterung und Schockbehandlung?«
»Eine absurde Vorstellung!«
»Und mit körperlichen Züchtigungen?«
»Sie ist ziemlich groß. Oft habe ich Angst, daß sie wütend wird und *mir* etwas tut.«
Morton erhob sich lächelnd. »Der Fall dürfte klar sein«, sagte er. »Jedes Gericht wird zu dem Ergebnis kommen, daß Amy Ihrer Gewalt untersteht und daß Sie zu entscheiden haben, was jeweils zu geschehen hat.« Er zögerte. »Ich weiß, es klingt seltsam: aber meinen Sie, daß Sie es fertigbrächten, Amy zu einer Zeugenaussage zu veranlassen?«
»Ich glaube schon«, sagte Elliot. »Meinen Sie, daß es soweit kommen wird?«
»Nicht in diesem Fall«, sagte Morton. »Früher oder später aber wohl. Glauben Sie mir, innerhalb der nächsten zehn Jahre gibt es bestimmt einen Prozeß, bei dem es um das Sorgerecht für einen sprachfähigen Primaten geht – und man wird ihn in den Zeugenstand holen.«
Elliot schüttelte ihm die Hand und fragte im Hinausgehen. »Übri-

gens – hätte ich Schwierigkeiten, wenn ich sie außer Landes brächte?«

»*Falls* es zu einem Verfahren wegen des Sorgerechts kommt, könnten Sie schon Schwierigkeiten haben, wenn Sie Amy von einem Bundesstaat in einen anderen bringen«, sagte Morton. »Haben Sie vor, sie außer Landes zu bringen?«

»Ja.«

»Dann rate ich Ihnen, tun Sie es bald, und reden Sie mit niemandem darüber«, sagte Morton.

Elliot betrat kurz nach neun das Vorzimmer seines Arbeitszimmers im dritten Stock des Zoologischen Instituts. Seine Sekretärin Carolyn sagte: »Eine Frau Dr. Ross vom Wildlife Fund in Houston hat angerufen, sie ist auf dem Weg nach San Francisco. Dann hat ein Mr. Morikawa dreimal angerufen, er sagt, es sei sehr wichtig. Das Treffen der Projektgruppe ist auf zehn Uhr festgelegt. Ach ja, und in Ihrem Arbeitszimmer wartet Windy auf Sie.«

»Tatsächlich?«

James Weldon war einer der Ordinarien am Institut, ein schwächlicher Mann, der jedoch zu heftigen Zornesausbrüchen neigte. »Windy« Weldon wurde in Karikaturen, die im Institut umliefen, stets mit einem in die Luft gehaltenen nassen Finger dargestellt: er war Meister darin festzustellen, aus welcher Richtung der Wind wehte. In den vergangenen Tagen war er Peter Elliot und der Projektgruppe Amy geflissentlich aus dem Weg gegangen.

Elliot ging in sein Arbeitszimmer.

»Na, Peter, mein Junge«, sagte Weldon herzlich und streckte Elliot die Hand entgegen. »Sie sind ja früh dran heute.«

Elliot war sofort auf der Hut. »Ich wollte vor den Völkerscharen hier sein«, sagte er. Die Demonstranten kamen nie vor zehn, und manchmal später, je nachdem, für wann die Fernsehleute sie bestellt hatten. So wurde heutzutage nun einmal protestiert: auf Bestellung.

»Sie kommen nicht mehr«, sagte Weldon lächelnd.

Er gab Elliot die letzte Lokalausgabe des *Chronicle*, auf dessen Titelseite ein Text mit schwarzem Filzstift umrahmt war. Eleanor Vries war als Bezirksleiterin der Vereinigung zum Schutz der Primaten zurückgetreten. Als Grund gab sie Überlastung und wichtige private Angelegenheiten an. In einer Erklärung der Vereinigung, die von der Zentrale in New York abgegeben worden war, hieß es, man habe »Art und Gegenstand von Dr. Elliots Forschung bedauerlicherweise falsch eingeschätzt«.

»Was hat das zu bedeuten?«

»Bellis Kanzlei hat Ihren Aufsatz und die öffentlichen Erklärungen von Eleanor Vries über Folterung untersucht und ist zu dem Schluß gekommen, daß die Vereinigung sich damit eine dicke Verleumdungsklage hätte zuziehen können«, sagte Weldon. »Den Liga-Leuten in New York geht der Arsch auf Grundeis. Sie werden im Laufe des Tages mit Friedensangeboten auf Sie zukommen. Ich persönlich hoffe, daß Sie sich verständnisvoll zeigen werden.«

Elliot ließ sich in seinen Sessel fallen. »Und was ist mit der Fakultätssitzung in der kommenden Woche?«

»Oh, die ist allerdings wichtig«, sagte Weldon. »Ohne Frage wird die Fakultät unethisches Verhalten seitens der Medien anprangern und eine eindeutige Ehrenerklärung für Sie abgeben. Ich bin gerade dabei, eine Erklärung meines Büros auszuarbeiten.«

Welche Ironie, dachte Elliot. »Sind Sie sicher, daß Sie sich dieser Gefahr aussetzen wollen?« fragte er.

»Ich stehe voll und ganz hinter Ihnen, das wissen Sie doch hoffentlich«, sagte Weldon. Er schritt unruhig in dem Raum auf und ab, wobei er sich Amys Malereien an den Wänden ansah. Windy hatte noch etwas auf der Seele. »Malt sie immer noch solche Bilder?« fragte er schließlich.

»Ja«, sagte Elliot.

»Und Sie wissen immer noch nicht, was sie bedeuten?«

Elliot überlegte kurz. Günstigstenfalls war es voreilig, Weldon wissen zu lassen, was die Bilder nach Ansicht der Gruppe bedeuteten. »Keine Ahnung«, sagte er.

»Sind Sie sicher?« fragte Weldon mit gefurchter Stirn. »Ich glaube nämlich, jemand anders weiß es.«
»Wieso?«
»Es ist etwas sehr Seltsames geschehen«, sagte Weldon. »Jemand wollte Amy kaufen.«
»*Kaufen*? Was soll das heißen?«
»Ein Anwalt aus Los Angeles hat mich gestern angerufen und hundertfünfzigtausend Dollar für sie geboten.«
»Das muß ein reicher Wohltäter sein«, sagte Elliot, »der Amy vor der Folter retten will.«
»Das glaube ich nicht«, sagte Weldon. »Das eigentliche Angebot kommt aus Japan, von einem gewissen Morikawa, einem Mann aus der Elektronikbranche in Tokio. Ich habe das herausbekommen, als der Rechtsanwalt heute morgen wieder anrief, um sein Angebot auf zweihundertfünfzigtausend Dollar zu erhöhen.«
»Zweihundertfünfzigtausend?« sagte Elliot. »Für Amy?« Ein Verkauf kam selbstverständlich überhaupt nicht in Frage, aber warum sollte jemand so viel Geld bieten?
Weldon wußte eine Antwort darauf. »So viel Geld, immerhin eine Viertelmillion, kann nur aus Kreisen der Privatindustrie kommen. Vermutlich hat Morikawa über Ihre Arbeit gelesen und weiß eine Einsatzmöglichkeit für sprachfähige Primaten bei einer industriellen Aufgabe.« Windy blickte an die Zimmerdecke, ein sicheres Zeichen dafür, daß ein rhetorischer Ausbruch bevorstand. »Ich könnte mir denken, daß sich uns hier ein neues Gebiet auftut, die Ausbildung von Primaten für den Einsatz in der Industrie, in der wirklichen Welt.«
Peter Elliot fluchte. Er hatte Amy nicht deshalb eine Sprache beigebracht, damit sie sich einen Schutzhelm aufsetzte und einen Henkelmann in die Hand nahm. Und das sagte er auch.
»Sie müssen das mal zu Ende denken«, sagte Weldon. »Und wenn wir nun am Anfang eines neuen Gebiets angewandten Verhaltens stünden? Überlegen Sie, was das bedeuten könnte: nicht nur Finanzmittel für das Institut und eine Möglichkeit für angewandte Forschung. Weit wichtiger, es würde einen Grund geben, die Tiere am Leben zu erhalten, und Sie wissen, daß die großen

Menschenaffen vom Aussterben bedroht sind. Die Schimpansen in Afrika werden immer weniger, die Orang-Utans auf Borneo verlieren durch den Raubbau am Wald ihren natürlichen Lebensraum und werden in zehn Jahren ausgestorben sein. In den zentralafrikanischen Waldgebieten leben nur noch dreitausend Gorillas. Sie alle werden noch zu unseren Lebzeiten von der Erde verschwinden – *falls nicht ein Grund erkennbar wird, sie als Art am Leben zu erhalten.* Vielleicht liefern Sie uns den Grund, Peter, mein Junge. Denken Sie einmal darüber nach.«

Elliot dachte in der Tat darüber nach, und er brachte die Sache bei der Projektgruppensitzung um zehn Uhr vormittags zur Sprache. Sie überlegten, was für Einsatzmöglichkeiten ein Industrieller für Menschenaffen sehen konnte und welche Vorteile Unternehmern erwachsen konnten, so zum Beispiel daraus, daß es keine Gewerkschaften und keine freiwilligen Sozialleistungen geben würde. Das alles waren gegen Ende des 20. Jahrhunderts wichtige Erwägungen, denn immerhin lagen für jedes Auto, das 1978 von den Taktstraßen in Detroit rollte, die anteiligen Kosten für die Sozialversicherung der Automobilarbeiter höher als die für den gesamten bei der Herstellung verwendeten Stahl.

Doch kamen sie zum Ergebnis, daß die Vorstellung von »industrialisierten Menschenaffen« wohl eher in den Bereich der Phantasie gehörte. Ein Tier wie Amy war keine billige und dumme Ausführung des menschlichen Arbeiters. Ganz im Gegenteil, es war ein hochintelligentes und sensibles Geschöpf, das in der modernen Welt der Industrie nicht in seinem Element war. Es verlangt ein hohes Maß an Aufsicht, ist launisch und unzuverlässig, und seine Gesundheit ist stets bedroht. Es war einfach nicht vernünftig, ein solches Tier in der Industrie einzusetzen. Falls Morikawa vor seinem geistigen Auge Menschenaffen an Fließbändern, auf denen Fernsehgeräte und Hifi-Anlagen montiert wurden, den Lötkolben schwingen sah, war er leider schlicht falsch informiert.

Die einzige Warnung kam von Bergman, dem Kinderpsychologen. »Eine Viertelmillion ist viel Geld«, sagte er, »und höchstwahrscheinlich ist Mr. Morikawa kein Dummkopf. Er muß von Amys Zeichnungen erfahren haben, aus denen hervorgeht, daß sie neurotisch und schwer zu lenken ist. Wenn er trotzdem an ihr interessiert ist, dann *wegen ihrer Zeichnungen,* darauf möchte ich wetten. Allerdings kann ich mir nicht vorstellen, wieso diese Zeichnungen eine Viertelmillion Dollar wert sein sollen.«

Das konnte auch keiner der anderen Anwesenden, und die Diskussion wandte sich den Zeichnungen selbst und den inzwischen übersetzten Texten zu. Sarah Johnson, die mit den Nachforschungen betraut war, begann mit der schlichten Erklärung: »Ich habe schlechte Nachrichten über den Kongo.«*

Sie erklärte, daß aus geschichtlicher Zeit fast nichts über den Kongo bekannt war. Die am Oberlauf des Nil wohnenden Ägypter der Frühzeit wußten lediglich, daß ihr Fluß weit im Süden entsprang, in einem Gebiet, das sie Baumland nannten. Das war ein geheimnisvolles Land, mit Bäumen, die so dicht standen, daß es unter ihrem Dach am hellichten Tag so dunkel war wie in der Nacht. Seltsame Geschöpfe lebten in diesem ewigen Dämmerlicht, unter ihnen auch kleinwüchsige Menschen mit Schwänzen und halb schwarze und halb weiße Tiere.

Nahezu viertausend Jahre lang erfuhr man aus dem Innern Afrikas nichts Wesentliches. Die Araber kamen im 7. Jahrhundert nach Christi Geburt auf der Suche nach Gold, Elfenbein, Gewürzen und Sklaven nach Ostafrika. Kauffahrer, die sie waren, wagten sie sich nicht ins Landesinnere vor. Sie nannten es Zinj – das Land der Schwarzen –, und es blieb ein Reich der Fabel und der Phantasie. Man berichtete von riesigen Wäldern und kleinen Menschen mit Schwänzen, von feuerspeienden Bergen, die den Himmel verdunkelten, von Affen, die Eingeborenendörfer überfielen und sich an den Frauen vergingen, von Riesen mit behaarten Leibern und flachen Nasen, von Geschöpfen, halb Mensch, halb Leopard, von Eingeborenenmärkten, auf denen die Leich-

* Sie bezog sich hauptsächlich auf das Standardwerk von A. J. Parkinson: The Congo Delta in Myth and History, Peters: London 1904.

name gemästeter Menschen zerlegt und als Köstlichkeit feilgeboten wurden.
Die abschreckende Wirkung solcher Berichte reichte aus, die Araber an der Küste zu halten, trotz anderer durchaus verheißungsvoller Erzählungen, in denen zum Beispiel von Bergen aus glänzendem Gold die Rede war, von Flußbetten, die vor Diamanten glitzerten, von Tieren, die die Sprache der Menschen sprachen, und von großen Dschungelkulturen von unglaublicher Pracht. Besonders eine Geschichte tauchte in diesen frühen Berichten immer wieder auf: die Geschichte von der toten Stadt Zinj*.
Der Legende nach war eine den Juden aus der Zeit König Salomons bekannte Stadt eine Quelle unermeßlichen Reichtums an Diamanten gewesen. Die Karawanenstraße zu dieser Stadt wurde stets eifersüchtig bewacht und die Kenntnis davon als heiliges Geheimnis durch Generationen hin vom Vater an den Sohn weitergegeben. Aber die Diamantenvorkommen waren erschöpft, und die Stadt lag nunmehr in Schutt und Trümmern, irgendwo im dunklen Herzen Afrikas. Die beschwerlichen Karawanenwege waren längst vom Urwald überwuchert, und der letzte Händler, dem der Weg bekannt gewesen war, hatte sein Geheimnis schon vor Jahrhunderten mit ins Grab genommen.
Diesen rätselhaften Ort nannten die Araber die tote Stadt Zinj. Doch trotz ihres fortdauernden Nachruhms hatte Sarah Johnson nur wenig über sie in Erfahrung bringen können. 1187 berichtete Ibn Baratu, ein Araber aus Mombasa: »Die hiesigen Eingeborenen sprechen von einer toten Stadt weit im Landesinnern, die sie Zinj nennen. Ihre schwarzen Bewohner lebten dereinst in Reichtum und Luxus, und selbst die Sklaven schmückten sich mit Juwelen, vor allem mit blauen Diamanten, von denen es dort eine Unzahl gibt.«

* Die sagenumwobene Stadt Zinj bildete die Grundlage für den (auch in Deutschland bekannten und mehrfach ins Deutsche übersetzten) Roman von H. Rider Haggard *Die Schätze des König Salomo*, der zuerst 1885 erschien. Haggard, Kenner zahlreicher Sprachen, hatte 1875 dem Gouverneur von Natal gedient und erfuhr zu jener Zeit vermutlich von den benachbarten Zulus etwas über Zinj.

1292 erwähnte ein Perser namens Mohammed Said, daß »ein Diamant von der Größe einer geballten Männerfaust in den Straßen von Sansibar zur Schau gestellt wurde. Es heißt, er komme aus dem Landesinnern, wo man die Ruinen einer Stadt namns Zinj finden kann. Dort gebe es überall im Boden und ebenso in Flüssen eine Fülle solcher Diamanten ...«

1334 berichtete ein Araber, Ibn Mohammed: »Unsere Gruppe traf Anstalten, die Stadt Zinj zu suchen, aber wir gaben unsere Suche auf, als wir erfuhren, daß sie seit langem verlassen ist und in Trümmern liegt. Es heißt, das Aussehen der Stadt sei wunderlich und fremd, denn Türen und Fenster hätten die Rundung eines Halbmonds, und die Gebäude würden inzwischen von gewalttätigen haarigen Menschen bewohnt, die keine der bekannten Sprachen sprechen ...«

Dann kamen die Portugiesen, diese unermüdlichen und unerschrockenen Forscher. Um 1544 wagten sie sich von der Westküste, dem mächtigen Kongo folgend, ins Landesinnere vor, doch stießen sie bald auf all die Hindernisse, die noch jahrhundertelang jeglicher Erforschung Zentralafrikas im Wege stehen sollten. Der Kongo war lediglich bis zu den ersten Stromschnellen befahrbar, gut dreihundert Kilometer ins Landesinnere, bis dahin, wo die heutige Stadt Kinshasa liegt, das ehemalige Léopoldville. Die Eingeborenen waren Kannibalen und den Weißen feindlich gesonnen. Dazu kam, daß der vor Hitze dampfende Dschungel Ursprung zahlreicher Krankheiten war – Malaria, Schlafkrankheit, Bilharziose und Schwarzwasserfieber –, welche die fremden Eindringlinge dezimierten.

Die Portugiesen gelangten nie ins Innere des Kongo-Gebiets, und auch die Engländer hatten 1644 unter Captain Brenner kein Glück – die gesamte Expedition ging verloren. Der Kongo widersetzte sich zweihundert Jahre lang der Erforschung und blieb ein weißer Fleck auf den immer genaueren Weltkarten.

Doch berichteten auch die frühen Eroberer die Legenden über das Landesinnere, darunter die Geschichte von Zinj. Ein spanischer Maler portugiesischer Herkunft, Juan de Valdés Leal, zeichnete 1642 ein später weithin bekannt gewordenes Bild von

der toten Stadt Zinj. »Allerdings«, fügte Sarah Johnson hinzu, »zeichnete er auch Bilder von geschwänzten Menschen und von Affen, die sich mit Eingeborenenfrauen vergnügen.«
Jemand stöhnte auf.
»Valdés war offenbar verkrüppelt«, fuhr sie fort. »Er verbrachte sein ganzes Leben in Setubal, wo er mit den Matrosen trank und das, was er von ihnen hörte, malte.«
Afrika wurde erst um die Mitte des 19. Jahrhunderts gründlich erforscht: von Burton und Speke, Baker und Livingstone, und vor allem von Stanley. Keiner von ihnen fand je eine Spur von der toten Stadt Zinj, und auch in den hundert Jahren seit ihren Forschungsreisen hatte niemand etwas von der geheimnisvollen Stadt gesehen.
Die Stimmung der Projektgruppe Amy war jetzt sehr gedämpft.
»Ich habe Ihnen ja gleich gesagt, daß es keine gute Nachricht sein würde«, sagte Sarah Johnson.
»Soll das heißen«, fragte Peter Elliot, »daß dieses Bild ausschließlich auf einer Beschreibung basiert und daß wir gar nicht wissen, ob es die Stadt wirklich gegeben hat?«
»So ist es, fürchte ich«, antwortete Sarah Johnson. »Es gibt keinen Beweis dafür, daß die Stadt auf dem Bild je existiert hat. Es ist wohl einfach nur eine Geschichte.«

4. Entschluß

Da Peter Elliot sich stets auf klare Tatsachen verließ – Zahlen, Daten, Kurven –, traf ihn die Eröffnung, das Bild in dem Buch könne mit all seinen Einzelheiten Ausfluß der Phantasie eines hemmungslosen Zeichners sein, völlig unvorbereitet. Es war ein harter Schlag.
Auf einmal erschienen ihm alle Pläne, Amy in den Kongo zu bringen, kindlich und naiv. Die Ähnlichkeiten zwischen ihren flüchtigen, schematischen Bildern und der Zeichnung von Valdés aus dem Jahre 1642 waren also ein bloßer Zufall. Wie

waren sie je darauf verfallen, daß eine tote Stadt Zinj etwas anderes sein könne als der Gegenstand einer alten Legende? Dem 17. Jahrhundert mit seiner Welt der sich weitenden Horizonte und der neuen Wunder mußte die Vorstellung einer solchen Stadt absolut vernünftig und sogar zwingend erschienen sein. Doch in unserem computerisierten 20. Jahrhundert war die tote Stadt Zinj etwas so Unwahrscheinliches wie König Artus' Camelot oder das zauberische Kloster Shangri La im fernen Tibet. Wie albern, daß sie je ernsthaft darüber nachgedacht hatten. »Es ist also nichts mit der toten Stadt«, sagte er.

»Auf jeden Fall gibt es sie«, bekam er zur Antwort. »*Daran* besteht kein Zweifel.«

Elliot blickte rasch auf, und dann sah er, daß die Antwort nicht von Sarah Johnson gekommen war. Am anderen Ende des Raums stand eine ihm unbekannte Frau, schlank, hochgewachsen, Anfang Zwanzig. Man hätte sie als schön bezeichnen können, hätte sie nicht so viel Kühle und Distanz ausgestrahlt. Sie trug ein strenges Kostüm und hielt einen Aktenkoffer in der Hand, den sie jetzt auf den Tisch stellte und öffnete.

»Ich bin Dr. Ross«, erklärte sie, »vom Wildlife Fund, und ich hätte gern Ihre Ansicht zu diesen Bildern gehört.«

Sie reichte eine Serie von Fotos herum, die von den Angehörigen der Projektgruppe mit Pfeifen und Seufzen zur Kenntnis genommen wurden. Elliot wartete am Kopfende des Tischs ungeduldig, bis die Bilder zu ihm kamen.

Es waren grobkörnige Schwarzweißbilder, über die waagerechte Streifen liefen. Man hatte sie von einem Bildschirm fotografiert, aber was sie darstellten, war unverkennbar: eine Ruinenstadt im Dschungel. Über den Türen und Fenstern der Häuser wölbten sich seltsame halbmondförmige Bogen.

5. Amy

»Über Satellit?« fragte Elliot noch einmal und hörte die Spannung in seiner eigenen Stimme.
»Richtig. Die Bilder sind uns vor zwei Tagen aus Afrika über Satellit übermittelt worden.«
»Sie kennen also die Lage dieser Ruinen?«
»Selbstverständlich.«
»Und Ihre Expedition bricht in wenigen Stunden auf?«
»In genau sechs Stunden und dreiundzwanzig Minuten«, sagte Karen Ross mit einem raschen Blick auf ihre Digitaluhr.
Elliot vertagte die Arbeitssitzung und sprach über eine Stunde unter vier Augen mit Karen Ross. Später behauptete Elliot, Karen Ross habe ihn über das Ziel der Expedition und die den Teilnehmern drohenden Gefahren »getäuscht«. Aber er wollte unbedingt mit, und die wahren Hintergründe der Expedition und die möglichen Gefahren interessierten ihn zu diesem Zeitpunkt wahrscheinlich nicht besonders. Auf Grund seiner großen Erfahrung in der Kunst, Gelder für seine Arbeit lockerzumachen, waren ihm seit langem Situationen vertraut, wo sich das Geld anderer und seine eigenen Motive nicht genau zur Deckung bringen ließen. Das war die zynische Seite der Wissenschaft. Wieviel reine Grundlagenforschung war in den vergangenen dreißig Jahren finanziert worden, weil sie vielleicht ein Heilmittel gegen Krebs erbringen würde? Ein Forscher versprach das Blaue vom Himmel herunter, um Geld für seine Arbeit zu bekommen.
Allem Anschein nach kam es Elliot nie in den Sinn, daß Karen Ross ihn ebenso kaltblütig benutzte wie er sie. Von Anfang an war Karen Ross ihm gegenüber nie ganz offen. Travis hatte sie angewiesen, bei der Darstellung der Kongo-Mission der ERTS und ihre Ziele »ein paar Angaben unter den Tisch fallenzulassen«. Das war ihr ohnehin zur zweiten Natur geworden – jeder bei der ERTS hatte gelernt, nur das Allernötigste zu sagen. Elliot behandelte Karen Ross wie eine der üblichen Finanzierungsquellen – ein großer Fehler.

Letzten Endes war es so, daß Karen Ross und Peter Elliot einander falsch einschätzten, weil bei beiden der äußere Schein auf die gleiche Art und Weise trog. Elliot wirkte so schüchtern und farblos, daß jemand von der Fakultät in Berkeley einmal bemerkt hatte: »Kein Wunder, daß er sich mit Affen abgibt. Er hat nicht den Nerv, mit Menschen zu reden.« Andererseits war Elliot auf dem College beim Football ein harter Mittelfeldspieler gewesen, und hinter seiner harmlosen Wissenschaftlermaske verbarg sich unbeugsamer Ehrgeiz.
Ähnlich war es bei Karen Ross: trotz ihrer jugendlichen Schönheit und ihrer sanften, verführerischen Stimme mit dem texanischen Tonfall war sie von hoher Intelligenz und einer tiefen, inneren Härte. Sie hatte sehr jung die Schule abgeschlossen, und einer ihrer Lehrer hatte sie einmal als »die Blüte maskuliner texanischer Weiblichkeit« gepriesen. Sie fühlte sich für die gescheiterte ERTS-Expedition verantwortlich und war entschlossen, frühere Fehler wiedergutzumachen. Es war zumindest möglich, daß Elliot und Amy ihr an Ort und Stelle helfen konnten – Grund genug, beide mitzunehmen. Darüber hinaus machte Karen Ross sich Sorgen wegen des Konsortiums, das augenscheinlich hinter Elliot her war, sonst hätte Morikawa nicht bei ihm angerufen. Wenn sie nun Elliot und Amy mitnahm, verlor das Konsortium einen möglichen Vorteil – ein weiterer ausreichender Grund, sie mitzunehmen. Außerdem brauchte sie eine Tarnung, falls ihre Expedition an einer der Grenzen angehalten wurde, und ein Primatenforscher und sein Menschenaffe gaben eine hervorragende Tarnung ab.
Aber letzten Endes ging es Karen Ross nur um die Diamanten aus dem Kongo. Um an sie heranzukommen, war sie bereit, alles zu tun, alles zu sagen und notfalls alles zu opfern.
Auf Fotos, die auf dem Flughafen von San Francisco gemacht wurden, wirken die beiden wie lächelnde junge Wissenschaftler, die zu einer fröhlichen gemeinsamen Expedition nach Afrika aufbrechen. Aber in Wirklichkeit hatten sie unterschiedliche Motive, die sie wild entschlossen voreinander geheimhielten. Elliot mochte ihr nicht eingestehen, was für theoretische und

akademische Ziele er verfolgte – und Ross mochte nicht eingestehen, wie handfest die ihren waren.
Wie auch immer, am Mittag des 14. Juni fuhr Karen Ross mit Peter Elliot in dessen klapprigem Fiat durch die Hallowell Road am Sportplatz der Universität vorbei. Ihr war etwas unbehaglich zumute: sie waren auf dem Weg zu Amy.
Elliot schloß die Tür auf, an der ein rotes Schild hing: NICHT STÖREN – TIERVERSUCH. Amy grunzte und kratzte ungeduldig an der Tür. Elliot hielt kurz inne und erklärte: »Wenn Sie ihr gleich gegenüberstehen«, sagte er, »denken Sie bitte daran, daß sie ein Gorilla und kein Mensch ist. Bei Gorillas gibt es Verhaltensweisen, die unbedingt beachtet werden müssen. Sprechen Sie nicht laut, und machen Sie keine plötzlichen Bewegungen, bis sie sich an Sie gewöhnt hat. Entblößen Sie beim Lächeln die Zähne nicht, das faßt sie als Drohgebärde auf. Und halten Sie die Augen niedergeschlagen, denn diese Tiere betrachten es als feindseligen Akt, wenn Fremde ihnen in die Augen blicken. Stellen Sie sich nicht zu nahe neben mich und berühren Sie mich auch nicht, denn Amy ist sehr eifersüchtig. Und lügen Sie nicht, wenn Sie mit ihr sprechen. Auch wenn sie selbst nur die Zeichensprache beherrscht, versteht sie, was wir sagen, und wir sprechen meist nur zu ihr. Sie merkt es, wenn man die Unwahrheit sagt, und sie mag es nicht.«
»Sie mag es nicht?«
»Sie läßt Sie stehen, spricht nicht mit Ihnen und wird tückisch.«
»Sonst noch etwas?«
»Nein, das wäre wohl alles.« Er lächelte ihr aufmunternd zu. »Es gibt zwischen uns ein traditionelles Begrüßungsmittel, für das sie eigentlich schon etwas zu groß ist.« Er öffnete die Tür, stemmte die Beine fest gegen den Boden und sagte: »Guten Morgen, Amy.«
Eine riesige schwarze Gestalt kam aus der Tür gestürmt und warf sich Elliot in die Arme, so daß er zurücktaumelte. Karen Ross war über die Größe des Tiers erstaunt. Sie hatte sich Amy kleiner und niedlicher vorgestellt. Immerhin war sie so groß wie eine erwachsene Frau.

Amy gab Elliot mit ihren großen Lippen einen Kuß auf die Wange. Neben seinem Kopf wirkte ihr schwarzer Schädel gewaltig. Durch ihren Atem beschlugen seine Brillengläser. Karen Ross nahm einen süßlichen Geruch war und sah zu, wie Elliot freundlich Amys lange Arme von seinen Schultern löste. »Amy zufrieden heute?« fragte er.
Amys Finger bewegten sich rasch dicht an ihrer Wange, als wischte sie Fliegen fort.
»Ja, ich komme heute spät«, sagte Elliot.
Wieder bewegte sie die Finger, und jetzt merkte Karen Ross, daß Amy sich in Zeichensprache ausdrückte. Die Geschwindigkeit war verblüffend – sie hatte es sich langsamer und schwerfälliger vorgestellt. Sie bemerkte, daß Amy nie den Blick von Elliots Gesicht wandte. Sie war ungeheuer aufmerksam und behielt ihn mit tierhafter Konzentration stets im Auge. Sie schien alles in sich aufzunehmen, seine Haltung, seinen Gesichtsausdruck, den Klang seiner Stimme und den Sinn dessen, was er sagte.
»Ich muß arbeiten«, sagte Elliot. Wieder seufzte sie und machte verächtliche Handbewegungen. »Ja, ganz recht, Menschenarbeit.« Er führte Amy in den Wohnwagen zurück und bedeutete Karen Ross, ihm zu folgen. Als die Tür hinter ihnen geschlossen war, sagte er: »Amy, das ist Dr. Ross. Sag ihr guten Tag.«
Amy warf Karen Ross einen mißtrauischen Blick zu.
»Hallo, Amy«, sagte Karen Ross und lächelte den Fußboden an. Sie kam sich ein bißchen albern vor, aber Amy war so groß, daß sie ihr Furcht einjagte.
Amy sah sie einen Augenblick an, wandte sich dann ab und ging quer durch den Wohnwagen zu ihrer Staffelei. Sie hatte mit Fingerfarben gemalt und nahm ihre Tätigkeit wieder auf, ohne die beiden weiter zu beachten.
»Was bedeutet das?« fragte Karen Ross. Sie hatte das deutliche Gefühl, Amy habe sie geschnitten.
»Das wird sich zeigen«, sagte Elliot.
Nach einigen Augenblicken kam Amy auf ihren Knöcheln gehend zurückgeschlendert. Sie ging direkt auf Karen Ross zu, beschnüffelte ihre Hose am Schritt und nahm sie gründlich in Augen-

schein. Besonders interessiert schien sie an der ledernen Handtasche der Besucherin, vor allem an der glänzenden Messingschließe daran. Karen Ross berichtete später: »Es war wie bei einer Cocktailparty in Houston. Ich wurde von einer anderen Frau begutachtet und hatte das Gefühl, sie würde mich jeden Augenblick fragen, wo ich meine Kleider kaufe.«

Ganz so war es jedoch nicht. Amy streckte die Hand aus und strich bedächtig Kleckse von grüner Fingerfarbe auf das Kostüm der Besucherin.

»Ich habe nicht den Eindruck, daß das gutgehen wird«, sagte Karen Ross.

Elliot hatte diese erste Begegnung mit mehr Mißbehagen beobachtet, als er zugeben mochte. Amy Menschen vorzustellen war oft schwierig, besonders wenn es Frauen waren.

Im Laufe der Jahre hatte Elliot zahlreiche ausgesprochen »weibliche« Züge bei Amy erkannt. Sie konnte spröde sein, reagierte auf Schmeicheleien, war auf ihr Äußeres bedacht, machte sich gern zurecht und war sehr wählerisch, wenn es um die Farbe der Pullover ging, die sie im Winter trug. Sie hatte lieber mit Männern als mit Frauen zu tun und war eindeutig eifersüchtig auf Elliots weibliche Bekanntschaften. Er brachte sie auch selten mit, doch manchmal schnüffelte sie ihn morgens nach dem Duft von Parfum an und kommentierte es stets, wenn er sich nicht umgezogen hatte.

Das hätte ganz amüsant sein können, hätte Amy nicht von Zeit zu Zeit ohne jeden Anlaß ihr fremde Frauen angegriffen. Und ein Angriff von Amy war nie amüsant.

Amy ging wieder zur Staffelei zurück und gab durch Zeichen zu verstehen: *Nicht mögen Frau Amy nicht mögen nicht mögen weg weg.*

»Komm, Amy, sei ein lieber Gorilla«, sagte Peter.

»Was hat sie gesagt?« wollte Karen Ross wissen und ging zum Waschbecken, um die Farbe von ihrem Kostüm abzuwaschen. Peter fiel auf, daß sie nicht kreischte und schrie, wie viele andere Besucher das taten, wenn Amy sie unfreundlich empfing.

»Sie hat gesagt, daß sie Ihr Kostüm schön findet«, sagte er.

Amy warf ihm einen Blick zu, wie sie es immer tat, wenn Elliot ihre Aussagen falsch wiedergab. *Amy nicht lügen. Peter nicht lügen.*

»Sei lieb, Amy«, sagte er. »Karen ist ein lieber Mensch.«

Amy grunzte und machte sich wieder an die Arbeit, malte mit raschen Bewegungen.

»Wie geht es jetzt weiter?« erkundigte Karen Ross sich.

»Lassen Sie ihr Zeit.« Er lächelte beruhigend. »Sie braucht Zeit, um sich daran zu gewöhnen.«

Er verzichtete darauf, ihr zu erklären, daß es bei Schimpansen noch weit schlimmer war. Sie bewarfen Fremde und sogar Mitarbeiter, die sie gut kannten, oft mit Kot. Manchmal griffen sie an, um die Herrschaftsverhältnisse zu klären. Schimpansen hatten ein ausgeprägtes Bedürfnis, die Rangordnung festzulegen. Glücklicherweise waren Gorillas weit weniger auf eine Hackordnung bedacht und weniger gewalttätig.

In diesem Augenblick riß Amy das Blatt von der Staffelei, zerfetzte es geräuschvoll und warf die Fetzen durch den Raum.

»Gehört das zum Gewöhnungsprozeß?« erkundigte sich Karen Ross. Sie schien eher belustigt als beängstigt.

»Amy, laß das«, sagte Peter und ließ in seiner Stimme Ärger mitschwingen. »Amy ...«

Amy saß in der Mitte des Wagens auf dem Fußboden, umgeben von Papier. Sie zerriß es wütend und bedeutete ihm durch Zeichen: *Diese Frau. Diese Frau.* Dieses Verhalten war ein klassischer Fall von Verdrängung. Wenn Gorillas einen direkten Angriff scheuen, ersetzen sie ihn durch eine symbolische Handlung. Amy riß Karen Ross in Fetzen.

Und sie steigerte sich in ihr Tun hinein. Die Projektgruppe hatte dieses »Steigerungsverhalten« genau beobachtet. So wie Menschen zuerst im Gesicht rot anlaufen, dann ihren Körper anspannen und schließlich brüllen und mit Gegenständen werfen, bevor sie zum körperlichen Angriff übergehen, so durchlaufen auch Gorillas ein stereotypes Steigerungsverhalten bis hin zum tätlichen Angriff. Auf das Zerreißen von Papier oder Gras folgten bei

Amy gewöhnlich Bewegungen zur Seite hin, sozusagen im Krebsgang, und Grunzlaute, dann pflegte sie mit flachen Händen auf den Boden zu schlagen und dabei möglichst viel Lärm zu machen. Und dann griff sie an, wenn Peter Elliot die Steigerung nicht unterbrach.

»Amy«, sagte er streng. »Karen Knopffrau.«

Amy unterbrach ihr Tun. In ihrer Welt war das Wort „Knopf«, auf Menschen angewandt, der Inbegriff für einen hohen Rang.

Amy war überaus empfindsam für die Stimmungen und das Verhalten von Menschen, und es fiel ihr nicht schwer, die Angehörigen der Projektgruppe zu beobachten und zu entscheiden, wer über wem stand. Doch bei Fremden war Amy als Gorilla menschlichen Statussymbolen gegenüber äußerst unempfänglich, und die hauptsächlichen Statushinweise, Qualität und Schnitt der Kleidung, Auftreten und Sprechweise, bedeuteten ihr nichts.

Als Jungtier hatte sie unerklärlicherweise häufig Polizisten angegriffen und gebissen. Nach mehreren Klageandrohungen kam die Gruppe dahinter, daß Amy die Polizeiuniformen mit ihren glänzenden Knöpfen einfach lächerlich fand, offenbar wie ein Clownskostüm. Sie schien davon auszugehen, daß jemand, der sich so albern anzog, auf einer niederen Rangstufe stehen mußte und man ihn angreifen durfte. Nachdem man sie gelehrt hatte, was »Knopf« bedeutete, behandelte sie jeden Uniformträger mit Zuvorkommenheit.

Sie sah jetzt Karen Ross mit neuem Respekt an. Es schien ihr plötzlich peinlich, inmitten des vielen zerrissenen Papiers zu sitzen, so als habe sie einen Fauxpas begangen. Unaufgefordert ging sie in die Ecke und stellte sich mit dem Gesicht zur Wand.

»Was ist jetzt?« wollte Ross wissen.

»Sie weiß, daß sie böse gewesen ist.«

»Und da muß sie sich wie ein Kind in die Ecke stellen? Sie hat es doch nicht böse gemeint.« Bevor Elliot sie warnen konnte, ging sie zu Amy hinüber. Amy blickte fest in die Ecke.

Karen Ross nahm ihre Handtasche von der Schulter und stellte sie in Amys Reichweite auf den Boden. Zuerst geschah nichts. Dann nahm Amy die Tasche und sah nacheinander Karen und Peter an.

Peter sagte: »Sie wird alles kaputtmachen, was in der Tasche ist.«
»Das macht nichts.«
Amy öffnete sogleich die Messingschließe und schüttete den Inhalt der Tasche auf den Boden. Sie durchstöberte alles und machte Zeichen: *Lippenstift Lippenstift, Amy mögen Amy wollen wollen Lippenstift.*
»Sie will einen Lippenstift.«
Ross bückte sich und fischte ihn heraus. Amy nahm die Kappe ab und malte einen roten Kreis auf Karens Gesicht. Dann lächelte sie und grunzte vergnügt, ging quer durch den Raum zu ihrem Spiegel, der auf dem Fußboden angebracht war, und malte sich an.
»Ich glaube, jetzt geht es schon besser«, sagte Karen Ross.
Auf der anderen Seite des Raums hockte Amy vor dem Spiegel und bemalte selig ihr Gesicht von oben bis unten. Sie sah sich freudestrahlend im Spiegel an und strich dann Lippenstift auf ihre Zähne. Es schien ein günstiger Zeitpunkt, ihr die Frage zu stellen.
»Will Amy verreisen?« fragte Peter sie.
Amy reiste gern, solche Gelegenheiten waren für sie große Feste. Nach einem besonders guten Tag fuhr Elliot oft mit ihr zu einem nahe gelegenen Autobahnrestaurant, bei dem die Speisen an den Wagen gebracht wurden. Dort trank sie dann jedesmal Orangensaft, saugte ihn durch den Trinkhalm und freute sich über die Aufregung, die sie unter den Menschen in den anderen Autos hervorrief. Lippenstift und das Angebot einer Reise – das war beinahe zu viel Freude für einen Vormittag. Sie erkundigte sich: *Auto-Reise?*
»Nein, nicht im Auto. Eine lange Reise. Viele Tage.«
Verlassen Haus?
»Ja, verlassen Haus. Viele Tage.«
Das machte sie mißtrauisch. Die einzigen Male, bei denen sie das Haus für mehrere Tage verlassen hatte, war sie wegen einer Lungenentzündung und wegen Infektionen der Harnwege im Krankenhaus gewesen. Diese Reisen waren ihr nicht in angenehmer Erinnerung. Sie wollte wissen: *Wohin Reise?*
»In den Dschungel, Amy.«

Es entstand eine lange Pause. Zuerst glaubte er, sie habe ihn nicht verstanden, aber das Wort für Dschungel kannte sie, und sie mußte eigentlich in der Lage sein, alles richtig zu deuten. Amy machte wie im Selbstgespräch Zeichen und wiederholte alles, wie immer, wenn sie über etwas nachgrübelte: *Dschungel Reise Reise Dschungel fort Reise Dschungel fort.* Sie legte den Lippenstift beiseite, betrachtete versonnen die Papierfetzen auf dem Boden und begann sie aufzusammeln und in den Papierkorb zu tun.
»Was bedeutet das?« fragte Karen Ross.
»Es bedeutet, daß Amy reisen möchte«, sagte Peter Elliot.

6. Aufbruch

Die seitlich wegklappbare Nase des Fracht-Jumbos war wie ein Rachen geöffnet und ließ den hellerleuchteten Laderaum erkennen. Die Maschine war am Nachmittag von Houston nach San Francisco herübergeflogen worden, jetzt war es neun Uhr abends, und verblüfft luden die Arbeiter den großen Reisekäfig aus Aluminium, Schachteln voller Vitamintabletten, ein Reiseklo und Kisten voller Spielzeug ein. Einer von ihnen zog einen Trinkbecher mit der Abbildung einer Mickymaus daraus hervor und besah ihn kopfschüttelnd.
Draußen auf dem Beton des Vorfelds stand Elliot mit Amy, die zum Schutz gegen das Jaulen der Düsentriebwerke die Hände an die Ohren legte. Sie ließ Peter wissen: *Vögel laut.*
»Wir fliegen mit dem Vogel, Amy«, sagte er.
Nein, Auto fahren, verkündete sie nach einem erneuten Blick auf das Flugzeug.
»Wir können nicht mit dem Auto fahren. Wir fliegen.«
Fliegen wohin fliegen? wollte sie wissen.
»Fliegen Dschungel.«
Das schien sie zu verblüffen, aber er wollte keine weiteren Erklärungen abgeben. Wie alle Gorillas hatte Amy eine Abneigung gegen Wasser. Sie weigerte sich sogar, kleine Bäche zu

überqueren. Er wußte, daß es sie äußerst unglücklich machen würde, wenn sie hörte, daß sie über große Wasserflächen fliegen müßten. Daher wechselte er das Thema und schlug vor, an Bord zu gehen und sich ein wenig umzusehen. Als sie die schräge Fläche der Laderampe hinaufgingen, wollte Amy wissen: *Wo Knopf-Frau?*

Er hatte in den fünf Stunden, die inzwischen vergangen waren, Karen Ross nicht gesehen, daher war er überrascht festzustellen, daß sie bereits an Bord war und von einem an einer Seitenwand des Frachtraums angebrachten Telefon aus sprach, wobei sie mit der Hand ihr freies Ohr bedeckte, um besser hören zu können. Elliot hörte, wie sie sagte: »Nun, Irving scheint der Ansicht zu sein, daß es genügt ... Ja, wir haben vier 907er, und wir sind bereit anzugleichen und zu übernehmen. Zwei Mikro-Überkopfanzeigegeräte, das wär's dann ... Ja, warum eigentlich nicht?« Sie legte den Hörer auf und wandte sich Elliot und Amy zu.

»Alles in Ordnung?« erkundigte er sich.

»Bestens. Ich führe Sie hier mal rum.« Sie ging mit ihm tiefer in den Frachtraum hinein. Amy wich nicht von seiner Seite. Elliot warf einen Blick über die Schulter und sah, wie der Fahrer die Rampe mit einer Reihe von numerierten Metallkästen heraufkam, die mit INTEC, INC. gekennzeichnet waren.

»Das hier«, sagte Karen Ross, »ist der Haupt-Frachtraum.« Er war mit vierradgetriebenen Lastwagen, Geländefahrzeugen, Amphibienfahrzeugen, Schlauchbooten und Stapeln von Kisten mit Kleidung, Ausrüstungsteilen und Lebensmittelvorräten gefüllt – alle mit Computer-Codes gekennzeichnet, alle in nach Größe und Aussehen identische Behälter verpackt, lauter Bausteine eines Baukastensystems. Karen Ross erklärte, daß die ERTS innerhalb von Stunden Expeditionen in Gegenden mit beliebigen geographischen und klimatischen Bedingungen ausrüsten konnte. Dabei hob sie die durch Computer ermöglichte Schnelligkeit der Zusammenstellung hervor.

»Und warum diese Hast?« fragte Elliot.

»Davon leben wir«, sagte Karen Ross. »Vor vier Jahren gab es noch keine zweite Gesellschaft wie die ERTS, jetzt sind auf der ganzen Welt schon neun tätig. Sie verkaufen vor allem den Wettbewerbsvorteil, und das bedeutet Schnelligkeit. In den sechziger Jahren konnte ein Unternehmen – beispielsweise eine Ölgesellschaft – Monate oder Jahre damit verbringen, eine bestimmte Stelle auf abbauwürdige Vorkommen zu untersuchen. Eine solche Vorgehensweise ist aus Wettbewerbsgründen nicht mehr möglich, geschäftliche Entscheidungen werden heute innerhalb von Wochen oder Tagen getroffen. Alles ist schneller geworden. Wir stellen uns schon auf die achtziger Jahre ein, in denen wir Lösungen innerhalb von *Stunden* liefern werden. Zur Zeit dauert ein durchschnittlicher ERTS-Auftrag etwas weniger als drei Wochen oder fünfhundert Stunden. Aber bis 1990 haben wir bestimmt ›Geschäftsschluß‹-Daten – das heißt, jemand kann uns morgens von einer beliebigen Stelle auf der Welt anrufen und –, bevor er am Abend das Geschäft verläßt, über Computer einen vollständigen Bericht auf den Schreibtisch bekommen, also in etwa zehn bis zwölf Stunden.«

Während sie weiter das Innere des Flugzeugs besichtigten, meinte Elliot, daß zwar zunächst die Lastwagen und anderen Fahrzeuge ins Auge fielen, daß aber ein erstaunlich großer Teil des Frachtraums von Aluminium-Behältern mit der Kennzeichnung »K3E« eingenommen wurde.

»Das stimmt«, sagte Ross. »K3E steht für Kommando, Kontrolle, Kommunikation und Erkundigung. Es handelt sich um mikroelektronische Bauteile für die Steuerung des Einsatzes, für Kontaktaufnahme und Erkundungen. Sie sind das Teuerste an unserer Ausrüstung. Als wir anfingen, Expeditionen auszurüsten, entfielen zwölf Prozent des Aufwands auf die Elektronik, jetzt sind es einunddreißig, und der Anteil wird jährlich größer. Es geht dabei um Nachrichtenübermittlung vom Einsatzort der Expedition, Fernaufklärung, Sicherheitseinrichtungen und so weiter.«

Sie führte Elliot und Amy zum Heck des Flugzeugs, wo sich – ebenfalls ein Bauelement – ein freundlich eingerichteter Wohnbereich mit einer großen Computer-Konsole und Schlafkojen befand.

Amy bekundete durch Zeichen ihr Einverständnis: *Haus hübsch.*
»Ja, es ist ganz nett.«
Sie wurden Jensen, einem jungen, bärtigen Geologen, und Irving vorgestellt, der sich als »E hoch drei« bezeichnete. Die beiden Männer ließen gerade eine Art Wahrscheinlichkeitsberechnung durch den Computer laufen, unterbrachen aber ihre Arbeit, um Amy die Hand zu schütteln, die sie ernsthaft ansah und dann ihre Aufmerksamkeit dem Bildschirm zuwandte. Amy war von seinen kräftigen Farben und den hellen Leuchtdioden gefesselt und versuchte immer wieder, selber die Tasten zu drücken.
Sie ließ Elliot wissen: *Amy Kasten spielen.*
»Jetzt nicht, Amy«, sagte Elliot und gab ihr einen kleinen Klaps auf die Hände.
Jensen erkundigte sich: »Ist sie immer so?«
»Leider ja«, sagte Elliot. »Sie hat etwas für Computer übrig und hat seit frühester Kindheit in ihrer Nähe gespielt, daher sieht sie sie wohl als ihr Privateigentum an.« Dann fügte er hinzu: »Was bedeutet ›E hoch drei‹?«
»Expeditions-Elektronik-Experte«, sagte Irving Levine fröhlich, mit einem schalkhaften Lachen. »Ich tue, was ich kann. Wir haben ein paar Sachen von INTEC mitgenommen. Das ist ungefähr alles. Gott im Himmel weiß, womit die Japaner und die Deutschen aufkreuzen.«
»Hol's der Henker, da ist sie ja schon wieder«, sagte Jensen lachend, während Amy auf die Tasten drückte.
Elliot sagte: »Amy, nein.«
»Sie spielt nur. Wahrscheinlich interessiert sie das gar nicht wirklich«, sagte Jensen. Dann fügte er hinzu. »Sie kann keinen Schaden anrichten.«
Amy gab zu verstehen *Amy braver Gorilla* und drückte wieder die Tasten am Computer. Sie schien entspannt, und Elliot war dankbar für die Ablenkung, die der Computer ihr bot. Er fand den Anblick der massigen Äffin vor einer Computer-Konsole immer wieder erheiternd. Bevor sie die Tasten betätigte, legte sie den Finger stets gedankenvoll an die Unterlippe – es war wie eine Parodie menschlichen Verhaltens.

Karen Ross brachte sie mit dem ihr eigenen Alltagsverstand allesamt wieder auf den Boden der Tatsachen zurück. »Schläft Amy in einer der Kojen?«
Elliot schüttelte den Kopf. »Nein. Gorillas machen gern jede Nacht ihr Lager aufs neue. Sie braucht nur ein paar Decken, die wird sie dann zu einem Nest auf dem Fußboden zusammendrehen und darauf schlafen.«
Karen Ross nickte. »Was ist mit ihren Vitaminen und Medikamenten? Bekommt sie Tabletten?«
»Gewöhnlich muß man sie bestechen oder die Tabletten in einem Stück Banane verstecken. Bananen schluckt sie meist ohne zu kauen hinunter.«
»Ohne zu kauen«, wiederholte Karen Ross und nickte, als sei das von Bedeutung. »Wir haben da ein Standardmittel«, sagte sie. »Ich werde zusehen, daß sie es bekommt.«
»Sie bekommt dieselben Vitamine wie Menschen, nur daß sie viel Ascorbinsäure, also Vitamin C, braucht.«
»Wir teilen pro Tag dreitausend Einheiten aus, genügt das? Schön. Und verträgt sie Mittel zur Vorbeugung gegen Malaria? Wir sollten damit gleich jetzt anfangen.«
»Im allgemeinen«, sagte Elliot, »reagiert sie auf Medikamente ebenso wie Menschen.«
Karen Ross nickte. »Wird ihr der Druckausgleich in der Kabine Schwierigkeiten machen? Er ist auf eine Höhe von rund tausendfünfhundert Metern eingestellt.«
Elliot schüttelte den Kopf. »Sie ist ein Berggorilla, und Berggorillas leben in Höhen zwischen fünfzehnhundert und zweitausendachthundert Metern. Aber sie ist jetzt an ein feuchtes Klima gewöhnt und verliert rasch Flüssigkeit, so daß wir ihr viel zu trinken geben müssen.«
»Kann sie die Toilette benutzen?«
»Selbstverständlich. Aber ich habe auch ihren Topf mitgebracht«, sagte Elliot.
»Und benutzt sie ihn?«
»Natürlich.«
»Ich habe hier ein neues Halsband für sie – ob sie das trägt?«

»Wenn Sie es ihr als Geschenk anbieten, gewiß.«
Während sie Amys Bedürfnisse in allen Einzelheiten durchgingen, wurde Elliot klar, daß in den letzten wenigen Stunden etwas geschehen war – und er hatte es fast gar nicht bemerkt. Amys unberechenbares, von Träumen ausgelöstes neurotisches Verhalten war wie weggeblasen, als spiele es keine Rolle mehr. Jetzt, da sie auf eine Reise ging, war sie nicht mehr launisch und nach innen gekehrt, ihr Interesse wandte sich der Außenwelt zu, sie war wieder das junge Gorillaweibchen. Er überlegte, ob ihre Träume und ihre gesamte Niedergeschlagenheit – das Malen mit Fingerfarben und alles andere – auf ihre beengte Umgebung in der Forschungseinrichtung zurückzuführen waren, in der sie so viele Jahre gelebt hatte. Zuerst war ihr diese Umgebung angenehm gewesen, wie ein Kinderbett einem Kleinkind zunächst behaglich erscheint, ihm aber mit den Jahren zu klein wird. Vielleicht, dachte er, brauchte Amy einfach ein bißchen Aufregung.
Aufregung lag in der Luft: während er mit Karen Ross sprach, hatte Elliot das Gefühl, daß etwas Bedeutsames geschehen würde. Diese Expedition mit Amy war das erste Beispiel für etwas, das Primatenforscher seit Jahren vorausgesagt hatten – die Pearl-Theorie.
Frederick Pearl war ein Theoretiker auf dem Gebiet der Verhaltensforschung. Bei einem Kongreß der Amerikanischen Ethologischen Gesellschaft in New York hatte er 1972 gesagt: »Nunmehr, nachdem Primaten Zeichensprache gelernt haben, ist es lediglich eine Frage der Zeit, bis jemand ein Tier mit hinausnimmt, damit es ihm bei der Untersuchung wildlebender Tiere derselben Art behilflich ist. Es ist vorstellbar, daß sprachfähige Primaten dem Menschen beim Umgang mit wildlebenden Tieren als Dolmetscher oder gar als Botschafter dienen.«
Diese These erregte beträchtliches Aufsehen, und sie führte zur Bewilligung von Mitteln durch die U. S.-Air Force, die seit den sechziger Jahren linguistische Forschungsprogramme finanziert hatte. Es hieß, die Air Force arbeite an einem Geheimprojekt mit dem Codenamen CONTOUR, das mögliche Kontakte mit frem-

den Lebensformen einschloß. Zwar waren der offiziellen militärischen Lesart nach UFOs natürlichen Ursprungs – aber die Militärs hielten trotzdem ihr Pulver trocken. Für den Fall einer Berührung mit fremden Intelligenzformen waren linguistische Grundlagen offenbar von besonderer Wichtigkeit. Da es als Beispiel einer Berührung mit »Arten fremder Intelligenz« angesehen wurde, daß jemand Primaten mit in die freie Natur nahm, unterstützte die amerikanische Luftwaffe dieses Projekt.

Pearl hatte vorausgesagt, der erste dieser praktischen Versuche werde vor dem Jahre 1976 stattfinden, tatsächlich jedoch war es noch nicht dazu gekommen. Der Grund dafür war, daß bei näherer Untersuchung niemand genau sagen konnte, worin die Vorzüge eines solchen Verfahrens bestehen sollten – die meisten mit einer Sprache vertrauten Primaten reagierten auf wildlebende Artgenossen ebenso verwirrt wie Menschen. Einige, wie der Schimpanse Arthur, wollten mit ihrer eigenen Art nichts zu tun haben und bezeichneten deren Angehörige als »schwarze Dinger«. Amy, die bei einem Zoobesuch andere Gorillas gesehen hatte, erkannte sie zwar, benahm sich aber sehr hochmütig und nannte sie »dumme Gorillas«, als sie erst einmal gemerkt hatte, daß sie nicht antworteten, wenn sie ihnen Zeichen machte.

Solche Beobachtungen veranlaßten 1977 einen anderen Forscher, John Bates, zu der Aussage: »Wir ziehen uns eine Elite von ausgebildeten Tieren heran, die die gleiche arrogante Erhabenheit an den Tag legt, die ein Doktor der Philosophie einem Lkw-Fahrer gegenüber bekundet... Es ist höchst unwahrscheinlich, daß diese sprachfähigen Primaten geeignete Botschafter in der freien Natur sein werden. Dazu sind sie einfach zu eingebildet.«

In Wahrheit aber wußte niemand wirklich, was geschehen würde, wenn man einen Primaten mit hinausnahm in die freie Natur. Das war bisher noch nicht vorgekommen. Amy würde die erste sein.

Um dreiundzwanzig Uhr rollte die Frachtmaschine der ERTS über die Startbahn des internationalen Flughafens von San Francisco, erhob sich schwerfällig in die Luft und strebte durch die Dunkelheit ostwärts, nach Afrika.

3. Tag
Tanger
15. Juni 1979

1. Wahrheit des Bodens

Peter Elliot kannte Amy seit ihrer frühen Kindheit. Er war stolz darauf, daß er ihre Reaktionen vorhersagen konnte, obwohl er sie immer nur unter den kontrollierten Bedingungen einer Laborumgebung erlebt hatte. Jetzt, da sie sich neuen Situationen konfrontiert sah, überraschte ihn ihr Verhalten. Er hatte angenommen, der Start werde Amy erschrecken, und hatte daher eine Spritze mit dem Beruhigungsmittel Thoralen vorbereitet, die sich jedoch als überflüssig erwies. Als die Menschen die Sitzgurte anlegten, tat Amy es ihnen sogleich nach. Sie schien es als lustiges, wenn auch etwas einfältiges Spielchen zu betrachten. Obwohl ihre Augen sich weit öffneten, als sie das Dröhnen der Triebwerke unter Vollast hörte, ahmte sie die gelassene Gleichgültigkeit der Menschen um sie herum nach, die davon nicht beeindruckt schienen. Es ging so weit, daß sie die Brauen hochzog und gelangweilt stöhnte.

Als die Maschine in der Luft war, blickte Amy aus dem Fenster und geriet sofort in panisches Entsetzen. Sie löste ihren Sitzgurt und lief von einem Fenster des Fluggastabteils zum anderen, schob die Menschen in jammervollem Schrecken beiseite und fragte immer wieder mit sich rasch bewegenden Händen: *Wo Boden Boden wo Boden?* Elliot gab ihr nun doch das Thoralen und trieb dann soziale Körperpflege, das heißt, er brachte sie dazu, sich zu setzen, und zupfte sie an den Haaren.

In der Wildnis verwenden Primaten täglich mehrere Stunden auf die gegenseitige Körper- und Fellpflege. Sie »lausen sich«, wie man sagt, da sie sich dabei gegenseitig auch nach Zecken und Läusen absuchen. Die Art und die Häufigkeit, mit der die Tiere einander pflegten, war von Bedeutung für die Einstufung in der Hierarchie der Gruppe. Das »Lausen« scheint eine besänftigende Wirkung zu haben. Amy hatte sich in wenigen Minuten so weit entspannt, daß sie bemerkte, wie die anderen tranken. Prompt verlangte sie ein »Grün-Tropfen-Trinken« – so bezeichnete sie einen Martini mit einer Olive darin – und eine Zigarette. Bei besonderen Gelegenheiten, zum Beispiel bei Institutsfeiern, wurde ihr das gestattet, und auch jetzt gab Elliot ihr ein Glas und eine Zigarette.

Aber die Aufregung war doch zu groß für sie, und nach einer Stunde, in der sie still aus dem Fenster sah und für sich selbst die Zeichen für *Bild hübsch* machte, erbrach sie sich. Sie entschuldigte sich geradezu unterwürfig *Amy traurig Amy schmutzig Amy Amy traurig*.

»Schon gut, Amy«, beruhigte Elliot sie und streichelte ihren Handrücken. Kurz darauf verkündete sie *Amy jetzt schlafen*, richtete sich aus Decken ein Lager auf dem Boden her und schlief ein, laut durch ihre großen Nasenlöcher schnaufend. Elliot lag neben ihr und fragte sich, wie andere Gorillas bei einem solchen Heidenlärm wohl einschlafen konnten.

Elliot reagierte auf seine Art auf die Reise. Als er Karen Ross kennengelernt hatte, ging er davon aus, sie beschäftige sich, wie er auch, mit theoretischer Wissenschaft. Doch das riesige Flugzeug voller Ausrüstung und die unüberschaubare Kompliziertheit des gesamten Unternehmens ließen darauf schließen, daß hinter der Earth Resources Technology ungeheure Mittel standen, und möglicherweise gab es sogar Verbindungen zum Militär.

Karen Ross lachte: »Wir sind viel zu gut organisiert, um mit dem Militär etwas zu tun zu haben.« Dann erzählte sie ihm ausführlich, worum es der ERTS im Virunga-Gebiet ging. Wie die Projektgruppe Amy war auch Karen Ross eher zufällig auf die Legende von der toten Stadt Zinj gestoßen, nur hatte sie völlig andere Schlüsse aus den Berichten gezogen.

In den letzten dreihundert Jahren hatte es mehrere Versuche gegeben, die untergegangene Stadt zu erreichen. So führte im Jahre 1692 John Marley, ein englischer Abenteurer, eine zweihundertköpfige Expedition in den Kongo, von der nie wieder etwas gehört wurde. Eine holländische Expedition machte sich 1744 auf den Weg. Und 1804 stieß eine andere britische Gruppe unter Führung eines schottischen Aristokraten, Sir James Taggert, von Norden her nach Virunga vor und gelangte bis zur Rawana-Biegung des Flusses Ubangi. Von dort schickte Taggert einen Vortrupp weiter nach Süden, der jedoch nie zurückkehrte. 1872 kam Stanley in die Nähe des Virunga-Gebiets, betrat es jedoch nicht. Eine deutsche Expedition, die 1899 in das Gebiet eindrang, verlor über die Hälfte ihrer Mitglieder. Nachdem 1911 eine von privater Seite finanzierte italienische Expedition vollständig und spurlos verschwunden war, hatte man von keinen weiteren Versuchen mehr gehört, die tote Stadt Zinj zu erreichen.

»Also hat sie bisher niemand gefunden?« sagte Elliot.

Ross schüttelte den Kopf. »Ich könnte mir denken, mehrere Expeditionen haben sie gefunden«, sagte sie. »Nur ist niemand je zurückgekehrt, um davon zu berichten.«

Daran war nun nichts besonders Geheimnisvolles. In ihren Anfängen war die Erforschung Afrikas voller Gefahren gewesen. Selbst gut ausgerüstete und gut geführte Expeditionen verloren oft die Hälfte ihrer Teilnehmer oder mehr. Wer nicht der Malaria, der Schlafkrankheit und dem Schwarzwasserfieber zum Opfer fiel, mußte Flüsse voller Krokodile und Flußpferde überwinden sowie Dschungel, in denen es Leoparden und den fremden Eindringlingen gegenüber äußerst mißtrauische Eingeborene gab, die oft genug noch dem Kannibalismus huldigten. Und bei all seiner schwellenden und üppigen Fruchtbarkeit lieferte der Regenwald doch nur wenig Eßbares, so daß einige Expeditionen schlicht verhungert waren.

»Ich ging von der Vorstellung aus«, sagte Karen Ross, »daß es die Stadt gab. Wo aber würde ich sie dann finden?«

Die tote Stadt Zinj wurde im Zusammenhang mit Diamantminen genannt, und Diamanten fanden sich in der Nähe von Vulkanen. Das hatte Karen Ross dazu veranlaßt, ihre Aufmerksamkeit der Zentralafrikanischen Schwelle zuzuwenden – einem riesigen geologischen Verwerfungsgebiet von fünfzig Kilometer Breite, das unter dem Namen »Zentralafrikanischer Graben« bekannt ist und über eine Entfernung von rund zweitausendvierhundert Kilometern von Norden nach Süden durch das östliche Drittel des Kontinents verläuft. Eben wegen seiner Größe erkannte man erst in den neunziger Jahren des vorigen Jahrhunderts, daß es sich um eine Bruchstufe handelte, nämlich als ein Geologe namens Gregory feststellte, daß die fünfzig Kilometer voneinander entfernt liegenden Felswände aus demselben Gestein bestanden. Der Zentralafrikanische Graben ist nichts anderes als ein in neuerer Zeit fehlgeschlagener Ansatz zur Bildung eines Ozeans, denn vor zweihundert Millionen Jahren hatte das östliche Drittel des Kontinents begonnen, sich von der übrigen Landmasse Afrikas abzulösen. Aus irgendeinem Grund war diese Bewegung vor ihrem Abschluß zum Stillstand gekommen.

Auf einer Landkarte läßt sich erkennen, daß zwei Merkmale den Zentralafrikanischen Graben kennzeichnen: eine Reihe schmaler, von Norden nach Süden verlaufender Seen – der Mobutu-Sese-Soko-See, der Kivusee, der Tanganyikasee und der Nyassasee – sowie eine Reihe von Vulkanen, unter ihnen die einzigen in Afrika noch tätigen. Sie liegen im Virunga-Gebiet, das im Altertum »Mondberge« hieß: der Muhavura, der Sabyinyo und der Nyamuragira. Sie erheben sich etwa viertausendsechshundert Meter über dem Zentralafrikanischen Graben im Osten und dem westlich von ihnen liegenden Kongo-Becken. Daher schien das Virunga-Gebiet für die Suche nach Diamanten durchaus geeignet. Karen Ross' nächster Schritt bestand darin, die »Wahrheit des Bodens« zu ermitteln.

»Was ist die ›Wahrheit des Bodens‹?« fragte Peter.

»Bei der ERTS arbeiten wir meist mit Fernerkundung«, erklärte sie. »Satellitenfotografie, Überfliegen des Geländes und Abtasten mit Schrägsichtradar, ein seitlich abstrahlendes Radarverfahren.

Wir haben Millionen von Bildern mit, die auf diese Weise zustande gekommen sind, aber es gibt keinen Ersatz für die ›Wahrheit des Bodens‹, die Erfahrung einer Gruppe von Leuten, die sich vor Ort mit den Gegebenheiten auseinandersetzen. Angefangen habe ich mit einer Vorexpedition, die wir zur Goldsuche ausgeschickt hatten und die auch Diamanten fand.« Sie drückte Knöpfe auf der Konsole, und auf dem Bildschirm erschienen andere Bilder, eingerahmt von Dutzenden stecknadelkopfgroßer Lichtquellen.
»Hier sehen Sie die Ablagerungen in Flußbetten in der Nähe des Virunga-Gebiets. Man kann erkennen, daß sie konzentrische Halbkreise bilden, die auf die Vulkane zurückweisen. Damit liegt die Schlußfolgerung nahe, daß Erosion die Diamanten von den Hängen der Virunga-Vulkane weggewaschen hat und sie mit den Flüssen dorthin gelangten, wo sie jetzt sind.«
»Also haben Sie eine Gruppe ausgeschickt, die nach der Ursprungsstelle suchen sollte?«
»Ja.« Sie wies auf den Bildschirm. »Aber lassen Sie sich nicht von dem täuschen, was Sie hier sehen. Auf diesem Satellitenbild sind hundertdreißigtausend Quadratkilometer Dschungel erfaßt, der zum größten Teil noch unerforscht ist. Es ist ein sehr schwieriges Gelände, die Sicht beträgt dort in jeder Richtung nur wenige Meter. Eine Expedition könnte in diesem Gebiet jahrelang suchen und in einer Entfernung von zweihundert Metern an der Stadt vorbeilaufen, ohne sie je zu sehen. Daher mußten wir den Sektor meiner Suche einengen. Ich wollte feststellen, ob die Stadt sich finden ließ.«
»Die Stadt finden? Mit Hilfe von Satellitenbildern?«
»Ja«, sagte sie. »Und ich habe sie gefunden.«

Die Regenwälder auf unserem Erdball haben aller Fernerkundung stets erfolgreich getrotzt. Die hohen Dschungelbäume breiten ein undurchdringliches Vegetationsdach aus, das alles, was sich auf dem Boden darunter befindet, fremden Blicken entzieht. Auf Luft- oder Satellitenaufnahmen erschienen die Regenwälder des Kongo stets als riesiger, welliger Teppich aus Grün, eintönig und ohne markante Anhaltspunkte. Selbst große Landmarken, wie beispielsweise fünfzehn oder dreißig Meter breite Flüsse, verbargen sich unter diesem Blätterdach, so daß sie aus der Luft nicht zu sehen waren.

Die Aussichten waren also sehr gering, auf Luftaufnahmen Anzeichen einer toten Stadt zu finden. Doch Karen Ross packte die Sache anders an: gerade die Vegetation, die ihr den Blick auf den Boden versperrte, wollte sie sich nutzbar machen.

Die Untersuchung der Vegetation war in den gemäßigten Zonen, in denen die Belaubung jahreszeitlichen Unterschieden unterworfen ist, durchaus üblich. In den äquatorialen Regenwäldern gab es jedoch keine Veränderungen, die Belaubung war winters wie sommers gleich. Daher wandte Karen Ross ihre Aufmerksamkeit einem anderen Merkmal zu, und zwar den Unterschieden in der Vegetations-Albedo.

Die Albedo ist ein quantitativer Ausdruck der Reflexionsfähigkeit, und sie ist zahlenmäßig gleich dem Verhältnis zwischen der senkrecht einfallenden und der zum Beobachter hin abgestrahlten Lichtmenge. Bezogen auf das sichtbare Spektrum ist sie ein Maß dafür, wie »hell« eine Oberfläche ist. Daraus lassen sich bestimmte Hinweise auf das Material der reflektierenden Fläche gewinnen. Ein Fluß beispielsweise hat eine hohe Albedo, weil Wasser den größten Teil des auftreffenden Sonnenlichts reflektiert, Pflanzen hingegen absorbieren Licht und haben daher eine niedrige Albedo. 1977 begann die ERTS mit der Entwicklung von Computer-Programmen, die die Albedo genau zu messen und auch geringe Unterschiede zu berücksichtigen vermochten.

Karen Ross stellte sich die Frage: Wenn es die tote Stadt wirklich gab – wie konnte sich das in der Vegetation äußern? Die Antwort dafür lag auf der Hand: in Form späten Sekundärwalds.

Der unberührte Regenwald wird als Primärwald bezeichnet. Ihn meinen die meisten Menschen, wenn sie an Regenwälder denken: riesige Hartholzbäume, Mahagoni, Teak und Ebenholz, in den Stockwerken darunter Farne und Palmgewächse. Primärwälder sind dunkel und abweisend, lassen sich aber leicht durchqueren. Wenn aber der Mensch ursprünglichen tropischen Regenwald, also Primärwald, rodete und das Gelände später wieder sich selbst überließ, entstand ein gänzlich anderes, ein Sekundärwachstum. Die dabei vorherrschenden Pflanzen waren Weichhölzer und schnellwüchsige Bäume. Der Reichtum an Lianen, dornigen Sträuchern und Bambus machte diese Gebiete oft undurchdringlich: es war der typische Dschungel, das, was der Laie sich unter »Urwald« vorstellte.

Aber Karen Ross ging es nicht um diese Gesichtspunkte des Sekundärwalds, sondern lediglich um seine Albedo. Da es im Sekundärwald anders geartete Pflanzen gab, mußte seine Albedo von der des Primärwalds abweichen. Sie ließ sich nach dem Alter abstufen: Da im Unterschied zu den Hartholzbäumen des Primärwalds, die ein Alter von Jahrhunderten erreichten, die Weichhölzer des Sekundärwalds nur etwa zwanzig Jahre alt wurden, mußte an die Stelle der frühen Form des Sekundärwalds eine andere und später noch eine andere Ausprägung treten.

Durch Überprüfung von Gebieten, in denen sich im allgemeinen später Sekundärwald fand – wie zum Beispiel an den Ufern großer Flüsse, wo der Boden für zahlreiche menschliche Ansiedlungen gerodet worden war, die man später wieder aufgegeben hatte –, stellte sie fest, daß die Computer der ERTS tatsächlich die auftretenden geringen Unterschiede in der Reflexion messen konnten.

Sie gab daraufhin den Auftrag, daß die ERTS-Abtastgeräte auf einer Fläche von fünfzigtausend Quadratkilometer Regenwald an den Westhängen der Virunga-Vulkane im Abstand von jeweils hundert Metern oder weniger nach Albedounterschieden von 0,03 oder darunter suchen sollten. Diese Aufgabe hätte eine aus fünfzig Luftfotografieauswertern bestehende Gruppe einunddreißig Jahre lang beschäftigt – der Computer tastete hundertneunundzwanzigtausend Satelliten- und Luftaufnahmen in knapp neun Stunden ab.

Und er fand die Stadt.

Im Mai 1979 verfügte Karen Ross über ein Computer-Bild, das ein sehr altes Sekundärwald-Muster von geometrischer Gitterform zeigte. Es lag zwei Grad nördlich des Äquators, auf dreißig

Grad östlicher Länge an den Westhängen des noch tätigen Vulkans Muhavura. Der Computer schätzte das Alter des Sekundärwalds auf fünf- bis achthundert Jahre.
»Und dann haben Sie eine Expedition hingeschickt?« fragte Elliot.
Karen Ross nickte. »Vor drei Wochen. Sie wurde von einem Südafrikaner, einem gewissen Krüger, geführt und bestätigte die Diamantenvorkommen. Als sie ihnen auf der Suche nach dem Ursprungsort nachging, fand sie die Ruinen der Stadt.«
»Und was geschah dann?« fragte Elliot.

Er sah sich das Videoband ein zweites Mal an.
Auf dem Bildschirm waren die Schwarzweiß-Aufnahmen des zerstörten Lagers zu erkennen, aus dessen schwelenden Resten Rauch aufstieg, sowie mehrere Leichen mit zermalmten Schädeln. Dann fiel ein Schatten über die Leichen, die Kamera ging zurück auf Totale und zeigte den Umriß des ungestalten Schattens. Elliot gab zu, daß er wie der Schatten eines Gorillas aussah, beharrte aber: »Das können keine Gorillas gewesen sein. Gorillas sind friedliche Pflanzenfresser.«
Sie sahen sich die Aufzeichnung zu Ende an und betrachteten anschließend das letzte vom Computer aufbereitete Bild, das deutlich den Kopf eines Gorillamannes erkennen ließ.
»Da, sehen Sie selbst«, sagte Karen Ross. Elliot war nicht überzeugt. Er ließ die letzten drei Sekunden des Bildmaterials noch einmal durchlaufen und betrachtete prüfend den Kopf des Tiers. Das Bild war unscharf, geisterhaft, aber trotz allem stimmte etwas daran nicht, ohne daß er genau hätte sagen können, was. Nicht nur das Verhalten, das Karen Ross ihm geschildert hatte, war artuntypisch, sondern da war auch … Er drückte den Standbildknopf und starrte auf das Bild vor ihm. Behaarung und Gesicht waren grau, da gab es keinen Zweifel.
»Können wir den Kontrast noch etwas verstärken?« fragte er Ross. »Das Bild ist so verwaschen.«
»Mal sehen«, sagte Ross und betätigte mehrere Knöpfe. »Ich finde das Bild übrigens ziemlich kontrastreich.« Sie konnte es nicht dunkler bekommen.

»Das Exemplar hier ist ziemlich grau«, sagte er. »Gorillas sind sehr viel dunkler.«
»Also für Video ist dieser Kontrastbereich in Ordnung.«
Elliot war sicher: Das Tier war zu hell, es konnte kein Berggorilla sein. Wenn er keine neue Unterart vor sich sah, war es *eine neue Art*. Eine neue Spezies von Herrentieren, ein angriffslustiger grauer Menschenaffe, den man im östlichen Kongo entdeckt hatte ... Er hatte sich der Expedition angeschlossen, um Amys Träume an Hand der Wirklichkeit zu überprüfen – und es war eine großartige psychologische Einsicht, die er sich da versprochen hatte – nun plötzlich war sein Ziel weit höher gesteckt.
Karen Ross fragte: »Sie glauben also nicht, daß es ein Gorilla ist?«
»Es gibt Möglichkeiten, das zu prüfen«, sagte er und blickte mit gerunzelter Stirn auf den Bildschirm, während die Maschine durch die Nacht flog, immer weiter nach Osten.

2. B-8-Aufgaben

»*Was* soll ich tun?« fragte Tom Seamans, den Hörer zwischen Hals und Schulter geklemmt, und wälzte sich auf die Seite, um einen Blick auf seinen Wecker zu werfen. Es war drei Uhr früh.
»In den Zoo gehen«, wiederholte Elliot. Seine Stimme klang verfremdet, als spreche er unter Wasser.
»Peter, von wo rufst du eigentlich an?«
»Von irgendwo über dem Atlantik«, sagte Elliot. »Wir sind auf dem Weg nach Afrika.«
»Ist wirklich alles in Ordnung?«
»Sogar in bester Ordnung«, sagte Elliot. »Aber geh bitte unbedingt gleich nach dem Aufstehen in den Zoo.«
»Und was soll ich da?«
»Mit einer Videokamera die Gorillas aufnehmen. Sieh zu, daß sie sich bewegen, das ist für die Ausarbeitung der Merkmalsunterschiede sehr wichtig.«

»Das schreibe ich mir besser auf«, sagte Seamans. Als demjenigen, der den Computer für die Projektgruppe Amy programmierte, war es ihm nichts Neues, ungewöhnliche Aufträge zu erhalten – wenn auch nicht gerade mitten in der Nacht. »Eine Unterscheidungsfunktion für welche Merkmale?«

»Wenn du schon dabei bist, sieh dir alle Filme an, die wir über Gorillas haben – beliebige Gorillas, wilde, im Zoo lebende, was auch immer. Je mehr Muster du dir ansiehst, desto besser, vorausgesetzt, die Tiere bewegen sich. Als Vergleichsbasis nimm am besten Schimpansen. Alles, was wir über Schimpansen haben. Übertrag es auf Band und untersuch es mit der Funktion.«

»Was für eine Funktion denn bloß?« gähnte Seamans.

»Die, die du noch schreiben sollst«, sagte Elliot. »Ich brauche eine mehrfach variable Unterscheidungsfunktion, beruhend auf vollständigem Bildmaterial –«

»– du meinst also eine Verhaltensmuster-Erkennungsfunktion?« Seamans hatte Muster-Erkennungsfunktionen für Amys Sprachgebrauch programmiert, mit deren Hilfe man ihre Zeichen vierundzwanzig Stunden am Tag überwachen und auswerten konnte. Auf dieses Programm war er sehr stolz, es stellte auf diesem Gebiet einen beachtlichen Durchbruch dar.

»Strukturiere sie, wie du es für richtig hältst«, sagte Elliot. »Auf jeden Fall brauche ich eine Funktion, die Gorillas von anderen Primaten, zum Beispiel von Schimpansen, unterscheidet. Also eine artendifferenzierende Funktion.«

»Ist das dein Ernst?« fragte Seamans. »Das ist eine B-8-Aufgabe.« Auf dem noch in den Kinderschuhen steckenden Gebiet der Computer-Programme für Mustererkennung waren sogenannte B-8-Aufgaben die schwierigsten. Ganze Forschergruppen hatten Jahre mit dem vergeblichen Versuch zugebracht, Computern den Unterschied zwischen einem »B« und einer »8« beizubringen – eben weil er so ins Auge springt. Was aber das menschliche Auge sofort erkennt, ist für die Abtasteinrichtung des Computers keineswegs klar – ihr muß man das mitteilen. Es zeigte sich, daß die dafür erforderlichen Anweisungen weit

schwieriger waren, als sich das jemand hätte träumen lassen, vor allem natürlich bei handschriftlichen Texten.
Dann verlangte Elliot noch ein Programm, das in der Lage war, ähnliche Bilder von Gorillas und Schimpansen zu unterscheiden. Seamans konnte sich die Frage nicht verkneifen: »Wozu das denn? Das ist doch klar. Ein Gorilla ist ein Gorilla, und ein Schimpanse ist ein Schimpanse.«
»Tu es einfach«, sagte Elliot.
»Kann ich die Größe einbeziehen?« Allein auf Grundlage der Körpergröße ließen Gorillas und Schimpansen sich deutlich voneinander unterscheiden. Aber optische Funktionen können Größenmerkmale nur dann bestimmen, wenn die Entfernung vom Aufzeichnungsgerät zum dargestellten Gegenstand sowie die Brennweite des Aufnahmeobjektivs bekannt sind.
»Nein, die Körpergröße darf nicht einbezogen werden«, sagte Elliot. »Lediglich die Form der Bestandteile.«
Seamans seufzte. »Vielen Dank. Und welche Auflösung?«
»Ich brauche eine fünfundneunzigprozentige Aussagegenauigkeit für die Artenbestimmung, und sie muß mit weniger als drei Sekunden schwarzweißem Abtast-Bildmaterial auskommen.«
Seamans dachte scharf nach. Offenbar hatte Elliot drei Sekunden Bildmaterial von irgendeinem Tier und wußte nicht genau, ob es ein Gorilla war oder nicht. Elliot hatte aber doch im Laufe der Jahre so viele Gorillas gesehen, daß er die deutlichen Unterschiede gegenüber Schimpansen im Traum kennen mußte: Körpergröße, äußeres Erscheinungsbild, Bewegungen und das gesamte Verhalten. Diese Tiere unterschieden sich so sehr voneinander wie verschiedene Arten intelligenter Meeressäuger, beispielsweise Tümmler und Wale.
Wenn es um solche Unterscheidungen ging, war das menschliche Auge jedem denkbaren Computer-Programm haushoch überlegen. Trotzdem schien Elliot sich hier nicht auf seine Augen verlassen zu wollen. Was um alle Welt ging in seinem Kopf vor?
»Ich will's gern versuchen«, sagte Seamans, »aber es kostet Zeit. Man kann so ein Programm nicht einfach huschhusch über Nacht schreiben.«

»Aber ich brauche es über Nacht, Tom«, sagte Elliot. »In vierundzwanzig Stunden rufe ich dich wieder an.«

3. Im Sarg

In einer Ecke der Wohneinheit an Bord der Boeing 747 befand sich eine schalltote Glasfaserkabine, die sich mit einer Art Tür verschließen ließ und einen Kleincomputer mit einem Anzeigeschirm enthielt, der nach dem Prinzip der Kathodenstrahlröhre arbeitete. Die Kabine hieß wegen ihrer drangvollen Enge im Jargon »der Sarg«. Auf halbem Weg zu ihrem Ziel begab Karen Ross sich in den »Sarg«. Sie warf noch einen Blick auf Elliot und Amy – beide schliefen laut schnarchend – sowie Jensen und Irving, die auf der Computer-Konsole »Schiffeversenken« spielten, dann zog sie die Tür hinter sich zu.

Sie war müde, aber sie vermutete, daß sie in den beiden kommenden Wochen nur wenig schlafen würde – auf diesen Zeitraum veranschlagte sie die Dauer der Expedition. Nach Ablauf der nächsten vierzehn Tage – dreihundertsechsunddreißig Stunden – würde die Gruppe um Karen Ross entweder das Konsortium der Europäer und Japaner geschlagen haben oder es würde klar sein, daß auch sie ihre Aufgabe nicht erfüllt hatten. Dann waren die Abbaurechte an den Mineralien der Zaïre-Virunga-Region auf immer verloren.

Das Rennen lief bereits, und Karen Ross hatte nicht die Absicht, es zu verlieren.

Sie gab die Koordinaten für Houston ein, einschließlich ihrer eigenen Senderkennung, und wartete, bis der Verwürfler fest eingeschaltet war. Von jetzt an gingen Sendeimpulse von beiden Seiten mit einer Signalverzögerung von fünf Sekunden ab, weil sowohl sie als auch Houston verschlüsselt senden würden, um Mithörern das Leben zu erschweren.

Auf dem Anzeigeschirm glomm das Wort TRAVIS auf.

Sie tastete ein: ROSS. Dann nahm sie den Telefonhörer ab.

»Es ist zum Mäusemelken«, sagte Travis. Allerdings war es nicht seine Stimme, sondern ein vom Computer erzeugtes ausdrucksloses Sprachsignal.
»Worum geht es denn?« erkundigte sich Karen Ross.
»Das Konsortium ist am Ball«, sagte die Kunststimme.
»Einzelheiten«, sagte Karen Ross und wartete die fünf Sekunden Zeitverzug ab. Sie konnte sich Travis im Steuerzentrum in Houston vorstellen, wie er ihre Computer-Stimme hörte. Durch diese Stimmwiedergabe war man gezwungen, sein Sprechverhalten zu ändern. Alles, was normalerweise durch Betonung und Satzmelodie vermittelt wird, mußte mit Hilfe der Wortwahl und Syntax ausgedrückt werden, der Computer gab nichts weiter als die genaue Wortbedeutung.
»Die wissen, daß Sie unterwegs sind«, sagte die Stimme, »und sind dabei, ihren eigenen Zeitplan zu beschleunigen. Dahinter stecken die Deutschen – Ihr Freund Richter. Nur noch ein paar Minuten, und ich gebe dem Affen Zucker, das ist die erfreuliche Nachricht.«
»Und die weniger erfreuliche?«
»In den letzten zehn Stunden war im Kongo die Hölle los«, sagte Travis. »Wir haben eine scheußliche GPN.«
»Ausdrucken«, sagte sie.
Auf dem Bildschirm sah sie die Wörter GEOPOLITISCHE NEUENTWICKLUNG, und ihnen folgte ein dichtgedrängter Absatz. Darin hieß es:

QUELLE BOTSCHAFT ZAIRE IN WASHINGTON: OSTGRENZE NACH RUANDA GESCHLOSSEN / KEINE ERKLAERUNG / ANGEBLICH FLIEHEN SOLDATEN IDI AMINS VOR DER INVASION UGANDAS DURCH TANSANIA NACH OST-ZAIRE UND VERURSACHEN STOERUNGEN / TATSACHEN SEHEN ANDERS AUS / OERTLICHE STAEMME {KIGANI} AUF KRIEGSPFAD / ANGEBLICH AUSSCHREITUNGEN MIT KANNIBALISMUS USW. / WALDPYGMAEEN UNZUVERLAESSIG / TOETEN ALLE FREMDEN IM KONGO-REGENWALD / REGIERUNG ZAIRE

HAT GENERAL MUGURU {"SCHLAECHTER VON STANLEYVILLE"} BEAUFTRAGT, KIGANI-AUFSTAND "UM JEDEN PREIS" ZU UNTERDRUECKEN / LAGE AEUSSERST UNSICHER / EINZIGER OFFIZIELLER ZUGANG NACH ZAIRE GEGENWAERTIG VON WESTEN HER DURCH KINSHASA / SIE MUESSEN SELBST ENTSCHEIDEN / ANHEUERN WEISSEN FUEHRER MUNRO JETZT UNABDINGBAR / KOSTEN UNERHEBLICH / WICHTIG IHN VOM KONSORTIUM FERNHALTEN / ZAHLEN ALLES / IHRE SITUATION AEUSSERST GEFAEHRLICH / BRAUCHEN MUNRO ZUM UEBERLEBEN /

Sie sah unverwandt auf den Bildschirm. Es war die schlechteste Nachricht, die sich denken ließ. Dann fragte sie: »Haben Sie einen Zeitplan?«

EURO-JAPANISCHES KONSORTIUM UMFASST INZWISCHEN MORIKAWA {JAPAN}, GERLICH {DEUTSCHLAND}, VOORSTER {HOLLAND} / HABEN LEIDER MEINUNGSVERSCHIEDENHEITEN BEGRABEN / EIN HERZ UND EINE SEELE / UEBERWACHEN UNS / KOENNEN AB SOFORT KEIN SICHERES SENDEN MEHR GEWAEHRLEISTEN / PLANEN ELEKTRONISCHE GEGENMASSNAHMEN UND KRIEGSTAKTIK IN VERFOLGUNG ZIEL ZWO-B / WERDEN {ZUVERLAESSIGE QUELLE} INNERHALB ACHTUNDVIERZIG STUNDEN IM KONGO SEIN / SUCHEN GEGENWAERTIG MUNRO /

»Wann kommen sie in Tanger an?« fragte sie.
»In sechs Stunden, und Sie selbst?«
»In sieben. Was ist mit Munro?«
»Keine Ahnung«, sagte Travis. »Können Sie dafür sorgen, daß Sie sich ihn angeln?«
»Aber sicher«, sagte Karen Ross. »Ich treffe jetzt die Vorbereitungen. Wenn Munro sich nicht zu unserer Sehweise bequemen kann, verspreche ich, daß man ihn zweiundsiebzig Stunden lang nicht aus dem Land läßt.«

»Was haben Sie?« wollte Travis wissen.
»Tschechische Maschinenpistolen. Wurden an Ort und Stelle gefunden, mit seinen Fingerabdrücken darauf, sorgfältige Arbeit. Das müßte genügen.«
»Das müßte in der Tat genügen«, stimmte Travis zu. »Und Ihre Passagiere?« Damit meine er Elliot und Amy.
»Denen geht es gut«, sagte Ross. »Die wissen von nichts.«
»Sehen Sie zu, daß es so bleibt«, sagte Travis und legte auf.

4. Fütterungszeit

»Es ist Fütterungszeit«, rief Travis munter. »Wer ist im Moment am Trog?«
»Wir haben fünf Leute, die uns auf der Beta-Daten-Leitung angezapft haben«, sagte Rogers. Rogers war der elektronische Überwachungsexperte, der Wanzenfänger.
»Kennen wir jemand davon?«
»Alle«, sagte Rogers leicht verärgert. »Die Beta-Leitung ist unsere Hauptkreuz-Verbindungsleitung innerhalb des Hauses. Jeder, der unser System anzapfen will, versucht natürlich, sich da aufzuschalten. Weil so mehr für ihn rausspringt. Natürlich benutzen wir Beta überhaupt nicht mehr, außer für unverschlüsselten Alltagskram wie Steuer, Löhne und so weiter.«
»Wir müssen den Affen Zucker geben«, sagte Travis. Damit war gemeint, daß man in eine angezapfte Leitung absichtlich falsche Daten eingab. Das erforderte sorgfältige Arbeit. »Hängt das Konsortium mal wieder mit drin?«
»Klar. Was sollen sie haben?«
»Koordinaten der toten Stadt«, sagte Travis.
Rogers nickte und wischte sich den Schweiß von der Stirn. Er war ein rundlicher Mann und schwitzte viel. »Wie gut sollen sie sein?«
»Erstklassig«, sagte Travis. »Man kann die Japaner nicht mit atmosphärischen Störungen täuschen.«

»Sie wollen ihnen doch wohl nicht die richtigen Koordinaten zum Fraß vorwerfen?«
»Gott bewahre. Aber sie sollen ziemlich nah dran sein, sagen wir um die zweihundert Kilometer.«
»Das geht«, sagte Rogers.
»Verschlüsselt?« fragte Travis.
»Versteht sich.«
»Haben Sie einen Code, den sie in zwölf bis fünfzehn Stunden knacken können?«
Rogers nickte. »Wir haben da einen, der ist Klasse. Sieht unheimlich schwierig aus, aber wer sich ernsthaft reinhängt, hat ihn in Null Komma nichts raus. Er hat eine eingebaute Schwachstelle mit einer versteckten Buchstabenfrequenz. Am anderen Ende sieht das so aus, als hätten wir was versiebt, läßt sich aber leicht lösen.«
»Macht ihn bloß nicht zu einfach«, mahnte Travis.
»Nein, nein, ihre Yen müssen sie sich schon verdienen. Die kommen nie dahinter, daß wir sie am Trog gemästet haben. Wir haben das schon mit der Army ausprobiert, und die Jungs sind mit breitem Grinsen zurückgekommen und haben uns gezeigt, wo unser Fehler war. Die sind voll drauf eingestiegen und haben gar nicht gemerkt, daß wir sie geleimt hatten.«
»In Ordnung«, sagte Travis, »geben Sie die Daten aus und stopfen Sie den Jungs den Rachen. Es muß etwas sein, das sie für die nächsten achtundvierzig Stunden in Sicherheit wiegt, oder länger – bis sie merken, daß wir sie aufs Kreuz gelegt haben.«
»Wird mir ein Vergnügen sein«, sagte Rogers und machte sich auf den Weg zum Datenplatz der Beta-Leitung.
Travis seufzte. Für die Fütterung war gesorgt, und er hoffte nur, es würde seine Leute draußen so lange decken, daß sie als erste an die Diamanten gelangten.

5. Gefährliche Dauertätigkeit

Ein leises Stimmengewirr weckte ihn.
»Wie eindeutig sind die Anzeichen?«
»Ziemlich eindeutig. Schon vor neun Tagen hat es eine FWSB gegeben, es ist aber immer noch nichts herausgekommen.«
»Ist das, was wir da sehen, die Wolkendecke?«
»Nein, nicht die Wolkendecke, dafür ist es zu schwarz. Das sind vulkanische Auswürfe, ein Zeichen für seine Dauertätigkeit.«
»Den Teufel auch.«
Elliot schlug die Augen auf und sah durch die Fenster des Fluggastabteils das Morgengrauen als schmalen roten Strich auf blauschwarzem Hintergrund. Seine Uhr zeigte 5 Uhr 11 – nach San-Francisco-Zeit fünf Uhr morgens, er hatte also erst zwei Stunden geschlafen, nachdem er Seamans angerufen hatte. Er gähnte und sah dann zu Amy hinüber, die sich auf dem Fußboden in ihre Decken gewickelt hatte. Sie schnarchte laut. Die Kojen der anderen waren leer.
Wieder hörte er leise Stimmen und sah zur Computer-Konsole hin. Dort starrten Jensen und Irving auf einen Bildschirm und redeten leise miteinander. »Das ist ein gefährliches Zeichen. Haben wir eine Computer-Projektion dafür?«
»Ist in der Mache, dauert noch eine Weile. Ich habe eine Fünf-Jahres-Retrospektive angefordert und gleichzeitig die anderen FWSB.«
Elliot stieg aus seiner Koje und sah auf den Bildschirm. »Was heißt FWSB?« wollte er wissen.
»Frühere Wichtige Satelliten-Beobachtungen«, erklärte Jensen. »Die ziehen wir immer zu Rate, wenn wir schon bis zum Hals in der Tinte sitzen. Wir haben uns gerade das Vulkan-Bild hier angesehen«, sagte Jensen und wies auf den Bildschirm. »Verlokkend sieht es gerade nicht aus.«
»Was für ein Vulkan-Bild?« fragte Elliot.
Sie zeigten ihm die aufsteigenden Rauchwolken – in den künstlichen, vom Computer erzeugten Farben dunkelgrün – die aus dem Schlot des Muhavura, eines der tätigen Virunga-Vulkane, dran-

gen. »Am Muhavura gibt es durchschnittlich alle drei Jahre eine Eruption«, sagte Irving. »Der letzte Ausbruch war im März 1977, aber es sieht ganz so aus, als würde es in den nächsten ein, zwei Wochen wieder soweit sein. Wir warten jetzt auf die Wahrscheinlichkeitsberechnung.«

»Weiß die Ross das auch?«

Sie zuckten die Schultern. »Klar, aber es scheint ihr nichts auszumachen. Sie hat vor etwa zwei Stunden eine Eil-GPN – eine Geopolitische Neuentwicklung – aus Houston bekommen und sich gleich damit in den Frachtraum verzogen. Seitdem haben wir nichts von ihr gesehen.«

Elliot ging in den nur spärlich erleuchteten Frachtraum des Düsenriesen. Er war nicht isoliert, und es war kalt darin. Auf der Metallhaut des Flugzeugs lag Reif, und sein Atem kam in Form kleiner Dampfwölkchen aus dem Mund.

Er fand Karen Ross an einem Tischchen, wo sie trotz der bitteren Kälte im Schein einer Lampe arbeitete. Sie saß mit dem Rücken zu ihm, ließ aber ihre Arbeit liegen, als er sich näherte, und wandte sich ihm zu.

»Ich dachte, Sie schliefen«, sagte sie.

»Es wurde mir zu unruhig. Was ist los?«

»Ich prüfe nur die Ausrüstung. Das hier ist unsere fortschrittliche technische Einheit«, sagte sie und hob einen kleinen Rucksack hoch. »Wir haben eine miniaturisierte Ausrüstung für Gruppen im Außeneinsatz entwickelt. Sie wiegt ungefähr neun Kilogramm und enthält alles, was ein Mensch für zwei Wochen braucht: Lebensmittel, Wasser, Kleidung, alles.«

»Wasser?« fragte Elliot.

Wasser ist schwer: sieben Zehntel des menschlichen Körpergewichts entfallen auf Wasser, Nahrungsmittel bestehen größtenteils aus Wasser, deshalb ist Trockennahrung so leicht. Wasser ist aber zugleich für das Leben des Menschen weit wichtiger als Nahrung. Ein Mensch kann wochenlang leben, ohne zu essen, aber nach wenigen Tagen ohne Wasser muß er sterben.

Karen Ross lächelte. »Die meisten Menschen verbrauchen vier bis sechs Liter Wasser am Tag, das entspricht einem Gewicht von dreieinhalb bis knapp sechs Kilogramm. Bei einer zweiwöchigen Wüstenexpedition müßten wir also für jedes Mitglied gut neunzig Kilogramm Wasser mitschleppen. Das aber brauchen wir nicht, denn wir haben eine Wasseraufbereitungsanlage von der NASA, die alle flüssigen Ausscheidungen, einschließlich des Urins, reinigt und nicht einmal zweihundert Gramm wiegt. Das ist unser Trick.«

Als sie seinen Gesichtsausdruck sah, fügte sie hinzu: »So schlecht ist es gar nicht. Unser aufbereitetes Wasser ist sauberer, als wenn es aus der Leitung käme.«

»Ich glaube es Ihnen auch so.« Elliot nahm eine seltsam aussehende Sonnenbrille in die Hand. Die Gläser waren sehr dick und dunkel, und in der Mitte, über dem Nasenbügel, saß ein eigentümliches Objektiv.

»Holographisch, also wellenoptisch wirkende Nachtsichtbrille«, sagte Ross. »Sie arbeitet mit einer Dünnschicht-Brechungsoptik.« Sie zeigte dann auf vibrationsfreie Kameraobjektive mit optischen Systemen, die Bewegungen ausgleichen konnten, auf Infrarot-Stroboskope und winzige Erkundungs-Lasergeräte, die nicht größer waren als ein Radiergummi. Außerdem lag da eine Reihe kleiner Stative mit schnellaufenden Motoren und Halterungen, an denen man offenbar etwas befestigen konnte. Sie erklärte aber lediglich, es handle sich dabei um »Verteidigungseinrichtungen«.

Elliot schlenderte zum gegenüberliegenden Tisch und fand dort unter der Lampe sechs Maschinenpistolen. Er nahm eine auf, sie war eingefettet und wog schwer in seiner Hand. In der Nähe lagen Magazine mit Munition. Die Kennzeichnung auf dem Schaft sah er nicht – es waren russische AK-47, eine tschechoslowakische Lizenzfertigung.

»Reine Vorsichtsmaßnahme«, sagte Ross. »Die haben wir bei allen Expeditionen dabei. Hat nichts weiter zu bedeuten.«

Elliot schüttelte den Kopf. »Was ist mit der GPN aus Houston?« fragte er.

»Darüber zerbreche ich mir nicht den Kopf«, sagte sie.

»Ich schon«, sagte Elliot.

So wie Karen Ross ihm die Dinge darstellte, handelte es sich bei der GPN lediglich um einen technischen Bericht. Die Regierung von Zaïre hatte in den letzten vierundzwanzig Stunden ihre Ostgrenze geschlossen, so daß niemand von Ruanda oder Uganda her in das Land gelangen konnte. Wer nach Zaïre wollte, mußte jetzt von Westen kommen, also über Kinshasa einreisen.

Für die Schließung der Ostgrenze wurde offiziell kein Grund genannt, doch spekulierte man in Washington, daß die Truppen Idi Amins auf der Flucht vor der Invasion Ugandas von Tansania aus beim Überschreiten der Grenze von Zaïre »lokale Schwierigkeiten« auslösen könnten. Dieser Begriff umschrieb, auf Zentralafrika bezogen, gewöhnlich Kannibalismus und ähnliche Scheußlichkeiten.

»Glauben Sie das?« erkundigte sich Elliot. »Kannibalismus und andere Scheußlichkeiten?«

»Nein«, sagte Karen Ross. »Erstunken und erlogen. Sicher haben da die Holländer, die Deutschen und die Japaner ihre Hand im Spiel – wahrscheinlich Ihr Freund Morikawa. Das europäisch-japanische Elektronik-Konsortium weiß, daß die ERTS dicht vor der Entdeckung wichtiger Diamantenvorkommen im Virunga-Gebiet steht. Sie wollen uns so viele Knüppel wie möglich zwischen die Beine werfen. Daher haben sie irgendwo, wahrscheinlich in Kinshasa, ihre Beziehungen spielen lassen und dafür gesorgt, daß die Ostgrenze geschlossen wurde. Mehr steckt vermutlich nicht dahinter.«

»Aber warum dann die Maschinenpistolen, wenn keine Gefahr besteht?«

»Eine reine Vorsichtsmaßnahme«, sagte Karen Ross. »Wir werden auf dieser Reise mit ziemlicher Sicherheit keine Maschinenpistolen verwenden, glauben Sie mir. Warum legen Sie sich nicht noch ein bißchen hin? Wir landen bald in Tanger.«

»In Tanger?«

»Ja. Dort ist Captain Munro.«

6. Munro

Der Name »Captain« Charles Munro stand in keiner der Listen von Expeditionsführern, die gewöhnlich angeheuert wurden. Das hatte verschiedene Gründe. Der wichtigste war sein mehr als schlechter Ruf.

Munro war als unehelicher Sohn eines schottischen Farmers und seiner hübschen indischen Hausbesorgerin in der wilden nördlichen Grenzprovinz Kenias aufgewachsen. Der Vater war 1956 von Mau-Mau-Guerillas getötet worden.* Bald darauf starb Munros Mutter an Tuberkulose, und Munro machte sich nach Nairobi auf, wo er gegen Ende der fünfziger Jahre Touristengruppen als Jagdführer im Busch diente. In diesen Jahren legte er sich den Titel »Captain« zu, obwohl er nie Soldat gewesen war.

Offenkundig aber tat Captain Munro nicht gern immer das, was die Touristen wollten, und so hörte man um 1960, daß er Waffen aus Uganda in den seit neuestem unabhängigen Kongo verschob. Als Moïse Tschombé 1963 ins Exil ging, wurden Munros Geschäfte zu einer so starken politischen Hypothek, daß er sich schließlich gezwungen sah, gegen Ende des Jahres Ostafrika zu verlassen.

Er tauchte allerdings bereits 1964 wieder auf, diesmal im Kongo, als einer der weißen Söldner General Mobutus, unter dem Kommando des »verrückten« Colonel Mike Hoare. Dieser nannte Munro einen »zähen und gefährlichen Mann, der den Dschungel kennt und eine Menge leistet, wenn man ihn von den Weibern fernhält«. Nach der Einnahme von Stanleyville bei der Operation Roter Drache nannte man Munros Namen in Verbindung mit den Ausschreitungen der Söldner in einem Dorf namens Avakabi. Erneut tauchte er einige Jahre lang unter.

1978 hörte man wieder von ihm. Er lebte in Tanger in Saus und Braus und war wegen seiner »Eigenarten« weit und breit bekannt.

* Obwohl bei dem Mau-Mau-Aufstand über neunzehntausend Menschen ums Leben kamen, fanden in sieben Jahren des Terrors nur siebenunddreißig Weiße den Tod. Daher wurden diese Fälle mit Recht eher als Folge widriger Umstände und nicht als Opfer des erwachenden schwarzen Nationalbewußtseins angesehen.

Unklar war, woher seine offensichtlich nicht unbedeutenden Reichtümer stammten, doch hieß es, er habe 1971 sudanesischen Rebellen leichte Waffen aus der DDR verschafft, 1974/75 kaisertreue Äthiopier in ihrer Rebellion unterstützt und den französischen Fallschirmjägern geholfen, die 1978 über der damaligen Provinz Katanga von Zaïre absprangen, die jetzt Shaba hieß.

Wegen seiner unterschiedlichen Aktivitäten war Munro im Afrika der siebziger Jahre ein Sonderfall. Obwohl er in einem halben Dutzend afrikanischer Länder offiziell unerwünscht war, reiste er dennoch ungehindert kreuz und quer durch den ganzen Kontinent. Daß er sich dabei verschiedener Pässe bediente, war nur ein dünnes Deckmäntelchen. Jeder Grenzbeamte wußte, wer er war. Doch war ihre Furcht, ihn abzuweisen, ebenso groß wie die, ihn einzulassen.

Ausländische Unternehmen, die sich mit der Suche nach Bodenschätzen und deren Abbau beschäftigten, setzten Munro mit Rücksicht auf die Gefühle der jeweiligen Landesregierungen äußerst ungern als Führer ihrer Expeditionen ein. Hinzu kam, daß er bei weitem der teuerste aller Führer war. Trotzdem stand er in dem Ruf, schwierige, ja unlösbar scheinende Aufgaben bewältigen zu können. So hatte er zum Beispiel 1974 unter falschem Namen zwei deutsche Gruppen, die nach Zinn suchten, nach Kamerun geführt. Er hatte auch schon eine ERTS-Expedition nach Angola geführt, und zwar 1977 auf dem Höhepunkt des bewaffneten Konflikts. Als ein Jahr darauf Houston den von ihm geforderten Preis nicht zahlen wollte, ließ er brüsk eine andere ERTS-Gruppe aufsitzen, die auf dem Weg nach Sambia war, was Houston dazu veranlaßte, die Expedition abzublasen.

Kurz, Munro galt als der beste Mann für gefährliche Unternehmungen, und deshalb landete der Jumbo der ERTS in Tanger.

Auf dem Flughafen von Tanger wurde die Frachtmaschine und ihr Inhalt unter Zollverschluß genommen. Aber alle Mitreisenden, mit Ausnahme von Amy, gingen mit ihrem persönlichen Gepäck durch den Zoll. Jensen und Irving wurden beiseite

genommen und durchsucht. In ihrem Handgepäck fanden sich winzige Spuren von Heroin.
Dahinter steckte eine Reihe bemerkenswerter Zufälle. 1977 begannen die Zollbehörden der Vereinigten Staaten damit, neben chemischen Geruchs-Aufspürgeräten, »Schnüffler« genannt, auch Geräte einzusetzen, die mit Neutronen-Rückstreuung arbeiten. Es handelte sich um elektronische Handgeräte, die im Auftrag der Regierung von der Firma Morikawa Electronics in Tokio hergestellt wurden. Als 1978 Zweifel an der Genauigkeit dieser Geräte angemeldet wurden, schlug Morikawa vor, sie an den Kontrollstellen anderer Flughäfen auf der ganzen Welt zu testen. Zu ihnen gehörten Singapur, Bangkok, Neu Delhi, München und eben auch Tanger.
Morikawa also kannte die Leistungsfähigkeit der Überwachungsgeräte am Flughafen Tanger – sowie eine Reihe von Substanzen, die bei den Meßfühlern dieser Geräte fälschlich Alarm auslösten. Zu ihnen gehörten unter anderem gemahlener Mohn und zerkleinerte Steckrüben. Die genaue Untersuchung, ob es sich um falschen Alarm handelte, dauerte achtundvierzig Stunden. Später stellte sich heraus, daß auf ungeklärte Weise Spuren von Steckrüben in Jensens und Irvings Aktentaschen gelangt waren.
Beide bestritten beharrlich, etwas von verbotenen Substanzen zu wissen, und verlangten, das Konsulat der Vereinigten Staaten in Tanger solle hinzugezogen werden. Es würde mit Sicherheit mehrere Tage dauern, bis der Fall gelöst war, daher telefonierte Karen Ross mit Travis in Houston, der die Sache als eine »deutsche Stinkmorchel« einschätzte. Es gab nur die Möglichkeit, die Expedition vorerst ohne die beiden weiterzuführen, so gut es ging.
»Wenn die meinen, daß sie uns damit aufhalten können«, sagte Travis, »haben sie sich verrechnet.«
»Wer soll denn die Geologenarbeit machen?« fragte Karen Ross.
»Sie«, sagte Travis.
»Und die Elektronik?«
»Auf dem Gebiet haben Sie Ihre Begabung hinlänglich bewiesen«, sagte Travis. »Sehen Sie nur zu, daß Sie Munro bekommen, dann läuft alles, wie es laufen soll.«

Bei Einbruch der Abenddämmerung ertönte der Ruf des Muezzin über dem pastellfarbenen Häusergewirr der Kasbah von Tanger und rief die Gläubigen zum Gebet. Früher war der Muezzin selbst auf dem Minarett der Moschee erschienen, heutzutage besorgte das eine Schallplatte, die über Lautsprecher abgespielt wurde: ein mechanisierter Ruf zur Befolgung des islamischen Gehorsamsrituals.

Karen Ross saß auf der Terrasse von Captain Munros Haus, von der aus man die Kasbah übersehen konnte, und wartete auf ihre Audienz bei dem Gewaltigen. Neben ihr saß Peter Elliot: erschöpft von den Strapazen des langen Flugs, schnarchte er aus vollem Hals.

Sie warteten nun schon seit beinahe drei Stunden, und das beunruhigte sie. Munros Haus war im maurischen Stil gebaut und nach außen hin offen. Aus dem Innern trug der Abendwind den Klang von Stimmen zu ihr herüber. Sie hörte, daß sie eine fernöstliche Sprache sprachen.

Eine der anmutigen marokkanischen Dienerinnen, von denen Munro über eine unbegrenzte Anzahl zu verfügen schien, brachte ein Telefon auf die Terrasse und verbeugte sich tief. Karen Ross sah, daß das Mädchen violette Augen hatte und von hinreißender Schönheit war, höchstens sechzehn Jahre alt. In einem Englisch, bei dem sie vorsichtig Wort an Wort fügte, sagte das Mädchen: »Das ist Ihre Telefonverbindung nach Houston. Jetzt beginnt das Bieten.«

Karen stieß Peter an, der erwachte und schlaftrunken um sich sah. »Das Feilschen geht los«, sagte sie.

Peter Elliot war, seit er Captain Munros Haus betreten hatte, von allem, was er sah, überrascht. Er hatte sich einen kargen militärischen Rahmen vorgestellt und war erstaunt über geschwungene marokkanische Bogen und leise plätschernde Brunnen, auf deren tanzenden Wasserstrahlen das Sonnenlicht flirrte.

Dann sah er die Deutschen und die Japaner, die Karen Ross und ihn vom Nebenraum her mit aufmerksamen und erkennbar unfreundlichen Blicken musterten. Plötzlich erhob sich Karen

Ross mit einem Wort der Entschuldigung, ging nach nebenan und umarmte voller Herzlichkeit einen jungen blonden Deutschen. Sie tauschten Begrüßungsküsse, plauderten fröhlich miteinander und schienen ein Herz und eine Seele.

Peter Elliot behagte das nicht, und es beruhigte ihn zu sehen, daß die Japaner – alle in gleich aussehenden schwarzen Anzügen – ebensowenig davon zu halten schienen wie er. Als er das bemerkte, lächelte Elliot ihnen freundlich zu, als wollte er auf diese Art seine Billigung der Begegnung zum Ausdruck bringen.

Als Karen Ross zurückkam, fragte er sie: »Wer war das?«

»Richter«, sagte sie. »Der glänzendste Topologe in Westeuropa. Er beschäftigt sich mit der Extrapolation in Räumen n-ter Ordnung. Seine Arbeit ist ungewöhnlich elegant.« Sie lächelte. »Fast so elegant wie meine.«

»Aber er arbeitet für das Konsortium?«

»Natürlich, als Deutscher.«

»Trotzdem reden Sie mit ihm?«

»Ich bin glücklich über die Gelegenheit«, sagte sie. »Schade, Karls Fähigkeiten sind in einer bestimmten Weise begrenzt. Er kann nur mit bereits existierenden Daten arbeiten. Mit ihnen schlägt er dann im n-ten Raum Purzelbäume. Aber er kann sich nichts Neues ausdenken. Ich hatte einen Professor am M. I. T, der genauso war. Ein Sklave der Tatsachen, ein Knecht der Wirklichkeit.« Sie schüttelte bedauernd den Kopf.

»Hat er nach Amy gefragt?«

»Natürlich.«

»Und was haben Sie ihm gesagt?«

»Daß sie todkrank ist und es wohl nicht mehr lange macht.«

»Hat er es geglaubt?«

»Das wird sich zeigen. Da kommt Munro.«

Captain Munro erschien im Nebenraum, groß, kräftig und robust. Er trug ein Khakihemd, Khakishorts und rauchte eine Zigarre. Außer seinem gewaltigen Schnurrbart fielen in seinem Gesicht die dunklen, sanften, aber aufmerksamen Augen auf, denen nichts entging. Er sprach mit den Japanern und den Deutschen, denen offensichtlich nicht gefiel, was er ihnen zu

sagen hatte. Augenblicke später kam er zu ihnen herein und lächelte breit.
»Sie wollen also in den Kongo, Dr. Ross?«
»So ist es, Captain Munro«, sagte sie.
Munro lächelte. »Man könnte glauben, alle Welt will dorthin.«
Dann folgte eine rasche Unterhaltung, von der Elliot nichts verstand. Karen Ross sagte: »Fünfzigtausend US-Dollar in Schweizer Franken und Nullkommazwo vom bereinigten Ertrag des ersten Jahres.«
Munro schüttelte den Kopf. »Hunderttausend US-Dollar in Schweizer Franken und Nullsechs vom Ertrag des ersten Jahres auf alles, was gefunden wird, im Rohzustand und ohne Abzüge.«
»Hundert in US-Dollar und Nulleins vom Ertrag im ersten Jahr auf alles, was gefunden wird, nach vollständigem Abzug aller Kosten ab Abbaustelle.«
»Ich höre immer Abbaustelle. Mitten im Kongo? Wenn's vom Fundort aus geht, brauche ich drei Jahre. Und was ist, wenn Sie mal dichtmachen?«
»Wer nicht wagt, der nicht gewinnt. Mobutu ist schlau.«
»Mobutu hat die ganze Sache kaum unter Kontrolle, und ich bin nur noch am Leben, weil ich möglichst wenig riskiere«, sagte Munro. »Hundert und Nullvier des ersten Jahres auf den Rohertrag oder Nullzwo von dem, was Ihnen bleibt.«
»Wenn Sie nichts riskieren wollen, gebe ich Ihnen zweihundert, damit ist dann alles abgegolten.«
Munro schüttelte den Kopf. »Da haben Sie ja schon für Ihre Mutungsrechte in Kinshasa mehr bezahlt.«
»In Kinshasa sind alle Preise maßlos aufgebläht, auch die für Mutungsrechte. Der gegenwärtige vom Computer bewertete Grenzwert dafür liegt deutlich unter tausend.«
»Wenn Sie das sagen.« Munro lächelte und ging wieder in den anderen Raum, wo die Japaner und die Deutschen auf seine Rückkehr warteten.
Karen Ross sagte rasch: »Das brauchen die nicht zu wissen.«
»Ich bin sicher, sie wissen es bereits«, sagte Munro und ging in den Raum hinein.

»Mistkerl«, flüsterte sie hinter ihm her. Sie sprach leise ins Telefon. »Damit gibt er sich nie zufrieden ... nein, nein, das macht er nicht ... sie wollen ihn unbe...«
Elliot sagte: »Sie bieten aber ziemlich hoch für seine Dienste.«
»Er ist Spitze«, sagte Karen Ross und flüsterte dann weiter ins Telefon. Im Nebenraum schüttelte Munro bedauernd den Kopf und lehnte offenbar gerade ein Angebot ab. Elliot bemerkte, daß Richter ein sehr rotes Gesicht hatte.
Munro kam wieder zu Karen Ross zurück. »Wie war noch einmal Ihre vorläufige Computer-Bewertung?«
»Unter tausend.«
»Das sagen Sie! Dabei wissen Sie genau, daß es jede Menge abbauwürdige Mineralien gibt.«
»Davon ist mir nichts bekannt.«
»Dann wäre es aber ziemlich töricht, soviel Geld auszugeben, nur um zum Kongo zu gelangen«, sagte Munro. »Stimmt doch, oder?«
Karen Ross gab darauf keine Antwort. Sie hielt den Blick auf die kunstvoll verzierte Decke des Raums gerichtet.
»Der Weg nach Virunga ist zur Zeit nicht gerade ein Sonntagsspaziergang«, fuhr Munro fort. »Die Kigani sind auf dem Kriegspfad, und immerhin sind sie Kannibalen. Auch die Pygmäen sind dem weißen Mann nicht mehr sehr freundlich gesonnen; Sie können also leicht einen Giftpfeil in den Rücken bekommen. Vulkane können jederzeit ausbrechen. Dann gibt es noch die Tsetsefliege, verseuchtes Wasser, korrupte Beamte – wer all das auf sich nimmt, hat doch sicher seine Gründe, hm? Vielleicht sollten Sie Ihre Reise aufschieben, bis sich alles wieder etwas beruhigt hat.«
Genau das dachte auch Peter Elliot, und er sagte es.
»Kluger Mann«, sagte Munro mit einem breiten Lächeln, das Karen Ross ärgerte.
»Es scheint«, sagte Karen Ross, »daß wir uns nicht einigen können.«
»So ist es«, sagte Munro und nickte bestätigend.
Elliot hielt die Verhandlungen für beendet, erhob sich und wollte Munro die Hand schütteln und sich verabschieden. Doch bevor er

seine Absicht verwirklichen konnte, war Munro in den Nebenraum gegangen und verhandelte dort mit den Japanern und Deutschen weiter.
»Es sieht jetzt besser für uns aus«, sagte Karen Ross.
»Wieso?« fragte Elliot. »Weil er meint, er hat Sie kleingekriegt?«
»Nein, weil er denkt, wir wissen mehr als die anderen über die genaue Lage des voraussichtlichen Fundorts. Damit ist es für ihn wahrscheinlicher, daß wir ein abbauwürdiges Vorkommen finden und ihn bezahlen können.«
Unvermittelt erhoben sich nebenan die Deutschen und die Japaner und gingen auf die Tür zu, wo Munro sich tief vor den Japanern verbeugte und den Deutschen die Hand schüttelte.
»Ich glaube, Sie haben recht«, sagte Elliot zu Karen Ross. »Er schickt sie weg.«
Aber Karen Ross runzelte mit finsterem Gesicht die Brauen. »Das können sie nicht tun«, sagte sie. »Das geht doch nicht. Die können doch nicht einfach so mir nichts, dir nichts hier verschwinden.«
Wieder war Elliot verwirrt. »Ich dachte, das wollten Sie so haben?«
»Hol's der Henker«, sagte Ross. »Man hat uns reingelegt.« Sie flüsterte ins Telefon, das sie mit Houston verband.
Elliot verstand gar nichts mehr. Seine Verwirrung wurde auch dadurch nicht geringer, daß Munro, nachdem die Tür hinter dem letzten seiner Besucher geschlossen war, wieder zu seinen amerikanischen Gästen zurückkehrte und ihnen mitteilte, es sei zum Abendessen gedeckt.

Sie aßen marokkanisch, saßen dabei auf dem Boden und bedienten sich ihrer Finger. Der erste Gang war Taubenpastete. Es folgte eine Art Eintopf.
»Sie haben die Japaner abschlägig beschieden?« wollte Karen Ross wissen.
»Nein, nein«, sagte Munro. »Das wäre unhöflich. Ich habe ihnen gesagt, ich würde mir die Sache durch den Kopf gehen lassen, und das tue ich.«

»Warum sind sie dann gegangen?«
Munro zuckte die Schultern. »Damit habe ich nichts zu tun, das dürfen Sie mir glauben. Wahrscheinlich haben sie am Telefon etwas gehört, was ihren ganzen Plan umgestoßen hat.«
Karen Ross warf einen Blick auf die Uhr und merkte sich die Zeit. »Sehr guter Eintopf«, lobte sie. Sie bemühte sich, so freundlich wie möglich zu sein.
»Ich freue mich, daß es Ihnen schmeckt. Es ist *Tajin*, Kamelfleisch.«
Karen Ross hustete. Peter Elliot merkte, daß sein Appetit durch diese Bemerkung empfindlich gelitten hatte. Munro wandte sich ihm zu. »Sie sind also der Mann mit dem Gorilla, Professor Elliot?«
»Woher wissen Sie das?«
»Von den Japanern. Die sind von Ihrem Gorilla geradezu hingerissen. Sie können sich nicht vorstellen, was dahintersteckt, und das macht sie verrückt. Ein junger Mann mit einem Gorilla und eine junge Frau auf der Suche nach ...«
»Industriediamanten«, sagte Karen Ross.
»Aha, Industriediamanten.« Er wandte sich an Elliot. »Ich schätze es, wenn man frei und offen über die Dinge spricht. Diamanten, faszinierend.« Die Art, wie er sich gab, erweckte den Eindruck, als habe man ihm nichts Besonderes mitgeteilt.
Karen Ross sagte: »Sie müssen uns hinbringen, Munro.«
»Auf der Welt gibt's haufenweise Industriediamanten«, sagte Munro. »Beinahe überall: in Afrika, Indien, der Sowjetunion, in Brasilien, Kanada und sogar bei Ihnen in Amerika – Arkansas, im Staat New York, in Kentucky. Wo man sie sucht, da findet man welche – und Sie müssen unbedingt in den Kongo.«
Die unausgesprochene Frage hing spürbar im Raum.
»Wir suchen bordotierte blaue Diamanten vom Typ IIb«, sagte Karen Ross, »die haben nämlich für mikroelektronische Zwecke wichtige Halbleitereigenschaften.«
Munro strich sich den Schnurrbart. »Blaue Diamanten«, sagte er und nickte. »Das ist natürlich etwas ganz anderes.«
Karen Ross sagte, selbstverständlich sei das etwas ganz anderes.

»Und man kann diese Verunreinigung nicht künstlich hervorrufen?« wollte Munro wissen.
»Nein, es ist versucht worden. Man hat ein industrielles Verfahren dazu entwickelt, aber es lieferte keine zuverlässigen Ergebnisse. Es gab ein solches Verfahren in Amerika, auch in Japan. Alle Beteiligten haben den Versuch als aussichtslos aufgegeben.«
»Und deswegen müssen Sie natürliche Vorkommen finden.«
»So ist es. Ich möchte so schnell wie möglich dahin«, sagte Karen Ross mit möglichst ausdrucksloser Stimme und sah ihn fest an.
»Das glaube ich Ihnen gern«, sagte Munro. »Unserer Frau Doktor geht nichts über das Geschäft, wie?« Er durchquerte den Raum, lehnte sich an einen der Bogen des Mauerwerks und sah hinaus auf die Stadt Tanger unter dem dunklen Nachthimmel. »Das überrascht mich nicht«, sagte er. »Eigentlich –«
Beim ersten Feuerstoß, der offensichtlich aus einer Maschinenpistole kam, ging Munro sofort in Deckung. Die Gläser auf dem Tisch zerbarsten, eines der Mädchen schrie, und Elliot und Karen Ross warfen sich auf den Marmorfußboden, während die Kugeln um sie herum pfiffen, Löcher in den Putz der Wände rissen und Staub auf sie herabrieseln ließen. Das Feuer dauerte etwa eine halbe Minute. Dann folgte absolute Stille.
Als es vorbei war, standen sie zögernd auf und sahen einander an.
»Das Konsortium spielt hoch«, grinste Munro. »Solche Leute liebe ich.«
Ross wischte sich den Staub von den Kleidern. Sie wandte sich Munro zu. »Fünfkommazwo auf die ersten zweihundert, ohne Abzüge, in Schweizer Franken, bereinigt.«
»Fünfkommasieben, und ich bin Ihr Mann.«
»Nun schön, Fünfkommasieben.«
Munro schüttelte ihnen zur Bekräftigung des Handels die Hand und erklärte dann, daß er ein paar Minuten brauchen werde, um zu packen, bevor er nach Nairobi aufbrechen könne.
»Einfach so?« fragte Karen Ross. Sie schien plötzlich beunruhigt und sah wieder auf ihre Uhr.
»Was haben Sie auf der Seele?« fragte Munro.
»Tschechische AK-47«, sagte sie, »in Ihrem Lagerhaus.«

Munro zeigte sich von dieser Mitteilung nicht überrascht. »Die holen wir besser raus«, sagte er, »zweifellos hat das Konsortium etwas Ähnliches auf der Pfanne, und wir müssen in den nächsten Stunden eine Menge Arbeit hinter uns bringen.« Noch während er sprach, hörten sie die Polizeisirene in der Ferne. Munro ordnete an: »Wir nehmen die Hintertreppe.«

Eine Stunde später waren sie in der Luft, auf dem Weg nach Nairobi.

4. Tag

Nairobi

16. Juni 1979

1. Zeitprojektion

Die Flugentfernung von Tanger nach Nairobi, quer über den afrikanischen Kontinent hinweg, ist größer als die über den Atlantik von New York nach London – fast sechstausend Kilometer, ein Flug von acht Stunden. Karen Ross verbrachte die Zeit an der Computer-Konsole und berechnete etwas, das sie »Wahrscheinlichkeitsprojektionen im Hyperraum« nannte.

Der Bildschirm zeigte eine vom Computer erzeugte Afrika-Karte, über die bunte Linien verliefen. »Das sind lauter Zeitprojektionen«, sagte Ross. »Wir können sie nach der reinen Dauer und den Verzögerungsfaktoren gewichten.« Unter dem Bildschirm zeigte eine Digitaluhr die jeweilige Gesamtzeit an, die Werte wechselten ständig.

»Was bedeutet das?« erkundigte sich Elliot.

»Der Computer sucht den schnellsten Weg. Wie Sie sehen, hat er gerade eine Zeitprojektion ausgearbeitet, mit deren Hilfe wir in sechs Tagen, achtzehn Stunden und einundfünfzig Minuten vor Ort gelangen. Jetzt versucht er, diese Zeit zu unterbieten.«

Elliot mußte lächeln. Die Vorstellung, daß ein Computer *minutengenau* voraussagen konnte, wann sie ihren Bestimmungsort im Kongo erreichten, erschien ihm widersinnig. Aber es war Karen Ross ganz und gar ernst damit.

Vor ihren Augen änderte die Uhr am Computer die Zeitangabe auf fünf Tage, zweiundzwanzig Stunden und vierundzwanzig Minuten.

»Schon besser«, sagte Ross und nickte bekräftigend. »Aber noch nicht besonders gut.« Sie drückte auf eine andere Taste, und die Linien verschoben sich, zogen sich wie Gummibänder über den afrikanischen Kontinent. »Das ist der Weg des Konsortiums«, sagte sie, »wir haben ihn nach unseren Annahmen über die Expedition berechnet. Sie haben das ganz groß aufgezogen – dreißig Leute oder noch mehr, da ist an nichts gespart. Aber sie kennen die genaue Lage der Stadt nicht, zumindest nehmen wir das an. Dafür haben sie einen ziemlichen Vorsprung vor uns, mindestens zwölf Stunden, denn ihre Maschine wird bereits in Nairobi startklar gemacht.«

Die Uhr zeigte eine Gesamtzeit von fünf Tagen, neun Stunden und neunzehn Minuten. Ross drückte einen Knopf mit der Aufschrift DATUM, und er wanderte auf 06 21 79 0814. »Wenn das hier stimmt, kommt das Konsortium am 21. Juni nach acht Uhr morgens an der vorgesehenen Stelle im Kongo an.«

Der Computer rechnete weiter, die Linien verschoben und dehnten sich erneut, und auf der Uhr wurde ein anderes Datum sichtbar: 06 21 79 1224.

»Schön«, sagte sie, »das sind jetzt wir. Wenn wir auf beiden Seiten die denkbar günstigsten Voraussetzungen annehmen, schlägt das Konsortium uns heute in fünf Tagen um etwas mehr als vier Stunden.«

Munro ging kauend vorüber. »Nehmen Sie besser eine andere Strecke«, sagte er. »Oder machen Sie's ganz radikal.«

»Das möchte ich nicht gern, mit dem Affen.«

Munro zuckte die Schultern. »Bei so einer Zeitprojektion *muß* man etwas machen.«

Elliot hörte ihnen zu und hatte dabei ein unwirkliches Gefühl: sie sprachen über einen Unterschied von Stunden, an einem Tag, der noch in der Zukunft lag. »Aber Sie können doch«, sagte Elliot, »nicht allzuviel auf diese Zahlen geben, wenn man bedenkt, was in den nächsten Tagen noch passieren kann, was wir in Nairobi alles noch zu erledigen haben. Dann müssen wir in den Dschungel –«

»Das ist nicht mehr wie bei früheren Afrika-Expeditionen«, sagte Karen Ross, »bei denen Trupps auf Monate im Busch verschwanden. Äußerstenfalls liegt der Computer ein paar Minuten daneben, sagen wir etwa eine halbe Stunde auf die gesamte Fünf-Tage-Planung umgelegt.« Sie schüttelte den Kopf. »Nein, wir haben eine Aufgabe und müssen etwas tun. Dafür steht zuviel auf dem Spiel.«

»Sie meinen die Diamanten.«

Sie nickte und wies auf den unteren Rand des Bildschirms, auf dem die Wörter BLAUER AUFTRAG erschienen. Er fragte sie, worum es dabei gehe.

»Um eine ganze Menge Geld«, sagte Karen Ross. Und sie fügte hinzu, »glaube ich jedenfalls.« Sie wußte es tatsächlich nicht genau.

Jeder neue Auftrag der ERTS bekam einen Codenamen. Nur Travis und der Computer kannten den Namen des Unternehmens, das einen Auftrag erteilte. Alle anderen, vom Programmierer bis zu den Leuten draußen im Busch, kannten die Projekte lediglich mit ihren Farb-Codierungen: Roter Auftrag, Gelber Auftrag, Weißer Auftrag. Damit wurden die Geschäftsinteressen der beteiligten Unternehmen geschützt. Doch konnten die Mathematiker der ERTS es sich nicht verkneifen, lebhafte Ratespiele über die Herkunft der Aufträge zu veranstalten – sie waren Gesprächsgegenstand der täglichen Unterhaltungen in der Kantine.

Der Blaue Auftrag war im Dezember 1978 gekommen. Darin wurde die ERTS aufgefordert, eine natürliche Quelle für Industriediamanten in einem Land zu finden, das, wenn schon nicht freundlich gesonnen, zumindest neutral war. Die Diamanten mußten vom Typ II b sein und aus »stickstoffarmen« Kristallen bestehen. Offenbar spielte die Kristallgröße keine Rolle, denn es war keine angegeben. Auch waren keine Fördermengen vorgeschrieben: der Auftraggeber würde nehmen, was er bekam. Das Ungewöhnlichste aber war, daß kein AKLE festgelegt war.

Bei nahezu allen eingehenden Aufträgen war ein Abbau-Kosten-Limit pro Einheit festgelegt. Es genügte keineswegs, die Mineralien zu finden, sie mußten auch mit einem genau festgelegten Kostenaufwand abbaubar sein. In den Kosten pro Einheit spiegelten sich jeweils die Mächtigkeit des Vorkommens, seine Entfernung, die Verfügbarkeit von Arbeitskräften, politische Umstände, die möglicherweise bestehende Notwendigkeit, Anlagen der Infrastruktur zu errichten wie Flugplätze, Straßen, Krankenhäuser, Schulen und Raffinerien oder Abbauschächte abzuteufeln und Stollen voranzutreiben.

Wenn ein Auftrag ohne AKLE kam, konnte das nur eines bedeuten: irgend jemand brauchte blaue Diamanten so dringend, daß die Kosten für ihn keine Rolle spielten.

Innerhalb von achtundvierzig Stunden hatte man sich in der Kantine der ERTS einen Reim auf den Blauen Auftrag gemacht. Diamanten vom Typ II b waren mit Fremdatomen verunreinigt, in diesem Fall mit Boratomen, die bei hoher Temperatur ins Ausgangsmaterial hineindiffundiert waren. Diese Dotierung führte zu einer Blaufärbung, die die Diamanten als Schmucksteine wertlos machte, zugleich aber ihre elektrischen Eigenschaften veränderte, so daß sie einen äußerst niedrigen Widerstandswert in der Größenordnung von einem Ohm mal Meter hatten. Außerdem besaßen sie die Fähigkeit der optischen Lichtleitung.

Dann fand jemand einen kurzen Artikel in *Electronic News* vom 17. November 1978: *»Das McPhee-Verfahren wurde aufgegeben«*. Darin hieß es, die Silec Inc. aus Waltham, Massachusetts, habe das im Experimentierstadium befindliche McPhee-Verfahren zur künstlichen Dotierung von Diamanten mit einer Monomolekularschicht aus Bor aufgegeben. Es war zu teuer und erzielte nicht mit genügender Zuverlässigkeit die »erwünschten halbleitenden Eigenschaften«. Der Artikel schloß damit, daß andere Firmen ebenfalls die Schwierigkeiten im Zusammenhang mit der Einfachbeschichtung unterschätzt hatten. Beispielsweise habe »Morikawa aus Tokio im September dieses Jahres das Nagaura-Verfahren aufgegeben«. Indem sie aus diesen Angaben ihre Schlüsse zogen, brachten die Mitarbeiter in der ERTS-Kantine zusätzliche Stückchen des Puzzles an die richtige Stelle.

1971 hatte Intec, ein Unternehmen der Mikroelektronik mit Sitz in Santa Clara, erstmals vorausgesagt, in den achtziger Jahren

würden Diamantenhalbleiter für eine zukünftige Generation »supraleitender« Computer wichtig sein.
Die erste Generation elektronischer Computer, ENIAC und UNIVAC, die man unter kriegsbedingter strenger Geheimhaltung in den vierziger Jahren gebaut hatte, arbeitete mit Vakuumröhren. Zwar betrug die durchschnittliche Lebensdauer einer solchen luftleer gepumpten Röhre zwanzig Stunden, doch fielen alle sieben bis zwölf Minuten einige von ihnen aus, da in den Computern Tausende solcher glühendheißer Röhren auf engem Raum dicht beieinanderstanden. Durch diese Vorgabe waren Größe und Leistungsfähigkeit der geplanten zweiten Generation von Computern von vornherein begrenzt.
Doch kam es nicht dazu – die zweite Generation arbeitete schon nicht mehr mit solchen Hochvakuumröhren. 1947 leitete die Erfindung des Transistors – ein daumennagelgroßer Schichtbaustein aus festem Material, der alle Funktionen einer Hochvakuumröhre übernahm – das Zeitalter elektronischer Halbleiterbausteine ein, die bei geringem Stromverbrauch wenig Hitze erzeugen und kleiner sowie zuverlässiger als die Röhren sind, an deren Stelle sie traten. Eine mit dem Ausgangsmaterial Silizium arbeitende Technik lieferte die Grundlage für drei Generationen von Computern, die im Verlauf der nächsten zwanzig Jahre immer kleiner, zuverlässiger und billiger wurden.
Doch machten sich Anfang der siebziger Jahre die Computer-Entwickler daran, die naturgegebenen Begrenzungen der Siliziumbausteine zu überwinden. Zwar waren die Schaltkreise auf mikroskopische Abmessungen verkleinert worden, doch hing die Rechengeschwindigkeit immer noch von ihrer Länge ab. Da man hier bereits Größenordnungen von zehntausendstel Millimeter erreicht hatte, hätte eine weitere Verkleinerung der Schaltkreise wieder einen alten Feind auf den Plan gerufen: die Wärmeentwicklung. Noch kleinere Schaltkreise würden buchstäblich in der entstehenden Hitze dahinschmelzen. Man brauchte also ein Verfahren, das den Widerstand verringerte, ohne gleichzeitig Wärme zu entwickeln und die Verlustleistung zu vergrößern.

Nun war schon seit den fünfziger Jahren bekannt, daß viele Metalle »supraleitend« wurden, wenn man sie auf extrem niedrige Temperaturen abkühlte. In diesem Zustand ist ein völlig ungehinderter Elektronendurchfluß möglich. Die IBM kündigte 1977 an, sie sei dabei, einen extrem schnellen Computer von der Größe einer Pampelmuse zu entwickeln, den man mit flüssigem Stickstoff kühlen werde. Der supraleitende Computer erforderte grundlegend neue technische Verfahren und zahlreiche neue Werkstoffe, die den extrem niedrigen Temperaturen zu widerstehen vermochten.

Diese Rolle sollten in großem Umfang dotierte Diamanten übernehmen.

Einige Tage später wurde in der Kantine der ERTS eine andere Erklärung diskutiert. Ihr zufolge waren die siebziger Jahre ein Jahrzehnt gewesen, in dessen Verlauf die Zahl an Computern in einem bis dahin unbekannten Ausmaß angewachsen war. Zwar hatten die ersten Computer-Hersteller in den vierziger Jahren vorausgesagt, vier Computer würden genügen, um in der vorhersehbaren Zukunft alle erforderlichen Berechnungen auf der ganzen Welt durchzuführen, doch gingen Fachleute inzwischen davon aus, daß es bis 1990 *eine Milliarde* Computer geben würde – die meisten von ihnen durch Datenleitungen mit anderen Computern verbunden. Die dafür nötigen Leitungsnetze gab es allerdings noch nicht, und vielleicht waren sie sogar theoretisch unmöglich. Eine vom Hanover Institute 1975 vorgelegte Untersuchung kam zu dem Ergebnis, die Metallvorräte in der Erdkruste reichten nicht aus, um die erforderlichen Übertragungsleitungen zwischen den einzelnen Computern herzustellen.

Der Erklärung von Harvey Rumbaugh zufolge würde das Kennzeichen der achtziger Jahre ein kritischer Mangel an Daten-Übertragungssystemen für Computer sein: »Ebenso wie die Verknappung an fossilen Brennstoffen in den Siebzigern die Industrieländer völlig unvorbereitet traf, wird im nächsten Jahrzehnt ein Mangel an Daten-Weitergabemöglichkeiten die Welt treffen. In den siebziger Jahren erschwerte man den Menschen die *Fortbewegung*, in den achtzigern wird man ihnen den Zugang zu *Infor-*

mationen verwehren, und es bleibt abzuwarten, welcher Mangel uns härter trifft.«

Laserstrahlen boten die einzige Hoffnung zur Lösung dieser hochgeschraubten Anforderungen, da über Laserleitungen zwanzigtausendmal so viele Informationen weitergegeben werden können wie über gewöhnliche Koaxialkabel aus Metall. Für die Laserübertragung aber war ebenfalls eine Vielzahl neuer technischer Verfahren erforderlich – unter anderem die Entwicklung der Glasfaseroptik und dotierte halbleitende Diamanten, die nach Rumbaughs Worten in den nächsten Jahren »wertvoller als Öl« sein würden.

Rumbaugh ging sogar noch weiter und sah voraus, daß innerhalb des nächsten Jahrzehnts die *Elektrizität völlig veralten* werde. Zukünftige Computer würden ausschließlich mit lichtgesteuerten Schaltkreisen arbeiten und auch mit Datensystemen verbunden sein, deren Übertragungsmedium Licht wäre. Der Grund dafür lag in der Schnelligkeit. »Licht«, sagte Rumbaugh, »pflanzt sich eben mit Lichtgeschwindigkeit fort, und Elektrizität nicht, jedenfalls nicht in Schaltkreisen. Wir leben in den letzten Jahren der mikroelektronischen Technik.«

Dabei sah die Mikroelektronik keineswegs todgeweiht aus. Im Jahre 1979 war sie einer der Hauptindustriezweige in sämtlichen Industrieländern der Erde und stand allein in den Vereinigten Staaten für einen Jahresumsatz von achtzig Milliarden Dollar. Von den fünfhundert größten Unternehmen, deren Rangliste die Zeitschrift *Fortune* veröffentlichte, beschäftigten sich sechs der ersten zwanzig nicht nur am Rande mit Mikroelektronik. Die Unternehmen dieser Branche hatten in einem Zeitraum von weniger als dreißig Jahren einen unglaublichen Wettbewerb und einen ebenso unglaublichen Fortschritt erlebt.

Während ein Hersteller 1958 zehn elektronische Funktionen auf einem einzigen Siliziumbaustein unterbringen konnte, fanden 1970 auf einem dieser »Chips« genannten Bausteine derselben Größe bereits hundert Funktionen Platz – das entsprach einer Verzehnfachung in kaum mehr als einem Jahrzehnt.

1972 aber war es bereits möglich, tausend Funktionen auf einem

Chip unterzubringen und 1974 zehntausend. Man ging davon aus, von 1980 an auf einem einzigen Chip von der Größe eines Daumennagels eine Million Funktionen unterbringen zu können, und zwar mit Hilfe elektronischer Fotoprojektion. Tatsächlich wurde dieses Ziel bereits 1978 erreicht. Somit hieß im Frühjahr 1979 das neue Ziel: zehn Millionen – vielleicht sogar eine Milliarde – Funktionen auf einem einzigen Siliziumbaustein, zu verwirklichen bis 1980. Aber eigentlich glaubte niemand, daß man darauf länger als bis Juni oder Juli 1979 warten müßte.
Ein Fortschritt solcher Größenordnung war beispiellos, einerlei, welchen Industriezweig man zum Vergleich heranzog. Man sehe sich nur ältere Produktionsverfahren an: die Automobilfabriken in Detroit begnügten sich damit, im Abstand von jeweils drei Jahren unerhebliche Produktveränderungen vorzunehmen, während die Elektronikindustrie es als selbstverständlich ansah, im selben Zeitraum Fortschritte im *Rahmen von Größenordnungen* zu erzielen. Hätte Detroit damit Schritt halten wollen, hätte es den Kraftstoffverbrauch der Fahrzeuge von knapp einunddreißig Liter auf hundert Kilometer im Jahre 1970 auf 0,00000031 Liter auf hundert Kilometer im Jahre 1979 verringern müssen. Statt dessen erzielte es in eben dem Zeitraum eine Verbrauchsminderung von einunddreißig auf gut fünfzehn Liter pro hundert Kilometer – ein weiteres Anzeichen dafür, daß die Kraftfahrzeugindustrie ihre führende Rolle in der Wirtschaft der Vereinigten Staaten bald würde abtreten müssen.

Auf einem Markt, der unter solchem Wettbewerbsdruck steht, ist jeder von der Angst vor Industriespionage besessen. Das galt vor allem gegenüber Japan, das seit 1973 in San Jose ein japanisches Kulturinstitut unterhielt – manche hielten es für ein finanziell gut ausgestattetes Tarnunternehmen zum Zwecke der Industriespionage. Eine solche Investition war dort besonders gut angelegt, denn um Santa Clara gruppierte sich – in dem wegen der Vielzahl der dort ansässigen Halbleiterfirmen »Silicon Valley« genannten Tal – eine der wichtigsten Ansammlungen von Wissen auf dem Gebiet der Elektronik, und zwar der ganzen Welt.

Der Blaue Auftrag war nur unter dem Gesichtswinkel einer Industrie verständlich, die in Abständen von wenigen Monaten jeweils größere Fortschritte erzielte. Travis hatte gesagt, der Blaue Auftrag sei »der dickste Fisch, den wir in den nächsten zehn Jahren an der Angel haben werden. Wer diese Diamanten findet, hat mindestens fünf Jahre lang die Nase auf diesem Anwendungsgebiet vorn. *Fünf Jahre*, ist Ihnen klar, was das bedeutet?«
Karen Ross wußte, was das bedeutete. In einer Industrie, in der Wettbewerbsvorteile nach Monaten gemessen werden, hatten Unternehmen ganze Vermögen damit gemacht, daß sie dem Wettbewerb mit einer neuen Technik oder einem neuen Bauteil um wenige Wochen zuvorgekommen waren. Als alle Welt noch Speicherbausteine von 16 K (also mit einer Kapazität von sechzehntausend Byte) machte und von solchen mit 64 K träumte, hatte Syntel in Kalifornien als erster einen Baustein mit 256 K herausgebracht. Das Unternehmen vermochte seinen Vorsprung nur sechzehn Wochen lang zu halten, erzielte in dieser Zeit aber über hundertunddreißig Millionen Dollar Gewinn.
»Und wir sprechen von fünf *Jahren*«, sagte Travis. »Dieser Zeitvorsprung bedeutet Milliarden von Dollar, vielleicht zweistellige Dollar-Milliarden. Voraussetzung ist, daß wir an diese Diamanten herankommen.«

Das waren die Gründe für den ungeheuren Druck, dem sich Karen Ross ausgesetzt fühlte, als sie am Computer weiterarbeitete. Mit vierundzwanzig Jahren war sie Expeditionsleiterin bei einem Wettrennen auf dem Gebiet der höchsten technischen Entwicklung, an dem ein halbes Dutzend Länder der Erde beteiligt waren, die alle eifersüchtig ihre Geschäfts- und Industriegeheimnisse voreinander hüteten.
Gemessen an diesem Einsatz erschien jeder gewöhnliche Wettlauf albern. Vor ihrem Aufbruch hatte Travis gesagt: »Machen Sie sich nichts daraus, wenn der Druck Sie zum Wahnsinn treibt. Sie tragen die Verantwortung für *Milliarden Dollar*. Geben Sie einfach Ihr Bestes.«

Indem sie genau das tat, gelang es ihr, die Zeitprojektion der Expedition um weitere drei Stunden und siebenunddreißig Minuten zu verkürzen – doch lagen sie immer noch geringfügig hinter der Planung des Konsortiums zurück. Nicht so schlimm, als daß sie es nicht hätten wettmachen können, vor allem mit Munros kaltblütigen Abkürzungen, aber sie lagen zurück – das konnte bei einem Wettlauf wie diesem, bei dem es um alles oder nichts ging, die Katastrophe bedeuten.

Und dann kam die schlimme Nachricht.

Auf dem Bildschirm erschien die Schrift: SCHMAROTZER ENTDECKT / ALLES AUS.

»Verdammt noch mal«, sagte Karen Ross. Und plötzlich war sie todmüde. Wenn tatsächlich jemand die Leitungen angezapft hatte, waren ihre Aussichten, das Rennen zu gewinnen, jetzt unkalkulierbar gering, und das, bevor einer von ihnen auch nur einen Fuß in die Regenwälder Zentralafrikas gesetzt hatte.

2. Der Schmarotzer

Travis fühlte sich gefoppt.

Er las den ausgedruckten Bericht vom Goddard-Zentrum für Raumfahrt-Forschung in Greenbelt, Maryland: ERTS WARUM SCHICKEN SIE UNS ALL DIE MUHAVURA-DATEN INTERESSIEREN UNS IN KEINER WEISE TROTZDEM DANKE.

Das war vor einer Stunde gekommen und damit um mehr als fünf Stunden zu spät.

»Verflucht und zugenäht!« sagte Travis, ohne die Augen von dem Fernschreiben zu nehmen.

Das erste Zeichen dafür, daß etwas nicht in Ordnung war, hatte Travis im schlagartigen Abbruch der Verhandlungen mit Munro durch die Japaner und Deutschen gesehen. Eben waren sie noch bereit gewesen, jeden Preis zu zahlen, im nächsten Augenblick konnten sie es kaum abwarten aufzubrechen. Das war wie aus heiterem Himmel und unvorhersehbar gekommen und konnte nur bedeuten, daß der Computer des Konsortiums über neue Daten verfügte.

Neue Daten, aber woher?

Es gab nur eine mögliche Erklärung – und die wurde jetzt durch das Fernschreiben vom Zentrum für Raumfahrtforschung in Greenbelt, Maryland, bestätigt.

ERTS WARUM SCHICKEN SIE UNS ALL DIE MUHAVURA-DATEN.

Es gab darauf eine ganz einfache Antwort: die ERTS sandte *keine* Daten, zumindest nicht absichtlich. Zwischen der ERTS und dem Zentrum bestand eine Übereinkunft, Datenergänzungen auszutauschen und sich so gegenseitig auf den neuesten Stand zu bringen – dieses Abkommen hatte Travis 1978 getroffen, um billiger an Bilder von Landerkundungssatelliten zu kommen. Die Ausgaben für Satellitenbilder waren der größte Einzelposten in der Kostenrechnung seines Unternehmens. Als Gegenleistung für die Erlaubnis, die von der ERTS daraus abgeleiteten Daten zu benutzen, gewährte das Forschungszentrum ihr einen Bruttorabatt von dreißig Prozent auf die Lieferung von Satellitenbildern. Das schien damals ein guter Tausch, und die zu verwendenden Schlüssel wurden im Abkommen gleich mit aufgeführt.

Doch jetzt erhoben sich die möglichen Nachteile drohend vor Travis, der seine schlimmsten Befürchtungen bestätigt sah. Wer von Houston nach Greenbelt eine Leitung über dreitausend Kilometer legte, lud andere förmlich dazu ein, sie anzuzapfen. Irgendwo zwischen Texas und Maryland hatte jemand ein Datengerät angeschlossen – wahrscheinlich in der Trägerfrequenz-Telefonleitung – und Daten über einen Trittbrettfahrer- oder Huckepack-Computer herausgeholt. Diese Form der Industriespionage fürchteten sie am meisten: einen Huckepack-Computer, der als Schmarotzer zwischen zwei »echten« Abruf- und Eingabestellen auf die Leitung geschaltet wurde und alles mitbekam, was in beiden Richtungen gesendet wurde. Nach einer Weile wußte der Mensch an diesem Computer genug, um selbst in die Leitung hineinzugehen und aus beiden Richtungen Daten zu holen, indem er sich gegenüber Houston als Zentrum für Raumfahrtforschung

und diesem gegenüber als Houston ausgab. Ein solcher Huckepack-Computer konnte so lange arbeiten, bis einer oder beide der Teilnehmer merkten, daß die Leitung angezapft war.
Die Frage lautete jetzt: Was hatte der Trittbrettfahrer in den letzten zweiundsiebzig Stunden in Erfahrung gebracht?
Travis hatte Kontrollen mittels Abtaster rund um die Uhr angefordert, aber ihre Ergebnisse waren niederschmetternd. Es schien, als habe der Computer der ERTS nicht nur Bestandteile seiner Datei hergegeben, sondern auch Einzelheiten zur Auswertung der darin enthaltenen Daten – praktisch die gesamte Datenverarbeitung der ERTS im Verlauf der letzten vier Wochen.
Wenn das stimmte, konnte es nur bedeuten, daß der Huckepack-Computer des europäisch-japanischen Konsortiums über die Veränderung informiert war, die die ERTS an den Muhavura-Daten vorgenommen hatte – und damit kannten sie natürlich auch haargenau die Koordinaten der toten Stadt. Sie kannten die Lage der Stadt jetzt ebenso genau wie Ross.
Die Zeitprojektionen mußten angepaßt werden, was für die Expedition der ERTS einen Rückschlag bedeutete. In einem Punkt ließen die auf den neuesten Stand gebrachten Computer-Projektionen an Deutlichkeit nichts zu wünschen übrig – Karen Ross hin oder her, die Wahrscheinlichkeit, daß die ERTS-Leute vor den Japanern und Deutschen an Ort und Stelle eintrafen, war praktisch gleich Null.
Von Travis' Standpunkt aus gesehen war damit das ganze Unternehmen ein Schlag ins Wasser und reine Zeitvergeudung. Es bestand keine Hoffnung auf Erfolg. Die einzige nicht kalkulierbare Größe war Amy, aber Travis hatte das sichere Gefühl, daß ein Gorilla namens Amy bei der Entdeckung abbauwürdiger Minerallager im Nordostkongo keine entscheidende Rolle spielen konnte.
Es war aussichtslos.
Ob er die Gruppe zurückrief? Erschöpft blickte er auf die Konsole neben seinem Schreibtisch. »Zeit-Kosten-Analyse abrufen«, sagte er.

Auf dem Computerschirm leuchtete auf: ZEIT-KOSTEN-ANALYSE ABRUFBEREIT.
»Kongo-Expedition«, sagte er.
Auf dem Bildschirm marschierten die Zahlenkolonnen für die Kongo-Expedition auf: Kosten pro Stunde, Gesamtkosten, voraussichtliche weitere Kosten, Abbruchzeitpunkte, weitere mögliche Kostenverzweigungen ... Die Gruppe war jetzt fast in Nairobi, und das Projekt hatte bisher Gesamtkosten von knapp hundertneunzigtausend Dollar verursacht.
Ein Rückruf würde zweihundertsiebenundzwanzigtausendvierhundertfünfundfünfzig Dollar kosten.
»Faktor BF«, sagte er.
Eine andere Anzeige erschien. BF. Er hatte jetzt eine Reihe von Wahrscheinlichkeitsberechnungen vor sich. Der »Faktor BF« stand für *bona fortuna*, glückliche Umstände vorausgesetzt – was sich bei keiner Expedition berechnen ließ, vor allem nicht bei solchen, die in ferne und gefährliche Gebiete vordrangen.
BEDENKZEIT leuchtete die Bildschirmschrift auf.
Travis wartete. Er wußte, daß es einige Sekunden dauern würde, bis der Computer die willkürlichen Faktoren gewichten konnte, deren Eintreten die Erfolgsaussichten der Expedition, die noch fünf oder mehr Tage von ihrem Ziel entfernt war, möglicherweise zu beeinflussen vermochten.
Der Summer auf seinem Schreibtisch ertönte. Rogers, der Spezialist für das Aufspüren von Zapfstellen, sagte: »Wir haben den Schmarotzer. Er steht in Norman, Oklahoma, angeblich in der North Central Insurance Corporation of America. Sie gehört zu einundfünfzig Prozent einer hawaiischen Holding, Halekuli Inc., ihrerseits Tochter eines Unternehmens mit Sitz in Japan. Was sollen wir machen?«
»Ein großes Feuer«, sagte Travis.
»Alles klar«, sagte Rogers und legte den Hörer auf.
Auf dem Bildschirm blinkte die Anzeige GESCHAETZTER BF-FAKTOR, und eine Wahrscheinlichkeitsangabe von 0,449. Das überraschte ihn, denn diese Zahl bedeutete, daß die Aussichten der ERTS, das Ziel vor dem Konsortium zu erreichen, nahezu

eins zu eins standen. Travis verstand zwar nicht, auf Grund welcher mathematischen Berechnungen der Computer zu diesem Ergebnis gelangt war, aber er stellte es nicht in Frage. Er hatte seine Antwort.
0,449 war gut genug.
Die Expedition der ERTS würde also weiter am Ball bleiben, zumindest vorläufig. Inzwischen würde er tun, was er konnte, um dem Konsortium Steine in den Weg zu legen. Ohne großes Überlegen fielen Travis ein oder zwei Möglichkeiten ein.

3. Zusätzliche Daten

Die Düsenmaschine glitt südwärts über den Rudolfsee, der im nördlichen Teil des zentralafrikanischen Grabens liegt, als Tom Seamans Elliot anrief.
Seamans hatte die Computer-Funktion fertiggestellt, mit deren Hilfe man Gorillas von anderen Menschenaffen, vor allem von Schimpansen, unterscheiden konnte.
Er hatte sich sodann von Houston ein Videoband von drei Sekunden Dauer durchspielen lassen, auf dem allem Anschein nach ein Gorilla eine Parabolantenne zerschmetterte und dann in die Kamera stierte.
»Nun?« fragte Elliot und sah auf den Bildschirm. Darauf erschien nun:

UNTERSCHEIDUNGSFUNKTION GORILLA/SCHIMPANSE
VERTEILUNG WIE FOLGT:
GORILLA: 0,9934
SCHIMPANSE: 0,1132
UEBERPRUEFUNG VIDEOBAND {HOUSTON}: 0,3349

»Was soll denn das nun wieder?« sagte Elliot. Diese Zahlen machten die Untersuchung mehrdeutig und somit nutzlos.
»Tut mir leid«, sagte Seamans durchs Telefon. »Aber ein Teil der Schwierigkeiten liegt im überprüften Material. Wir mußten die

Computer-Leitung des Bilds als Ausgangsbasis nehmen. Das Bild ist aber bearbeitet worden, und dabei sind die Abweichungen verschwunden, so daß die eigentlich aussagekräftigen Elemente weg sind. Ich würde gern mit der originalen digitalisierten Matrix arbeiten. Kannst du mir die besorgen?«

Karen Ross nickte zustimmend. »Klar«, sagte Elliot.

»Ich laß das dann noch mal durchlaufen«, sagte Seamans. »Aber wenn du wissen willst, was ich rein gefühlsmäßig davon halte – das ist ein Schuß in den Ofen! Gorillas haben so starke individuelle Abweichungen im Gesichtsaufbau wie Menschen. Wenn wir unsere Materialbasis erweitern, bekommen wir mehr Abweichungen und damit größere Abstände zwischen Individuen. Ich glaube, da hast du dich festgefahren. Mathematisch läßt sich nie und nimmer nachweisen, daß es kein Gorilla ist – gerade darauf würde ich jeden Betrag wetten.«

»Und was ist es dann?« fragte Elliot.

»Etwas Neues«, sagte Seamans. »Ich sage dir, wenn das ein Gorilla wäre, käme für ihn bei dieser Funktion ein Wert zwischen 0,89 oder 0,94 in Frage. Dem Bild ist aber 0,33 zugeordnet, und das genügt bei weitem nicht. Es ist kein Gorilla, Peter.«

»Sondern?«

»Es muß so eine Art Übergangsform sein. Ich habe eine Funktion durchlaufen lassen, um festzustellen, wo die Abweichungen liegen. Und weißt du, was das Hauptunterscheidungsmerkmal ist? Die Hautfarbe. Nicht einmal auf einem Schwarzweiß-Bild ist das Vieh dunkel genug, um ein Gorilla zu sein, Peter. Das ist ein ganz neues Tier, laß dir das gesagt sein.«

Elliot sah Karen Ross an. »Welchen Einfluß hat das auf Ihre Zeitprojektion?«

»Im Augenblick keine«, sagte sie. »Andere Elemente sind kritischer, und das hier ist nicht bewertbar.«

Der Pilot machte eine Durchsage: »Wir beginnen unseren Landeanflug auf Nairobi«, sagte er.

4. Nairobi

Schon acht Kilometer außerhalb Nairobis kann man das Wild der ostafrikanischen Savanne finden. Zahlreiche Bewohner der Stadt erinnerten sich daran, daß es früher noch näher gekommen war – Gazellen, Büffel und Giraffen streiften durch die Vorgärten der Häuser, und es war sogar vorgekommen, daß ein Leopard sich in ein Schlafzimmer verirrte. Damals hatte die Stadt noch einen durchaus unzivilisierten Charakter, und sie war in ihren besten Zeiten ungeheuer schnellebig, so daß die Standardfrage hieß: »Bist du verheiratet oder wohnst du in Nairobi?« Die Männer waren rauh und trinkfest, die Frauen schön und von lockeren Sitten, und die Lebensumstände etwa ebenso vorhersehbar wie das Ergebnis der Fuchsjagden, die an jedem Wochenende durch das wilde Gelände tobten.

Nichts im neuen Nairobi erinnerte mehr an die Tage jener Kolonialepoche. Die wenigen noch erhaltenen viktorianischen Gebäude lagen verloren in einer modernen Stadt mit einer halben Million Einwohner, eine Stadt mit ihren Verkehrsstaus, Ampeln, Wolkenkratzern, Supermärkten, Schnellreinigungen, französischen Restaurants und ihrer Luftverschmutzung.

Die Frachtmaschine der ERTS landete im Morgengrauen des 16. Juni auf dem internationalen Flughafen von Jomo Kenyatta, und Munro knüpfte für die bevorstehende Unternehmung Kontakte zu Trägern und Helfern. Sie wollten nur zwei Stunden in Nairobi bleiben – bis Travis ihnen mitteilte, Peterson, einer der Geologen von der ersten Kongo-Expedition, habe sich auf irgendeine Weise bis Nairobi durchgeschlagen.

Karen Ross war Feuer und Flamme. »Wo ist er jetzt?« fragte sie.

»Im Leichenschauhaus«, sagte Travis.

Peter Elliot krampfte sich der Magen zusammen, als er näher trat: Auf dem Tisch aus Edelstahl lag ein blonder Mann etwa seines Alters. Die Arme waren an mehreren Stellen gebrochen, die Haut war gequollen und von scheußlicher Purpurfarbe. Er warf einen Blick auf Karen Ross. Sie schien gänzlich gefaßt, verzog

keine Miene und wandte sich auch nicht ab. Der Pathologe betätigte einen Fußschalter, der ein Deckenmikrofon aktivierte.
»Würden Sie freundlicherweise Ihren Namen sagen?«
»Karen Ellen Ross.«
»Ihre Staatsangehörigkeit und Reisepaßnummer?«
»Amerikanerin, F 1413649.«
»Können Sie den Mann dort identifizieren, Miss Ross?«
»Ja«, sagte sie. »Es ist James Robert Peterson.«
»Welcher Art war die Beziehung zwischen Ihnen und dem verstorbenen James Robert Peterson?«
»Wir waren Arbeitskollegen«, sagte sie tonlos, als ginge es um ein geologisches Fundstück, das sie unbewegt untersuchte. Auf ihrem Gesicht war keine Reaktion zu erkennen.
Der Pathologe sprach ins Mikrofon. »Identifiziert als James Robert Peterson, männlicher Angehöriger der weißen Rasse, neunundzwanzig Jahre alt, amerikanischer Staatsangehöriger.« Er wandte sich wieder an Ross. »Wann haben Sie Mr. Peterson zum letztenmal gesehen?«
»Im Mai dieses Jahres, als er in den Kongo aufbrach.«
»Und seitdem nicht mehr?«
»Nein«, sagte sie. »Was ist vorgefallen?«
Der Pathologe legte die Fingerspitzen auf die aufgequollenen purpurfarbenen Verletzungen an den Armen. Sie sanken ein und hinterließen Spuren wie von Zähnen. »Das ist eine sehr eigentümliche Geschichte«, sagte der Pathologe.
Am Vortag, dem 15. Juni, hatte eine kleine Charter-Frachtmaschine Peterson nach Nairobi gebracht. Er stand unter schwerer Schockeinwirkung und starb einige Stunden nach der Ankunft, ohne das Bewußtsein wiedererlangt zu haben. »Es ist unglaublich, daß er es überhaupt geschafft hat. Wie es scheint, hat die Maschine eine unplanmäßige Zwischenlandung auf dem Feldflugplatz Garona in Zaïre gemacht, weil etwas repariert werden mußte. Plötzlich kam dieser Kerl aus dem Busch gestolpert und brach vor den Füßen der Leute zusammen.« Der Pathologe wies darauf hin, daß die Knochen beider Arme gebrochen waren. Die Verletzungen, so erklärte er, waren nicht neu, sondern minde-

stens vier Tage alt, möglicherweise älter. »Er muß unsagbare Schmerzen gelitten haben.«

Elliot erkundigte sich: »Woher könnten diese Verletzungen stammen?«

Der Pathologe hatte ähnliches noch nie gesehen. »Rein oberflächlich betrachtet sieht es aus wie ein mechanisches Trauma, wie es beispielsweise durch einen Autounfall verursacht wird. Davon haben wir hier ziemlich viele. Allerdings treten solche Verletzungen nie auf beiden Seiten zugleich auf, wie in diesem Fall.«

»Es ist also keine mechanische Verletzung?« fragte Karen Ross.

»Ich habe keine Ahnung, was es ist. So etwas sehe ich zum erstenmal«, sagte der Pathologe lebhaft. »Wir haben auch Blutreste unter seinen Fingernägeln gefunden und einige graue Haare. Das überprüfen wir gerade.«

Am anderen Ende des Raums blickte ein weiterer Pathologe von seinem Mikroskop auf. »Das ist mit Sicherheit kein Menschenhaar, der Querschnitt stimmt nicht. Stammt von irgendeinem Tier, das mit dem Menschen eng verwandt ist.«

»Der Querschnitt?« fragte Ross.

»Der beste Nachweis, den wir kennen, wenn es um die Herkunftsbestimmung von Haaren geht«, sagte der Pathologe. »Menschliches Schamhaar beispielsweise ist im Vergleich zu anderem Körperhaar oder Gesichtshaar eher elliptisch. Der Nachweis ist so charakteristisch, daß er sogar als Beweismittel vor Gericht zugelassen ist. Da wir hier auch ziemlich viele Tierhaare bekommen, sind wir auf dem Gebiet einigermaßen erfahren.«

Eine große Analysevorrichtung aus Edelstahl gab pfeifende Geräusche von sich. »Die Blutanalyse kommt«, sagte der Pathologe.

Auf einem Bildschirm sahen sie ein Zwillingsmuster aus pastellfarbenen Streifen. »Das ist das Elektrophorese-Muster«, erklärte der Pathologe. »Zur Untersuchung auf Serumeiweiß. Links haben wir menschliches Blut und rechts das Muster des Bluts, das wir unter seinen Nägeln gefunden haben. Sie können sehen, daß es bestimmt kein menschliches Blut ist.«

»Kein menschliches Blut?« fragte Karen Ross und warf einen Blick auf Elliot.

»Es ist von einem Tier, das dem Menschen *nahe verwandt* ist«, sagte der Pathologe und faßte das Muster näher ins Auge. »Aber es stammt nicht vom Menschen. Es könnte von einem Haustier sein – beispielsweise einem Schwein, aber auch von einem Herrentier, einem Primaten. Altweltaffen und Menschenaffen stehen dem Menschen serologisch sehr nahe. Wir werden gleich die Computeranalyse haben.«

Auf dem Bildschirm erschien die Computerschrift:

ALPHA- UND BETA-SERUMGLOBULINWERTE STIMMEN UEBEREIN: GORILLABLUT.

Der Pathologe sagte: »Jetzt wissen Sie, was er unter den Fingernägeln hatte – Gorillablut.«

5. Untersuchung

»Sie tut Ihnen nichts«, sagte Peter Elliot zu dem furchtsamen Pfleger. Sie waren im Fluggastabteil des Jumbo-Frachtflugzeugs. »Sehen Sie, sie lächelt Sie an.«

Amy zeigte ihr gewinnendstes Lächeln, wobei sie darauf achtete, daß sie ihre Zähne nicht entblößte. Doch solche Feinheiten der Gorilla-Etikette waren dem Pfleger aus der Privatklinik in Nairobi nicht vertraut. Seine Hand mit der Spritze zitterte.

Nairobi war die letzte Gelegenheit, Amy einer gründlichen Untersuchung zu unterziehen. Ihr großer, mächtiger Leib ließ leicht vergessen, daß sie von sehr schwächlicher Konstitution war – so wie man beim Anblick ihres dräuenden Gesichts mit den vorspringenden Augenbrauen ihr sanftmütiges, freundliches Wesen vergessen konnte. In San Francisco wurde Amys Gesundheitszustand von der Projektgruppe ständig gründlich überwacht – jeden zweiten Tag Urinproben, wöchentliche Stuhluntersu-

chung auf sonst nicht erkennbare Blutungen, jeden Monat eine vollständige Blutuntersuchung und alle drei Monate ein Besuch beim Zahnarzt zur Entfernung des schwarzen Zahnsteins, eine Begleiterscheinung ihrer vegetarischen Lebensweise.
All das ließ Amy stets gelassen über sich ergehen, doch wußte der furchterfüllte Pfleger das nicht. Er ging auf sie zu und hielt die Spritze wie eine Waffe vor sich. »Sind Sie sicher, daß er nicht beißt?«
Amy gab hilfsbereit durch Zeichen zu erkennen *Amy versprechen nicht beißen*. Sie machte die Zeichen langsam und deutlich, wie immer, wenn sie mit jemandem zu tun hatte, der ihre Sprache nicht verstand.
»Sie verspricht, Sie nicht zu beißen«, sagte Elliot.
»Das sagen Sie so«, sagte der Pfleger. Elliot machte sich nicht die Mühe zu erklären, daß nicht er, sondern Amy es gesagt hatte.
Nachdem die Blutprobe entnommen war, wurde der Pfleger etwas ruhiger. Beim Zusammenpacken sagte er: »Aber das ist doch ein ziemlich häßliches Untier.«
»Sie haben ihre Empfindungen verletzt«, sagte Elliot.
In der Tat begehrte Amy heftig zu wissen *was häßlich?*, was Elliot besänftigend mit »nichts, Amy« beantwortete. »Er hat eben noch nie einen Gorilla gesehen.«
Der Pfleger fragte: »Wie bitte?«
»Sie haben ihre Empfindungen verletzt. Es wäre besser, Sie entschuldigten sich.«
Der Pfleger schloß nachdrücklich seine Tasche. Er sah Elliot und dann Amy zweifelnd an. »Bei *dem da* entschuldigen?«
»Es ist eine *sie*«, sagte Elliot. »Ja. Wie würde es Ihnen gefallen, wenn man Ihnen sagte, Sie seien häßlich?«
Es ging Elliot ums Prinzip. Im Verlauf der Jahre spürte er immer deutlicher die Vorurteile von Menschen gegenüber ihren nächsten Verwandten, den Herrentieren: Schimpansen galten ihnen als süße Kinder, Orang-Utans als abgeklärte Greise und Gorillas eben als dräuende, gefährliche Bestien – Fehleinschätzungen in allen drei Fällen.

Jedes dieser Tiere war einzigartig und entsprach keinem der menschlichen Klischees. Schimpansen zum Beispiel waren weit heimtückischer, als Gorillas das jemals sein konnten. Wegen ihrer extravertierten Veranlagung waren gereizte Schimpansen weit gefährlicher als gereizte Gorillas. Es verblüffte Elliot jedesmal, wenn er im Zoo sah, wie Mütter ihre Kinder näher an den Käfig heranschoben, damit sie sich die Schimpansen ansahen, aber sie beschützend an sich zogen, sobald sie die Gorillas erblickten. Diese Mütter wußten offenbar nichts davon, daß wildlebende Schimpansen Kleinkinder fingen und aßen – was Gorillas niemals taten.

Wiederholt hatte Elliot das menschliche Vorurteil gegenüber Gorillas beobachten können und gemerkt, welche Wirkung es auf Amy hatte. Amy konnte nichts dafür, daß sie groß und schwarz war – und daß aus ihrem gequetschten Gesicht schwere Brauen hervorsprangen. Hinter diesem Gesicht, das den Menschen abstoßend und widerlich erschien, lag ein intelligentes und empfindsames Bewußtsein, das auf die Menschen um sie herum einging. Es tat ihr weh, wenn Menschen vor ihr davonliefen, vor Furcht aufschrien oder unfreundliche Bemerkungen machten.

Der Pfleger runzelte die Stirn: »Soll das heißen, daß er Englisch versteht?«

»Ja, *sie* versteht Englisch.« Auch die Geschlechtsumwandlung gefiel Elliot nicht. Wer Angst vor Amy hatte, meinte immer, es handle sich um ein Männchen.

Der Pfleger schüttelte den Kopf. »Das glaube ich nicht.«

Elliot sagte: »Amy, führ den Mann bitte hinaus.«

Amy beugte sich zur Tür hinüber und öffnete sie dem Pfleger, dessen Augen immer größer wurden. Dann schloß sie die Tür hinter ihm.

Mensch albern, kommentierte Amy.

»Mach dir nichts draus«, sagte Elliot. »Komm, Peter krault Amy.« Und die nächste Viertelstunde lang kraulte er sie, während sie sich hocherfreut auf dem Boden wälzte und grunzte. Elliot merkte nicht, daß die Tür hinter ihm sich geöffnet hatte, und erst als es zu spät war, sah er, daß ein Schatten über den

Fußboden fiel. Er wandte noch den Kopf, um aufzublicken, sah den dunklen Zylinder abwärts sausen, dann barst sein Kopf vor wildem, brennendem Schmerz, und um ihn herum versank alles in Nacht.

6. Entführt

Er erwachte vom durchdringenden Kreischen eines elektronischen Geräts.
»Bewegen Sie sich nicht, Sir«, sagte eine Stimme.
Elliot schlug die Augen auf und sah genau in den Strahl einer Lampe, die auf ihn niederleuchtete. Er lag auf dem Rücken, immer noch im Flugzeug, und jemand beugte sich über ihn.
»Nach rechts sehen ... nach links sehen ... können Sie Ihre Finger beugen?«
Er befolgte die Anweisungen. Die Lampe wurde beiseite genommen, und er sah, daß ein Schwarzer, der einen Straßenanzug trug, neben ihm hockte. Der Mann tastete Elliots Kopf ab. Als er die Finger vom Kopf nahm, waren sie voller Blut. »Nichts Gefährliches«, sagte der Mann, »eine oberflächliche Wunde.« Er sah zur Seite. »Was meinen Sie, wie lange er wohl bewußtlos war?«
»Ein paar Minuten, höchstens«, sagte Munro.
Wieder hörte er das hohe Pfeifen. Er sah Karen Ross, die etwas über die Schulter gehängt trug und mit einem Stab, den sie vor sich hielt, durch die Fluggastkabine ging. Wieder das Geräusch.
»Verdammt!« sagte sie und nahm etwas von der Fensterverkleidung ab. »Das ist schon die fünfte. Sie haben sich wirklich Mühe gegeben.«
Munro sah auf Elliot hinab und fragte ihn: »Wie fühlen Sie sich?«
»Er sollte vierundzwanzig Stunden lang beobachtet werden«, sagte der Schwarze. »Eine Vorsichtsmaßnahme, aber wichtig!«
»Vierundzwanzig Stunden!« rief Karen Ross, ohne auf ihrem Weg durch die Kabine innezuhalten.
Elliot fragte: »Wo ist sie?«

»Sie haben sie mitgenommen«, sagte Munro. »Sie haben die Hecktür geöffnet, die pneumatische Rutsche aufgeblasen und waren weg, bevor jemand merkte, was geschehen war. Das hier haben wir neben Ihnen gefunden.«
Munro gab ihm ein kleines Glasröhrchen mit japanischen Schriftzeichen. Es war verkratzt und mit Kerben bedeckt, hatte am einen Ende einen Gummikolben und am anderen eine zerbrochene Nadel.
Peter Elliot setzte sich auf.
»Sachte, sachte«, sagte der Arzt.
»Mir fehlt nichts«, sagte Elliot. Er spürte, wie sein Schädel dröhnte. Er wendete das Röhrchen in seinen Händen hin und her. »War Reif darauf, als Sie es gefunden haben?«
Munro nickte. »Jedenfalls fühlte es sich sehr kalt an.«
»CO_2«, sagte Elliot. Ein Geschoß aus einem Narkosegewehr. Er schüttelte den Kopf. »Die Nadel ist in ihr abgebrochen.« Er konnte sich Amys wütende Schreie vorstellen. Sie war eine äußerst behutsame Behandlung gewöhnt. Vielleicht hatte er da bei seiner Arbeit mit ihr einen Fehler gemacht, möglicherweise hätte er sie besser auf die rauhe Wirklichkeit vorbereiten sollen. Er roch an dem Röhrchen und bemerkte einen beißenden Geruch. »Lobaxin, schnell wirkendes Betäubungsmittel, die Wirkung tritt nach fünfzehn Sekunden ein. Natürlich arbeiten die mit so etwas.« Elliot war wütend. Man benutzte Lobaxin nicht oft bei Tieren, weil es Leberschädigungen hervorrufen konnte. Und die Nadel hatten sie auch noch abgebrochen ...
Er stand auf und stützte sich auf Munro, der einen Arm um ihn legte. Der Arzt protestierte.
»Mir fehlt nichts«, sagte Elliot.
Auf der anderen Seite der Kabine war wieder ein Pfeifen zu hören, diesmal laut und lange. Ross führte ihren Stab am Medikamentenschrank mit den Tablettenröhrchen und den Päckchen mit Verbandszeug vorbei. Das Geräusch schien sie zu irritieren, sie schloß den Schrank rasch und entfernte sich von ihm.
Sie ging zur gegenüberliegenden Seite der Fluggastkabine, und wieder hörte man ein Pfeifen. Sie nahm einen kleinen schwarzen

Gegenstand unter einem Sitz ab. »Sehen Sie sich das an. Sie müssen jemanden mitgebracht haben, der nichts anderes zu tun hatte, als Wanzen anzubringen. Es kann Stunden dauern, bis wir die Maschine wieder sauber haben. So lange können wir nicht warten.«

Sie ging sofort zur Computer-Konsole und tastete etwas ein.

Elliot erkundigte sich: »Wo sind sie jetzt? Die Leute vom Konsortium?«

»Der Haupttrupp hat vor sechs Stunden Nairobi über den Flughafen Kubala verlassen«, sagte Munro.

»Dann haben sie Amy nicht mitgenommen.«

»Natürlich nicht«, sagte Karen Ross. Ihre Stimme klang ärgerlich. »Sie können doch gar nichts mit ihr anfangen.«

»Ob sie sie umgebracht haben?« fragte Elliot. Karen Ross wich seinem Blick aus, er sah Munro an.

»Vielleicht«, sagte Munro gelassen.

»O Gott im Himmel ...«

»Ich bezweifle es jedoch«, fuhr Munro fort. »Aufsehen in der Öffentlichkeit können sie nicht brauchen, und Amy ist berühmt – in gewissen Kreisen ebenso berühmt wie ein Botschafter oder ein Staatsoberhaupt. Sie gehört zu den sprachfähigen Gorillas, und davon gibt es nicht viele. Sie war schon im Fernsehen und in der Zeitung ... Die würden eher Sie als Amy umbringen.«

»Hauptsache, sie tun ihr nichts an«, sagte Elliot.

»Keine Sorge«, sagte Karen Ross mit einer Stimme, in der etwas Endgültiges lag. »Das Konsortium hat kein Interesse an Amy. Sie wissen nicht einmal, warum wir sie mitgebracht haben. Sie versuchen bloß, unsere Zeitprojektion kaputtzumachen – aber das schaffen sie nicht.«

Irgend etwas in ihrer Stimme ließ erkennen, daß sie die Absicht hatte, Amy zurückzulassen. Der Gedanke entsetzte Elliot. »Wir müssen sie wiederhaben«, sagte er. »Ich bin für Amy verantwortlich. Ich kann sie unmöglich hierlassen.«

»– zweiundsiebzig Minuten«, sagte Karen Ross und wies auf den Bildschirm. »Uns bleibt genau eine Stunde und zwölf Minuten, wenn wir unsere Zeitprojektion einhalten wollen.« Sie wandte sich Munro zu. »Und dabei müssen wir dann schon auf die zweite Dringlichkeitsstufe umschalten.«

»Großartig«, sagte Munro. »Ich werde es den Leuten sagen, damit sie sich drum kümmern.«

»Mit einem neuen Flugzeug«, sagte Karen Ross. »Diese Maschine können wir unmöglich nehmen, sie ist von vorn bis hinten verwanzt.« Sie tastete einen Rufcode in den Computer ein, ihre Finger huschten blitzschnell über die Tasten. »Wir fliegen von hier aus auf dem kürzesten Weg zum Punkt M«, sagte Karen Ross. »Okay?«

»Aber klar«, sagte Munro.

Elliot wiederholte: »Ich lasse Amy nicht im Stich. Wenn Sie sie hierlassen, bleibe ich auch hier –« Er hielt inne.

Auf dem Bildschirm stand die Botschaft: LASST GORILLA SAUSEN / AUF ZUM NAECHSTEN KONTROLLPUNKT / DRINGEND / AFFE UNERHEBLICH / ZEITPROJEKTIONS-ERGEBNIS DURCH COMPUTER UEBERPRUEFEN / WIEDERHOLE OHNE AMY WEITERMACHEN.

»Sie können sie nicht hierlassen«, sagte Peter Elliot. »Dann komme ich auch nicht mit.«

»Hören Sie zu«, sagte Karen Ross, »ich habe Amy nie als wichtig für diese Expedition angesehen – und auch Sie nicht. Daß wir Amy mitgenommen haben, war von Anfang an nur ein Täuschungsmanöver. Man ist mir in San Francisco gefolgt; Sie und Amy haben mir eine Gelegenheit geboten, eine falsche Fährte zu legen. Ihre Anwesenheit hat das Konsortium verunsichert, und das hat sich gelohnt. Jetzt lohnt es sich nicht mehr. Wir können Sie auch entbehren. Mir ist das egal.«

7. Wanzen

»Herrgott im Himmel«, brauste Elliot auf, »soll das heißen, daß Sie von Anfang an ...«

»Genau das«, sagte Karen Ross kalt. »Sie sind entbehrlich.«

Doch noch während sie sprach, ergriff sie seinen Arm und führte ihn aus der Maschine, wobei sie ihm Schweigen gebot, indem sie den Zeigefinger auf ihre Lippen legte.
Elliot verstand, daß sie ihn unter vier Augen beruhigen wollte, aber er war entschlossen, keinen Fußbreit von seiner Haltung abzuweichen. Er *war* nun einmal für Amy verantwortlich, und dann sollte der Teufel alle Diamanten und diese ganze internationale Intrigenwirtschaft holen. Draußen auf dem Beton des Vorfelds wiederholte er trotzig: »Ohne Amy mache ich nicht mehr mit.«
»Ich auch nicht.« Karen Ross ging rasch über das Vorfeld zu einem Polizeihubschrauber.
Elliot eilte ihr nach. »Was ist los?«
»Verstehen Sie denn *gar nichts*?« fragte Karen Ross. »Die Maschine *wird abgehört*, sie steckt voller Wanzen. Ich habe das nur gesagt, damit sich die mithörenden Leute vom Konsortium in Sicherheit wiegen.«
»Und wer ist Ihnen denn in San Francisco gefolgt?«
»Niemand. Aber die werden stundenlang versuchen rauszukriegen, wer das wohl war.«
»Amy und ich sollten also nicht nur eine falsche Fährte liefern?«
»Nein, natürlich nicht!« sagte sie. »Passen Sie auf, wir wissen nicht, was dem letzten Kongo-Team zugestoßen ist, aber einerlei, was Sie oder Travis oder sonst jemand sagt, *ich* glaube, daß Gorillas dabei im Spiel waren. Und ich vermute, daß Amy uns helfen kann, wenn wir erst einmal an Ort und Stelle sind.«
»Sozusagen als Botschafterin?«
»Wir brauchen Informationen«, sagte Karen Ross. »Und Amy weiß mehr über Gorillas als wir.«
»Aber genügen Ihnen denn eine Stunde und zehn Minuten, um sie zu finden?«
»Unsinn!« sagte Karen Ross mit einem Blick auf die Uhr. »Das dauert äußerstenfalls zwanzig Minuten.«

»Tiefer! Tiefer!«
Karen Ross rief das Kommando laut in das Mikrofon ihrer Kopfhörergarnitur. Sie saß neben dem Piloten des Polizeihub-

schraubers, der eine Schleife um das Regierungsgebäude und dann eine Kurve flog und Richtung nach Norden nahm, auf das *Hilton Hotel* zu.

»Das geht nicht, Madam«, sagte der Pilot freundlich. »Wir fliegen unterhalb der festgesetzten Flughöhen.«

»Sie sind noch viel zu hoch!« sagte Karen Ross. Sie sah auf einen Kasten, den sie auf den Knien hielt und der vier Werte für Himmelsrichtungen digital anzeigte. Sie legte rasch auf einige Tasten um, während aus dem Funkgerät wütende Beschwerden vom Kontrollturm des Flughafens Nairobi drangen.

»Jetzt nach Osten, genau nach Osten«, wies sie den Piloten an. Der Hubschrauber änderte seine Richtung und flog ostwärts, auf die Elendsviertel am Stadtrand zu.

Elliot saß hinten, und bei jeder Richtungsänderung der Maschine wurde ihm flau im Magen. Sein Kopf dröhnte, er fühlte sich elend, aber er hatte darauf bestanden, mitgenommen zu werden. Er war der einzige Mensch, der genug Kenntnisse hatte, um Amy zu helfen, wenn sie medizinisch versorgt werden mußte.

Jetzt sagte Karen Ross: »Ich habe einen Wert«, und sie wies nach Nordosten. Unter ihnen lagen jetzt grob zusammengezimmerte Hütten, Autofriedhöfe, unbefestigte Wege. »Langsam jetzt, ganz langsam ...«

Die Anzeige leuchtete, die Ziffern auf dem kleinen Schirm änderten sich ständig. Dann sah Elliot, wie sie mit einem Schlag alle auf Null gingen.

»Runter!« rief Karen Ross, und der Hubschrauber ging auf einer riesigen Müllkippe nieder.

Der Pilot blieb bei der Maschine. Was er sagte, klang beunruhigend: »Wo Unrat ist, sind auch Ratten.«

»Mich stören Ratten nicht«, sagte Karen Ross und stieg mit dem Kasten in der Hand aus.

»Wo Ratten sind, sind auch Kobras«, sagte der Pilot.

»Oh«, sagte Karen Ross.

Sie ging mit Elliot über den Müllberg. Es wehte eine steife Brise, die Papier und andere Abfälle aufwirbelte. Elliots Schädel

dröhnte, und die von der Müllkippe aufsteigenden Gerüche verursachten ihm Übelkeit.
»Es ist nicht mehr weit«, sagte Karen Ross und hielt den Blick auf den Kasten gerichtet. Sie war erregt und sah auf die Uhr.
»Hier!«
Sie bückte sich, griff unter die Abfälle, grub verzweifelt tiefer, bis ihr Arm ellbogentief im Müll steckte.
Schließlich kam ihre Hand mit einem Halsband zum Vorschein – dem, das sie Amy geschenkt hatte, als sie in San Francisco an Bord der Maschine gegangen waren. Sie wandte es um und sah sich das daran befindliche Namensschild aus Kunststoff an, das, wie Elliot jetzt merkte, ungewöhnlich dick war. Auf seiner Rückseite waren frische Kratzspuren zu sehen.
»Verdammt!« sagte sie. »Sechzehn Minuten verschenkt.« Dann eilte sie zu dem wartenden Hubschrauber zurück.
Elliot versuchte, mit ihr Schritt zu halten. »Aber wie wollen Sie sie finden, wenn die Entführer ihr Halsband mit der Wanze weggeworfen haben?«
»Niemand«, belehrte ihn Karen Ross, »bringt irgendwo nur eine Wanze an. Die war nur ein Köder, die sollten sie finden.« Sie wies auf die Kratzer an der Rückseite. »Kluge Burschen, sie haben die Frequenzen neu eingestellt.«
»Und wenn sie die zweite Wanze auch gefunden und weggeworfen haben?« wollte Elliot wissen.
»Das haben sie auf keinen Fall«, sagte Karen Ross. Der Hubschrauber erhob sich, und im Abwind der Rotorblätter tanzten Papier und Abfälle auf der Kippe unter ihnen durcheinander. Sie hielt das Mikrofon an die Lippen und sagte zu dem Piloten: »Fliegen Sie zum größten Schrottplatz von Nairobi.«

Neun Minuten später hatten sie ein neues, sehr schwaches Signal aufgefangen. Es kam von einem Autofriedhof. Der Hubschrauber landete auf der Straße davor, was Dutzende von lärmenden Kindern herbeilockte. Karen Ross ging mit Elliot an rostenden Ruinen von Personen- und Lastwagen vorbei.
»Sind Sie sicher, daß sie hier ist?« fragte Elliot.

»Keine Frage. Sie mußten sie mit möglichst viel Metall umgeben, das war ihre einzige Möglichkeit.«

»Warum das?«

»Um sie abzuschirmen.« Sie suchte sich um die Schrottautos herum ihren Weg und blieb oft stehen, um sich von ihrem elektronischen Kasten neue Anweisungen zu holen.

Dann hörte Elliot ein Grunzen.

Es kam aus einem uralten, völlig verrosteten Mercedes-Bus. Elliot bestieg ihn durch die zerschmetterten Scheiben einer Tür. Die Gummidichtungen der Türscheibe zerbröselten unter seinen Händen. Amy lag auf dem Rücken, mit Klebeband gefesselt. Sie war benommen, gab aber kräftige Klagelaute von sich, als er die Streifen von ihrem Fell abriß.

Er fand die abgebrochene Nadelspitze in ihrer rechten Brust und zog sie mit einer Pinzette heraus. Amy schrie auf, dann warf sie die Arme um ihn. Elliot hörte in der Ferne das Jaulen einer Polizeisirene.

»Es ist alles gut, Amy, es ist alles gut«, sagte er, stellte sie auf die Füße und nahm sie gründlich in Augenschein. Es sah aus, als sei alles in Ordnung.

Dann fragte er: »Wo ist die zweite Wanze?«

Karen Ross grinste ihn an. »Die hat sie runtergeschluckt.«

Jetzt, da Amy in Sicherheit war, spürte Elliot, wie ihn eine große Wut überkam. »Sie haben das arme Tier ein Abhörgerät schlukken lassen? Ist Ihnen eigentlich klar, daß sie ein sehr empfindliches Geschöpf ist, dessen Gesundheit ständig bedroht ist –«

»Regen Sie sich nicht auf«, sagte Karen Ross. »Erinnern Sie sich an die Vitamintabletten, die sie bekommt? Sie haben übrigens auch solche Dinger geschluckt.« Sie sah auf die Uhr. »Zweiunddreißig Minuten«, sagte sie. »Gar nicht schlecht. Uns bleiben vierzig Minuten bis zum letzten Abflugtermin.«

8. Ausgangspunkt

Munro saß in der 747 und tastete etwas auf dem Computer ein. Er sah zu, wie Linien kreuz und quer über Karten wanderten: Zeitprojektionen und Koordinaten zur Frequenzabgleichung.
Der Computer spielte verschiedene Wege durch, die die Expedition nehmen konnte, und prüfte alle zehn Sekunden eine neue Route. Nach jeder neuen Datenanpassung wurden die Ergebnisse auf dem Bildschirm gezeigt – Kosten, Nachschubschwierigkeiten, Versorgungsprobleme, Gesamtzeit von Houston und vom gegenwärtigen Ausgangspunkt (Nairobi).
Sie suchten eine Lösung.
Das ist nicht wie früher, dachte Munro. Noch vor fünf Jahren peilte man die Aussichten von Expeditionen über den Daumen und verließ sich auf sein Glück. Doch inzwischen arbeiteten alle Expeditionen mit Echtzeitplanungen von Computern. Schon längst hatte Munro BASIC, TW/GESHUND und andere wichtige Programmiersprachen lernen müssen. Niemand verließ sich mehr auf sein Gefühl; die ganze Branche hatte sich gewandelt.
Gerade deswegen hatte Munro beschlossen, bei der ERTS-Expedition mitzumachen, obwohl ihre Leiterin Karen Ross dickköpfig und unerfahren war. Die ERTS hatte eine umfassendere aktive Datei und raffiniertere Planungsprogramme als alle anderen. Er ging davon aus, daß diese Programme auf die Dauer den entscheidenden Unterschied ausmachen würden. Außerdem arbeitete er gern mit einer kleineren Gruppe zusammen. Das Konsortium würde schon merken, wie schwerfällig eine Expedition von dreißig Personen war.
Er mußte jetzt unbedingt eine Zeitprojektion finden, mit deren Hilfe er seine Gruppe schneller ans Ziel bringen konnte. Munro drückte auf die Tasten und sah sich die aufleuchtenden Werte an. Er gab Kurse ein, Überschneidungen, Verzweigungen. Dann sichtete er mit erfahrenem Auge die verschiedenen Möglichkeiten. Er blockierte Pfade, schloß Flughäfen, verwarf Lkw-Pisten und vermied Flußüberquerungen.

Der Computer gab immer geringere Zeitabstände an, aber immer wieder war die Gesamtzeit vom Ausgangspunkt (Nairobi) aus zu lang. Bei der günstigsten Planung konnten sie das Konsortium um siebenunddreißig Minuten schlagen – so gut wie gar nichts. Er runzelte die Stirn und rauchte eine Zigarre. Vielleicht, wenn er den Liko bei Mugana überschritt ...

Wieder tastete er Werte ein.

Es nützte nichts, es ging sogar *langsamer*. Er versuchte es mit dem Weg durch das Goroba-Tal, obwohl das wahrscheinlich zu gefahrenreich sein würde.

VORGESCHLAGENE ROUTE UEBERAUS GEFAHRENREICH.

»Erstaunlich, wie die Gedanken großer Geister sich ähneln«, sagte Munro und sog nachdenklich an seiner Zigarre. Dann kam ihm ein anderer Gedanke: gab es andere, ungewöhnliche Vorgehensweisen, an die sie bisher nicht gedacht hatten? Und ihm fiel eine ein.

Den anderen würde es nicht gefallen, aber es konnte klappen ... Munro rief die Ausrüstungsliste ab. Ja, von der Ausrüstung her ging es. Er gab die neue Route ein und lächelte, als er sie sah, wie sie sich in der Luftlinie quer über Afrika hinstreckte, nur wenige Kilometer an ihrem Bestimmungsort vorbei. Er rief das Ergebnis ab.

VORGESCHLAGENE ROUTE UNANNEHMBAR.

Er drückte auf die Taste, mit der er selbst in das Programm eingreifen konnte, und bekam die geforderten Werte. Es war, wie er es sich gedacht hatte – sie konnten das Konsortium um volle vierzig Stunden schlagen: fast zwei ganze Tage!

Der Computer wiederholte seine vorherige Aussage:

VORGESCHLAGENE ROUTE UNANNEHMBAR / HOEHENEINWIRKUNG / UEBERGROSSE GEFAHREN FUER MENSCHEN / ERFOLGSAUSSICHTEN UNTER DEM GRENZWERT /

Munro teilte in dem Punkt die Ansicht nicht, die der Computer vertrat. Er war überzeugt, daß sie es schaffen könnten, vor allem bei gutem Wetter. Die Höhe würde keine Schwierigkeit sein, und das Gelände, wenn auch schwer, mußte sich bewältigen lassen.
Je länger Munro darüber nachdachte, um so sicherer war er, daß es klappen mußte.

9. Aufbruch

Die kleine Propellermaschine vom Typ Fokker S-144 stand neben dem riesigen Fracht-Jumbo wie ein Kind, das an der Brust der Mutter liegt. Auf zwei Laderampen herrschte geschäftige Bewegung. Arbeiter luden die Ausrüstung aus dem großen in das kleine Flugzeug um. Auf dem Rückweg zum Flugplatz erklärte Karen Ross Elliot, daß sie die kleinere Maschine nehmen würden, da der Jumbo »entwanzt« werden müßte und für ihre jetzigen Bedürfnisse ohnehin »zu groß« war.
»Aber er ist doch bestimmt schneller«, sagte Elliot.
»Nicht unbedingt«, sagte Karen Ross, gab aber keine weiteren Erklärungen ab.
Auf jeden Fall ging jetzt alles sehr schnell, und Elliot hatte andere Sorgen. Er half Amy beim Besteigen der Fokker und untersuchte sie gründlich. Sie schien am ganzen Leib blaue Flecken zu haben – zumindest beklagte sie sich, daß es überall da schmerze, wo er sie berührte –, aber immerhin war nichts gebrochen, und Amy war guter Dinge.
Mehrere Schwarze waren damit beschäftigt, die Ausrüstung in die Maschine zu verladen. Dabei lachten sie, schlugen sich gegenseitig auf den Rücken und schienen sich königlich zu amüsieren. Amy fand das seltsam und wollte gern wissen, was es da zu lachen gebe. Doch sie nahmen sie nicht zur Kenntnis und konzentrierten sich auf ihre Arbeit. Auch war sie immer noch benommen und schlief bald ein.

Karen Ross überwachte das Beladen, und Elliot ging zum Heck der Maschine, wo sie mit einem freundlichen Schwarzen sprach, den sie als Kahega vorstellte.
»Aha«, sagte Kahega und schüttelte Elliot die Hand. »Dr. Elliot, Dr. Ross und Dr. Elliot, zwei Doktoren, ausgezeichnet.«
Elliot wußte nicht, was daran ausgezeichnet sein sollte.
Kahega lachte ansteckend. »Sehr gute *Tarnung*«, verkündete er. »Nicht wie früher bei Captain Munro. Jetzt zwei Doktoren – ein medizinisches Unternehmen, was? Ganz ausgezeichnet. Wo sind die ›Medikamente und Arzneimittel‹?« fragte er augenzwinkernd.
»Wir haben keine«, seufzte Karen Ross.
»Ganz ausgezeichnet, Doktor, Sie gefallen mir«, sagte Kahega. »Sie sind Amerikanerin, nicht? Was haben wir, M-16? Sehr gutes Gewehr, ich nehme es auch am liebsten.«
»Kahega denkt, daß wir Waffen schmuggeln«, sagte Karen Ross. »Er kann einfach nicht glauben, daß es nicht so ist.«
Kahega lachte. »Sie sind mit Captain Munro zusammen!« sagte er, als erkläre das alles. Dann ging er davon, um das Beladen zu beaufsichtigen.
»Sind Sie sicher, daß wir keine Waffen schmuggeln?« erkundigte sich Elliot, als sie allein waren.
»Wir sind hinter etwas viel Wichtigerem her«, sagte Karen Ross. Sie packte Teile der Ausrüstung um, arbeitete rasch und konzentriert. Elliot fragte, ob er helfen könne, doch sie schüttelte den Kopf. »Das muß ich selber machen. Wir müssen zusehen, daß wir mit achtzehn Kilogramm pro Person auskommen.«
»Achtzehn Kilo? Für alles?«
»So viel erlaubt die Computer-Berechnung. Munro hat Kahega und acht weitere Helfer vom Stamm der Kikuyu mitgebracht. Mit uns dreien macht das insgesamt zwölf Leute. Dazu Amy – auch sie bekommt ihre achtzehn Kilogramm. Und insgesamt sind das immerhin gut zweihundertdreißig.« Ross wog weiterhin Rationen und abgepackte Vorräte ab.
Die Angaben ließen Elliot Schlimmes befürchten. Die Expedition nahm offensichtlich eine neue Wendung, ging noch größeren Gefahren entgegen. Seinem Wunsch, nicht länger mitzumachen,

stand die Erinnerung an das Videobild entgegen, das ihm ein großes graues Wesen gezeigt hatte, von dem er insgeheim annahm, daß es sich um ein bisher nicht bekanntes Tier handelte, eine neue Art. Eine solche Entdeckung war es schon wert, daß man Gefahren auf sich nahm. Er sah nachdenklich aus dem Fenster auf die Träger: »Und das sind also Kikuyu?«

»Ja«, sagte Karen Ross. »Es sind gute Träger, auch wenn sie unaufhörlich plappern, wie alle Angehörigen dieses Bantustamms. Es sind übrigens lauter Brüder, also seien Sie vorsichtig, was Sie sagen. Ich hoffe nur, daß Munro ihnen nicht zuviel erzählen mußte.«

»Den Kikuyu?«

»Nein, den Leuten vom NCNA.«

»NCNA?« wiederholte Elliot.

»Das sind die Chinesen. Sie sind ebenfalls an Computern und Elektronik interessiert«, sagte Karen Ross. »Munro mußte ihnen etwas verraten, als Gegengabe für die Ratschläge, die sie ihm geben.« Sie wies aus dem Fenster, und Elliot sah hinaus. Tatsächlich stand Munro dort im Schatten einer Tragfläche der 747 und sprach mit vier Chinesen.

»Hier«, sagte Karen Ross, »verstauen Sie die da in der Ecke.« Sie zeigte auf drei große Styroporpackungen mit dem Aufdruck AMERICAN SPORT DIVERS, LAKE ELSINORE, CALIF.

»Wozu brauchen wir eine Sporttaucher-Ausrüstung? Arbeiten wir etwa unter Wasser?« fragte Elliot verwirrt.

Aber Karen Ross hörte ihm nicht zu. »Ich würde nur zu gern wissen, was er ihnen erzählt«, sagte sie und warf einen Blick aus dem Fenster. Wie sich später herausstellte, hätte Karen Ross sich deswegen keine Sorgen zu machen brauchen, denn Munro hatte die Chinesen mit etwas bezahlt, das ihnen wertvoller erschien als Angaben über Elektronik.

Die Fokker hob um 14 Uhr 24 von der Startbahn in Nairobi ab, drei Minuten früher, als die neue Zeitprojektion vorsah.

In den sechzehn Stunden nach der Wiederauffindung Amys legte die ERTS-Expedition neunhundert Kilometer zurück und überquerte dabei die Grenzen von vier Ländern – Kenia, Tansania, Ruanda und Zaïre. Damit waren sie von Nairobi bis zum Balakundawald am Rand des Regenwaldes im Kongo-Becken gelangt – ein Schachzug, wie er ihnen ohne die Hilfe Dritter nicht möglich gewesen wäre. Munro sagte, er habe »Freunde in niedriger Position«, was in diesem Fall bedeutete, daß er sich an den chinesischen Geheimdienst in Tansania gewandt hatte.

Die Chinesen waren seit Beginn der sechziger Jahre in Afrika tätig gewesen. Damals hatten sie mit ihrem Spionagenetz versucht, den Verlauf des Bürgerkriegs im Kongo zu beeinflussen, denn China wollte Zugang zu den reichen Uranvorkommen des Kongo haben. Dirigiert wurden die Unternehmungen von der Bank of China oder, häufiger, vom Pressedienst des neuen China, der New China News Agency. Als Munro von 1963 bis 1968 im Waffengeschäft tätig gewesen war, hatte er mit einigen der »Kriegskorrespondenten« der NCNA zu tun gehabt, und er hatte die Kontakte nie ganz abreißen lassen.

Die Chinesen hatten sich in beträchtlichem Maße finanziell in Afrika engagiert. Gegen Ende der sechziger Jahre ging über die Hälfte der zwei Milliarden Dollar, die China an Auslandshilfe aufbrachte, an afrikanische Länder. Ein ähnlich hoher Betrag wurde insgeheim zugeschossen. 1973 beklagte sich Mao Zedong öffentlich darüber, wieviel Geld er vergeblich bei dem Versuch aufgewandt hatte, die Regierung des Präsidenten Mobutu zu stürzen.

Ursprünglich waren die chinesischen Aktivitäten in Afrika als Gegengewicht zum sowjetischen Einfluß gedacht, doch da seit dem Zweiten Weltkrieg die Chinesen den Japanern nicht grün waren, hatte Munros Wunsch, dem Konsortium aus Europäern und Japanern zuvorzukommen, offene Ohren gefunden. Zur Besiegelung des Bündnisses hatte Munro drei fettfleckige Kartons mit der Herkunftsbezeichnung Hongkong mitgebracht.

Die beiden ranghöchsten chinesischen Funktionäre in Afrika, Li T'ao und Liu Shu-wen, stammten beide aus der Provinz Hunan. Beiden war ihr afrikanischer Auftrag wegen der ungewürzten afrikanischen Speisen zuwider, so daß sie Munros Gabe dankbar

entgegennahmen: einen Karton mit chinesischen Baumpilzen, mit scharfer Soße und mit Chilipaste und Knoblauch. Daß diese Gewürze aus dem neutralen Hongkong kamen und nicht die mindere Qualität der in Taiwan hergestellten Waren hatten, rief zusätzliche Freude hervor. Auf jeden Fall schuf die Gabe genau die richtige Stimmung für eine formlose Aussprache.
Mitarbeiter der NCNA halfen Munro bei der Bewältigung der Papierflut, beim Auftreiben einiger schwer zu beschaffender Ausrüstungsteile und mit Informationen. Die Chinesen verfügten über ausgezeichnete Karten und bemerkenswert genaue Kenntnisse der Bedingungen, die an der Nordostgrenze Zaïres herrschten – aus der Zeit, da sie die tansanischen Truppen beim Einmarsch in Uganda unterstützt hatten. Von den Chinesen wußte er, daß die Dschungelflüsse Hochwasser führten, und sie hatten ihm geraten, sich für deren Überquerung einen Ballon zu besorgen. Munro dachte nicht daran, diesen Rat zu befolgen. Er schien einen besonderen Plan zu haben, wie er seinen Bestimmungsort erreichen konnte, ohne daß er Flüsse überqueren mußte. Allerdings war es den Chinesen rätselhaft, wie er das bewerkstelligen wollte.

Am 16. Juni um 22 Uhr wurde die Fokker auf dem Flugplatz von Rawamagena in der Nähe der Stadt Kigali in Rwanda aufgetankt. Der Überwachungsbeamte kam mit einem Notizblock und Formularen an Bord und erkundigte sich nach ihrem nächsten Ziel. Munro nannte Rawamagena, womit er sagen wollte, daß die Maschine eine Schleife fliegen und zurückkehren würde.
Elliot wunderte sich. »Aber wir landen doch irgendwo im ...«
»Pst«, sagte Karen Ross und schüttelte den Kopf. »Lassen Sie es gut sein.«
Offenkundig war der Beamte mit der Auskunft zufrieden, und nachdem der Pilot ihm eine Unterschrift gegeben hatte, ging er wieder davon. Karen Ross erklärte, Fluglotsen in Rwanda erscheine es nicht außergewöhnlich, daß Piloten keine vollständigen Unterlagen einreichten. »Er will nur wissen, wann die Maschine wieder auf seinen Flugplatz zurückkehrt, alles andere interessiert ihn nicht.«

Auf dem Flugplatz von Rawamagena herrschte ein gemächliches Tempo. Sie mußten zwei Stunden warten, bis man ihnen Treibstoff brachte, aber die sonst so ungeduldige Karen Ross blieb gelassen. Munro döste vor sich hin, ihn schien die Verzögerung ebenfalls nicht zu berühren.

»Was ist mit der Zeitprojektion?« fragte Elliot.

»Keine Schwierigkeit«, sagte sie. »Wir können sowieso erst in drei Stunden hier weg, am Muhavura muß es hell sein.«

»Ist da der Landeplatz?« fragte Elliot.

»Wenn Sie es einen Landeplatz nennen wollen«, sagte Munro, zog seinen verdrückten Hut über die Augen und schlief wieder ein.

Das beunruhigte Elliot, bis Karen Ross ihm erklärte, die Mehrzahl der abgelegeneren afrikanischen Landeplätze seien nichts weiter als unbefestigte Schneisen im Busch, auf denen man weder nachts noch im Morgennebel landen könne, weil sich oft Tiere auf der Landepiste aufhielten, Nomaden dort ihre Zelte aufgeschlagen hatten oder noch eine Maschine vom Vortag dort stand. »Es muß hell sein«, erklärte sie, »damit der Pilot eine Sichtlandung machen kann. Also nur keine Sorgen, es ist an alles gedacht.«

Elliot nahm ihre Erklärung hin und kümmerte sich wieder um Amy. Karen Ross seufzte. »Meinen Sie nicht, wir sollten ihn besser einweihen?« fragte sie Munro.

»Wozu?« murmelte dieser, ohne seinen Hut vom Mund zu heben.

»Vielleicht gibt es Schwierigkeiten mit Amy.«

»Um Amy kümmere ich mich«, sagte Munro.

»Wenn Elliot es merkt, wird er wütend«, sagte Karen Ross.

»Klar wird er wütend«, sagte Munro. »Es genügt aber doch, daß wir es erst dann so weit kommen lassen, wenn es sich nicht mehr vermeiden läßt. Was bringt uns der Absprung ein?«

»Mindestens vierzig Stunden. Er ist gefährlich, aber er gibt uns eine ganz neue Zeitprojektion. Damit können wir sie immer noch schlagen.«

»Na, da haben Sie ja Ihre Antwort«, sagte Munro. »Halten Sie also mal 'ne Weile den Mund und ruhen Sie sich aus.«

5. Tag
Moruti
17. Juni 1979

1. Zaïre

Fünf Stunden nach ihrem Start von Rawamagena veränderte sich das Gesicht der Landschaft. Als sie Goma, in der Nähe der Grenze von Zaïre, hinter sich hatten, flogen sie über die östlichsten Ausläufer des Regenwalds am Kongo. Elliot sah fasziniert aus dem Fenster.

Hier und da hingen flockige Fetzen von Nebel wie Watte im Blätterdach der Bäume, und gelegentlich überflogen sie die dunkle Windung eines schlammigen Flusses oder die tief ins Land schneidende, pfeilgerade Trasse einer Straße. Doch meist sahen sie auf ein ununterbrochenes Ganzes aus dichtem Wald hinab, das sich unter ihnen erstreckte, so weit das Auge reichte.

Der Anblick war langweilig und zugleich furchteinflößend. Es war furchteinflößend, sich dem gegenüberzusehen, was Stanley »die gefühllose Unermeßlichkeit der natürlichen Welt« genannt hatte. Sie konnten aus dem bequemen Sessel der klimatisierten Flugzeugkabine unmöglich übersehen, daß neben diesem weiten eintönigen Wald als einer riesigen Schöpfung der Natur die größten Städte und alle anderen Werke des Menschen von unbedeutender Winzigkeit waren. Jeder einzelne grüne Klecks einer Baumkrone ruhte auf einem Stamm von zwölf Meter Durchmesser, der sechzig Meter emporragte. Unter seinem Blätterdach lag ein Baum von der Größe einer gotischen Kathedrale verborgen. Elliot wußte, daß der Wald sich rund dreitausend Kilometer weit

nach Westen erstreckte, bis er schließlich am Atlantik, an der Westküste von Zaïre, aufhörte.
Elliot lag viel an Amys Reaktion auf diesen ersten Anblick des Dschungels, ihres natürlichen Lebensraums. Sie sah interessiert aus dem Fenster und teilte ihm mit *Hier Dschungel*, mit der gleichen distanzierten Haltung, mit der sie Farbkarten oder Gegenstände bezeichnete, die man auf dem Fußboden ihres Wohnwagens in San Francisco vor ihr ausbreitete.
Sie identifizierte den Dschungel und gab damit der Sache, die sie sah, einen Namen, aber von einem tieferen Erkennen merkte Elliot nichts.
Elliot fragte sie: »Amy mögen Dschungel?«
Dschungel hier, gab sie zurück. *Ist Dschungel.*
Er beharrte auf seiner Frage und suchte nach den Gefühlsregungen, die es in diesem Zusammenhang in ihr geben mußte. »Amy mögen Dschungel?«
Hier Dschungel. Ist Dschungel. Hier Amy Dschungel sehen. Hier Dschungel sehen.
Er versuchte einen neuen Weg. »Amy leben Dschungel hier?«
Nein. Ausdruckslos.
»*Wo leben Amy?*«
Amy Amy-Haus leben. Damit meinte sie ihren Wohnwagen in San Francisco.
Elliot sah, wie sie ihren Sitzgurt öffnete, das Kinn in die Hand stützte und träge aus dem Fenster sah. Plötzlich bat sie *Amy Zigarette wollen.* Sie hatte gesehen, daß Munro rauchte.
»Später, Amy«, sagte Elliot. »Später.«

Um sieben Uhr morgens flogen sie über die glänzenden Metalldächer der Zinn- und Tantal-Abbauanlage in Masisi. Munro ging mit Kahega und den anderen Trägern ins Heck der Maschine, wo sie sich an der Ausrüstung zu schaffen machten und sich erregt auf Swahili miteinander unterhielten.
Amy sah sie vorbeigehen und teilte Elliot mit: *Männer Sorge.*
»Weswegen, Amy?«
Männer Sorge Schwierigkeiten Sorge machen. Nach einer Weile ging Elliot ins Heck der Maschine, wo er Munros Leute fand, die,

halb begraben unter großen Strohhaufen, Ausrüstungsteile in längliche, torpedoförmige Behälter aus Musselin packten und alles sorgfältig mit Stroh polsterten. Elliot deutete auf die Musselin-Torpedos. »Was ist das?«
»Versorgungsbomben«, sagte Munro mürrisch. »Sehr zuverlässig.«
»Ich habe noch nie gesehen, daß man Ausrüstung so verpackt«, sagte Elliot und sah den Männern bei der Arbeit zu. »Die Männer scheinen unsere Sachen sorgfältig zu schützen.»
»Das sollen sie auch«, sagte Munro. Und er ging durch die Maschine nach vorn, um sich mit dem Piloten zu besprechen.
Amy machte Zeichen: *Nasen-Haar-Mann Peter lügen.* Sie nannte Munro »Nasen-Haar-Mann«. Elliot schenkte ihr keine Aufmerksamkeit, sondern sprach mit Kahega. »Wie weit ist es bis zum Landeplatz?«
Kahega sah auf. »Landeplatz?«
»Nahe dem Muhavura.«
Kahega machte eine Pause und dachte nach. »Zwei Stunden«, sagte er und kicherte dann drauflos. Er sagte etwas auf swahili zu seinen Brüdern, worauf alle lachten.
»Was ist daran so lustig?« fragte Elliot.
»Ach, Doktor«, sagte Kahega und schlug ihn mit der flachen Hand auf den Rücken, »Sie sind so ein lustiger Mensch.«
Die Maschine neigte sich seitwärts und flog langsam eine große Schleife. Kahega und seine Brüder sahen aus den Fenstern, und Elliot stellte sich zu ihnen. Er sah nichts als ununterbrochenen Dschungel – und dann eine Kolonne schmutziggrüner Geländefahrzeuge, die sich weit unten auf einer Schlammpiste vorwärts bewegten. Es sah aus wie eine militärische Formation. Mehrfach hörte er das Wort »Muguru«.
»Worum geht es?« fragte Elliot. »Ist das hier Muguru?«
Kahega schüttelte heftig den Kopf. »Nein. Dieser verdammte Pilot. Ich habe Captain Munro gewarnt. Dieser verdammte Pilot hat sich verflogen.«
»Verflogen?« wiederholte Elliot. Das Wort allein schon jagte ihm einen Schauer den Rücken hinunter.

Kahega lachte. »Captain Munro sagt es ihm schon, er zeigt es ihm.«
Die Maschine drückte jetzt die Nase nach Osten, entfernte sich vom Dschungel und nahm Kurs auf eine waldbestandene Hochfläche mit welligen Hügeln und vereinzelten Gruppen von Laubbäumen. Kahegas Brüder plapperten erregt miteinander, lachten und schlugen sich krachend gegenseitig auf die Schultern. Sie schienen sich großartig zu amüsieren.
Dann kam Karen Ross mit angespanntem Gesicht raschen Schritts den Gang herunter. Sie packte Kartons aus und entnahm ihnen mehrere Kugeln aus fest eingewickelter Metallfolie, etwa so groß wie Basketbälle.
Die Folie erinnerte Elliot an Lametta. »Wozu ist das?« fragte er. Dann hörte er die erste Detonation, und die Fokker schwankte leicht in der Luft.

Er lief zum Fester und sah eine weiße dünne Linie rechts von ihnen, die in einer schwarzen Rauchwolke endete. Die Fokker ging über die Tragfläche und nahm wieder Kurs auf den Dschungel. Elliot sah jetzt, wie aus dem grünen Wald unter ihnen eine zweite Spur zu ihnen heraufkam.
Er sah, daß es sich um eine ferngelenkte Rakete handelte.
»Schnell!« rief Munro Karen Ross zu.
»Fertig!« rief sie zurück.
Vor seinen Augen detonierte etwas mit rotem Schein, dann nahm dichter Rauch ihm die Sicht. Die Maschine wurde von der Druckwelle geschüttelt, flog aber ihre Kurve weiter. Elliot konnte es nicht glauben: Sie wurden mit Raketen beschossen!
»Radar!« schrie Munro. »Sie zielen nicht mit optischen Einrichtungen, sondern mit Radar!«
Ross nahm die silbernen Basketbälle auf und ging durch den Gang zurück. Kahega öffnete die hintere Tür, so daß der Wind durch die Kabine pfiff.
»Was zum Teufel ist hier los?« fragte Elliot.
»Machen Sie sich keine Sorgen«, sagte Karen Ross über die Schulter zu ihm. »Wir holen die Zeit schon wieder rein.« Sie

hörten ein lautes Schwellgeräusch, auf das eine weitere Detonation folgte. Während die Maschine immer noch scharf auf der Seite lag, riß Karen Ross die Umhüllung von den Basketbällen ab und warf sie aus der Tür.

Mit voller Motorleistung drehte die Fokker fast fünfzehn Kilometer nach Süden ab, stieg auf eine Höhe von gut dreitausendsechshundert Meter und kreiste abwartend über dem Wald. Elliot konnte die Lamettafäden wie eine glitzernde Metallwolke in der Luft hängen sehen. Zwei weitere Raketen detonierten in der Wolke. Noch aus der Entfernung beunruhigten der Lärm und die Druckwellen Amy. Sie schaukelte in ihrem Sitz hin und her und grunzte leise vor sich hin.

»Das sind Düppel«, erklärte Karen Ross, während sie vor ihrem tragbaren Computer saß und Eingaben machte. »Diese Stanniolstreifen stören Radarsysteme. Die mit ihren Boden-Luft-Raketen da unten nehmen an, daß wir irgendwo in der Wolke sitzen.«

Elliot hörte ihre Worte, sie drangen langsam wie in einer Traumwirklichkeit an sein Ohr. Sie erschienen ihm keinen Sinn zu geben. »Aber wer schießt denn auf uns?«

»Vermutlich die FAZ«, sagte Munro. »Forces Armées Zaïroises – die Streitkräfte von Zaïre.«

»Die Streitkräfte von Zaïre? Und warum?«

»Sie haben uns verwechselt«, sagte Karen Ross und tastete ungerührt weiter, ohne aufzublicken.

»Uns verwechselt? Sie beschießen uns mit Raketen, weil sie *uns verwechselt haben*? Sollten wir ihnen das nicht besser mitteilen?«

»Das geht nicht«, sagte Ross.

»Warum nicht?«

»Weil wir«, sagte Munro, »in Rawamagena keine genaue Flugroute angegeben haben. Das heißt, theoretisch verletzen wir den Luftraum über Zaïre.«

»Gott im Himmel«, sagte Elliot.

Karen Ross sagte nichts. Sie arbeitete weiter an ihrem Computer, versuchte, die atmosphärischen Bildstörungen zu beseitigen, drückte eine Taste nach der anderen.

»Als ich zustimmte, bei dieser Expedition mitzumachen«, sagte Elliot und wurde dabei immer lauter, »bin ich nicht davon ausgegangen, daß wir in einen Krieg hineingezogen würden.«
»Ich auch nicht«, sagte Karen Ross. »Da scheinen wir ja beide mehr zu bekommen, als wir haben wollten.«
Bevor Elliot etwas sagen konnte, legte Munro ihm einen Arm um die Schultern und nahm ihn beiseite. »Das ist schon in Ordnung«, sagte er. »Das sind veraltete Raketen aus den sechziger Jahren. Die meisten gehen nur los, weil der Festtreibstoff nichts mehr taugt. Es besteht keine Gefahr. Kümmern Sie sich einfach um Amy, sie braucht ihre Hilfe. Lassen Sie mich jetzt mit Karen Ross in Ruhe arbeiten.«

Karen Ross stand unter ungeheurem Druck. Während die Maschine fünfzehn Kilometer von der Düppelwolke entfernt Schleifen flog, mußte sie in größter Eile eine Entscheidung treffen. Dabei hatte sie gerade einen verheerenden – und völlig unerwarteten – Fehlschlag erlebt. Das europäische Konsortium hatte von Anfang an einen Vorsprung von etwa achtzehn Stunden und zwanzig Minuten vor ihnen gehabt. In Nairobi hatte Munro mit ihr einen Plan ausgearbeitet, der diesen Vorsprung zunichte machen und es der ERTS-Expedition gestatten würde, *vierzig Stunden* vor dem Team des Konsortiums an Ort und Stelle zu sein. Dieser Plan – den sie aus naheliegenden Gründen Elliot nicht mitgeteilt hatte – verlangte, daß sie mit dem Fallschirm über den unbewachsenen Südhängen des Muhavura absprangen.
Munro schätzte, daß sie von dort aus lediglich sechsunddreißig Stunden bis zu der toten Stadt brauchten. Karen Ross war davon ausgegangen, daß sie um zwei Uhr nachmittags abspringen konnten, je nachdem, wie die Wolkendecke über dem Muhavura und dem Absprunggebiet aussah. Sie konnten dann bereits am 19. Juni mittags die Stadt erreichen.
Der Plan war überaus gefährlich. Sie würden mit dafür nicht ausgebildeten Leuten über der Wildnis abspringen, mehr als drei Tagemärsche von der nächsten größeren Ortschaft entfernt. Wenn jemand eine ernsthafte Verletzung erlitt, waren seine

Überlebensaussichten sehr gering. Auch die Ausrüstung war gefährdet, denn in Höhen von rund dreitausend Metern an den Vulkanhängen war die Luftdichte geringer, so daß die Versorgungsbomben möglicherweise nicht gut genug gepolstert waren. Anfangs hatte Karen Ross Munros Plan als zu gefährlich abgelehnt. Aber er hatte sie davon überzeugt und darauf hingewiesen, daß die Gleitschirme mit einer automatischen Höhenauslösung versehen und die Geröllhalden im oberen Teil der Vulkanhänge so nachgiebig waren wie ein Sandstrand, daß die Versorgungsbomben eine Sicherheitsreserve boten und daß er Amy beim Absprung selber halten konnte.

Karen Ross hatte den wahrscheinlichen Ausgang vom Computer in Houston berechnen lassen und eine Gegenkontrolle angefordert. Die Ergebnisse waren klar. Die Aussichten eines erfolgreichen Absprungs wurden mit 0,7980 angegeben, das heißt, es stand eins zu vier, daß jemand schwer verletzt wurde. Vorausgesetzt aber, *der Absprung gelang,* betrug die Erfolgsaussicht der Expedition 0,9943, das heißt, es war dann praktisch sicher, daß sie vor dem Konsortium an Ort und Stelle ankommen würden.

Kein anderer Plan bot eine so hohe Erfolgsaussicht. Sie hatte sich alle Daten angesehen und gesagt: »Ich denke, wir springen.«

»Habe ich ja gleich gesagt«, sagte Munro.

Der Absprung löste eine ganze Reihe von Schwierigkeiten, da die durchgegebenen Berichte über geopolitische Neuentwicklungen immer unerfreulicher klangen. Die Kigani waren tatsächlich auf dem Kriegspfad, die Pygmäen völlig unzuverlässig, und die Streitkräfte von Zaïre hatten Panzereinheiten in das östliche Grenzgebiet entsandt, um den Kigani-Aufstand niederzuschlagen. Es war bekannt, daß afrikanische Feldsoldaten den Finger rasch am Abzug hatten. Sie durften hoffen, durch ihren Absprung am Muhavura all diesen Gefahren aus dem Weg zu gehen.

So war die Lage gewesen, bevor die Boden-Luft-Raketen rund um ihr Flugzeug detonierten. Sie befanden sich immer noch gut einhundertdreißig Kilometer südlich von dem vorgesehenen Absprunggebiet und verschwendeten mit dem Kreisen über dem Kigani-Gebiet Zeit und Treibstoff. Es sah aus, als sei der kühne

Plan, den Munro so raffiniert erdacht und den der Computer für so aussichtsreich befunden hatte, plötzlich bedeutungslos.
Und um ihre Schwierigkeiten noch zu vergrößern, konnte sie keine Verbindung mit Houston bekommen, der Computer kam über Satellit nicht durch. Karen Ross verbrachte eine volle Viertelstunde mit dem Versuch, sie verstärkte die Leistung und schaltete verschiedene Verwürflerschlüssel ein, bis sie sich schließlich darüber klarwurde, daß andere Sender ihre Versuche absichtlich auf elektronischem Wege störten. Zum erstenmal, so weit sie zurückdenken konnte, war Karen Ross den Tränen nahe.

»Ruhig Blut«, sagte Munro gelassen und zog ihre Hände von der Konsole. »Eines nach dem anderen, es hat keinen Zweck, sich aufzuregen.« Sie hatte immer wieder auf den Tasten herumgehackt, ohne zu merken, was sie tat.
Munro merkte, daß Elliots und Karen Ross' Stimmung sich verschlechtert hatte. Er kannte das von früheren Expeditionen vor allem von Naturwissenschaftlern und Technikern. Naturwissenschaftler arbeiten den ganzen Tag lang in Labors, in denen man alle Bedingungen streng regeln und überwachen konnte. Früher oder später glaubten sie, die Welt außerhalb ihrer Labors sei ebenso steuerbar und beeinflußbar wie die innerhalb. Obwohl sie es eigentlich besser wußten, führte die Entdeckung, daß die natürliche Welt ihren eigenen Gesetzen folgte und von ihnen überhaupt keine Kenntnis nahm, jedesmal zu einem schweren psychischen Schock. Munro konnte die Anzeichen dafür erkennen.
»Unsere Maschine«, sagte Karen Ross, »ist doch ganz offensichtlich kein Militärflugzeug. Wie können sie so etwas tun?«
Munro sah sie verständnislos an. Im Bürgerkrieg des Kongo waren zivile Flugzeuge mit unschöner Regelmäßigkeit von allen Seiten heruntergeschossen worden. »So etwas kommt vor«, sagte er.
»Und die Störsender? Das können diese Scheißkerle doch nicht machen. Wir werden zwischen unserem eigenen Sender und unserem Satellitenübertrager gestört. Dazu braucht man einen weiteren Satelliten und –« sie brach nachdenklich ab.

»Sie haben doch nicht etwa erwartet, daß das Konsortium Ihnen däumchendrehend zusieht?« sagte Munro. »Die Frage ist, können Sie es in Ordnung bringen? Verfügen Sie über Gegenmittel?«

»Natürlich«, sagte Karen Ross. »Ich kann eine Aufforderung codieren, die Störung zu durchbrechen, ich kann optisch mit einem Infrarotträger senden und eine Verbindung über Bodenstationen herstellen – aber das braucht seine Zeit. Und ich muß jetzt Informationen haben. Unser Plan ist zum Teufel.«

»Immer ruhig Blut«, wiederholte Munro ruhig. Er sah die Anspannung in ihren Zügen und wußte, daß sie nicht klar dachte. Da er aber nicht für sie denken konnte, mußte er sie dazu bringen, sich zu beruhigen.

Munros Einschätzung nach war die Expedition der ERTS bereits gescheitert – sie konnten nicht mehr vor dem Konsortium den Zielpunkt im Kongo erreichen. Dennoch hatte er nicht die Absicht aufzugeben. Er hatte lange genug Expeditionen geführt, um zu wissen, daß die unglaublichsten Dinge geschehen konnten, und so sagte er: »Wir können die verlorene Zeit immer noch herausholen.«

»Sie herausholen? Wie?«

Munro sagte, was ihm gerade in den Sinn kam: »Wir gehen nördlich über den Ragora. Der Fluß läßt sich sehr leicht überqueren, da gibt es keine Schwierigkeiten.«

»Der Fluß ist viel zu gefährlich.«

»Das müssen wir abwarten«, sagte Munro. Dabei wußte er genau, daß sie recht hatte. Der Ragora war tatsächlich viel zu gefährlich, vor allem im Juni. Dennoch ließ er seiner Stimme nichts anmerken, sprach weiter beruhigend und besänftigend. »Soll ich es den anderen sagen?« fragte er schließlich.

»Ja«, sagte Karen Ross. In der Ferne hörten sie wieder eine Rakete detonieren. »Wir wollen hier weg.«

Munro ging rasch ins Heck der Maschine und sagte zu Kahega: »Bereite die Männer vor.«

»Ja, Boss«, sagte Kahega. Eine Flasche Whisky machte die Runde, und alle nahmen einen kräftigen Schluck.

Elliot fragte: »Was zum Teufel wird hier gespielt?«
»Die Männer bereiten sich vor«, sagte Munro.
»Worauf?« fragte Elliot.
In diesem Augenblick kam Karen Ross mit entschlossener Miene zurück. »Von hier ab geht es zu Fuß weiter«, sagte sie.
Elliot sah aus dem Fenster. »Wo ist der Landeplatz?«
»Es gibt keinen Landeplatz«, sagte Karen Ross.
»Was heißt das?«
»Das heißt, es gibt keinen Landeplatz.«
»Landet die Maschine etwa auf einem Acker?« fragte Elliot.
»Nein«, sagte Ross. »Die Maschine landet überhaupt nicht.«
»Und wie kommen wir dann runter?« fragte Elliot, aber noch während er die Frage stellte, sank ihm das Herz, denn er wußte die Antwort bereits.

»Amy wird nichts zustoßen«, sagte Munro munter, während er Elliot die Gurte fest um die Brust zog. »Ich habe ihr etwas von Ihrem Thoralen gespritzt, das wird sie wohl ruhig halten. Es gibt keine Probleme, ich halte sie schon gut fest.«
»Sie wollen sie halten?« fragte Elliot.
»Fallschirmgurte sind ihr zu weit«, sagte Munro. »Also muß ich sie auf dem Arm mit runternehmen.« Amy schnarchte laut und sabberte auf Munros Schulter. Er legte sie zu Boden, dort lag sie entspannt auf dem Rücken und schnarchte weiter.
»Jetzt also«, sagte Munro. »Ihr Gleitschirm öffnet sich automatisch. Sie haben in beiden Händen eine Steuerleine. Auf Zug nach links geht es nach links, und wenn Sie nach rechts ziehen nach rechts. Außerdem –«
»Was geschieht mit ihr?« fragte Elliot und deutete auf Amy.
»Ich nehme sie schon, passen Sie jetzt auf. Wenn etwas schiefgeht, hier ist Ihr Reserveschirm, auf der Brust.« Er klopfte auf ein Stoffbündel mit einem kleinen Kästchen, auf dem digital die Zahl 4757 angezeigt wurde – die gegenwärtige Flughöhe in Fuß. »Das ist Ihr fallregulierender Höhenmesser. Er löst automatisch den Reserveschirm aus, wenn in elfhundert Metern Höhe Ihre Fallgeschwindigkeit noch über dem eingestellten Wert liegt. Es

gibt also keinen Grund zur Sorge: alles funktioniert automatisch.«
Elliot lief es eiskalt den Rücken hinunter, er war schweißgebadet. »Wie ist es mit dem Landen?«
»Kinderspiel«, grinste Munro. »Auch das geht automatisch. Bleiben Sie entspannt, fangen Sie den Stoß mit den Beinen ab. Tun Sie, als sprängen Sie aus drei Meter Höhe zu Boden – das haben Sie doch sicher schon tausendmal getan.«
Hinter Munro sah Elliot die offene Tür, durch die helles Sonnenlicht in die Maschine flutete. Der Wind pfiff und beutelte sie. Kahegas Männer sprangen rasch hintereinander. Er warf einen Blick auf Karen Ross, die mit aschfahlem Gesicht und zitternder Unterlippe den Griff neben der Tür faßte.
»Karen, Sie werden doch nicht –«
Sie sprang und verschwand im hellen Sonnenlicht. Munro sagte: »Sie sind an der Reihe.«
»Ich bin noch nie gesprungen«, sagte Elliot.
»So ist es am besten. Dann haben Sie wenigstens keine Angst.«
»Aber ich *habe* Angst.«
»Da kann ich Ihnen nicht helfen«, sagte Munro und schob Elliot hinaus.
Er sah ihn fallen. Sein breites Grinsen war schlagartig verschwunden – er hatte diese muntere Miene nur aufgesetzt, um Elliot zu helfen. »Wenn ein Mann etwas Gefährliches tun muß«, sagte er später, »ist es besser, daß er wütend ist. Das ist zu seinem eigenen Schutz gut. Besser, er haßt jemanden, als daß er vor Angst in Stücke springt. Ich wollte, daß Elliot mich auf dem Weg nach unten so richtig von Herzen haßte.«
Munro kannte die Gefahren. Mit der Maschine ließen sie zugleich und unwiderruflich auch die Zivilisation hinter sich und damit all das, was darin als selbstverständlich galt. Sie sprangen nicht nur durch die Luft, sondern auch durch die Zeit, zurück in eine weit primitivere und gefährlichere Welt – in die ewige Wirklichkeit des Kongo, die schon Jahrhunderte vor ihnen bestanden hatte. »Das waren die Tatsachen des Lebens«, sagte Munro, »aber ich sah keinen Grund, die anderen vor dem Absprung zu beunruhigen.

Meine Aufgabe bestand darin, die Leute in den Kongo zu bringen, nicht darin, ihnen angst zu machen. Für Angst war später noch reichlich Zeit und Gelegenheit.«

Während Elliot fiel, stand er Todesängste aus.
Sein Magen schien sich in den Hals hochzuschieben, und er schmeckte Galle. Der Wind pfiff ihm um die Ohren und zerrte an seinem Haar. Er zitterte vor Kälte. Unter ihm zog sich der Barawanawald über wellige Hügel dahin. Er konnte die Schönheit, die er sah, nicht würdigen, er schloß sogar die Augen, während er mit rasender Geschwindigkeit der Erde entgegenfiel. Aber er merkte, daß ihm der heulende Wind noch mehr ins Bewußtsein drang, wenn er die Augen geschlossen hielt.
Es war schon zuviel Zeit verstrichen. Offensichtlich wollte sein Gleitschirm (was auch immer das war) sich nicht öffnen. Jetzt hing sein Leben von dem Fallschirm vor seiner Brust ab. Er umkrallte das Päckchen, das dicht an seinem in Aufruhr befindlichen Magen lag. Dann nahm er die Hände rasch weg: Er wollte es nicht daran hindern, sich zu öffnen. Dunkel erinnerte er sich an Menschen, die dadurch ums Leben gekommen waren, daß sie versucht hatten, dem sich automatisch öffnenden Fallschirm zu Hilfe zu kommen.
Der Wind fuhr fort zu jaulen; sein Körper sauste mit atemberaubender Geschwindigkeit zu Boden. *Nichts geschah.* Der Wind zerrte wild an seinen Füßen, ließ die Hose um seine Beine und die Hemdsärmel um die Arme klatschen. *Nichts geschah.* Bestimmt waren schon drei Minuten seit dem Absprung vergangen. Er wagte es nicht, die Augen zu öffnen, aus Furcht, die Bäume auf sich zurasen zu sehen, während er auf sie niederstürzte, in den letzten Sekunden seines bewußten Lebens ...
Er war nahe daran, sich zu erbrechen.
Galle tropfte ihm aus dem Mundwinkel, aber da er mit dem Kopf nach unten fiel, lief die Flüssigkeit ihm über das Kinn zum Hals und dann in sein Hemd. Sie war eiskalt. Seine Zähne klapperten.
Ein Ruck, der förmlich an seinen Knochen zerrte, drehte ihn um.

Einen Augenblick lang dachte er, er sei auf dem Boden aufgeschlagen. Doch dann merkte er, daß er noch immer durch die Luft fiel, nur sehr viel langsamer jetzt. Er öffnete die Augen und sah den leuchtend blauen Himmel.

Mit einem Blick auf den Höhenmesser erkannte er voller Entsetzen, daß er noch weit über tausend Meter von der Erde entfernt war. Offenbar hatte der Fall von der Maschine über ihm nur wenige Sekunden gedauert …

Er hob den Kopf, konnte aber das Flugzeug nicht sehen. Unmittelbar über ihm blähte sich ein riesiges Rechteck mit leuchtenden roten, weißen und blauen Streifen: der Gleitschirm. Da es ihm leichterfiel, nach oben als nach unten zu sehen, betrachtete er ihn aufmerksam. Die vordere Kante war gewölbt und rundlich, die hintere war schmal und schlug im Wind. Das Ganze sah einem Flugzeugflügel sehr ähnlich, und von dem Schirm verliefen Leinen zu seinem Körper herab.

Er atmete tief ein und sah nach unten. Noch immer schwebte er sehr hoch über dem Boden. Daß er jetzt so langsam fiel, beruhigte ihn etwas. Es war eigentlich alles ziemlich friedlich.

Dann merkte er, daß seine Bewegung nicht abwärts, sondern seitwärts führte. Er sah unter sich die anderen Gleitschirme, Kahega mit seinen Männern und Karen Ross. Er versuchte, sie zu zählen, und meinte, es seien sechs, aber es fiel ihm schwer, sich zu konzentrieren. Er hatte den Eindruck, als bewegte er sich seitlich von ihnen fort.

Er zerrte an den Leinen in seiner linken Hand und spürte, wie sein Körper sich mitdrehte, als der Schirm sich bewegte und nach links steuerte.

Nicht schlecht, dachte er.

Er zog fester an den Leinen auf der linken Seite und machte sich nichts daraus, daß er dadurch rascher zu fallen schien. Er versuchte, in der Nähe der sinkenden Rechtecke unter ihm zu bleiben. Er hörte das Pfeifen des Windes in seinen Ohren. Er sah suchend nach oben, ob Munro über ihm war, aber außer den Streifen seines eigenen Gleitschirms vermochte er nichts zu sehen.

Er blickte wieder nach unten und war erstaunt, als er merkte, daß der Boden schon sehr viel näher gekommen war, daß er ihm jetzt mit geradezu sinnenbetäubender Geschwindigkeit entgegenzurasen schien. Er fragte sich, wieso er geglaubt hatte, langsam nach unten zu schweben. Der Sturz hatte nichts Sanftes an sich. Er sah, wie der erste Gleitschirm sachte in sich zusammensank, als Kahega den Boden berührte, dann der zweite, der dritte.
Es würde nicht mehr lange dauern bis zu seiner Landung. Er war schon fast auf der Höhe der Baumkronen, aber seine Seitwärtsbewegung war sehr stark. Er merkte, daß er mit der linken Hand noch immer fest an den Leinen zerrte. Er löste den Griff, seine Seitwärtsbewegung hörte auf, er trieb jetzt nach vorn.
Zwei weitere Gleitschirme fielen in sich zusammen. Er sah wieder dorthin, wo Kahega und seine Männer bereits die Schirme einrollten. Sie waren heil gelandet, das machte ihm Mut.
Er trieb mitten in eine dichte Baumgruppe hinein. Er zerrte an seinen Leinen und drehte sich nach rechts, wobei die Bewegung seinen ganzen Körper mitriß. Er fiel jetzt sehr rasch. Den Bäumen würde er nicht ausweichen können, er würde genau auf sie aufprallen. Die Zweige schienen wie Finger nach ihm zu greifen. Er schloß die Augen und spürte, wie die Zweige ihm Gesicht und Körper zerkratzten, als er nach unten fiel. Er wußte, daß er in der nächsten Sekunde auf dem Boden aufprallen würde, dann mußte er sich abrollen ...
Er prallte nicht auf.
Plötzlich war alles still. Er merkte, wie er auf- und abschwang. Als er die Augen öffnete, sah er, daß er gut einen Meter über dem Boden in der Luft hing. Sein Gleitschirm hatte sich in den Bäumen verfangen.
Er öffnete die Verschlüsse des Gurtzeugs und ließ sich zu Boden fallen. Gerade als er aufstand, kamen Kahega und Karen Ross zu ihm herübergelaufen und fragten, ob ihm etwas fehle.
»Mir geht es großartig«, sagte Elliot, und so fühlte er sich auch, lebendiger, als er sich je erinnern konnte. Im nächsten Augenblick fiel er auf unsicheren Gummibeinen um und erbrach sich sogleich.

Kahega lachte. »Willkommen im Kongo«, sagte er.
Elliot wischte sich den Mund und fragte: »Wo ist Amy?«
Einen Augenblick später landete Munro, mit einem blutenden Ohr – Amy hatte ihn vor Angst gebissen. Sie war aber wohlauf und rannte auf allen vieren zu Elliot, um sich zu vergewissern, daß ihm nichts fehlte. Dann ließ sie wissen: *Amy fliegen nicht mögen.*

»Aufpassen!«
Das erste der torpedoförmigen Versorgungspäckchen kam herunter und zerbarst beim Aufschlag auf dem Boden wie eine Bombe, wobei Ausrüstungsteile und Stroh in alle Richtungen verstreut wurden.
»Da kommt die nächste!«
Elliot ging in Deckung. Die zweite Bombe schlug nur wenige Meter neben ihm ein. Folienbehälter mit Reis und anderen Nahrungsmitteln prasselten auf ihn nieder. Über sich hörte er das Dröhnen der kreisenden Fokker. Er stand gerade rechtzeitig auf, um zu sehen, wo die beiden letzten Versorgungsbomben aufschlugen, während Kahegas Männer sich rennend in Sicherheit brachten und Karen Ross schrie: »Vorsichtig, da sind die Laser drin!«
Es war wie im Bombenkrieg, aber so rasch es begonnen hatte, so rasch war es auch vorüber. Die Fokker über ihnen entschwand, und der Himmel war still. Die Männer machten sich daran, die Ausrüstung wieder zusammenzupacken und die Schirme zu vergraben, während Munro auf swahili Anweisungen brüllte.
Zwanzig Minuten später zogen sie im Gänsemarsch durch den Wald, taten die ersten Schritte auf einem dreihundert Kilometer langen Weg, der sie in die unerforschten östlichen Gebiete des Kongo führen würde, einer wunderbaren Belohnung entgegen. Wenn sie sie rechtzeitig erreichten.

2. Kigani

Als Elliot den ersten Schrecken des Absprungs überwunden hatte, gefiel ihm der Marsch durch den Barawanawald. Affen kreischten in den Bäumen, und Vögel ließen ihren Ruf in der kühlen Luft erschallen. Die Kikuyu-Träger zogen einzeln hinter ihnen her, rauchten Zigaretten und scherzten in einer fremden Sprache miteinander. Elliot genoß seine Empfindungen – das Gefühl, von einer sich selbst verabsolutierenden Zivilisation losgelöst zu sein, das Abenteuer, die Möglichkeit unerwarteter Ereignisse, die jederzeit eintreten konnten, und schließlich die Suche nach einer fesselnden Vergangenheit, während die Allgegenwart der Gefahr die Empfindungen intensivierte. In dieser Hochstimmung lauschte er den Tieren des Walds um sich herum, sah das Licht- und Schattenspiel zwischen den Bäumen, spürte den nachgiebigen Boden unter seinen Füßen und sah zu Karen Ross hinüber, die ihm plötzlich auf eine völlig unerwartete Art anmutig und schön erschien.

Doch sie verschwendete keinen Blick auf ihre Umgebung. Sie drehte im Gehen Knöpfe an einem ihrer schwarzen Elektronikkästen und versuchte ein Signal einzufangen. Von einem Schulterband hing ein zweiter solcher Kasten, und da sie sich nicht nach Elliot umwandte, hatte er Zeit zu beobachten, daß sich an ihrer Achsel ein dunkler Schweißfleck gebildet hatte und ein weiterer an ihrem Rücken. Das dunkelblonde Haar klebte ihr naß und strähnig am Hinterkopf. Auch bemerkte er, daß ihre Hose vom Aufprall auf dem Boden voller Falten und Schmutzflecke war.

»Genießen Sie den Wald«, sagte Munro zu ihm. »Das ist auf lange Zeit das letzte Mal, daß Sie sich kühl und trocken fühlen werden.«

Elliot stimmte zu, daß es im Wald sehr angenehm sei.

»Ja, sehr angenehm«, pflichtete Munro ihm mit einem seltsamen Gesichtsausdruck bei und nickte.

Der Barawanawald war kein jungfräulicher Urwald. Von Zeit zu Zeit kamen sie an gerodeten Feldern und anderen Anzeichen menschlicher Besiedlung vorbei, wenn sie auch nie jemanden sahen. Als Elliot darauf hinwies, schüttelte Munro den Kopf. Während sie tiefer in den Wald eindrangen, wurde Munro immer grüblerischer und wortkarger. Allerdings zeigte er sich an der Tierwelt interessiert und blieb oft stehen, um aufmerksam einem Vogelruf zu lauschen, bevor er der Expedition das Signal zum Weitermarsch gab.

Während einer solchen Pause drehte Elliot sich um, blickte die Reihe von Trägern entlang, die Lasten auf ihren Köpfen balancierten und empfand eine enge Beziehung zu Livingstone, Stanley und den anderen Afrika-Forschern, die vor einem Jahrhundert diesen Kontinent durchstreift hatten. Hier stimmten seine romantischen Vorstellungen tatsächlich einmal. Das Leben in Zentralafrika hat sich seit Stanleys Erforschung des Kongo in den siebziger Jahren des vorigen Jahrhunderts nur wenig geändert – so wenig wie die Grundzüge der Expeditionen in dieses Gebiet. Wer ernsthaft etwas erforschen wollte, mußte nach wie vor zu Fuß gehen, nach wie vor waren Träger erforderlich, die Kosten waren beträchtlich – und auch die Gefahren.

Gegen Mittag hatten Elliots Schuhe zu drücken begonnen, und jetzt merkte er, daß er todmüde war. Offensichtlich waren auch die Träger müde. Sie waren schweigsam geworden, rauchten nicht mehr und riefen einander auch keine Scherzworte mehr zu. Die Gruppe zog schweigend weiter. Elliot fragte Munro, ob eine Mittagspause eingelegt werde.

»Nein«, sagte Munro.

»Das ist gut«, sagte Karen Ross mit einem Blick auf ihre Uhr.

Kurz nach ein Uhr hörten sie das Klopfen von Hubschrauberrotoren. Munro und die Träger reagierten sofort – sie tauchten unter eine Gruppe hoher Bäume und warteten, nach oben spähend. Wenige Augenblicke später donnerten zwei große grüne Hubschrauber über sie hinweg. Elliot konnte deutlich die weiße Beschriftung lesen: FAZ.

Munro warf den abziehenden Hubschraubern einen schiefen Blick nach. Es waren Hueys amerikanischer Herkunft, die

Bewaffnung hatte er nicht erkennen können. »Vom Heer«, sagte er. »Die suchen nach Kigani.«
Eine Stunde später kamen sie an eine Lichtung, auf der Maniok angebaut wurde. Ein grob zusammengezimmertes Farmgebäude stand in der Mitte, aus dem Schornstein stieg blasser Rauch und an einer Leine flatterte Wäsche träge im schwachen Lufthauch. Von den Bewohnern war nichts zu sehen.
Bisher war die Expedition jeweils um landwirtschaftlich genutzte Lichtungen herumgezogen, aber diesmal hob Munro die Hand und gebot Halt. Die Träger setzten ihre Lasten ab, hockten sich ins Gras und warteten stumm.
Die Atmosphäre war angespannt – Elliot verstand nicht recht warum. Munro saß mit Kahega am Rand der Lichtung und faßte das Farmhaus und die es umgebenden Felder ins Auge. Als sich nach zwanzig Minuten immer noch nichts rührte, wurde Karen Ross, die neben Munro saß, ungeduldig und sah immer wieder auf die Uhr. »Warum machen wir nicht –«
Munro legte ihr grob die Hand auf den Mund. Er wies auf die Lichtung und bildete mit den Lippen ein Wort: Kigani.
Karen Ross öffnete die Augen weit. Munro nahm seine Hand fort.
Sie alle sahen zu dem Farmhaus hinüber. Immer noch rührte sich nichts. Karen Ross machte mit dem Arm eine kreisförmige Bewegung und deutete damit an, daß sie um die Lichtung herumgehen und weiterziehen sollten. Munro schüttelte den Kopf und bedeutete ihr mit einer Handbewegung, sie solle sich wieder auf den Boden setzen. Er sah Elliot fragend an und wies auf Amy, die in der Nähe durch das hohe Gras streifte. Er schien zu befürchten, daß Amy ein Geräusch verursachen könnte. Elliot machte Amy Zeichen, sie möge sich still verhalten, aber es war nicht nötig. Sie hatte die allgemeine Spannung längst empfunden und warf von Zeit zu Zeit mißtrauische Blicke zum Farmhaus hinüber.
Wieder geschah einige Minuten lang nichts. Sie lauschten dem Zirpen der Zikaden in der heißen Mittagssonne und warteten. Sie sahen die Wäsche auf der Leine im Wind flattern.

Dann drang plötzlich kein blauer Rauch mehr aus dem Schornstein.
Munro und Kahega tauschten Blicke. Kahega glitt dorthin zurück, wo die Träger saßen, öffnete eine der Lasten und holte eine Maschinenpistole heraus. Er bedeckte mit der Hand den Sicherungshebel und dämpfte so das beim Entsichern entstehende Geräusch. Es war unglaublich still in der Lichtung. Kahega nahm seinen Platz neben Munro wieder ein und gab ihm die Waffe. Munro sah nach, ob sie entsichert war und legte sie dann auf den Boden. Sie warteten noch einige Minuten. Elliot warf einen Blick zu Karen Ross hinüber, aber sie sah nicht in seine Richtung.
Man hörte ein leises Quietschen, als die Tür des Hauses sich öffnete. Munro nahm die Maschinenpistole zur Hand.
Niemand kam heraus. Sie alle starrten auf die offene Tür und warteten. Und dann traten schließlich die Kigani-Krieger aus der Türöffnung ins Sonnenlicht.
Elliot zählte zwölf hochgewachsene, muskulöse, mit Pfeil und Bogen bewaffnete Männer, die lange Buschmesser in den Händen hielten. Über Beine und Brustkorb zogen sich weiße Striche, und ihre Gesichter waren ganz und gar weiß bemalt. Das verlieh ihnen ein bedrohliches Aussehen, die Gesichter wirkten wie Totenschädel. Als die Kigani durch den hochstehenden Maniok davonzogen, konnte man nur noch ihre weißen Köpfe sehen, die sich immer wieder sichernd umwandten.
Auch nach ihrem Weggang wartete Munro noch zehn Minuten und behielt die still vor ihnen liegende Lichtung aufmerksam im Auge. Schließlich erhob er sich und seufzte. Als er sprach, klang seine Stimme unglaublich laut. »Das waren Kigani«, sagte er.
»Was haben sie getan?« wollte Karen Ross wissen.
»Gegessen«, sagte Munro, »Sie haben die Menschen, die dort wohnten, getötet und dann gegessen. Die meisten Farmer sind geflohen, weil die Kigani auf dem Kriegspfad sind.«
Er machte Kahega ein Zeichen, die Träger wieder in Marsch zu setzen, und sie brachen auf, umgingen die Lichtung. Elliot warf immer wieder Blicke auf das Farmhaus und fragte sich, was er wohl sehen würde, wenn er hineinginge. Munros Aussage hatte so

beiläufig geklungen: *Sie haben die Menschen ... getötet und dann gegessen.*
»Ich vermute«, sagte Karen Ross und sah über ihre Schulter, »daß wir uns glücklich preisen dürfen. Vermutlich gehören wir zu den letzten Menschen auf der Welt, die so etwas zu sehen bekommen.«
Munro schüttelte den Kopf. »Das bezweifle ich«, sagte er. »So schnell bricht niemand mit alten Gewohnheiten.«

Im Verlauf des Bürgerkriegs, der in den sechziger Jahren im Kongo getobt hatte, hatte die Öffentlichkeit der westlichen Welt entsetzt auf Berichte über den weitverbreiteten Kannibalismus und andere Scheußlichkeiten reagiert. In Wirklichkeit war Kannibalismus in Zentralafrika stets offen praktiziert worden.
Sidney Hinde schrieb 1897, daß »alle Stämme im Kongo-Becken entweder Kannibalen sind oder waren, und bei einigen von ihnen gewinnt der Brauch an Beliebtheit.« Hinde zeigte sich von der unverhüllten Offenheit des kongolesischen Kannibalismus beeindruckt: »Dampferkapitäne haben mir oft versichert, daß immer wieder, wenn sie versuchen, von den Eingeborenen Ziegen zu kaufen, im Austausch dafür Sklaven verlangt werden. Häufig kommen sie mit Elefantenzähnen an Bord, für die sie einen Sklaven kaufen wollen, und beklagen sich, daß *Fleisch derzeit in weitem Umkreis sehr knapp sei.*«
Im Kongo stand der Kannibalismus in keiner Beziehung zu Ritualen, zur Religionsausübung oder zum Krieg – es war lediglich eine Frage kulinarischer Vorliebe.
Reverend Holman Bentley, ein Geistlicher, die zwanzig Jahre dort zubrachte, zitierte einen Eingeborenen, der gesagt haben soll: „Ihr Weißen glaubt, daß Schweinefleisch am besten schmeckt, aber in Wirklichkeit hält es den Vergleich mit Menschenfleisch nicht aus.« Bentley hatte den Eindruck, daß die Eingeborenen »die ihren Gewohnheiten gegenüber erhobenen Bedenken nicht verstehen würden. Ihr eßt Geflügel und Ziegen, und wir essen Menschen – warum auch nicht? Wo liegt der Unterschied?«

Diese ungezwungene Haltung erstaunte Beobachter und führte zu seltsamen Gewohnheiten. Herbert Ward beschrieb 1910 Märkte, auf denen Sklaven verkauft wurden, und zwar »stückweise, bei lebendigem Leibe. So unglaublich es erscheinen mag, Gefangene werden von Ort zu Ort geführt, damit jeder Gelegenheit hat, durch Markierungen, die außen am Körper angebracht werden, den Teil zu kennzeichnen, den er zu kaufen wünscht. Diese Kennzeichnung erfolgt gewöhnlich mit Hilfe farbigen Tons oder in besonderer Weise geknoteter Grasstreifen. Die verblüffende Gelassenheit der Opfer, die auf diese Weise erleben, wie um ihre einzelnen Teile gefeilscht wird, ist nur der Abgestumpftheit vergleichbar, mit der sie ihrem Geschick entgegenziehen.«
Solche Berichte kann man nicht als Zeugnisse spätviktorianischer Hysterie abtun, denn alle Beobachter beschrieben die Kannibalen als freundlich und sympathisch. Ward nannte sie Menschen »ohne Arg und niedrige Gesinnung. In völligem Gegensatz zu allem, was man eigentlich annehmen sollte, gehören sie zu den freundlichsten Menschen«. Bentley beschrieb sie als »heitere und mutige Burschen, freundlich in der Unterhaltung und nur zu bereit, ihre Zuneigung zu beweisen.«
Unter der belgischen Kolonialverwaltung ging der Kannibalismus stark zurück – zu Beginn der fünfziger Jahre ließen sich sogar gelegentlich Friedhöfe finden –, aber niemand nahm ernsthaft an, daß er ausgerottet sei. Noch 1956 schrieb H. C. Engert: »Der Kannibalismus ist in Afrika bei weitem noch nicht tot ... Ich habe selbst eine Weile in einem Kannibalendorf zugebracht und einige (menschliche) Knochen gefunden. Es handelt sich bei den Eingeborenen um überaus freundliche Menschen. Der Kannibalismus ist einfach ein alter Brauch, der nicht so schnell aufgegeben wird.«

In Munros Augen war der Aufruhr der Kigani 1979 lediglich eine politische Unbotmäßigkeit. Die Angehörigen des Stamms rebellierten gegen die Aufforderung der Regierung des Landes Zaîre, Ackerbau zu treiben, statt zu jagen – als sei das alles so einfach. Die Kigani waren ein armes, rückständiges Volk, Hygiene war bei ihnen nur wenig entwickelt, ihre Nahrung war eiweiß- und vitaminarm, und sie fielen häufig der Malaria, dem Hakenwurm, der Bilharziose und der Schlafkrankheit zum Opfer. Jedes vierte Kind starb bereits bei der Geburt, und nur wenige Kigani wurden älter als fünfundzwanzig Jahre. Die Mühsal ihres Daseins erforderte Erklärungen, und die lieferten ihnen Angawa oder Zauberer. Die Kigani glaubten, daß die Mehrzahl der Todesfälle durch das Eingreifen übernatürlicher Kräfte erfolgte: Das Opfer war von einem Zauberer verhext, hatte ein Tabu gebrochen oder wurde von rachedurstigen Geistern aus dem Totenreich umgebracht. Auch der Jagd wohnte ein übernatürlicher Aspekt inne: Das Wild wurde stark von der Geisterwelt beeinflußt. Tatsächlich erschien den Kigani die übernatürliche Welt weit wirklicher als die Alltagswelt, die sie für einen »Wachtraum« hielten. Sie versuchten, die übernatürlichen Kräfte durch Zauberbann und von den Angawa hergestellte Zaubertränke zu beherrschen. Sie führten auch rituelle Veränderungen an ihren Leibern durch, bemalten beispielsweise Gesicht und Hände weiß, um damit dem Krieger für die Schlacht größere Kräfte zu verleihen. Da die Kigani glaubten, daß auch den Leichen ihrer Feinde ein Zauber innewohnte, aßen sie sie, um den von anderen Angawa ausgesprochenen Zauber zu brechen. Die ursprünglich dem Gegner eigenen magischen Kräfte sollten so auf sie übergehen, und die Bemühungen der feindlichen Zauberer vereitelt werden.

Dieser Glaube war uralt, und die Kigani reagierten schon immer in ganz bestimmter Weise auf Bedrohungen. Dazu gehörte, daß sie andere Menschen aßen. 1890 zogen sie im Norden auf den Kriegspfad, nachdem die ersten Fremden mit Feuerwaffen bei ihren Einfällen das Wild vergrämt hatten. Als sie im Bürgerkrieg 1961 vor dem Hungertod standen, griffen sie andere Stämme an und aßen ihre Opfer.

»Und warum essen sie jetzt Menschen?« fragte Elliot Munro.

»Sie bestehen auf ihrem Jagdrecht«, sagte Munro. »Ganz gleich, was die Bürokraten in Kinshasa davon halten.«

Am frühen Nachmittag erklommen die Expeditionsteilnehmer einen Berg, von dem aus sie die Täler überblicken konnten, die in

südlicher Richtung hinter ihnen lagen. In der Ferne entdeckten sie große Rauchwolken und sahen Flammen emporzüngeln. Man hörte die gedämpften Detonationen von Luft-Boden-Raketen und das Rotorklopfen von Hubschraubern, die wie mechanische Geier über einem erlegten Stück Wild in der Luft kreisten.
»Das sind Kigani-Dörfer«, sagte Munro und blickte kopfschüttelnd zurück. »Sie haben nicht die geringsten Aussichten, zumal alle Männer in den Hubschraubern und die Bodentruppen, die sie unterstützen, vom Abawe-Stamm sind, dem Erbfeind der Kigani.«
Die Welt des 20. Jahrhunderts hatte keinen Raum für den Glauben von Kannibalen, und die Regierung in Kinshasa, dreitausend Kilometer entfernt, hatte bereits beschlossen, »den peinlichen Brauch der Menschenfresserei« in den Grenzen ihres Landes mit Stumpf und Stiel auszurotten. Sie schickte im Juni fünftausend Soldaten und sechs mit Raketen ausgerüstete amerikanische UH-2-Hubschrauber sowie zehn gepanzerte Mannschaftstransporter gegen die Kigani, um die Rebellion niederzuschlagen. Der kommandierende Befehlshaber, General Ngo Muguru, gab sich keinen Täuschungen über seinen Auftrag hin: man wollte in Kinshasa, daß er den Stamm der Kigani ausrottete – und genau das dachte er zu tun.

Während des übrigen Tages hörten sie entfernte Detonationen von Mörsern und Raketen. Es war unmöglich, den Kontrast zwischen dieser modernen Bewaffnung und Pfeil und Bogen der Kigani-Krieger zu übersehen, die sie beobachtet hatten. Karen Ross sagte, es sei traurig, und Munro erwiderte, es sei unvermeidlich.
»Der Zweck des Lebens«, sagte Munro, »ist es, am Leben zu bleiben. Beobachten Sie einmal ein Tier in der Natur – es versucht nichts anderes, als am Leben zu bleiben. Es kümmert sich nicht um Aussichten oder Glaubenshaltungen. Immer dann, wenn das Verhalten eines Tiers es die Beziehung zur Wirklichkeit seines Daseins verlieren läßt, verschwindet es als Art von der Bildfläche. Die Kigani haben nicht erkannt, daß die Zeiten sich

geändert haben und daß ihr Glaube nicht funktioniert. Damit sind sie zum Untergang verurteilt.«
»Vielleicht gibt es eine höhere Wahrheit als die, einfach am Leben zu bleiben«, sagte Karen Ross.
»Bestimmt nicht«, sagte Munro.
Sie sahen noch einige weitere Kigani-Trupps, gewöhnlich aus einer Entfernung von vielen Kilometern. Am Ende des Tages, nachdem sie die schwankende Holzbrücke über die Moruti-Schlucht überquert hatten, verkündete Munro, sie seien jetzt aus dem Kigani-Gebiet heraus und zumindest vorläufig in Sicherheit.

3. Im Lager Moruti

In einer hoch gelegenen Lichtung oberhalb von Moruti, dem »Ort sanfter Winde«, rief Munro Anweisungen auf swahili, und Kahegas Träger begannen, ihre Lasten auszupacken. Karen Ross sah auf die Uhr. »Machen wir Schluß?«
»Ja«, sagte Munro.
»Aber es ist erst fünf Uhr. Wir haben noch zwei Stunden Tageslicht.«
»Wir schlagen das Lager hier auf«, sagte Munro. Moruti lag in fünfhundert Meter Höhe. Noch zwei Stunden, und sie hätten den weiter unterhalb liegenden Regenwald erreicht. »Hier ist es kühler und angenehmer.«
Karen Ross sagte, sie mache sich nichts aus Annehmlichkeiten.
»Warten Sie nur ab«, sagte Munro.
Um möglichst schnell vorwärts zu kommen, wollte Munro die Expedition, wo immer das möglich war, aus dem Regenwald heraushalten. Man konnte sich nur langsam und mühsam durch den Dschungel arbeiten, und sie würden mehr als genug Erfahrungen mit Schlamm, Zecken und den verschiedensten Spielarten von Fieber machen.
Kahega rief ihm auf Swahili etwas zu. Munro wandte sich an

Karen Ross und sagte: »Kahega möchte wissen, wie man diese Zelte aufstellt.«
Kahega hielt eine faltige silberfarbene Gewebekugel in der ausgestreckten Hand. Die anderen Träger waren ebenso verwirrt und suchten in ihren Lasten nach den vertrauten Zeltpfosten oder Stäben, ohne jedoch dergleichen zu finden.
Die ERTS hatte sich 1977 ihre Ausrüstung für Expeditionslager von einer Arbeitsgruppe der NASA entwickeln lassen. Dabei war man von der Erkenntnis ausgegangen, daß sich die Ausrüstung von Expeditionen in die Wildnis seit dem 18. Jahrhundert nicht mehr grundlegend geändert hatte. »Entwicklungen für neuzeitliche Forschungsunternehmen sind überfällig«, hatte die ERTS gesagt und Verbesserungen gefordert, die vor allem das Gewicht, die Bequemlichkeit und die Leistungsfähigkeit der Ausrüstung für Expeditionen betrafen. Die NASA hatte alles umkonstruiert, von Bekleidung und Stiefeln bis hin zu Zelten und Kochgeräten, Nahrungsmitteln, Speiseplänen, Erste-Hilfe-Päckchen und Nachrichtensystemen für Expeditionen der ERTS in unerforschte Gebiete.
Die neuen Zelte waren kennzeichnend für die Art, wie die NASA an solche Aufgaben heranging. Man war zu dem Ergebnis gekommen, daß bei herkömmlichen Zelten der größte Teil des Gewichts auf stützende Elemente entfiel. Außerdem waren Einschichtzelte schlecht isoliert. Also konnte, wer Zelte ordentlich isolierte, das Gewicht von Kleidung und Schlafsäcken vermindern und damit auch den täglichen Kalorienbedarf der Expeditionsteilnehmer. Da Luft ein ausgezeichnetes Isoliermittel ist, bestand die naheliegende Lösung in einem aufblasbaren Zelt ohne stützende Teile: Die NASA entwickelte eines, das ganze 170 Gramm wog.
Mit einer leise pfeifenden Fußpumpe blies Karen Ross das erste Zelt auf. Es bestand aus zweilagigem, silberbeschichtetem Mylar und sah aus wie eine leuchtende verrippte Nissenhütte. Die Träger klatschten vor Vergnügen in die Hände, Munro schüttelte belustigt den Kopf und Kahega holte einen kleinen silberglänzenden Kasten von der Größe eines Schuhkartons hervor.
»Und das? Was ist das?«

»Das brauchen wir heute nacht nicht. Das ist eine Klimaanlage«, sagte Karen Ross.
»Keinen Schritt im Busch ohne Klimaanlage«, sagte Munro.
Karen Ross warf ihm einen finsteren Blick zu. »Untersuchungen haben erwiesen«, sagte sie, »daß der Faktor, der die Arbeitsleistung am meisten zu beeinträchtigen vermag, die Temperatur der Umgebung ist. An zweiter Stelle folgt Schlafmangel.«
»Was Sie nicht sagen.«
Munro sah lachend zu Elliot hinüber, aber der war in den Anblick des Regenwalds im Schein der Abendsonne vertieft. Amy zupfte Elliot sacht am Ärmel.
Frau und Nasen-Haar-Mann streiten, gab sie ihm zu verstehen.
Sie hatte Munro von Anfang an gemocht, und er erwiderte ihre Zuneigung. Statt ihr den Kopf zu tätscheln und sie überhaupt wie ein Kind zu behandeln, was die meisten Menschen taten, behandelte Munro sie instinktiv als weibliches Wesen. Allerdings hatte er auch genug mit Gorillas zu tun gehabt, um ein Gespür für ihr Verhalten zu haben. Zwar konnte er Amys Sprache nicht deuten, doch wenn sie die Arme hob, verstand er, daß sie gekrault werden wollte, und diesem Wunsch kam er gern ein paar Augenblicke lang nach, während sie sich vor Vergnügen grunzend auf dem Boden wälzte.
Doch Amy war stets betrübt, wenn es Auseinandersetzungen gab, und so beobachtete sie jetzt die Situation mit Mißbilligung. »Sie reden nur miteinander«, beruhigte Elliot sie.
Sie gab zu verstehen, daß sie etwas essen wollte.
»Es dauert nicht lange.« Er wandte sich um und sah, wie Karen Ross die Sendeanlage aufbaute. Das sollte jetzt für den Rest der Expedition tägliche Gewohnheit werden, und zwar eine, die immer wieder Amys Aufmerksamkeit auf sich lenkte. Die ganze Anlage, mit deren Hilfe Botschaften fünfzehntausend Kilometer weit über Satelliten weitergegeben werden konnten, wog zweieinhalb Kilogramm, und die Einrichtungen für elektronische Gegenmaßnahmen wogen weitere eineinhalb Kilogramm.
Als erstes ließ Karen Ross die schirmförmig zusammengelegte Parabolantenne mit einem Durchmesser von eineinhalb Meter

aufspringen. Das gefiel Amy ganz besonders, und sie fragte an den folgenden Tagen gegen Abend Karen Ross immer drängender, wann sie denn die »Metallblume öffnen« werde. Als die Antenne stand, schloß Karen Ross den Sendeempfänger an und stellte eine Verbindung zu den Krylon-Kadmium-Elementen her. Als nächstes schaltete sie die Abschirmeinrichtung zu und steckte zum Schluß den Stecker des tragbaren Kleincomputers mit seinem winzigen Tastenfeld und seinem Datenbildschirm mit einer Diagonale von siebeneinhalb Zentimeter ein.

Diese Anlage war eine hochspezialisierte Einrichtung. Der Arbeitsspeicher des Computers hatte eine Kapazität von 189 K, und alle Stromkreise waren doppelt vorhanden. Die Gehäuse waren luftdicht versiegelt und stoßfest. Da die Bewegung der kontaktlosen Tasten nicht mechanisch, sondern über Magnete durch Ansteuerung von Feldplatten weitergegeben wurde, gab es keine störanfälligen beweglichen Teile, und es konnte am Tastenfeld kein Wasser und kein Staub eindringen.

Denoch war alles äußerst robust. Karen Ross erinnerte sich an die »Praxiserprobungen«, die bei der ERTS durchgeführt wurden. Dabei schleuderten Techniker neuentwickelte Geräte auf dem Firmenparkplatz gegen Wände, malträtierten sie mit Fußtritten und ließen sie über Nacht in einem Eimer mit schlammigem Wasser liegen. Was am folgenden Tag noch betriebsfähig war, galt als praxistauglich.

Jetzt tastete sie im Schein der über Moruti untergehenden Abendsonne die Schlüsselkoordinaten ein, mit deren Hilfe sie die Verbindung nach Houston herstellen konnte, prüfte die Signalstärke und wartete die erforderlichen sechs Minuten, bis die Sendeempfänger sich angeglichen hatten. Doch auf dem kleinen Bildschirm waren lediglich graue Bildstörungen und gelegentlich Farbimpulse zu sehen. Jemand mußte sie ganz massiv stören, und zwar offensichtlich mit einem »Symphonieorchester«.

Im Jargon der ERTS hieß die niedrigste Stufe elektronischer Störung »Tuba«. Wie bei einem Nachbarskind, das Tuba übt, war das lediglich lästig. Störungen dieser Art traten auf genau

begrenzten Frequenzen auf und waren oft zufällig oder wirkten willkürlich. Im allgemeinen konnte aber trotzdem gesendet werden. Die nächste Stufe war das »Streichquartett«. Dabei wurden zahlreiche Frequenzen in erkennbarer Anordnung gestört. Erstreckte die elektronische »Musik« sich über ein noch größeres Frequenzspektrum, sprach man von einer »Big Band«, und schließlich, wenn praktisch die gesamte für Sendungen überhaupt zur Verfügung stehende Bandbreite gestört war, von einem »Symphonieorchester«.
Mit einem solchen hatte Karen Ross es jetzt zu tun. Um die Störung zu durchbrechen, mußte sie sich mit Houston koordinieren, und genau das konnte sie nicht. Doch hatte man bei der ERTS verschiedene Möglichkeiten gegen solche Störungen entwickelt. Die spielte sie jetzt eine nach der anderen durch, und schließlich gelang es ihr, die Störung mittels einer »Intervallverschlüsselung« genannten Technik zu durchbrechen. Sie machte sich zunutze, daß es auch bei Musik, bei der die Töne dicht aufeinanderfolgen, stille Zwischenräume gibt, die nur tausendstel Sekunden dauern. Man konnte die Störsignale aufzeichnen, Regelmäßigkeiten in der Abfolge dieser stummen Intervalle feststellen und während der »Stillphasen« stoßweise senden.
Karen Ross sah jetzt mit Befriedigung ein mehrfarbiges Bild auf dem kleinen Bildschirm – eine Karte der Gegend des Kongo, in der sie sich gerade befanden. Sie gab die Lagearretierung ein, woraufhin auf dem Bildschirm eine Leuchtanzeige aufflackerte. Der Text wurde in »Kurzzeilen« durchgegeben, einer speziell für kleine Bildschirme entwickelten, verkürzenden Schreibweise.
UEBRPRUEFN ORTSZT: BITE BESTAETGN 18.04 H 6/17/79.
Sie bestätigte, daß es nach Ortszeit kurz nach achtzehn Uhr war. Sogleich bildeten sich kreuzende Linien ein verschlüsseltes Muster, während die Ortszeit und die geographische Lage ihres Standorts mit einem vor dem Aufbruch der Expedition vom Computer aufgezeichneten simulierten Programm verglichen wurden.
Karen Ross war auf unangenehme Nachrichten gefaßt. Überschlägig gerechnet lagen sie inzwischen etwa siebzig Stunden

hinter ihrer ursprünglichen Zeitplanung und etwas mehr als zwanzig hinter dem Konsortium zurück.

Ihre Planung hatte vorgesehen, daß sie am 17. Juni um vierzehn Uhr am Muhavura abspringen und etwa sechsunddreißig Stunden später, also am 19. gegen Mittag, in Zinj ankommen sollten. Damit wären sie fast zwei Tage vor den Konkurrenten am Ziel gewesen.

Der Raketenangriff hatte sie gezwungen, gut hundertzwanzig Kilometer südlich von der vorgesehenen Stelle abzuspringen. Der vor ihnen liegende Dschungel war vielgestaltig, und selbst wenn sie davon ausgingen, durch das Befahren von Flüssen Zeit gutzumachen, würden sie für die zu bewältigenden hundertzwanzig Kilometer doch mindestens drei Tage brauchen.

Das hieß: Sie durften nicht mehr damit rechnen, ihr Ziel vor dem Konsortium zu erreichen. Sie würden von Glück sagen können, wenn sie, statt mit einem Vorsprung von achtundvierzig Stunden, nur vierundzwanzig Stunden zu spät ankamen.

Zu ihrer Überraschung leuchtete auf dem Bildschirm auf: UEBRPRUEFN ORTSZT: – 09.04 H HUT AB! Sie hatten gegenüber der simulierten Zeitprojektion nur neun Stunden verloren!

»Was heißt das?« fragte Munro mit einem Blick auf den Bildschirm.

Es gab nur eine mögliche Erklärung. »Dem Konsortium muß irgend etwas in die Quere gekommen sein«, sagte Karen Ross.

Auf dem Bildschirm lasen sie nun:

EURO/JAP LEUT AERGR FLUGHFN GOMA/ZAIR MASCHIN SOL RADIOAKTV SEIN: PECH GHABT.

»Travis hat offenbar in Houston ein paar Beziehungen spielen lassen«, sagte Karen Ross. Sie konnte sich vorstellen, was es die ERTS gekostet haben mußte, diesen Zwischenfall auf dem kleinen Feldflugplatz von Goma zu arrangieren. »Das bedeutet, daß wir es noch immer schaffen können, falls wir die neun Stunden herausschinden.«

»Das kriegen wir hin«, sagte Munro.

Im Schein der hier, in der Nähe des Äquators, rasch untergehenden Sonne leuchtete das Lager Moruti wie eine Handvoll glitzernder Juwelen – eine silberne Parabolantenne, die fünf Silberkuppeln der Zelte, alles spiegelte sich in den Strahlen der sinkenden Sonne. Peter Elliot saß mit Amy auf der Kuppe des Hügels und betrachtete versonnen die sich vor ihm erstreckende Weite des Regenwalds.
Als die Nacht hereinbrach, sah man erste verschwommene Dunstfäden, und während mit zunehmender Dunkelheit in der sich abkühlenden Luft immer mehr Wasserdampf kondensierte, lag der Wald bald in dichtem, immer undurchdringlicherem Nebel.

6. Tag
Liko

18. Juni 1979

1. Regenwald

Am Morgen des folgenden Tages drangen sie in den feuchten Regenwald am Kongo ein, der in einer immerwährenden Düsternis liegt.
Munro bemerkte, daß ihn wieder das von früher bekannte Gefühl der Bedrücktheit und des Eingeschlossenseins beschlich, verbunden mit einer seltsamen, übermächtigen Mattigkeit. Als Söldner am Kongo in den sechziger Jahren hatte er den Dschungel gemieden, wo immer das möglich war. Die Mehrzahl der militärischen Auseinandersetzungen hatte in freiem Gelände stattgefunden – in den Kolonialstädten der Belgier, an Flußufern, an den unbefestigten Straßen, die sich wie ein rotes Band durchs Land zogen. Niemand wollte im Dschungel kämpfen. Den Söldnern war er verhaßt, und die abergläubischen Simba hatten Angst vor ihm. Beim Vorrücken der Söldner flohen die Aufständischen oft in den Dschungel, aber nie sehr weit, und Munros Soldaten folgten ihnen nicht dorthin, sondern warteten einfach, bis sie wieder herauskamen.
Auch in den sechziger Jahren blieb der Dschungel unbekanntes Land, ein Reich, in das die Mittel der modernen hochtechnisierten Kriegführung nicht recht einzudringen vermochten. Und das hatte seinen guten Grund, dachte Munro. Der Mensch gehörte einfach nicht hierher. Munro freute sich absolut nicht, wieder im Dschungel zu sein.
Elliot, der noch nie im Regenwald gewesen war, war fasziniert. Der Dschungel war anders, als er ihn sich vorgestellt hatte. Er

war nicht darauf gefaßt, daß alles so riesig war – die gigantischen Bäume, die hoch über ihm himmelwärts strebten, mit Stämmen groß wie Häuser und dicken, moosbedeckten Wurzeln, die sich am Boden wanden.
In dem weiten Raum unter den Bäumen kam man sich vor wie im Dämmerlicht einer Kathedrale: Die Sonne war völlig ausgesperrt, und am Belichtungsmesser seines Fotoapparats konnte er keinen Zeigerausschlag beobachten.
Auch hatte er sich den Dschungel weit dichter vorgestellt, als er sich nun zeigte. Sie konnten frei und unbehindert hindurchziehen. Dieser Wald schien auf eine überraschende Weise öde und still zu sein – zwar hörte man gelegentlich einen Vogelruf und kreischende Affen, aber sonst lag über allem tiefe Stille. Außerdem war alles seltsam monoton: Obwohl er im Blattwerk und in den Schlingpflanzen jede Schattierung von Grün bemerken konnte, gab es nur wenige Blumen oder Blüten. Sogar die hier und da wachsenden Orchideen sahen blaß und gedämpft aus.
Er hatte erwartet, überall Fäulnis und Moder vorzufinden, aber auch das stimmte nicht. Der Boden unter den Füßen fühlte sich oft fest an, und die Luft hatte einen neutralen Geruch. Doch war es unglaublich heiß und feucht, und alles schien naß zu sein – die Blätter, Baumstämme, der Erdboden und sogar die bedrückend regungslose Luft, die unter den Bäumen gleichsam gefangen war.
Elliot hätte sicherlich Stanleys Beschreibung aus dem vergangenen Jahrhundert zugestimmt: »Zu unseren Häupten versperrten die weit ausladenden Zweige allem Tageslicht den Zutritt ... Wir zogen in schwachem Dämmerlicht dahin ... ohne Unterlaß fiel mit klatschendem Geräusch Tau auf uns hernieder ... Unsere Kleidung war damit getränkt ... Aus allen Poren drang Schweiß, denn die Luft war erdrückend ... Wie abweisend stellte das dunkle Unbekannte sich uns entgegen!«
Da Elliot sich auf seine erste Begegnung mit dem äquatorialen Urwald gefreut hatte, war er überrascht, wie schnell er sich bedrückt fühlte – und wie schnell er ihn wieder verlassen wollte. Dabei waren in den tropischen Regenwäldern die meisten neuen

Lebensformen entstanden, der Mensch eingeschlossen. Der Dschungel ist kein gleichförmiges Biotop. Er besteht vielmehr aus vielen unterschiedlichen Kleinstumgebungen, die wie eine Schichttorte übereinander angeordnet sind. Jede enthält einen bestürzenden Reichtum an tierischem und pflanzlichem Leben, aber alle Arten sind jeweils mit nur wenigen Exemplaren vertreten. Im tropischen Dschungel gab es viermal so viele Tierarten wie in einem vergleichbaren Wald in der gemäßigten Klimazone. Während er durch den Urwald schritt, merkte Elliot, daß er ihm wie ein riesiger, warmer, dunkler Mutterleib erschien; ein Ort, an dem unter immer gleichbleibenden Bedingungen neue Arten gediehen, bis sie in der Lage waren, dem Leben in den härteren und veränderlicheren gemäßigten Zonen zu trotzen. So war es Jahrmillionen hindurch gewesen.

Amys Verhalten änderte sich, kaum daß sie die dunklen Tiefen ihrer eigentlichen Heimat betrat. Im nachhinein meinte Elliot, er hätte ihre Reaktion voraussehen können, wenn er alles gründlich durchdacht hätte.
Amy blieb nicht mehr bei der Gruppe.
Sie machte kleine Ausflüge abseits vom Pfad, hockte sich gelegentlich hin und aß zarte Triebe und Gräser. Sie ließ sich durch nichts zur Eile antreiben und nahm Elliots Aufforderungen, bei den anderen zu bleiben, nicht zur Kenntnis. Sie aß gemütlich, wobei auf ihrem Gesicht ein Ausdruck des Wohlbehagens lag. An Stellen, an denen einzelne Sonnenstrahlen das Blätterdach durchdrangen, legte sie sich auf den Rücken, rülpste und seufzte zufrieden.
»Was zum Teufel hat das zu bedeuten?« fragte Karen Ross ärgerlich. So konnten sie die verlorene Zeit nicht aufholen.
»Sie ist wieder ein Gorilla geworden«, sagte Elliot. »Gorillas sind Vegetarier und essen praktisch den ganzen Tag. Immerhin sind es große Tiere, und sie brauchen viel Futter.« Amy hatte sich sofort auf dieses Merkmal ihrer Art zurückbesonnen.
»Schön, aber können Sie nicht dafür sorgen, daß sie mit uns Schritt hält?«

»Ich versuche es. Aber sie beachtet mich nicht.« Er wußte auch, warum – Amy war endlich wieder in einer Welt, in der ein Peter Elliot nichts zu bedeuten hatte. Hier konnte sie selbst ihre Nahrung finden, Obdach, Zuflucht und was auch immer sie brauchte.
»Die Schule ist aus«, faßte Munro die Lage zusammen. Aber er wußte zugleich eine Lösung. »Lassen Sie sie nur«, sagte er munter und führte die anderen weiter. Er hielt Elliot fest am Ellbogen. »Drehen Sie sich nicht um«, sagte er. »Einfach weitergehen. Kümmern Sie sich nicht um sie.«
Sie gingen einige Minuten schweigend weiter.
Elliot fragte: »Und wenn sie nicht kommt?«
»Unsinn, Professor«, sagte Munro. »Ich dachte, Sie kennen sich mit Gorillas aus?«
»Ich kenne mich auch aus«, sagte Elliot.
»Dann wissen Sie auch, daß es in diesem Teil des Regenwalds keine gibt.«
Elliot nickte. Er hatte keine Schlafnester oder Kothaufen gesehen. »Aber sie findet hier alles, was sie braucht.«
»Nicht alles«, sagte Munro. »Zum Beispiel keine Artgenossen.«
Wie alle Herrentiere sind Gorillas gesellig. Sie leben in einer Gruppe und fühlen sich allein nicht wohl – und auch nicht sicher. Die meisten Primatenforscher vermuteten, daß sie ein dringendes Bedürfnis nach gesellschaftlichem Kontakt hatten, das sie ebenso stark empfanden wie Hunger, Durst oder Ermüdung.
»Wir sind ihre Herde«, sagte Munro. »Sie paßt schon auf, daß wir uns nicht zu weit von ihr entfernen.«
Einige Minuten später brach Amy etwa fünfzig Meter vor ihnen durch das Unterholz. Sie beobachtete die Gruppe und warf Peter böse Blicke zu.
»Schon gut, Amy«, sagte Munro. »Komm, ich kraule dich.« Amy richtete sich auf und legte sich dann vor ihm auf den Boden. Munro kraulte sie.
»Sehen Sie, Professor? Es ist alles in Ordnung.«
Amy entfernte sich nie mehr weit von der Gruppe.
Während Elliot mit unguten Gefühlen den Regenwald als die

natürliche Heimat »seines« Tiers betrachtete, begutachtete Karen Ross ihn als Quelle von Rohstoffen – allerdings hatte er da nicht allzuviel zu bieten. Sie ließ sich nicht von der üppigen übergroßen Vegetation täuschen, die, wie sie wußte, ein außergewöhnlich wirksames Ökosystem bildete, das auf praktisch unfruchtbarem Boden errichtet war.*

Die Entwicklungsländer in der dritten Welt hatten das nicht verstanden und mußten feststellen, daß der Boden, wenn der Urwald gerodet war, nur enttäuschende Erträge brachte. Und doch wurden Regenwälder mit der unglaublichen Quote von zwanzig Hektar in der Minute gerodet, Tag und Nacht. Annähernd sechzig Millionen Jahre lang hatten die Regenwälder der Welt den Äquator in einem grünen Gürtel umspannt – doch der Mensch würde sie binnen zwanzig Jahren gerodet haben.

Diese Art der Zerstörung hatte größte Beunruhigung und Bedenken ausgelöst, die Karen Ross jedoch nicht teilte. Sie zweifelte, daß das Weltklima dadurch wesentlich beeinflußt oder der Sauerstoffgehalt der Atmosphäre dadurch gemindert würde. Karen Ross ließ sich nicht so schnell in Panik versetzen und auch nicht so leicht von den Berechnungen der ängstlichen Pessimisten beeindrucken. Wenn sie Unbehagen empfand, so deshalb, weil man so wenig vom Urwald wußte. Bei einer Rodungsgeschwindigkeit von zwanzig Hektar pro Minute starb *in jeder Stunde eine* Tier- oder Pflanzenart aus. Lebensformen, die zu ihrer Entwicklung Millionen Jahre gebraucht hatten, werden binnen weniger Minuten weggewischt, und niemand konnte die Folgen dieser mit unglaublicher Geschwindigkeit erfolgenden Zerstörung voraussagen. Die Ausrottung von Arten ging schneller vonstatten, als irgend jemandem wirklich klar war, und die veröffentlichten Listen »gefährdeter« Arten verrieten nur einen Bruchteil der Wahrheit.

* Das Ökosystem der Regenwälder ist ein Energienutzungssystem, das mit weit höherem Wirkungsgrad arbeitet als irgendein vom Menschen entwickeltes System zur Energieumwandlung. Siehe dazu C. H. Higgins u. a., *Energy Resources and Ecosystem Utilization* (Englewood Cliffs, N. J.: Prentice Hall, 1977), pp. 232–255.

Das Übel reichte bis hinab zu den niedrigsten Lebensformen: Insekten, Würmern und Moosen.
In Wahrheit zerstörte der Mensch bedenkenlos und ohne zurückzublicken ganze Ökosysteme. Und diese Ökosysteme waren zum größten Teil voller Geheimnisse, kaum erforscht.
Karen Ross fühlte sich in eine Welt versetzt, die gänzlich anders war als die erforschbare Welt mineralischer Rohstoffe. In dieser Umgebung herrschte das pflanzliche Leben vor. Kein Wunder, dachte sie, daß die Ägypter dieses Gebiet das »Baumland« nannten. Der Regenwald bildete für pflanzliches Leben ein Treibhausklima, eine Umgebung, in der Riesenpflanzen dominierten und begünstigter waren als Säuger, auch als die zwar hochentwickelten, aber dennoch unbedeutenden Säuger der Gattung Mensch, die sich jetzt ihren Weg durch die immerwährende Finsternis des Urwalds bahnten.

Die Kikuyu-Träger hatten ihre besondere Art, auf den Wald zu reagieren: Sie fingen an zu lachen, zu scherzen und so viel Lärm wie möglich zu machen. Karen Ross sagte zu Kahega: »Die sind aber lustig.«
»Nein, nein«, sagte Kahega. »Sie warnen.«
»Warnen?«
Kahega erklärte, daß die Männer Lärm machten, um Büffel und Leoparden von sich fernzuhalten. »Und den *tembo*«, fügte er hinzu und deutete auf den Pfad, den sie gerade entlangzogen.
»Ist das ein *tembo*-Weg?« fragte sie.
Kahega nickte.
»Leben *tembo* in der Nähe?«
Kahega lachte: »Hoffentlich nicht, *tembo* ist Elefant.«
»Dann ist dies also ein Wildpfad. Werden wir Elefanten sehen?«
»Vielleicht. Vielleicht auch nicht«, sagte Kahega. »Ich hoffe nicht. Elefanten sind sehr groß.«
Gegen diese Erklärung war nichts einzuwenden. Karen Ross sagte: »Ich höre, die Männer sind deine Brüder.« Sie deutete mit einer Kopfbewegung auf die Reihe der Träger.

»Ja, es sind meine Brüder.«
»Aha.«
»Sie meinen, daß sie und ich dieselbe Mutter haben?«
»Ja, selbstverständlich.«
»Nein«, sagte Kahega, »so ist das nicht.«
Karen Ross war verwirrt. »Ihr seid also keine wirklichen Brüder?«
»Doch, wir sind wirkliche Brüder. Aber wir haben nicht dieselbe Mutter.«
»Und wieso seid ihr dann Brüder?«
»Weil wir im selben Dorf leben.«
»Mit euren Eltern?«
Kahega schien entsetzt. »*Nein*«, sagte er mit Betonung. »Nicht im selben Dorf.«
»Also in einem anderen?«
»Ja, natürlich – wir sind doch Kikuyu.« Und er erklärte ihr, daß bei den Kikuyu alle jungen Männer, alle »Brüder«, beim Eintritt in die Pubertät das Dorf ihrer Eltern verließen und in ein neues Dorf zogen, wo sie dann heirateten und ihrerseits Kinder aufzogen.
Er bot ihr an, die elektronischen Geräte zu tragen, die sie sich umgehängt hatte. Doch sie lehnte diese Hilfe ab. Sie mußte im Laufe des Tages immer wieder versuchen, mit Houston Verbindung aufzunehmen, und gegen Mittag fand sie tatsächlich eine Lücke, wahrscheinlich, weil der für die Störungen zuständige Operator des Konsortiums gerade Mittagspause machte. Sie kam durch und setzte eine neue Zeit- und Positionsangabe ab.
Auf dem Bildschirm konnte sie lesen: UEBRPRUEFN ORTSZT – 10:03 H.
Sie hatten seit der letzten Überprüfung am Vorabend fast eine Stunde verloren. »Wir müssen schneller vorwärts kommen«, sagte sie Munro.
»Wollen Sie joggen?« fragte Munro mit einem spöttischen Lächeln. »Ist auf jeden Fall sehr gesund.« Dann fügte er begütigend hinzu: »Zwischen hier und den Virunga-Vulkanen kann noch eine Menge passieren.«

Sie hörten fernes Donnergrollen, und Minuten später waren sie von einem sturzflutartigen Regen durchnäßt. Die Tropfen waren so schwer und dicht, daß sie ihnen Schmerz bereiteten. Es regnete die ganze folgende Stunde hindurch. Dann hörte der Regen ebenso plötzlich wieder auf, wie er begonnen hatte. Sie waren alle klatschnaß und fühlten sich elend, und als Munro in einer Lichtung eine Essenspause einlegen ließ, protestierte Karen Ross nicht.

Amy machte sich sogleich im Urwald auf Futtersuche. Die Träger bereiteten sich eine Mahlzeit aus Curryfleisch und Reis, während Munro, Karen Ross und Elliot mit Zigaretten die Zecken von ihren Beinen wegbrannten, die sich voller Blut gesogen hatten.

»Ich habe sie nicht einmal bemerkt«, sagte Karen Ross.

»Bei Regen sind sie noch schlimmer als sonst«, sagte Munro. Dann blickte er rasch auf und ließ seine Augen suchend über den Urwald gleiten.

»Ist etwas nicht in Ordnung?«

»Nein, es ist nichts«, sagte Munro und erklärte ausführlich, warum man die Zecken wegbrennen muß. Wenn man sie herauszog, blieb ein Teil des Kopfes im Fleisch zurück und führte zu einer Infektion.

Kahega brachte etwas zu essen, und Munro sagte leise: »Ist bei den Männern alles in Ordnung?«

»Ja«, sagte Kahega. »Alles in Ordnung. Sie haben keine Angst.«

»Angst wovor?« fragte Elliot.

»Essen Sie weiter, geben Sie sich ganz natürlich«, sagte Munro.

Elliot sah sich nervös um.

»Weiteressen!« sagte Munro. »Beleidigen Sie sie nicht. Sie dürfen sich nicht anmerken lassen, daß Sie von ihrer Gegenwart wissen.«

Die Gruppe aß schweigend weiter. Dann raschelte es ganz in der Nähe, und ein Pygmäe trat aus dem Wald heraus.

2. Tänzer der Gottheit

Er war hellhäutig, etwa anderthalb Meter groß, mit vorgewölbter Brust. Er trug nur einen Lendenschurz. Seinen Jagdbogen und seinen Pfeilköcher hatte er über die Schulter gehängt. Er betrachtete die Mitglieder der Expedition. Offensichtlich wollte er herausfinden, wer der Führer war.

Munro stand auf und sagte rasch etwas in einer fremden Sprache – Swahili war es nicht. Der Pygmäe antwortete. Munro bot ihm eine von den Zigaretten an, mit denen sie die Zecken ausgebrannt hatten. Der Pygmäe wollte sie sich nicht anstecken; er tat sie in ein Lederbeutelchen, das er am Körper trug. Es folgte eine kurze Unterhaltung, in deren Verlauf er mehrfach in den Dschungel deutete.

»Er sagt, in ihrem Dorf sei ein toter Weißer«, sagte Munro. Er nahm seine Last auf, die auch ein Erste-Hilfe-Päckchen enthielt. »Ich muß mich beeilen.«

Karen Ross sagte: »Wir können uns den Zeitverlust nicht leisten.«

Munro sah sie mit einem zornigen Blick an.

»Wieso, wenn er doch tot ist«, sagte sie.

»Er ist nicht *ganz* tot«, sagte Munro. »Er ist nicht ›tot für immer‹.«

Der Pygmäe nickte heftig. Munro erklärte ihr, wie die Pygmäen verschiedene Krankheitsgrade bezeichneten. Zuerst war ein Mensch heiß, dann fiebrig, dann krank, dann tot, dann ganz tot – und schließlich tot für immer.

Jetzt traten drei weitere Pygmäen aus dem Wald. Munro nickte. »Ich dachte mir schon, daß er nicht allein ist«, sagte er. »Diese Kerle sind nie allein. Sie ziehen nicht gern allein umher. Die anderen haben uns beobachtet. Eine falsche Bewegung, und wir hätten einen Pfeil in den Rippen gehabt. Sehen Sie die braunen Spitzen da? Vergiftet.«

Doch die Pygmäen wirkten jetzt gelöst und heiter, bis Amy durch das Unterholz zurückgestürmt kam. Rufe ertönten und Bogen wurden gespannt. Amy rannte angstvoll zu Peter Elliot hin,

sprang an ihm hoch und umklammerte seine Brust, wobei sie ihn von oben bis unten mit Schlamm beschmierte.
Die Pygmäen begannen eine lebhafte Unterhaltung. Sie wollten wissen, was Amys Ankunft zu bedeuten hatte, und bestürmten Munro mit Fragen. Schließlich setzte Elliot Amy wieder ab und fragte Munro: »Was haben Sie ihnen gesagt?«
»Sie wollten wissen, ob das Ihr Gorilla ist, und ich habe ja gesagt. Dann fragten sie, ob es ein Weibchen ist, und ich habe ja gesagt, und zum Schluß wollten sie wissen, ob Sie Beziehungen mit ihr haben, und ich habe nein gesagt. Sie sagen, das sei gut, Sie sollten sich nicht zu eng an den Gorilla anschließen, denn das bereite Ihnen Schmerz.«
»Wieso das?«
»Sie sagen, daß ein Gorilla, wenn er älter wird, entweder in den Urwald verschwindet und Ihnen das Herz bricht oder Sie umbringt.«

Karen Ross war immer noch gegen den Umweg zum Pygmäendorf, das einige Kilometer entfernt am Ufer des Liko lag. »Wir sind hinter unserer Zeitprojektion zurück«, sagte sie, »und verlieren jeden Augenblick mehr Zeit.«
Munro wurde heftig. »Hören Sie zu, Doktor«, sagte er. »Wir sind hier nicht in Houston, sondern mitten im gottverdammten Urwald. Jede Verletzung muß man hier ernst nehmen. Wir haben Medikamente – vielleicht braucht der Mann sie. Man läßt nicht einfach einen Menschen im Stich. Das gehört sich nicht.«
»Wenn wir zu dem Dorf gehen«, sagte Karen Ross, »kostet uns das den Rest des Tages und wir fallen noch einmal neun oder zehn Stunden zurück. Jetzt könnten wir es gerade noch schaffen. Bei einer weiteren Verzögerung haben wir keine Chance mehr.«
Einer der Pygmäen sprach rasch auf Munro ein. Er nickte und sah mehrmals zu Karen Ross hinüber. Dann wandte er sich den anderen zu.
»Er sagt, daß der kranke Weiße ein Zeichen auf der Brusttasche seines Hemds hat. Er will es uns zeigen.«
Karen Ross blickte seufzend auf ihre Uhr.

Der Pygmäe nahm einen Stock und zeichnete große Buchstaben in den schlammigen Boden zu ihren Füßen. Er gab sich große Mühe und konzentrierte sich mit angestrengtem Blick auf die ihm fremden Schriftzeichen: E R T S.
»Gott im Himmel«, sagte Karen Ross leise.

Die Pygmäen *gingen* nicht durch den Urwald – sie *liefen* in einem leichten Trab, schlüpften durch Gerank und Geäst und wichen Pfützen und knorrigen Baumwurzeln aus, so behende, daß es ganz einfach wirkte. Gelegentlich blickten sie zurück und lachten leise über die Schwierigkeiten, die es den drei Weißen machte, ihnen zu folgen.
Elliot fiel der Weg am schwersten. Er stolperte über Baumwurzeln, Zweige schlugen ihm an den Kopf, dornige Ranken rissen seine Haut in Fetzen. Keuchend versuchte er, mit den kleinen Männern Schritt zu halten, die mühelos vor ihm herhuschten. Karen Ross ging es nicht viel besser als ihm, und selbst Munro, der erstaunlich schnell und agil war, zeigte Zeichen von Ermüdung.
Schließlich kamen sie an einen Bach, und vor ihnen tat sich eine sonnenbeschienene Lichtung auf. Die Pygmäen hockten sich zur Rast auf Felsen und wandten ihre Gesichter der Sonne zu. Die Weißen ließen sich keuchend und ächzend zu Boden fallen. Die Pygmäen schien das zu erheitern, doch ihr Gelächter wirkte nicht verletzend.
Die ersten Menschen, die den Regenwald am Kongo bewohnten, waren Pygmäen. Wegen ihrer geringen Körpergröße, ihres unverkennbaren Wesens und ihrer unglaublichen Behendigkeit war ihre Existenz schon sehr lange weithin bekannt. Vor mehr als viertausend Jahren war ein ägyptischer Heerführer namens Herkouf in den großen Urwald westlich der Mondberge eingedrungen. Dort hatte er eine Rasse kleiner Männer vorgefunden, die zu Ehren ihrer Gottheit tanzten und sangen. Herkoufs erstaunliche Beschreibung erschien glaubwürdig, und sowohl Herodot als auch später Aristoteles beharrten darauf, daß Berichte von den kleinen Menschen nicht ins Reich der Fabeln gehörten. Doch unvermeid-

lich rankten sich im Verlauf der Jahrhunderte Mythen um diese Tänzer der Gottheit.

Noch im 17. Jahrhundert zweifelte man in Europa, ob es tatsächlich kleine Männer mit Schwänzen gab, die durch die Bäume fliegen, sich unsichtbar machen und Elefanten töten konnten. Die Verwirrung wurde dadurch vergrößert, daß man gelegentlich Schimpansenskelette mit denen von Pygmäen verwechselte. Colin Turnbull hat angemerkt, daß viele Bestandteile der Legende der Wahrheit entsprechen: der herabhängende Lendenschurz aus weichgeklopfter Baumrinde sieht tatsächlich wie ein Schwanz aus, die Pygmäen können sich ihrer Umgebung im Wald derart anpassen, daß sie nicht mehr sichtbar sind, und sie haben schon in früheren Zeiten durchaus erfolgreich Elefanten gejagt.

Die Pygmäen lachten, als sie wieder aufstanden und davontrabten. Die Weißen erhoben sich unter großem Gestöhn und stolperten hinter ihnen her. Die Pygmäen liefen eine weitere halbe Stunde ohne Pause und ohne ihr Tempo zu verlangsamen. Dann roch Elliot Rauch, und sie gelangten auf eine Lichtung an einem Bach, in der das Dorf lag.

Er zählte zehn in einem Halbkreis angeordnete niedrige Rundhütten, höchstens ein Meter zwanzig hoch. Alle Dorfbewohner waren an diesem Nachmittag vor den Hütten. Die Frauen putzten Pilze und Beeren, die sie offenbar am Tage gesammelt hatten, oder brieten über knisterndem Feuer Ferkel und Schildkröten. Kleine Kinder tollten umher und belästigten die Männer vor ihren Hütten, die pfeiferauchend den Frauen bei der Arbeit zusahen.

Auf Munros Zeichen hin warteten sie am Rand der Siedlung, bis man sie bemerkt hatte und hineinführte. Ihre Ankunft rief großes Aufsehen hervor, die Kinder wiesen kichernd mit den Fingern auf sie, die Männer wollten von Munro und Elliot Tabak haben, und die Frauen berührten Karen Ross' blondes Haar und äußerten sich laut darüber. Ein kleines Mädchen kroch ihr zwischen die Hosenbeine und sah prüfend nach oben. Munro erklärte, die Frauen seien sich nicht einig darüber, ob Karen Ross ihr Haar färbe, und das kleine Mädchen habe sich bereit erklärt, das herauszubekommen.

»Sagen Sie ihnen, die Farbe ist natürlich«, sagte Karen Ross und errötete.

Munro sprach kurz mit den Frauen. »Ich habe ihnen gesagt, daß ihr Vater dieselbe Haarfarbe hatte«, sagte er dann zu ihr. »Ich bin mir aber nicht sicher, ob sie es auch glauben.« Er gab Elliot Zigaretten zum Verteilen, für jeden Mann eine. Sie wurden mit breitem Lächeln und mädchenhaftem Gekicher entgegengenommen.

Nachdem die einleitenden Formalitäten abgeschlossen waren, führte man sie zu einer neuerbauten Hütte am äußersten Rand des Dorfs, wo der »tote« Weiße sich aufhalten sollte. Sie fanden einen vor Schmutz starrenden bärtigen Mann um die Dreißig vor, der mit untergeschlagenen Beinen im niedrigen Eingang der Hütte saß und ins Licht stierte. Elliot merkte bald, daß er sich im Zustand der Katatonie befand – er rührte und regte sich nicht.

»Ach, du großer Gott«, sagte Karen Ross. »Das ist Bob Driscoll.«

»Kennen Sie ihn?« fragte Munro.

»Er war der Geologe bei unserer ersten Kongo-Expedition.« Sie beugte sich dicht über ihn und bewegte ihre Hand vor seinem Gesicht hin und her. »Bobby, ich bin es, Karen. Was ist mit Ihnen?«

Driscoll reagierte nicht, zuckte nicht einmal mit den Wimpern. Er sah einfach geradeaus vor sich hin.

Einer der Pygmäen bot Munro eine Erklärung dafür an. Munro übersetzte: »Er ist vor vier Tagen in ihr Lager gekommen. Er war so wild, daß sie ihn bändigen mußten. Sie glaubten, es läge am Schwarzwasserfieber, also haben sie ihm eine Hütte gebaut und etwas Medizin gegeben. Daraufhin hat er sich beruhigt. Jetzt läßt er zwar zu, daß sie ihm zu essen geben, aber er sagt kein Wort. Sie glauben, daß General Mugurus Männer ihn vielleicht gefangengenommen und gefoltert haben – oder daß er *agudu* ist, *stumm*.«

Karen Ross wich entsetzt zurück. »Gott im Himmel«, sagte sie.

»Ich wüßte nicht, was wir für ihn tun könnten«, sagte Munro. »In dem Zustand, in dem er sich befindet. Körperlich scheint ihm nichts zu fehlen, aber sonst ...« Er schüttelte den Kopf.

»Ich gebe einen Bericht nach Houston durch«, sagte Karen Ross. »Die können dann von Kinshasa aus Hilfe schicken.«

Driscoll hatte die ganze Zeit über apathisch dagesessen. Doch als Elliot sich vorbeugte, um sich seine Augen anzusehen und ihm dabei näher kam, rümpfte Driscoll die Nase. Sein Körper spannte sich an. Aus seinem Mund drang ein dumpfer Klagelaut – »Ah-ah-ah-ah« – als werde er gleich laut aufschreien.

Erschreckt trat Elliot einen Schritt zurück. Driscoll beruhigte sich, verfiel wieder in sein Schweigen.

»Was zum Teufel hatte das zu bedeuten?« sagte Elliot.

Einer der Pygmäen flüsterte Munro etwas zu. »Er sagt«, erklärte Munro, »Sie riechen nach Gorilla.«

3. Ragora

Zwei Stunden später fanden sie, von einem Pygmäen durch den Regenwald südlich von Gabutu geführt, Kahega und die anderen wieder. Aber sie waren alle drei verdrießlich und wortkarg – sie hatten Durchfall.

Die Pygmäen hatten darauf bestanden, daß sie zu einem vorverlegten Abendessen blieben, und Munro hatte keine Möglichkeit gesehen, die Einladung abzuschlagen. Das Mahl bestand in der Hauptsache aus kleinen wildwachsenden Kartoffeln, die *kitsombe* genannt wurden und wie verschrumpelter Spargel aussahen, aus im Wald wachsenden Zwiebeln, die sie als *otsa* bezeichneten, und aus *modoke*, Blättern von wildem Maniok, sowie verschiedenen Arten von Pilzen. Dazu gab es kleine Portionen säuerlich schmekkendes, zähes Schildkrötenfleisch und ein paar Heuschrecken, Raupen, Würmer, Frösche und Schnecken.

Zwar enthielt diese Nahrung dem Gewicht nach doppelt so viel Eiweiß wie Beefsteak, aber sie bekam den an sie nicht gewöhnten Mägen nicht besonders. Und die Neuigkeiten, die sie am Lagerfeuer hörten, waren auch nicht dazu angetan, ihre Laune zu verbessern.

Den Berichten der Pygmäen zufolge hatten General Mugurus Leute ein Nachschublager am Steilabhang von Makran eingerichtet – genau dort, wohin Munro wollte. Es schien ein Gebot der Klugheit, den Soldaten auszuweichen. Munro erklärte, das Swahili habe kein Wort für Ritterlichkeit oder sportsmännischen Geist, und das gelte auch für die im Kongo gesprochene Variante, Lingala. »In diesem Teil der Welt heißt es: ›Fressen oder gefressen werden.‹ Da halten wir uns am besten heraus.«

Die einzige mögliche Ausweichroute führte sie nach Westen, zu einem Fluß, der Ragora hieß. Munro studierte mit gerunzelter Stirn seine Karte, während Karen Ross, ebenfalls mit gerunzelter Stirn, auf ihre Computer-Konsole sah.

»Was ist denn los mit dem Ragora?« wollte Elliot wissen.

»Vielleicht ist ja alles in Ordnung«, sagte Munro. »Es kommt darauf an, wie stark es letzthin geregnet hat.«

Karen Ross sah auf ihre Uhr. »Wir sind jetzt zwölf Stunden hinter unserem Zeitplan zurück«, sagte sie. »Das einzige, was wir tun können, ist, die ganze Nacht hindurch den Fluß hinunterzufahren.«

»Das würde ich sowieso tun«, erklärte Munro.

Karen Ross hatte noch nie gehört, daß ein Führer eine Expedition bei Nacht durch die Wildnis führte. »Und warum?«

»Darum«, sagte Munro. »Weil die Hindernisse am Unterlauf nachts sehr viel leichter zu überwinden sein werden.«

»Was für Hindernisse?«

»Darüber reden wir, wenn es soweit ist«, sagte Munro.

Knapp zwei Kilometer vom Ragora entfernt hörten sie bereits das dumpfe Brausen des Wassers. Amy war sofort ängstlich. Sie machte immer wieder Zeichen, wollte wissen: *Was Wasser?* Elliot versuchte sie zu beruhigen, aber viel konnte er nicht machen – Amy mußte sich mit dem Fluß abfinden, trotz ihrer Angst.

Als sie schließlich das Ufer erreichten, merkten sie, daß das Rauschen von den weiter flußabwärts gelegenen Stromschnellen kam. Unmittelbar vor ihnen war der schlammbraune Ragora nur fünfzehn Meter breit und floß ruhig dahin.

»Sieht ja gar nicht so schlimm aus«, sagte Elliot.
»Nein«, bestätigte Munro, »sieht ganz gut aus.«
Aber er kannte den Kongo. Der viertgrößte Fluß der Welt nach dem Nil, dem Amazonas und dem Jangtsekiang ist in mancherlei Hinsicht einzigartig. Wie eine Riesenschlange wand er sich quer durch den Kontinent und kreuzte dabei zweimal den Äquator – beim erstenmal nordwärts, auf Kisangani zu, dann wieder bei Mbandaka nach Süden. Das war so bemerkenswert, daß noch vor hundert Jahren Geographen es nicht glauben mochten. Da nun der Kongo nördlich und südlich des Äquators floß, gab es irgendwo an seinem Lauf immer eine Regenzeit, und so war er nicht den jahreszeitlichen Schwankungen der Wasserführung unterworfen, die für Flüsse wie den Nil so charakteristisch waren. Der Kongo ergoß sich mit einer stets gleichbleibenden Wassermenge von gut zweiundvierzigtausend Kubikmeter pro Sekunde in den Atlantik. Der einzige Fluß der Welt, der an der Mündung eine vergleichbare Wassermenge führte, war der Amazonas.
Wegen seines gewundenen Laufs war der Kongo allerdings auch von allen großen Flüssen der Erde am wenigsten schiffbar. Ernsthafte Schwierigkeiten für die Schiffahrt begannen bereits an den Stromschnellen von Stanley Pool, knapp fünfhundert Kilometer vom Atlantik entfernt. Dreitausend Kilometer weiter versperren bei Kisangani, wo der Fluß immerhin noch gut eineinhalb Kilometer breit war, die Wagenia-Wasserfälle der Schiffahrt endgültig den Weg. Je weiter man an den Einmündungen der Nebenflüsse vorbei flußaufwärts gelangte, desto größer wurden die Schwierigkeiten, denn oberhalb von Kisangani ergossen sich diese Nebenflüsse ungestüm abwärts in den tiefer liegenden Dschungel – sie kamen von der im Süden gelegenen Hochlandsavanne und von den östlich liegenden schneebedeckten Fünftausendern des Ruwenzori-Massivs.
Das Bett dieser Flüsse folgte tief eingekerbten Schluchten, deren bemerkenswerteste die »Portes d'Enfer« – das Höllentor – bei Kongolo war. Hier stürzte sich der sonst friedliche Lualaba durch eine achthundert Meter tiefe und nur hundert Meter breite Schlucht.

Der Ragora war ein kleiner Nebenfluß des Lualaba, in den er in der Nähe von Kisangani mündete. Die Stämme, die an seinen Ufern lebten, nannten ihn *baratawani*, »die trügerische Straße«, denn er war dafür bekannt, daß er sich ständig änderte. Sein Hauptmerkmal war die Ragora-Schlucht, sechzig Meter tief in Kalkstein geschnitten und stellenweise lediglich drei Meter breit. Je nach den letzten Regenfällen war diese Schlucht entweder ein freundliches Naturschauspiel oder ein Alpdruck aus weiß siedender Gischt.
Bei Abutu befanden sie sich noch gut zwanzig Kilometer flußaufwärts von dieser Schlucht, und aus der Beschaffenheit des Flusses ließen sich keine Schlüsse daraus ziehen, wie es an der Schlucht aussah. All das war Munro bekannt, aber es erschien ihm nicht erforderlich, Elliot aufzuklären, der gerade jetzt mit Amy vollauf beschäftigt war.

Amy hatte mit wachsender Unruhe zugesehen, wie Kahegas Männer die beiden Schlauchboote aufpumpten. Sie zupfte Elliot am Ärmel und wollte wissen: *Was Ballons?*
»Es sind Boote, Amy«, sagte er, obwohl er vermutete, daß sie sich das bereits selbst gedacht hatte und nur versuchte, die Lage zu beschönigen. Das Wort »Boot« hatte sie nur unter Schwierigkeiten gelernt, denn sie verabscheute Wasser und wollte auch nichts mit Dingen zu tun haben, die dazu bestimmt waren, auf ihm zu fahren.
Warum Boot? fragte sie.
»Wir fahren jetzt Boot«, sagte Elliot.
Tatsächlich waren Kahegas Männer gerade dabei, die Boote ans Wasser zu schieben, die Ausrüstung auf ihnen zu verstauen und sie an den Aussteifungen in der Nähe des Dollbords zu verzurren.
Wer fahren? fragte sie.
»Wir fahren alle«, sagte Elliot.
Amy sah noch einen Augenblick zu. Unglücklicherweise waren alle nervös, Munro brüllte Befehle, die Männer arbeiteten in Eile. Wie sie schon oft gezeigt hatte, war Amy empfänglich für die Stimmungen von Menschen um sie herum. Elliot mußte

immer daran denken, wie sie tagelang erklärt hatte, mit Sarah Johnson stimmte etwas nicht, und dann hatte Sarah schließlich den Mitgliedern der Projektgruppe eröffnet, sie habe sich von ihrem Mann getrennt. Elliot war sicher, daß Amy ihrer aller Bedenken spürte. *Wasser im Boot kreuzen?* fragte sie.

»Nein, Amy«, sagte er. »Nicht kreuzen. Boot fahren.«

Nein, erklärte sie, setzte sich steif hin und zog die Schultern eng zusammen.

»Amy«, sagte er, »wir können dich nicht einfach hierlassen.«

Dafür wußte sie eine Lösung. *Andere Leute gehen. Peter Amy bleiben.*

»Es tut mir leid, Amy«, sagte er. »Ich muß mit, und du auch.«

Nein, bedeutete sie ihm *Amy nicht gehen.*

»Doch, Amy.« Er holte aus seinem Gepäck die Spritze und eine Ampulle Thoralen.

Amy machte sich steif und war sichtlich zornig. Sie schlug sich mit der geballten Faust unter das Kinn.

»Laß das, Amy«, warnte er sie.

Karen Ross kam mit den hellorange leuchtenden Schwimmwesten für ihn und Amy. »Etwas nicht in Ordnung?«

»Sie flucht«, sagte Elliot. »Lassen Sie uns besser allein.« Karen Ross warf einen Blick auf Amys angespannten Körper.

Amy machte das Zeichen für Peters Namen und schlug sich dann wieder mit der Faust unter das Kinn. Dieses Zeichen wurde in wissenschaftlichen Berichten freundlich als »vulgär« wiedergegeben, obwohl Affen es meist dann verwandten, wenn sie ihr Geschäft verrichten mußten. Die Primatenforscher gaben sich keinen Täuschungen darüber hin, was die Tiere wirklich damit meinten. Amy sagte: *Peter Scheiße.*

Nahezu alle sprachfähigen Primaten schimpften, und sie verwandten dazu eine Vielzahl von Wörtern. Manchmal schien das Schimpfwort willkürlich gewählt – so zum Beispiel »Vogel«, »Nuß« oder »Dreck«. Doch hatten mindestens acht Primaten in verschiedenen Labors unabhängig voneinander die geballte Faust als Zeichen äußersten Widerwillens benutzt. Der einzige Grund dafür, daß diese bemerkenswerte Übereineinstimmung noch nicht in die Fachliteratur eingegangen war, lag darin, daß keiner der Forscher es darauf ankommen lassen wollte. Es hatte den Anschein, daß Menschenaffen, wie auch die Menschen, die Exkremente des Körpers für ungeeignet hielten, Wut und Verachtung auszudrücken.

Peter Scheiße, gab sie ihm wieder zu verstehen.

»Amy ...« Er zog eine doppelte Dosis Thoralen auf.

Peter Scheiße Boot Scheiße Menschen Scheiße.

»Amy, hör *sofort* auf.« Er machte seinen eigenen Körper steif und beugte sich vor, ahmte die Wuthaltung eines Gorillas nach. Dadurch ließ Amy sich oft zum Rückzug bewegen. Doch diesmal half es nichts.

Peter Amy nicht mögen. Jetzt schmollte sie, wandte sich von ihm ab und machte ihre Zeichen ins Blaue hinein.

»Sei nicht albern«, sagte Elliot und näherte sich ihr mit der Spritze in der Hand. »Peter Amy mögen.«

Sie wich zurück und ließ ihn nicht an sich heran, so daß er sich gezwungen sah, das Narkosegewehr zu laden und ihr einen Betäubungspfeil in die Brust zu schießen; was er in all den Jahren, die sie gemeinsam verbracht hatten, erst drei- oder viermal getan hatte. Sie zog den Pfeil mit traurigem Gesichtsausdruck heraus.

Peter Amy nicht mögen.

»Tut mir leid«, sagte Peter Elliot und eilte auf sie zu, denn ihre Augen verdrehten sich nach oben, und er konnte sie gerade noch in seinen Armen auffangen.

Amy lag flach atmend auf dem Rücken, im zweiten Boot, Elliot zu Füßen. Voraus sah Elliot Munro, der im ersten Boot stand und den Weg wies, während das Wasser sie geräuschlos talwärts trug. Munro hatte die zwölf Angehörigen der Expedition auf zwei Boote verteilt. Er selbst hatte das erste Boot bestiegen und im zweiten Elliot, Karen Ross und Amy unter Kahegas Befehlsgewalt gestellt. Wie Munro sich ausdrückte, sollte das zweite Boot »aus unseren Mißgeschicken lernen.«

Doch in den beiden ersten Stunden gab es auf dem Ragora keine Mißgeschicke. Es war außerordentlich friedlich, im Bug des

Boots zu sitzen und zuzusehen, wie der Urwald an beiden Ufern in zeitlosem Schweigen an ihnen vorbeiglitt – es war eine geradezu hypnotisierende Stimmung. Allerdings war die Idylle heiß, so daß Karen Ross die Hand über den Rand ins schlammige Wasser hängen ließ, bis Kahega ihr das verwehrte.

»Wo Wasser ist, ist auch immer *mamba*«, sagte er.

Kahega wies auf die Schlammbänke, auf denen sich Krokodile in der Sonne rekelten, die von ihrem Näherkommen keinerlei Notiz zu nehmen schienen. Gelegentlich gähnte eines der riesigen Reptile und streckte dabei gezackte Kiefer in die Luft, doch meistens schienen sie einfach nur träge dazuliegen und sich um nichts zu kümmern.

Elliot war insgeheim enttäuscht. In den Dschungelfilmen, die er gesehen hatte, glitten die Krokodile jedesmal bedrohlich ins Wasser, sobald sich die Bugspitze eines Boots zeigte. »Wollen sie uns nichts tun?« fragte er.

»Zu heiß«, sagte Kahega. »*Mamba* schläfrig, außer wenn es kühl ist – frißt morgens und nachts, nicht jetzt. Die Kikuyu sagen, tagsüber ist *mamba* bei der Armee, eins-zwei-drei-vier.« Und er lachte.

Es dauerte eine Weile, bis aus den Erklärungen deutlich wurde, daß Kahegas Stammesgenossen aufgefallen war, wie die Krokodile tagsüber Liegestütze machten, das heißt, ihre schweren Leiber auf ihren Stummelbeinen mit einer Bewegung vom Boden hoben, die Kahega an Übungen zur Körperertüchtigung denken ließ, wie sie bei der Armee an der Tagesordnung waren.

»Weshalb macht sich Munro nur solche Sorgen?« fragte Elliot. »Wegen der Krokodile?«

»Nein«, sagte Kahega.

»Wegen der Ragora-Schlucht?«

»Nein«, sagte Kahega.

»Weswegen dann?«

»Nach der Schlucht«, sagte Kahega.

Jetzt begann der Ragora sich zu winden, und als sie um eine Flußbiegung kamen, hörten sie ein sich stetig steigerndes Donnern. Elliot meinte zu spüren, wie das Boot immer schneller

wurde und wie das Wasser an den seitlichen Gummiwülsten entlangschoß. Kahega rief laut: »Festhalten!«
Dann waren sie in der Schlucht.

Später hatte Elliot nur bruchstückhafte, kaleidoskopartige Erinnerungen: das aufgewühlte, schlammige Wasser, das im Licht der Sonne weiß schäumte, die unkontrollierten, ruckartigen Bewegungen des Boots, Munros Boot, das vor ihnen auf den Wellen tanzte und zu kentern schien, es aber wunderbarerweise nicht tat. Die Fahrt ging jetzt so rasch, daß es schwerfiel, den Blick auf bestimmte Stellen an den vorbeischießenden roten Wänden der Schlucht zu heften. Sie bestanden aus nacktem Fels, von gelegentlichen, sich mühevoll haltenden kleinen Büschen abgesehen. Das erschreckend kalte, schlammige Wasser, das immer wieder über ihnen zusammenschlug, bildete einen scharfen Kontrast zu der heißen, feuchten Luft, und um die schwarzen, aus dem Wasser herausragenden Felsen sprühte die weiße Gischt, so daß sie aussahen wie kahle Schädel ertrunkener Männer.
Alles geschah viel zu rasch.
Sie verloren Munros Boot oft minutenlang aus den Augen, wenn riesige Wellen schlammigen Wassers, die an ihm emporleckten, es ihren Blicken entzogen. Das Dröhnen hallte mit sich steigernder Lautstärke von den Felswänden zurück, es wurde Teil ihrer Welt, wo in den Tiefen der Schlucht, in denen die Nachmittagssonne den schmalen Streifen dunklen Wassers nicht mehr erreichte, die Boote durch eine brodelnde Hölle eilten, von Felswänden abprallten, sich um sich selbst drehten, während die Bootsführer brüllten, fluchten und sie mit Paddeln von den Felswänden zurückstießen.
Amy lag auf dem Rücken. Sie war noch immer an einer der Seitenversteifungen festgebunden, und Elliot fürchtete ständig, die Schlammwogen, die über den Dollbord hereinprasselten, würden sie ertränken. Allerdings ging es Karen Ross kaum besser. Mit leiser eintöniger Stimme sagte sie immer wieder: »O mein Gott, o mein Gott, o mein Gott«, während das Wasser in unaufhörlichen Wellen auf sie niederstürzte und sie bis auf die Haut durchnäßte.

Die Natur hielt noch weitere Unbilden für sie bereit. Selbst hier, im brodelnden, dröhnenden Innersten der Schlucht hingen Moskitos in schwarzen Trauben in der Luft und stachen gnadenlos auf sie ein. Es schien unmöglich: inmitten des dröhnenden Chaos der Ragora-Schlucht *konnte* es keine Moskitos geben – aber sie waren da. Die Boote tobten mit heftigen, zermürbenden Bewegungen durch die stehenden Wellen, und in der zunehmenden Dunkelheit schöpften die Insassen mit der gleichen Verbissenheit, mit der sie nach den Moskitos schlugen, das Wasser aus.
Und dann plötzlich weitete sich der Fluß, die Strömung des schmutzigen Wassers verlangsamte sich, und die Wände der Schlucht strebten auseinander. Der Fluß war wieder friedlich. Elliot ließ sich ins Boot zurückgleiten, spürte die Strahlen der mit verminderter Kraft scheinenden Sonne in seinem Gesicht und hörte das Wasser am Boot entlangplätschern.
»Wir haben es geschafft«, sagte er.
»Erst einmal«, sagte Kahega. »Wir Kikuyu sagen, daß im Leben keiner mit dem Leben davonkommt. Jetzt nicht nachlassen!«
»Irgendwie«, sagte Karen Ross matt, »glaube ich ihm.«

Sie trieben eine weitere Stunde lang sachte flußabwärts, und die Felswände zu beiden Seiten wichen noch weiter zurück, bis sie schließlich wieder im ebenen afrikanischen Regenwald waren. Es schien, als hätte es die Ragora-Schlucht nie gegeben. Der Fluß war breit und lag träge im goldenen Schein der untergehenden Sonne. Elliot streifte sein durchnäßtes Hemd ab und zog sich einen Pullover an. Die Abendluft war kühl. Zu seinen Füßen schnarchte Amy; er hatte sie mit einem Handtuch zugedeckt, damit es ihr nicht zu kalt wurde. Karen Ross überprüfte ihre Sendeanlage, und als sie feststellte, daß alles in Ordnung war, hatte die Sonne sich bereits unter den Horizont geschoben. Jetzt wurde es rasch dunkel. Kahega holte ein Gewehr und lud es mit großkalibrigen Patronen.
»Wofür ist das«, fragte Elliot.
»Kiboko«, sagte Kahega. »Ich kann es nur in unserer Sprache sagen.« Er rief: *»Mze! Nini maana kiboko?«*

Munro, im vorderen Boot, sah sich um: »Flußpferd«, sagte er.
»Sie haben es gehört?« sagte Kahega.
»Sind sie gefährlich?« fragte Elliot.
»Nachts nicht, hoffen wir«, sagte Kahega. »Ich glaube aber schon.«

Im 20. Jahrhundert hatten Ergebnisse einer intensiven Erforschung wildlebender Tiere dazu geführt, daß zahlreiche, bis dahin gültige Meinungen revidiert werden mußten. Man wußte jetzt, daß das freundliche, sanftäugige Reh in Wirklichkeit in einer rücksichtslosen, tückischen Gesellschaft lebte, während der angeblich böse Wolf Musterbeispiel eines treusorgenden Familienvaters war. Dem afrikanischen Löwen – dem stolzen König der Tiere – wies man nunmehr den Status eines umherschleichenden Aasfressers zu, während die verachtete Hyäne neue Würde gewonnen hat. Das Mißverständnis hatte darauf beruht, daß jahrzehntelang Beobachter, die im Morgengrauen zu einem gerissenen Tier kamen, feststellten, daß sich Löwen daran gütlich taten, während Hyänen die Szene umschlichen und darauf warteten, ihre Bröckchen abzubekommen. Erst nachdem die Wissenschaftler begonnen hatten, die Tiere auch nachts zu beobachten, kam die Wahrheit heraus: Hyänen rissen das Opfer und wurden von faulen Löwen vertrieben, die nur auf eine günstige Gelegenheit gewartet hatten. Daher die so oft beobachtete Szene im Morgengrauen. Dazu paßte auch die Beobachtung, daß Löwen in mancherlei Hinsicht unberechenbar und niedrig waren, während Hyänen eine hochentwickelte Sozialstruktur besaßen – auch hier wieder ein Beispiel für menschliche Vorurteile gegenüber der natürlichen Welt der Tiere.
Doch das Flußpferd, das Herodot in der Antike als »Hippopotamos« bezeichnete, blieb trotz aller neueren Forschungen ein Tier, von dem man nur wenig wußte; obwohl es der größte afrikanische Landsäuger nach dem Elefanten war. Seine Angewohnheit, sich im Wasser aufzuhalten, so daß lediglich Augen und Nüstern herausschauten, machte es zu einem schwierigen Forschungsobjekt. Die Flußpferde gruppierten sich jeweils um ein männliches Tier. Ein geschlechtsreifer Bulle hatte einen Harem von mehre-

ren Kühen und ihrem Nachwuchs – eine Herde von acht bis vierzehn Tieren.

Trotz ihres tonnenschweren Leibs und ihres leicht erheiternden Erscheinungsbildes waren Flußpferde unvorstellbarer Leistungen fähig. Der Bulle war ein gewaltiger Koloß, gut vier Meter lang und über drei Tonnen schwer. Wenn er angriff, bewegte er sich mit einer für ein so plumpes und schwerleibiges Tier verblüffenden Geschwindigkeit. Seine gewaltigen, stumpf aussehenden unteren Eckzähne waren in Wirklichkeit an den Seiten rasiermesserscharf, so daß ein Flußpferd beim Angriff nicht etwa biß, sondern mit wuchtigen seitlichen Kopfschlägen kämpfte. Im Unterschied zu anderen Tieren führte ein Kampf zwischen zwei Bullen oft dazu, daß der eine seinen tiefen Verletzungen erlag. Beim Kampf von Flußpferden war nichts rituell oder symbolisch gemeint.

Das Tier war auch dem Menschen gefährlich. In Flußgebieten, in denen sich Herden aufhielten, schrieb man die Hälfte der Todesfälle, bei denen Eingeborene angreifenden Tieren zum Opfer fielen, Flußpferden zu; der Rest entfiel auf Elefanten und Großkatzen.

Flußpferde waren Pflanzenfresser. Sie kamen nachts aus den Flüssen an Land und fraßen dort ungeheure Mengen Gras. Ein Flußpferd außerhalb des Wassers war besonders gefährlich, und wer zwischen ein Tier und den Fluß geriet, dem es zustrebt, überlebte die Begegnung gewöhnlich nicht.

Für das Ökosystem der afrikanischen Flüsse war das Flußpferd von wesentlicher Bedeutung. Seine in ungeheuren Mengen ausgeschiedenen Exkremente düngten das Flußgras, in dem Fische und andere Tiere leben konnten. Ohne das Flußpferd hätten die afrikanischen Flüsse weder Flora noch Fauna, und wo man es vertrieben hatte, starben die Flüsse ab.

Soviel ist bekannt – und noch etwas: das Flußpferd wachte eifersüchtig über sein Revier. Ein männliches Tier verteidigt seinen Fluß gegen jeden Eindringling. Und wie sich bei zahlreichen Gelegenheiten gezeigt hatte, wurden als Eindringlinge andere Flußpferde, Krokodile und den Fluß passierende Boote angesehen – mitsamt den Menschen darin.

7. Tag
Muhavura

19. Juni 1979

1. Kiboko

Munro verfolgte zwei Ziele, als er darauf bestand, auch die Nacht hindurch weiterzufahren. Erstens hoffte er, kostbare Zeit aufzuholen, denn allen Computer-Projektionen hatte die Annahme zugrunde gelegen, daß sie nachts rasten würden. Doch es kostete keine Mühe, im Mondlicht den Fluß zu befahren; die meisten Angehörigen der Expedition würden schlafen können, und so würden sie bis zum Morgengrauen schon weitere achtzig bis hundert Kilometer zurückgelegt haben.
Wichtiger noch aber war es ihm, die Flußpferde im Ragora zu meiden, die mühelos die leichten Schlauchboote zerstören konnten. Tagsüber hielten sie sich in stehenden Altwässern nahe den Flußufern auf, und die Bullen würden sicherlich jedes vorbeifahrende Boot angreifen. Aber wenn die Tiere nach Einbruch der Dunkelheit zum Fressen an Land gingen, konnte die Expedition den Fluß unbemerkt befahren – dann blieb ihr eine solche Begegnung erspart.
Es war ein kluger Plan, aber aus einem unvorhergesehenen Grund scheiterte er – sie kamen auf dem Fluß zu rasch voran. Es war erst neun Uhr, als sie die ersten Flußpferd-Reviere erreichten, und um diese Zeit weideten die Tiere noch nicht. Sie würden also die Boote angreifen – allerdings im Dunkeln.

Der Fluß durchlief jetzt eine Reihe von Biegungen, und an jeder Biegung gab es eine Stelle mit stehendem Wasser – das waren laut

Kahega die Stellen, an denen die Flußpferde sich mit Vorliebe aufhielten.
Er deutete auf das Gras am Ufer, das so kurz war, als hätte man es gemäht.
»Jetzt bald«, sagte Kahega.
Sie hörten ein leises, knurrendes *»Hau-hah-hah-hah«*. Es klang, als wollte ein alter Mann den Schleim aus seinem Hals heraushusten.
Munro, im vorderen Boot, spannte sich an. Sie trieben, von der Strömung getragen, um eine weitere Biegung. Die beiden Boote waren jetzt etwa zehn Meter voneinander entfernt. Munro hielt seine geladene Büchse in der Hand.
Wieder ertönte das *»Hau-hah-hah-hah«* – diesmal im Chor.
Kahega stieß sein Paddel ins Wasser. Er fand rasch Boden. Er zog es heraus, nur knapp ein Meter war mit Wasser benetzt. »Nicht tief«, sagte er und schüttelte den Kopf.
»Schlimm?« fragte Ross.
»Ja, ich glaube, schlimm.«
Sie kamen um die nächste Biegung, und Elliot sah unter der Wasserfläche ein halbes Dutzend schwarze Felsen im Mondlicht glänzen. Dann hob sich einer der »Felsen« mit einem Ruck aus dem Wasser, und Elliot sah das Ungetüm so weit aus dem seichten Fluß herausragen, daß er die vier kräftigen Stummelbeine erkennen konnte. Das Flußpferd stürmte auf Munros Boot los.
Als Munro das Tier angreifen sah, schoß er eine Magnesiumrakete flach ab. In ihrem grellen Licht sah Elliot ein gewaltiges Maul, in dem vier riesige, stumpfe Zähne blitzten. Das Tier hielt den Kopf hoch aufgerichtet und stieß einen lauten Schrei aus. Dann war es plötzlich von einer blaßgelben Wolke eingehüllt. Die Gaswolke trieb zurück, so daß ihrer aller Augen brannten.
»Er hat Tränengas geschossen«, sagte Karen Ross.
Munros Boot war schon weiter. Der Flußpferdbulle hatte sich mit einem Schmerzensschrei ins Wasser zurückgezogen und war nicht mehr zu sehen. Im zweiten Boot kämpften sie gegen die Wirkung des Tränengases und behielten das Tier im Auge, während sie

sich seinem Revier näherten. Die Magnesiumfackel verlor an Leuchtkraft und sank, lange Schatten werfend, langsam knisternd dem Wasser zu.
»Vielleicht hat er aufgegeben«, sagte Elliot. Das Tier war nirgendwo zu sehen, das Boot trieb in völliger Stille dahin.
Plötzlich wurde es vorn hochgerissen, das Flußpferd brüllte, und Karen Ross schrie auf, Kahega fiel rücklings zu Boden, wobei sich ein Schuß löste, der in die Luft ging. Dann klatschte das Boot zurück und nahm Wasser über. Elliot kam mit Mühe auf die Beine, sah nach Amy und erblickte plötzlich in Armeslänge vor sich ein riesiges rosa Maul. Es wirkte wie eine Höhle. Er spürte heißen Atem. Das Maul fuhr mit einer Seitwärtsbewegung auf den seitlichen Gummiwulst des Boots herab, so daß die Luft sprudelnd ins Wasser entwich.
Wieder öffnete sich das Maul, und das Tier knurrte, aber inzwischen war Kahega wieder auf die Beine gekommen und feuerte eine stechende Gasladung ab, so daß es zurückwich und untertauchte. Dabei schaukelte das Boot und wurde durch die Wellenbewegung weiter flußabwärts getrieben. Die ganze rechte Seite des Boots sank rasch in sich zusammen, als aus dem großen Riß die Luft ins Wasser strömte. Elliot versuchte, die Ränder mit den Händen zusammenzuhalten, doch zischte die Luft unvermindert weiter. Es würde keine Minute mehr dauern, bis das Boot sank.
Hinter ihnen griff der Flußpferdbulle erneut an. Er stob wie ein Rennboot durch das seichte Flußbett, so daß eine Bugwelle zu beiden Seiten seines Körpers entstand.
»Festhalten, festhalten!« rief Kahega und feuerte noch einmal. Das Tier verschwand hinter einer Gaswolke, und das Boot trieb um eine weitere Biegung. Als die Wolke sich verflüchtigt hatte, war der Bulle nicht mehr zu sehen; die Magnesiumrakete klatschte ins Wasser, und sie waren wieder von tiefer Dunkelheit umhüllt. Jetzt sank das Boot. Elliot band Amy rasch los, und gleich darauf standen beide knietief im schlammigen Wasser.
Es gelang ihnen, das Boot ans dunkle Ufer zu bringen. Munro kam mit dem anderen Boot herübergepaddelt, besichtigte den Schaden und verkündete, man werde ein weiteres Boot aufpum-

pen und die Fahrt fortsetzen. Er ließ rasten, und sie lagen alle im Mondlicht am Flußufer und schlugen nach den Moskitos.

Die träumerische Stille wurde durch das Pfeifen von Boden-Luft-Raketen unterbrochen, die am Himmel über ihnen detonierten. Ihr Schein ließ das Flußufer leuchtendrot erglühen und warf lange Schatten, dann sank alles wieder in die Schwärze der Nacht zurück.

»Das sind Mugurus Leute«, sagte Munro und griff nach seinem Feldstecher.

»Worauf schießen sie nur?« fragte Elliot und sah angestrengt zum Himmel.

»Weiß der Geier«, sagte Munro.

Amy legte eine Hand auf Munros Arm und machte ihm Zeichen: *Vogel kommen*. Aber sie hörten kein Geräusch eines Flugzeugs, lediglich das Krachen der Raketen am Himmel.

Munro sagte: »Meinen Sie, sie hört etwas?«

»Ihr Gehör ist sehr gut entwickelt.«

Und dann hörten sie, daß sich aus der Ferne, von Süden her, ein Flugzeug näherte. Als es in Sicht kam, sahen sie, wie es immer wieder drehte, um den grellen gelbroten Explosionen auszuweichen, die ringsumher im Mondschein aufblitzten und sich in seinem metallenen Rumpf spiegelten.

»Die armen Schweine versuchen Zeit zu schinden«, sagte Munro und beobachtete aufmerksam das Flugzeug durch sein Glas. »Eine Hercules-Transportmaschine, eine C-130, mit japanischen Kennzeichen am Heck. Versorgungsflugzeug für das Stützpunktlager des Konsortiums – wenn es durchkommt.«

Vor ihren Augen schlängelte sich das Flugzeug im Zickzackkurs durch die zerplatzten Feuerkugeln der explodierenden Raketen.

»Das haut den stärksten Mann um!« sagte Munro. »Die Besatzung hat sicher die Hosen voll; damit haben die bestimmt nicht gerechnet.«

Plötzlich spürte Elliot Mitgefühl für die Männer da oben. Er stellte sich vor, wie sie aus den Fenstern sahen, während die Feuerkugeln mit gleißendem Licht explodierten und das Innere des Flugzeugs in jähe Helligkeit tauchten. Redeten sie jetzt Japanisch miteinander? Wünschten sie, sie wären nie gekommen? Einen Augenblick später brummte die Maschine weiter nordwärts, war außer Sicht. Ein letztes Geschoß zischte mit glühendrotem Schweif hinter ihr her, aber sie war schon über den dunklen Bäumen verschwunden, und Elliot hörte noch, wie das Geschoß in der Ferne zerbarst.

»Wahrscheinlich haben sie's geschafft«, sagte Munro und erhob sich. »Wir sollten uns besser auf die Socken machen.« Und rief Kahega auf Swahili zu, daß seine Männer die Boote zu Wasser lassen sollten.

2. Muhavura

Elliot fröstelte. Er zog den Reißverschluß seines Parka fester zu und wartete darauf, daß das Hagelgewitter aufhörte. Sie hatten sich unter einer Gruppe von immergrünen Bäumen zusammengedrängt, die mehr als zweitausendfünfhundert Meter hoch an den schwer zu ersteigenden Hängen des Muhavura standen. Es war zehn Uhr vormittags, und die Lufttemperatur betrug nur drei Grad über Null. Sie hatten erst vor fünf Stunden den Fluß verlassen und – noch vor dem Morgengrauen – ihren Anstieg im dampfenden Dschungel begonnen, in dem eine Temperatur von achtunddreißig Grad Celsius herrschte.

Neben ihm sah Amy aufmerksam zu, wie die weißen Kugeln von Golfballgröße durch die Äste der immergrünen Bäume über ihnen peitschten und auf dem Gras aufschlugen. Sie hatte noch nie Hagel gesehen.

Sie wollte wissen: *Wie heißen?*

»Hagel«, sagte er.

Peter aufhören lassen.

»Ich wollte, ich könnte es, Amy.«

Sie sah dem Hagel noch eine Weile zu und gab dann bekannt: *Amy nach Hause wollen.*

Sie hatte am Vorabend zum erstenmal den Wunsch geäußert, nach Hause zurückzukehren. Obwohl die Wirkung des Thoralen nachgelassen hatte, war sie niedergeschlagen und in sich zurückgezogen. Elliot hatte, um sie aufzumuntern, ihr etwas zu essen angeboten, aber sie wollte Milch haben. Als er ihr sagte, daß sie keine Milch hätten, was sie im übrigen genau wußte, verlangte sie eine Banane. Kahega hatte nämlich ein Büschel kleiner, leicht säuerlich schmeckender Bananen aus dem Urwald beschafft. Zuvor hatte Amy sie ohne Widerspruch gegessen, doch warf sie sie jetzt verächtlich ins Wasser und verkündete, sie wollte »richtige Bananen« haben.

Als Elliot ihr mitteilte, es gäbe keine, hatte sie zum erstenmal zu verstehen gegeben: *Amy nach Hause wollen.*

Amy lieber Gorilla. Peter Amy nach Hause bringen.

Bis dahin war für sie immer er derjenige gewesen, der zu bestimmen hatte. Von ihm hing ihr Tagesablauf im Versuchsrahmen des Projekts Amy ab. Ihm fiel keine Möglichkeit ein, ihr klarzumachen, daß er nicht mehr zu bestimmen hatte und daß er sie nicht bestrafte, indem er sie hierbehielt.

Tatsächlich waren sie alle entmutigt. Jeder der Expeditionsteilnehmer hatte sich darauf gefreut, der drückenden Hitze des Regenwalds zu entrinnen, aber jetzt, beim Aufstieg auf den Muhavura, schwand ihre anfängliche Begeisterung rasch dahin.

»Gott im Himmel«, sagte Karen Ross. »Aus dem Rachen des Flußpferds in den Hagel.«

Als hätte sie damit das Stichwort geliefert, hörte es auf zu hageln.

»Vorwärts«, sagte Munro, »es geht weiter.«

Bis 1933 hatte niemand den Muhavura bestiegen. 1908 war eine deutsche Bergsteigergruppe unter von Ranke in ein Gewitter geraten und hatte umkehren müssen. Eine belgische Gruppe erreichte 1913 zwar eine Höhe von über dreitausend Meter, fand aber keinen Weg zum Gipfel, und eine weitere deutsche Gruppe mußte 1919 aufgeben, als zwei Bergsteiger in einer Höhe von dreitausendsiebenhundert Meter abstürzten und den Tod fanden. Trotzdem stuften die meisten Bergsteiger den Muhavura als recht leicht (ohne Hilfsmittel zu besteigen) ein und verwandten im allgemeinen einen Tag auf die Besteigung. Nach 1943 wurde eine südöstlich verlaufende neue Route gefunden, die zwar ungeheuer zeitraubend, aber ungefährlich war. Ihr folgten die meisten Bergsteiger.

In etwa zweitausendsiebenhundert Meter Höhe lag die Baumgrenze, der Nadelwald trat vor ihnen zurück, und sie durchschritten im kalten Morgennebel getauchte Grasflächen. Die Luft war merklich dünner, und sie verlangten öfter als zuvor nach einer Rast. Munro hatte kein Verständnis für die Klagen seiner Schutzbefohlenen. »Was haben Sie erwartet?« fragte er. »Es ist ein Berg. Berge sind nun mal hoch.« Karen Ross gegenüber war er besonders unerbittlich, da sie am ehesten nachzulassen schien. »Wie ist es mit Ihrer Zeitprojektion?« fragte er sie. »Wir haben nicht einmal den schwierigen Teil in Angriff genommen, interessant wird es erst bei dreitausendvierhundert. Wenn Sie jetzt aufgeben, schaffen wir den Gipfel nie vor Einbruch der Nacht, und dann verlieren wir einen vollen Tag.«

»Das ist mir egal«, sagte Karen Ross schließlich und ließ sich, nach Luft ringend, zu Boden fallen.

»Typisch Frau«, sagte Munro mit einem verächtlichen breiten Grinsen.

Karen warf ihm einen wütenden Blick zu. Er demütigte seine Leute, beschimpfte sie, sprach ihnen Mut zu – und irgendwie brachte er sie dazu weiterzumachen.

Oberhalb von dreitausend Meter trat auch das Gras zurück. Jetzt war der Boden nur noch mit verschiedenen Moosarten bedeckt. Sie stießen auf vereinzelte, seltsam fettblättrige Lobelienbüsche, die plötzlich aus dem kalten grauen Morgendunst vor ihnen emporragten. Zwischen dreitausend Meter und dem Gipfel gab es kein Obdach mehr für sie. Deshalb trieb Munro sie auch an. Er wollte nicht, daß sie an den kahlen oberen Hängen von einem Gewitter überrascht wurden.

Als sie eine Höhe von dreitausendvierhundert Meter erreicht hatten, brach die Sonne hervor, und sie hielten an, um die Richtungs-Laser für das Laser-Peilsystem der ERTS in die richtige Position zu bringen. Karen Ross hatte bereits mehrere Kilo-

meter zuvor die erste Laser-Peilung vorgenommen. Es hatte eine halbe Stunde gedauert.
Die zweite Laser-Einstellung war zugleich die schwierigere und wichtigere, denn sie mußte der ersten angeglichen werden. Trotz der elektronischen Störungen mußten sie über den Sender Verbindung mit Houston aufnehmen, damit der kleine Laser – er war so groß wie ein Radierstift und stand auf einem kleinen, stählernen Stativ – genau gerichtet werden konnte. Die beiden Lasergeräte am Hang des Vulkans sollten so eingestellt werden, daß ihre Strahlen sich in einer Entfernung von vielen Kilometern kreuzten, oberhalb des Dschungels. Wenn ihre Berechnungen stimmten, mußte der Schnittpunkt unmittelbar über der toten Stadt Zinj liegen.

Elliot fragte, ob sie nicht möglicherweise unbeabsichtigt dem Konsortium Hilfsdienste leisteten, aber Karen Ross schüttelte den Kopf. »Davon hätten sie nur nachts etwas«, sagte sie, »wenn sie lagern. Tagsüber können sie sich nicht auf unsere Sendungen aufschalten, das ist das schöne an der Sache.«
Bald rochen sie vulkanische Schwefeldämpfe, die vom Gipfel, der noch gut fünfhundert Meter über ihnen lag, zu ihnen hinabtrieben. Hier oben wuchs nichts mehr – es gab nur nackten, harten Fels und einzelne, von Schwefel gelbgefärbte kleine Schneefelder. Der Himmel war klar, von dunklem Blau, und sie hatten eine großartige Aussicht auf die südliche Virunga-Kette – auf den großen Kegel des Nyiragongo, der sich steil aus dem tiefen Grün der Kongo-Wälder erhob, und dahinter den von Nebel verhangenen Muhavura.
Die letzten dreihundert Meter waren die schwierigsten, vor allem für Amy, die sich ihren Weg barfuß durch die scharfen Lavabrokken suchen mußte. Oberhalb von dreitausendsiebenhundert Meter bestand der gesamte Untergrund aus lockerem vulkanischem Geröll.
Um fünf Uhr nachmittags erreichten sie den Gipfel und konnten über den dreizehn Kilometer breiten Lavasee und den rauchenden Krater des Vulkans hinwegblicken. Elliot war enttäuscht von

dieser Landschaft aus schwarzem Fels und grauen Dampfwolken.
»Warten Sie, bis es dunkel wird«, sagte Munro.
In jener Nacht glühte die Lava, und es sah aus, als breite sich ein dunkelrotes Netz über die schwarze Kruste. Der zischende rötliche Dampf verlor seine Farbe, während er zum Himmel aufstieg. Ihre kleinen Zelte am Kraterrand reflektierten den tiefroten Widerschein der Lava.
Im Westen glänzten vereinzelte Wolken silbern im Mondlicht, und unter ihnen dehnte sich der Dschungel. Sie sahen die pfeilgeraden Laserstrahlen, die sich über dem schwarzen Wald schnitten. Mit etwas Glück würden sie morgen diesen Schnittpunkt erreichen.
Karen Ross richtete ihre Sendeanlage her, um ihren abendlichen Bericht nach Houston durchzugeben. Nach der üblichen Verzögerung von sechs Minuten ging ihr Signal direkt nach Houston durch, ohne daß sie zur Intervallverschlüsselung oder zu anderen Tricks Zuflucht nehmen mußte.
»Verdammt!« sagte Munro.
»Was bedeutet das?« fragte Elliot.
»Es bedeutet«, sagte Munro mit düsterer Miene, »daß das Konsortium unsere Funkverbindung nicht mehr stört.«
»Ist das denn nicht gut?«
»Nein«, sagte Karen Ross. »Das ist schlimm. Sie müssen bereits dort sein und die Diamanten gefunden haben.« Sie schüttelte den Kopf und justierte die Anzeige auf dem Bildschirm.

HUSTN BESTAETGT KONSRTUM GLANGT MIT WARSCHEINLKEIT 1.000 NACH ZINJ LAGE AUSSICHTSL WEITRE RISIKN VERMEIDN.

»Ich kann es nicht glauben«, sagte Karen Ross. »Alles aus und vorbei.«
Elliot seufzte. »Mir tun die Füße weh«, sagte er.
»Ich bin müde«, sagte Munro.
»Zum Teufel damit«, sagte Karen Ross.
Zutiefst erschöpft legten sie sich alle schlafen.

8. Tag
Kanyamagufa
20. Juni 1979

1. Abstieg

Am Morgen des 20. Juni schliefen sie alle lange und frühstückten dann gemütlich – sie nahmen sich sogar die Zeit, sich eine warme Mahlzeit zuzubereiten. Sie aalten sich in der Sonne und spielten mit Amy, die entzückt war über diese unerwartete und unverhoffte Aufmerksamkeit.

Erst nach zehn Uhr begannen sie mit dem Abstieg vom Muhavura in den Dschungel.

Da die Westhänge des Muhavura steil abfallen und unpassierbar sind, stiegen sie im rauchenden Vulkankrater etwa achthundert Meter tief ab. Munro, der sie führte, trug die Last Asaris, des kräftigsten Trägers, auf dem Kopf, da dieser Amy tragen mußte – die Felsen waren für ihre bloßen Füße zu heiß.

Amy hatte Angst und hielt die Menschen für verrückt, die im Gänsemarsch im Kraterinneren abstiegen. Elliot überlegte, ob sie nicht recht hatte. Als sie den Kratersee erreichten, war die Hitze unerträglich. Beißender Rauch ließ ihre Augen tränen und brannte ihnen in der Nase. Sie hörten die Lava unter der schweren schwarzen Kruste blubbern und zischen.

Dann erreichten sie die Formation, die Naragema genannt wurde – das Auge des Teufels. Es war ein natürlicher Felsbogen von fünfundvierzig Meter Höhe, dessen Steine auf der Innenseite so glatt waren, daß sie wie poliert wirkten. Durch diesen Bogen blies eine frische Brise, und sie sahen den grünen Dschungel unter sich. In dem Bogen machten sie Rast, und Karen Ross untersuchte die glatte Innenfläche. Sie gehörte zu einer Lavaröhre, die sich bei einem früheren Ausbruch gebildet haben mußte. Der größte Teil davon war weggeschleudert worden, so daß nur noch der schmale Bogen blieb.

»Er heißt Auge des Teufels«, sagte Munro, »weil er bei einem Vulkanausbruch von unten fast so aussieht wie ein rotglühendes Auge.«

Vom Teufelsauge stiegen sie rasch durch einen Bergwald ab und von da quer durch eine Fläche voller Steinzacken, die bei einem kürzlich erfolgten Lavaausbruch entstanden sein mußte und aussah, als sei sie nicht von dieser Welt. Hier kamen sie an schwarze Krater verbrannter Erde, manche eineinhalb bis zwei Meter tief. Munro dachte zuerst, die Streitkräfte von Zaïre hätten dieses Gebiet als Schießplatz benutzt. Bei näherem Hinsehen aber stellten sie fest, daß ein Muster verbrannter Stellen in den Felsen geätzt war, das wie Tentakel von den Kratern nach außen reichte. So etwas hatte Munro noch nie gesehen. Karen Ross stellte sogleich ihre Antenne auf, schloß den Computer an und setzte sich mit Houston in Verbindung. Sie schien sehr erregt.

Während sie die Daten auf dem kleinen Bildschirm durchging, rastete die Gruppe. Munro sagte: »Was fragen Sie die eigentlich?«

»Den Zeitpunkt des letzten Ausbruchs hier und das Wetter damals. Er war im März – kennen Sie jemanden namens Seamans?«

»Ja«, sagte Elliot. »Tom Seamans schreibt die Programme für das Projekt Amy. Warum?«

»Er hat eine Mitteilung für Sie«, sagte sie und zeigte auf den Bildschirm.

Elliot trat näher und las: SEAMANS MITLNG FR ELYT WARTN.

»Was besagt sie?« fragte Elliot.

»Drücken Sie auf den Sendeknopf«, erwiderte sie.

Er drückte ihn, und die Mitteilung erschien: ORGNALBAND IN HUSTN UEBRPRUEFT NEU M.

»Das verstehe ich nicht«, sagte Elliot. Karen Ross erklärte ihm, das ›M‹ bedeute, daß die Mitteilung noch weitergehe. Er müsse noch einmal auf den Sendeknopf drücken. Er mußte ihn mehrfach drücken, bis er die gesamte Mitteilung zusammen hatte, die vollständig lautete: ORGNALBAND IN HUSTN UEBRPRUEFT NEUS ERGBNS ZM TONSIGNL INFO-COMPUTR ANALYSN FERTG VERMUTL SPRACH.

Elliot merkte, daß er die verkürzte und gedrängte Schrift besser lesen konnte, wenn er sie sich laut vorsprach: »Originalband in Houston überprüft, neues Ergebnis zum Tonsignal, Info-Computer-Analysen fertig, vermutlich Sprache.« Er runzelte die Stirn. »Sprache?«

Karen Ross sagte: »Haben Sie ihn nicht gebeten, unser ursprüngliches Bandmaterial aus dem Kongo zu überprüfen?«

»Ja, aber da ging es nur um eine Identifikation des Tiers, das auf dem Schirm zu sehen ist. Ich habe nie etwas über Toninformationen gesagt.« Elliot schüttelte den Kopf. »Ich wollte, ich könnte mit ihm reden.«

»Kein Problem«, sagte Karen Ross. »Wenn es Ihnen nichts ausmacht, ihn zu wecken.« Sie drückte den Einfangknopf. Fünfzehn Minuten später gab Elliot ein: Hallo, Tom, wie geht's? Auf dem Schirm erschien: HLO TOM WIGEZ?

»Normalerweise verschwenden wir keine Satellitenzeit mit solchem Kram«, sagte Karen Ross.

Auf dem Schirm erschien MUEDE WOBISTU.

Er gab ein: Virunga. VIRNGA.

»Wenn Travis die Mitschrift sieht, kriegt er einen Schreikrampf«, sagte Karen Ross. »Wissen Sie eigentlich, was eine solche Sendung kostet?« Aber Karen Ross hätte sich keine Sorgen zu machen brauchen, die Unterhaltung wandte sich bald dem Beruflichen zu:

HABN MITLNG ZUR TONINFO RKLAERT BITE.

ZUFAELG NTDEKT SER SPANND–NTERSCHEIDNGS-FUNKTN CMPUTR ANALYSN GRENZN TONINFO BAND {ATEMGERSCHE} ZU 99 PRZENT EIN VRMUTN SPRACHMRKMALE.

WASFR MRKMALE?

WIDRHOLNG LAEST ABSICHT RKEN–STRUKTRBEZIHNGEN = WOL GSPROCHN SPRACH.

KNT IR UEBRSEZN?

NOCH NCHT.

WRUM NCHT?

CMPUTR HAT ZUWENIG TONINFO – BRAUCHN MER BLEIM AM BAL
VILEICHT MORGN SCHN MER HLS + BNBRCH.

& GRILAS SOLN SPRECHN?

JA FALS GRILA.

»Der Teufel soll mich holen«, sagte Elliot. Noch nachdem er die Sendung beendet hatte, blieb Seamans' letzte Mitteilung in leuchtendem Grün auf dem Bildschirm erkennbar.
JA FALS GRILA.

2. Die behaarten Menschen

Zwei Stunden nach dieser unerwarteten Neuigkeit hatte die Expedition zum erstenmal Berührung mit Gorillas.
Sie waren inzwischen wieder in das Dunkel des äquatorialen Regenwalds getaucht und zogen auf dem geradesten Weg zu der Stelle, die von den Laserstrahlen über ihnen gekennzeichnet wurde. Da sie die Strahlen durch das Laubdach nicht sehen konnten, bediente sich Karen Ross eines optischen Anzeigegeräts, einer Kadmium-Fotozelle, die so gefiltert war, daß sie die spezifische Laser-Wellenlänge empfing. In Abständen blies Ross einen kleinen Heliumballon auf, schloß eine elektrische Leitung und die Meßeinrichtung an und ließ den Ballon aufsteigen. Sobald er oberhalb der Bäume war, drehte er sich, visierte einen der Laserstrahlen an und sendete durch die Leitung Koordinaten zum Computer hinab.
Sie folgten der Spur abnehmender Laserintensität eines einzelnen Strahls und warteten auf den »Echoimpuls-Wert«, der durch seine

doppelt so hohe Intensität anzeigte, daß sich die beiden Strahlen über ihnen schnitten.
Das Verfahren war zeitraubend, und ihre Geduld nahm ab, als sie gegen Mittag plötzlich auf die charakteristischen Kothaufen von Gorillas stießen und verschiedene Schlafnester aus Eukalyptusblättern auf dem Boden und in den Bäumen erblickten.
Eine Viertelstunde später zerriß ohrenbetäubendes Gebrüll die Luft. »Gorillas«, verkündete Munro. »Das war ein Mann, der möchte, daß jemand verschwindet.«
Amy machte Zeichen: *Gorilla sagen weggehen.*
»Wir müssen weiter, Amy«, sagte er.
Gorilla nicht wollen Menschen kommen.
»Menschen tun Gorillas nichts«, beruhigte Elliot sie. Aber Amy sah ihn nur verständnislos an und schüttelte den Kopf, als hätte er sie völlig falsch verstanden.
Tage später wurde ihm klar, daß er sie tatsächlich falsch verstanden hatte. Amy hatte nicht sagen wollen, die Gorillas hätten Angst, daß die Menschen ihnen etwas zuleide tun würden. Sie hatte ihm mitteilen wollen, daß die Gorillas befürchteten, die Menschen könnten zu Schaden kommen, und zwar durch Gorillas.

Sie hatten fast die Mitte einer kleinen Lichtung erreicht, als ein großer Silberrückenmann über den Blättern erschien und sie anbellte.
Elliot führte gerade die Gruppe, da Munro nach hinten gegangen war, um einem der Träger zu helfen.
Sechs Tiere standen am Rand der Lichtung, dunkle schwarze Umrisse vor dem Grün. Sie beobachteten die menschlichen Eindringlinge. Einige der Weibchen legten den Kopf auf die Seite und preßten mißbilligend die Lippen zusammen. Wieder brüllte der Anführer.
Es war ein kräftiges Männchen mit silbernem Rückensattel. Es hatte einen riesigen Kopf und war über ein Meter achtzig groß. Seine tonnenförmig vorgewölbte Brust ließ vermuten, daß es an die zweihundert Kilogramm wiegen mußte. Als er diesen Gorilla-

mann sah, verstand Elliot, warum die ersten Erforscher des Kongo Gorillas für »behaarte Menschen« gehalten hatten, denn dieses großartige Exemplar sah aus wie ein hochgewachsener Mensch, sowohl der Größte als auch der Statur nach.
Hinter Elliot flüsterte Karen Ross: »Was machen wir jetzt?«
»Bleiben Sie hinter mir«, sagte Elliot. »Und rühren Sie sich nicht.«
Der Gorillamann ließ sich kurz auf alle viere nieder und gab ein leises *Ho-ho-ho* von sich, das kräftiger wurde, als er wieder auf die Hinterbeine sprang und dabei Hände voll Gras ausriß. Er warf das Gras in die Luft und trommelte dann mit den flachen Händen auf seine Brust, wobei ein dumpfer Laut entstand.
»Bloß das nicht«, sagte Karen Ross.
Das Trommeln dauerte fünf Sekunden, dann ließ der Gorillamann sich wieder auf alle viere nieder. Er lief seitwärts durchs Gras, schlug mit der Hand in die Büsche und machte so viel Lärm wie möglich, um die Eindringlinge zu verscheuchen. Dann begann er wieder mit seinem *Ho-ho-ho*.
Er sah Elliot unverwandt an und erwartete offensichtlich, daß sein Imponierverhalten ihn zum Rückzug veranlassen würde. Als nichts dergleichen geschah, sprang er auf die Hinterbeine, trommelte sich auf die Brust und brüllte noch wütender.
Und dann griff er an.
Laut brüllend kam er mit erschreckender Geschwindigkeit direkt auf Elliot zugestürmt. Elliot hörte Karen Ross hinter sich aufstöhnen. Er hätte gern kehrtgemacht, um davonzulaufen. Jeder Instinkt riet ihm davonzulaufen, aber er zwang sich, völlig still zu stehen – und zu Boden zu blicken.
Während er auf seine Füße sah und den riesigen Gorilla durch das hohe Gras auf sich zustürmen hörte, stellte er sich plötzlich vor, daß all sein abstraktes Bücherwissen und alles, was Wissenschaftler auf der ganzen Welt über Gorillas dachten, falsch war. Er sah den riesigen Kopf, die breite Brust und die langen, weitschwingenden Arme förmlich vor sich, während das kraftvolle Tier auf seine leichte Beute zueilte, ein unbewegliches Ziel, das töricht genug war, all die falschen Angaben der Wissenschaftler zu

glauben, die dadurch geheiligt waren, daß man sie gedruckt hatte ...

Es herrschte Stille.

Der Gorilla (der jetzt ganz dicht vor ihm stehen mußte) gab ein schnaubendes Geräusch von sich, und Elliot konnte im Gras nahe seinen Füßen den mächtigen Schatten des Tiers sehen. Er blickte immer noch nicht auf, sondern wartete, bis der Schatten sich fortbewegte.

Als er den Kopf hob, sah er den Gorillamann sich rückwärts zurückziehen, zur anderen Seite der Lichtung. Dort wandte er sich um und kratzte sich verdutzt den Kopf, als könnte er nicht verstehen, warum sein schreckliches Imponiergehabe die Eindringlinge nicht hatte vertreiben können. Er schlug ein letztes Mal auf den Boden, dann waren er und der Rest des Trupps im hohen Gras verschwunden. In der Lichtung herrschte tiefe Stille, bis Karen Ross in Elliots Arme sank.

»Na«, sagte Munro, als er zu ihnen stieß, »Sie scheinen ja doch ein bißchen von Gorillas zu verstehen.« Er tätschelte tröstend Karens Arm. »Schon gut. Sie tun einem nichts, wenn man nicht wegläuft. Sonst allerdings beißen sie Sie in den Hintern. Das ist in dieser Gegend unter Eingeborenen das Kennzeichen für Feigheit – denn es bedeutet, daß man davongelaufen ist.«

Karen Ross schluchzte verhalten, und Elliot spürte, daß seine Knie zitterten. Er setzte sich hin. Alles war so schnell gegangen, daß es einige Augenblicke dauerte, bis ihm bewußt wurde, wie haargenau das Verhalten der Gorillas den Beschreibungen in Lehrbüchern entsprochen hatte, wozu auch gehörte, daß es zu keiner Kommunikation gekommen war, die auch nur im entferntesten mit Sprache zu tun hatte.

3. Das Konsortium

Eine Stunde später stießen sie auf das Wrack der Hercules-Transportmaschine. Hier, inmitten der Baumriesen, schien der

Flugzeugriese den richtigen Größenmaßstab zu haben. Er lag, zur Hälfte verdeckt, im Dschungel. Der Bug war an hohen Bäumen zerschellt, das riesige Seitenleitwerk am Heck zum Boden hin verdreht. Die mächtigen Tragflächen waren geknickt und warfen abstruse Schatten auf den Dschungelboden.
Durch die zerschmetterten Scheiben sahen sie im Cockpit den von schwarzen Fliegen bedeckten Körper des Piloten. Die Fliegen summten und klatschten gegen das Glas, als sie hineinsahen. Sie versuchten, weiter hinten einen Blick durch die Rumpffenster zu werfen, aber trotz des eingeknickten Fahrwerks befand sich der Rumpf des Flugzeugs zu hoch über dem Boden des Dschungels. Kahega gelang es, auf einen umgestürzten Baum zu klettern und sich von dort auf eine der Tragflächen vorzuarbeiten. Von dort aus blickte er in das Innere der Maschine. »Keine Menschen«, sagte er.
»Vorräte?«
»Ja, viele. Kisten und Behälter.«
Munro ließ die anderen stehen und ging unter dem zerschmetterten Heckleitwerk hindurch, um die andere Seite der Maschine zu untersuchen. Die linke Tragfläche, die sie nicht hatten sehen können, war geschwärzt und zerschmettert, die Triebwerke fehlten. Das erklärte den Absturz – die letzte Rakete der FAZ hatte ihr Ziel gefunden und den größten Teil der Tragfläche weggerissen.
Dennoch behielt das Wrack für Munro etwas seltsam Rätselhaftes; etwas an seinem Aussehen stimmte nicht. Er blickte an dem Rumpf entlang, von dem eingedrückten Bug, an den Fenstern vorbei über den Tragflächenstummel hinweg zu den hinteren Türen ...
»Verdammt!« sagte Munro leise.
Er eilte zu den anderen. Sie saßen im Schatten der rechten Tragfläche auf einem der Fahrwerkreifen. Er war so hoch, daß Karen Ross darauf sitzen und mit den Beinen baumeln konnte, ohne den Boden zu berühren.
»Na«, sagte sie mit kaum verhohlener Befriedigung, »weit sind sie mit ihren Vorräten ja nicht gekommen.«

»Nein«, sagte Munro. »Das Flugzeug haben wir vorletzte Nacht gesehen. Das heißt, es liegt schon seit mindestens sechsunddreißig Stunden hier unten.«
Munro wartete darauf, daß Karen Ross selbst dahinterkam.
»Sechsunddreißig Stunden?«
»Ja, sechsunddreißig Stunden.«
»Und sie sind nicht gekommen, um sich ihren Nachschub abzuholen ...«
»Sie haben es nicht einmal *versucht*«, sagte Munro. »Sehen Sie sich die Frachtraumtüren an, vorn und hinten – niemand hat versucht, sie zu öffnen. Ich frage mich, warum sie nicht zurückgekommen sind.«

In einem Teil dichten Dschungels knirschte und knackte es auf einmal unter ihren Füßen. Als sie die Palmwedel beiseite schoben, sahen sie den Boden mit zerbrochenen weißen Knochen bedeckt.
»Kanyamagufa«, sagte Munro. Die Knochenstätte. Er warf einen raschen Blick auf die Träger, um zu sehen, wie sie reagierten, sie aber zeigten lediglich Erstaunen, keine Furcht. Es waren ostafrikanische Kikuyu, und sie hatten keine von den abergläubischen Vorstellungen der Stämme, die am Rand des Regenwalds wohnten.
Amy hob ihre Füße von den scharfkantigen, gebleichten Knochenstücken. Sie teilte Elliot mit: *Boden tut weh.*
Elliot wollte von ihr wissen: »Was ist das für ein Ort?«
Sie gab ihm zur Antwort: *Stelle schlimm.*
»Was für eine schlimme Stelle?«
Amy hatte keine Antwort darauf.
»Das sind ja Knochen!« sagte Karen Ross und blickte zu Boden.
»Stimmt«, sagte Munro rasch, »aber nicht von Menschen. Nicht wahr, Elliot?«
Auch Elliot sah auf den Boden. Er erkannte die gebleichten Überreste von Skeletten verschiedener Tierarten, ohne sie allerdings sogleich einordnen zu können.
»Elliot? Das sind doch keine Knochen von Menschen?«

»Sie sehen nicht danach aus«, stimmte Elliot zu und blickte zu Boden. Als erstes fiel ihm auf, daß die Mehrzahl deutlich von Kleintieren stammte, von Vögeln, von Affen aus der Familie der Meerkatzenartigen sowie von kleinen Waldnagern. Andere Knochenstücke stammten zwar von größeren Tieren, aber wie groß, das war schwer zu sagen. Vielleicht größere Schlankaffen – andererseits gab es solche Tiere hier im Regenwald nicht.
Schimpansen? In diesem Teil des Kongo lebten auch keine Schimpansen. Vielleicht von Gorillas: er sah das Fragment eines Schädels mit einem kräftig ausgebildeten Überaugendach, nahm es auf und wandte es in den Händen hin und her.
Es war ohne Frage ein Stück von einem Gorillaschädel. Er befühlte mit den Fingern die Dicke des Augenwulstes an der Stirnhöhle. Und er sah den Ansatz des für die Männchen dieser Art charakteristischen Scheitelkamms.
»Elliot?« fragte Munro, und seine Stimme klang angespannt und wißbegierig. »Nicht von Menschen, nicht wahr?«
»Nein, nicht von Menschen, bestimmt nicht«, sagte Elliot und starrte weiter auf den Boden. *Was konnte Gorillaschädel zertrümmern?* Er kam zu dem Ergebnis, daß es nach dem Tod des Tiers geschehen sein mußte. Ein Gorilla war eingegangen, und viele Jahre später war das gebleichte Gebein auf die eine oder andere Weise zerschmettert worden. Es konnte bestimmt nicht geschehen sein, als das Tier noch lebte.
»Nicht von Menschen«, sagte Munro und sah auf den Boden. »Ziemlich viele Knochen, aber nicht von Menschen.« Als er an Elliot vorbeikam, warf er ihm einen verschwörerischen Blick zu: *Halten Sie den Mund!* »Kahega und seine Männer wissen, daß Sie auf diesem Gebiet Fachmann sind«, sagte Munro und sah ihn unverwandt an.
Was hatte Munro gesehen? Sicherlich hatte er genug Tote gesehen, um ein menschliches Skelett von einem anderen unterscheiden zu können. Elliots Blick fiel auf einen gebogenen Knochen. Er ähnelte in etwa dem Gabelbein eines Truthahns, nur war er sehr viel größer und breiter und vom Alter völlig ausgebleicht. Er hob ihn auf. Es war ein Stück des Jochbogens von einem Men-

schenschädel, ein Wangenknochen, der unterhalb des Auges sitzt.
Er wandte das Knochenstück in seinen Händen hin und her. Er sah wieder auf den Waldboden, auf die Schlingpflanzen, die sich mit besitzergreifenden Ranken über den weißen Teppich aus Knochen zogen. Jetzt sah er viele feine Knochen, einige von ihnen so dünn, daß Licht hindurchschien – Knochen, die eigentlich nur von kleinen Tieren stammen konnten.
Dann war er nicht mehr so sicher.
Ihm fiel etwas ein. Er hatte es während des Studiums gelernt. Welche sieben Knochen bildeten die knöcherne Augenhöhle des Menschen? Elliot versuchte sich zu erinnern. Jochbein, Stirnbein, Nasenbein, der große Keilbeinflügel ... das waren erst vier ... Siebbein ... fünf ... einer mußte unten liegen, vom Mund her kommend ... das os palatinum, das Gaumenbein ... machte sechs ... und noch einer fehlte ... Er fiel ihm nicht ein: Jochbein, Stirnbein, Nasenbein, Keilbein, Siebbein, Gaumenbein ... Feine Knochen, durchscheinende Knochen, kleine Knochen.
Menschenknochen.
»Immerhin sind es keine Knochen von Menschen«, sagte Karen Ross.
»Nein, das nicht«, stimmte Elliot zu. Er warf einen Blick auf Amy.
Amy teilte ihm mit: *Hier Menschen sterben.*
»Was hat sie gesagt?«
»Sie sagte, daß den Menschen die Luft hier nicht bekommt.«
»Sehen wir zu, daß wir weiterkommen.«

Munro nahm ihn beiseite. »Gut gemacht, Professor«, lobte er ihn. »Wir müssen aufpassen, daß die Träger uns nicht verrückt werden. Was hat Ihr Gorilla gesagt?«
»Daß hier Menschen ums Leben gekommen sind.«
»Da weiß sie mehr als die anderen«, sagte Munro und nickte bitter. »Aber sie ahnen etwas.«
Hinter ihnen schritt der Trupp im Gänsemarsch. Niemand redete.
»Was zum Teufel ist da bloß passiert?« fragte Elliot.

»Ziemlich viele Knochen«, sagte Munro. »Von Leoparden, Stummelaffen, anderen kleinen Affen, Menschen ...«
»Und von Gorillas«, sagte Elliot.
»Ja«, sagte Munro. »Das habe ich auch gesehen, Gorillaknochen.« Er schüttelte den Kopf. »Was kann bloß einen Gorilla töten, Professor?«
Darauf wußte Elliot keine Antwort.

Das Lager des Konsortiums bot ein Bild der Verwüstung. Die Zelte waren zerfetzt, auf den Leichen saßen Fliegen in dichten schwarzen Trauben. Der Gestank war in der feuchten Luft unerträglich, und das Gesumm der Fliegen klang irgendwie wütend. Alle außer Munro blieben am Rand des Lagers.
»Es bleibt nichts anderes übrig«, sagte er. »Wir müssen herausfinden, was mit denen hier passiert ist –« Und damit tat er einen Schritt über die niedergewalzte Umzäunung und betrat das eigentliche Lager.
Als Munro weiterging, wurde der Alarm ausgelöst – ein durchdringendes, schrilles Geräusch. Die anderen bedeckten ihre Ohren mit den Händen. Amy knurrte vor Mißbehagen.
Geräusch böse.
Munro warf ihnen einen Blick zu. »Mir macht das nichts aus«, sagte er. »Das habt ihr davon, daß ihr draußen geblieben seid.« Er ging zu einem der Toten hin und drehte ihn mit dem Fuß um. Dann beugte er sich nieder, wedelte die Wolke ärgerlich brummender Fliegen davon und untersuchte gründlich den Kopf.
Karen Ross sah zu Elliot hinüber. Er schien unter der Einwirkung eines Schocks zu stehen. Typisch Naturwissenschaftler, dachte sie. Angesichts einer Katastrophe zu keiner Reaktion fähig. Amy neben ihm hielt sich ängstlich die Ohren zu. Karen Ross jedoch war durchaus zu Reaktionen fähig, sie atmete tief ein und überquerte ebenfalls den Zaun. »Ich muß wissen, was für eine Alarmanlage sie hatten.«
»Schön«, sagte Elliot. Er fühlte sich von alldem nicht betroffen. Er war benommen. Ihm war, als würde er gleich ohnmächtig. Der Anblick und der Geruch der Toten verursachten ihm Ekel. Er

sah, wie Karen Ross sich durch das Lager vorarbeitete und einen schwarzen Kasten mit einem seltsamen Trichter ergriff. Sie folgte einer Leitung zur Mitte des Lagers hin. Gleich darauf hörte das Hochfrequenzsignal auf, sie hatte es abgeschaltet.

Amy ließ wissen: *Jetzt besser.*

Mit der einen Hand untersuchte Karen Ross die elektronischen Einrichtungen in der Mitte des Lagers, während sie sich mit der anderen die Nase zum Schutz gegen den infernalischen Gestank zuhielt.

Kahega sagte: »Ich will nachsehen, ob sie Waffen hatten, Doktor.« Und er ging gleichfalls ins Lager. Zögernd folgten ihm die anderen Träger.

Elliot blieb mit Amy allein zurück. Amy betrachtete teilnahmslos die Zerstörung, griff allerdings nach seiner Hand. Er fragte sie in Zeichensprache, was vorgefallen sei.

Amy gab zur Antwort: *Dinge kommen.*

Was für Dinge?

Schlimme Dinge.

Was für Dinge?

Schlimme Dinge kommen Dinge kommen schlimme.

Was für Dinge?

Schlimme Dinge.

Offensichtlich brachten diese Fragen ihn nicht weiter. Er befahl ihr, außerhalb des Lagers zu bleiben, und ging ebenfalls hinein, bewegte sich zwischen den Leichen und den summenden Fliegen.

Karen fragte: »Hat schon jemand ihren Führer gefunden?«

Quer durch das Lager sagte Munro: »Menard.«

»Aus Kinshasa?«

Munro nickte: »Ja.«

»Wer ist Menard?« fragte Elliot.

»Er hat einen guten Namen, kennt sich im Kongo aus«, sagte Karen Ross, während sie sich einen Weg durch die Trümmer suchte. »Aber er war nicht gut genug.« Einen Augenblick später blieb sie stehen.

Elliot ging zu ihr hinüber. Sie sah auf einen der Toten, der mit dem Gesicht nach unten auf dem Boden lag.

»Drehen Sie ihn nicht um«, sagte sie. »Es ist Richter.«

Elliot verstand nicht, wieso sie so sicher sein konnte. Immerhin war der Leichnam über und über mit Fliegen bedeckt. Er beugte sich vor.
»Hände weg!«
»Schon gut«, brummte Elliot.
Munro hielt einen grünen Zwanzig-Liter-Kunststoffkanister hoch, in dem eine Flüssigkeit gluckerte, und rief nach Kahega. »Wir wollen das hier hinter uns bringen.«
Kahega und seine Leute verteilten mit raschen Bewegungen Kerosin über die Zelte und die Toten. Elliot nahm den scharfen Geruch wahr.
Karen Ross, die gerade unter ein zerfetztes Vorratszelt aus Nylon gekrochen war, rief: »Eine Minute noch.«
»Nehmen Sie sich so viel Zeit, wie Sie brauchen«, sagte Munro. Er wandte sich Elliot zu, der Amy beobachtete.
Amy machte Zeichen für sich selbst: *Menschen schlecht, nicht glauben, Menschen schlecht, Dinge kommen.*
»Es scheint sie sehr kalt zu lassen«, sagte Munro.
»Eigentlich nicht«, sagte Elliot. »Aber ich glaube, sie weiß, was hier vorgefallen ist.«
»Ich hoffe, sie sagt es uns«, sagte Munro. »All die Männer hier sind nämlich auf dieselbe Weise ums Leben gekommen. Man hat ihnen den Schädel zerschmettert.«

Während die Expedition weiterzog, schlugen die Flammen hoch zum Himmel, und über dem ehemaligen Lager des Konsortiums stand noch lange schwarzer Rauch. Karen Ross schwieg, in Gedanken verloren. Elliot fragte: »Was haben Sie gefunden?«
»Nichts Gutes«, sagte sie. »Sie hatten eine völlig einwandfreie Anlage, ähnlich unserem TSZ – Tierschutzzaun. Die Kegel, die ich gefunden habe, sind Geräuschsensoren, die ein Ultra-Hochfrequenzsignal aussenden, wenn sie ansprechen. Dieses Signal ist sehr schmerzhaft. Zwar hilft es nicht gegen Reptilien, aber ganz ausgezeichnet bei Säugetieren. Wölfe oder Leoparden zum Beispiel würden sich schleunigst davonmachen.«
»Hier hat es nicht funktioniert«, sagte Elliot.

»Nein«, sagte Karen Ross. »Es scheint auch Amy nicht viel ausgemacht zu haben.«
Elliot fragte: »Wie reagiert das menschliche Ohr darauf?«
»Sie haben es doch gemerkt. Es ist lästig, und damit hat sich's.« Sie warf Elliot einen Blick zu. »Aber hier, in diesem Teil des Kongo, gibt es keine Menschen – außer uns.«
Munro fragte: »Können wir uns besser gegen Tiere schützen?«
»Das will ich meinen«, sagte Karen Ross. »Wir haben den Tierschutzzaun der nächsten Generation – er hält alles ab, wenn es nicht gerade Elefanten oder Nashörner sind.« Allerdings klang ihre Stimme nicht besonders überzeugt.
Spät am Nachmittag kamen sie an die Stelle, an der das Lager der ersten ERTS-Kongo-Expedition gestanden hatte. Sie hätten es beinahe verfehlt, denn in den neun Tagen seit seiner Zerstörung hatten die Schlingpflanzen des Dschungels es bereits teilweise überwuchert, so daß fast alle Spuren verwischt waren. Es war nicht viel vom Lager übrig – ein paar Fetzen von den orangeroten Nylon-Zeltbahnen, ein zerbeulter Aluminiumkochtopf, das zerbrochene Stativ und die zerstörte Videokamera, deren grüne Leiterplatten auf dem Boden zerstreut lagen. Sie fanden keine Leichen, und da das Tageslicht schwächer wurde, suchten sie auch nicht, sondern zogen eilends weiter.
Amy war sichtlich erregt. Sie ließ wissen: *Nicht weiter.*
Peter Elliot achtete nicht darauf.
Nicht weiter Ort schlimm Ort alt.
»Wir gehen weiter, Amy«, sagte er.
Eine Viertelstunde später kamen sie an eine lichte Stelle, an der sich im Blätterdach über ihnen eine kleine Öffnung gebildet hatte. Als sie nach oben blickten, sahen sie den dunklen Kegel des Muhavura aufragen und die dünnen Laserstrahlen. Zu ihren Füßen, unter den sich kreuzenden Laserstrahlen, lagen moosbedeckte Felsblöcke, halb verdeckt von der Vegetation des Dschungels, die Reste der Stadt, die sie gesucht hatten. Sie waren in der toten Stadt Zinj.
Elliot drehte sich nach Amy um.
Doch Amy war verschwunden.

4. STAUB

Er konnte es nicht fassen.
Zuerst nahm er an, daß sie ihn bestrafen wollte, daß sie davongerannt war, damit er bereute, ihr am Fluß den Narkosepfeil in die Brust geschossen zu haben. Er erklärte Munro und Karen Ross, daß sie durchaus zu dergleichen Reaktionen imstande war. Sie verbrachten die nächste halbe Stunde damit, ihren Namen rufend durch den Dschungel zu streifen. Doch es kam keine Antwort, nichts unterbrach das ewige Schweigen des Regenwalds. Aus der halben Stunde wurde eine ganze, dann beinahe zwei Stunden.
Elliot wurde von Panik ergriffen.
Als sie nach längerer Zeit immer noch nicht aus dem Blattwerk hervorkam, mußte eine andere Möglichkeit erwogen werden.
»Vielleicht ist sie mit der letzten Gorillahorde weitergezogen«, sagte Munro.
»Unmöglich«, sagte Elliot.
»Sie ist sieben Jahre alt und praktisch geschlechtsreif.« Munro zuckte mit den Schultern. »Und immerhin ist sie ein Gorilla.«
»Unmöglich«, beharrte Elliot.
Aber er wußte, was Munro damit sagen wollte. Es war unvermeidlich, daß Menschen, die Menschenaffen aufzogen, zu einem bestimmten Zeitpunkt feststellten, daß sie die Tiere nicht mehr halten konnten. Mit einsetzender Geschlechtsreife wurden die Tiere zu groß, zu stark, ihrer eigenen Art zu ähnlich, als daß sie noch berechenbar waren. Man konnte sie nicht mehr in Windeln packen und nicht mehr so tun, als wären sie niedliche menschenähnliche Wesen. Ihre Spiele ließen deutliche Unterschiede erkennen, die man irgendwann nicht mehr übersehen konnte.
»Gorillahorden sind keine geschlossenen Gesellschaften«, erinnerte ihn Munro. »Sie nehmen auch Fremde auf, vor allem Weibchen.«
»Amy würde nie mit ihnen gehen«, erklärte Elliot. »Sie könnte es gar nicht.«
Amy war von klein auf unter Menschen aufgewachsen. Ihr war die westliche Welt der Autobahnen und Schnellimbisse vertrauter

als der Dschungel. Wenn Elliot mit seinem Wagen an ihrem Lieblings-Selbstbedienungsrestaurant vorbeifuhr, klopfte sie ihm rasch auf die Schulter und wies ihn so auf seinen Irrtum hin. Was wußte sie schon vom Dschungel? Er war ihr ebenso fremd, wie er Elliot fremd war. Und nicht nur das ...

»Wir sollten unser Lager aufschlagen«, sagte Karen Ross und sah auf die Uhr. »Sie kommt wieder – sofern sie das will. Immerhin«, schloß sie, »haben nicht wir sie im Stich gelassen, sondern sie uns.«

Obwohl sie eine Flasche Dom Pérignon mitgebracht hatten, war jetzt niemand in der Stimmung, die Ankunft am Ziel mit Champagner zu feiern. Elliot machte sich Vorwürfe, nicht genug auf Amy achtgegeben zu haben. Die anderen dachten voller Entsetzen an das, was sie im Lager der früheren Expedition gesehen hatten, und da die Nacht rasch hereinbrach, blieb keine andere Möglichkeit, als das unter dem Namen STAUB (Schutzanlage vor Tierangriffen und Bedrohungen) bekannte ERTS-Abwehrsystem zu errichten.

Bei der Konstruktion von STAUB war der neueste Stand der Technik berücksichtigt worden. Man war davon ausgegangen, daß in der gesamten Geschichte der Erforschung des Kongo Schutzzäune eine Rolle gespielt hatten. Vor mehr als einem Jahrhundert hatte Stanley geäußert: »Kein Lager darf als vollständig betrachtet werden, das nicht von Büschen oder Bäumen umgeben ist.« In den Jahren danach hatte es wenig Anlaß gegeben, Grundlegendes an dieser Anweisung zu ändern. Allerdings war die technische Entwicklung auf diesem Gebiet nicht stehengeblieben, und STAUB konnte alle früheren Erfahrungen mit verwerten.

Kahega und seine Männer pumpten die silbern glänzenden Zelte auf und bauten sie dicht nebeneinander auf. Karen Ross überwachte die Anbringung der Infrarot-Überwachungsleuchten auf den ausziehbaren Stativen. Sie wurden so geordnet, daß sie den Umkreis des Lagers erhellten.

Als nächstes wurde der Zaun aufgestellt. Er war aus sehr leichtem Material, dem Aussehen und den Eigenschaften nach ähnlich wie

Maschendraht, von der Struktur her aber wie Textilgewebe. Stützstäbe trugen ihn. Er umschloß das Lager vollständig. Wenn der Zaun an den Transformator angeschlossen wurde, lag an ihm eine Spannung von 10000 Volt an. Um die Brennstoffzellen nicht unnötig zu entladen, wurden nur vier Spannungsstöße pro Sekunde auf den Zaun gegeben, wobei man jeweils ein leises Knackgeräusch am Spannungserzeuger hören konnte.

Das Abendessen bestand aus Reis mit einer kreolischen Soße, die dehydratisierte und nun wieder mit Wasser aufgequollene Garnelen enthielt.

Das »Rehydratisieren« bekam den Garnelen nicht besonders, und so schmeckten sie vorwiegend nach Pappe. Doch beklagte sich angesichts der zunehmenden Dunkelheit im Dschungel niemand über dieses klägliche Versagen der Technik mitten im 20. Jahrhundert.

Munro teilte die Wachen ein: reihum jeweils vier Stunden. Er verkündete, er selbst werde mit Elliot und Kahega den Anfang machen und die erste Wache übernehmen.

Mit ihren Nachtsichtbrillen sahen die Wachtposten wie geheimnisvolle Heuschrecken aus, die in den Dschungel hinausstarrten. Es handelte sich um Nachtsichtgeräte in Brillenform, die das Restlicht verstärkten, über das bereits bestehende Bild projizierten und das Ganze in geisterhaftes Grün tauchten. Elliot empfand das Gewicht der Brille als lästig, und es fiel ihm schwer, seine Augen an das elektronisch übertragene Bild zu gewöhnen.

Als er die Brille nach einigen Minuten abnahm, war er erstaunt, den Dschungel in rabenschwarzer Dunkelheit zu sehen. Rasch setzte er die Brille wieder auf. Die Nacht verlief ruhig und ohne Zwischenfall.

9. Tag
Zinj
21. Juni 1979

1. Der Tigerschwanz

Ihr Einzug in die tote Stadt Zinj am Vormittag des 21. Juni geschah ohne eine Spur der Romantik, die in den Berichten aus dem 19. Jahrhundert über vergleichbare Reisen durchschimmert. Die Forscher des 20. Jahrhunderts schwitzten und stöhnten unter der schweren Last ihrer technischen Geräte – optische Entfernungsmesser, Kompasse mit Datenspeicher, Hochfrequenz-Richtfunkgeräte mit angeschlossenen Sendeempfängern, die im Mikrowellenbereich arbeiteten. All das schien unerläßlich für die heutzutage übliche superschnelle Beurteilung einer archäologischen Fundstätte.

Sie waren ausschließlich an Diamanten interessiert. Heinrich Schliemann war bei der Ausgrabung Trojas anfangs nur auf Gold ausgewesen, und er hatte drei Jahre darauf verwendet. Karen Ross rechnete damit, ihre Diamanten im Verlauf von drei Tagen zu finden.

Nach dem vom Computer bei der ERTS durchgespielten Programm fingen sie am besten damit an, daß sie einen Grundriß der Stadt anfertigten. Mit einem solchen Plan in der Hand müßte es verhältnismäßig einfach sein, von der Anlage der Stadt auf die Lage der Stollen zu schließen.

Sie hofften, innerhalb von sechs Stunden einen brauchbaren Plan der Stadt zu haben. Sie brauchten sich lediglich mit Hochfrequenz-Transpondern nacheinander an die vier Ecken eines Gebäudes zu stellen und an jeder Ecke den Sendeknopf zu drücken. Im Lager zeichneten zwei weit voneinander entfernt stehende Empfangsgeräte ihre Signale auf, die der Computer dann in eine zweidimensionale Zeichnung umsetzen konnte. Allerdings bedeckten die Ruinen eine große Fläche, mehr als drei Quadratkilometer. Bei einer Funkvermessung würden sie sich in dichtem Gebüsch und Blattwerk weit voneinander trennen müssen, und das schien ihnen angesichts dessen, was der vorigen Expedition widerfahren war, unklug.

Die einzige andere Möglichkeit war das bei der ERTS als unsystematische Aufnahme oder »Tigerschwanzmethode« bekannte Verfahren. (Es war ein Standardwitz zu sagen, man könne einen Tiger auch dadurch aufspüren, daß man immer weiterging, bis man ihm auf den Schwanz trat.) Sie gingen durch die verfallenen Bauten, vorbei an züngelnden Schlangen und Riesenspinnen, die in dunkle Ecken davoneilten. Die Spinnen hatten die Größe einer Männerhand und gaben zu Karen Ross' Verblüffung ein lautes, knackendes Geräusch von sich.

Sie stellten fest, daß die Mauern mit großem handwerklichem Geschick ausgeführt waren, wenn auch der Kalkstein inzwischen an vielen Stellen ausgewaschen war und zerbröckelte. Überall sahen sie die Halbmondform von Türbogen und Fenstern, die ein besonderes Merkmal der hier untergegangenen Kultur zu sein schien.

Davon abgesehen aber fiel ihnen an den Räumen, durch die sie streiften, so gut wie nichts sonderlich auf. Sie waren im allgemeinen rechteckig und alle etwa gleich groß. Die Wände waren nackt und ohne jeden Schmuck. Sie fanden nach all den Jahrhunderten keinerlei von Menschenhand hergestellte Gegenstände mehr – bis schließlich Elliot ein Paar mit kurzen Griffen versehene, scheibenförmige Steinplatten entdeckte, zwischen denen die Bewohner wahrscheinlich Gewürze oder Getreide gemahlen hatten.

Die Leere, die seltsame Unauffälligkeit der Stadt erschien ihnen immer beunruhigender, je weiter sie vorankamen. Außerdem war sie auch unbequem, da sie so keine rechte Möglichkeit hatten, eine Stelle von der anderen genau zu unterscheiden. Schließlich

verfielen sie darauf, den verschiedenen Gebäuden willkürliche Namen zu geben.
Als Karen Ross in der Wand eines Raums eine Reihe von Öffnungen entdeckte, die wie Brieffächer aussahen, erklärte sie, dies müsse ein Postamt sein – und von da an hieß das Gebäude bei ihnen »das Postamt«.
Sie stießen auch auf eine Reihe kleiner Räume mit Löchern für Holzstangen.
Munro nahm an, dies seien Gefängniszellen – wenn auch äußerst kleine – gewesen. Karen Ross sagte, vielleicht seien die Menschen kleinwüchsig gewesen, oder man habe die Zellen absichtlich klein gehalten, um so die Strafen zu verschärfen. Elliot meinte, vielleicht seien es die Käfige eines Zoos gewesen. Aber warum waren die Käfige dann alle gleich groß? Munro wiederholte unter Hinweis darauf, daß nichts zum Betrachten von Tieren vorgesehen sei, seine Überzeugung, es müsse ein Gefängnis gewesen sein – und so wurden die Räume »das Gefängnis« genannt.
In seiner Nähe fanden sie auch einen großen, freien Hof, den sie »Stadion« nannten. Offensichtlich hatte er als Sport- oder Exerzierplatz gedient. In dem »Stadion« standen vier hohe Steinsäulen mit einem zerbröckelnden, steinernen Ring an der Spitze. Allem Anschein nach waren sie für ein Ballspiel wie Schlagball gebraucht worden. In einer Ecke des Platzes befand sich eine Art Reckstange – allerdings nur anderthalb Meter über dem Boden. Was Elliot zu der Annahme veranlaßte, daß es sich um einen Kinderspielplatz handelte. Karen Ross erinnerte an ihre Theorie von der Kleinwüchsigkeit der Bewohner, während Munro der Ansicht zuneigte, der Hof müsse ein militärischer Exerzierplatz gewesen sein.
Während sie weitersuchten, waren sie sich alle darüber im klaren, daß ihre Reaktionen lediglich ihre vorgefaßten Meinungen widerspiegelten. Die Stadt war so neutral, die Ruinen, sie verrieten so wenig, daß sie wie auf einen Rorschach-Test reagierten. Sie brauchten jedoch objektive Informationen über die Menschen, die die Stadt gebaut hatten, und über ihre Lebensgewohnheiten.

Daß es solche Angaben in Hülle und Fülle gab, merkten sie erst sehr spät. In vielen Räumen war die eine oder andere Wand mit schwarzgrünem Schimmel überzogen. Munro stellte fest, daß der Schimmel nicht in irgendeinem Verhältnis zum Licht, das durch ein Fenster fiel, oder zu Luftströmungen oder anderen erkennbaren Faktoren wuchs. In manchen Räumen überzog er eine Wand in einer dicken Schicht halb bis zum Boden und hörte dann in einer scharfen horizontalen Linie auf, als hätte man ihn mit einem Messer abgeschnitten.

»Sehr sonderbar«, sagte Munro, während er den Schimmelbewuchs näher ins Auge faßte und mit dem Zeigefinger darüberfuhr. Sein Finger war mit Spuren blauer Farbe bedeckt.

So entdeckten sie schließlich die kunstvollen, einst bemalten Bas-Reliefs, die überall in der Stadt vorhanden waren. Doch der Schimmelbelag auf den unregelmäßigen Oberflächen und die Auswaschung des Kalksteins vereitelte jeden Versuch einer Deutung.

Beim Lunch im Lager sagte Munro, es sei zu schade, daß sie nicht ein paar Kunsthistoriker mitgebracht hätten, die diese Bilder hätten sichern können. »Mit ihren Lampen und ihren technischen Geräten würden sie sofort sehen, was da war«, sagte er.

Das brachte Karen Ross auf einen Gedanken.

Die neuesten Untersuchungsmethoden für Kunstwerke, wie sie von Degusto und anderen angewendet wurden, arbeiteten mit Infrarotlicht und Bildverstärkung – und sie verfügte über die notwendigen Geräte, um auf der Stelle nach diesem Verfahren vorzugehen. Zumindest war es einen Versuch wert. Nach dem Essen machten sie sich wieder auf den Weg zu den Ruinen und schleppten die Videokamera, eine der Infrarotleuchten und den kleinen Computer-Anzeigeschirm mit.

Nach einer Stunde Basteln hatten sie ein System ausgearbeitet. Sie konnten die Darstellungen an den Wänden rekonstruieren, indem sie die Wände mit Rotlicht abtasteten und das Bild mit der Videokamera aufnahmen. Dann schickten sie es über Satelliten durch digital arbeitende Computer nach Houston und ließen es sich auf ihren tragbaren Bildschirm zurücksenden.

Diese Art, die Bas-Reliefs zu betrachten, erinnerte Peter Elliot an die Nachtsichtbrillen. Wenn man geradeaus auf die Wand sah, erkannte man nichts als mit dunklem Moos und Flechte bedeckte ausgewaschene Steine. Auf dem kleinen Computer-Schirm aber sah man durch all das hindurch auf die ursprüngliche Malerei, die ein lebendiges Bild vermittelte. Er berichtete später darüber: »Es war sehr seltsam. Da waren wir mitten im Dschungel und konnten dennoch unsere unmittelbare Umgebung nur mittelbar durch technische Einrichtungen wahrnehmen. Wir brauchten Brillen, um nachts, und Videogeräte, um tagsüber zu sehen. Wir benutzten Maschinen, um Dinge zu sehen, die wir sonst nicht hätten sehen können, und wir waren ganz und gar von ihnen abhängig.«

Er fand es auch seltsam, daß die von der Videokamera aufgezeichneten Informationen weit über dreißigtausend Kilometer um den Erdball hin- und zurückwandern mußten, bevor sie wieder auf dem Bildschirm, knapp einen Meter von ihnen entfernt, landeten. Später sagte er, es sei »die längste Nervenbahn der Welt« gewesen, und das habe sich sehr merkwürdig ausgewirkt. Obwohl die Übertragung der Bilder mit Lichtgeschwindigkeit erfolgte, dauerte sie eine zehntel Sekunde, und da auch der Computer in Houston eine kurze Verarbeitungszeit brauchte, erschienen die Bilder auf dem Bildschirm nicht sofort, sondern mit einer kaum wahrnehmbaren Zeitversetzung von etwa einer halben Sekunde. Was sie dann aber auf dem Bildschirm sahen, vermittelte ihnen eine erste Vorstellung von der Stadt und ihren früheren Bewohnern.

In Zinj hatten offenbar hochgewachsene Schwarze mit runden Schädeln und muskulösen Körpern gelebt. Äußerlich ähnelten sie dem Volk, das vor zweitausend Jahren erstmals aus der nördlich gelegenen Hochlandsavanne in den Kongo eingedrungen war und eine der Bantu-Sprachen sprach. Die Menschen wurden hier lebhaft und munter gezeigt: trotz des vorherrschenden Klimas trugen sie am liebsten reichverzierte, bunte, wallende Gewänder. Ihre Haltung und ihre Gesten wirkten freundlich, und alles in allem bestand ein schroffer Gegensatz zwischen ihnen und den

nackten, verfallenen Überresten, die von ihrer Kultur geblieben waren.
Die ersten entschlüsselten Fresken zeigten Marktszenen: Verkäufer hockten neben wunderschönen Flechtkörben voller runder Gegenstände auf dem Boden, während Käufer vor ihnen standen und offensichtlich mit ihnen um den Preis feilschten. Zuerst hatten sie die runden Gegenstände für Obst gehalten, aber Karen Ross kam zu dem Schluß, daß es Steine waren.
»Es sind ungeschliffene Diamanten, von Ganggestein umschlossen«, sagte sie, ohne vom Bildschirm aufzublicken. »Sie handelten mit Diamanten.«

Durch die Fresken angeregt, überlegten sie, welches Schicksal die Einwohner von Zinj wohl ereilt haben mochte, denn die Stadt war eindeutig nicht zerstört, sondern verlassen worden – es gab kein Zeichen für kriegerische Auseinandersetzungen oder eine Besetzung durch fremde Eindringlinge, keine Spuren einer Naturkatastrophe oder irgendeines gewaltsamen Untergangs.
Karen Ross sprach ihre schlimmsten Befürchtungen aus, als sie erklärte, sie vermute, die Diamantminen seien erschöpft gewesen, und so sei Zinj – wie so viele andere Bergbaustädte im Verlauf der Geschichte – zu einer Geisterstadt geworden. Elliot vermutete, die Bewohner seien einer Epidemie oder dergleichen zum Opfer gefallen, während Munro die Gorillas für die eigentliche Ursache hielt.
»Lachen Sie nicht«, sagte er. »Das hier ist ein vulkanisches Gebiet. Vulkan-Ausbrüche, Erdbeben, Dürre, Steppenbrände – die Tiere spielen verrückt und führen sich völlig anders auf als gewöhnlich.«
»Das Wüten der Natur?« fragte Elliot und schüttelte den Kopf. »Hier gibt es alle paar Jahre Vulkan-Ausbrüche, und wir wissen, daß die Stadt jahrhundertelang bestanden hat. Daran kann es nicht liegen.«
»Vielleicht hat es einen Staatsstreich gegeben, eine Palastrevolution.«

»Und welche Rolle könnten die Gorillas dabei gespielt haben?« fragte Elliot lachend.

»So etwas kommt vor«, sagte Munro. »In Afrika benehmen die Tiere sich immer seltsam, wenn es Krieg gibt, müssen Sie wissen.«

Er erzählte ihnen Geschichten von Pavianen, die in Südafrika Farmgebäude und in Äthiopien Busse angegriffen haben sollten. Elliot ließ sich davon nicht beeindrucken. Im übrigen war die Vorstellung, daß die Natur das Tun des Menschen widerspiegelt, sehr alt – mindestens so alt wie Äsop und von etwa der gleichen naturwissenschaftlichen Stichhaltigkeit. »Die natürliche Welt läßt sich vom Menschen nicht beeindrucken«, sagte Elliot.

»Sehr richtig«, gab Munro zur Antwort, »aber es gibt nicht mehr so viel natürliche Welt.«

Elliot stimmte ihm nur widerwillig zu, doch tatsächlich behauptete eine wohlbekannte wissenschaftliche These eben das. 1955 hatte der französische Anthropologe Maurice Cavalle einen umstrittenen Aufsatz mit dem Titel *»Der Tod der Natur«* veröffentlicht. Darin hieß es:

»Vor einer Million Jahren war eines der hervorstechenden Merkmale der Erde eine überall herrschende Wildnis, die wir ›Natur‹ nennen mögen. Inmitten dieser wilden Natur gab es kleine Enklaven, die von Menschen bewohnt wurden. Ob es sich um Höhlen mit einem künstlich unterhaltenen Feuer handelte, das den Menschen wärmen sollte, oder später um Städte mit Wohnungen und künstlich angelegten Ackerflächen – alle diese Enklaven waren ihrem ganzen Wesen nach unnatürlich. In den darauffolgenden Jahrtausenden verminderte sich die Fläche unberührter Natur, die diese künstlichen Enklaven umgab, in zunehmendem Maße, auch wenn diese Entwicklung jahrhundertelang nicht erkennbar war.

Noch vor dreihundert Jahren lagen zwischen den großen Städten Frankreichs oder Englands weite Flächen unberührter Wildnis, in der sich wie schon Jahrtausende zuvor wildes Getier tummelte. Doch unaufhaltsam dehnte der Mensch seinen Einflußbereich aus.

Vor hundert Jahren, gegen Ende der Epoche der großen europäischen Forscher, war die Natur so radikal vermindert, daß sie als etwas Neues empfunden wurde: daher der nachhaltige Eindruck, den die Erforschung Afrikas auf die Menschen des 19. Jahrhunderts ausübte. In eine wahrhaft natürliche Welt einzudringen war exotisch, ging über den Erfahrungsbereich der meisten Menschen hinaus, die von der Wiege bis zum Grabe in einer ganz und gar vom Menschen bestimmten Umgebung lebten.
Im 20. Jahrhundert hat sich das Ungleichgewicht so weit verlagert, daß man getrost sagen kann, die Natur ist verschwunden. Wildpflanzen werden in Gewächshäusern erhalten und Wildtiere in zoologischen Gärten und Wildparks: künstliche Umgebungen, die der Mensch zur Erinnerung an die einst vorherrschende natürliche Welt geschaffen hat. Doch lebt ein Tier in einem Zoo oder in einem Wildpark nicht sein natürliches Leben – so wenig wie ein Mensch in der Stadt ein natürliches Leben lebt.
Heute sind wir vom Menschen und dem, was er geschaffen hat, umgeben. Man kann dem Menschen nicht mehr ausweichen, nirgendwo auf dem Erdball, und die Natur ist nur noch eine Vorstellung, ein längst verblaßter Traum von Vergangenem.«

Karen Ross rief Elliot von seinem Abendessen weg. »Für Sie«, sagte sie und deutete auf den neben der Antenne stehenden Computer. »Ihr Freund wieder.«
Munro grinste: »Nicht einmal im Dschungel ist man vor dem Telefon sicher.«
Elliot ging zum Bildschirm hinüber. COMPUTR SPRACHANLYSN UNGENUEGN BRAUCHN MER MATRIAL KOEN SI LIFRN?
WAS FR MATRIAL? fragte Elliot zurück.
MER TONMAT–SNDET TONAUFNAM.
Elliot gab ein: Ja, falls vorhanden. JA FALS VORH.
FREQNZ 22–50 KHZ KRITSCH.
Elliot tastete zurück: Verstanden. VRSTNDN.
Es folgte eine Pause. Dann hieß es: WIGEZ AMY?
Elliot zögerte kurz. BESTENS.

GRUS VONUNS ALN kam die Antwort. Dann wurde die Sendung für einen Augenblick unterbrochen.
MOMNT NCH.
Es entstand eine längere Pause.
SNSATION, schrieb Seamans dann. WIR HABN SWENSN.

2. SNSATION SWENSN

Zuerst sagte Elliot die Mitteilung nichts. Swensn? Was bedeutete Swensn? Möglicherweise ein Übertragungsfehler? Und dann fiel ihm ein: *Mrs. Swenson!* Amys Entdeckerin, die Frau, die sie aus Afrika mitgebracht und dem Zoo von Minneapolis geschenkt hatte. Die Frau, die sich in den letzten Wochen auf Borneo aufgehalten hatte. HAETN WIRS NUR GWUST: AMYS MUTR NICHT VN EINGEB GETOETET.
Elliot wartete ungeduldig auf Seamans nächste Mitteilung.
Er starrte fassungslos auf die Nachricht. Man hatte ihm immer gesagt, Eingeborene hätten Amys Mutter getötet, und zwar in einem Dorf, das Bagimindi hieß. Eingeborene hätten die Mutter verzehrt, und so sei Amy Waise geworden ...
WISO?
MUTR WAR SHON TOT NICHT GGESN.
Die Eingeborenen hatten Amys Mutter nicht getötet? Sie war schon tot?
WIBITE?
SWENSN HAT BILD KOEN WIR SENDN?
Elliot tippte so hastig, daß seine Finger förmlich über die Tasten stolperten. SNDET.
Es folgte eine Pause, die ihm endlos vorkam. Dann zeichnete der Bildschirm von oben nach unten die Angaben auf. Lange bevor das Bild den Schirm füllte, war Elliot klar, was es zeigte.
Ein Amateur-Schnappschuß von einem toten Gorilla mit zerschmettertem Schädel. Das Tier lag auf dem Rücken in einer

Lichtung, deren Boden festgestampft war, vermutlich in einem Eingeborenendorf.
In diesem Augenblick hatte Elliot das Gefühl, als sei das Rätsel, das ihn beschäftigte und ihm schon seit so vielen Monaten zu schaffen machte, nunmehr gelöst. Hätten sie Mrs. Swenson nur früher erreichen können ...
Das flimmernde elektronische Bild schrumpfte zusammen, und der Bildschirm wurde dunkel.
Elliot sah sich von einer Vielzahl plötzlicher Fragen bestürmt. Es ging um zerschmetterte Schädel in einer fernen – und wie man annahm, unbewohnten – Region des Kongo, *Kanyamagufa*, Knochenstätte. Bagimindi aber war ein Handelsplatz am Ufer des Lubula, über hundertfünfzig Kilometer von dort entfernt. Wie waren Amy und ihre tote Mutter nach Bagimindi gekommen?
Karen Ross fragte: »Haben Sie Schwierigkeiten?«
»Ich verstehe etwas nicht. Ich muß rückfragen –«
»Bevor Sie das tun«, sagte sie, »sehen Sie sich die Sendung noch einmal an, sie ist gespeichert.« Sie drückte einen mit R bezeichneten Knopf.
Die zuvor gesendete Unterhaltung wurde auf dem Bildschirm wiederholt. Während Elliot Seamans' Antwort durchging, fiel ihm eine Zeile auf: MUTR WAR SHON TOT NICHT GGESN.
Wieso war die Mutter nicht verzehrt worden? Gorillafleisch galt in diesem Teil des Kongo-Beckens nicht nur als eßbar, sondern geradezu als Delikatesse. Er gab eine Frage ein:
WISO MUTR NICHT GGESN?
MUTR&KND VN EINGEB PATRULJE AUS SUDAN
GEFUNDN TRUGN KADAVR & KND 5 TAGE BIS DORF
BAGMINDI ZUM VRKAUF AN TURISTN. SWENSN WARDA.
Fünf Tage! Rasch gab Elliot die wichtige Frage ein:
WO GFUNDN?
Die Antwort lautete: UNBKANT WO – KNGO.
LAGE?
NICHT BKANT. Dann, nach einer kurzen Pause: NOCH MER BLDR?
SNDET, bat er.

Das Bild verschwand, dann erschien ein neues Bild auf dem Schirm, so wie die Abtastvorrichtung es erfaßte. Jetzt sah er in Nahaufnahme den zerschmetterten Schädel eines Gorillaweibchens. Neben dem riesigen Schädel lag ein winziges schwarzes Geschöpf auf dem Boden, mit verkrampften Händen und Füßen, den Mund zu einem Schrei geöffnet.
Amy.

Karen Ross ließ die Sendung mehrere Male durchlaufen, jedesmal bis zu dem Bild von Amy als Säugling – klein, schwarz, schreiend.
»Kein Wunder, daß sie Alpträume hatte«, sagte sie. »Vermutlich hat sie gesehen, wie ihre Mutter umgebracht wurde.«
Elliot sagte: »Wenigstens dürfen wir als sicher annehmen, daß es keine Gorillas waren. Gorillas bringen sich nicht gegenseitig um.«
»Gerade jetzt«, sagte Karen Ross, »dürfen wir überhaupt nichts als sicher annehmen.«

Der Abend des 21. Juni war so still, daß sie gegen zehn Uhr die Infrarotlampen ausschalteten, um Energie zu sparen. Fast im gleichen Augenblick merkten sie, daß sich im Blattwerk um das Lager herum etwas regte. Munro und Kahega brachten ihre Gewehre in Anschlag. Das Rascheln verstärkte sich, und sie hörten ein seltsames, seufzendes Geräusch, eine Art Keuchen.
Auch Elliot hörte es und spürte einen Schauder: es war dasselbe Keuchen, das auf den Bändern von der ersten Kongo-Expedition zu hören gewesen war. Er schaltete den Kassettenrekorder ein und hielt das Mikrofon in die Richtung, aus der die Geräusche kamen. Alle warteten angespannt und wachsam.
Doch in der nächsten Stunde geschah nichts. Zwar bewegte sich das Laub rings um sie her, aber sie sahen nichts. Dann, kurz vor Mitternacht, rührte sich etwas am Elektrozaun. Munro richtete sein Gewehr auf die Stelle und schoß, Karen Ross schaltete die Nachtbeleuchtung ein, so daß das Lager in dunkelrotes Licht getaucht wurde.

»Haben Sie etwas gesehen?« fragte Munro. »Haben Sie gesehen, was es war?«
Sie schüttelten den Kopf. Niemand hatte etwas gesehen. Elliot hörte sein Band ab: außer dem scharfen Bellen eines Gewehrs war nichts darauf zu hören. Keine Atemgeräusche.
Der Rest der Nacht verging ohne besondere Vorkommnisse.

10. Tag
Zinj

22. Juni 1979

1. Rückkehr

Der Morgen des 22. Juni war neblig und trüb. Als Peter Elliot um sechs Uhr aufwachte, herrschte im Lager bereits geschäftiges Treiben. Munro schritt den Umkreis des Lagers ab. Seine von den nassen Blättern durchnäßte Kleidung klebte ihm am Leib. Er begrüßte Elliot mit einem triumphierenden Blick und zeigte auf den Boden.

Dort waren frische Fußabdrücke zu sehen, kurz, tief, fast dreieckig, und zwischen dem großen Zeh und den anderen vier Zehen war eine Lücke, etwa so groß wie der Abstand zwischen Daumen und Fingern der menschlichen Hand.

»Das waren mit Sicherheit keine Menschen«, sagte Elliot und beugte sich vor, um die Fährte genauer in Augenschein zu nehmen.

Munro sagte nichts.

»Herrentiere, Primaten.«

Munro schwieg weiter.

»Aber ein Gorilla kann es nicht sein«, schloß Elliot und richtete sich auf. Seine Unterhaltung über den Bildschirm am Vorabend hatte ihn in der Ansicht bestärkt, daß Gorillas mit dieser Sache nichts zu tun hatten. Gorillas töteten einander nicht, so wie Amys Mutter getötet worden war. »Es kann kein Gorilla sein«, wiederholte er.

»Aber es ist einer«, sagte Munro. »Sehen Sie sich das an.« Er deutete auf eine andere Stelle im weichen Boden. Dort befanden sich vier Eindrücke nebeneinander. »Das sind typische Knöchelabdrücke, hier ist er auf den Händen gelaufen.«

»Aber«, sagte Elliot, »Gorillas sind scheu, sie schlafen nachts und gehen dem Menschen aus dem Wege.«

»Erzählen Sie das doch dem, der diesen Abdruck hinterlassen hat.«

»Für einen Gorilla ist er klein«, sagte Elliot. Er untersuchte den Zaun in der Nähe – da wo in der Nacht der Stromkreis kurzgeschlossen worden war. Es hingen einzelne graue Haare daran.

»Und Gorillas haben keine grauen Haare.«

»Doch, Silberrückenmänner«, sagte Munro.

»Ja, aber bei ihnen spielt die Farbe mehr ins Weiße. Diese hier sind eindeutig grau.« Er zögerte. »Vielleicht ist es ein *kakundakari.*«

Munro sah in verächtlich an.

Das *kakundakari* war ein angeblich am Kongo-Becken heimischer Primat, dessen Existenz so umstritten war wie die des Yeti. Zwar war es angeblich schon oft gesichtet worden, aber niemand hatte je eines gefangen. Die Eingeborenen kannten zahllose Geschichten, in denen von einem ein Meter achtzig großen, behaarten Affen die Rede war, der aufrecht ging und auch sonst in seinem Verhalten sehr menschenähnlich war.

Viele angesehene Wissenschaftler glaubten an die Existenz des *kakundakari*; vielleicht dachten sie an die Autoritäten, die früher einmal den Gorilla ins Reich der Fabel verwiesen hatten.

1774 hatte Lord Monboddo über den Gorilla geschrieben: »Dieses wunderbare und zugleich erschreckende Geschöpf der Natur geht aufrecht wie ein Mensch, ist zwischen zwei Meter zehn und zwei Meter siebzig groß ... und von verblüffender Kraft. Es ist am ganzen Körper schwarz behaart, am Kopf sind die Haare länger, das Gesicht ähnelt dem des Menschen mehr als das des Schimpansen, nur daß es schwarz ist. Das Tier hat keinen Schwanz.«

Vierzig Jahre darauf beschrieb Bowditch einen afrikanischen Affen, der »im allgemeinen ein Meter fünfzig groß ist, mit einer Schulterbreite von etwa ein Meter zwanzig. Es heißt, noch weniger als die Breite seiner Schultern entspreche seine Hand den übrigen Proportionen, und ein Schlag mit ihr soll tödlich sein.« Doch erst 1847 veröffentlichten John Savage, ein in Afrika tätiger Missionar, und Jeffries Wyman, ein Anatom aus Boston, einen Aufsatz, in dem sie »eine zweite von den Naturwissenschaftlern bisher nicht anerkannte Spezies in Afrika« beschrieben, die sie *Troglodytes gorilla* zu nennen vorschlugen. Ihre Mitteilung verursachte in der wissenschaftlichen Welt ungeheures Aufsehen und in London, Paris und Boston traf man alle Anstalten, um möglichst rasch Skelette dieses Tiers zu beschaffen. 1855 bestand kein Zweifel mehr – es gab in Afrika einen zweiten, sehr großen Menschenaffen.

Noch im 20. Jahrhundert wurden im Regenwald neue Tierarten entdeckt: 1944 das Blauschwein und 1961 das rotbrüstige Waldhuhn. Also konnten in den Tiefen des Dschungels durchaus noch andere seltene und sich scheu zurückhaltende Tiere leben. Doch einen wirklichen Nachweis für die Existenz des *kakundakari* gab es nicht.

»Dieser Abdruck stammt von einem Gorilla«, beharrte Munro hartnäckig. »Oder vielmehr von einem ganzen Trupp. Abdrücke finden sich überall um den Zaun herum. Sie haben unser Lager ausgespäht.«

»Unser Lager ausgespäht«, wiederholte Elliot und schüttelte ungläubig den Kopf.

»Genauso ist es«, sagte Munro. »Sehen Sie sich nur die verdammten Abdrücke an.«

Elliot merkte, wie seine Geduld zu Ende ging. Er sagte etwas über Lagerfeuererzählungen von Großwildjägern, was Munro mit wenig schmeichelhaften Äußerungen über Leute quittierte, die ihr gesamtes Wissen aus Büchern bezogen.

Und dann begannen die Stummelaffen in den Bäumen plötzlich zu kreischen und die Äste zu schütteln.

Sie fanden Malawi unmittelbar außerhalb des Lagers. Der Träger war auf dem Weg zum Bach getötet worden, wo er Wasser holen wollte. Die zusammenfaltbaren Eimer lagen in der Nähe auf dem Waldboden. Seine Schädelknochen waren zerschmettert worden.

Das Gesicht war purpurfarben, aufgequollen und verzerrt, der Mund stand offen.
Die Mitglieder der Expedition waren entsetzt. Karen Ross wandte sich ab, es war zuviel für sie. Die Träger hockten mit Kahega zusammen, der sie zu beruhigen versuchte, während Munro sich über den Leichnam beugte, um die Verletzungen zu untersuchen. »Sehen Sie diese Stellen, als wäre der Schädel zwischen etwas zerquetscht ...«
Munro fragte nach den Steinplatten, die Elliot am Vortag in der Stadt gefunden hatte. Er warf einen Blick auf Kahega, der hoch aufgerichtet vor ihm stand und sagte: »Wir müssen nach Hause zurück, *bwana*.«
»Das geht nicht«, sagte Munro.
»Wir kehren um. Wir müssen. Einer unserer Brüder ist tot, wir müssen eine Feier für seine Frau und seine Kinder machen, *bwana*.«
»Kahega ...«
»*Bwana*, wir müssen jetzt zurück.«
»Kahega, darüber wollen wir reden.« Munro richtete sich auf, legte den Arm um Kahegas Schulter und führte ihn beiseite, auf die gegenüberliegende Seite der Lichtung. Dort sprachen sie mehrere Minuten lang leise miteinander.
»Es ist grauenhaft«, sagte Karen Ross. Sie schien ehrlich betroffen und von Mitgefühl überwältigt. Elliot wollte sie schon trösten, als sie fortfuhr: »Nun bricht die Expedition zusammen. Es ist grauenhaft. Wir müssen irgendwie weitermachen, sonst finden wir die Diamanten *nie*!«
»Sonst haben Sie keine Sorgen?«
»Nun, immerhin sind sie ja versichert ...«
»Wenn das alles ist«, sagte Elliot.
»Sie sind doch bloß wütend, weil Ihr verdammter Affe abgehauen ist«, sagte Karen Ross. »Reißen Sie sich zusammen, sie beobachten uns.«
Tatsächlich sahen die Kikuyu aufmerksam zu Karen Ross und Elliot herüber. Offenbar versuchten sie herauszubekommen, wie die Dinge standen. Allerdings wußten sie alle, daß die entschei-

denden Verhandlungen zwischen Munro und Kahega geführt wurden. Einige Minuten später kehrte Kahega zurück und wischte sich die Augen. Er sagte rasch etwas zu seinen Brüdern. Sie nickten. Dann wandte er sich wieder Munro zu.
»Wir bleiben, *bwana*.«
»Gut, sagte Munro und nahm sogleich seinen gewohnten, gebieterischen Ton wieder auf: »Holt die Steinplatten.«
Nachdem sie gebracht worden waren, legte Munro sie zu beiden Seiten an Malawis Schädel. Sie paßten genau in die halbkreisförmigen Vertiefungen am Kopf.
Dann sprach Munro rasch auf Swahili mit Kahega, der seinerseits etwas zu seinen Brüdern sagte. Sie nickten. Nun erst vollzog Munro den nächsten schrecklichen Schritt. Er hob die Arme weit auseinander und ließ die Platten mit aller Kraft gegen den bereits zusammengedrückten Schädel sausen. Das dumpfe Geräusch war ekelerregend, Blutspritzer bedeckten sein Hemd. Aber es war ihm nicht gelungen, den Schädel weiter zu beschädigen.
»Ein Mensch hat nicht die Kraft dazu«, sagte Munro tonlos. Er sah zu Peter Elliot hin. »Wollen Sie's versuchen?«
Elliot schüttelte den Kopf.
Munro erhob sich. »So wie Malawi hingefallen ist, muß er gestanden haben, als es geschah.« Munro sah Elliot eindringlich an und sagte: »Ein großes Tier, so groß wie ein Mensch. Ein großes, kräftiges Tier. Ein Gorilla.«
Elliot wußte keine Antwort darauf.
Kein Zweifel, daß Peter Elliot sich durch die Entwicklung der Dinge bedroht fühlte, wenn auch nicht in seiner persönlichen Sicherheit. »Ich konnte das einfach nicht akzeptieren«, sagte er später. »Ich kenne mein Forschungsgebiet, und ich konnte die Vorstellung nicht akzeptieren, daß Gorillas in der Wildnis ein unbekanntes, radikal gewalttätiges Verhalten entfalteten. Und es ergab ja auch keinen Sinn. Gorillas sollten Steinplatten verfertigen, mit deren Hilfe sie Menschen den Schädel zerschmetterten? Das war ausgeschlossen!«
Nach der Untersuchung des Leichnams ging Elliot zum Fluß, um sich das Blut von den Händen zu waschen. Als er dort mit sich

allein war, ertappte er sich dabei, wie er in das klare, fließende Wasser blickte und die Möglichkeit erwog, daß er unrecht haben könne. Die Geschichte der Primatenforschung kennt eine lange Reihe von Fehleinschätzungen.

Elliot selbst hatte dazu beigetragen, eine der bekanntesten falschen Vorstellungen richtigzustellen – die vom Gorilla als einem dummen Tier. In ihrer ersten Beschreibung hatten Savage und Wyman geäußert: »Die Intelligenz dieses Tiers liegt unter der des Schimpansen. Das erklärt sich vermutlich daraus, daß es dem Menschen stammesgeschichtlich weniger nahesteht als dieser.« Spätere Beobachter beschrieben den Gorilla als »wild, tückisch und brutal«. Doch es gab inwischen aus Praxis- und Laborbeobachtungen zahlreiche Belege dafür, daß der Gorilla in mancherlei Hinsicht klüger war als der Schimpanse.

Dann gab es da auch noch die berühmten Geschichten von Schimpansen, die Kinder entführten und aßen. Jahrzehntelang hatten Primatenforscher solche Berichte Eingeborener als »Ausgeburten abergläubischer Phantasie« abgetan. Aber man durfte nicht mehr daran zweifeln, daß Schimpansen in der Tat gelegentlich Kinder entführten und aßen. Als Jane Goodall die Gombe-Schimpansen beobachtete, hielt sie ihr eigenes Kind in sicherer Verwahrung, damit die Schimpansen es ihr nicht wegnehmen und töten konnten.

Schimpansen jagten eine Vielzahl von Tieren und folgten dabei einem komplizierten Ritual. In freier Wildbahn vorgenommene Untersuchungen von Dian Fossey ließen vermuten, daß auch Gorillas von Zeit zu Zeit auf Jagd gingen, kleine Tiere und sogar kleinere Affen töteten, und zwar immer dann, wenn …

Er hörte ein Rascheln in den Büschen auf der anderen Seite des Bachs, und ein riesiger Gorillamann mit silbernem Rückensattel erhob sich im brusthohen Blattwerk. Zuerst erschrak Peter Elliot, doch dann wurde ihm klar, daß er sicher war. Gorillas überquerten so gut wie nie offene Gewässer, nicht einmal einen kleinen Bach. Oder war auch das eine Fehleinschätzung?

Das Männchen beobachtete ihn aufmerksam über das Wasser hinweg. In seinem Blick schien keine Drohung zu liegen, nur aufmerksame Neugier. Elliot roch den typischen muffigen Gorillageruch und hörte, wie das Männchen durch seine flache Nase ausatmete. Er überlegte gerade, was er tun sollte, als plötzlich der Gorilla geräuschvoll durch das Unterholz brach und verschwand. Diese Begegnung verblüffte ihn. Während er noch dastand und sich den Schweiß von der Stirn wischte, merkte er, daß sich im Laubwerk am anderen Ufer des Gewässers immer noch etwas bewegte. Einen Augenblick später erhob sich ein anderer Gorilla, ein kleineres Exemplar: offenbar ein Weibchen, dachte er, obwohl er sich nicht sicher war. Das Tier starrte ihn ebenso an wie der erste Gorilla. Dann bewegte sich seine Hand.

Peter kommen kraulen.

»Amy!« schrie er, und einen Augenblick später war er durch den Bach gewatet, und Amy sprang ihm in die Arme, umschlang ihn, verteilte nasse Küsse über sein Gesicht und grunzte glücklich.

Amy wäre bei ihrer unerwarteten Rückkehr ins Lager um ein Haar von den nervösen Kikuyu-Trägern erschossen worden. Elliot konnte es nur verhindern, indem er sich schützend vor sie stellte. Zwanzig Minuten später hatten sich jedoch alle wieder an ihre Anwesenheit gewöhnt – und sogleich stellte Amy Forderungen.

Sie war untröstlich, als sie erfuhr, daß die Menschen während ihrer Abwesenheit weder Milch noch Kekse beschafft hatten, doch als Munro die Flasche lauwarmen Dom Pérignon hervorholte, trank sie statt dessen bereitwillig Champagner.

Alle saßen um sie herum und tranken Champagner aus Blechbechern. Elliot war froh über den mäßigenden Einfluß, den die Gegenwart der anderen auf ihn ausübte, denn nun, da Amy sicher zurückgekehrt war, lässig ihren Champagner schlürfte und mitteilte, *Amy Kitzelwasser mögen*, empfand er einen maßlosen Zorn auf sie.

Munro reichte Elliot grinsend seinen Champagner. »Ganz ruhig, Professor, ganz ruhig. Immerhin ist sie noch ein Kind.«

»Ach was«, sagte Elliot. Er führte die folgende Unterhaltung mit Amy ausschließlich in Zeichensprache und sagte kein Wort zu ihr.

Amy, wollte er wissen, *warum Amy fort?*
Sie steckte die Nase in den Becher und antwortete: *Kitzelwasser gut.*
Amy, wiederholte er. *Amy Peter sagen, warum Amy fort.*
Peter Amy nicht mögen.
Peter Amy mögen.
Peter Amy weh tun, Peter Aua-Nadel werfen Amy Peter nicht mögen Peter Amy nicht mögen Amy traurig traurig.
Er nahm sich vor, sich zu merken, daß sie den Begriff »Aua-Nadel« nun auf den Narkosepfeil ausgedehnt hatte. Diese Transferleistung gefiel ihm. Aber er gab ihr streng zu verstehen: *Peter Amy mögen. Amy wissen Peter Amy mögen. Amy Peter sagen warum –*
Peter Amy nicht kitzeln Peter nicht nett Amy nicht nett Peter Frau mögen Amy nicht mögen Peter Amy nicht mögen Amy traurig Amy traurig.
Die immer schnellere Zeichenfolge war allein schon ein Hinweis darauf, daß etwas in ihr vorging, sie erregte. *Wohin Amy?*
Amy bei Gorillas liebe Gorillas. Amy Gorillas mögen.
Die Neugier besiegte seinen Zorn. War sie mehrere Tage lang mit einer Gruppe wilder Gorillas umhergezogen? Falls das zutraf, war es von größter Bedeutung, ein entscheidender Augenblick in der Geschichte der neuzeitlichen Primatenforschung: ein sprachfähiger Menschenaffe hatte sich einer Gruppe wildlebender Tiere angeschlossen und war zurückgekehrt. Er wollte mehr darüber wissen.
Gorillas nett zu Amy?
Mit einem koketten Blick: *Ja.*
Amy Peter erzählen.
Sie blickte gelangweilt in die Ferne und gab keine Antwort.
Um ihre Aufmerksamkeit zu erregen, schnalzte Elliot mit den Fingern. Sie wandte sich ihm langsam, mit gelangweilter Miene zu.
Amy Peter erzählen Amy bleiben Gorillas?
Ja. Ihre gleichgültige Haltung ließ erkennen, daß sie begriffen hatte, wie dringend Elliot wissen wollte, was sie wußte. Amy

merkte es immer sehr schnell, wenn sie die Oberhand hatte – und jetzt hatte sie die Oberhand.
Amy Peter sagen, forderte er sie auf, so ruhig er konnte.
Liebe Gorillas Amy mögen Amy lieber Gorilla.
Damit konnte er überhaupt nichts anfangen. Sie bildete Routinesätze – eine andere Möglichkeit, ihn zu ignorieren.
Amy.
Sie sah ihn an.
Amy Peter sagen. Amy sehen Gorillas?
Ja.
Gorillas tun was?
Gorillas Amy schnüffeln.
Alle Gorillas?
Große Gorillas weiße Gorillas Amy schnüffeln kleine Gorillas Amy schnüffeln alle Gorillas Amy schnüffeln Gorillas Amy mögen.
Also hatten die Silberrückenmänner sie zuerst beschnüffelt, dann die Jungtiere und schließlich alle Mitglieder des Trupps. Soviel war klar – bemerkenswert klar, dachte er und war erstaunt über ihr Ausdrucksvermögen. Dann wollte er wissen, ob die Gruppe sie akzeptiert hatte. Er fragte: *Was geschehen Amy dann?*
Gorillas geben Essen.
Was für Essen?
Kein Name Amy Essen geben Essen.
Offenbar hatten sie ihr gezeigt, was sie essen konnte. Oder hatten sie sie sogar gefüttert? Dergleichen war noch in keinem Bericht erwähnt worden. Allerdings hatte auch noch niemand erlebt, daß ein Außenseiter in eine Horde aufgenommen worden war. Amy war ein Weibchen und am Beginn der Geschlechtsreife ...
Was für Gorillas geben Essen?
Alle Essen geben Amy Essen nehmen Amy mögen.
Offenbar hatten nicht Männchen oder jedenfalls nicht ausschließlich Männchen ihr beigestanden. Was war der Grund dafür, daß sie sie so bereitwillig aufgenommen hatten? Wenn man einmal davon ausging, daß Gorillatrupps keine so geschlossenen Verbände waren wie Herden von meerkatzenartigen Affen – was genau war vorgefallen?

Amy bleiben Gorillas?
Gorillas Amy mögen.
Ja. Amy tun was?
Amy schlafen Amy essen Amy Gorillas leben Gorillas lieb Gorillas Amy mögen.
Sie hatte also tatsächlich am Leben der Gruppe teilgenommen, ihren Tagesablauf miterlebt. War sie völlig akzeptiert worden?
Amy mögen Gorillas?
Gorillas dumm.
Warum dumm?
Gorillas nicht sprechen.
Nicht sprechen Zeichensprache?
Gorillas nicht sprechen.
Offensichtlich war sie von den Gorillas enttäuscht, weil sie ihre Zeichensprache nicht kannten. (Das waren sprachfähige Primaten häufig, wenn sie mit Tieren zusammenkamen, die die Zeichen nicht verstanden: sie empfanden dann Unlust, Enttäuschung und Wut.)
Gorillas nett zu Amy?
Gorillas Amy mögen Amy Gorillas mögen Amy mögen Gorillas mögen.
Warum Amy zurückkommen?
Milch Kekse wollen.
»Amy«, sagte er jetzt, »du weißt, daß wir keine Milch und keine Süßigkeiten haben.« Es verblüffte die anderen, daß er plötzlich sprach. Sie sahen fragend zu Amy hinüber.
Lange antwortete sie nicht. *Amy Peter mögen. Amy traurig Peter mögen.*
Er war den Tränen nahe.
Peter lieber Mensch.
Er mußte die Augen mehrfach öffnen und schließen und bedeutete ihr dann: *Peter Amy kraulen.*
Sie sprang ihm in die Arme.

Später fragte er sie nach Einzelheiten. Doch es dauerte lange und war ein mühsames Geschäft, vor allem, da Amy recht verworrene Zeitbegriffe hatte.

Amy konnte zwar Vergangenheit, Gegenwart und Zukunft unterscheiden – sie erinnerte sich an früher Vorgefallenes und nahm Dinge vorweg, die ihr für die Zukunft versprochen worden waren –, doch war es der Arbeitsgruppe nie gelungen, ihr genauere Unterscheidungen beizubringen. Zum Beispiel konnte sie nicht gestern von vorgestern unterscheiden. Es war nicht klar, ob das an Mängeln der Unterrichtsmethode lag oder an Amys spezifischer Begriffswelt. (Allerdings gab es Anzeichen für begriffliche Unterscheidungen. Insbesondere zeigte Amy sich bei räumlichen Begriffen für Zeitangaben verwirrt, so zum Beispiel bei »das haben wir hinter uns« oder »das liegt noch vor uns«. Ihre Ausbilder begriffen die Vergangenheit als etwas Zurückliegendes und die Zukunft als etwas vor ihnen Liegendes, während Amys Verhalten darauf hinzudeuten schien, daß sie die Vergangenheit als etwas vor ihr Liegendes begriff – weil sie es sehen konnte – und die Zukunft als etwas hinter ihr Liegendes, weil es ihr unsichtbar war. Wenn sie ungeduldig auf die versprochene Ankunft eines Bekannten wartete, sah sie immer wieder über ihre Schulter, auch wenn sie mit dem Gesicht zur Tür stand.)
Wie auch immer, jetzt stellte sich die Frage der Zeitangaben als besonders schwierig heraus, und Elliot mußte seine Fragen sehr sorgfältig formulieren. Er begann: »Amy, was geschehen nachts? Bei Gorillas?«
Sie sah ihn mit dem Blick an, mit dem sie ihn immer dann bedachte, wenn sie eine Frage für überflüssig hielt. *Amy nachts schlafen.*
»Und die anderen Gorillas?«
Gorillas nachts schlafen.
»Alle Gorillas?«
Sie unterließ es, darauf zu antworten.
»Amy«, sagte er. »Nachts Gorillas in unser Lager kommen.«
Hier?
»Ja, hier. Gorillas waren nachts hier.«
Sie dachte darüber nach. *Nein.*
Munro fragte: »Was hat sie gesagt?«
Elliot sagte: »Sie sagt: ›Nein.‹ Doch, Amy, sie waren hier.«

Amy antwortete nicht sogleich. Dann teilte sie ihm mit: *Dinger waren hier.*

Wieder wollte Munro wissen, was sie gesagt hatte.

»Sie hat gesagt, daß Dinger hier waren«, sagte Elliot und übersetzte von nun an Amys Antworten für die anderen.

Karen Ross fragte: »Was für Dinger, Amy?«

Schlimme Dinger.

Munro fragte: »Waren es Gorillas, Amy?«

Nicht Gorillas. Schlimme Dinger. Viele schlimme Dinger kommen Wald kommen. Atem sagen. Nachts kommen.

Munro fragte: »Wo sind sie jetzt, Amy?«

Amy sah sich um und zeigte auf den Dschungel. *Hier. Alter Platz schlimmer Platz Dinger kommen.*

Karen Ross fragte: »Was für Dinger, Amy? Sind es Tiere?«

Elliot erklärte den anderen, daß Amy die Kategorie »Tiere« nicht abstrahieren konnte. »Sie hält uns für Tiere«, erklärte er. »Sind die schlimmen Dinger Menschen, Amy?«

Nein.

Munro fragte: »Andere Affen?«

Nein. Schlimme Dinger nachts nicht schlafen.

Munro fragte: »Kann man sich auf das verlassen, was sie sagt?«

Was bedeuten?

»Ja«, sagte Elliot. »Absolut.«

»Sie weiß, was Gorillas sind?«

Amy lieber Gorilla, ließ sie wissen.

»Ja, das bist du«, sagte Elliot. »Sie sagt, daß sie ein lieber Gorilla ist.«

Munro runzelte die Stirn. »Sie weiß also, was Gorillas sind, sagt aber zugleich, diese Dinger seien keine?«

»Ja, das sagt sie.«

2. Fehlende Elemente

Elliot brachte Karen Ross dazu, die Videokamera so am Rand der Stadt aufzustellen, daß sie zum Lager wies. Als das Band lief, führte er Amy zum Rand des Lagers, damit sie die zerstörten Gebäude sah. Er wollte ihr die tote Stadt zeigen, die Wirklichkeit hinter ihren Träumen – und er wollte aufzeichnen, wie sie auf den Anblick reagierte. Was geschah, war völlig unerwartet.

Amy zeigte überhaupt keine Reaktion.

Ihr Gesicht blieb unbeteiligt, ihr Körper entspannt. Sie machte keine Zeichen. Wenn überhaupt, konnte man sagen, daß sie gelangweilt war, wieder einmal eine der Launen Elliots ertrug, um ihm einen Gefallen zu tun. Elliot beobachtete sie aufmerksam. Sie verdrängte nichts und unterdrückte nichts – sie reagierte überhaupt nicht. Sie sah gleichmütig auf die Stadt.

»Amy kennen diesen Ort?«

Ja.

»Amy Peter sagen, was für ein Ort.«

Schlimmer Ort alter Ort.

»Schlafbilder?«

Dies schlimmer Ort.

»Warum ist er schlimm, Amy?«

Schlimmer Ort alter Ort.

»Ja, aber warum, Amy?«

Amy Angst. Keine körperliche Regung deutete darauf hin, daß sie wirklich Angst hatte. Sie hockte neben ihm auf dem Boden und blickte ganz ruhig vor sich hin.

»Warum Amy Angst?«

Amy essen wollen.

»Warum Amy Angst?«

Sie ließ sich zu keiner Antwort herbei und verhielt sich wie immer, wenn sie sehr gelangweilt war. Er konnte sie nicht dazu bringen, sich weiter über ihre Träume zu äußern. Sie war ebenso verschlossen, wie sie in San Francisco auf dieses Thema reagiert hatte. Als er sie aufforderte, mit ihnen in die Ruinen zu gehen, weigerte sie sich in aller Ruhe. Andererseits schien es sie nicht zu bekümmern, daß Peter Elliot in die Stadt ging. Sie winkte ihm sogar fröhlich nach und machte sich dann auf, um Kahega um etwas Eßbares anzubetteln.

Erst nach Abschluß der Expedition, als er wieder in Berkeley war, fand Elliot die Erklärung für dieses verwirrende Verhalten – in Freuds *»Traumdeutung«*, die erstmals 1900 veröffentlicht worden war.

Dort hieß es, in seltenen Fällen könne es vorkommen, daß ein Patient sich plötzlich der Wirklichkeit hinter seinen Träumen gegenübersehe, ob es sich nun um ein Gebäude, einen Menschen oder eine Situation handle, irgend etwas, das ihm tief vertraut sei. Stets sei die subjektive Reaktion des Träumenden gleich. Der Emotionsgehalt des Traums – ob angsterregend, lustbetont oder geheimnisvoll – schwinde beim Anblick der Wirklichkeit. Man dürfe sicher sein, daß die scheinbare Langeweile des Betreffenden nicht die Unrichtigkeit des Traumgehalts beweise. Die Langeweile könne dann besonders stark sein, wenn der Traumgehalt *wirklich* sei. Der Träumende erkenne auf irgendeiner tieferen Ebene seine Unfähigkeit, das, was er empfinde, zu ändern, und so fühle er sich von Ermattung, Langeweile und Gleichgültigkeit erfaßt, was dazu diene, *seine fundamentale Hilflosigkeit angesichts seiner wirklichen Schwierigkeit, die abgestellt werden müsse*, vor ihm zu verbergen.

Monate später also sollte Elliot zu dem Ergebnis kommen, daß Amys ausbleibende Reaktion nur ein Hinweis auf die Tiefe ihrer Empfindung war und daß Freuds Analyse stimmte – die Nicht-Reaktion schützte sie vor einer Situation, die geändert werden mußte, die zu ändern Amy sich jedoch außerstande sah, insbesondere angesichts der Kindheitserinnerungen, die ihr von dem traumatischen Erlebnis des Todes ihrer Mutter geblieben sein mochten.

Doch vorerst war Elliot tief enttäuscht von Amys gleichgültiger Haltung. Von all den möglichen Reaktionen, die er sich zu Beginn der Expedition in den Kongo ausgemalt hatte, war Langeweile das, woran er am wenigsten gedacht hatte, und so entging ihm deren Bedeutung: Die tote Stadt Zinj war so voller Gefahren, daß Amys Unbewußtes sich veranlaßt sah, sie beiseite zu schieben und zu ignorieren.

Elliot, Munro und Karen Ross verbrachten einen heißen, schwierigen Vormittag damit, sich einen Weg durch den dichten Bambus und die zähen, festen Schlingpflanzen des Sekundärdschungels zu schlagen, um zu weiteren Gebäuden im Innern der Stadt zu gelangen. Gegen Mittag wurden ihre Bemühungen belohnt. Sie betraten Bauten von einer eindrucksvollen Architektur, anders als alles, was sie bisher gesehen hatten. Sie umschlossen riesige unterirdische Höhlen, die drei oder vier Stockwerke tief hinabführten.

Karen Ross war hocherfreut über die Entdeckung der unterirdischen Bauten. Sie bewiesen ihr, daß die Bewohner der Stadt die zum Abbau von Diamanten erforderliche Technik beherrscht hatten. Munro drückte etwas Ähnliches aus, als er sagte: »Die Leute, die hier gelebt haben, haben etwas von Erdarbeiten verstanden.«

Trotz ihrer Begeisterung fanden sie in den Tiefen der Stadt nichts von Interesse. Später am Tag stiegen sie hinauf in höhere Ebenen und stießen auf ein Gebäude mit so vielen Reliefs, daß sie es »die Galerie« nannten. Auch hier untersuchten sie mit Hilfe des über Satelliten arbeitenden Videosystems die Bilder.

Sie zeigten Szenen aus dem Alltag der Stadt: Frauen, die am Feuer Mahlzeiten zubereiteten, Kinder mit Stöcken bei einem Ballspiel, Schreiber, die auf dem Boden hockten und irgend etwas auf Tontafeln verzeichneten. Eine ganze Wand war mit Jagdszenen geschmückt: die Männer trugen kurze Lendenschurze und waren mit Speeren bewaffnet. Und schließlich gab es Darstellungen des Bergbaus, auf denen man sehen konnte, wie Männer Körbe voller Gestein aus Stollen an die Erdoberfläche trugen.

In diesem reichen Panorama, so fiel ihnen auf, fehlten bestimmte Elemente. Die Bewohner von Zinj hatten sich Hunde, die sie für die Jagd brauchten, und eine Abart der Zibetkatze als Haustiere gehalten – und doch schien es ihnen nie in den Sinn gekommen zu

sein, sie als Lasttiere zu verwenden. Alle körperliche Arbeit wurde von Menschen getan, von Sklaven. Und offenbar kannten sie auch das Rad nicht, denn es waren keinerlei Fahrzeuge abgebildet, alle Lasten wurden von Menschenhand in Körben befördert.
Munro sah lange auf die Bilder und sagte schließlich: »Da fehlt noch irgend etwas anderes.«
Sie betrachteten gerade eine Szene aus dem Diamantbergwerk – die dunklen Gruben, aus denen Männer mit Körben voller Edelsteine hervorkamen.
»Natürlich!« sagte Munro und schnalzte mit den Fingern. »Keine Polizei!«
Elliot unterdrückte ein Lächeln. Klar, daß jemand wie Munro an die Polizei dachte – auch wenn es um eine längst untergegangene Gesellschaft ging.
Doch Munro blieb dabei, daß seine Beobachtung von Bedeutung sei. »Überlegen Sie doch«, sagte er. »Diese Stadt existierte wegen ihrer Diamantminen. Es gab keinen anderen Daseinsgrund für sie, hier draußen im Dschungel. Zinj war eine Bergbaustadt, und alles beruhte auf dem Bergbau: ihr Reichtum, ihr Handel, ihr Alltag, alles. Es war eine klassische Monokultur – und da soll niemand etwas bewacht, geregelt, beherrscht haben?«
Elliot sagte: »Wir haben auch andere Dinge nicht gesehen – zum Beispiel keine Darstellungen essender Menschen. Vielleicht war es ein Tabu, die Wachen zu zeigen.«
»Möglich«, sagte Munro, schien jedoch nicht überzeugt. »Aber in allen anderen Bergwerken der Welt werden die Wachen geradezu herausgestellt, zum Beweis dafür, daß eine Überwachung erfolgt. Gehen Sie doch einmal in die südafrikanischen Diamantminen oder in die bolivianischen Smaragdminen – immer weist man Sie als erstes auf die Sicherheitsmaßnahmen hin. Aber hier«, sagte er und zeigte auf die Reliefs, *»hier sind keine Wachen.«*
Karen Ross meinte, vielleicht habe man keine gebraucht, möglicherweise sei die Bevölkerung von Zinj gesittet und friedliebend gewesen. »Immerhin ist es schon lange her«, sagte sie.
»Die Natur des Menschen ändert sich nicht«, gab Munro zurück.

Als sie die Galerie verließen, kamen sie zu einem offenen Innenhof, der mit wildwuchernden Ranken bewachsen war. Er wirkte sehr streng, ein Eindruck, der durch die Pfeiler eines tempelähnlichen Gebäudes neben dem Hof verstärkt wurde. Sogleich zog der Boden des Hofs ihre Aufmerksamkeit auf sich. Dort lagen verstreut Dutzende von den scheibenförmigen Steinplatten, wie Elliot schon vorher welche gefunden hatte.

»Verdammt ...« sagte Elliot. Dann drangen sie weiter durch den Hof vor und betraten das Gebäude, das sie später »den Tempel« nannten.

Er bestand aus einem einzigen, großen, rechteckigen Raum. Die Decke war an verschiedenen Stellen rissig, so daß gedämpfte Sonnenstrahlen hinabdrangen. Unmittelbar vor sich sahen sie einen etwa drei Meter hohen Rankenhügel – eine Pyramide der Vegetation.

Dann merkten sie, daß es sich um eine Statue handelte.

Elliot erstieg sie und machte sich daran, das an ihr haftende Ranken- und Blattwerk abzureißen. Das war Schwerarbeit, denn die Schlingpflanzen hielten sich zäh an dem weichen Stein fest. Er warf einen Blick zu Munro zurück. »Besser so?«

»Kommen Sie runter und sehen Sie es sich selbst an«, sagte Munro mit einem seltsamen Gesichtsausdruck.

Elliot stieg hinab und tat einige Schritte zurück. Obwohl das Standbild vernarbt und verfärbt war, erkannte er deutlich einen riesigen, stehenden Gorilla mit wildem Gesicht und weit ausgebreiteten Armen. In den Händen hielt er zwei runde, steinerne Platten wie ein Orchestermusiker, der im nächsten Augenblick die beiden Messingscheiben des Beckens gegeneinanderschlagen wird.

»Gott im Himmel«, sagte Peter Elliot.

»Ein Gorilla«, sagte Munro voller Genugtuung.

Karen Ross sagte: »Jetzt ist alles klar. Es war ihre Religion. Diese Leute haben Gorillas angebetet.«

»Aber warum sagt Amy, es sind keine Gorillas?«

»Fragen Sie sie«, sagte Munro und sah auf seine Uhr. »Ich muß alles fertig machen für die Nacht.«

3. Angriff

Mit Klappspaten aus einer Leichtmetallegierung hoben sie um den Außenzaun herum einen tiefen Graben aus. Die Arbeit dauerte noch lange nach Sonnenuntergang an, so daß sie die rote Nachtbeleuchtung einschalten mußten, als sie den Graben voll Wasser laufen ließen, indem sie den nahen Bach umleiteten. Karen Ross sah in dem Graben nur ein lächerliches Hindernis, das man mühelos überqueren konnte. Als Antwort darauf stellte sich Munro auf die andere Seite des Grabens und rief: »Amy, komm, ich kraule dich.«

Mit einem Laut des Entzückens stürzte Amy auf ihn zu, blieb aber wie angewurzelt am Rand des Grabens stehen. »Komm, komm, ich kraule dich«, lockte Munro wieder und streckte beide Arme aus. »Komm, Mädchen, komm.«

Doch Amy wollte nicht hinübergehen. Sie machte ihm verzweifelt Zeichen, Munro ging zu ihr und hob sie hinüber. »Gorillas sind sehr wasserscheu«, sagte er zu Karen Ross. »Ich habe schon erlebt, daß sie schmale Rinnsale nicht überqueren wollten...«

Amy hob die Arme, kratzte ihn unter den Armen und zeigte dann auf sich selbst. Was sie wollte, war völlig klar. »Weiber«, sagte Munro seufzend, beugte sich vor und kitzelte Amy kräftig. Amy wälzte sich mit zufriedenem Grunzen und einem breiten Lächeln auf dem Boden. Als er aufhörte, lag sie voller Erwartung da und wartete auf mehr.

»Schluß, aus, Feierabend. Mehr gibt's nicht«, sagte Munro.

Sie machte ihm Zeichen.

»Tut mir leid, das verstehe ich nicht ... Nein«, sagte er lachend, »es nützt nichts, wenn du deine Zeichen langsamer machst.« Doch dann begriff er, was sie wollte, und trug sie wieder über den Graben ins Lager. Sie gab ihm einen nassen Kuß auf die Wange.

»Sie sollten gut auf Ihren Affen aufpassen«, sagte Munro zu Elliot, als er sich zum Abendessen setzte. Er plauderte die ganze Mahlzeit hindurch. Offenbar spürte er, daß es nötig war, die anderen aufzulockern, denn sie hockten alle nervös um das Feuer herum. Am Ende der Mahlzeit aber, als Kahega die Munition hervorholte und die Gewehre nachsah, nahm Munro Elliot beiseite und sagte: »Wenn heute nacht eine Schießerei losgeht, würde ich Amy nicht gern hier im Dunkeln herumrennen haben. Manche von den Jungens machen wahrscheinlich keinen großen Unterschied zwischen einem Gorilla und einem anderen. Ketten Sie sie in Ihrem Zelt an und erklären Sie ihr, daß sie keine Angst zu haben braucht.«

Elliot nahm Amy mit in sein Zelt und legte ihr die feste Kettenleine an, die sie in Kalifornien oft trug. Das andere Ende befestigte er an seinem Feldbett. Es war nicht mehr als eine Geste, denn Amy konnte es leicht lösen, wenn sie wollte. Er ließ sich von ihr versprechen, daß sie im Zelt bleiben würde.

Sie versprach es. Er trat in den Zelteingang, und sie machte ihm Zeichen: *Amy Peter mögen.*

»Peter Amy mögen«, sagte er und lächelte. »Es wird alles gut.«

Er befand sich plötzlich in einer anderen Welt.

Die roten Nachtlampen waren gelöscht, aber er konnte im flakkernden Schein des Lagerfeuers die Wachen sehen, die mit ihren Nachtsichtbrillen rund um das Lager herum Posten bezogen hatten. Bei dem Anblick wurde ihm unheimlich zumute. Mit einem Schlag kam ihm zu Bewußtsein, wie unsicher und gefährlich ihre Lage war. Da saßen sie, eine Handvoll eingeschüchterter Menschen, tief im Regenwald des Kongos, über dreihundert Kilometer von der nächsten menschlichen Siedlung entfernt.

Sie warteten.

Er stolperte über eine auf dem Boden liegende dunkle Leitung. Dann sah er ein ganzes Gewirr solcher Leitungen. Sie zogen sich über das Lager hin und führten zu den Gewehren der Wachen. Dabei fiel ihm das ungewöhnliche Aussehen der Waffen auf. Irgendwie waren sie zu leicht – sie wirkten so wenig bedrohlich. Dann sah er, daß die Leitungen von den Maschinengewehren zu kräftigen, stumpfen Geräten führten, die in Abständen auf niedrigen Stativen über das Lager verteilt waren.

Er sah Karen Ross, die in der Nähe des Feuers saß und das

Tonbandgerät betriebsbereit machte. »Was soll das da?« fragte er flüsternd und wies auf die Leitungen.

»Das sind lasergeführte Schußwaffen«, flüsterte sie zurück. »Das System besteht aus einer Vielzahl von lasergeführten Sichtgeräten, die mit Schnellfeuersensoren auf Stativen verbunden sind.«

Was die Wachen in den Händen hielten, waren also nicht die eigentlichen Maschinengewehre, sondern Sichtgeräte, die, wie Karen Ross erklärte, dem Ziel folgten. »Wenn das Ziel angesprochen ist, wird automatisch geschossen. Das System wurde eigens für den Dschungelkrieg entwickelt. Die Schnellfeuergeräte haben Schalldämpfer, so daß der Feind nicht weiß, woher er beschossen wird. Passen Sie gut auf, daß Sie sich nicht vor eine der Schießanlagen stellen, sie reagieren auf Körperwärme.«

Karen Ross gab ihm das Tonbandgerät und ging, um die Brennstoffzellen zu überprüfen, die den Zaun mit Elektrizität versorgten. Elliot sah zu den Wachen in der Finsternis hinüber, und Munro winkte ihm fröhlich zu. Elliot machte sich klar, daß die Wachen mit ihren Heuschreckenaugen und ihren unheimlichen Waffen ihn weit besser zu sehen vermochten als er sie. Sie sahen aus wie Wesen aus einer anderen Welt, die in den zeitlosen Dschungel eingedrungen waren.

Sie warteten.

Die Stunden verrannen. Der Dschungel um sie herum war still, nur das Wasser im Graben plätscherte leise. Gelegentlich riefen die Träger einander leise an und scherzten auf Swahili, doch keiner von ihnen rauchte, wegen der auf Wärme reagierenden Waffen. Es wurde elf, es wurde Mitternacht, und dann war es ein Uhr nachts.

Er hörte Amy in seinem Zelt schnarchen. Ihr geräuschvoller Atem war in der allgemeinen Stille ringsumher deutlich zu hören. Er sah zu Karen Ross hinüber, die auf dem Boden lag und schlief, den Finger an dem Schalter für die Nachtbeleuchtung. Er sah auf die Uhr und gähnte. Heute nacht würde nichts passieren, Munro hatte sich geirrt.

Dann hörte er das Keuchen.

Auch die Wachen hatten es gehört. Sie richteten ihre Waffen in

die Dunkelheit. Elliot hielt das Mikrofon des Kassettenrekorders in die Richtung, aus der das Keuchen kam, doch es war schwer, es genau zu orten. Es schien von überallher gleichzeitig zu kommen. Es hing im nächtlichen Nebel, sanft und alles durchdringend.
Er sah, wie die Nadeln der Aufnahme-Pegelregler hin und her schwangen. Dann schlugen sie plötzlich in den roten Bereich aus. Elliot hörte einen dumpfen Aufschlag, dann das Gurgeln von Wasser. Alle hörten es, die Wachen entsicherten die Waffen.
Elliot schlich mit seinem Tonbandgerät auf den Zaun zu und blickte auf den Graben hinaus. Hinter dem Zaun bewegte sich das Blattwerk. Das Keuchen wurde lauter. Er hörte Geplätscher und sah einen toten Baumstamm über dem Graben liegen.
Das also war es gewesen: sie hatten eine Brücke über den Graben geschlagen. In diesem Augenblick wurde Elliot klar, daß sie ihren Gegner weit unterschätzt hatten, einerlei wer er war.
Er machte Munro ein Zeichen, er möge kommen und sehen, doch Munro winkte ihn vom Zaun fort und deutete auf das niedrige Stativ am Boden, nahe seinen Füßen. Bevor Elliot eine Bewegung machen konnte, begannen die Stummelaffen in den Bäumen über ihnen zu kreischen – und der erste Gorilla griff stumm an.
Er sah ganz kurz ein riesiges Tier mit deutlich erkennbarem grauem Fell auf sich zustürmen und duckte sich. Einen Moment später berührte das Tier den Elektrozaun, und fast sogleich roch man verbranntes Haar.
Es war der Anfang einer gespenstischen, lautlosen Schlacht. Smaragdgrüne Laserstrahlen blitzten durch die Luft, die Schußapparate auf den Stativen machten leise *pom-pom-pom*, wenn die Kugeln aus den Läufen fuhren. Die Zielmechanismen quietschten, wenn die Läufe sich drehten, feuerten, drehten sich und feuerten wieder. Jedes zehnte Geschoß war eine weiß leuchtende Phosphorrakete, so daß die Luft über dem Lager erhellt war von grünem und weißem Licht.
Die Gorillas griffen aus allen Richtungen an, sechs kamen gleichzeitig an den Zaun und wurden durch den Stromstoß zurückgetrieben. Weitere stürmten heran und warfen sich gegen das dünne Geflecht. Doch das lauteste Geräusch war das Kreischen der

Stummelaffen hoch über ihren Köpfen. Und dann sah er Gorillas in den Bäumen, deren Äste über das Lager hingen. Munro und Kahega feuerten nach oben, so daß lautlose Laserstrahlen ins Blattwerk stiegen. Wieder hörte er das Seufzen. Elliot wandte sich um und sah weitere Gorillas: sie zerrten und rissen an dem Zaun, der offensichtlich durch einen Kurzschluß ausgefallen war und keine Wirkung mehr hatte.

Ihm wurde klar, daß auch ihre hochentwickelte Schnellfeuerausrüstung die Gorillas nicht würde zurückhalten können – was sie brauchten, war Lärm. Munro hatte offenbar den gleichen Gedanken: er gebot seinen Männern auf Swahili, das Feuer einzustellen, und rief dann Elliot zu: »Die Schalldämpfer runter! Die Schalldämpfer!«

Elliot riß den dunklen Dämpfer vom Lauf des ersten der auf Stativen ruhenden Mechanismen herunter und zog die Hand fluchend zurück – das Metall war glühend heiß. Kaum war er zur Seite getreten, erfüllte ein Knattern die Luft, und zwei Gorillas stürzten krachend aus den Bäumen; einer lebte noch. Er griff Elliot an, als dieser gerade den Schalldämpfer von der zweiten Vorrichtung abnahm. Der kurze Lauf drehte sich und zerfetzte den Gorilla förmlich aus kürzester Entfernung. Eine warme Flüssigkeit spritzte Elliot ins Gesicht. Er riß den Schalldämpfer von dem dritten Stativ herunter und warf sich zu Boden.

Der ohrenbetäubende Lärm der Schußapparate und der beißende Pulvergeruch verfehlten ihre Wirkung nicht – die Gorillas zogen sich ungeordnet zurück. Eine Weile herrschte Stille, dann schickten die Wachposten vereinzelte Laserstrahlen aus, die Waffen suchten mit rasender Geschwindigkeit den umliegenden Dschungel ab, um alles zu erfassen, was ihnen ein Ziel bieten konnte.

Dann war alles vorbei. Der Urwald lag wieder still und verlassen da.

Die Gorillas waren fort.

11. Tag
Zinj
23. Juni 1979

1. Gorilla elliotensis

Die beiden toten Gorillas lagen ausgestreckt auf dem Boden. Die Leichenstarre hatte bereits eingesetzt. Elliot verbrachte an dem warmen Vormittag zwei Stunden damit, die Tiere zu untersuchen. Es waren zwei Männchen, beide in der Blüte ihrer Jugend.

Als erstes fiel ihre einheitliche graue Färbung auf. Die beiden bisher bekannten Gorillaarten waren schwarz behaart, sowohl die Berggorillas im Virunga-Gebiet als auch die West- oder Flachlandgorillas, die nahe der Küste lebten. Jungtiere hatten oft ein braunes Fell mit einem weißen Haarbüschel in der Lendengegend – sie wurden im Laufe ihrer ersten fünf Lebensjahre immer dunkler. Mit zwölf Jahren hatten die Männchen als Zeichen ihrer Geschlechtsreife einen silbernen Sattel auf dem Rücken.

Mit zunehmendem Lebensalter ergrauten die Gorillas – wie Menschen und in durchaus ähnlicher Weise. Beim Mann bildete sich zuerst ein grauer Fleck über den Ohren, und im Laufe der Jahre wurden immer mehr seiner Körperhaare grau. Alte Tiere von etwa dreißig Jahren ergrauten bisweilen vollständig und behielten nur auf der Brust ihre schwarzen Haare.

Die Männchen, die Elliot jetzt untersuchte, schätzte er dem Zustand ihres Gebisses nach auf höchstens zehn Jahre. Sie schienen insgesamt heller zu sein – nicht nur die Behaarung, sondern auch die Augen und die Haut.

Normalerweise ist die Haut von Gorillas schwarz, und ihre Augen

sind dunkelbraun. Hier wirkte die Haut eindeutig grau, und die Augen waren gelblichbraun.
Die Augen gaben ihm besonders zu denken.
Als nächstes maß Elliot die Tiere. Vom Scheitel bis zur Sohle maßen sie 139,2 und 141,7 Zentimeter. Man hatte schon früher bei männlichen Berggorillas eine Größe zwischen hundertsiebenundvierzig und zweihundertfünf Zentimeter gemessen, was einen Mittelwert von einhundertfünfundsiebzig Zentimeter ergab. Diese Tiere waren also rund fünfunddreißig Zentimeter kleiner. Sie waren also für Gorillas nicht besonders groß. Er schätzte ihr Gewicht: sie wogen zwischen hundertzehn und hundertfünfzig Kilogramm, während die Berggorillas hundertdreißig bis zweihundert Kilogramm wogen.
Elliot nahm noch dreißig weitere Skelettmessungen vor, die für eine spätere Computer-Analyse in San Francisco nützlich sein würden. Inzwischen war er davon überzeugt, daß er es mit etwas völlig Neuem zu tun hatte. Mit einem Messer trennte er den Kopf des ersten Tiers ab und löste die graue Haut, um die darunter liegenden Muskeln und Knochen zu untersuchen. Seine Aufmerksamkeit galt dem Scheitel, dem Knochenkamm, der ausschließlich bei Männern von der Stirn zum Nacken über den Schädel verlief und die Ansatzfläche für die Schläfenmuskeln vergrößerte. Er war ein Unterscheidungsmerkmal des Gorillaschädels, das sich weder bei anderen Menschenaffen noch beim Menschen fand. Er ließ die Gorillas spitzschädlig erscheinen.
Elliot kam zu dem Ergebnis, daß bei diesen Tieren der Scheitelkamm nur schwach entwickelt war. Insgesamt ähnelte die Schädelmuskulatur weit mehr der eines Schimpansen als der eines Gorillas. Anschließend maß Elliot noch die Höcker der Backenzähne, den Kiefer, die allen Affen gemeinsamen Überaugendächer und die Schädeldecke.
Gegen Mittag war er zu einer eindeutigen Schlußfolgerung gelangt: er hatte zumindest eine neue Unterart vor sich – neben dem Berg- und Flachlandgorilla. Womöglich sogar eine völlig neue Art.

»In jemandem, der eine neue Tierart entdeckt«, schrieb Lady Elizabeth Forstmann 1879, »geht etwas vor. Er vergißt sogleich seine Angehörigen und Freunde sowie alle, die ihm vorher lieb und teuer waren. Er vergißt Kollegen, die ihn in seinen beruflichen Bemühungen unterstützten, vernachlässigt auf das grausamste Eltern und Kinder, kurz, er löst sich von allen, die ihn zuvor kannten, und widmet sich ausschließlich seinem Drang nach Ruhm, angetrieben von dem Dämon, den man Wissenschaft nennt.«

Sie wußte, wovon sie sprach, denn ihr Mann hatte sie soeben verlassen, nachdem er 1878 das norwegische Blaukopf-Birkhuhn entdeckt hatte. »Vergeblich fragt man sich«, schrieb sie, »was für einen Sinn es haben kann, daß der Vielzahl von Gottes Geschöpfen, die nach Linné bereits in die Millionen gehen, ein weiterer Vogel oder ein weiteres Säugetier hinzugefügt wird. Auf eine solche Frage gibt es keine Antwort, denn der Entdecker gehört jetzt, wie er meint zu den Unsterblichen und ist damit dem Einfluß von Alltagsmenschen entzogen, die versuchen könnten, ihn von seinem Weg abzubringen.«

Schließlich hätte Peter Elliot es weit von sich gewiesen, daß sein Verhalten dem des schottischen Edelmanns mit den lockeren Sitten glich. Doch ihm wurde bewußt, daß ihm die weitere Erforschung der toten Stadt nunmehr gleichgültig war. Ihn kümmerten weder die Diamanten noch Amys Träume. Er wollte nur noch eines: mit einem Skelett des neu entdeckten Menschenaffen zurückkehren. Es würde Kollegen auf der ganzen Welt in Erstaunen versetzen. Plötzlich fiel ihm ein, daß er keinen Smoking besaß, und er merkte, wie er sich mit der Namensgebung beschäftigte. Vor seinem geistigen Auge sah er die künftige Nomenklatur für afrikanische Menschenaffen vor sich:

Pan troglodytes, der Schimpanse,

Gorilla gorilla, der Gorilla.

Gorilla elliotensis, eine neue Unterart graubehaarter Gorillas.

Selbst wenn man das Tier später anders klassifizieren und ihm einen anderen Namen geben sollte, würde er doch weit mehr

geleistet haben, als die meisten Primatenforscher sich erträumen konnten.
Elliot sah sich schon jetzt von künftigem Glanz geblendet.

Im Rückblick zeigte sich, daß niemand an jenem Vormittag klar dachte. Als Elliot sagte, er wolle die aufgezeichneten Atemgeräusche nach Houston senden, antwortete Karen Ross, das sei ein unbedeutendes Detail und könne warten. Elliot drang nicht weiter in sie. Beide sollten ihre Haltung später bereuen.
Als sie dröhnende Detonationen wie von fernem Artilleriefeuer hörten, achteten sie nicht weiter darauf. Karen Ross vermutete, es handle sich um General Mugurus Leute, die gegen die Kigani kämpften. Munro sagte ihr, der Kriegsschauplatz liege mindestens achtzig Kilometer entfernt, und so weit könne der Schall nicht dringen. Doch wußte er auch keine andere Erklärung für den Lärm.
Und da Karen Ross auf die sonst übliche Vormittagssendung nach Houston verzichtete, erfuhr sie auch nichts von den neuen geologischen Veränderungen. Sie hätte den Detonationen sonst vermutlich eine andere Bedeutung beigemessen.
Sie waren alle wie berauscht von der Technik, die sie in der vergangenen Nacht eingesetzt hatten, und wiegten sich in dem sicheren Gefühl unbezwinglicher Macht. Nur Munro blieb davon unberührt. Er hatte die Munitionsvorräte überprüft und war zu einem enttäuschenden Ergebnis gekommen. »Dieses Lasersystem ist phantastisch, aber es geht mit der Munition um, als gäbe es kein morgen«, sagte er. »Wir haben heute die Hälfte unseres Gesamtvorrats verbraucht.«
»Was können wir tun?« fragte Elliot.
»Eigentlich hatte ich gehofft, Sie wüßten darauf eine Antwort«, sagte Munro. »Sie haben die Kadaver untersucht.«
Elliot erläuterte seine Überzeugung, daß sie es hier mit einer neuen Primatenart zu tun hatten. Er faßte die Ergebnisse der anatomischen Untersuchung zusammen, die seine These stützten.
»Alles gut und schön«, sagte Munro. »Aber ich will wissen, was sie machen, nicht wie sie aussehen. Sie haben es selbst gesagt –

gewöhnlich sind Gorillas Tagtiere. Die hier aber sind Nachttiere. Gewöhnlich sind Gorillas scheu und weichen dem Menschen aus. Die hier aber sind aggressiv und greifen den Menschen furchtlos an?«
Elliot mußte gestehen, daß er es nicht wußte.
»Angesichts unserer Munitionsvorräte«, sagte Munro, »bin ich der Meinung, wir sollten es unbedingt herausfinden.«

2. Der Tempel

Es war nur folgerichtig, daß sie mit ihrer Suche im »Tempel« mit seinem riesigen, bedrohlichen Gorillastandbild begannen. Am selben Nachmittag noch gingen sie dorthin und fanden hinter dem Standbild eine Vielzahl kleiner Gelasse. Karen Ross vermutete, daß hier Priester des Gorillakults gelebt hatten.
Sie hatte sich auch schon eine umständliche Erklärung dafür zurechtgelegt. »Die Gorillas im nahen Dschungel terrorisierten die Bewohner der Stadt, die ihrerseits den Tieren Opfer darbrachten, um sie zu besänftigen. Die Priester waren eine gesonderte, von der übrigen Gesellschaft getrennte Klasse. Der kleine Raum hier, durch den man zu den Gelassen gelangt, war sicher eine Wachstube. Hier hielten Wächter die Menschen von den Priestern fern. Es war sicherlich eine richtige Religion.«
Diese Theorie überzeugten allerdings weder Elliot noch Munro.
»Auch Religionen«, sagte Munro, »haben einen Zweck. Sie sollen den Menschen Vorteile bringen.«
»Die Menschen«, erwiderte Karen Ross, »verehren, was sie fürchten, da sie die gefürchteten Mächte auf diese Weise zu beeinflussen hoffen.«
»Und wie stellen Sie sich das bei den Gorillas hier vor?« fragte Munro. »Wie hätten sie die beeinflussen können?«
Als sie schließlich die Antwort fanden, waren sie um so verblüffter, als sie sich ihnen sozusagen in umgekehrter Reihenfolge erschloß.

Sie gelangten von den Gelassen zu einer Vielzahl langer Gänge, die mit Bas-Reliefs geschmückt waren. Mit Hilfe ihres Infrarotabtast- und Computer-Systems konnten Sie die Reliefs »lesen«. Es waren sorgfältig wie in einem Bilderbuch aneinandergereihte Szenen.

Die erste Szene zeigte eine Reihe von Gorillas in Käfigen, in deren Nähe ein Schwarzer mit einem Stock in der Hand stand.

Das zweite Bild zeigte einen Schwarzen, der zwei Gorillas an Halsstricken hielt.

Das dritte zeigte einen Schwarzen, der Gorillas auf einem Hof etwas lehrte. Sie waren an senkrechten Pfosten mit jeweils einem Ring an der Spitze angepflockt.

Das letzte Bild schließlich zeigte, wie die Gorillas aus Pflanzenfasern zusammengebundene Puppen von Menschengröße, die von einer steinernen Konstruktion über ihnen herabhingen, angriffen.

Jetzt wußten sie, was es mit dem »Stadion« und mit dem »Gefängnis« auf sich hatte.

»Großer Gott«, sagte Elliot. »Sie haben die Gorillas *abgerichtet.*«

Munro nickte. »Als Bewacher der Diamantminen. Eine Elitetruppe gut gedrillter Kampftiere, rücksichtslos und unbestechlich. Keine schlechte Idee.«

Jetzt, wo sie wußte, daß es sich nicht um einen Tempel, sondern um eine Ausbildungsstätte handelte, widmete sich Karen Ross erneut dem Gebäude. Ein Einwand fiel ihr ein: die Darstellungen waren Jahrhunderte alt, die Ausbilder der Tiere längst gestorben. Die Gorillas aber waren noch da. »Wer richtet sie denn jetzt ab?«

»Sie selbst«, sagte Elliot. »Sie bringen es sich gegenseitig bei.«

»Ist das überhaupt möglich?«

»Aber sicher, Herrentiere geben durchaus innerhalb der Art bestimmte Fertigkeiten weiter.«

Eben dieser Punkt war unter Forschern lange umstritten gewesen. Washoe aber, der erste Menschenaffe, der Zeichensprache lernte, gab sie sogleich an ihre Nachkommenschaft weiter. Sprachfähige Primaten unterwiesen in der Gefangenschaft auch andere Tiere – übrigens auch Menschen: sie machten so lange und

immer wieder Zeichen, bis der dumme, ungebildete Mensch endlich begriff, was man von ihm wollte.
Auf diese Weise konnten Primaten also ohne weiteres dafür sorgen, daß eine sprachliche und auf das Verhalten bezogene Überlieferung generationenlang nicht unterging. »Sie meinen also«, sagte Karen Ross, »daß seit Jahrhunderten keine Menschen mehr in dieser Stadt leben, die von ihnen abgerichteten Gorillas aber nach wie vor hier sind?«
»So sieht es aus«, sagte Elliot.
»Und sie verwenden steinerne Werkzeuge?« fragte sie. »Steinplatten mit Griffen?«
»Ja, sagte Elliot. Die Vorstellung des Werkzeuggebrauchs war nicht so weit hergeholt, wie es zuerst den Anschein haben mochte. Schimpansen konnten mit ziemlich ausgeklügelten Werkzeugen umgehen. Das deutlichste Beispiel dafür war das »Termitenfischen«. Sie richteten sich einen Zweig her, bogen ihn geduldig so lange, bis er für ihre Zwecke geeignet erschien und verbrachten dann über einem Termitenhügel viele Stunden damit, sich mit Hilfe des Stocks saftige Larven zu »angeln«.
Menschliche Beobachter hatten diese Übung so lange als »primitiven Werkzeuggebrauch« eingestuft, bis sie es selbst versuchten. Es zeigte sich, daß die Herrichtung eines geeigneten Zweigs und der Fang von Termitenlarven alles andere als primitiv war, jedenfalls konnten die Menschen es nicht richtig nachahmen. Sie gaben auf, mit neuem Respekt für die Leistung der Schimpansen und um eine interessante Beobachtung reicher – sie hatten gesehen, daß Jungtiere den erwachsenen Schimpansen tagelang zusahen, wie sie Stöcke herrichteten und in dem Termitenhaufen herumstocherten. Junge Schimpansen *lernten* buchstäblich, wie man es machte, und dieser Lernprozeß erstreckte sich über Jahre.
Das sah verdächtig nach einer Kultur aus. Die Lehrzeit des jungen Benjamin Franklin als Drucker unterschied sich nicht so sehr von der Lehrzeit junger Schimpansen als Termitenfischer. Beide lernten ihre Fertigkeiten, indem sie mehrere Jahre lang Älteren zusahen, und beide machten auf dem Weg zum schließlichen Erfolg Fehler.

Dennoch bedeutete die Verwendung eigens angefertigter Steinwerkzeuge einen Quantensprung über die Verwendung von Zweigen zum Angeln von Termitenlarven hinaus. Die herausragende Bedeutung von Steinwerkzeug als einer Domäne des Menschengeschlechts wäre möglicherweise unangetastet geblieben, hätte sich nicht ein einzelgängerischer Forscher auf diesem Gebiet als Bilderstürmer betätigt. 1971 beschloß der britische Naturwissenschaftler R. V. S. Wright, einem Affen die Anfertigung von Steinwerkzeugen beizubringen. Sein Schüler war ein fünfjähriger Orang-Utan namens Abang im Zoo von Bristol. Wright stellte Abang eine Kiste mit Eßwaren hin, die mit einem Seil verschnürt war. Er zeigte ihm, wie er das Seil mit einem Stück Feuerstein durchschneiden konnte, um an die Eßwaren zu gelangen. Abang verstand binnen einer Stunde, worum es ging.

Dann zeigte Wright Abang, wie er einen Steinsplitter herstellen konnte, indem er einen Kiesel gegen ein hartes Stück Feuerstein schlug. Das war schon schwieriger, und im Laufe mehrerer Wochen brauchte Abang insgesamt drei Stunden, um zu lernen, wie er den Feuerstein zwischen den Zehen halten mußte, um einen scharfen Splitter abzuschlagen, mit dem er das Seil durchschneiden konnte, um an die Eßwaren zu gelangen.

Mit diesem Experiment sollte nicht der Nachweis erbracht werden, daß Affen Steinwerkzeug verwendeten, sondern der Beweis, daß sie die Fähigkeit besaßen, es herzustellen. Wrights Experiment lieferte einen weiteren Grund für die Annahme, daß der Mensch nicht so einzigartig war, wie er stets von sich geglaubt hatte.

»Warum aber hat Amy gesagt, daß es keine Gorillas seien?«

»Weil es keine sind«, sagte Elliot. »Diese Tiere sehen nicht wie Gorillas aus und handeln auch nicht wie Gorillas. Sie weichen in ihren körperlichen Merkmalen und in ihrem Verhalten von Gorillas ab.« Er erklärte weiter, er habe den Verdacht, daß diese Tiere nicht nur abgerichtet, sondern sogar *gezüchtet*, daß sie vielleicht mit Schimpansen oder, noch abenteuerlicher, mit Menschen gekreuzt worden seien.

Die anderen glaubten, er mache einen Scherz. Doch die Tatsachen waren beunruhigend. 1960 war durch erste Bluteiweißuntersuchungen die Verwandtschaft zwischen Mensch und Menschenaffe quantifizert worden. Biochemisch gesprochen war der nächste Verwandte des Menschen der Schimpanse, er stand ihm weit näher als der Gorilla. 1964 waren Schimpansennieren, ohne daß eine Immunabstoßung erfolgte, auf Menschen verpflanzt worden, und Bluttransfusionen lagen durchaus im Bereich des Möglichen.
Doch wurde der Grad der verwandtschaftlichen Nähe erst voll erkannt, als Biochemiker die DNS von Schimpansen und Menschen miteinander verglichen. Es zeigte sich, daß die DNS-Ketten nur um ein Prozent differierten. Und fast niemand war bereit, eine bestimmte Schlußfolgerung einzugestehen: Mit Hilfe der modernen DNS-Kreuzungs-Techniken und der Embryonenimplantation war eine Kreuzung zwischen Menschenaffe und Menschenaffe mit Sicherheit und eine solche zwischen Menschenaffe und Mensch wahrscheinlich möglich.
Selbstverständlich hatten die Bewohner von Zinj im 14. Jahrhundert keine Möglichkeit der genetischen Manipulation gehabt. Doch Elliot wies darauf hin, daß sie die Fähigkeiten der Bewohner der Stadt immer wieder unterschätzt hatten. Immerhin hatten sie schon vor mindestens fünfhundert Jahren eine komplizierte Tierdressur entwickelt, wie sie von westlichen Wissenschaftlern erst im letzten Jahrzehnt angewandt worden war.
Und so wie Elliot die Dinge sah, stellten die von den Bewohnern der Stadt Zinj abgerichteten Tiere für sie eine große Schwierigkeit dar.
»Wir dürfen die Augen nicht vor der Wirklichkeit verschließen«, sagte er. »Amy hat bei einem für Menschen ausgearbeiteten Test einen Intelligenzquotienten von 92 erreicht. Das bedeutet, daß sie im großen und ganzen ebenso intelligent ist wie ein durchschnittlicher Mensch, und in mancher Hinsicht intelligenter – ihre Wahrnehmungsfähigkeit und ihre Empfindungsstärke sind besser ausgeprägt. Sie kann uns mindestens ebensogut für ihre Zwecke einspannen, wie wir sie für unsere.

Die grauen Gorillas, mit denen wir es hier zu tun haben, besitzen die gleiche Intelligenz, doch sind sie außerdem konsequent auf etwas abgerichtet worden. Sie sind – ähnlich wie der Dobermann – Wächter und Kämpfer, speziell dressiert auf scharfes und der Situation angepaßtes Verhalten. Nur sind sie sehr viel klüger und einfallsreicher als Hunde. Sie werden ihre Angriffe fortsetzen, bis sie uns alle getötet haben – so wie sie alle bisherigen Eindringlinge umgebracht haben.«

3. Blick durch die Gitterstäbe

1975 sichtete der Mathematiker S. L. Berensky die gesamte Literatur über sprachfähige Primaten und kam zu einer verblüffenden Schlußfolgerung. »Es besteht kein Zweifel daran«, verkündete er, »daß Primaten dem Menschen an Intelligenz weit überlegen sind.«

Berenskys Ansicht nach lautete »die entscheidende Frage – die sich jeder Zoobesucher instinktiv selber stellt –: Wer befindet sich hinter Gittern? Wer steckt im Käfig, und wer ist frei? ... Zwar läßt sich beobachten, daß auf beiden Seiten der Stäbe Primaten einander Gesichter schneiden, doch würde man es sich zu einfach machen, wenn man sagte, daß der Mensch deswegen überlegen ist, weil er den Zoo eingerichtet hat. Wir unterwerfen andere Primaten einer besonders schrecklichen Form von Gefangenschaft hinter Gittern – die wir auch innerhalb unserer eigenen Art anwenden – und gehen davon aus, daß sie ebenso empfinden wie wir.«

Berensky verglich Primaten mit Gesandten fremder Völker. »Affen haben es jahrhundertelang fertiggebracht, als Botschafter ihrer Art mit den Menschen auszukommen. In der jüngeren Vergangenheit haben sie sogar gelernt, sich dem Menschen mittels der Zeichensprache mitzuteilen. Diese Verständigung ist jedoch eine sehr einseitige Diplomatie, denn noch nie hat ein Mensch versucht, in der Gesellschaft von Affen zu leben, sich ihre

Sprache und ihre Gewohnheiten zu eigen zu machen, ihre Speisen zu essen, zu leben, wie sie leben. Die Affen haben gelernt, sich uns verständlich zu machen, doch wir haben nie gelernt, uns ihnen verständlich zu machen. Wem muß dann die größere Intelligenz zugesprochen werden?«
Dem fügte Berensky eine Voraussage hinzu: »Die Zeit wird kommen«, sagte er, »da die Umstände den Menschen zwingen werden, mit einer Primatengesellschaft nach deren Bedingungen zu kommunizieren. Erst dann werden die Menschen sich ihrer anmaßenden Überheblichkeit gegenüber anderen Tieren bewußt werden.«

Die Expedition der ERTS, tief im Regenwald des Kongo abgeschnitten, sah sich eben dieser Schwierigkeit gegenüber. Man war einer neuen Art gorillaähnlicher Tiere begegnet und mußte sich jetzt irgendwie nach ihren Bedingungen mit ihnen verständigen.
Im Laufe des Abends überspielte Elliot die aufgenommenen Seufz- und Keuchlaute nach Houston, von wo sie nach San Francisco weitergeleitet wurden. Als Antwort kam eine karge Mitteilung von Seamans: SENDG EMFANGN SR NUEZLICH WICHTIG: MUS UEBRSEZNG BALD HAM. erwiderte Elliot.
WAN FRTIG?
COMPUTR ANALYS PROBLMAT SCHWIRIGR ALS UEBRSEZNG CZS/JZS.
»Was heißt das?« wollte Karen Ross wissen.
»Er sagt, daß die Übersetzungsschwierigkeiten größer sind als bei der Übersetzung chinesischer oder japanischer Zeichensprache.«
Es war ihr nicht bekannt gewesen, daß es so etwas gab, doch Elliot erklärte ihr, daß es für alle größeren Sprachen der Welt Zeichensprachen gab, die jeweils ihren eigenen Regeln folgten. Zum Beispiel wich die britische Zeichensprache, obwohl sie sich auf eine im Grunde in der geschriebenen und gesprochenen Form identische Ausgangssprache stützte, grundlegend von der amerikanischen Zeichensprache ab.
Die verschiedenen Zeichensprachen verfügten über eine unterschiedliche grammatische Struktur und Syntax und hatten sogar

unterschiedliche Zeichenkonventionen. Während der nach außen weisende Mittelfinger in der chinesischen Zeichensprache verschiedenes bedeutete, so unter anderem IN ZWEI WOCHEN und BRUDER, war dies Zeichen in der amerikanischen Zeichensprache geradezu beleidigend und nicht akzeptabel.

»Aber hier handelt es sich doch um eine gesprochene Sprache«, sagte Karen Ross.

»Das ist richtig«, sagte Elliot. »Trotzdem ist es ein verzwicktes Problem. Wir werden sie nicht schnell übersetzt bekommen.«

Bis zum Anbruch der Nacht verfügten sie über zwei weitere Informationen. Karen Ross ließ über Houston eine Wahrscheinlichkeitsermittlung durch den Computer laufen. Danach würde es drei Tage mit einer Abweichung von plus zwei Tagen dauern, bis sie die Diamantminen fanden. Das hieß, sie mußten sich darauf einrichten, noch fünf Tage an Ort und Stelle zu verbringen. Die Lebensmittelversorgung war kein Problem. Aber die Munition würde knapp werden. Munro schlug die Verwendung von Tränengas vor.

Sie nahmen an, daß die grauen Gorillas ihre Taktik ändern würden. Und sie taten es – sie griffen gleich nach Einbruch der Dunkelheit an. Die Schlacht in der Nacht vom 23. zum 24. Juni war gekennzeichnet von den Detonationen der dumpf aufschlagenden Kanister und dem zischend austretenden Gas. Die Strategie erwies sich als wirksam; die Gorillas wurden vertrieben und erneuerten ihren Angriff in dieser Nacht nicht.

Munro war sehr zufrieden. Er verkündete, daß sie genug Tränengas hätten, um sich die Gorillas eine ganze Woche, vielleicht sogar länger, vom Leibe zu halten. Fürs erste, so schien es, waren ihre Probleme gelöst.

12. Tag
Zinj
24. Juni 1979

1. Der Generalangriff

Kurz nach Morgengrauen fanden sie die Leichen von Mulewe und Akari in der Nähe ihres Zelts. Anscheinend war der Angriff am Vorabend ein Ablenkungsmanöver gewesen und hatte es einem Gorilla gestattet, in den Bereich des Lagers einzudringen, die beiden Träger zu töten und ungesehen wieder zu entkommen. Noch mehr beunruhigte es sie, daß sie keinen Hinweis darauf entdeckten, wie der Gorilla zweimal den Elektrozaun hatte überwinden können.

Eine gründliche Untersuchung ergab, daß ein Abschnitt des Zauns in Bodennähe eingerissen war. Ein langer Stock lag dicht daneben am Boden. Augenscheinlich hatten die Gorillas ihn dazu benutzt, den Zaun anzuheben, so daß einer von ihnen hatte hindurchkriechen können. Und bevor sie sich davonmachten, hatten sie den Zaun wieder in seinen ursprünglichen Zustand versetzt.

Es war schwer, an die Intelligenz, die hinter einem solchen Verhalten lag, zu glauben. »Gelegentlich«, sagte Elliot später, »standen wir uns mit unseren vorgefaßten Meinungen über Tiere selbst im Weg. Immer wieder erwarteten wir, daß die Gorillas sich stereotyp auf die uns bekannte Weise verhalten würden. Aber sie taten es nicht ein einziges Mal. Wir sahen sie zu keinem Zeitpunkt als anpassungsfähige und bewegliche Gegner an, obwohl sie immerhin unsere Zahl um ein Viertel vermindert hatten.«

Munro fiel es schwer, sich mit der gezielten Feindseligkeit der Gorillas abzufinden. Die Erfahrung hatte ihn gelehrt, daß Tiere in der freien Natur dem Menschen gleichgültig gegenübertraten. Schließlich kam er zu dem Ergebnis, »daß diese Tiere von Menschen abgerichtet waren, ich sie mir also als Menschen vorstellen mußte. Nun lautete die Frage, was würde ich tun, wenn es Menschen wären?«

Für Munro gab es nur eine Antwort: Selbst zum Angriff übergehen.

Amy ließ sich dazu herbei, sie dorthin zu führen, wo die von ihr als »Dinger« bezeichneten Gorillas im Dschungel lebten. Um zehn Uhr vormittags zogen sie mit Maschinenpistolen bewaffnet die Hänge nördlich der Stadt hinauf. Es dauerte nicht lange, bis sie die Fährte der Gorillas fanden – ziemliche Mengen Kot und zahlreiche Schlafnester auf dem Boden sowie in den Bäumen. Munro war beunruhigt von dem, was er sah: in manchen Bäumen gab es zwanzig bis dreißig Nester, was auf eine große Anzahl von Tieren schließen ließ.

Zehn Minuten später stießen sie auf eine Gruppe von zehn grauen Gorillas, die sich an saftigen Ranken gütlich taten: vier Männchen und drei Weibchen, ein Jungtier und zwei herumtollende Kleinkinder. Die erwachsenen Tiere ließen sich träge die Sonne auf den Pelz brennen und aßen hier und da, wo sie etwas fanden. Einige andere Tiere schliefen auf dem Rücken liegend und schnarchten laut. Sie schienen keine Wachen aufgestellt zu haben.

Munro machte ein Zeichen mit der Hand, und die Waffen wurden entsichert. Er wollte gerade in die Gruppe feuern, als Amy ihn am Hosenbein zog. Er sah zu ihr hin, und »ein Schreck wie noch nie«, fuhr ihm in die Glieder. »Oben am Hang war eine weitere Gruppe, vielleicht zehn oder zwölf Tiere – dann sah ich noch eine – und noch eine – und noch eine. Es müssen dreihundert oder noch mehr gewesen sein. Der Hang *wimmelte* von grauen Gorillas.«

Der größte je in freier Wildbahn gesichtete Gorillatrupp hatte aus einunddreißig Tieren bestanden. Die Beobachtung – 1971 in Kabara – war jedoch umstritten. Die meisten Forscher vertraten die Ansicht, es müsse sich um zwei Gruppen gehandelt haben, die zufällig beieinander gesehen worden waren, da die Trupps gewöhnlich aus zehn bis fünfzehn Tieren bestanden. Für Elliot waren dreihundert Tiere ein »äußerst eindrucksvoller Anblick«. Aber noch mehr beeindruckte ihn das Verhalten der Tiere. Zwar verhielten sie sich im großen und ganzen wie andere Gorillas in der Wildnis, wie sie da im Sonnenlicht umherzogen und Futter suchten, aber es gab einige bedeutsame Unterschiede.

»Vom ersten Augenblick an zweifelte ich nicht daran, daß sie über eine Sprache verfügten. Ihre Seufzlaute waren auffällig und hatten eindeutig eine sprachliche Bedeutung. Darüber hinaus verwendeten sie Zeichensprache, wenn auch keine in der Art, wie wir sie kannten. Sie bewegten die Hände mit ausgestreckten Armen, was sehr anmutig wirkte, etwa wie bei balinesischen Tänzerinnen. Diese Gesten schienen die Seufzlaute zu unterstützen oder zu ergänzen. Offenbar verfügten diese Gorillas über ein weit ausgeklügelteres Sprachsystem als die reine Zeichensprache von Versuchsaffen im 20. Jahrhundert.«

Obwohl für ihn als Wissenschaftler diese Entdeckung auf eine abstrakte Art ungeheuer erregend war, teilte er zugleich die Furcht der anderen Expeditionsteilnehmer. Sie hockten hinter dem dichten Blattwerk und beobachteten mit angehaltenem Atem die Gorillas an dem gegenüberliegenden Hang. Obwohl die Tiere friedlich wirkten, empfanden die Beobachter eine nahezu panische Angst bei dem Gedanken, einer so großen Zahl von Tieren so nahe zu sein. Schließlich, auf ein Zeichen von Munro, schlichen sie den Pfad hinunter und kehrten ins Lager zurück.

Dort waren die Träger damit beschäftigt, Gräber für Akari und Mulewe auszuheben. Es war eine düstere Erinnerung an die Gefahr, in der sie sich alle befanden, und sie sprachen über die Möglichkeiten, die ihnen offenstanden. Munro sagte zu Elliot: »Tagsüber scheinen sie eher friedlich zu sein.«

»Ja«, sagte Elliot. »Ihr Verhalten wirkt durchaus typisch – wenn

überhaupt, sind sie eher noch träger als gewöhnliche Gorillas am Tag. Wahrscheinlich schlafen die meisten Männer tagsüber.«
»Wie viele von den Tieren am Hang waren Männchen?« wollte Munro wissen. Sie waren bereits zu dem Ergebnis gekommen, daß ausschließlich Männchen an den Angriffen beteiligt waren, und Munro wollte die Chance ausrechnen.
»Die meisten Untersuchungen sind sich dahingehend einig«, sagte Elliot, »daß Gorillatrupps zu etwa fünfzehn Prozent aus Männchen bestehen. Außerdem haben sie gezeigt, daß man bei Einzelbeobachtungen die Größe der Horde um rund fünfundzwanzig Prozent unterschätzt. Es sind immer mehr Tiere da, als man jeweils sehen kann.«
Die daraufhin angestellten Berechnungen erwiesen sich als entmutigend. Sie hatten auf dem Hügel dreihundert Tiere gezählt, also waren es insgesamt vermutlich knapp vierhundert, von denen fünfzehn Prozent Männchen waren. Das bedeutete, daß es fünfzig bis sechzig angreifende Gorillamännchen gab – und nicht einmal zehn Verteidiger.
»Verdammt!« sagte Munro und schüttelte den Kopf.
Amy wußte eine Lösung. Sie machte ihnen Zeichen: *Jetzt gehen.* Karen Ross fragte, was sie gesagt habe, und Elliot teilte es ihr mit: »Sie sagt, wir sollten uns besser zurückziehen. Ich glaube, sie hat recht.«
»Seien Sie nicht albern«, sagte Karen Ross. »Wir haben die Diamanten noch nicht gefunden. Wir können noch gar nicht gehen.«
Jetzt gehen, bedeutete ihnen Amy noch einmal.
Alle sahen auf Munro. Irgendwie war die Gruppe zu dem Ergebnis gekommen, daß Munro entscheiden würde, was als nächstes zu geschehen hatte. »Ich hätte die Diamanten so gern wie nur irgend jemand«, sagte er. »Aber was nützen sie uns, wenn wir tot sind? Wir haben keine Wahl, wir müssen weg, wenn wir können.«
Karen Ross fluchte blumenreich.
Elliot fragte Munro: »Was meinen Sie mit ›wenn wir können‹?«
»Damit meine ich«, sagte Munro, »daß sie uns vielleicht gar nicht weglassen.«

2. Aufbruch

Auf Munros Anweisung hin nahmen sie nur geringe Mengen an Nahrung und Munition mit. Alles andere blieb zurück – die Zelte, der Zaun, die Ausrüstung zur Nachrichtenübermittlung, alles. Gegen Mittag verließen sie die sonnenbeschienene Lichtung.

Munro warf einen Blick über die Schulter zurück. Er hoffte, daß er richtig handelte. In den sechziger Jahren hatte es bei den Söldnern im Kongo eine spöttische Parole gegeben: »Bleib bloß zu Hause.« Sie hatte mehrere Bedeutungen, darunter die offensichtliche, daß sie von vornherein gar nicht in den Kongo hätten kommen sollen. Sie bedeutete aber auch, daß es, war man einmal in einem befestigten Lager oder in einer Kolonialstadt, sich nicht empfahl, den nahen Dschungel zu betreten, was immer der Anlaß sein mochte. Mehrere von Munros Bekannten hatten es mit dem Leben bezahlt, daß sie nicht »zu Hause« geblieben waren. Die Nachricht lautete gewöhnlich: »Soundso hat es vorige Woche außerhalb von Stanleyville erwischt.« – »Außerhalb? Warum ist er auch nicht zu Hause geblieben!«

Munro führte jetzt die Expedition nach draußen, und »zu Hause« – das war das kleine, silbern leuchtende Lager mit seinem Zaun, das jetzt hinter ihnen lag. Dort hatten sie wie auf dem Präsentierteller für die angreifenden Gorillas gesessen. Aber auch dazu hatten die Söldner etwas zu sagen: »Besser auf dem Präsentierteller als tot.«

So zogen sie also durch den Regenwald, und Munro, der voranging, war sich qualvoll ihrer Verwundbarkeit bewußt: eine einzelne Reihe von Menschen war die Formation, die sich am schlechtesten verteidigen ließ. Er bemerkte, wie die Dschungelpflanzen näher an sie heranrückten und wie der Pfad immer schmaler wurde. Er konnte sich nicht erinnern, daß er auf dem Hinweg so schmal gewesen war. Jetzt waren sie von dichten Farnen und Büschen umstellt. Möglicherweise lauerten die Gorillas nur einen Meter von ihnen entfernt, im Blattwerk versteckt. Sie würden es erst merken, wenn es zu spät war.

Sie zogen weiter.

Munro glaubte, daß sie das Schlimmste hinter sich hätten, wenn es gelang, die Osthänge des Muhavura zu erreichen. Die grauen Gorillas hausten in der Nähe der Stadt und würden ihnen nicht weit folgen. Ein, zwei Stunden Weg und sie wären außer Gefahr. Er sah auf seine Uhr: sie waren erst zehn Minuten unterwegs.
Dann hörte er das Keuchen. Es schien aus allen Richtungen zu kommen. Er sah, wie sich vor ihm das Blattwerk bewegte, als wehte der Wind hindurch. Aber es wehte kein Wind. Das Keuchen wurde lauter.
Sie machten Halt am Rand einer Schlucht, die einem Bachlauf mit dichten Dschungelwänden zu beiden Seiten folgte: eine Stelle, wie geschaffen für einen Hinterhalt. Er hörte, wie die Sicherungshebel der Maschinenpistolen zurückgeschoben wurden. Kahega kam zu ihm. »Captain, was machen wir?«
Munro beobachtete die Bewegungen im Blattwerk und horchte auf das Keuchen. Er konnte nur schätzen, wie viele Tiere sich dort im Busch versteckt hielten. Zwanzig? Dreißig? Auf jeden Fall zu viele.
Kahega wies den Hügel hinauf, zu einem schmalen Pfad, der oberhalb der Schlucht verlief. »Da hinauf?«
Munro antwortete lange nicht. Schließlich sagte er: »Nein, nicht da hinauf.«
»Wohin dann, Captain?«
»Zurück«, sagte Munro. »Wir kehren um.«
Als sie sich von der Schlucht abwandten und sich auf den Rückweg machten, wurde das Keuchen leiser, und die Bewegungen im Blattwerk hörten auf. Als Munro ein letztes Mal über die Schulter zurücksah, wirkte die Schlucht wie ein gewöhnlicher Durchgang im Dschungel, der nichts Bedrohliches hatte. Aber Munro kannte die Wahrheit. Sie konnten nicht fort.

3. Rückkehr

Elliots Eingebung kam blitzartig. »Gegen Mittag hatte ich gesehen«, berichtete er später, »wie Amy Kahega Zeichen machte. Amy wollte von ihm etwas zu trinken haben, aber Kahega kannte die Zeichensprache nicht und zuckte hilflos mit den Schultern. Da kam mir der Gedanke, daß die Sprachkenntnis der grauen Gorillas zugleich ihr großer Vorteil und ihre Achillesferse war.«

Elliot schlug vor, einen einzelnen grauen Gorilla zu fangen, seine Sprache zu lernen und sie zu nutzen, um mit den anderen Tieren in Verbindung zu treten. Unter normalen Umständen würde es Monate dauern, eine neue Affensprache zu lernen, aber Elliot meinte, er könnte es in wenigen Stunden schaffen.

Seamans saß bereits an der Arbeit und versuchte herauszufinden, wie die grauen Gorillas sich verständigten. Alles, was er brauchte, war weiteres Material. Außerdem war Elliot überzeugt, daß die grauen Gorillas eine Kombination aus gesprochenen Lauten und Zeichensprache verwendeten. Und die Zeichensprache würde rasch zu entziffern sein.

Seamans hatte in Berkeley ein als APE (Menschenaffe) bezeichnetes Programm entwickelt. Der Name stand für Animal Pattern Explanation, und man konnte damit Amy beobachten und ihre Zeichen deuten. Da das APE-Programm mit nicht mehr der Geheimhaltung unterliegenden Army-Material zur Entschlüsselung von Codes arbeitete, vermochte es neue Zeichen zu erkennen und auch zu übersetzen. Zwar war APE entwickelt worden, um mit Amy in amerikanischer Zeichensprache zu arbeiten, aber es war nicht einzusehen, warum es nicht auch mit einer vollständig neuen Sprache arbeiten können sollte.

Wenn es ihnen gelang, eine Satellitenverbindung vom Kongo über Houston nach Berkeley herzustellen, konnten sie Videodaten von einem gefangenen Tier unmittelbar in das APE-Programm eingeben. APE ermöglichte eine Übersetzungsgeschwindigkeit, die der Fähigkeit jedes menschlichen Beobachters weit überlegen war. Das Army-Material war dazu bestimmt, feindliche Codes in Minutenschnelle zu entschlüsseln.

Während Elliot und Karen Ross davon überzeugt waren, daß es funktionieren mußte, war Munro skeptisch und machte abfällige Bemerkungen, in denen es um Verhöre von Kriegsgefangenen ging. »Was haben Sie vor?« fragte er. »Wollen Sie das Tier foltern?«
»Wir wollen es einem Situationsstreß aussetzen«, sagte Elliot, »um es zum Sprachgebrauch zu veranlassen.« Er breitete Testmaterial auf dem Boden aus: eine Banane, eine Schüssel Wasser, ein Stück Zucker, einen Stock, eine saftige Ranke und ein paar der runden Steinplatten mit Griffen. »Wenn es sein muß, jagen wir ihr einen höllischen Schreck ein.«
»Ihr?«
»Selbstverständlich«, sagte Elliot, während er das Narkosegewehr lud. »Ihr.«

4. Gefangennahme

Er wollte ein Weibchen ohne Jungtier. Ein Jungtier würde die Dinge nur komplizieren.
Er arbeitete sich durch hüfthohes Unterholz vor und kam an einen Steilabfall von etwa sechs Meter Höhe. Dort sah er einen Trupp von neun Tieren unter sich: zwei Männchen, fünf Weibchen und zwei Jungtiere. Sie zogen auf Nahrungssuche im Dschungel umher. Er beobachtete die Gruppe so lange, bis er sicher sein konnte, daß alle Weibchen die Sprache benutzten und daß keine Jungtiere im Gebüsch verborgen waren. Dann wartete er auf seine Gelegenheit.
Die Gorillas aßen gemütlich unter den Farnen, rissen zarte Schößlinge ab und kauten sie genüßlich. Nach einigen Minuten entfernte sich ein Weibchen von der Gruppe, um näher am Rand des Steilabfalls, dort, wo er hockte, Nahrung zu suchen. Zwischen ihr und dem Rest der Gruppe lagen rund zehn Meter.
Elliot nahm das Narkosegewehr in beide Hände und visierte das Weibchen an. Es stand so günstig, wie es nur stehen konnte. Er

beobachtete es, zog langsam den Abzug durch – und verlor selbst den Boden unter den Füßen. Mit Donnergetöse rollte er den Hang hinab, mitten zwischen die Gorillas.

Elliot lag bewußtlos auf dem Rücken, aber seine Brust bewegte sich und sein Arm zuckte. Munro war sicher, daß Elliot nicht ernstlich verletzt war. Nur die Gorillas machten ihm Sorgen.
Die grauen Gorillas hatten Elliot fallen sehen und näherten sich ihm jetzt. Acht oder neun Tiere drängten sich um ihn, sahen ihn unbeteiligt an, machten Zeichen.
Munro entsicherte seine Waffe.
Elliot stöhnte, griff sich an den Kopf und schlug die Augen auf. Munro konnte erkennen, wie Elliot beim Anblick der Gorillas zusammenschrak, aber er bewegte sich nicht. Drei erwachsene Männchen hockten in seiner Nähe. Die Gefährlichkeit seiner Situation war ihm bestimmt klar. Er lag fast eine Minute bewegungslos auf dem Boden. Die Gorillas zischelten und machten sich gegenseitig Zeichen, kamen aber nicht näher.
Schließlich stützte sich Elliot auf den Ellbogen, was zu einem heftigen Austausch von Zeichen führte, aber zu keinen Drohgebärden.
Am Hang weiter oben zupfte Amy Munro am Ärmel und machte wie wild Zeichen. Munro schüttelte den Kopf: er verstand sie nicht. Wieder hob er die Waffe – Amy biß ihn ins Knie. Der Schmerz war fast unerträglich, und es kostete Munro alle Kraft, nicht laut aufzuschreien.

Elliot lag auf dem Boden und versuchte, seinen Atem zu beherrschen. Die Gorillas waren sehr nahe – so nah, daß er sie berühren und den süßlichen, muffigen Geruch riechen konnte, der ihren Leibern entströmte. Sie waren erregt, die Männchen hatten angefangen zu knurren. Sie gaben ein rhythmisch skandiertes *Huu-huu-huu* von sich.
Er beschloß, langsam und bedacht auf die Füße zu kommen. Er vermutete, daß sie sich weniger bedroht fühlten, wenn er etwas Abstand zwischen sie und sich selbst bringen konnte. Doch kaum

begann er sich zu bewegen, wurde ihr Knurren lauter und eines der Männchen bewegte sich im Krebsgang seitwärts, wobei es mit den flachen Händen auf den Boden schlug.
Elliot legte sich sogleich wieder hin. Die Tiere beruhigten sich, und er kam zu dem Ergebnis, daß er richtig gehandelt hatte. Sie waren durch den Menschen verwirrt, der in ihre Mitte gestürzt war, offensichtlich erwarteten sie nicht, in ihrem Revier mit Menschen in Berührung zu kommen.
Er beschloß, so lange zu warten, bis sie abzogen, und notfalls einige Stunden auf dem Rücken liegen zu bleiben. Er atmete langsam und regelmäßig und merkte, daß er schwitzte. Wahrscheinlich konnte man riechen, daß er Angst hatte. Aber wie der Mensch hatten auch Gorillas einen schlecht entwickelten Geruchssinn – jedenfalls reagierten sie nicht auf seinen Angstschweiß. Er wartete. Die Gorillas keuchten jetzt schneller, und auch die Zeichen folgten schneller aufeinander. Offenbar wollten sie feststellen, was sie tun sollten. Dann ging ein Männchen unvermittelt wieder auf die seitliche Bewegung über, schlug auf den Boden und sah Elliot an. Elliot machte keine Bewegung. In Gedanken ging er die verschiedenen Stufen des Angriffsverhaltens noch einmal durch: Knurren, Seitwärtsbewegung, mit der flachen Hand auf den Boden schlagen, Gras ausreißen, auf die Brust trommeln …
Angreifen.
Das Gorillamännchen fing an, Grasbüschel auszureißen. Elliot spürte, wie sein Herz schneller schlug. Das Tier war riesig, es mochte gut und gern so viel wie ein Berggorillamann wiegen – an die hundertvierzig Kilogramm. Es richtete sich auf die Hinterbeine auf und trommelte mit den Fäusten auf seine Brust. Elliot fragte sich, was Munro dort oben wohl tat. Und dann hörte er ein Krachen, blickte auf und sah, wie Amy den Hang heruntergestürzt kam und ihren Fall bremste, indem sie sich an Zweigen und Farnen festhielt. Sie landete zu Elliots Füßen.
Die Überraschung der Gorillas hätte nicht größer sein können. Der große Gorillamann hörte auf, sich auf die Brust zu trommeln, ging auf alle viere nieder und warf Amy böse Blicke zu.
Amy knurrte.

Der große Gorilla schob sich drohend an Peter Elliot heran, ohne Amy aus den Augen zu lassen. Sie beobachtete ihn regungslos. Es war eindeutig eine Kraftprobe. Er kam ohne Zögern immer näher …

Plötzlich brüllte Amy so laut, daß Elliot überrascht hochfuhr. Er hatte sie das erst ein- oder zweimal in Augenblicken äußerster Wut tun hören. Weibchen brüllen gewöhnlich nicht, und so waren auch die anderen Gorillas höchst erstaunt. Amys Unterarme verkrampften sich, sie machte den Rücken steif und spannte ihre Gesichtsmuskeln an. Sie sah dem Männchen angriffslustig in die Augen und brüllte wieder.

Das Männchen unterbrach sein Ritual und neigte den Kopf zur Seite. Es schien die Angelegenheit zu überdenken. Schließlich zog es sich zurück und schloß sich wieder dem Halbkreis grauer Affen um Elliots Kopf herum an.

Amy legte ihre Hand herausfordernd auf Elliots Bein – sie meldete Besitzansprüche an. Ein männliches Jungtier von etwa vier oder fünf Jahren stürzte impulsiv vor und entblößte seine Zähne. Amy versetzte ihm einen Schlag ins Gesicht, so daß es jammernd in die Sicherheit der Gruppe zurückkehrte.

Amy warf den anderen Gorillas böse Blicke zu. Dann machte sie Zeichen. *Fortgehen. Amy lassen. Fortgehen.*

Die Gorillas reagierten nicht. *Peter lieber Mensch.* Aber sie schien zu merken, daß die Gorillas sie nicht verstanden, denn sie tat dann etwas Bemerkenswertes: sie seufzte und gab den gleichen keuchenden Laut von sich wie die anderen Gorillas.

Die Tiere waren verblüfft und starrten einander an.

Daß Amy sich ihrer Sprache zu bedienen schien, blieb ohne Wirkung: sie rührten sich nicht vom Fleck. Und je mehr sie seufzte, um so mehr verflog der ursprüngliche Eindruck, bis sie Amy schließlich nur noch verständnislos anstarrten.

Sie konnte sich ihnen nicht verständlich machen.

Amy trat jetzt neben Peters Kopf und begann mit Gesten der geselligen Körperpflege, zupfte an seinem Bart und an seinem Kopfhaar. Die grauen Gorillas machten rasche Zeichen. Dann begann das Männchen wieder mit seinem skandierenden *Huu-*

huu-huu. Als Amy das hörte, wandte sie sich Peter zu und bedeutete ihm *Amy zu umarmen*. Er war überrascht: sie hatte das von sich aus noch nie getan. Gewöhnlich wollte sie, daß Peter sie in die Arme nahm und kraulte.

Elliot setzte sich, und sogleich zog sie ihn an ihre Brust und drückte sein Gesicht in ihr Fell. Das Gorillamännchen hörte auf zu knurren. Die grauen Gorillas traten den Rückzug an, als hätten sie einen Fehler begangen. Jetzt ging Elliot auf, was sie tat – *sie behandelte ihn, als wäre er ihr Kind.*

Das war klassisches Primatenverhalten in Konfliktsituationen. Bei Primaten gab es ausgeprägte Angriffshemmungen gegen Jungtiere, und diese Hemmungen wurden häufig auch von erwachsenen Tieren genutzt. Pavianmännchen beendeten oft ihren Kampf, wenn eines ein Jungtier ergriff und sich an die Brust drückte – der Anblick des Jungtiers verhinderte weitere Angriffe. Schimpansen kannten verfeinerte Variationen dieses Verhaltens. Wenn die Spiele Heranwachsender zu wild wurden, ergriff ein Männchen einen von ihnen und drückte ihn auf mütterliche Art an sich – eine Situation, in der sowohl »Mutter« als auch »Kind« symbolisch gemeint war. Dennoch genügte die Geste, um einen Fortgang des wilden Spiels zu unterbinden.

Amy brachte nicht nur den Angriff des Männchens zum Stillstand, sie schützte Elliot auch, indem sie ihn wie ein Jungtier behandelte – falls die Gorillas ein bärtiges Jungtier von einsachtzig gelten ließen.

Sie taten es.

Sie entschwanden im Gebüsch. Amy lockerte ihre wilde Umklammerung, sah Elliot an und bedeutete ihm: *Dumme Dinger.*

»Danke, Amy«, sagte er und gab ihr einen Kuß.

Peter Amy kraulen. Amy lieber Gorilla.

»Da hast du recht«, sagte er und kraulte sie mehrere Minuten lang, wobei sie sich fröhlich knurrend auf dem Boden hin und her wälzte.

Um zwei Uhr nachmittags kehrten sie ins Lager zurück. Karen Ross fragte: »Haben Sie einen Gorilla?«

»Nein«, sagte Elliot.
»Na, macht nichts«, sagte Ross, »ich komme nämlich auch gar nicht nach Houston durch.«
Elliot war verblüfft: »Wieder elektronische Störungen?«
»Viel schlimmer«, sagte Karen Ross. Sie hatte über eine Stunde lang versucht, eine Satellitenverbindung nach Houston herzustellen. Es war ihr nicht gelungen. Jedesmal war die Verbindung innerhalb von Sekunden unterbrochen worden. Schließlich hatte sie, nachdem sie festgestellt hatte, daß es nicht an ihrer Anlage liegen konnte, das Datum geprüft. »Heute ist der 24. Juni«, sagte sie. »Mit der vorigen Kongo-Expedition hatten wir am 28. Mai Schwierigkeiten bei der Nachrichtenübermittlung, vor siebenundzwanzig Tagen«, sagte sie.
Als Elliot es immer noch nicht verstand, sagte Munro: »Sie meint, es liegt an Sonnenflecken.«
»Richtig«, sagte Karen Ross. »Es handelt sich um eine Störung in der Ionosphäre, die von der Sonne ausgeht.« Die meisten Störungen in der Ionosphäre der Erde – das ist die dünne Schicht ionisierter Moleküle in einer Höhe von achtzig bis vierhundert Kilometer – werden durch Erscheinungen wie beispielsweise die Sonnenflecke verursacht. Da eine Sonnenumdrehung siebenundzwanzig Tage dauert, treten solche Störungen oft etwa einen Monat später erneut auf.
»Na schön«, sagte Elliot, »es sind also Sonnenflecken. Und wie lange dauert so etwas?«
Karen Ross schüttelte den Kopf. »Normalerweise würde ich sagen, ein paar Stunden, höchstens einen Tag. Hier scheint es sich aber um eine ernstere Störung zu handeln, die sehr plötzlich aufgetreten ist. Vor fünf Stunden hatten wir eine hervorragende Verbindung – und jetzt haben wir überhaupt keine mehr. Irgend etwas Ungewöhnliches geht vor. Es kann glatt eine Woche dauern.«
»Keine Verständigung, eine ganze Woche lang? Keine Computer-Durchläufe, gar nichts?«
»Richtig«, sagte Karen Ross gelassen. »Von jetzt an sind wir vollständig von der Außenwelt abgeschnitten.«

5. Abgeschnitten

Die stärkste Sonneneruption des Jahres 1979 wurde am 24. Juni vom Kitt Peak-Observatorium in der Nähe von Tucson, Arizona, aufgezeichnet und ordnungsgemäß dem Space Environment Services Center in Boulder, Colorado, gemeldet, einer Stelle für die Auswertung von Daten aus dem Weltraum. Zuerst schenkte man beim SESC, den einlaufenden Daten keinen Glauben: selbst nach den ungeheuren Maßstäben der Sonnenastronomie war dieser Ausbruch mit der Bezeichnung 79/06/414aa geradezu monströs.

Die Ursache solcher, auch Flares genannter Ausbrüche, die mit dem Auftreten von Sonnenwind einhergehen, war unbekannt, doch wurden sie im allgemeinen mit der Sonnenfleckentätigkeit in Verbindung gebracht. In diesem Fall erschien der Ausbruch als riesiger, heller Fleck mit einem Durchmesser von sechzehntausend Kilometern, der nicht nur die Alpha-Spektrallinien des Wasserstoffs und ionisierten Kalziums beeinflußte, sondern auch das Spektrum des weißen Sonnenlichts. Ein solcher Ausbruch mit einem »kontinuierlichen Spektrum« war überaus selten.

Auch konnte man beim SESC die Vorausberechnung der Folgeerscheinungen nicht glauben. Bei Sonnenausbrüchen werden ungeheure Energiemassen freigesetzt. Schon ein nicht besonders starker Ausbruch kann das Maß der Ultraviolettstrahlung, das von der Sonnenoberfläche ausgestrahlt wird, verdoppeln. Aber beim Ausbruch 79/06/414aa betrug sie nahezu das *Dreifache* des gewöhnlichen Wertes. Innerhalb von gut acht Minuten nach dem ersten Auftreten am Sonnenrand – das ist die Zeit, die das Licht von der Sonne bis zur Erde braucht – begann diese plötzliche Zunahme an Ultraviolettstrahlung, die Ionosphäre der Erde zu stören.

Die Folge war, daß Funkverbindungen auf einem Planeten, der rund hundertfünfzig Millionen Kilometer von der Sonne entfernt war, deutlich beeinträchtigt wurden. Das galt insbesondere für Sender, die mit geringen Signalstärken auskommen mußten. Rundfunksender im Kilowattbereich waren kaum betroffen. Aber die Kongo-Expedition, die weit schwächere Signale abstrahlte, vermochte keine Satellitenverbindung mehr herzustellen. Da bei diesem Ausbruch außerdem Röntgenstrahlen und atomare Partikel freigesetzt wurden, die die Erde erst einen ganzen Tag später erreichten, war vorauszusehen, daß die Störung des Funkverkehrs mindestens einen Tag, wahrscheinlich aber länger dauern würde. Bei der ERTS in Houston berichteten Techniker Travis, das SESC sage eine Störung der Ionosphäre von vier bis acht Tagen Dauer voraus.

»Soll das heißen«, wir werden vier bis acht Tage keine Verbindung mit ihnen haben?« fragte Travis.

»So sieht es aus. Karen Ross wird es sich schon denken«, sagten die Techniker, »wenn sie heute keine Verbindung mehr kriegt.«

»Die brauchen aber die Computer-Leitung«, sagte Travis. Die Belegschaft der ERTS hatte fünf Computer-Planspiele durchlaufen lassen, und jedes war zu dem gleichen Ergebnis gekommen: Wenn man nicht eine kleine Armee einflog, war die Expedition in ernsthaften Schwierigkeiten. Die Hochrechnungen für das Überleben lagen bei »null Komma zwoviervier, mit geringen Abweichungen« – das heißt, es stand eins zu drei, daß die Mitglieder der Expedition wieder lebend aus dem Kongo kamen. Und dazu brauchten sie die Hilfe der Computer-Verbindung, die jetzt unterbrochen war.

Travis fragte sich, ob Karen Ross und den anderen der Ernst der Lage klar war.

»Etwas Neues auf Bandbreite fünf über Muhavura?« fragte er.

Auf Bandbreite fünf zeichnete der Erdvermessungs-Satellit Landsat Infrarotwerte auf. Beim letzten Überfliegen des Kongo-Gebiets hatte er wichtige neue Erkenntnisse über den Muhavura gewonnen. Die Temperatur im Vulkan war seit der letzten Auswertung durch Landsat deutlich angestiegen, und zwar um acht Grad.

»Nichts Neues«, sagte der Techniker. »Der Computer sagt auch keinen Ausbruch voraus. Vier Grad Abweichung liegen bei diesem System innerhalb der Fehlertoleranz der Aufnahmeeinrichtung, und aus den übrigen vier Grad kann man auf nichts schließen.«

»Na, immerhin etwas«, sagte Travis. »Bloß, was machen die mit den Affen, wenn sie jetzt vom Computer abgeschnitten sind?«

Genau über diese Frage dachten die Mitglieder der Expedition bereits seit einer Stunde nach. Seit die Nachrichtenübermittlung abgerissen war, waren die einzigen ihnen zugänglichen Rechner die, die sie im Kopf hatten – und die genügten nicht.

Elliot fand die Vorstellung seltsam, daß sein eigenes Gehirn unzulänglich sein sollte. »Wir hatten uns alle so daran gewöhnt, daß stets Rechnerkapazität zur Verfügung stand«, sagte er später. »In jedem anständigen Labor hat man soviel Speicher- und Rechnerkapazität zur Verfügung, wie man braucht, Tag und Nacht. Wir hatten uns daran so gewöhnt, daß wir es bereits als selbstverständlich ansahen.«

Natürlich hätten sie die Sprache der Affen schließlich entschlüsseln können, aber es war ein Wettrennen gegen die Zeit: ihnen standen dafür nicht Monate zur Verfügung, sondern nur Stunden. Ohne das APE-Programm war ihre Lage höchst bedrohlich. Munro sagte, sie könnten keinen weiteren direkten nächtlichen Angriff überleben, und sie hatten guten Grund, für die Nacht einen Angriff zu erwarten.

Die Art, wie Amy Elliot gerettet hatte, verhalf ihnen zu einem Plan. Amy hatte eine gewisse Fähigkeit gezeigt, sich mit den Affen zu verständigen. Vielleicht konnte sie als Dolmetscherin dienen. »Es ist einen Versuch wert«, beharrte Elliot.

Unglücklicherweise bestritt Amy diese Möglichkeit. Als Antwort auf die Frage: *Amy reden Ding reden?* bedeutete sie ihm: *Nicht reden.*

Überhaupt nicht? fragte Elliot, weil er sich daran erinnerte, wie sie geseufzt hatte. *Peter Amy sehen reden Ding reden.*

Nicht reden, Geräusch machen.

Er schloß daraus, daß sie zwar die Ausdrucksweise der Gorillas nachahmen konnte, deren Bedeutung aber nicht kannte. Es war inzwischen zwei Uhr nachmittags – bis zum Einbruch der Dunkelheit blieben ihnen nur noch vier, fünf Stunden.

Munro sagte: »Geben Sie's auf, es ist klar, daß sie uns nicht helfen kann.« Ihm schien es aussichtsreicher, solange es hell war, das Lager abzubrechen und sich durchzukämpfen. Er war davon überzeugt, daß sie keine weitere Nacht unter den Gorillas überleben könnten.

Aber etwas ging Elliot nicht aus dem Kopf.

Nach Jahren der Arbeit mit Amy wußte er, daß sie wie ein Kind alles wörtlich nahm. Amy gegenüber, vor allem, wenn sie nicht recht wollte, mußte man genau sein, wollte man die richtige Antwort haben. Er sah jetzt Amy an und bedeutete ihr: *Amy reden Ding reden?*

Nicht reden.

Amy verstehen Ding reden?

Amy antwortete nicht. Sie kaute nachdenklich an einer Ranke.

Amy Peter zuhören.

Sie sah zu ihm hin.

Amy verstehen Ding reden?

Amy Ding verstehen, antwortete sie so beiläufig, daß er sich zunächst fragte, ob sie sich über die Tragweite dessen, was er sie gefragt hatte, im klaren war.

Amy Ding sehen reden, Amy reden verstehen?

Amy verstehen.

Amy sicher?

Amy sicher.

»Der Teufel soll mich holen«, sagte Elliot.

Aber Munro schüttelte den Kopf. »Uns bleiben nur noch ein paar Stunden Tageslicht«, sagte er. »Und selbst, wenn Sie jetzt die Sprache der Gorillas lernen – wie wollen Sie mit ihnen reden?«

6. Amy reden Ding reden

Um drei Uhr nachmittags waren Elliot und Amy vollständig im Blattwerk am Hang verborgen. Das einzige Zeichen ihrer Anwesenheit war der Kegel des Mikrofons, der über die Blätter hinausragte. Es war mit dem Videorecorder zu Elliots Füßen verbunden, mit dem er die Laute der Gorillas auf den ferneren Hügeln aufnahm.

Die einzige Schwierigkeit bestand darin zu entscheiden, auf welchen Gorilla das Richtmikrofon eingestellt war und welchen Amy im Auge hatte – und ob es jeweils derselbe war. Elliot durfte nie ganz sicher sein, daß Amy die Äußerungen des Tiers wiedergab, die er gerade aufzeichnete. Zu der in unmittelbarer Nachbarschaft befindlichen Gruppe gehörten acht Tiere, und Amy ließ sich immer wieder ablenken. Ein Weibchen hatte ein Jungtier von wenigen Monaten dabei, und als es zufällig von einem Insekt gestochen wurde, machte Amy: *Baby böse.* Dabei nahm Elliot in dem Augenblick ein Männchen auf.

Amy, bedeutete er ihr, *aufpassen.*

Amy aufpassen, Amy lieber Gorilla.

Ja, gab er zurück, *Amy lieber Gorilla, Amy aufpassen Mann-Ding.*

Amy Mann-Ding nicht mögen.

Er fluchte leise und löschte die letzte halbe Stunde von Amys Übersetzungen. Offensichtlich hatte sie ihre Aufmerksamkeit dem falschen Gorilla zugewandt. Als er das Band wieder laufen ließ, beschloß er, diesmal aufzunehmen, was Amy beobachtete. Er bedeutete ihr: Amy beobachten welches Ding?

Amy Baby beobachten.

Das würde zu nichts führen, weil das Jungtier nicht sprach. Er bedeutete ihr: *Amy Frau-Ding beobachten.*

Amy Baby beobachten mögen.

Die Abhängigkeit von Amy war wie ein schlimmer Traum. Er war auf ein Tier angewiesen, dessen Denken und Verhalten er kaum verstand, selber abgeschnitten von den Menschen und ihren Maschinen, was seine Abhängigkeit von dem Tier noch verstärkte. Dennoch mußte er Amy vertrauen.

Nach einer weiteren Stunde, als das Sonnenlicht schon abnahm, ging er mit Amy den Hang hinunter zum Lager zurück.

Munro hatte geplant, so gut er konnte.

Als erstes ließ er eine Reihe Fallen rund um das Lager graben – tiefe Gruben wie Elefantenfallen, in denen spitze Pfähle staken, bedeckt mit Ästen und Gezweig.

Er sorgte dafür, daß an mehreren Stellen der Graben erweitert und tote Bäume und Büsche beseitigt wurden, die den Tieren als Brücke dienen konnten.
Er ließ die niedrigen Äste kappen, die über das Lager hingen, so daß die Gorillas, wenn sie auf die Bäume stiegen, zumindest neun Meter über dem Boden blieben – zu hoch, als daß sie hinunterspringen konnten.
Er gab dreien der verbliebenen Träger, Muzezi, Amburi und Harawi, Gewehre und einige Tränengaskanister.
Zusammen mit Karen Ross hatte er die Stärke des Stroms zum Schutzzaun auf ein Mehrfaches des ursprünglichen Werts gesteigert – das dünne Geflecht wurde jetzt bis fast an die Schmelzgrenze belastet. Dazu hatten sie die Frequenz von vier auf zwei pro Sekunde verringern müssen. Aber durch den stärkeren Strom wurde der Zaun von einer bloß abschreckenden zu einer tödlichen Schranke. Die ersten Tiere, die den Zaun berührten, würden sogleich getötet werden, allerdings war nun auch die Gefahr eines Kurzschlusses, der den ganzen Zaun unwirksam machte, größer als zuvor.
Bei Sonnenuntergang traf Munro seine schwierigste Entscheidung. Er lud die auf den Stativen stehenden Schußapparate mit der Hälfte der ihnen verbleibenden Munition. Wenn sie verbraucht war, würden die Maschinen einfach nicht mehr feuern. Von diesem Augenblick an zählte Munro auf Elliot, Amy und ihre Übersetzung. Doch Elliot sah nicht besonders glücklich aus, als er und Amy den Hügel herabkamen.

7. Das letzte Aufgebot

»Wie lange werden Sie dafür brauchen?« fragte ihn Munro.
»Ein paar Stunden, möglicherweise länger.« Elliot bat Karen Ross, ihm zu helfen, und Amy ließ sich von Kahega etwas zu essen geben. Sie schien sehr stolz zu sein und bewegte sich in der Gruppe wie eine wichtige Person.

Karen Ross fragte: »Hat es geklappt?«
»Das werden wir gleich sehen«, sagte Elliot. Sein Plan bestand darin, zuerst mit Amys Hilfe die einzige Binnenüberprüfung vorzunehmen, die ihm möglich war, indem er Lautwiederholungen kontrollierte. Wenn sie bestimmte Laute immer wieder gleich übersetzte, würden sie einen Anlaß haben, zuversichtlich weiterzumachen.
Doch ging alles quälend langsam vor sich. Sie hatten lediglich den kleinen Videosender mit seinem Halbzollband und den kleinen Kassettenrekorder, aber keine Überspielleitung. Sie baten die anderen im Lager um Stillschweigen und machten sich an die Überprüfung, nahmen auf, nahmen wieder auf, lauschten auf die zischelnden Laute.
Sie merkten, daß ihre Ohren gar nicht in der Lage waren, die Laute voneinander zu unterscheiden – alles klang gleich. Dann hatte Karen Ross einen Einfall.
»Diese Laute sind doch«, sagte sie, »als elektrische Signale auf dem Band.«
»Ja ...«
»Und unser Sender hat einen Speicher von 256 K.«
»Aber wir können doch nicht in den Computer in Houston gehen.«
»Das meine ich auch nicht«, sagte Karen Ross. Sie erklärte ihm, daß die Satellitenverbindung dadurch hergestellt wurde, daß der Computer mit dem 256-K-Speicher ein intern erzeugtes Signal – ähnlich wie ein Testbild auf einem Videoschirm – einem von Houston gesendeten Signal anglich. Auf diese Weise kam die Verbindung zustande. Aber sie konnten das Angleichungsprogramm auch für andere Zwecke verwenden.
»Sie meinen, wir können damit die Laute vergleichen?« fragte Elliot.
Es war tatsächlich möglich, aber ungeheuer zeitraubend. Sie mußten die aufgenommenen Laute in den Computer-Speicher geben und auf einer anderen Spur des Bands im Videosender neu aufnehmen. Dann mußten sie das Signal in den Computer-Speicher eingeben und ein zweites Vergleichsband auf dem

Videosender durchlaufen lassen – Elliot merkte, daß er lediglich herumstand und Karen Ross zusah, wie sie mit Bandkassetten und Minidisketten hantierte. Alle halbe Stunde kam Munro unruhig herüber und fragte, wie es stehe. Karen Ross wurde immer ungnädiger: »Wir arbeiten so schnell wir können«, sagte sie.

Es war jetzt acht Uhr abends.

Die ersten Ergebnisse waren jedoch ermutigend: Amy hatte tatsächlich gleichmäßig übersetzt. Um neun Uhr hatten sie fast ein Dutzend Wörter angeglichen:

NAHRUNG	0,9213	0,112
ESSEN	0,8844	0,334
WASSER	0,9978	0,004
TRINKEN	0,7743	0,334
(BEJAHUNG) JA	0,6654	0,441
(VERNEINUNG) NEIN	0,8883	0,220
KOMMEN	0,5459	0,440
GEHEN	0,5378	0,404
LAUTKOMPLEX: ?WEG	0,5444	0,343
LAUTKOMPLEX: ?HIER	0,6344	0,344
LAUTKOMPLEX: ?WUT ?SCHLIMM	0,4232	0,477

Karen Ross trat beiseite. »Na, was sagen Sie jetzt?« fragte sie Elliot.

Munro marschierte unruhig auf und ab. Dies war die schlimmste Zeit. Alle warteten, alle waren auf das höchste angespannt, unruhig und nervös. Er hätte gern mit Kahega und den anderen Trägern gescherzt, aber Karen Ross und Elliot brauchten Ruhe für ihre Arbeit. Er warf Kahega einen Blick zu.

Kahega wies zum Himmel und rieb die Finger gegeneinander. Munro nickte.

Auch er hatte es gespürt, die feuchte Schwüle, die fast greifbare elektrische Spannung. Regen lag in der Luft. Das hat uns gerade noch gefehlt, dachte er. Den ganzen Nachmittag hindurch hatte es in der Ferne gedonnert – wie von Detonationen. Er hatte es für fernes Gewittergrollen gehalten. Aber das Geräusch stimmte nicht. Es waren scharfe, einzelne Donnerschläge, am ehesten dem Knall beim Durchbrechen der Schallmauer vergleichbar. Munro hatte sie schon früher einmal gehört und hatte eine Vorstellung davon, was sie bedeuten konnten.

Er sah auf, zum dunklen Kegel des Muhavura und dem blassen Schimmer des Teufelsauges hinüber. Er sah auf die sich kreuzenden grünen Laserstrahlen über ihnen und merkte, daß einer von ihnen leicht schwankte.

Zuerst hielt er es für eine Sinnestäuschung, glaubte, das Blatt bewege sich und nicht der Strahl. Aber nach einem weiteren Augenblick der Beobachtung war er sicher: der Strahl schwankte, wanderte einige Zentimeter am Himmel über ihm hin und her.

Munro wußte sofort, daß sich hier etwas Unheilvolles ankündigte, aber das würde bis später warten müssen. Im Augenblick hatten sie drängendere Sorgen. Er sah zur anderen Seite des Lagers hinüber, wo Elliot und Karen Ross über ihre Geräte gebeugt standen, leise miteinander sprachen und sich benahmen, als hätten sie alle Zeit der Welt vor sich.

In Wirklichkeit arbeitete Elliot so rasch, wie er konnte. Er hatte jetzt elf gesicherte Wörter der gesprochenen Sprache auf Band aufgenommen. Seine Schwierigkeit bestand darin, eine unmißverständliche Botschaft zusammenzustellen. Das war nicht so leicht, wie es zuerst den Anschein hatte.

Erstens arbeitete die Sprache der Gorillas nicht nur mit Wörtern. Die Tiere benutzten zur Weitergabe von Mitteilungen Kombinationen aus Zeichen und Lauten. Damit war ein klassisches Problem der Sprachstruktur angesprochen – wie wird Information weitergegeben?

Bei L. S. Verinski hieß es, wer Italienern beim Sprechen zusehe, müsse zu dem Schluß kommen, das Italienische sei im wesentlichen eine Gestensprache, bei der die gesprochenen Laute nur einer zusätzlichen Verstärkung dienten.

Elliot brauchte eine einfache Botschaft, die ohne zusätzliche Gesten verständlich war.
Er hatte keine Vorstellung von der Syntax der Gorillasprache, und sie konnte in der Mehrzahl der Fälle die Bedeutung der Wörter entscheidend beeinflussen – wie zum Beispiel den Unterschied zwischen »Amy schlagen« und »schlagen Amy«. Selbst eine kurze Mitteilung konnte in einer anderen Sprache mehrdeutig sein. So bedeutete im Deutschen die Aussage »er hat einen Vogel« durchaus zweierlei.
Angesichts solcher Unsicherheitsfaktoren, überlegte Elliot, war es am besten, nur eine aus einem Wort bestehende Botschaft zu übermitteln. Doch erwies sich keines der Wörter auf seiner Liste als dafür geeignet. Dann entschied er sich, mehrere kurze Botschaften auszusenden – für den Fall, daß eine davon zufällig mehrdeutig war. Schließlich beschloß er, drei Mitteilungen zu senden: WEG-GEHEN, NICHT KOMMEN und SCHLIMM HIER. Sie hatten den Vorzug, von der Wortstellung mehr oder weniger unabhängig zu sein.
Um 21 Uhr 30 hatten sie bereits die spezifischen Lautkomponenten isoliert. Aber es lag noch eine schwierige Aufgabe vor ihnen. Was Elliot brauchte, war ein Endlosband, das diese Laute unaufhörlich wiederholte. Dafür eignet sich am ehesten das Videoaufzeichnungsgerät, das einen automatischen Rücklauf hatte und die Mitteilungen erneut abspielen konnte. Die sechs Laute ließen sich im 256-K-Speicher unterbringen und abspielen, aber die zeitlichen Abstände waren dabei auch von Bedeutung. Während der nächsten halben Stunde arbeiteten sie verbissen am Computer und versuchten die Wortkombinationen so dicht aneinanderzufügen, daß sie – ihren Ohren – richtig erschienen.
Inzwischen war es zehn Uhr durch.
Munro kam mit seinem Lasergewehr zu ihnen herüber. »Glauben Sie, daß es klappt?«
Elliot schüttelte den Kopf. »Das kann man im voraus nicht wissen.« Er konnte sich Dutzende von Schwierigkeiten vorstellen. Sie hatten die Stimme eines Weibchens aufgezeichnet – würden die Gorillamänner darauf überhaupt reagieren? Würden sie

Laute ohne begleitende Gesten ernst nehmen? Würde die Mitteilung klar verständlich sein? Würde der Abstand der Laute ihnen annehmbar erscheinen? Würden sie überhaupt zuhören?
Es gab keine Möglichkeit, diese Fragen im voraus zu beantworten, sie würden es einfach probieren müssen.
Ebenso unsicher war die Frage der Ausstrahlung. Karen Ross hatte den winzigen Lautsprecher aus dem Kassettenrekorder ausgebaut und an einen behelfsmäßig angefertigten Reflektor auf einem Stativ mit Teleskopbeinen befestigt. Diese mit Bordmitteln hergestellte Notlösung erzeugte zwar eine ziemlich hohe Lautstärke, gab aber die Aufnahme nur gedämpft und wenig überzeugend wieder.
Bald darauf hörten sie die ersten seufzenden Laute.

Munro lenkte das Lasergerät durch die Dunkelheit. Vor seinen Augen glomm die rote Anzeige der Feuerbereitschaft auf dem Elektronikteil am Ende des Laufs. Durch seine Nachtbrille blickte er über das Blattwerk. Auch heute kam das Keuchen aus allen Richtungen, und obwohl er Bewegungen im Laub hörte, konnte er in der Nähe des Lagers nichts erkennen. Die Stummelaffen über ihnen waren still, man hörte nur das unheilkündende leise Seufzen. Als er jetzt darauf achtete, war Munro überzeugt, daß es sich bei den Lauten um eine Art Sprache handeln mußte, und...
Ein einzelner Gorilla erschien. Kahega schoß auf ihn, der Laserstrahl fuhr pfeilgerade durch die Nacht. Der automatische Schußapparat knatterte los, und Kugeln prasselten durch das Gebüsch. Der Gorilla duckte sich lautlos hinter eine Gruppe dichter Farne. Munro bezog mit den anderen rasch Posten an der Grenzlinie des Lagers. Sie hockten angespannt da, und die infrarote Nachtbeleuchtung warf ihre Schatten auf den Maschenzaun und den dahinter liegenden Dschungel.
Das Keuchen dauerte noch mehrere Minuten und hörte dann langsam auf, bis wieder Stille herrschte.
»Was war das?« fragte Ross.
Munro runzelte die Stirn. »Sie warten.«

»Worauf?«
Munro schüttelte den Kopf. Er schritt den Umkreis des Lagers ab, sah nach den anderen Wachen und versuchte, hinter des Rätsels Lösung zu kommen. Er hatte schon oft das Verhalten von Tieren vorausgeahnt – bei einem angeschossenen Leoparden im Busch, einem in die Enge getriebenen Büffel –, aber hier war alles anders. Er mußte sich eingestehen, daß er nicht wußte, was sie nun zu erwarten hatten. War der einzelne Gorilla ausgeschickt worden, um ihre Verteidigungsmaßnahmen auszukundschaften? Hatte ein Angriff bereits begonnen und war aus einem bestimmten, ihnen unbekannten Grund aufgeschoben worden? Oder war es nur ein Manöver, darauf angelegt, sie zu ängstigen und zu zermürben? Munro hatte beobachtet, wie Herden jagender Schimpansen kurze, bedrohliche Vorstöße auf Paviane unternahmen, um sie zu verängstigen, bevor der eigentliche Angriff erfolgte, bei dem ein Jungtier abgesondert und getötet wurde.
Dann hörte er Donnergrollen. Kahega wies kopfschüttelnd zum Himmel. Das war die Lösung.
»Verdammt«, sagte Munro.
Um 22 Uhr 30 stürzte ein tropischer Regenguß auf sie nieder. Ihr empfindlicher Behelfslautsprecher war sofort durchweicht und tropfnaß. Der Regen führte zu Kurzschlüssen in den elektrischen Leitungen, der Abwehrzaun stand nicht mehr unter Spannung, die Nachtbeleuchtung flackerte, zwei Glühlampen platzten. Der Boden verwandelte sich in Morast, die Sicht betrug nur noch fünf Meter. Am schlimmsten aber war, daß der Regen so laut auf das Laub prasselte, daß sie sich nur schreiend miteinander verständigen konnten. Die Bänder waren noch nicht fertig, der Lautsprecher würde wahrscheinlich nicht mehr brauchbar sein und ganz bestimmt den Regen nicht übertönen. Der Regen würde die Lasergeräte stören und die Ausbreitung von Tränengas verhindern. Im Lager herrschte gedrückte Stimmung.
Fünf Minuten später griffen die Gorillas an.
Der Regen deckte ihren Angriff, sie schienen aus dem Nirgendwo hervorzubrechen und gingen aus drei verschiedenen Richtungen gleichzeitig gegen den Zaun vor. Vom ersten Augenblick an war

es Elliot klar, daß dieser Angriff sich von den anderen unterscheiden würde. Die Gorillas hatten aus den früheren Angriffen gelernt und kamen jetzt mit der Absicht, der Sache ein Ende zu machen.

Abgerichtete Primaten, als Kampftiere dressiert, rücksichtslos und unbestechlich. Obwohl dies Elliots eigene Einschätzung war, staunte er, als er jetzt den lebenden Beweis vor sich sah. Die Gorillas kamen in aufeinanderfolgenden Angriffswellen – wie disziplinierte Stoßtrupps. Aber er fand es fast noch erschreckender als einen Angriff von menschlichen Truppen. Für sie sind wir nur Tiere, dachte er. Eine fremde Art, für die sie kein Empfinden haben, auszurottende Schädlinge.

Für diese Gorillas war es unerheblich, warum Menschen sich hier aufhielten oder aus welchen Gründen sie in den Kongo gekommen waren. Sie töteten nicht, um sich Nahrung zu beschaffen, sich zu verteidigen oder ihre Jungen zu beschützen – sie töteten, weil man sie darauf abgerichtet hatte.

Der Angriff erfolgte mit verblüffender Schnelligkeit. Binnen Sekunden hatten die Gorillas den Zaun durchbrochen und in den Schlamm gestampft. Ungehindert stürmten sie knurrend und brüllend ins Lager. In dem strömenden Regen klebte ihre Behaarung am Leib, so daß sie im Schein der roten Nachtbeleuchtung wie glatte, glänzende Ungeheuer wirkten. Elliot sah zehn oder fünfzehn Tiere innerhalb des Lagers. Sie trampelten die Zelte nieder und griffen an. Azizi wurde getötet, sein Schädel zwischen zwei Steinplatten zerquetscht.

Munro, Kahega und Karen Ross feuerten mit ihren Laserwaffen, deren Wirkung jedoch in der allgemeinen Verwirrung und bei der schlechten Sicht sehr begrenzt war. Die Laserstrahlen wurden in dem peitschenden Regen buchstäblich aufgefasert, die Leuchtspurraketen zischten und verglommen mit unregelmäßigem Sprühen. Plötzlich spielte einer der Schußapparate verrückt: Der Lauf schwang in großem Bogen immer wieder herum. Kugeln flogen in alle Richtungen. Alle suchten im Schlamm Deckung. Die Salven töteten mehrere Gorillas. Im Sterben griffen sie sich verzweifelt an die Brust; es sah aus, als ahmten sie sterbende Menschen nach.

Elliot wandte sich wieder den Aufnahmegeräten zu, und Amy stürzte sich ihm in die Arme, zu Tode erschrocken und vor Angst knurrend. Er schob sie beiseite und schaltete das Gerät auf Wiedergabe.

Inzwischen hatten die Gorillas jeden Widerstand im Lager besiegt. Munro lag auf dem Rücken, ein Gorilla saß auf ihm, von Karen Ross war keine Spur zu sehen. Kahega wälzte sich mit einem Gorilla kämpfend im Schlamm. Elliot hörte kaum die scheußlichen, kratzenden Geräusche, die jetzt aus dem Lautsprecher drangen, und die Gorillas beachteten sie nicht.

Ein weiterer Träger, Muzezi, schrie auf, als er versehentlich vor eine feuernde Schießanlage geriet. Er schwankte unter dem Aufprall der Kugeln, stürzte rücklings zu Boden – von seinem Körper stieg der Rauch der Leuchtspurgeschosse auf. Überall lagen Gorillas tot im Schlamm oder wälzten sich verwundet am Boden. Der außer Kontrolle geratene Schußapparat hatte seine Munition verbraucht, aber der Lauf schwang immer noch hin und her, und der Auslösemechanismus klickte in der leeren Kammer. Ein Gorilla fegte das Gerät mit einem Fußtritt beiseite, und da der Lauf sich immer noch bewegte, sah es aus wie ein Lebewesen, das sich im Schlamm wand.

Elliot sah einen Gorilla, der über ein Zelt gebeugt stand und es systematisch in kleine silberne Streifen zerfetzte. Auf der anderen Seite des Lagers schlug ein Tier Aluminiumkochtöpfe gegeneinander, als seien es Nachbildungen der Steinplatten.

Weitere Gorillas strömten in das Lager, ohne von den kratzenden Geräuschen des abgespielten Bands Kenntnis zu nehmen. Elliot sah, wie ein Gorilla ganz dicht unter dem Lautsprecher vorbeiging, ohne auch nur aufzumerken. Damit stand für ihn fest, daß der Plan gescheitert war. Ihm war elend zumute.

Sie waren am Ende, es war nur noch eine Frage der Zeit.

Ein Gorilla kam mit wütendem Gebrüll und zwei Steinplatten auf Elliot zugerannt. Entsetzt bedeckte Amy Elliots Augen mit ihren Händen. »Amy!« rief er und zog ihre Finger weg, darauf gefaßt, jeden Augenblick den Aufprall der Platten zu spüren, den rasenden Schmerz.

Er sah den Gorilla näher kommen und spannte in Erwartung des Angriffs alle seine Muskeln an. Zwei Meter vor ihm blieb der Gorilla so unvermittelt stehen, daß er buchstäblich über den Schlamm rutschte und dann rückwärts zu Boden fiel. Er saß da, neigte überrascht den Kopf und lauschte.
In diesem Augenblick wurde Elliot bewußt, daß der Regen fast aufgehört hatte. Es tröpfelte nur noch leicht. Und als er den Blick über das Lager gleiten ließ, sah er, wie ein anderer Gorilla stehenblieb und horchte. Und dann noch einer. Und noch einer. Das Lager war jetzt wie ein gestelltes lebendes Bild. Die Gorillas standen horchend im weißen Dunst.
Sie horchten auf die abgespielten Laute.
Er hielt den Atem an, wagte nicht zu hoffen. Die Gorillas schienen unsicher, verwirrt von den Lauten, die sie hörten. Doch Elliot vermutete, daß sie jeden Augenblick zu einer Gruppenentscheidung gelangen und ihren Angriff mit der gleichen Wildheit wie zuvor wiederaufnehmen konnten.
Nichts dergleichen geschah. Die Gorillas zogen sich lauschend von den Menschen zurück. Munro rappelte sich auf und hob seine Waffe aus dem Schlamm auf. Aber er schoß nicht. Der über ihm stehende Gorilla schien in Trance versunken und den Angriff ganz vergessen zu haben.
In dem feinen Nieselregen, im flackernden Licht der Nachtbeleuchtung zogen die Gorillas einer nach dem anderen ab. Sie schienen verblüfft, fassungslos. Die krächzenden Laute tönten nach wie vor aus dem Lautsprecher.
Die Gorillas zogen sich zurück, überquerten den von ihnen niedergestampften Zaun und entschwanden im Dschungel. Und dann waren die Teilnehmer der Expedition wieder allein und sahen einander fröstelnd und sprachlos an. Die Gorillas waren abgezogen.

Zwanzig Minuten später, als sie noch dabei waren, ihr zerstörtes Lager einigermaßen wieder herzustellen, setzte der Regen wieder ein und stürzte so heftig herab wie nie zuvor.

13. Tag

Muhavura

25. Juni 1979

1. Diamanten

Am Morgen bedeckte eine feine Schicht schwarzer Asche den Lagerplatz, und in der Ferne stieß der Muhavura riesige Mengen schwarzen Rauchs aus. Amy zupfte Elliot am Ärmel und machte ihm Zeichen.

Jetzt gehen, insistierte sie.

»Nein, Amy«, sagte er.

Niemand wollte fortgehen, auch Elliot nicht. Beim Aufstehen ertappte er sich dabei, daß er an die zusätzlichen Daten dachte, die er noch brauchte, bevor er Zinj verließ. Er wollte sich nun nicht mehr mit einem Skelett eines dieser Geschöpfe begnügen, deren Einzigartigkeit sich, wie beim Menschen, nicht nur auf die Einzelheiten des Körperbaus erstreckte, sondern auch in ihrem Verhalten lag. Er wollte Videobänder von den grauen Affen aufzeichnen und noch weitere ihrer Lautäußerungen. Karen Ross war entschlossener denn je, die Diamanten zu finden, und Munro stand ihr darin nicht nach.

Jetzt gehen.

»Warum jetzt gehen?« fragte er sie.

Erde böse. Jetzt gehen.

Elliot hatte keine Erfahrungen mit Vulkantätigkeit, und was er hier sah, machte ihm keinen Eindruck. Zwar war der Vulkan aktiver als an den vorangegangenen Tagen, doch hatte er schon seit ihrer Ankunft im Virunga-Gebiet Rauch und Gas ausgestoßen.

Er fragte Munro: »Besteht irgendwelche Gefahr?«
Munro zuckte mit den Schultern. »Kahega glaubt das, aber wahrscheinlich sucht er nach einer Ausrede, um nach Hause zurückkehren zu können.«
Amy lief zu Munro hinüber, hob die Arme und schlug die Hände vor ihm auf den Boden.
Munro erkannte, daß sie spielen wollte, er lachte und begann Amy zu kraulen. Sie machte ihm Zeichen.
»Was sagt sie?« fragte Munro. »Was sagst du da, du kleiner Teufel?«
Amy knurrte vor Vergnügen und machte weiterhin Zeichen.
»Sie sagt, daß wir jetzt gehen sollen«, übersetzte Elliot.
Munro hörte auf, sie zu kraulen. »Tatsächlich?« fragte er unvermittelt. »Was sagt sie *genau*?«
Elliot war von Munros plötzlichem Ernst überrascht, während Amy sein Interesse an ihren Mitteilungen als absolut angemessen betrachtete.
Wieder machte sie Zeichen, diesmal langsamer, damit Munro sie verstehen konnte, und sah ihn dabei aufmerksam an.
»Sie sagt, die Erde ist böse.«
»Hmmm«, sagte Munro. »Interessant.« Er warf Amy einen Blick zu und sah dann auf seine Uhr.
Amy machte weiter *Nasen-Haar Mann Amy zuhören jetzt gehen.*
»Sie sagt, Sie sollen auf sie hören und jetzt gehen«, sagte Elliot.
Munro zuckte mit den Schultern. »Sagen Sie ihr, daß ich sie verstehe.«
Elliot übersetzte es ihr.
Amy machte ein unglückliches Gesicht und machte keine Zeichen mehr.
»Wo ist Karen?« fragte Munro.
»Hier«, sagte Karen Ross.
»Wir wollen zusehen, daß wir es hinter uns bringen«, sagte Munro. Dann machten sie sich auf den Weg zur toten Stadt. Zu ihrer Überraschung bedeutete Amy ihnen, daß sie mit ihnen kommen wollte, und beeilte sich, um sie einzuholen.

Es war ihr letzter Tag in der Stadt, und alle Teilnehmer der Kongo-Expedition beschrieben eine ähnliche Reaktion: Nachdem sie ihnen zuvor so geheimnisvoll erschienen war, hatte sie jetzt alle Rätselhaftigkeit verloren. An diesem Vormittag sahen sie die Stadt als das, was sie war: ein Trümmerhaufen aus verfallenden Bauwerken in einem heißen, unangenehm riechenden und auch sonst unangenehmen Urwald.

Sie alle fanden die Sache ermüdend, außer Munro. Munro machte sich Sorgen.

Elliot war gelangweilt. Er erging sich über sprachliche Äußerungen von Gorillas und darüber, warum er Bandaufnahmen haben wollte und ob es möglich sein würde, das Gehirn eines der Tiere zu konservieren, um es mit nach Hause zu nehmen. Es gebe da, sagte er, einen Meinungsstreit unter den Wissenschaftlern über den Ursprung der Sprache. Zuerst hatte man angenommen, sie sei eine Weiterentwicklung tierischer Schreie. Inzwischen wußte man, daß das Bellen und Schreien der Tiere vom limbischen System des Gehirns gesteuert wurde und daß wirkliche Sprache von einem anderen Teil des Gehirns ausging, das als das Brocazentrum oder motorisches Sprachzentrum bezeichnet wird. Munro hörte ihm nicht zu. Er widmete alle seine Aufmerksamkeit dem fernen Grollen.

Munro hatte unmittelbare Erfahrungen mit Vulkanen. Er war 1968 im Kongo gewesen, in der Zeit also, da der Nyamulagira, auch einer der Virunga-Vulkane, ausgebrochen war. Als er am Vortag die scharfen Detonationsgeräusche gehört hatte, war ihm gleich klargewesen, daß es sich dabei um Brontiden, die unerklärten Vorboten vulkanischer Erdbeben, handelte. Er rechnete mit einem nahe bevorstehenden Ausbruch des feuerspeienden Bergs, und als er in der Nacht den zitternden Laserstrahl sah, hatte er gewußt, daß der Vulkan in einer tätigen Phase war, die seine oberen Hänge erbeben ließ.

Munro wußte, daß Vulkane unberechenbar waren. Als Beweis dafür konnte die verfallene Stadt hier am Fuß eines tätigen Vulkans gelten, die noch nach über fünfhundert Jahren unberührt dalag. An den Berghängen über ihr gab es Lavafelder neueren Datums, und einige Kilometer weiter im Süden ebenfalls, die

Stadt selbst aber war stets verschont geblieben. An sich war das nicht weiter bemerkenswert – der Vulkan war so angelegt, daß die meisten Ausbrüche über die sanfter geneigten Südhänge gingen. Doch es bedeutete nicht, daß sie jetzt weniger gefährdet gewesen wären. Gerade die Unberechenbarkeit von Vulkanausbrüchen brachte es mit sich, daß sie in wenigen Minuten lebensbedrohend werden konnten. Die Gefahr drohte nicht so sehr von der Lava, die selten rascher floß als ein Mensch gehen konnte – es würde Stunden dauern, bis Lava vom Muhavura sie hier erreichte. Die wirkliche Gefahr bei Vulkanausbrüchen ging von Ascheregen und Gaswolken aus.
So wie bei Feuersbrünsten die meisten Opfer an Rauchvergiftung starben, waren bei Vulkanausbrüchen die meisten Todesfälle auf Ersticken durch Staub und Kohlenmonoxid zurückzuführen. Vulkangase sind schwerer als Luft, und über die tote Stadt Zinj, die in einem Tal lag, konnte sich in Minutenschnelle eine schwere Schicht aus giftigem Gas legen, falls der Muhavura eine größere Menge Gas ausstoßen sollte.
Die Frage lautete also, wie bald mit einer größeren Eruption zu rechnen war. Daher lag Munro so sehr an Amys Reaktion: es war wohlbekannt, daß Primaten geologische Ereignisse wie Erdbeben und Vulkanausbrüche vorausahnten. Munro war überrascht, daß Elliot, der sich jetzt darüber erging, wie man Gorillagehirne tiefgefrieren könnte, nichts davon zu wissen schien. Noch mehr überraschte ihn, daß Karen Ross mit ihrem gründlichen geologischen Wissen den Ascheregen des Vormittags nicht als Ankündigung eines größeren Vulkanausbruchs betrachtete.

Doch Karen Ross wußte, daß ein größerer Ausbruch bevorstand. Sie hatte am Vormittag aus reiner Gewohnheit versucht, mit Houston Kontakt herzustellen, und zu ihrer Überraschung war die Verbindung sofort gelungen. Nachdem die Werte für den Verschlüssler eingegeben waren, tippte sie eine Meldung, die den neuesten Stand der Dinge beschrieb, doch die Schrift verschwand vom Bildschirm, und es erschienen darauf die Worte:
1GRIF HUSTN AUF MFANG GEN.

Es war ein Notsignal, sie hatte es nie zuvor bei einer Expedition gesehen. Sie löschte die Speicher und drückte auf den Sendeknopf. Nach einer kurzen Pause erschien auf dem Bildschirm die Information:

COMPUTR SAGT GROESRN AUSBRCH MUHVURA VORHER AUFBRCH SOFRT GROESTE GFAR FUER EXPEDN ICH WIDERHOL AUFBRCH SOFRT.

Karen Ross warf einen Blick über das Lager. Kahega war mit der Zubereitung des Frühstücks beschäftigt. Amy hockte am Feuer und verzehrte eine geschmorte Banane (sie hatte Kahega dazu gebracht, ihr besondere Leckereien zuzubereiten), Munro und Elliot tranken Kaffee. Wenn man von dem schwarzen Ascheregen absah, war es ein völlig normaler Lagervormittag. Sie wandte sich wieder dem Bildschirm zu.
SAGT GROESRN AUSBRCH MUHVURA VORHER AUFBRCH SORFT.
Karen Ross sah zu dem rauchenden Kegel des Muhavura hinauf. Zum Teufel dachte sie. Sie wollte die Diamanten finden, und sie war zu weit gegangen, um jetzt aufzugeben.
Auf dem Bildschirm leuchtete die Aufforderung auf: BITE ANTWRTSIGNL.
Kurz entschlossen schaltete sie das Gerät ab.

Im weiteren Verlauf des Vormittags spürten sie alle mehrere heftige Erdstöße, bei denen jeweils Staubwolken von den zerfallenden Gebäuden aufstiegen. Das Grummeln war immer häufiger zu hören. Karen Ross achtete nicht darauf. »Es heißt nichts anderes, als daß hier Elefantenland ist«, sagte sie. Die Geologen pflegten zu sagen: »Wer Elefanten sucht, muß ins Elefantenland gehen.« Mit Elefantenland war eine Stelle gemeint, an der man höchstwahrscheinlich die Mineralien finden würde, die man suchte. »Und wer Diamanten sucht«, sagte Karen Ross mit einem Achselzucken, »muß sich in vulkanisches Gebiet vorwagen.«

Der Zusammenhang zwischen Diamanten und Vulkanen war seit über einem Jahrhundert bekannt, aber noch nicht wirklich erforscht. Die meisten Theorien besagten, daß Diamanten, Kristalle aus reinem Kohlenstoff, unter der Einwirkung ungeheurer Hitzegrade und riesigen Drucks in der oberen Erdschicht entstanden, rund tausendsechshundert Kilometer unter der Erdoberfläche. In dieser Tiefe sind sie unzugänglich, in Vulkangebieten hingegen fördern Ströme flüssigen Magmas sie an die Erdoberfläche.

Das bedeutete nicht, daß man einfach zu tätigen Vulkanen hingehen und ausgespiene Diamanten aufsammeln konnte. Die meisten Diamantenfelder fanden sich in der Nähe erloschener Vulkane, in fossilierten Stümpfen, Eruptionsschloten, die nach den geologischen Formationen bei Kimberley in Südafrika als Kimberlit-Schlote bezeichnet wurden. Im Virunga-Gebiet, das in der Nähe des geologisch instabilen Zentralafrikanischen Grabens lag, gab es Hinweise auf mehr als fünfzig Millionen Jahre ständiger Vulkantätigkeit. Sie suchten jetzt nach eben den erloschenen Vulkanen, die den früheren Bewohnern von Zinj bekannt gewesen waren.

Kurz vor Mittag fanden sie sie, in halber Höhe auf den Hügeln östlich der Stadt – eine Reihe von Stollen, die sich in die Hänge des Muhavura hineinzogen.

Elliot war enttäuscht. »Ich weiß nicht, was ich erwartet hatte, erklärte er später, »aber es war einfach nur ein dunkelgelber Stollen, der in die Erde getrieben war und aus dem hier und da kleine, stumpfe Steinstückchen hervorstanden. Ich konnte überhaupt nicht verstehen, warum Karen Ross so aufgeregt war.« Die kleinen braunen Steinstückchen waren Diamanten. Wenn man sie säuberte, hatten sie die Durchsichtigkeit schmutzigen Glases.

»Alle dachten, ich sei verrückt geworden«, sagte Karen Ross, »weil ich plötzlich einen Freudentanz vollführte. Aber sie wußten nicht, was sie da vor sich sahen.«

In einem gewöhnlichen Kimberlit-Schlot waren Diamanten nur spärlich im Ganggestein verteilt. Die Ausbeute eines durchschnittlichen Bergwerks betrug lediglich zweiunddreißig Karat – rund sechs Gramm – auf je hundert Tonnen Gestein, so daß man beim Blick in ein Diamantenbergwerk überhaupt keine Diamanten sah. Doch in den Minen von Zinj war die Wand förmlich mit Steinen gespickt. Mit seiner Machete holte Munro sechshundert Karat heraus. Karen Ross sah sechs oder sieben weitere Steine aus der Wand ragen, jeder von ihnen ebensogroß wie der, den Munro herausgeholt hatte. Später sagte sie: »Mit einem flüchtigen Blick konnte ich ohne weiteres vier- oder fünftausend Karat sehen. Und dazu wäre kein weiteres Graben, kein Trennen, nichts erforderlich gewesen. Sie waren einfach da. Die Mine war reicher als die Premier-Mine in Südafrika. Es war einfach *unglaublich.*«

Elliot stellte die Frage, die Karen Ross sich auch selbst schon gestellt hatte: »Wenn diese Mine so von Steinen strotzt«, fragte er, »warum hat man sie dann aufgegeben?«

»Wahrscheinlich haben die Menschen hier die Herrschaft über die Gorillas verloren«, sagte Munro. »Und die Gorillas haben die Macht übernommen.« Er holte lachend weitere Diamanten aus dem Fels.

Karen Ross hatte die Möglichkeit erwogen, die Stadt könnte, wie Elliot schon früher vermutet hatte, von einer Epidemie entvölkert worden sein. Sie hielt eine weniger spektakuläre Erklärung für wahrscheinlicher. »Ich nehme an«, sagte sie, »daß in den Augen dieser Menschen die Diamantminen unergiebig geworden waren.« Denn als Schmucksteine waren die Kristalle tatsächlich nicht geeignet – sie waren kräftig blau gefärbt und voller Einschlüsse.

Die Bewohner der Stadt Zinj konnten sich unmöglich vorgestellt haben, daß fünfhundert Jahre später eben diese wertlosen Steine seltener und gesuchter sein würden als jedes andere Mineralvorkommen der Welt.

»Was macht diese blauen Diamanten denn so wertvoll?«

»Sie werden die Welt verändern«, sagte Karen Ross leise. »Mit ihnen hört das Atomzeitalter auf.«

2. Krieg mit Lichtgeschwindigkeit

Im Januar 1979 sagte General Franklin F. Martin von der Abteilung für fortgeschrittene Forschungsprojekte des amerikanischen Verteidigungsministeriums vor dem Senats-Unterausschuß für Streitkräfte: »1939, bei Ausbruch des Zweiten Weltkriegs, war für die amerikanischen Kriegsvorbereitungen Belgisch-Kongo das wichtigste Land der Erde.« Der General erklärte weiter, durch einen »geographischen Zufall« sei der Kongo, das heutige Zaïre, vierzig Jahre lang für die amerikanischen Interessen von besonderer Bedeutung geblieben – und werde in Zukunft eine noch größere Bedeutung erlangen. Unverblümt sagte er: »Unser Land wird eher wegen Zaïre in einen Krieg eintreten als wegen irgendeines arabischen Ölförderlandes.«

Im Zweiten Weltkrieg lieferte der Kongo den Vereinigten Staaten in drei streng geheimen Lieferungen das Uran, das sie zum Bau der über Japan gezündeten Atombomben benötigten. 1960 brauchten die Vereinigten Staaten zwar kein Uran mehr, dafür aber waren Kupfer und Kobalt von strategischer Bedeutung. In den siebziger Jahren verschob sich das Interesse auf die in Zaïre lagernden Vorkommen von Tantal, Wolfram und Germanium – wesentliche Elemente für die Halbleitertechnik. Und in den achtziger Jahren »werden sogenannte blaue Diamanten vom Typ IIb der für militärische Zwecke wichtigste Rohstoff auf der ganzen Welt sein« – und man ging von der Annahme aus, daß es in Zaïre solche Diamanten gab. Nach General Martins Meinung waren blaue Diamanten deshalb so wichtig, weil »wir in ein Zeitalter eintreten, in dem die rohe, zerstörerische Gewalt einer Waffe weniger wichtig sein wird als ihre Geschwindigkeit und Intelligenz«.

Dreißig Jahre lang hatten sich Strategen und militärische Planer von den interkontinentalen Lenkwaffen blenden lassen. Martin allerdings sagte: »Interkontinentale Lenkwaffen sind relativ wenig entwickelte Systeme. Sie erreichen nicht annähernd die theoretischen Grenzen der Naturgesetze. Einstein zufolge kann nichts schneller vor sich gehen als mit konstanter Lichtgeschwindigkeit – annähernd dreihunderttausend Kilometer in der Sekunde. Wir sind dabei, Hochenergie-Impuls-Laser und Waffensysteme zu entwickeln, die mit Teilchenstrahlung *im Bereich der Lichtgeschwindigkeit* arbeiten. Angesichts solcher Waffensysteme sind Fernlenkraketen mit ihrer Geschwindigkeit von nur fünfundzwanzigtausend Kilometer in der Stunde schwerfällige Dinosaurier aus einem früheren Zeitalter, Anachronismen wie die Kavallerie im Ersten Weltkrieg und ebeno leicht zu vernichten.«

Waffensysteme, die mit Lichtgeschwindigkeit arbeiteten, waren am besten im Weltraum einzusetzen und würden zuerst auf Satelliten installiert werden. Martin merkte an, daß die Russen bereits 1973 einen amerikanischen Erkundungssatelliten vom Typ VV/02 »abgeschossen« hatten. 1975 entwickelte Hughes Aircraft ein Schnellziel- und -feuersystem, das Mehrfachziele selbsttätig ansprechen konnte und in weniger als einer Sekunde acht Hochenergiestöße aussandte. 1978 hatte die Arbeitsgruppe bei Hughes die Reaktionszeit auf fünfzig Nanosekunden – fünfzig Milliardstel Sekunde – reduziert und die Genauigkeit des Strahls so verbessert, daß theoretisch in weniger als einer Minute fünfhundert Lenkwaffen-»Abschüsse« möglich waren. Solche Entwicklungen mußten irgendwann das Ende der Interkontinentalrakete als Waffe bedeuten.

»Ohne diese Raketengiganten werden miniaturisierte Schnellrechner für zukünftige Konflikte von weit größerer Bedeutung sein als Atombomben, und der für das Ergebnis eines dritten Weltkriegs wichtigste Faktor wird ihre Rechengeschwindigkeit sein. Gegenwärtig steht im Mittelpunkt der Rüstung die Geschwindigkeit, mit der ein Vergeltungsschlag geführt werden kann – so wie sich vor zwanzig Jahren die Diskussion um Megatonnen an Sprengkraft drehte.

Wir werden von Computern mit elektronischen Schaltkreisen auf solche mit Lichtschaltkreisen übergehen, und zwar einfach um der höheren Geschwindigkeit willen – das Fabry-Perot-Interferometer, auf dem Gebiet der Optik die Entsprechung eines Transistors, kann in einer Picosekunde (10^{-12} Sekunden) reagieren, das heißt, mindestens tausendmal schneller als die schnellsten Josephson-Elemente.« Die neue Generation mit Licht arbeitender Computer, sagte Martin, sei von der Verfügbarkeit der mit Bor dotierten Diamanten vom Typ IIb abhängig.

Elliot sah sofort eine der entscheidenden Konsequenzen der mit Lichtgeschwindigkeit operierenden Waffensysteme – sie waren zu schnell, als daß der Mensch sie erfassen könnte. Zwar war die Menschheit an eine mechanisierte Kriegführung gewöhnt, doch würde ein zukünftiger Krieg in einem verwirrend neuen Sinne ein Krieg der Maschinen: in jedem Augenblick würden Maschinen den Verlauf einer bewaffneten Auseinandersetzung bestimmen, die vom Anfang bis zum Ende nur Minuten dauerte.
1956, zu der Zeit, als die Epoche der strategischen Fernbomber sich dem Ende zuneigte, gingen die militärischen Planer von der Vorstellung aus, ein von allen Großmächten geführter Atomkrieg werde zwölf Stunden dauern. Bis 1963 war diese Zeit durch die interkontinentalen Raketen auf drei Stunden zusammengeschrumpft.
1974 sprachen Militärtheoretiker von einem Krieg, der nur dreißig Minuten dauern würde. Allerdings war dieser »Halbstundenkrieg« weit komplexer als jeder frühere Krieg in der Geschichte der Menschheit.
In den fünfziger Jahren wären, wenn Amerikaner und Sowjets gleichzeitig alle ihre Bomber hätten aufsteigen und ihre Raketen abfeuern lassen, höchstens zehntausend Flugkörper – angreifende und abwehrende – in der Luft gewesen. Dabei wäre mit fünfzehntausend Berührungen in der zweiten Stunde ein Höhepunkt erreicht worden – immerhin vier pro Sekunde, und zwar auf der ganzen Welt: eine eindrucksvolle Zahl.
Durch den Einsatz diversifizierter Waffensysteme in einem taktisch geführten Krieg würde die Zahl der Waffen und »Systemelemente« astronomische Werte erreichen. Neuere Schätzungen gingen von insgesamt vierhundert Millionen im Feld eingesetzter Computer aus, was in der ersten halben Stunde des Krieges zu fünfzehn Milliarden Waffenbegegnungen führen würde. Das bedeutete, es würde acht Millionen Waffenbegegnungen in der

Sekunde geben, in einem verwirrenden, ultraschnellen Konflikt, an dem Flugzeuge, Raketen, Panzer und Bodentruppen beteiligt waren.

Ein solcher Krieg war nur mit Hilfe von Maschinen denkbar, da der Mensch einfach zu langsam reagierte. Ein dritter Weltkrieg würde kein Knopfdruckkrieg sein, denn wie General Martin sagte: »Es dauerte viel zu lange, bis jemand den Knopf gedrückt hat – mindestens 1,8 Sekunden, und das ist in der modernen Kriegführung eine halbe Ewigkeit.«

Dieser Umstand schuf etwas, das Martin das »Felsproblem« nannte, denn verglichen mit einem Schnellrechner waren die Reaktionen des Menschen von geologischer Langsamkeit. »Ein moderner Computer führt in der Zeit, in der ein Mensch einmal blinzelt, zwei Millionen Rechenvorgänge durch. Daher werden, wenn man davon ausgeht, daß Computer den nächsten Krieg führen, Menschen im wesentlichen fixierte und unveränderliche Elemente sein, wie Felsen. Die Kriege, die der Mensch führte, haben nie so lange gedauert, daß man im Vergleich dazu die Geschwindigkeit geologischer Veränderungen in Rechnung stellen könnte. Computer-Kriege der Zukunft werden nicht einmal so lange dauern, daß man die Veränderungen des Menschen in Rechnung stellen kann.«

Da Menschen zu langsam reagierten, mußten sie die Entscheidungen, die im Krieg zu treffen waren, der rascher arbeitenden Intelligenz der Computer überlassen. »In einem künftigen Krieg müssen wir alle Hoffnung aufgeben, den Ablauf des Konflikts steuern zu können. Wenn wir uns entscheiden, ihn mit der Geschwindigkeit des Menschen zu führen, werden wir ihn nahezu mit Sicherheit verlieren. Unsere einzige Hoffnung liegt darin, daß wir unser Vertrauen auf die Maschinen setzen. Das macht die Urteilskraft des Menschen völlig überflüssig. Der dritte Weltkrieg wird ein Stellvertreterkrieg sein: ein reiner Maschinenkrieg, auf den wir keinen Einfluß auszuüben wagen, aus Furcht, damit den Entscheidungsmechanismus so sehr zu verlangsamen, daß es zu unserer Niederlage führen wird.« Der endgültige und entscheidende Übergang – der von Computern, die in Nanosekunden arbeiten, auf solche, die in Picosekunden arbeiten – hing von den Diamanten des Typs IIb ab.

Elliot war entsetzt von der Aussicht, den Erzeugnissen des Menschen das Schicksal der Menschheit anzuvertrauen.
Karen Ross zuckte mit den Schultern. »Es ist unvermeidlich«, sagte sie. »In der Olduvai-Schlucht in Tansania gibt es Reste von Häusern, die vor zwei Millionen Jahren dort gestanden haben. Der Hominide war mit Höhlen und anderem natürlichen Obdach nicht mehr zufrieden und schuf sich eine eigene Unterkunft. Der Mensch hat stets die natürliche Umgebung seinen Bedürfnissen und Zielen entsprechend verändert.«
»Aber man kann doch die Steuerung nicht aus der Hand geben«, sagte Elliot.
»Das tun wir seit Jahrhunderten«, sagte Karen Ross. »Was ist ein gezähmtes Tier – oder ein Taschenrechner – anderes als ein Schritt auf dem Weg, die Herrschaft über die Dinge aufzugeben? Niemand will mehr pflügen oder Quadratwurzeln ziehen, also übertragen wir die Aufgabe einer anderen Intelligenz, die wir ausgebildet, gezüchtet oder geschaffen haben.«
»Man kann aber doch diese Schöpfung nicht die Macht übernehmen lassen.«
»Das tun wir seit Jahrhunderten«, sagte Karen Ross. »Sehen Sie: selbst wenn wir uns der Entwicklung schnellerer Computer entgegenstellten, die Sowjets würden es nicht tun. Sie würden jetzt, in diesem Augenblick, hier in Zaïre nach Diamanten suchen, wenn die Chinesen sie nicht daran gehindert hätten. Man kann den technischen Fortschritt nicht aufhalten. Sobald wir wissen, daß etwas möglich ist, müssen wir es auch tun.«
»Nein«, sagte Elliot. »Wir können uns entscheiden. Ich will nichts damit zu tun haben.«
»Dann gehen Sie«, sagte sie. »Der Kongo ist sowieso nichts für Theoretiker.«
Sie machte sich daran, ihren Rucksack auszupacken, nahm eine Reihe weißer Keramikkegel und eine Anzahl kleiner Kästchen mit Antennen heraus. Sie schloß an jedem Keramikkegel eines

der Kästchen an. Dann ging sie in den Stollen hinein, placierte die Kegel flach an den Wänden und bewegte sich immer tiefer in die Dunkelheit.

Peter nicht froh Peter.

»Nein«, sagte Elliot.

Warum nicht glücklich?

»Das ist schwer zu erklären, Amy«, sagte er.

Peter Amy sagen lieber Gorilla.

»Natürlich bist du das, Amy.«

Karen Ross kam aus einem Stollen heraus und verschwand in einem anderen. Elliot sah sie im Schein ihrer Taschenlampe die Kegel anbringen. Dann war sie seinem Blick wieder entzogen.

Munro kam in den Sonnenschein heraus, die Taschen so voller Diamanten, daß sie sich ausbeulten. »Wo ist Karen?« wollte er wissen.

»In den Stollen.«

»Was tut sie da?«

»Wahrscheinlich eine Art Sprengprobe.« Elliot zeigte auf die drei letzten Keramikkegel am Boden neben ihrem Gepäck.

Munro nahm einen in die Hand und sah ihn aufmerksam an. »Wissen Sie, was das hier ist?« fragte er.

Elliot schüttelte den Kopf.

»Das sind Sprengladungen mit Resonanzzündung«, sagte Munro. »Sie ist total verrückt, daß sie die hier anbringt. Damit kann sie den ganzen Laden hier in die Luft jagen.«

Sprengsätze mit Resonanzzündung werden mit zeitlicher Verzögerung gezündet. Es sind mächtige Kinder aus einer Ehe zwischen Mikroelektronik und Sprengstofftechnik. Munro erläuterte: »Wir haben vor zwei Jahren in Angola mit den Dingern Brücken gesprengt. Wenn man sie richtig einstellt, kann man mit hundertachtzig Gramm Sprengstoff eine Stahlkonstruktion von fünfzig Tonnen Gewicht runterholen. Dazu braucht man einen von diesen Sensoren.« Er zeigte auf eines der Steuerkästchen neben Karen Ross' Gepäck. »Er fängt die Druckwellen von der ersten Ladung auf und zündet die nächsten Ladungen in der vorgesehe-

nen Abfolge, so daß Resonanzwellen entstehen, die das Ganze buchstäblich in Stücke schütteln. Sieht sehr eindrucksvoll aus.«
Munro sah zu dem rauchenden Muhavura hinauf.
In diesem Augenblick kam Karen Ross zufrieden lächelnd aus dem Stollen heraus. »Bald werden wir unsere Ergebnisse haben«, sagte sie.
»Ergebnisse?«
»Über das Ausmaß der Kimberlit-Vorkommen. Ich habe zwölf seismische Ladungen angebracht, das genügt: sie werden uns endgültige Ergebnisse liefern.«
»Sie haben zwölf *Resonanz*ladungen angebracht«, sagte Munro.
»Ja, mehr hatte ich nicht. Wir müssen sehen, wie wir damit auskommen.«
»Sie werden bestimmt damit auskommen«, sagte Munro. »Vielleicht besser, als Ihnen lieb ist. Der Vulkan da hinten –« er wies nach oben – »ist in einer eruptiven Phase.«
»Es sind achthundert Gramm Sprengstoff«, sagte Karen Ross, »nicht einmal ein Kilo. Das kann doch nichts ausmachen.«
»Wir sollten es nicht darauf ankommen lassen.«
Elliot hörte ihnen mit gemischten Gefühlen zu. Auf den ersten Blick schienen Munros Einwände weit hergeholt – ein paar kleine Sprengladungen, einerlei, wie sie abgestimmt waren, konnten unmöglich einen Vulkanausbruch auslösen, das war geradezu lachhaft. Elliot fragte sich, warum Munro so beharrlich auf die möglichen Gefahren hinwies. Fast schien es, als wüßte er etwas, das Elliot und Karen Ross nicht wußten – und das sie sich nicht einmal vorstellen konnten.

3. DOD/ARPD/VULKAN 7021

Munro hatte 1978 eine Expedition nach Sambia geführt, an der auch Robert Perry teilgenommen hatte, ein junger Geologe von der Hawaii University. Perry hatte an dem PROJEKT VULKAN mitgearbeitet, dem ehrgeizigsten Programm, das die Abteilung

für fortgeschrittene Projektforschung des amerikanischen Verteidigungsministeriums je finanziert hatte.
Das Projekt DOD/ARPD/VULKAN 7021 war so umstritten, daß es bei den Anhörungen durch den Senats-Unterausschuß für Streitkräfte 1975 gewissenhaft unter »Verschiedene langfristige Aufwendungen für Projekte zur Landesverteidigung« eingestuft wurde. Doch im folgenden Jahr griff der Abgeordnete David Inaga von der Demokratischen Partei, einer der Vertreter Hawaiis im amerikanischen Kongreß, das Projekt an und wollte »seinen genauen militärischen Zweck« erfahren, »und warum es ausschließlich innerhalb des Staates Hawaii finanziert werden muß«. Sprecher des Verteidigungsministeriums behaupteten mit Unschuldsmiene, bei dem Projekt VULKAN handle es sich um ein »Tsunami-Warnsystem«, das den Bewohnern der hawaiischen Inseln zugute komme, wie auch den dortigen militärischen Einrichtungen. Fachleute des Pentagon erinnerten Inaga daran, daß 1948 ein solcher Tsunami, also eine seismische Woge, sich über den Pazifik herangewälzt, Kanai zerstört und dann seinen Weg über die Inselkette Hawaiis so rasch fortgesetzt hatte, daß für eine wirksame Warnung keine Zeit geblieben war, ehe sie zwanzig Minuten später Pearl Harbor und Oahu überraschte.
»Diesen Tsunami hat ein Unterwasser-Vulkanausbruch vor der japanischen Küste ausgelöst«, hatte es geheißen. »Hawaii aber hat eigene tätige Vulkane. Honolulu ist immerhin eine Halbmillionenstadt, und die dortigen Marineeinrichtungen repräsentieren einen Wert von mehr als fünfunddreißig Milliarden Dollar. Daher wird es langfristig gesehen zunehmend wichtiger, das Auftreten von Tsunamis infolge von Ausbrüchen hawaiischer Vulkane vorhersagen zu können.«
In Wirklichkeit war das Projekt VULKAN keineswegs langfristig angelegt. Es sollte beim nächsten Ausbruch des Mauna Loa durchgeführt werden, des größten tätigen Vulkans der Welt, der auf Hawaii, der Hauptinsel des Archipels liegt. Der erklärte Zweck des Projekts bestand darin, den Ablauf von Vulkanausbrüchen zu steuern. Den Mauna Loa hatte man gewählt, weil seine Eruptionen vergleichsweise milde und harmlos waren.

Obwohl der Schildvulkan sich lediglich bis zu einer Höhe von viertausendvierhundert Meter erhebt, ist er, von seinem Fuß aus gemessen, der höchste Berg der Welt, denn dieser liegt in den Tiefen des Ozeanbodens. Der Mauna Loa übertrifft an Rauminhalt den Mount Everest um mehr als das Doppelte, er ist eine einzigartige und außergewöhnliche geologische Formation.

Er war schon seit langem der am gründlichsten untersuchte Vulkan der Geschichte, denn bereits 1928 hat man eine wissenschaftliche Beobachtungsstation an seinem Krater eingerichtet. Außerdem hatten die Menschen keinem Vulkan so ins Handwerk gepfuscht wie ihm. Man hat seine im übrigen recht dünnflüssige Lava, die in Abständen von jeweils drei Jahren seine Hänge hinunterfloß, schon durch die verschiedensten Eingriffe umgeleitet, angefangen bei einheimischen Arbeitstrupps mit Schaufeln und Sandsäcken bis hin zu Bombenabwürfen von Flugzeugen aus. Das Projekt VULKAN sollte den Ablauf einer Eruption des Mauna Loa dadurch ändern, daß man dem Riesenvulkan ein »Ventil« verschaffte: die ungeheuren Mengen flüssigen Magmas sollten durch eine Reihe in ihrer zeitlichen Abfolge genau aufeinander abgestimmter nichtatomarer Explosionen freigesetzt werden, die man an den Bruchlinien des Vulkanschilds auslösen wollte. Im Oktober 1978 wurde das Projekt VULKAN in aller Heimlichkeit durchgeführt. Man zog dazu Hubschrauber-Teams der Marine heran, die Erfahrung im Zünden hochbrisanter Resonanzladungen in Kegelform hatten. Das Projekt VULKAN dauerte zwei Tage. Am dritten Tag gab das zivile Vulkanlabor des Mauna Loa öffentlich bekannt: »Der Oktoberausbruch des Mauna Loa ist schwächer ausgefallen als erwartet. Mit Nachfolgeeruptionen wird nicht gerechnet.«

Obwohl das PROJEKT VULKAN geheim war, hatte Munro doch eines Abends beim Trunk am Lagerfeuer in der Nähe von Bangezi alles darüber erfahren. Und als jetzt Karen Ross die Zündung von Resonanzladungen in der Nähe eines Vulkans plante, der sich in seiner Ausbruchsphase befand, fiel es ihm wieder ein. Der Grundgedanke beim Projekt VULKAN war es gewesen, daß unvorstellbare aufgestaute geologische Kräfte – ob die eines

Erdbebens, eines Vulkans oder eines Wirbelsturms über dem Pazifik – mit Hilfe eines vergleichsweise geringen Energieaufwands auf verheerende Weise entfesselt werden konnten.

Karen Ross machte sich daran, ihre Kegelladungen zu zünden.

»Meinen Sie nicht«, fragte Munro, »daß Sie noch einmal versuchen sollten, mit Houston Verbindung aufzunehmen?«

»Das geht nicht«, sagte Ross selbstsicher. »Ich muß auf eigene Faust entscheiden – und ich bin entschlossen, jetzt die Mächtigkeit der Diamantenvorkommen an den Hängen abzuschätzen.«

Im Verlauf ihres weiteren Streitgesprächs zog Amy davon. Sie nahm den Zünder, der neben Karen Ross' Rucksack lag. Es war ein winziges Handgerät mit sechs Leuchtdioden, die Amy überaus faszinierten. Sie machte Anstalten, mit ihren Fingern auf die Knöpfe zu drücken.

Karen Ross sah zu ihr hinüber. »Oh, mein Gott.«

Munro wandte sich um. »Amy«, sagte er sanft. »Amy, nein. Nein. Amy nicht lieb.«

Amy lieber Gorilla Amy lieb.

Amy hielt den Zünder in der Hand. Die blinkenden Leuchtdioden hatten es ihr angetan. Sie sah zu den Menschen hinüber.

»Nein, Amy«, sagte Munro. Er wandte sich Elliot zu. »Können Sie sie nicht davon abbringen?«

»Ach, zum Teufel, was soll's?« sagte Karen Ross. »Mach nur, Amy.«

Eine Reihe dumpfer Detonationen trieb Diamantenstaub aus den Stollen des Bergwerks, dann trat Stille ein. »Na, bitte«, sagte Karen Ross schließlich, »ich hoffe, Sie sind zufrieden. Es ist doch völlig klar, daß eine so winzige Sprengladung unmöglich den Vulkan beeinflussen kann. Überlassen Sie es also in Zukunft bitte mir, über die wissenschaftlichen Aspekte zu entscheiden, und –«

Und dann rumpelte es in den Eingeweiden des Bergs, und die Erde bebte so stark, daß alle zu Boden geworfen wurden.

4. ERTS Houston

Es war ein Uhr nachts in Houston. R. B. Travis saß in seinem Büro und blickte mit gefurchter Stirn auf den Kontrollbildschirm des Computers. Er hatte gerade vom Kitt Peak-Observatorium das letzte Bildmaterial über die telemetrische Auswertung der Sonnenfleckentätigkeit erhalten. Man hatte ihn den ganzen Tag auf die Werte warten lassen – einer von mehreren Gründen für Travis' schlechte Laune.

Das Bildmaterial, das die Kugelgestalt der Sonne erkennen ließ, lag in Negativform vor ihm, so daß die Sonne schwarz erschien. Von ihr hob sich eine leuchtend weiße Kette von Sonnenflecken ab. Es waren mindestens fünfzehn größere Sonnenflecken über die Kugel verteilt. Einer von ihnen hatte die ungeheure Sonneneruption ausgelöst, die gegenwärtig sein Leben zur Hölle machte. Schon seit zwei Tagen übernachtete Travis in der ERTS. Alle Unternehmungen schienen plötzlich auf Schwierigkeiten zu stoßen. Ein ERTS-Team befand sich im Norden Pakistans, nicht weit von der Grenze zu Afghanistan, wo Unruhen herrschten; ein weiteres befand sich in Zentral-Malaysia, in einem Gebiet, aus dem kommunistische Aufstände gemeldet wurden. Und die Expedition im Kongo, die zuerst auf aufrührerische Eingeborene und nun anscheinend auf bisher unbekannte gorillaähnliche Geschöpfe gestoßen war.

Durch die Sonnenfleckentätigkeit war die Verbindung zu allen Gruppen der ERTS auf der ganzen Welt seit über vierundzwanzig Stunden unterbrochen. Travis hatte den Computer Hochrechnungen für jedes Team durchführen und die Ergebnisse alle sechs Stunden auf den neuesten Stand bringen lassen. Die Ergebnisse gefielen ihm nicht. Die Gruppe in Pakistan war vermutlich wohlauf, würde aber sechs Tage länger brauchen und zusätzliche zweihunderttausend Dollar kosten. Das Team in Malaysia war in ernster Gefahr. Und das Schicksal der Kongo-Expedition wurde als »AUA« eingestuft, was im Programmierjargon der ERTS für »absolut unabschätzbar« stand. Travis hatte in der Vergangenheit zweimal eine AUA-Gruppe gehabt, 1976 im Amazonas-Becken

und 1978 in Sri Lanka, und in beiden Fällen waren Menschen ums Leben gekommen.
Die Dinge standen schlecht. Doch sah die neueste Darstellung der Sonnenfleckentätigkeit weit besser aus als die vorige. Und es war ihnen allem Anschein nach vor mehreren Stunden gelungen, einen kurzen Kontakt mit dem Kongo herzustellen, wenn auch von Karen Ross keine bestätigende Antwort gekommen war. Ob das Team die Warnung empfangen hatte oder nicht? Er starrte verärgert auf die schwarze Kugel.
Richards, einer der Programmierer für die Hauptprogramme, steckte den Kopf zur Tür herein. »Hier ist etwas, das mit der Kongo-Expedition zu tun hat.«
»Her damit«, sagte Travis. Die kleinste Neuigkeit über diesen Forschungstrupp war willkommen.
»Die Erdbebenwarte an der Universität Johannesburg berichtet von leichten Erschütterungen, die um 12 Uhr 04 Ortszeit eingesetzt haben. Die Koordinaten des vermuteten Epizentrums dekken sich mit der Lage des Muhavura, eines der Virunga-Vulkane. Die fortgesetzte Bebentätigkeit liegt zwischen fünf und acht auf der Richterskala.«
»Gibt es Bestätigungen?« wollte Travis wissen.
»Die nächst gelegene Bebenwarte ist in Nairobi. Dort hat man eine Bebenstärke von sechs bis neun auf der Richterskala bzw. neun auf der Mercalliskala gemessen. Sie berichten auch, daß Kraterauswurf niedergeht. Sie sagen, daß die gegenwärtigen atmosphärischen Bedingungen zu schweren elektrischen Entladungen führen können.«
Travis sah auf seine Uhr. »12 Uhr 04 Ortszeit – das war vor fast einer Stunde«, sagte er. »Warum hat man mich nicht informiert?«
Richards sagte: »Es ist erst jetzt von den afrikanischen Stationen hereingekommen. Ich nehme an, daß sie es nicht für besonders wichtig halten – einfach mal wieder ein Vulkanausbruch.«
Travis seufzte. Das genau war das Problem – Vulkantätigkeit wurde als nichts Besonderes angesehen. Seit 1965, seit dem Beginn der weltweiten Aufzeichnungen, hatte es jedes Jahr zweiundzwanzig größere Ausbrüche gegeben, also etwa alle zwei

Wochen einen. An weitab liegenden Beobachtungsstellen ließ man sich Zeit, über solche »gewöhnlichen« Vorkommnisse zu berichten – nur keine Hektik, war die Devise.

»Außerdem haben sie Schwierigkeiten«, sagte Richards. »Da die Satelliten durch die Sonnenflecken gestört werden, müssen alle über Kabel senden. Und ich nehme an, ihrer Ansicht nach sind die Nordostgebiete am Kongo sowieso unbewohnt.«

Travis wollte wissen: »Wie schlimm ist Stärke neun auf der Mercalliskala?«

Richards antwortete erst nach einer längeren Pause: »Ziemlich schlimm, Mr. Travis.«

5. »Alles bewegte sich plötzlich«

Im Kongo kam es zu einem Erdbeben, dessen Stärke auf der nach oben offenen Richterskala acht und auf der Mercalliskala neun betrug. Bei einem so schweren Beben kann ein Mensch sich nur noch mit Mühe auf den Beinen halten. Es finden seitliche Erdbewegungen statt, Risse im Boden tun sich auf, Bäume stürzen um, und sogar Stahlkonstruktionen sind gefährdet.

Für Elliot, Karen Ross und Munro waren die fünf Minuten, die auf den Beginn des Ausbruchs folgten, ein bizarrer Alptraum. Elliot erinnerte sich: »Alles bewegte sich plötzlich. Wir wurden buchstäblich von den Füßen gerissen, mußten uns auf allen vieren bewegen – wie Kleinkinder. Und auch als wir von den Bergwerksstollen fort waren, schwankte die Stadt noch wie Wackelpudding. Erst nach einer ganzen Weile – nach etwa dreißig Sekunden – begannen die Gebäude einzustürzen. Dann ging es Schlag auf Schlag: Wände sanken in sich zusammen, Decken brachen ein, riesige Steinbrocken prasselten in den Dschungel hinab. Auch die Bäume schwankten, viele stürzten um.«

Der Lärm war unvorstellbar, und hinzu kam noch das Geräusch des Muhavura. Der Vulkan hatte aufgehört zu grollen, jetzt hörten sie rasch aufeinanderfolgende Explosionen von Lava, die aus dem Krater geschleudert wurde. Sie erzeugten solche Druckwellen, daß die Teilnehmer der Expedition zu einer Zeit, als die Erde sich nicht mehr unter ihren Füßen bewegte, plötzlich und ohne Vorwarnung durch den Druck heißer Luft umgeweht wurden. Wie Elliot später sagte: »Es war wie im Krieg.«

Amy hatte panische Angst. Grunzend vor Angst sprang sie in Elliots Arme – und urinierte prompt auf seine Kleidung –, als sie sich anschickten, zurück zum Lager zu laufen.

Ein heftiges Beben warf Karen Ross zu Boden. Sie stand auf und stolperte weiter. Sie spürte deutlich die überall herrschende Feuchtigkeit, spürte die Asche und den Staub, die der Vulkan ausspie. Innerhalb weniger Minuten war der Himmel über ihnen so dunkel, als wäre es Nacht, und die ersten Blitze brachen durch die heißen Wolken. Der Dschungel um sie herum war noch naß vom nächtlichen Regen, und die Luft war mit Feuchtigkeit übersättigt. Es waren also alle Voraussetzungen für ein Gewitter mit elektrischen Entladungen gegeben. Karen Ross fühlte sich hin- und hergerissen zwischen dem abwegigen Wunsch, dieses einzigartige Naturschauspiel zu beobachten, und dem Bestreben, um ihr Leben zu laufen.

Mit einem grellen Ausbruch blauweißen Lichts begann das Gewitter. Blitze schlugen rund um sie ein, so dicht, als regne es. Später meinte Karen Ross, in den ersten Minuten seien wohl an die zweihundert Blitze niedergegangen – nahezu drei pro Sekunde. Das vertraute Knistern kam nicht in Abständen, sondern war ein fortgesetztes Geräusch, ein Dröhnen wie von einem Wasserfall. Der hallende Donner ließ die Ohren schmerzen, und von den mit ihm einhergehenden Druckwellen wurden sie alle förmlich zurückgeschoben.

Alles kam so rasch, daß sie kaum Gelegenheit hatten, es bewußt wahrzunehmen. Aber ihre normalen Erwartungen wurden auf den Kopf gestellt. Amburi, einer der Träger, war in die Stadt gekommen, um sie zu suchen. Sie sahen ihn in einer Lichtung stehen und ihnen zuwinken, als durch einen nahe stehenden Baum ein Blitz *aufwärts* in den Himmel fuhr. Karen Ross hatte zwar gewußt, daß der sichtbare Blitz zeitlich auf das unsichtbare

Abwärtsfließen der Elektronen folgt und tatsächlich vom Boden zu den Wolken überspringt. Aber welch ein Unterschied, das zu sehen! Die Macht der Entladung riß Amburi von den Füßen und schleuderte ihn durch die Luft zu ihnen hin. Verzweifelnd um sich schlagend und auf Swahili schreiend, rappelte er sich auf die Beine.

Um sie herum barsten Baumstämme, aus denen zischend Dampfwolken entwichen, während die Blitze aufwärts durch sie fuhren. Karen Ross berichtete später: »Die Blitze waren überall, ununterbrochen kamen die grellen Entladungen, zusammen mit diesem schrecklichen Zischen. Der Mann (Amburi) stand schreiend da, und im nächsten Augenblick fuhr der Blitz durch ihn in die Erde. Ich stand so dicht neben ihm, daß ich ihn hätte berühren können. Es war nur wenig Hitze zu spüren, man sah nur weißes Licht. Er wurde starr, und dann war da dieser schreckliche Gestank, als sein ganzer Körper plötzlich in Flammen stand und er zu Boden fiel. Munro warf sich auf ihn, um das Feuer zu ersticken, aber der Mann war tot, und wir rannten weiter. Wir hatten keine Zeit zu reagieren, immer wieder warf uns das Beben zu Boden. Bald waren wir alle halb blind von den Blitzen. Ich hörte jemanden schreien, aber ich wußte nicht, wer es war. Ich war sicher, daß wir alle umkommen würden.«

In der Nähe des Lagers stürzte ein Baumriese vor ihnen zu Boden und schuf so ein Hindernis, das so hoch und so breit wie ein dreistöckiges Gebäude war. Während sie sich vorwärts arbeiteten, fuhr ein Blitz durch die nassen Äste, riß Rinde ab und hinterließ eine rauchende schwarze Brandspur. Amy jaulte auf, als sie nach einem nassen Ast griff und ein weißer, kalter Schlag durch ihre Hand fuhr. Sie warf sich zu Boden, verbarg ihren Kopf im tiefhängenden Blattwerk und weigerte sich weiterzugehen. Elliot mußte sie den Rest des Wegs zum Lager hinter sich herzerren.

Munro kam als erster am Lager an. Kahega war dabei, ihren Aufbruch vorzubereiten. Er versuchte die Zelte zusammenzupacken, aber es war unmöglich bei dem ständigen Beben und den zahllosen, durch den aschgrauen Himmel niederfahrenden Blitzen. Eines der aufblasbaren Zelte fing Feuer. Sie rochen den strengen Geruch brennenden Kunststoffs. Die noch auf dem Boden stehende Parabolantenne wurde ebenfalls von einem Blitzschlag getroffen und in Stücke gerissen, so daß Metallstücke durch die Luft flogen.

»Weg!« rief Munro. »Nur weg hier!«

»Ndio mzee!« rief Kahega und griff hastig nach seiner Traglast. Er warf einen Blick zurück auf die anderen, und in diesem Augenblick kam Elliot mit Amy, die ihm an der Brust hing, aus der Dunkelheit gestolpert. Er hatte sich den Fußknöchel verrenkt und humpelte leicht. Amy ließ sich zu Boden fallen.

»Weg!« rief Munro.

Während Elliot seinen Weg fortsetzte, tauchte Karen Ross aus der Finsternis der von Asche erfüllten Luft auf. Sie hustete und ging gebeugt. Die linke Seite ihres Körpers war versengt und schwarz, die Haut der linken Hand verbrannt. Ein Blitz hatte sie getroffen, doch konnte sie sich später nicht mehr daran erinnern. Sie zeigte auf ihre Nase und ihre Kehle und hustete: »Brennt... tut weh...«

»Das ist das Gas«, schrie Munro. Er legte den Arm um sie und führte sie fort, trug sie halb. »Wir müssen nach oben! Hangaufwärts!«

Eine Stunde später blickten sie vom Hang aus ein letztes Mal auf die von Rauch und Asche verschlungene Stadt zurück. Weiter oben an den Hängen des Vulkans sahen sie eine ganze Baumreihe in Flammen aufgehen, als eine für sie nicht sichtbare dunkle Lavawelle sich den Berg herabwälzte. Sie hörten die Schmerzensschreie von grauen Gorillas am Hang, auf die es heiße Lava herabregnete. Vor ihren Augen sackte das Blätterdach des Dschungels in sich zusammen, immer weiter, bis schließlich auch die Stadt unter einer sich herabsenkenden dunklen Wolke verschwand.

Die tote Stadt Zinj war auf immer begraben.

Erst in diesem Augenblick wurde es Karen Ross klar, daß damit auch ihre Diamanten auf immer begraben waren.

6. Alptraum

Sie hatten nichts zu essen, kein Wasser und nur noch sehr wenig Munition. Sie schleppten sich mit versengten und zerfetzten Kleidern und verstörten Gesichtern erschöpft durch den Dschungel. Niemand sprach. Elliot sagte später: »Es war ein Wirklichkeit gewordener Alptraum.«

Die Welt, durch die sie zogen, war finster und farblos. Einst leuchtend weiße Wasserfälle und Bäche waren jetzt voller Ruß und ergossen sich in schmutzige Teiche, die von grauem Schaum bedeckt waren. Den grauen Himmel erhellte gelegentlich roter Feuerschein vom Vulkan her. Die Luft war klebrig, sie husteten und taumelten halb blind durch diese Welt aus Asche und schwarzem Ruß.

Sie alle waren mit Asche bedeckt. Asche lag auf ihren Rucksäkken, ihre Gesichter waren schmierig, wenn sie darüberwischten, und ihr Haar war um vieles dunkler als zuvor. Nase, Kehle und Augen brannten. Aber sie konnten nur eines tun – weitergehen.

Während sie sich durch die Finsternis schleppte, wurde Karen Ross sich der Ironie bewußt, die in diesem Ende ihres ehrgeizigen Strebens lag. Seit langem verfügte sie über die Fähigkeit, sich jeden beliebigen Datenspeicher der ERTS zu erschließen, den sie anzapfen wollte, auch den, der die Beurteilung ihrer Person enthielt. Die ihr zugesprochenen Eigenschaften und Fähigkeiten kannte sie auswendig: JUGENDLICH-ANMASSEND (wahrscheinlich) / SCHWACH ENTWICKELTE MENSCHLICHE BEZIEHUNGEN (diese Einschätzung ging ihr am meisten gegen den Strich) / DOMINIEREND (möglich) / UEBERTRIEBEN SELBSTBEWUSST (dazu hatte sie allen Grund) / KEIN FINGERSPITZENGEFUEHL (was immer die darunter verstanden) / SUCHT ERFOLG UM JEDEN PREIS (war das so schlimm?)

Und sie kannte auch die abschließende Gesamtbeurteilung, all den Unfug über Vaterfiguren und dergleichen, und das Ergebnis der Umkipp-Analyse. Dazu gehörte auch der letzte Satz ihrer Beurteilung: DAHER IST ANGEFRAGTE PERSON IN ENDPHASEN ZIEL-ORIENTIERTER VERFAHREN ZU UEBERWACHEN.

Aber nichts davon traf zu. Sie hatte sich auf die Suche nach Diamanten gemacht und war vom schlimmsten Vulkanausbruch geschlagen worden, den es in den letzten zehn Jahren in Afrika gegeben hatte. Wer konnte sie dafür tadeln? Es war nicht ihre Schuld. Sie würde es bei ihrer nächsten Expedition unter Beweis stellen …

Munros Enttäuschung ging tiefer. Er hatte sich auf ein größeres Mineralvorkommen und seinen Anteil daran gefreut – jetzt lag es unerreichbar unter einer massiven Lavadecke. Er kam sich vor wie ein Spieler, der jedesmal richtig gesetzt hat und trotzdem verliert. Es war richtig gewesen, nicht für das Konsortium zu arbeiten, sondern für die ERTS, und trotzdem kam er mit leeren Händen zurück. Nun, dachte er, und er faßte nach den Diamanten in seinen Taschen, nicht mit *ganz* leeren Händen …

Elliot kehrte ohne Fotografien, ohne Videobänder, ohne Tonaufnahmen und ohne das Skelett eines grauen Gorillas zurück. Sogar die Unterlagen mit seinen Messungen waren verlorengegangen. Ohne solche Beweise konnte er es nicht wagen, die Existenz einer neuen Art zu behaupten – es war unklug, auch nur über die Möglichkeit zu diskutieren. Eine große Gelegenheit war ihm entgangen, und während er jetzt durch die dunkle Landschaft wanderte, hatte er nur das Gefühl, daß die Natur verrückt geworden war – Vögel stürzten vom Himmel herab und schlugen zu ihren Füßen matt mit den Flügeln, erstickt von den Gasen in den oberen Luftschichten. Fledermäuse huschten am Mittag durch die Bäume, und in der Ferne schrien und heulten Tiere. Ein Leopard, dessen Fell an den Hinterläufen brannte, kreuzte, unmittelbar vor ihnen, ihren Weg. Sie hörten Elefanten aufgeregt trompeten.

Sie kämpften sich wie verlorene Seelen durch eine düstere, rußige Welt, die an die Beschreibungen der Hölle erinnerte: ewiges Feuer, ewige Dunkelheit, gepeinigte Seelen, die vor Schmerz aufschrien. Hinter ihnen fielen nach wie vor Schlacke und Glutregen vom Himmel nieder. An einer Stelle gerieten sie in einen Schauer rotglühender Asche, die aufzischte, wenn sie auf das feuchte Blätterdach über ihnen traf und dann den Boden unter ihnen in eine rauchende Fläche verwandelte, ihnen Löcher in die

Kleidung brannte, ihre Haut versengte, das Haar verglühte, während sie vor Schmerz von einem Bein aufs andere traten, bis sie schließlich Obdach unter hohen Bäumen fanden, wo sie dicht aneinandergedrängt das Ende des vom Himmel herabregnenden Feuers abwarteten.

Munro hatte vom ersten Augenblick des Ausbruch an geplant, daß sie sich zu dem abgestürzten Transportflugzeug des Konsortiums durchschlugen, das ihnen Schutz bieten und Vorräte liefern konnte. Seiner Schätzung nach konnten sie es innerhalb von zwei Stunden erreichen. Doch erst nach sechs Stunden tauchte der riesige, mit Asche bedeckte Rumpf der Maschine in der schmutzigen Finsternis des Nachmittags vor ihnen auf.

Ein Grund für die Verzögerung war, daß sie die – auch nach Munros Ansicht eher unwahrscheinliche – Begegnung mit General Muguru und seinen Soldaten zu vermeiden suchten. Jedesmal, wenn sie Reifenspuren von Geländefahrzeugen sahen, führte Munro sie weiter nach Westen in die Tiefe des Dschungels. »Man geht ihm besser aus dem Weg«, sagte er. »Und seinen Leuten auch. Sie würden sich nichts daraus machen, Ihnen die Leber herauszuschneiden und sie roh zu verspeisen.«

Rumpf und Tragflächen mit dunkler Asche bedeckt, sah das größte Transportflugzeug der Welt aus, als sei es in schwarzen Schnee gestürzt. Von der verbogenen Tragfläche lief eine Art Wasserfall heißer Asche zischend über das Metall zu Boden. In der Ferne glaubten sie dumpfes Trommeln zu hören – die Kigani? –, gelegentlich unterbrochen durch einzelne Detonationen – Mörserfeuer von Mugurus Truppen? Sonst herrschte tödliche Stille.

Munro beobachtete das Wrack aus sicherer Entfernung vom Dschungel aus. Karen Ross nutzte die Gelegenheit zu einem Versuch, Funkkontakt aufzunehmen. Immer wieder mußte sie Asche von dem Anzeigeschirm wischen. Aber sie kam nicht nach Houston durch.

Schließlich machte Munro ein Zeichen, und alle gingen auf das

Flugzeug zu. Amy zupfte Munro voller Schrecken am Ärmel. *Nicht gehen,* teilte sie ihm mit. *Dort Menschen.*
Munro warf ihr einen erstaunten Blick zu und sah dann Elliot an. Elliot zeigte auf das Flugzeug. Sekunden später hörte man ein Krachen, und zwei weißbemalte Kigani-Krieger traten aus dem Rumpf auf die Tragfläche. Sie trugen Kisten mit Whisky und stritten darüber, wie sie ihn auf den Dschungelboden hinunterschaffen sollten. Einen Augenblick später tauchten unter der Tragfläche fünf weitere Kigani auf, denen die Kisten hinabgereicht wurden. Die beiden Männer sprangen hinab, und die Gruppe verschwand.
Munro lächelte Amy zu.
Amy lieber Gorilla, teilte sie ihm mit.
Sie warteten noch eine Weile, und als nach zwanzig Minuten keine weiteren Kigani auftauchten, führte Munro die Gruppe zu dem Flugzeug. Sie hatten gerade die Frachtraumtür erreicht, als weiße Pfeile auf sie niederhagelten.
»Rein!« rief Munro und drängte sie alle über das eingeknickte Fahrwerk auf die Oberseite der Tragfläche und von dort in das Innere des Flugzeugs. Er schlug die Tür des Notausstiegs zu: Pfeile prasselten auf das Metall.
In der Maschine war es dunkel, der Boden hob sich vor ihnen in einem wahnwitzigen Winkel. Kisten waren durch die Gänge gerutscht, hatten sich überschlagen und waren aufgesprungen, der Inhalt hatte sich über den Boden verstreut. Unter ihren Füßen knirschten Glasscherben, so daß Elliot als erstes Amy in Sicherheit brachte.
Draußen hörten sie Trommeln und den unablässigen Hagel von Pfeilen, der auf das Metall und die Fenster traf. Als sie durch die dunkle Asche hinausspähten, sahen sie Dutzende weißbemalter Männer durch die Bäume laufen und sich unter der Tragfläche versammeln.
»Was machen wir jetzt?« fragte Ross.
»Wir schießen«, sagte Munro ohne Zögern und machte sich daran, Magazine für ihre Maschinenpistolen aus dem Gepäck hervorzuholen. »Munition haben wir reichlich.«

»Aber da draußen sind bestimmt hundert Männer.«
»Ja, aber nur einer ist wichtig. Wir müssen den mit den roten Strichen unter den Augen töten. Dann ist der Angriff zu Ende.«
»Wieso das?« fragte Elliot.
»Weil er der *Angawa* ist«, sagte Munro, »der Zauberer.« Und er machte sich auf den Weg zum Cockpit. »Wenn wir ihn haben, sind wir aus dem Schneider.«

Giftpfeile prallten gegen die Plexiglasscheiben und schlugen dröhnend auf das Metall des Flugzeugs. Außerdem warfen die Kigani mit Kot, der mit einem platschenden Geräusch auf dem Rumpf auftraf. Unaufhörlich dröhnten die Trommeln.
Amy war sehr ängstlich. Sie legte den Sitzgurt an und gab zu verstehen *Amy jetzt fort Vogel fliegen.*
Elliot fand in der hinten befindlichen Passagierkabine zwei Kigani, die sich dort verborgen hielten. Zu seiner eigenen Überraschung feuerte er ohne Zögern. Die Waffe schlug wild in seinen Händen, die Kugeln zerschmetterten Fenster und schleuderten die Kigani in die Sitze zurück, wo sie gekrümmt liegen blieben.
»Sehr gut, Doktor«, sagte Kahega grinsend, obwohl Elliot inzwischen am ganzen Leib zitterte, ohne etwas dagegen unternehmen zu können. Er ließ sich auf den Sitz neben Amy fallen.
Leute Vogel angreifen Vogel jetzt fliegen Vogel fliegen Amy weg wollen.
»Bald, Amy«, sagte er tröstend und wußte, daß es nicht stimmte.
Inzwischen hatten die Kigani ihre Taktik geändert. Statt frontal anzugreifen, kamen sie von hinten, wo es keine Fenster gab. Die Menschen im Flugzeug konnten hören, wie bloße Füße über das Heck liefen und auf den Rumpf über ihren Köpfen kletterten.
Zwei Krieger kamen durch die offene Frachttür am Heck.
Munro, der sich im Cockpit befand, brüllte: »Wenn sie dich kriegen, werden sie dich fressen!«
Karen Ross feuerte, und Blut spritzte auf ihre Kleidung, während die eingedrungenen Kigani rückwärts hinaustaumelten.
Amy nicht mögen, gab Amy zu verstehen. *Amy nach Hause wollen.* Sie umklammerte den Sitzgurt.

»Da ist der Kerl!« rief Munro und gab einen Feuerstoß ab. Ein Mann von etwa zwanzig Jahren, mit roten Streifen unterhalb der Augen, fiel von mehreren Kugeln getroffen, rücklings zu Boden. »Den hätten wir«, sagte Munro. »Das ist ihr *Angawa.*« Er setzte sich hin und gestattete den Kigani-Kriegern, den Leichnam wegzutragen.

Der Angriff der Kigani hörte auf, die Krieger zogen sich in den schweigenden Wald zurück. Es war fast dunkel. Munro beugte sich über den leblosen Piloten und spähte in den Dschungel hinaus.

»Und wie geht es jetzt weiter?« fragte Elliot. »Haben wir das Spiel gewonnen?«

Munro schüttelte den Kopf. »Sie warten den Einbruch der Nacht ab. Dann kommen sie wieder, um uns alle umzubringen.«

Elliot fragte: »Was machen wir dann?«

Munro hatte sich darüber bereits Gedanken gemacht. Er sah keine Möglichkeit, vor Ablauf von mindestens vierundzwanzig Stunden das Flugzeug zu verlassen. Sie mußten sich nachts verteidigen, und sie brauchten tagsüber eine größere freie Fläche um das Flugzeug herum. Die Lösung, die sich anbot, bestand darin, das hüfthohe Gebüsch in der unmittelbaren Umgebung des Flugzeugs abzubrennen – falls sie das konnten, ohne daß der restliche Brennstoff in den Tanks explodierte.

»Sucht nach Flammenwerfern«, sagte er zu Kahega, »oder nach Gasflaschen.« Und dann machte er sich selbst auf die Suche.

Karen Ross ging zu ihm hin. »Wir sitzen in der Patsche, wie?«

»Ja«, sagte Munro. Von dem Vulkan sagte er nichts.

»Ich habe vermutlich einen Fehler gemacht.«

»Sie können ihn wiedergutmachen«, sagte Munro, »indem Sie sich einen Fluchtweg ausdenken.«

»Ich werde sehen, was ich tun kann«, sagte sie ernst und ging nach hinten.

Eine Viertelstunde später schrie sie laut auf.

Munro sauste mit der Maschinenpistole im Anschlag in die Passagierkabine zurück. Karen Ross war in einem Sitz zusammengesunken und lachte hysterisch. Die anderen sahen sie an und wußten nicht, was sie tun sollten. Er packte sie bei der Schulter und schüttelte sie. »Reiß dich zusammen«, rief er, aber sie lachte weiter.

Kahega stand neben einem Gaszylinder mit der Aufschrift PROPAN. »Sie das gesehen und gefragt, wie viel noch. Ich sage ihr, noch sechs, und sie fängt an zu lachen.«

Munro runzelte die Stirn. Es war ein großer Zylinder, mit einem Inhalt von gut einem halben Kubikmeter. »Kahega, wozu brauchen die so viel Propangas?«

Kahega zuckte mit den Schultern. »Zu groß zum Kochen. Dafür brauchen sie nicht so viel.«

Munro fragte: »Und davon sind noch sechs hier?«

»Ja, *bwana,* sechs.«

»Das ist verdammt viel Gas«, sagte Munro. Dann dachte er daran, daß Karen Ross mit ihrem Sinn fürs Planen sicherlich sogleich die Bedeutung dieser großen Mengen von Propangas begriffen hatte. Auch Munro hatte sie begriffen und grinste breit.

Verärgert fragte Elliot: »Kann uns vielleicht jemand sagen, was hier eigentlich gespielt wird?«

»Also«, sagte Munro lachend, »von jetzt an geht es aufwärts.«

Von gut zweiundzwanzigtausend Kilogramm Heißluft, die von dem Propangasbrenner aufstieg, getragen, hob sich die schimmernde Kunststoffkugel des Ballons, den das Konsortium mitgebracht hatte, vom Boden des Dschungels und stieg rasch in den dunkler werdenden Abendhimmel.

Die Kigani-Krieger kamen, Speere und Bogen schwingend, aus dem Wald gestürmt. Weiße Pfeile wurden ihnen im schwindenden Licht nachgeschickt, aber sie fielen kraftlos wieder zu Boden. Der Ballon stieg gleichmäßig höher.

In sechshundert Meter Höhe geriet er unter den Einfluß eines östlichen Windes, der ihn westwärts trug, fort von der dunklen Weite des Regenwalds, über das rauchende, rote vulkanische Herz des Muhavura und den scharfen Einbruch des Zentralafrikanischen Grabens hinweg, dessen steil abfallende Wände im Mondlicht schimmerten.

Von dort glitt der Ballon über die Grenze von Zaïre, nach Südosten auf Kenia zu – zurück in die Zivilisation.

Epilog

Die Brandstatt

Am 18. September 1979 nahm der Erdvermessungssatellit Landsat 3 auf seiner Umlaufbahn in einer Höhe von 918 Kilometer über Zentralafrika auf Band 6 (0,7 bis 0,8 Nanometer im Ultraviolettspektrum) ein Gebiet von 185 Kilometer Breite auf. Das gewonnene Bild zeigte, durch die Wolkendecke über dem Regenwald hindurch, deutlich, daß der Ausbruch des Muhavura auch nach drei Monaten noch nicht zu Ende war. Eine Computer-Hochrechnung des ausgeworfenen Materials kam zu dem geschätzten Ergebnis, daß sechs bis acht Kubikkilometer Geröll in die Atmosphäre geschleudert worden waren und weitere zwei bis drei Kubikkilometer Lava über die Westflanke des Bergs hinabgeflossen waren. Die Eingeborenen nannten die Stelle *Kanyalifeka,* die Brandstatt.

Am 1. Oktober 1979 schloß R. B. Travis in aller Form den Blauen Auftrag ab und berichtete dem Auftraggeber, man könne in absehbarer Zukunft kein natürliches Vorkommen von Diamanten des Typs IIb annehmen. Der japanische Elektronikkonzern Morikawa widmete sich mit neuem Interesse der künstlichen Bor-Dotierung nach dem Nagaura-Verfahren. Auch amerikanische Unternehmen hatten diesen Weg gewählt: man rechnete damit, bis 1984 ein ausgereiftes Verfahren entwickelt zu haben.

Am 23. Oktober kündigte Karen Ross bei der ERTS. Sie ging zu einer Außenstelle der geologischen Vermessungsanstalt der Vereinigten Staaten in Sioux Falls, South Dakota, bei der militärische Aufträge nicht anfielen und eine Tätigkeit im Außendienst nicht in Frage kam. Sie ist inzwischen mit John Bellingham verheiratet, einem dort tätigen Wissenschaftler.

Peter Elliot ließ sich am 30. Oktober auf unbegrenzte Zeit vom Zoologischen Institut in Berkeley beurlauben. In einer Pressemitteilung hieß es: »Amys zunehmende Geschlechtsreife und Größe ... erschweren eine weitere Arbeit mit ihr im Labor...« Das Projekt Amy wurde offiziell beendet, doch gingen die meisten Angehörigen der Projektgruppe mit Elliot und Amy ans Institut d'Études Ethologiques in Bukama, Zaïre. Hier wird Amys Interaktion mit wilden Gorillas in freier Wildbahn untersucht. Im November 1979 nahm man an, sie sei trächtig. Inzwischen verbrachte sie den größten Teil ihrer Zeit bei einer Gorillagruppe, so daß es schwierig war, sich zu vergewissern.
Amy verschwand im Mai 1980, kehrte aber im September mit einem Jungtier an der Brust zurück. Elliot machte ihr Zeichen und sah zu seiner Verblüffung, daß das Jungtier ihm durch Zeichen bedeutete *Amy Peter mögen Peter mögen.* Die Zeichen waren klar und richtig und wurden auf Videoband aufgenommen. Amy wollte mit dem Jungtier nicht näher kommen; als es auf Elliot zukroch, drückte Amy es an die Brust und verschwand mit ihm im Busch. Später sah man sie inmitten eines Trupps von zwölf Gorillas auf den Hängen des Kyambara im Nordosten von Zaïre.
Das Institut führte von März bis August 1980 eine Zählung der Berggorillas durch und kam auf eine geschätzte Gesamtzahl von fünftausend Tieren – sie lag halb so hoch wie die, die ein Pionier auf dem Gebiet, George Schaller, vor zwanzig Jahren geschätzt hatte.
Das bestätigt die Annahme, daß der Berggorilla stark bedroht ist. Zwar sind die Züchtungen in zoologischen Gärten erfolgreicher als früher, so daß Gorillas wohl nie ganz aussterben werden, aber durch Einwirkung des Menschen schrumpft ihr Lebensraum, und Forscher vermuten, daß der Gorilla als in Freiheit lebendes Wildtier schon innerhalb der nächsten Jahre verschwinden wird.
Kahega kehrte 1979 nach Nairobi zurück, wo er in einem chinesischen Restaurant arbeitete, das 1980 bankrott machte. Er schloß sich einer Expedition der National Geographic Society nach Botswana zur Erforschung der Lebensgewohnheiten von Flußpferden an.

Aki Ubara, der älteste Sohn des Trägers Marawani, Radioastronom in Cambridge, Großbritannien, gewann im Jahre 1980 den Herskowitz-Preis für Forschungen über die Röntgenstrahlung, die von der galaktischen Quelle M 322 ausgeht.
Gegen Ende 1979 verkaufte Charles Munro mit einem ansehnlichen Gewinn an der Diamantenbörse in Amsterdam einunddreißig Karat blauer Diamanten vom Typ IIb. Sie wurden gekauft von der Intel Inc., einem amerikanischen Unternehmen der Mikroelektronik. Bald darauf, im Januar 1980, fiel ihn in Antwerpen ein sowjetischer Agent mit einer Stichwaffe an. Die Leiche des Agenten wurde später in Brüssel gefunden. Im März 1980 wurde Munro von einer bewaffneten Grenzpatrouille festgenommen, doch die Anklage gegen ihn wurde fallengelassen. Im Mai hat er sich, einem unbestätigten Gerücht nach, in Somalia aufgehalten. Seinen Wohnsitz hat er nach wie vor in Tanger.
Ein am 8. Januar 1980 von Landsat 3 aufgenommenes Bild zeigte, daß die Tätigkeit des Muhavura zum Stillstand gekommen war. Das auf den Aufnahmen von früheren Satellitenüberquerungen erkennbare schwache Abbild zweier sich kreuzender Laserstrahlen war nicht mehr zu sehen. Unter ihrem Schnittpunkt bedeckt jetzt eine durchschnittlich achthundert Meter dicke Schicht schwarzer Brockenlava die tote Stadt Zinj.

Literatur

Balandier, Georges: *Daily Life in the Kingdom of the Kongo from the Sixteenth to the Eighteenth Century*. New York: Pantheon, 1968

Banchhoff, Thomas F., und Strauss, Charles M.: »Real-Time Computer Graphics Analysis of Figures in Four-Space.« In: *Hypergraphics,* herausgegeben von David W. Brisson, S. 159–169. AAAS Selected Symposium 24. Boulder, Colo.: Westview Press, 1978

Bleibtreu, John N.: *The Parable of the Beast.* New York: Macmillan, 1967

Brown, Harrison, Bonner, James, and Weir, John: *The Next Hundred Years.* New York: Viking Press, 1963

Burchett, Wilfred, und Roebuck, Derek: *The Whores of War.* Harmondsworth, England: Penguin, 1977

Caplan, Arthur L.: »Ethics, Evolution and the Milk of Human Kindness.« In: *The Sociobiology Debate,* herausgegeben von Arthur L. Caplan, S. 304–314. New York: Harper & Row, 1978

Churchman, C. West: *The Systems Approach and Its Enemies.* New York: Basic Books, 1979

Clark, W. E.: *The Antecedents of Man.* Edinburgh: University of Edinburgh Press, 1962

Cox, Keith G.: »Kimberlite Pipes.« In: *Scientific American* 238, No. 4 (1978): S. 120–134

Deacon, Richard: *The Chinese Secret Service.* New York: Tablinger, 1974

Derjaguin, B. V., and Fedoseev, D. B.: »The Synthesis of Diamond at Low Pressure.« In: *Scientific American* 233, No. 5 (1975): S. 102–110

Desmond, Adrian J.: *The Ape's Reflexion.* New York: Dial, 1979

Douglas-Hamilton, Iain und Oria: *Unter Elefanten.* Abenteuerliche Forschungen in der Wildnis Zentralafrikas. dtv Sachbuch

(Bd. 1511), München 1980. (Lizenzausgabe; Copyright der deutschsprachigen Ausgabe – 1976 – beim R. Piper & Co. Verlag, München)

Evans-Pritchard, E. E.: »The Morphology and Function of Magic: A Comparative Study of Trobriand and Zande Ritual and Spells.« In: *Magic, Witchcraft and Curing,* herausgegeben von John Middleton, S. 1–22. Garden City, N. Y.: Natural History Press, 1967

Evans-Pritchard, Edward Evan: *Hexerei, Orakel und Magie bei den Zande.* Von Eva Gillies gekürzte und eingeleitete Ausgabe. Übersetzt von Brigitte Luchesi. Frankfurt/M.: Suhrkamp, [1]1978

Forbath, Petr.: *The River Congo.* New York: Harper & Row, 1977

Fouts, Roger S.: »Sign Language in Chimpanzees: Implications of the Visual Mode and the Comparative Approach.« In: *Language Acquisition in Man and Ape,* herausgegeben von Fred C. C. Peng, S. 121–137. AAAS Selected Symposium 16. Boulder, Colo.: Westview Press, 1978

Francis, Peter: *Volcanoes.* Harmondsworth, England: Penguin, 1976

Gold, Thomas, und Soter, Steven: »Brontides: Natural Explosive Noises.« In: *Science* 204, No. 4391 (1979): S. 371–375

Gould, R. G., und Lum, L. F.: *Communications Satellite Systems: An Overview of the Technology.* New York: Institute of Electrical and Electronics Engineers Press, 1976

Gribbin, John: »What Future for Futures?« In: *New Scientist* 84, No. 1187, S. 21–23

Grzimek, Bernhard: *20 Tiere und ein Mensch* (Gorilla). Kindler, München 1956

Hallet, Jean-Pierre: *Afrika Kitabu.* Ein Bericht. Aus dem Engl. übertragen von Christian Spiel. Reinbek bei Hamburg: Rowohlt (1972); rororo 1507

Harris, Marvin: *Kannibalen und Könige. Aufstieg und Niedergang der Menschheits-Kulturen.* Aus dem Amerik. von Volker Bradke u. a. Frankfurt/M.: Umschau Verlag (1978)

Hawthorne, J. B.: »Model of a Kimberlite Pipe.« In: *Physics and Chemistry of the Earth* 9 (1975): S. 1–15

Hoare, Colonel Mike: *Mercenary*. London: 1967

Hoff, Christina: »Immoral and Moral Uses of Animals.« In: *New England Journal of Medicine* 302, No. 2, S. 115–118

Hogg, Garry: *Cannibalism and Human Sacrifice*. New York: Citadell Press, 1966

Jensen, Homer, Graham, L. C., Porcello, L. J., and Leith, E. N.: »Side-Looking Airborne Radar.« In: *Scientific American* 237, No. 4 (1977): S. 84–96

Jones, Roger: *The Rescue of Emin Pasha*. New York: St. Martin's Press, 1972

Kahn, Herman: *Vor uns die guten Jahre*. Ein realistisches Modell unserer Zukunft. Unter Mitarbeit von William Brown und Leon Martel sowie des wissenschaftlichen Stabs des Hudson-Instituts. Aus dem Amerikanischen übertragen von Helge Gasthuber und Helmut Baumgartner. Wien, München, Zürich, Innsbruck: Molden, 1977

Lillesand, Thomas M., and Kiefer, Ralph W.: *Remote Sensing and Image Interpretation*. New York: Wiley, 1979

Linden, Eugene: *Apes, Man and Language*. New York: E. P. Dutton, 1975

Martin, James: *Telecommunications and the Computer*. New Jersey, Prentice-Hall, 1969

Marwick, M. G.: »The Sociology of Sorcery in a Central African Tribe.« In: *Magic, Witchcraft and Curing,* herausgegeben von John Middleton. Garden City, N. Y.: Natural History Press, 1967

Midgley, Mary: *Beast and Man: The Roots of Human Nature*. Ithaca, N. Y.: Cornell University Press, 1978

Moore, C. B. (Hg.): *Chemical and Biochemical Applications of Lasers*. Vol. 3. New York: Academic Press, 1977

Moorehead, Alan: *Die Quellen des Nil*. Abenteuer und Entdeckung. Übertragen von Leonie Brockmann und Werner Neumann-Nieschlag. Stuttgart: Steingrüben (1962)

Moss, Cynthia: *In freier Wildbahn. Tierbeobachtungen in Ostafrika*. Verlag Herder, Freiburg, Basel, Wien o. J.

Noyce, Robert N.: »Microelectronics.« In: *Scientific American* 237, No. 3 (1977): S. 60–72

Nugent, John Peer: *Call Africa* 999. New York: 1965

Orlov, Yu L.: *The Mineralogy of the Diamond.* New York: Wiley, 1977

Patterson, Francine: »Conversation with a Gorilla.« In: *National Geographic* 154, No. 4 (1978), S. 438–467

Patterson, Francine: »Linguistic Capabilities of a Lowland Gorilla.« In: *Sign Language and Language Acquisition in Man and Ape, New Dimensions in Comparative Pedolinguistics,* herausgegeben von Fred C. C Peng, S. 161–202. AAAS Selected Symposium 16. Boulder, Colo.: Westview Press, 1978

Peters, William C.: *Exploration and Mining Geology.* New York: Wiley, 1978

Premack, Ann James, and Premack, David: »Teaching Language to an Ape.« In: *Scientific American* 227, No. 4 (1972): S. 92–100

Premack, David: »Language in a Chimpanzee?« In: *Science* 172, No. 3985 (1971): S. 808–822

Richards, Paul W.: »The Tropical Rain Forest.« In: *Scientific American* 229, No. 6 (1973): S. 58–69

Roth, H. M., und andere: *Zaire, a Country Study.* Area Handbook Series. Washington, D. C.: US Goverment Pointing Office, 1977

Rumbaugh, Duane M., (Hg.): *Language Learning by a Chimpanzee: The Lana Project.* New York: Academic Press, 1977

Sabins, Floyd F.: *Remote Sensing Principles and Interpretation.* San Francisco: W. H. Freeman, 1978

Sandved, Kjell B., and Emsley, Michael: *Rain Forests and Cloud Forests.* New York: Abrams, 1979

Sapolsky, Harvey M.: *The Polaris System Development.* Cambridge, Mass.: Harvard, 1972

Schaller, George B.: *Unsere nächsten Verwandten* (Gorilla). Bern/München/Wien: Scherz, 1965

Schaller, George B.: *The Mountain Gorilla, Ecology and Behavior.* Chicago: University of Chicago Press, 1963

Spuhler, J. N.: »Somatic Paths to Culture.« In: *The Evolution of Man's Capacity for Culture,* herausgegeben von J. N. Spuhler, S. 1–13. Detroit: Wayne State University Press, 1959

Stanley, Henry Morton: *Im dunkelsten Afrika.* Aufsuchung, Rettung und Rückzug Emin Pascha's. Übersetzung von H. von Wobeser. Leipzig 1890

Terrace, H. S.: *Nim.* New York: Alfred A. Knopf, 1979

Terrace, H. S.: »How Nim Chimpsky Changed My Mind.« *Psychology Today,* November 1979, S. 65–76

Turnbull, Colin Macmillan: *Molimo. 3 Jahre bei den Pygmäen.* Aus dem Englischen von Gerhard Schönemann. Köln, Berlin: Kiepenheuer & Witsch (1963)

Turnbull, Colin Macmillan: *Man in Africa.* Garden City, N. Y.: Doubleday, 1976

Turnbull, Colin Macmillan: *Das Volk ohne Liebe.* Der soziale Untergang der Ik. Reinbek bei Hamburg: Rowohlt (1973)

Vaughan, James H.: »Environment, Population, and Traditional Society.« In: *Africa,* herausgegeben von Phyllis M. Martin and Patrick O'Meara, S. 9–23. Bloomington: Indiana University Press, 1977

Wilson, Edward Osborne: *Biologie als Schicksal: Die soziobiologischen Grundlagen des menschlichen Verhaltens.* Aus dem Amerikanischen von Friedrich Griese. Frankfurt/M., Berlin, Wien: Ullstein, 1980

Yerkes, Robert M., and Ada, W. *The Great Apes, a Study of Anthropoid Life.* New Haven: Yale University Press, 1929

Zuckerman, Ed.: »You Talkin' to Me?« In: *Rolling Stone,* 16. Juni 1977, S. 45–48